Alle Rechte, einschließlich das des vollständigen oder auszugsweisen
Nachdrucks in jeglicher Form, sind vorbehalten.

Sämtliche Personen dieser Ausgabe sind frei erfunden. Ähnlichkeiten
mit lebenden oder verstorbenen Personen sind rein zufällig.

Der Preis dieses Bandes versteht sich einschließlich der gesetzlichen
Mehrwertsteuer.

Umwelthinweis:
Dieses Buch wurde auf chlor- und säurefreiem Papier gedruckt.

Frühlingsherzen

Jennifer Crusie
Tag und Nacht verrückt nach dir

Seite 7

Roxanne St. Claire
Leidenschaftliches Wiedersehen

Seite 101

Vicki Lewis Thompson
Küss mich, und stell die Fragen später

Seite 241

Jill Shalvis
Nimm mich, wie ich bin

Seite 385

MIRA® TASCHENBUCH
Band 25732
1. Auflage: März 2014

MIRA® TASCHENBÜCHER
erscheinen in der Harlequin Enterprises GmbH,
Valentinskamp 24, 20354 Hamburg
Geschäftsführer: Thomas Beckmann

Copyright © 2014 by MIRA Taschenbuch
in der Harlequin Enterprises GmbH

Titel der nordamerikanischen Originalausgaben:

Sizzle
Copyright © 1994 by Harlequin Enterprises B.V.
erschienen bei: Harlequin Books, Toronto

The Sins Of His Past
Copyright © 2006 by Roxanne St. Claire
erschienen bei: Silhouette Books, Toronto

Fools Rush In
Copyright © 1993 by Vicki Lewis Thompson
erschienen bei: Harlequin Books, Toronto

Chance Encounter
Copyright © 2001 by Jill Shalvis
erschienen bei: Harlequin Books, Toronto

Published by arrangement with
Harlequin Enterprises II B.V./S.àr.l

Konzeption / Reihengestaltung: fredebold&partner GmbH, Köln
Umschlaggestaltung: pecher und soiron, Köln
Redaktion: Mareike Müller
Titelabbildung: Thinkstock / Getty Images, Köln
Satz: GGP Media GmbH, Pößneck
Druck und Bindearbeiten: CPI – Ebner & Spiegel, Ulm
Printed in Germany
Dieses Buch wurde auf FSC®-zertifiziertem Papier gedruckt.
ISBN 978-3-86278-872-9

www.mira-taschenbuch.de

Werden Sie Fan von MIRA Taschenbuch auf Facebook!

Jennifer Crusie

Tag und Nacht verrückt nach dir
Roman

Aus dem Amerikanischen von
Heike Warth

1. KAPITEL

„Ich will aber keinen Partner!", erklärte Emily Tate grimmig. „Ich arbeite ausgesprochen gern allein." Sie hätte am liebsten mit der Faust auf den Schreibtisch geschlagen, glättete aber stattdessen nur ihre Kostümjacke. „Ich brauche keinen Aufpasser, George."

Ihr Chef machte ganz den Eindruck, als sei er mit seiner Geduld langsam am Ende. Emily hob in einer automatischen Geste die Hand, um sich zu vergewissern, dass ihre Frisur auch saß und keine Strähne sich aus ihrem strengen Knoten selbstständig gemacht hatte. Ganz ruhig bleiben, befahl sie sich, auch wenn sie George Bartlett hätte eigenhändig erwürgen können.

„Schauen Sie sich das an, Emily." Er schob einen Ordner über den Tisch. „Ihr Kostenvoranschlag für die Paradise-Werbung – und das, was Sie dann tatsächlich dafür ausgegeben haben."

Emily knetete ihre Finger. „Ja, ich weiß. Ich kenne die Zahlen auswendig. Aber wir haben trotzdem einen ziemlich großen Gewinn gemacht. Genau genommen hat Paradise dem Unternehmen mehr Geld gebracht als irgendein anderes Parfüm bisher. Die Bilanz ist mehr als positiv." Sie hatte dem Unternehmen ein halbes Vermögen gebracht. Aber das konnte sie nicht laut sagen. Bescheidenheit und Teamgeist galten hier als höchste Tugenden, und ein Verstoß dagegen war unverzeihlich.

George Bartlett lehnte sich in seinem Stuhl zurück und sah zu ihr auf. „Das ist nicht zu bestreiten."

Emily fand ihn schwer erträglich. Er war klein, dick und kahlköpfig und besaß nicht annähernd ihren Verstand. Aber er lümmelte sich in ihrem Stuhl wie der Kaiser persönlich und kehrte den großen Sachverständigen heraus. Nur weil er zufällig ihr Vorgesetzter war. Der Gerechtigkeit halber müsste es eigentlich umgekehrt sein. Aber die Welt war nun einmal nicht gerecht. Sie seufzte.

„Emily", sagte George jetzt warnend. „Wegen dieses letzten Projekts hätten Sie fast Ihre Stelle verloren. Das ist Ihnen doch klar?"

„Und Sie sind deswegen immerhin befördert worden", gab sie zurück.

„Ja, weil wir zufällig Profit gemacht haben. Sonst wären wir nämlich beide gefeuert worden. Henry war nicht sehr glücklich über die ganze Sache."

Henry Evadne war nie glücklich. Das hatte nichts mit ihr zu tun.

George beugte sich vor. „Ich möchte Sie als Mitarbeiterin nicht verlieren, Emily. Sie sind intelligent und haben einen sicheren Instinkt für den Markt. Darum beneide ich Sie. Aber wenn Sie bei diesem neuen Projekt den Finanzrahmen nicht einhalten, dann wird kein Profit der Welt Sie mehr retten, und wäre er noch so groß."

Emily schluckte. „Ich werde innerhalb des Budgets bleiben. Keine Angst."

„Das möchte ich Ihnen auch dringend raten, denn Sie werden ab jetzt mit Richard Parker zusammenarbeiten."

„Und wer ist dieser Parker?"

„Unser neuer Finanzberater. Er hat sich die Kampagne für Paradise vorgenommen und analysiert. Seine Stellungnahme finden Sie im Ordner. Sie ist nicht allzu wohlwollend ausgefallen, wenn ich das sagen darf."

„George, wie viel haben wir mit Paradise verdient?", wollte Emily wissen.

„Knapp vier Millionen bis letzten Monat."

„Und warum schickt man mir dann irgendwelche Besserwisser, die nichts anderes zu tun haben, als an mir herumzukritteln? Wo bleibt der Sekt stattdessen?"

George Bartlett schüttelte den Kopf. „Es hätte auch ein Reinfall werden können."

„Ich produziere keine Reinfälle."

„Es gibt immer ein erstes Mal", prophezeite er. „Und wenn es so weit ist, dann sollte zumindest der vorgegebene Finanzrahmen nicht überschritten sein. Und um dafür zu sorgen, ist Richard Parker da. Er erwartet Sie um elf Uhr in seinem Büro."

„In *seinem* Büro?"

„Ein Stockwerk höher, zwei Türen neben dem Präsidenten", fügte George hinzu und lachte. „Von da oben hat man einen wunderbaren Ausblick über die Stadt."

„Und warum findet dieses Treffen nicht in meinem Büro statt?"

„Emily, bitte."

„Leitet er das Projekt oder ich? Ich lasse mir niemanden vor die Nase setzen, sonst kündige ich."

„Nein, nein." George Bartlett hob die Hände. „Er ist nur für die finanzielle Seite zuständig, und Sie sind auch nicht die Einzige, die mit ihm zu tun hat. Er fungiert als Finanzberater für alle unsere Projekte. Keine Angst, Emily, er nimmt Ihnen nichts weg. Er wacht nur über die Ausgaben." Emilys Miene war ausdruckslos, aber ihr Blick sagte mehr als genug. „Bitte, Emily. Machen Sie keine Schwierigkeiten."

Emily nahm sich zusammen. „Um elf in Mr Parkers Büro also."

„Genau." George Bartlett war unverkennbar erleichtert.

Emily schlug die Tür zu und ließ sich in ihren Schreibtischstuhl fallen. Jane, ihre Sekretärin, folgte ihr etwas weniger temperamentvoll und setzte sich ihr gegenüber. Sie brach einen gefrorenen Schokoladenriegel in der Mitte durch und schob die eine Hälfte ihrer Chefin hin. „Die habe ich für Notfälle auf Vorrat", erklärte sie.

„Und die stiehlt niemand?", erkundigte Emily sich erstaunt.

„Die Leute wissen schließlich, dass ich für dich arbeite. Sie haben Angst, dass ich sie an dich verrate", gab Jane zurück.

„Nein, im Ernst. Wie schaffst du das?"

„Ich bewahre die Schokolade in einer Dose mit dem Etikett ‚Spargel' auf", verriet Jane und knabberte genüsslich an ihrer Riegelhälfte.

„Und bis jetzt wollte niemand wissen, was du im Büro mit gefrorenem Spargel willst?", wunderte Emily sich und ließ ein Stückchen Schokolade auf der Zunge zergehen. Es schmeckte köstlich. Sie lehnte sich mit einem Seufzer zurück.

„Die denken wahrscheinlich alle, dass der Spargel für dich ist. Jedenfalls siehst du so aus, als würdest du dich nur von Obst und Gemüse ernähren." Jane betrachtete Emily mit einem Anflug von Neid. „Wieso nimmst du nie zu? Wir essen haargenau dasselbe, aber ich kämpfe ständig gegen meine Kilos, während du eher noch etwas zulegen könntest."

„Frust", behauptete Emily und biss ein winziges Stückchen von ihrem Schokoladenriegel ab. „Ich arbeite für engstirnige, frauenfeindliche Besserwisser."

„Gleich für mehrere?" Jane durchsuchte die Folie nach Schokoladenresten. „Hat George sich vermehrt?"

„Es sieht ganz so aus", meinte Emily. „Sie haben mir einen Wachhund verpasst, dem ich jeden Pfennig belegen muss, den ich ausgebe. Richard Parker heißt er."

„Oh!" Jane stieß einen anerkennenden Pfiff hervor. „Den habe ich schon gesehen. Gar nicht übel, der Junge."

„Einer dieser Anzugtypen?"

„Schon, aber was für einer! Ein Jammer, dass ich glücklich verheiratet bin", bedauerte Jane. „Groß, dunkel, gut aussehend, umwerfend blaue Augen. Die weiblichen Angestellten und Führungskräfte stehen schon Schlange, um sich von ihm verführen zu lassen. Bis jetzt ohne Erfolg."

„Ach, ja?"

„Ja. Er ist ein reines Arbeitstier und denkt an nichts anderes als an Bilanzen. Karen sagt, er ist immer noch hier, wenn sie nach Hause geht."

„Wer ist Karen?"

„Die kleine Blonde vom zwölften Stock. Sie ist seine Sekretärin."

„Freunde dich mit ihr an. Eine Spionin im feindlichen Lager ist immer nützlich."

„Kein Problem." Jane leckte die letzten Schokoladenspuren von ihren Fingern. „Sie kennt kein größeres Vergnügen, als über ihren Boss zu reden."

„Fein. Er könnte nämlich zum Problem für uns werden."

„Und wie?"

„Er wacht über das Budget."

„Und wir können nicht besonders gut mit Geld umgehen." Jane nickte weise. „Ein Glück, dass Paradise so erfolgreich war. Ein gewisses Risiko macht zwar Spaß, aber ich wäre nur ungern zusammen mit dir entlassen worden, und das wären wir bei einer Pleite."

„Du wärst nicht entlassen worden", sagte Emily. „George ist nicht dumm. Er hätte dich sofort als Sekretärin für sich geangelt."

„Ich bin auch nicht dumm", erwiderte Jane. „Ich bleibe bei dir. Schon als wir uns in der Highschool kennengelernt haben, war mir klar, dass du es weit bringen wirst und ich davon profitieren kann. Zusammen sind wir einsame Klasse. Ich weiche nicht von deiner Seite, bis du Präsidentin dieses Vereins geworden bist – und ich deine Sekretärin."

„Warum machst du keine Fortbildung und wechselst in die Führungsetage?", wollte Emily wissen. „Bei deiner Intelligenz."

„Weil ich schlauer bin als du. Als Sekretärin sitze ich an einer Schlüsselstelle und muss vor dem großen Boss trotzdem keinen Bückling machen. Isst du eigentlich deinen Schokoladenriegel ganz allein auf?"

„Ja", antwortete Emily gefühllos.

Jane kehrte zu ihrem ursprünglichen Thema zurück. „Ich darf also davon ausgehen, dass dieses Türenknallen eben Richard Parker galt?"

„Das könnte man so sagen, ja."

„Ich weiß, wie du ihn in den Griff bekommst."

„Und wie?" Emily steckte sich das nächste Stückchen Schokolade in den Mund. Sie wollte diesen Richard Parker nicht in den Griff bekommen, sondern er sollte wieder verschwinden, sonst gar nichts. Jane war für sie wichtig, niemand sonst. Schließlich bestand sie nicht deshalb darauf, dass Jane so fürstlich bezahlt wurde, weil sie mit ihr befreundet war, sondern weil sie so kreativ war. Ihre eigene Position hatte sie ebenso Janes Verstand wie ihrem eigenen Verdienst zuzuschreiben.

„Du könntest ihn verführen", schlug Jane jetzt vor.

Emily beschloss, Janes Verstand doch noch einmal einer näheren Überprüfung zu unterziehen. „Und warum sollte ich das tun?"

„Weil du einfach mehr aus deinem Leben machen musst. Du lebst ja praktisch im Büro und hältst dich nur zu Hause auf, um zu duschen und dich umzuziehen. Außer mir hast du praktisch keine Gesellschaft."

„Ich bin mit meinem Leben sehr zufrieden."

„Das ist nicht normal. Aber dieser Parker scheint genauso zu sein. Am besten wäre es, wenn ihr euch zusammentut. Er wird dir unendlich dankbar sein und sich in dich verlieben, ihr heiratet, und ich kaufe Strampelhosen und Spielsachen. Du willst die Schokolade doch nicht wirklich allein aufessen?"

„Doch", erklärte Emily fest. „Und inwiefern hilft es mir, wenn ich Richard Parker heirate?"

„Sex hilft immer", erklärte Jane praktisch. „Genau wie Schokolade."

„Mir wäre am meisten geholfen, wenn niemand sich in meine Arbeit einmischen würde", sagte Emily. „Dieser Kerl bindet mir die Hände."

„Wie aufregend", kicherte Jane.

„Sei nett zu Karen", befahl Emily nach einem strengen Blick. „Und jetzt verbinde mich bitte mit Parker. Ich habe um elf Uhr eine Verabredung mit ihm und möchte mir vorher ein Bild von ihm machen."

„Du hast eine Verabredung mit ihm, aha. Wie wäre es, wenn du deine Haare dazu offen trägst und diese Kostümjacke ausziehst? Und vor allen Dingen lass die Brille weg. Damit siehst du aus wie eine Eule."

„Ich will wie eine Eule aussehen. Es war schwierig genug, mir hier Respekt zu verschaffen. Wenn ich anfange, mich auszuziehen, interessiert sich niemand mehr für mich."

„Wollen wir wetten?" Jane betrachtete ihre Freundin und Chefin. „Wenn ich so aussähe wie du, würde ich mich ständig ausziehen."

„Das tust du ja jetzt schon", meinte Emily ein wenig süffisant. „Hat Ben dich eigentlich jemals in Kleidern gesehen?"

„Aber selbstverständlich", erwiderte Jane indigniert. „Bei der Hochzeit. Du warst doch dabei. Du hast den Trauzeugen geohrfeigt, wenn du dich erinnerst."

„Du vergisst wirklich nie etwas."

Jane stand auf und ging zur Tür. „Ich verbinde dich jetzt mit Parker. Sei nicht zu unfreundlich zu ihm. Ich werde mich mit Karen anfreunden, wenn du willst. Aber wir kommen weiter, wenn du ihren Boss verführst und nicht abschreckst."

„Nur keine Hemmungen", empfahl Emily ihr sarkastisch. „Opfere nur meinen Körper, um deinen Ehrgeiz zu befriedigen."

„Unseren Ehrgeiz", verbesserte Jane. „Im Übrigen ist es kein Opfer. Vergiss nicht, ich habe ihn gesehen."

Emily verließ ihr Büro um fünf Minuten vor elf Uhr. Jane hatte in dem Bestreben, das Bild einer seriösen Sekretärin abzugeben, ihr Haar zu einem unordentlichen Knoten zusammengesteckt, den sie mit zwei Bleistiften mehr schlecht als recht gebändigt hatte.

„Du siehst grauenhaft aus", sagte Emily, als sie auf den Lift warteten.

Jane nahm ihr die Brille von der Nase und setzte sie sich selbst auf. „Und jetzt?"

„Jetzt siehst du wie ein Käfer mit einer grauenhaften Frisur aus", erwiderte Emily prompt. „Als wärst du einem Horrorkabinett entsprungen. Du kommst mir vor wie …"

In diesem Moment glitten die Lifttüren auf, und sie traten in die Kabine. Emily warf Jane einen Blick von der Seite zu und hatte Mühe, nicht zu lachen. Wenn die Besprechung schlecht lief, würde sie einfach ihre Sekretärin anschauen, und sie würde sich auf der Stelle wieder besser fühlen.

„Ein Glück, dass wir bei diesem Treffen nur zu dritt sind", flüsterte sie Jane zu. „Denn jeder andere hätte sofort den Verdacht, dass du etwas im Schilde führst."

Jane schob die Brille hoch. „Ich möchte Ihnen nur sagen, dass es eine Ehre für mich ist, für Sie zu arbeiten, Miss Tate."

„Danke, Mrs Frobish", erwiderte Emily. „Ihre Loyalität ist herzerwärmend."

„Hast du noch ein Stück Schokoladenriegel für deine darbende Sekretärin übrig?"

„Nein."

Jane schniefte.

Der Konferenzraum lag dem Lift direkt gegenüber. Sie hatten ihn kaum betreten, als Emily klar wurde, dass sie einem Irrtum erlegen war. Sie würden bei dieser Besprechung keineswegs nur zu dritt sein, sondern es waren noch sechs weitere Führungskräfte erschienen, von denen vier ihre Sekretärinnen mitgebracht hatten.

„Was soll das?", flüsterte Emily Jane zu.

„Keine Ahnung", gab Jane genauso leise zurück. „Aber ich bin froh, dass ich mitgekommen bin."

„Ich auch. Halt mir den Rücken frei!"

Die Tür am anderen Ende des Raums ging auf, und Richard Parker trat ein. Er war groß, dunkel und zweifellos seriös. Und er war unbestreitbar der bestaussehende Mann, den Emily je gesehen hatte. Elegant war er und sehr geschmackvoll angezogen.

Sexy, dachte Emily. Der Mann ist eindeutig sexy. Alle Führungskräfte außer Emily erstarrten, und alle Sekretärinnen außer Jane lächelten lieblich. Richard Parker war die Personifizierung von Macht und Autorität – und Sex-Appeal. Aber das ist ihm nicht bewusst, vermutete Emily.

Er sah wirklich außerordentlich gut aus. Wäre sein Kinn weniger markant ausgefallen, man hätte ihn mit diesen leuchtend blauen Augen und den langen dunklen Wimpern, die so wenig zu einem seriösen Geschäftsmann passten, fast als hübsch bezeichnen können. Bei einer Frau würde dieses Aussehen mit Sicherheit gegen sie verwendet und als Zeichen mangelnder Kompetenz bewertet werden, dachte sie.

Richard Parker ließ den Blick durch den Raum schweifen, bis er an Emily hängen blieb. Sie war die Einzige, die ihn weder respektvoll noch begehrlich anschaute, sondern seinem Blick kühl und abschätzend begegnete, fast als sähe sie einen Feind in ihm.

Er schob die Augenbrauen hoch und ließ den Blick weiterwandern. Jane machte eine kleine Notiz und schob sie Emily zu.

„Er ist nicht dumm", hatte sie geschrieben, „aber du bist ihm gewachsen! Keine Angst."

Emily schüttelte den Kopf. Jane überschätzte sie.

George Bartlett neigte sich zu ihr. „Was ist denn mit Jane los? Sie sieht so merkwürdig aus."

„PMS", flüsterte Emily zurück. „Prämenstruelles Syndrom." George nickte wissend.

Richard Parker sah mit einem Stirnrunzeln zu ihnen herüber. George errötete, und Emily hob fragend eine Augenbraue. Parker sah sie einen kurzen Moment verblüfft an, dann zuckte es um seine Mundwinkel.

Sieh da, sieh da, das wäre ja fast ein Lächeln geworden, dachte Emily. Vielleicht war er ja gar nicht so unnahbar. Das hieß, dass sie es womöglich wirklich mit ihm aufnehmen konnte.

„Ich habe Sie alle hergebeten, um mit Ihnen über das Finanzierungskonzept Ihrer neuen Vermarktungskampagne zu sprechen", begann Parker. „Es ist ziemlich katastrophal."

Einige der Führungskräfte wollten schon protestieren, überlegten es sich aber dann anders, andere wechselten die Farbe und senkten den Blick. Emily gähnte und sah auf ihre Armbanduhr.

„Langweile ich Sie, Miss Tate?", erkundigte Parker sich.

„Aber keineswegs." Emily lächelte höflich. „Ich bin sicher, dass Sie bald zum Wesentlichen kommen werden."

George Bartlett schloss die Augen.

„Das Wesentliche meiner Ausführungen, Miss Tate, besteht darin", erwiderte Parker, ohne seine Stimme zu erheben, „dass Sie alle Ihren Ausgaberahmen überschreiten und deshalb die Profite, die die Gesellschaft machen könnte, beschneiden. Sie selbst haben Ihr Budget bei Ihrer letzten Kampagne um dreißig Prozent überzogen. Das ist eine Menge Geld, Miss Tate. Sie mögen der Ansicht gewesen sein, dass für Ihr Produkt kein Preis zu hoch war, aber da stimme ich mit Ihnen nicht überein. Sie hätten die Gesellschaft ein Vermögen kosten können."

Emily lächelte ihn an. „Ja, vermutlich, aber es ist nicht passiert, Mr Parker. Ich habe einen Profit von fast vier Millionen

Dollar gemacht, und zwar genau aus dem Grund, weil ich den Mut hatte, mein Budget um dreißig Prozent zu überschreiten."

„Dazu gehört kein Mut, Miss Tate, sondern es ist lediglich ein Zeichen für mangelnde Disziplin. Und da komme ich ins Spiel. Ich werde für diese Disziplin sorgen."

Sein Blick schloss alle Anwesenden ein. „Von jetzt an laufen sämtliche Ausgaben über mich, Kauforder eingeschlossen. Ich bin sozusagen Ihr Finanzminister, die letzte Instanz für alle finanziellen Angelegenheiten. Sie werden das Geld bekommen, das Sie für Ihre Projekte brauchen, und ich werde dafür sorgen, dass Sie nicht mehr ausgeben, als vorgesehen ist. Sie haben jetzt sicher einige Fragen zum Vorgehen. Ich darf also um Ihre Meldungen bitten."

Er nahm Platz und lehnte sich zurück. Ein zustimmendes Gemurmel ging durch den Raum, und Versicherungen wurden abgegeben, dass seine Hilfe geschätzt werde und man sich auf die Zusammenarbeit mit ihm freue.

Emily kochte innerlich, auch wenn sie sich nichts anmerken ließ. Sie möge der Ansicht gewesen sein, dass für Paradise kein Preis zu hoch sei! Sie war nicht gewillt, sich in dieser Form von Parker abkanzeln zu lassen.

Jane schrieb auf ihren Block: „Mach ihn dir nicht zum Feind!"

Feind oder nicht, sie hatte nicht vor, sich von ihm dreinreden zu lassen. Wenn sie sich das von irgendjemandem gefallen ließe, wäre sie nicht an ihrer heutigen Position. Andererseits musste sie ja nicht unbedingt gleich auf Kollisionskurs gehen, sondern konnte sich kooperativ und höflich geben. Bei George Bartlett hatte sich das jedenfalls bewährt. Und hinter seinem Rücken taten sie und Jane dann genau das, was sie wollten. Wie kam sie also plötzlich dazu, diesem Mann so streitbar gegenüberzutreten?

Emily beobachtete Richard Parker, als Chris Crosswell von der Abteilung Forschung und Entwicklung seinen Bericht abgab. Er hörte höflich zu, nickte dann und wann, und am liebsten hätte sie ihm irgendetwas an den Kopf geworfen. Er hatte sie eindeutig herablassend behandelt und ihr nicht einmal zuhören wollen. Es war ganz klar: Er hielt sie für bedeutungslos. Aber dafür würde er bezahlen, und wenn er noch so gut aussah!

Ihre Augen waren schmal geworden, ohne dass es ihr bewusst geworden war. Und als seine Aufmerksamkeit zu ihr zurückkehrte, sah er unverhüllte Abneigung in ihrem Blick. Er hob seine Augenbrauen ein wenig, und dann lächelte er auf einmal, als sähe er sie zum ersten Mal. Es war ein Lächeln, das ihr sagte, dass er die Herausforderung angenommen hatte und sie als gleichwertige Gegnerin anerkannte. Offenbar war auch ihm bewusst, wie absurd diese Veranstaltung im Grunde war.

Es war das Lächeln eines Killers.

Emilys Augen wurden noch schmaler. Er würde mehr liefern müssen als nur ein Lächeln! Jane stieß sie an und schob ihr einen Zettel hin. „Warum lächelt er?", stand darauf.

„Weil er weiß, dass ich mich über ihn ärgere. Das scheint ihn zu amüsieren", flüsterte Emily.

„Dann ist er doch nicht so gescheit, wie ich dachte", schrieb Jane zurück.

Emily nickte und wandte ihre Aufmerksamkeit höflich wieder der Veranstaltung zu.

„Noch weitere Wortmeldungen?" Parker sah sich in der Runde um, dann wandte er sich an Emily. „Miss Tate, Sie waren so schweigsam. Haben Sie irgendwelche Fragen?"

„Nein, danke. Ich habe alles erfahren, was ich wissen wollte."

„Gut. Haben Sie jetzt Zeit für eine Besprechung?"

„Jetzt?" Emily gab sich erstaunt. „Ich habe eine Verabredung zum Mittagessen. Aber ich könnte es um zwei Uhr möglich machen."

„Ich werde meine Termine überprüfen. Meine Sekretärin wird dann Ihre Sekretärin anrufen." Er sah jetzt zum ersten Mal Jane an und schien zu erstarren.

Emily wagte nicht, seinem Blick zu folgen. „Fein", sagte sie und stand auf. „Gibt es sonst noch etwas?"

Er blieb sitzen. „Nein. Sonst gibt es nichts mehr."

„Danke." Und damit setzte Emily sich, Jane im Schlepptau, in Bewegung.

Kaum war die Tür hinter ihnen zugefallen, drehte Jane sich zu Emily um und nahm die Brille ab. „Das war dumm", erklärte sie. „Wir gewinnen nichts, wenn wir ihn ärgern. Was ist los mit dir?"

„Er ist arrogant", gab Emily zurück und drückte auf den Liftknopf.

„Alle da drin sind arrogant", behauptete Jane. „Der Unterschied liegt darin, dass er Grund dazu hat."

„Wie, bitte? Erzähl mir nur nicht, dass du auf dieses gottähnliche Getue hereingefallen bist."

„Aber er hat recht", sagte Jane. „Wir haben das Budget wirklich gewaltig überzogen. Die Kampagne hätte um einiges billiger sein können. Parker könnte dir da wirklich helfen."

„Auf welcher Seite stehst du eigentlich?", wollte Emily wissen.

„Auf unserer natürlich. Immer. Ich bin nur nicht sicher, ob er nicht vielleicht auch auf unserer Seite ist." Der Lift war gekommen, und sie stiegen ein. Jane gab Emily die Brille zurück. „Er mag dich."

„Verschon mich mit deinen Theorien!"

„Wirklich. Er hat dich geradezu mit den Augen verschlungen – die im Übrigen wirklich unglaublich sind. Er beobachtet dich gern, und er findet dich süß."

„Süß!" Emily hätte sich fast verschluckt. „Süß! Der wird schon noch erleben, wie ‚süß' ich sein kann!" Sie stürmte aus dem Lift den Korridor hinunter zu ihrem Büro und schlug die Tür hinter sich zu.

Eine Minute später erschien Jane mit ihrem Mantel über dem Arm. „Deine Verabredung zum Mittagessen ist da. Du hast mir versprochen, dass wir zum Chinesen gehen."

„Die neue Werbekampagne müsste in jedem Fall billiger sein", sagte Jane kurz darauf über ihrer dampfenden Reissuppe. „Das neue Parfüm ist billiger als Paradise, das heißt, dass auch die Gewinnspanne kleiner ist."

„Nicht zwangsläufig." Emily aß einen Löffel Suppe. „Wir verkaufen nämlich mehr, und zwar an jüngere Frauen, die häufiger

Parfüm verwenden. Unsere Werbekampagne wird einen großartigen Erfolg haben. Vorausgesetzt, ich werde nicht gezwungen, dieses lächerliche Budget einzuhalten."

„Gib dem Mann eine Chance", riet Jane. „Du musst nicht unbedingt den Krieg eröffnen."

„Das ist auch gar nicht meine Absicht. Aber er muss wissen, dass ich das Feuer erwidern werde."

Jane gab vorläufig auf. „Knoblauchhühnchen?"

„Nicht, wenn ich heute Nachmittag den Pfennigfuchser treffe. Hat Karen angerufen?"

„Ja. Zwei Uhr. Bei ihm."

„Natürlich." Emily seufzte. „Neutraler Boden wäre mir lieber. Von jetzt an werden wir das Besprechungszimmer nehmen – auf unserem Stockwerk, nicht auf seinem."

„Ich werde mein Bestes tun", versprach Jane. „Krabben?"

„Ja", erwiderte Emily fest. „Ich habe das dringende Bedürfnis, jemandem das Rückgrat zu brechen, und wenn es eine Krabbe ist."

„Nachher gehen wir einkaufen", entschied Jane. „Ich habe da einen unglaublichen pinkfarbenen Spitzenbikini gesehen ..." Sie unterbrach sich und sah an Emily vorbei.

„Meine Damen."

Es war Richard Parker mit George Bartlett im Schlepptau. Natürlich muss George ihn ausgerechnet hierherschleppen, dachte Emily säuerlich. Der neue Boss muss ja unbedingt sofort eingeweiht werden, wo man am besten isst. Vermutlich bietet er ihm anschließend an, seine Sachen von der Reinigung abzuholen.

Sie sah auf und lächelte ein wenig angestrengt. „Mr Parker. Wie nett, dass Sie auch den Weg hierher gefunden haben."

„Mr Bartlett hat mir versichert, dass man hier ganz ausgezeichnet isst." Er sah Jane an.

„Mr Bartlett hat recht." Emily widmete sich wieder ihrem Essen.

Jane lachte ihn an. „Schön, Sie hier zu treffen."

„Mrs Frobish, nicht wahr? Miss Tates Sekretärin? Ich habe Sie nicht sofort erkannt."

„Tja, das ist das Los von uns Sekretärinnen", erwiderte Jane fröhlich. „Übersehen, unterbezahlt, kaum gewürdigt …"

„Unterbezahlt wohl kaum", meinte Richard Parker. „Ihr Gehalt ist sehr großzügig, ist mir aufgefallen."

Emily hielt den Blick gerade nach vorn geheftet. „Tatsächlich ist sie unterbezahlt", sagte sie. „Und ich werde jeden Versuch, ihr Gehalt eventuell zu kürzen oder angemessene Erhöhungen in Zukunft abzulehnen, aufs Schärfste bekämpfen!" Sie sah Richard Parker an. Ihr Blick war so hart wie ihre Stimme.

„Ich habe keineswegs die Absicht, mich da in irgendeiner Weise einzumischen", meinte er ruhig. „Eine gute Sekretärin ist ihr Gewicht in Gold wert."

„Gute Idee", erklärte Jane sofort. „Ich betrachte das als Verhandlungsbasis für meine nächste Gehaltserhöhung. Vielleicht sollte ich zwei Portionen Krabben bestellen. Schließlich habe ich jetzt Grund zuzunehmen."

Emily erwog kurz, Richard Parker mit ihrer Gabel zu piksen, aber dann entschied sie sich dagegen. Sie musste subtiler vorgehen.

„Ich sehe Sie um zwei Uhr bei mir, Miss Tate", sagte er jetzt und ging weiter zu dem Tisch, den der Ober schon für ihn bereithielt. George Bartlett trottete hinter ihm her.

„Einen Augenblick hatte ich schon Angst, dass du ihn mit deiner Gabel erstichst", sagte Jane. „Das wäre allerdings nicht sehr förderlich für deine Karriere. Trotzdem hätte mich diese Geste natürlich tief gerührt."

„Ich muss aufhören, ihn zu hassen." Emily spießte eine Frühlingsrolle auf. „Schließlich muss ich mit diesem arroganten, egozentrischen Kerl zusammenarbeiten."

„Siehst du?", sagte Jane zufrieden. „Schon klingt Wärme aus deiner Stimme."

Der Bikini war aus leuchtend pinkfarbener Spitze und mit Silberfäden bestickt, und Jane kaufte ihn. Das Oberteil bestand mehr oder weniger aus zwei winzigen, mit Rosen bestickten Körbchen, die von schmalen Satinträgern am Platz gehalten wurden, und das Höschen war ein Gebilde aus Bändern und ebenfalls Rosen. Der Bikini war der reine Luxus und sehr sexy, einfach ein Traum.

„Ben wird hingerissen sein", prophezeite Jane begeistert. „Kauf dir doch auch so ein Ding und teste es an Richard."

„An welchem Richard?"

„Richard Parker natürlich."

„Nein, es würde ihm nicht gefallen." Emily betrachtete das Preisschild. „Die Kosten-Nutzen-Rechnung ist nicht ausgeglichen. Manche Länder geben für ihre Verteidigung weniger aus."

„Verteidigung hatte ich nicht gerade im Sinn. Ganz im Gegenteil." Jane bewunderte sich im Spiegel. „Ich hatte mehr an eine nahezu sofortige Kapitulation mit anschließender Invasion gedacht."

Emily seufzte. „Das klingt verlockend."

„Kauf dir doch auch so ein Teil."

„Warum? Ich kenne niemanden, der an einer Invasion interessiert wäre."

„Du irrst. Croswell von Forschung und Entwicklung spricht immer noch voller Leidenschaft von dir."

„Croswell war ein Irrtum." Emily nahm einen rosa-silbernen Spitzenbüstenhalter in die Hand und sah ihn sehnsüchtig an. „Wenn er nur den geringsten Annäherungsversuch macht, gehe ich sofort zum Angriff über."

„Also zurück zu Plan A. Richard Parker."

Wenn er einfach seinen Mund halten würde, wäre er auszuhalten, dachte Emily. Er hatte immerhin einen traumhaften Körper und faszinierend blaue Augen, dazu einen klassisch geschwungenen Mund, der eine Frau durchaus schwach machen konnte.

Aber wenn er diesen Mund aufmachte, ging die ganze schöne Wirkung leider baden. „Nicht einmal über meine Leiche", sagte sie fest. „Komm, gehen wir. Ich habe um zwei Uhr einen Termin."

„Ich habe mir Ihr Konzept angeschaut", begann Richard Parker. „Die Kosten-Nutzen-Rechnung ist nicht ausgeglichen."

„Ach? Das stellen Sie jetzt schon fest?" Emily gab sich größte Mühe, ruhig zu bleiben. „Ich habe ja noch kaum angefangen."

„Rubine!" Er warf den Ordner auf den Tisch.

„Wir haben für Paradise mit Diamanten geworben. Das neue Parfüm ist aber für jüngere, modernere Frauen, zu denen Rubine besser passen. Frauen, die auch Klasse haben, aber weniger konservativ sind."

„Akzeptiert." Er zuckte die Achseln. „Dann nehmen Sie eben künstliche Steine."

„Die Rubine sollen fotografiert werden." Emily verschlang die Finger ineinander und knetete sie, bis die Knöchel weiß hervortraten. „Ich hatte nicht vor, die Flakons damit zu bekleben."

„Können Sie sie nicht einfach mieten?"

„Einzelne Steine? Keine Ahnung." Emily dachte darüber nach, war aber nicht überzeugt. „Vielleicht könnten wir welche kaufen und dann wieder verkaufen. Ich habe allerdings nicht besonders viel Ahnung vom Edelsteingeschäft."

„Ich schon. Und ich sage Ihnen, dass diese Idee Ihr halbes Budget auffrisst."

„Edelsteine sind eine gute Investition." Emily zwang sich, die Hände voneinander zu lösen. „Wir würden kein Geld verlieren."

Er schüttelte den Kopf. „Edelsteine gehören nicht in unser Ressort. Ich kann nur wiederholen: Mieten Sie sich welche."

„Aber wir brauchen die Steine vielleicht für spätere Aufnahmen noch einmal. Wenn wir sie nur mieten, wäre nicht gewährleistet, dass wir dieselben bekommen. Außerdem gestalten wir damit häufig Sonderausstellungen. Das haben wir auch mit Paradise so gemacht und hatten viel Erfolg damit."

Richard Parker lehnte sich zurück und sah sie ruhig an. „Ist das wirklich Ihr Ernst, oder wollen Sie einfach nur Ihren Dickkopf gegen mich durchsetzen?"

Hat er mir nicht zugehört? dachte Emily fassungslos. Oder hatte sie geklungen, als spielte sie irgendwelche Spielchen mit ihm? „Natürlich ist es mein Ernst. Und ich streite nie nur um des Streitens willen."

Er wechselte das Thema. „War das heute Mittag ein Geschäftsessen?"

„Jane weiß mehr über das Unternehmen als Sie oder ich." Emily ballte die Hände zu Fäusten. „Wenn Sie erst einmal länger hier sind, werden Sie das auch merken. Ich bespreche mich häufig mit ihr und schätze ihre Meinung sehr. Also: Ja, es war ein Geschäftsessen."

„Mit dem Thema rosafarbene Spitzenunterwäsche?" Er lächelte ein wenig süffisant.

Natürlich hatte er das mitbekommen. Emily erwiderte sein Lächeln süß. „Ich habe ihr gesagt, dass Sie eine entsprechende Investition sicher nicht für kosteneffektiv halten würden."

„Ich sehe nicht alles unter dem Kostengesichtspunkt, Miss Tate." Sein Blick glitt auf ihren Blusenausschnitt.

Emily hob die Augenbrauen, und eine leichte Röte zog sich über sein Gesicht. Wer hätte das gedacht, der Mann hatte tatsächlich menschliche Züge. Vielleicht gab es doch noch Hoffnung für ihn. „Davon bin ich überzeugt, Mr Parker. Und ich hoffe, Sie sehen ein, dass es bei den Rubinen nicht einfach um Kosteneffizienz geht. Wir verkaufen Gefühle. Das Knistern und nicht das Feuerholz."

Sie beugte sich über den Schreibtisch zu ihm. Es war ihr ernst, und sie wollte ihn überzeugen. „Kunststoff knistert nicht, Richard. Dafür brauchen Sie das Echte."

Seine Augen hatten sich ein wenig geweitet, als sie ihn mit dem Vornamen ansprach. „Na, gut." Er räusperte sich. „Ich werde darüber nachdenken. Jetzt zum nächsten Punkt …"

Emily blieb etwa eine Stunde. Höflich zeigte sie sich mit einigem einverstanden, was ihr ohnehin nicht weiter wichtig war, bei anderen Punkten signalisierte sie mögliche Kompromissbereitschaft, sodass er, wenn es um die Punkte ging, die ihr wirklich am Herzen lagen, vielleicht nicht sofort abwehrte.

Sie hatte den Verdacht, dass er ihre Strategie ziemlich genau durchschaute, aber trotz allem blieb er geduldig. Am Ende der Besprechung musste Emily dann einsehen, dass sie gescheitert war: Alle Zugeständnisse waren von ihrer Seite gekommen, nicht von seiner.

Sie stand auf, und auch er erhob sich. „Wir werden einen weiteren Termin vereinbaren müssen", erklärte er. „Wir sind nicht sehr weit gekommen."

„Das würde ich nicht sagen." Emily versuchte sich in einem warmen Lächeln, scheiterte aber kläglich. „Ich glaube, wir haben eine sehr vernünftige Arbeitsbasis geschaffen." Sie hielt ihm die Hand hin. „Rufen Sie Jane an, wenn Sie Informationen brauchen. Sie ist immer auf dem Laufenden."

Er hielt ihre Hand einen Moment fest, und sie versuchte, die davon ausgehende Wärme zu ignorieren. „Ich würde lieber alles mit Ihnen selbst besprechen. Es gehört zu meinen Prinzipien, mich grundsätzlich direkt an die zuständige Instanz zu wenden."

„Dann kann ich Jane nur wärmstens empfehlen." Emily entzog ihm ihre Hand. „Sie organisiert mein Leben seit der Highschool."

„Ich hatte gleich das Gefühl, als ob da mehr wäre als ein normales Angestelltenverhältnis zwischen Chefin und Sekretärin." Er kam um seinen Schreibtisch und begleitete sie zur Tür.

„Wir sind Partnerinnen."

„Beneidenswert. Ich habe immer nur allein gearbeitet." Er blieb stehen. „Hätten Sie Lust, heute Abend mit mir zu essen? Dann könnten wir einige Punkte noch einmal durchsprechen. In einer entspannten Atmosphäre lässt sich vielleicht noch einiges klären."

Er lächelte, und dieses Lächeln traf Emily so unvorbereitet, dass ihre Knie weich wurden. Hektisch versuchte sie, ihre Gedanken zu sammeln. Höchste Alarmstufe war angesagt. Dieses jungenhafte Lächeln war einfach entwaffnend und mehr als sexy.

„Tut mir leid", krächzte sie. „Ich bin heute Abend schon verabredet."

„Wieder mit Jane?"

„Nein, nein. Jane hat einen Mann und drei reizende Kinder zu Hause."

„Und Sie?"

„Auf mich warten Abhandlungen über Kosteneffizienz." Emily öffnete die Tür. „Ich habe einen sehr strengen Finanzberater."

Sie drehte sich nicht um, als sie den Korridor hinunterging, aber sie spürte, dass er ihr mit Blicken folgte.

„Wie ist es gelaufen?", erkundigte Jane sich, als Emily zurückkam.

„Nicht besonders gut, aber auch nicht übermäßig schlecht." Emily streifte sich die Schuhe ab. „Ich hasse Strumpfhosen!"

Jane ließ sich nicht ablenken. „Ich weiß", sagte sie nur. „Also, was war?"

„Ich habe mir wirklich große Mühe gegeben, verständig zu sein. Aber er hat mir dauernd nur gesagt, was ich zu tun habe. Manchmal hat er auch zugehört. Und einmal hat er auf meine Bluse geschaut und wurde rot dabei. Er hat mich zum Essen eingeladen."

„Zieh etwas Aufregendes dazu an."

„Ich habe selbstverständlich abgelehnt."

„Völlig falsch." Jane setzte sich und legte die Arme auf Emilys Schreibtisch. „Schlaf mit ihm."

„Ich soll meinen Körper für eine Werbekampagne verkaufen? Kommt nicht infrage!", erklärte Emily entschieden.

Jane lehnte sich zurück und schüttelte den Kopf über so viel Unverstand. „Zum Kuckuck mit der Werbekampagne. Denk lieber daran, was er für einen wundervollen Körper hat. Hast du dir seine Hände einmal angeschaut?"

Emily runzelte die Stirn. „Nicht bewusst."

„Sie sind sehr sensibel. Und er hat Charme. Er mag vielleicht manchmal ein bisschen dickköpfig sein, aber er ist kein Barbar."

„Nein, wohl nicht."

Jane beugte sich vor und nahm Emilys Hand. „Ich mache mir wirklich Sorgen um dich. Du hast keine halbwegs ernsthafte Beziehung mehr gehabt, seit du diesen Croswell in die Wüste geschickt hast, und das war vor zwei Jahren. Schließlich wirst du nicht jünger. Alles, was dich interessiert, ist deine Arbeit. Und das, obwohl du gerade einen umwerfend aussehenden Mann kennengelernt hast. Der ist zwar genauso arbeitswütig wie du, aber er hat dich immerhin lange genug angeschaut, um dich daraufhin zum Essen einzuladen."

Jane holte Luft. „Ihr wärt wirklich das ideale Paar. Wenn man von eurem Arbeitseifer auf den Sex schließen kann, dann steht dir das Paradies bevor. Er ist genau der richtige Mann für dich. Geh und kauf diesen Büstenhalter, bevor du zu alt wirst, um pinkfarbene Spitze zu tragen."

„Dazu werde ich nie zu alt sein", erwiderte Emily pikiert.

„Man könnte meinen, du wärst eine Greisin, wenn man dich hört. Für dich wären lange Unterhosen aus grauem angerautem Flanell das richtige Kleidungsstück."

Emily seufzte und dachte ein wenig über Janes Vorwurf nach. Sie dachte über alles nach, was Jane sagte. Dann schüttelte sie den Kopf. „Ich könnte mich nie in jemanden verlieben, der mir ständig sagt, was ich zu tun und zu lassen habe. Und genau das tut er."

„Dann musst du ihn eben ändern", befand Jane resolut und lehnte sich wieder zurück. „Er hat einen klitzekleinen Fehler, aber der Rest ist vollkommen. Du musst ihm eben beibringen, dass er dich nicht herumzukommandieren hat."

„Mal sehen", meinte Emily zögernd.

„Na, das ist wenigstens etwas." Jane stand auf. „Immer schön aufgeschlossen sein, das ist das Motto. Ich wette, dass er im Bett fantastisch ist."

Ihn ändern, dachte Emily. Oder besser, mich selbst. Ich bin nur in dieser Lage, weil ich bescheiden, hilfsbereit und höflich bin und für einen eitlen, groben Kerl wie George Bartlett arbeite. Und jetzt habe ich auch noch diesen Richard Parker am Hals, diesen Pfennigfuchser.

Aber ein Pfennigfuchser, der ihre Knie weich werden ließ, wenn er sie anlächelte. Das hatte ihr noch gefehlt.

Schluss damit, befahl sie sich. Gleich morgen früh würde sie dafür sorgen, dass Richard Parker sie wie eine Partnerin und nicht wie eine Sklavin behandelte. Und dass er ihr zuhörte. Und ab morgen würde sie auch seinem Lächeln gegenüber immun bleiben.

2. KAPITEL

"Dieser Mann wird mir zuhören", erklärte Emily Jane am nächsten Morgen. "Ich werde mich höflich und zugänglich zeigen, zur Zusammenarbeit willig, dabei stark und fordernd auftreten."

"Aha." Jane war skeptisch.

"Ich werde ihn mit meiner Kompetenz beeindrucken." Emily schob das Kinn vor. "Und dabei offen und aufgeschlossen sein."

In der nächsten Woche tat sie ihr Bestes, um ihren Worten Taten folgen zu lassen. Aber Richard ließ ihr keine Chance. Er befahl ihr, Unterlagen zu schicken, zitierte sie zu Besprechungen und ließ sie Konferenzen arrangieren, bis sie ihm die ganze Kampagne am liebsten vor die Füße geworfen hätte. Als sie dann am Freitagmorgen ins Büro kam und Jane ihr gleich als Erstes mitteilte, dass er sie zu sprechen wünsche, hatte sie endgültig genug.

"Da muss ich ihn leider enttäuschen." Sie knallte ihre Tasche auf den Schreibtisch. "Ich habe nämlich zu tun."

"Höflich und zugänglich, willig zur Zusammenarbeit", bemerkte Jane und drückte ihr eine Akte in die Hand. "Das ist seine Kostenschätzung. Sie wird dir nicht gefallen. Jetzt kommt es auf dich an. Sei nett zu ihm, aber mach ihm klar, dass er dir keine Anweisungen zu geben hat. Du weißt schon: höflich sein, aber in der Sache hart bleiben."

"Was ist eigentlich aus deinem Plan geworden, dass ich ihn heiraten soll?"

"Das widerspricht sich doch nicht. Mit Ben habe ich es genauso gemacht. Ich war nett zu ihm, habe aber von Anfang an klargestellt, dass ich mich nicht von ihm herumscheuchen lasse."

"Ben scheucht dich doch nicht herum."

"Siehst du?" Jane lachte. "Es funktioniert."

Emily ging gerade die Kostenschätzungen durch, als Richard zu ihr ins Besprechungszimmer kam.

"Hier." Er schob ihr eine kleine schwarze Flasche hin, und sie sah zu ihm auf. "Das neue Parfüm. Versuchen Sie es. Ich möchte gern wissen, wie es riecht."

So nicht, dachte Emily und schob das Fläschchen zurück. „Versuchen Sie es doch an sich selbst."

„Ich habe es gestern schon probiert." Er legte einen Stapel Akten auf den Tisch und schlug die oberste auf. „Ich habe zweimal duschen müssen, um das Zeug wieder loszuwerden, bevor ich in die Firma fuhr."

„Dann wissen Sie ja, wie es riecht." Damit entließ sie ihn und wandte sich wieder den Zahlen zu.

„Trotzdem. Ich möchte wissen, was Sie davon halten." Zum ersten Mal sah er sie richtig an, als er auf ihre Reaktion wartete.

Höflich und zugänglich.

Mit einem kleinen Seufzer öffnete Emily die Flasche, schüttelte ein paar Tropfen heraus und benetzte ihre Handgelenke und die kleine Stelle hinter ihrem Ohr. „Es riecht angenehm." Sie widmete sich wieder ihrer Arbeit.

„Nur ‚angenehm'?", wollte er wissen.

„Ich habe es nicht so mit Parfüm", beschied sie ihn, und er lachte.

„Sie sollen Parfüm im Wert von vier Millionen Dollar verkaufen. Da sollten Sie sich vielleicht ein wenig mehr dafür interessieren."

„Hören Sie." Emily ließ leicht genervt ihre Akte sinken. „Wenn man von Ihnen verlangen würde, ab morgen Tampons zu verkaufen, würden Sie das doch auch tun, oder?"

Richards Lächeln schwand. „Ja, natürlich. Darf ich fragen, worüber Sie sich eigentlich so ärgern?"

„Darüber, dass Sie mich wie ein Kind behandeln." Sie verschlang die Finger ineinander. „Wie ein dummes kleines Mädchen. So würden Sie mit keinem Mann umgehen. Oder hätten Sie von George auch verlangt, dass er Ihnen das Parfüm vorführt?"

„Das ist etwas anderes."

„Nein, das ist es nicht."

Richard schien sich nicht besonders wohl in seiner Haut zu fühlen. „George gehört nicht zu unserem Team."

„Jemandem ein Parfüm mehr oder weniger an den Kopf zu werfen und ihm zu befehlen, es auszuprobieren, ist auch nicht gerade das, was ich unter Teamwork verstehe", gab Emily bissig zurück. „Wir sind kein Team. Sie spielen den Boss und geben mir Befehle, und Sie hören mir nie zu. Das ist keine Partnerschaft, und das ist kein Teamwork. Das ist gar nichts." Sie schlug ihre Akte mit einer heftigen Bewegung zu und stand auf.

„Sie haben recht", sagte Richard zerknirscht.

Emily blieb wie angewurzelt stehen und starrte ihn an. Er rieb sich den Nacken und lächelte reuevoll. In diesem Augenblick sah er aus wie ein kleiner Junge, der etwas angestellt hatte. Und die Wirkung, die er auf sie hatte, war verheerend.

„Ich bin einfach so daran gewöhnt, dass ich der Boss bin, und dann kann ich manchmal nicht so schnell umdenken." Er sah sie um Nachsicht bittend an. „Es tut mir leid."

Emily setzte sich wieder. Es wäre wirklich einfacher, wütend auf ihn zu sein, wenn er nicht so viel Charme hätte! Mit diesem Lächeln erreichte er wahrscheinlich alles, was er wollte.

Sie schlug ihre Akte wieder auf. „Also, gut. Dann hören Sie mir zur Abwechslung einmal zu. Unser Hauptproblem bei diesem neuen Parfüm ist, dass es sich deutlich von Paradise abheben muss. Und dazu brauchen wir mehr als nur einen anderen Namen oder Rubine statt Diamanten. Wir müssen dem Kunden vor allem klarmachen, dass es auf diesen Unterschied ankommt. Er muss in der Werbung herausgestellt werden, und das ist die zusätzlichen Geldmittel wert."

Richard nahm die Kappe von seinem Stift und setzte sich in Positur. „Gut. Und wo liegt nun der berühmte Unterschied?"

„Sizzle ist billiger. Aber es käme natürlich einem Selbstmord gleich, es unter diesem Aspekt zu vermarkten."

„Zugegeben." Er gab sich durchaus Mühe. „Riecht es anders als Paradise?"

„Ja, natürlich." Emily öffnete das kleine Fläschchen. „Es ist irgendwie würzig. Paradise ist schwerer, fruchtiger. Wir werben mit ‚verführerisch und sexy'." Emily wedelte mit dem Glasstöpsel, um den Duft in der Luft zu verbreiten. „Dieses neue Parfüm könnte gut ein etwas aufregenderes Image vertragen. Es hat etwas Kribbelndes."

Sie verstrich einen Tropfen auf dem Handrücken und roch daran. „Ja, es hat definitiv ein gewisses Kribbeln." Sie benetzte den Glaspfropfen erneut und strich damit über ihren Hals. „Es ist genauso sexy wie Paradise, aber trotzdem anders." Sie bewegte den Pfropfen zu ihrem Blusenausschnitt und dem Ansatz ihrer Brüste. Richard sah ihr fasziniert zu.

„Es dauert natürlich noch ein wenig", erklärte sie dabei. „Der Duftstoff muss sich erst noch durch die Hautwärme entfalten."

„Oh." Er schluckte. „Schön."

„Es macht nichts, wenn man nichts von Parfüm versteht", versicherte sie ihm. „Wir verkaufen die Wirkung, das Image. Das Knistern und nicht das Feuerholz."

Richard räusperte sich. „Und dieses Parfüm hat die richtige Wirkung?"

Emily zupfte an ihrer Seidenbluse, um den Duft besser in die Nase zu bekommen. „Ja", meinte sie dann. „Eindeutig."

Wieder räusperte er sich. „Und ... äh ... wie würden Sie den Werbefeldzug anlegen?"

„Hm", begann sie. „Paradise haben wir mit Sex verkauft, mit Erfüllung, Zufriedenheit. Eben mit dem Gefühl, das man hat, wenn man ..."

„Ja, ich weiß." Er nickte.

„Dieser neue Duft ist mehr wie ... das Vorspiel. Aufregend, prickelnd wie ein ..."

„Vorspiel."

„Möglicherweise wird die Wirkung noch intensiver, wenn man dem Parfüm Zeit gibt, sich zu entfalten. Wir könnten da einen Zusammenhang mit sexueller Erregung herstellen und so ein jüngeres, aufgeschlosseneres Publikum ansprechen. Wenn Paradise gepflegter Sex war, dann ist das hier scharf, gewagt."

Richards Augenbrauen gingen in die Höhe.

„Natürlich nicht Peitschen und Ketten, aber ... na ja, ein gewisses Kribbeln und Prickeln eben. Es wäre interessant, ob ..." Emily öffnete das kleine Fläschchen wieder und benetzte erneut ihren Busenansatz.

Richard wandte sich ab. „Würden Sie das bitte unterlassen?"

„Verzeihen Sie. Zu viel Parfüm kann wirklich beklemmend sein. Ich hatte nur gerade einen Einfall ..."

„Und zwar?"

Sie beugte sich vor und registrierte, dass sein Blick zu ihrem Busenansatz wanderte. „Ich wasche das Parfüm gleich ab. Aber wie wäre es, wenn wir es wirklich zum Prickeln brächten?"

„Wie meinen Sie das?"

„Na ja, eine Frau trägt Parfüm auf der Haut, da, wo das Blut pulsiert. Wenn wir es nun schaffen würden, dass die Haut zu kribbeln anfängt und wärmer wird, wäre das mit Sicherheit verkaufsfördernd. Das Kribbeln würde erregend wirken und ein erotisches Gefühl auslösen. Es würde sich anfühlen wie ..."

„Wie ein Vorspiel", sagte Richard trocken und lachte, als es Emily für einen Moment die Sprache verschlug. „Lassen Sie sich nicht stören."

Sie erwiderte sein Lächeln. „Wir nennen es Sizzle, das klingt nach Kribbeln und Prickeln, und wir könnten es in einem erotischen Film mit wirklich heißen Sexszenen unterbringen oder erotischen Artikeln für Frauen als Probe beilegen."

„Zum Beispiel?"

„Strümpfen, Spitzenstrapsen ..." Emily unterbrach sich und presste die Lippen zusammen, als er lachte. „Sie halten nichts davon?"

„Doch, doch. Eine großartige Idee. Aber es ist umwerfend, wie geschäftsmäßig sachlich Sie über Spitzenunterwäsche sprechen."

„Diese Geschäftsmäßigkeit ist der Grund meiner erfolgreichen Arbeit", gab sie zurück. „Sie würden dieses Parfüm wahrscheinlich einfach ‚Nachmittag im Konferenzsaal' nennen und genau drei Flakons davon verkaufen."

Richard war nicht im Mindesten gekränkt. „Höchstwahrscheinlich."

„Also, dann behandeln Sie mich nicht so von oben herab." Sie sah ihm in die Augen. „Das habe ich nicht verdient."

„Ich bitte nochmals um Verzeihung." Richard neigte sich zu ihr. Offenbar tat ihm sein Verhalten wirklich leid. „Darf ich es wiedergutmachen? Gehen Sie heute Abend mit mir zum Essen."

Er lächelte, und sie hielt den Atem an. „Sie würden mir damit eine große Freude machen, Emily." Er hatte wirklich ganz erstaunliche Augen. „Jetzt haben Sie schon all das Parfüm aufgetragen. Es wäre doch schade, wenn es verschwendet wäre."

Seine Augen sind so blau wie der Himmel, dachte sie. Sie mochte es, wie er ihren Namen aussprach. Aber dann stieg Abwehr in ihr hoch. Sie brauchte das nicht. Sie mochte ihn ja nicht einmal.

„Bitte." Dieses Lächeln war einfach tödlich. Warum konnte er es nicht lassen? „Rein geschäftlich. Wir könnten uns über die Finanzierung unterhalten. Passt Ihnen sieben Uhr?"

Lächeln hin oder her, sie konnte ihn nicht leiden. Vermutlich hatte er einen hinreißenden Körper. Nicht, dass es sie in irgendeiner Weise interessiert hätte. „Also gut." Emily holte tief Luft. „Wenn Sie einverstanden sind, werde ich mit dem Labor und der Werbeabteilung diesbezüglich reden."

„Fein." Richard setzte sich zurück und nahm seine Aufzeichnungen in die Hand, offenbar sehr zufrieden mit ihrer Zusage. „Trotzdem werden wir einige Ihrer Vorstellungen vermutlich herunterschrauben müssen."

„Und zwar welche?", erkundigte Emily sich kühl.

Er hatte sich schon wieder in seine Berichte vertieft und nahm die Kälte in ihrer Stimme nicht wahr. „Nun, diese Produktplatzierung im Film kostet ein Vermögen. Über die Druckmedien erreichen wir mehr Menschen, und das auch noch billiger."

„Aber längst nicht so wirksam", gab Emily zurück und lehnte sich vor. „In einem Film sieht man, wie eine schöne Frau das Parfüm benutzt und sich dann einen tollen Mann angelt. Wenn wir Glück haben, gibt es auch eine wirklich gute Sexszene. Unbewusst werden die Zuschauer unser Parfüm damit in Verbindung bringen."

„Und wenn der Film kein Erfolg wird?"

„Dann können wir es auch nicht ändern." Emily zuckte die Achseln. „Ein gewisses Risiko geht man immer ein."

„Nicht mit dem Geld der Firma." Richard deutete mit dem Stift auf sie. „Sie werden diesmal Ihr Budget nicht überziehen."

Emily übersah den Stift. „Wenn wir das Parfüm im richtigen Film unterbringen, könnten wir noch mehr Erfolg haben als mit Paradise."

„Und wenn es der falsche Film ist, bekommen wir es mit der Firmenleitung zu tun." Damit wandte er sich wieder seinen Papieren zu.

Emily holte tief Luft. Nur ruhig bleiben. Ruhig und kompromissbereit, das war die Parole. „Ich werde es trotzdem vorschlagen."

Er machte sich nicht einmal die Mühe aufzuschauen. „Nichts dagegen. Aber machen Sie sich darauf gefasst, dass ich den Posten vermutlich streiche."

„Kein Problem." Sie stand auf und klappte ihre Mappe zu.

„Fein", sagte er und sah mit einem Lächeln zu ihr hoch. „Dann bis sieben Uhr."

„Ich bin mit unserem obersten Finanzminister zum Abendessen verabredet", berichtete Emily, als sie an Janes Schreibtisch vorbeiging.

Jane stand auf und folgte ihr in ihr Büro. „Erzähl."

„Ach, ich weiß nicht, ob das so toll wird." Emily ließ sich in ihren Stuhl fallen. „Ich gebe ja zu, dass er fantastisch aussieht. Aber er ist engstirnig und hat nur Geld im Kopf."

„Das bedeutet, dass er eine andere Meinung hat als du", stellte Jane trocken fest.

„Jane, bitte!"

„Wo geht ihr hin?"

„Keine Ahnung. Das entscheidet natürlich er, darauf kannst du Gift nehmen." Emily runzelte die Stirn. „Wollen wir wetten, dass er auch für mich bestellt?"

„Ja, und? Setz dich doch einfach nur hin und schau ihn an. Das kann sehr entspannend sein."

„Schönheit ist nicht alles", gab Emily spitz zurück.

Jane sank auf ihren Stuhl. „Aber sie ist auch nicht zu verachten. Was für ein Körper!", seufzte sie.

„Woher willst du das wissen? Bis jetzt haben wir ihn nur im

Anzug gesehen. Ich bin davon überzeugt, dass er mit Krawatte schläft."

„Karen hat gesehen, wie er sein Hemd gewechselt hat. Das alte hatte einen Kaffeeflecken. Er hat für solche Fälle immer ein Ersatzhemd im Büro."

„Das sieht ihm ähnlich."

„Jedenfalls hat Karen ihn ohne Hemd gesehen."

„Und?"

„Es hat ihr die Sprache verschlagen. Sie bringt immer noch kein Wort heraus."

„Ich vermute, dass er beim Abendessen das Hemd anbehält", bemerkte Emily trocken.

„Wahrscheinlich. Aber wenn du es richtig anstellst …"

„Denkst du eigentlich jemals an etwas anderes als Sex?"

„Ja, oft. Aber lass es uns doch einmal nüchtern sehen: Du gehst nicht mit ihm zum Essen, um mit ihm über die Werbekampagne zu reden, sondern weil du ihn attraktiv findest. Hast du dir schon überlegt, was du anziehen willst? Ich schlage etwas Unanständiges vor, das ihn so richtig wild macht."

„Das Einzige, was Richard Parker wild macht, ist die angebliche Verschwendung von Firmengeld. Was mich erinnert: Könntest du mich mit Laura in Los Angeles verbinden? Wir müssen das Parfüm in einem Film unterbringen. Eine bessere Werbung gibt es nicht."

„Das wird teuer. Hat der Finanzwächter sein Okay gegeben?"

„Nein, wir werden ihn damit überraschen", erwiderte Emily fest. „Der Mann hat in seinem Leben noch nicht genug Überraschungen erlebt. Das kann ihm nur guttun. Er ist zu fantasielos."

„Hallo, Emily!", begrüßte Laura sie erfreut. „Was kann ich für dich tun?"

„Wir haben ein neues heißes Parfüm und brauchen einen passenden Film dafür. Etwas Erotisches."

„Ich werde mich umhören."

„Danke. Wie geht es Gary?"

„Den gibt es nicht mehr", erwiderte Laura fröhlich.

„Das höre ich gern. Ich konnte ihn sowieso nie leiden."
„Er dich auch nicht. Er hielt dich für knallhart."
„Er hatte recht. Besonders unglücklich klingst du nicht."
„Gary war ohnehin nur als Übergang vorgesehen. Um so einen Typ ernst zu nehmen, muss man schon sehr verzweifelt sein."
„Man muss als Frau immer sehr verzweifelt sein, wenn man irgendeinen Mann ernst nimmt."
„Und du willst ein ‚heißes' Parfüm auf den Markt bringen?"
„Ich bin zu dem Entschluss gekommen, dass man einen Mann nicht ernst nehmen muss, um Sex mit ihm zu haben." Vor Emilys innerem Auge tauchte Richard auf, fallen gelassen wie ein alter Handschuh nach einem leidenschaftlichen, aber bedeutungslosen Sexabenteuer. Ein Gedanke, der zwar neu für sie war, der ihr aber gefiel.
„Genau das war meine Einstellung zu Gary", gab Laura zurück. „Ich melde mich, sobald ich etwas für dich habe."
Emily legte den Hörer auf und dachte über Richard nach. Über Sex mit Richard. Bedeutungslos – vielleicht. Aber wahrscheinlich auch sehr aufregend. Er war intelligent, sah gut aus und hatte einen Körper, der eine Sünde wert war.
Und sie war heute Abend mit ihm zum Essen verabredet.
Jane meldete sich über die Gegensprechanlage. „Ich sollte dich daran erinnern, dass du zur Abteilung Forschung und Entwicklung wolltest."
„Bin schon unterwegs." Emily zögerte. „Vielleicht könntest du in der Zwischenzeit etwas für mich besorgen."
„Dein Wunsch ist mir Befehl."
„Ich brauche schwarze Spitzenunterwäsche."
„Sehr gut", lobte Jane. „So gefällst du mir."

Die Hektik in der Abteilung Forschung und Entwicklung machte Emily immer nervös. Zwar liefen ständig Leute in weißen Laborkitteln mit geschäftiger Wichtigkeit herum, aber niemand schien je für irgendetwas zuständig zu sein. Eine Weile war sie mit dem Abteilungsleiter Chris Crosswell ausgegangen und seitdem noch skeptischer, was die Effizienz seiner Abteilung anging. Chris besaß die Konzentrationsfähigkeit einer Fruchtfliege und die Moral eines Karnickels. Für den Leiter einer so wichtigen Abteilung schien das kaum die geeignete Mischung zu sein.

„Hallo, meine Schöne", begrüßte er sie. „Wollen wir zusammen essen gehen?"

„Tut mir leid, ich bin beschäftigt", gab sie zurück. Sie hielt ihr Fläschchen hoch. „Es gut um das neue Parfüm."

„Beschäftigt mit wem?", wollte er wissen.

„Das geht dich nichts an. Wegen des Parfüms …"

„Der Neuzugang vom zwölften Stock. Ich dachte mir gleich, dass du ihm nicht entgehst."

„Chris, an dem Parfüm muss noch etwas verändert werden."

„An unserer Beziehung auch."

„Wir haben keine Beziehung", erinnerte sie ihn kühl. „Schon seit zwei Jahren nicht mehr. In dieser Zeit hast du geheiratet und dich wieder scheiden lassen. Zu diesem Parfüm …"

„Das zeigt nur, wie viel wir an unserer Beziehung arbeiten müssen."

Sie drückte ihm einfach das Fläschchen in die Hand. „Es soll prickeln."

„Prickeln?", gab er ein wenig dümmlich zurück.

„Ja. Und die Haut soll warm werden. Schaffst du das?"

„Ja, klar." Er hob die Schultern. „Bis wann?"

„Gestern." Emily machte sich auf den Rückweg. „So bald wie möglich."

„Gut. Was ist jetzt mit unserem Abendessen?"

„Dafür hast du gar keine Zeit. Du musst das Prickeln in die Flasche bekommen." Emily hatte die Tür erreicht. „Danke, Chris. Sag mir Bescheid, wenn du fertig bist."

Für Richard sprach eindeutig, dass er sich nicht so dämlich anstellte wie Chris. Sie begann, sich auf das Essen mit ihm zu freuen.

Der Abend fing gut an. Emily trug die neue schwarze Spitzenunterwäsche, die Jane ihr besorgt hatte, und dazu ein kurzes schwarzes Kleid. Sie bürstete die Haare, bis sie ihr schimmernd auf die Schulter fielen, und trug einen Hauch Sizzle auf. Gerade wollte sie sich zu ihrer Gelassenheit gratulieren, als es an der Tür klingelte. Und ihr wurde schlagartig eiskalt vor Nervosität.

Es ist nur ein Abendessen, sagte sie sich. Ein belangloses Abendessen. Er interessiert sich nur für Geld, nicht für dich.

Aber ihre Taktik funktionierte nicht. So ungern sie es sich eingestand, aber zum ersten Mal seit langer Zeit freute sie sich auf einen Abend mit einem Mann. Von wegen belanglos, dachte sie trocken und musste gegen eine neue kleine Panikattacke ankämpfen, als es zum zweiten Mal klingelte.

Sie öffnete die Tür, und da stand er vor ihr, Gardenien in der Hand. Er blieb einen Augenblick regungslos stehen, dann räusperte er sich. „Sie sehen wunderschön aus", sagte er. „Sind Sie so weit?"

„Ja."

Er half ihr ins Taxi, als wäre sie aus zerbrechlichem Porzellan. Sie fuhren zum „Celestial".

„George hat mir erzählt, dass das Ihr Lieblingsrestaurant ist", sagte er, als er sie zum Tisch führte.

Emily presste die Lippen zusammen. Hätte er sie nicht fragen können, wo sie essen wollte? Dann seufzte sie unhörbar. Fing sie schon wieder an? Er war doch nett, und sie brauchte ihn auf ihrer Seite. Außerdem bezahle er, also hatte er das Recht, das Restaurant auszusuchen. Es war ja auch wirklich ihr Lieblingsrestaurant. Und er sah fantastisch aus.

„Ich bin halb verhungert." Er winkte dem Ober. „Keine Drinks vorher. Wir bestellen gleich."

„Ich hätte aber gern zuerst ein Glas Wein", warf Emily ein, doch Richard diktierte bereits die Speisenfolge. Für sie beide.

„Süßsaure Suppe. Mongolisches Rind."

„Ich esse nicht gern mongolisches Rind", bemerkte Emily höflich.

„Schweinefleisch Mu-shu."

„Ich hätte lieber Knoblauchhühnchen."

„Su-san shan."

„Ich hasse Su-san shan, ehrlich gesagt."
„Königskrabben." Richard strahlte sie an. „Wie klingt das?"
„Sie sollten vielleicht einmal Ihr Gehör überprüfen lassen."
Richard gab dem Ober die Speisekarte zurück. „Das wäre alles im Moment."
„Pflaumensoße zum Mu-shu?", erkundigte der Ober sich.
„Nein", erwiderte Richard.
„Doch", sagte Emily, und der Ober lächelte ihr zu und nickte.

Sie war heilfroh darüber, denn sie hatte schon befürchtet, dass sie vielleicht stumm geworden war, ohne dass sie es selbst gemerkt hatte.

„Es ist gut, dass wir uns einmal außerhalb der Firma treffen", meinte Richard mit einem Lächeln. „Dort ist die Zeit zu begrenzt, um sich besser kennenzulernen."

Die einzige Begrenzung bist du, dachte Emily böse. Und das hat nichts mit der Atmosphäre in der Firma zu tun.

„Sie haben wunderschöne Haare", sagte er jetzt und lächelte sie auf diese jungenhafte Weise an, die ihr jedes Mal den Atem nahm. „Sie sehen überhaupt hinreißend aus."

Vielleicht war er doch nicht so schlimm. Emily dachte gerade noch rechtzeitig daran weiterzuatmen. Er hatte eindeutig Potenzial. Sie sollte wirklich freundlicher zu ihm sein. „Danke." Sie beugte sich vor. „Wie nett von Ihnen. Ich sehe, dass Ihnen unsere Zusammenarbeit wirklich am Herzen liegt. Und ich bin auch davon überzeugt, dass sie noch viel besser werden kann."

„Unbedingt." Richard nahm ihre Hand. „Ich bin hundertprozentig Ihrer Meinung."

Seine Berührung ging ihr durch und durch. Er hatte angenehme Hände. Sehr angenehme Hände. Und sie waren sehr gepflegt. Sie versuchte, sich auf seine manikürten Nägel zu konzentrieren und nicht zu sehr von der Wärme seiner Haut ablenken zu lassen. Ihr Atem ging ein wenig schneller. Unverhüllte Bewunderung stand in seinem Blick. Er war wirklich süß.

Vorsicht, dachte sie. Sie durfte sich nicht gefühlsmäßig auf ihn einlassen, sondern musste einfach nur berechnend seinen Körper nutzen und ihn dann fallen lassen.

„Erzählen Sie mir etwas über sich." Seine Finger schlossen sich fester um ihre. „Ich möchte alles wissen."

Emily blinzelte. „Warum?"

Ihre Frage schien ihn zu überraschen. „Halten Sie es nicht für wichtig, sich näher kennenzulernen, wenn man so eng zusammenarbeitet?"

„Ja, doch. Vermutlich." Emily dachte darüber nach. Sie arbeitete seit acht Jahren mit George zusammen, und er hatte nie den geringsten Versuch gemacht, mehr über sie zu erfahren. Das war eine interessante Seite an Richard. „Also gut."

Über ihrer Suppe und dem anschließenden Schweinefleisch beantwortete sie Richards Fragen. Und als sie den letzten Bissen hinuntergeschluckt hatte, wusste sie, warum er so erfolgreich war. Er stellte die richtigen Fragen, und er hörte – diesmal wenigstens – zu. Vermutlich wollte er sich auf diese Weise ein Bild von ihr machen. Er betrieb eine Art Tiefenforschung an seinem neuesten Projekt – an ihr.

Aber wenigstens hörte er diesmal zu.

Er war charmant, intelligent und höflich, und Emily entspannte sich und genoss seine Gesellschaft. Und je entspannter sie wurde, desto mehr öffnete er sich, und sie entdeckte eine Verletzlichkeit an ihm, die sie ihm nie zugetraut hätte. Seine Wirkung auf sie war verheerend, und sie stellte auf einmal fest, dass sie dagegen ankämpfen musste, sich Hals über Kopf in ihn zu verlieben – und dass sie diesen Kampf verlieren würde.

Sei nicht so kindisch, befahl sie sich, aber dann sah sie in seine unglaublich blauen Augen, in denen so viel Bewunderung stand, und geriet noch tiefer in ihren Gefühlsstrudel.

„Mongolisches Rindfleisch, Königskrabben, Su-san shan", kündigte der Ober an und stellte die Platten und Schüsseln auf den Tisch.

„Sehr schön", sagte Richard und verteilte das Rindfleisch auf Emilys Reis.

Emily betrachtete ihren Teller. Sie machte sich grundsätzlich nicht viel aus Rindfleisch, aber wenn es in Öl zubereitet war, dann verabscheute sie es geradezu. Zusätzlich war auch das Gemüse noch in eine Fettschicht gehüllt, und die Zwiebeln erinnerten sie an Würmer. Sie beschloss, sich an die Königskrabben zu halten.

„Sie essen ja gar kein Fleisch." Richard runzelte die Stirn. „Ist etwas nicht in Ordnung? Soll ich es zurückgehen lassen?"

„Ich mag kein mongolisches Rindfleisch."

„Warum haben Sie das nicht gesagt?"

„Das habe ich ja. Aber Sie haben nicht zugehört."

Er sah forschend auf ihren Teller. „Und Su-san shan mögen Sie offenbar auch nicht", stellte er fest.

„Nein. Aber der Ober war so aufmerksam und hat mir Pflaumensoße zu meinem Schweinefleisch gebracht."

„Sie mögen also Pflaumensoße?"

„Ja." Emily seufzte. „Das habe ich auch gesagt."

„Aber ich höre nie zu." Er sah sie an wie ein junger Hund, den man ausgeschimpft hatte.

„Nein." Sie ertrug es nicht, dass er so unglücklich war, und lächelte ihn an. „Sie sollten daran arbeiten."

„Ich verspreche es."

„Gut. Jetzt sind Sie an der Reihe. Erzählen Sie mir etwas von sich."

Er zögerte, aber sie war eine gute Zuhörerin, und als das Dessert kam, wusste sie bereits alles über seine Vergangenheit. Sie hatten viel gemeinsam, zum Beispiel ihre Abneigung gegen den Disneyfilm „Bambi", der sie beide als Kinder todunglücklich gemacht hatte. Beide waren Klassensprecher gewesen und hatten später beim Wirtschaftsstudium als Beste abgeschlossen. Sie liebten ihre Arbeit und hatten einige enttäuschende, unglückliche Beziehungen hinter sich.

Emily vergaß Richards Überheblichkeit vorübergehend und fühlte sich einfach nur wohl. Er war so lieb, so gescheit, so freundlich, so verletzlich, so eindeutig hingerissen von ihr. Und er war unglaublich sexy. Er war genau richtig für sie.

Und als er sie nach Hause brachte, lud sie ihn zu sich ein.

Sie schloss die Tür und drehte sich zu ihm um. Er gab ihr genug Zeit, nein zu sagen, aber er bewegte sich schnell genug, um ihr das Gefühl zu geben, dass er ihr nicht widerstehen konnte. Und dann küsste er sie.

Tolles Timing, dachte sie noch, als seine Lippen ihre berührten. Und dann dachte sie gar nichts mehr.

Ganz offenbar hatte er sich in seinem Leben nicht nur mit Finanzen beschäftigt. Seine Lippen waren fest, und ihr wurde warm, als er sie auf ihrem Mund bewegte. Sie schlang die Arme um seinen Hals und erwiderte seinen Kuss hingebungsvoll. Ihre Zungen umspielten sich, und Emilys ganzer Körper schien zu brennen. Sie drückte sich an ihn, und er legte die Hand um ihren Nacken und ließ die Finger in ihre langen dunklen Haare gleiten.

Als er die Hand bewegte, verfing eine Strähne sich in seinem Manschettenknopf, und sie löste ihre Lippen von seinem Mund.

„Nicht, Richard. Warte! Meine Haare …" Sie bog den Kopf zurück, um die Spannung zu mildern, und er nutzte die Gelegenheit, sie auf den Hals zu küssen und die Lippen zu ihrem Dekolleté wandern zu lassen. Seine Hände glitten an ihrem Rücken hinunter.

„Au! Richard, hör auf."

„Womit?", fragte er heiser. Seine Hände bewegten sich unablässig und zerrten an ihren Haaren. „Du hast wunderschöne Haare." Er hob die Hand und strich darüber.

„Puh!" Sie ließ den Kopf sinken, als das Ziehen nachließ. Der Schmerz hatte ihr die Tränen in die Augen treten lassen.

„Du weinst", sagte er leise und tief angerührt.

„Meine Haare haben sich in deinem Manschettenknopf verfangen."

„Du bist so schön." Er neigte sich zu ihr, um sie erneut zu küssen."

„Bist du taub?", fuhr sie ihn an. „Meine Haare haben sich in deinem Manschettenknopf verfangen!" Sie brüllte jetzt fast.

„Was ist?"

Emily löste sich von ihm, hielt aber seinen Arm fest. „Halt endlich still! Es tut wirklich weh." Sie musste blinzeln.

„Warum hast du denn nichts gesagt?", fragte er vorwurfsvoll. Vorsichtig befreite er die Haarsträhne von seinem Ärmel.

„Das versuche ich ja die ganze Zeit."

Das erotische Knistern hatte sich völlig verflüchtigt, und Emily brauchte ihre ganze Selbstbeherrschung, um Richard nicht umzubringen.

„Es ist wohl besser, wenn du jetzt gehst", sagte sie und wich zurück, als er erneut nach ihr greifen wollte. „Ich habe morgen früh einen Termin mit dem Verpackungsdesigner, und du weißt ja, wie die Leute sind ... Man muss sie ständig unter Kontrolle haben, sonst tun sie, was sie wollen." Sie hatte sich zur Tür bewegt, während sie sprach, und öffnete sie jetzt. „Es war ein sehr schöner Abend."

„Was macht dein Kopf?" Richard wirkte enttäuscht und zugleich ein wenig verärgert.

Emily rieb sich die Kopfhaut. „Ich werde eine Schmerztablette nehmen. Mach dir keine Gedanken."

„Wann gehen wir wieder miteinander aus?" Er lächelte auf sie hinunter.

Sie schloss für einen Moment die Augen. „Lass uns das ein anderes Mal besprechen." Der Kopf tat ihr wirklich weh.

„Wie wäre es mit Freitagabend?"

„Richard, du hörst mir überhaupt nicht zu. Ich habe dir erklärt, dass ich Kopfweh habe und ein anderes Mal darüber sprechen möchte."

„Samstag?"

„Weder Freitag noch Samstag. Nie mehr!" Ihre Stimme klang schrill. „Ich werde nie wieder mit dir ausgehen. Jedenfalls nicht, bevor du gelernt hast zuzuhören. Mach einen Kurs oder kauf dir ein Hörgerät oder sonst etwas. Aber lass mich in Ruhe!" Sie schob ihn nach draußen und warf die Tür zu.

Das war ja nicht zu glauben! Sie kochte. Wie konnte ein so netter, charmanter, intelligenter, erotischer und gut aussehender Mann ein so schlechter Zuhörer sein? Ihr Kopf schmerzte fast unerträglich.

Nie wieder würde sie auch nur in seine Nähe gehen. Jedenfalls nicht freiwillig!

3. KAPITEL

Jane reagierte vorhersehbar.

„Ich möchte wissen, was daran so komisch ist!" Emily sah mit Befremden zu, wie Jane sich hysterisch lachend auf ihren Stuhl fallen ließ.

„Noch einmal, bitte", forderte sie begeistert. „Von Anfang an, als du dich in seinem Manschettenknopf verfangen hast."

„Du bist unmöglich." Emily setzte sich hinter ihren Schreibtisch und versuchte, ihre Sekretärin zu ignorieren. Sie hätte besser den Mund gehalten.

„Ich wäre für mein Leben gern dabei gewesen."

„Es hat ziemlich weh getan!"

„Du Ärmste. Wann siehst du ihn wieder?"

„Nie mehr. Ich habe ihn hinausgeworfen."

Jane hörte auf zu lachen. „Bist du noch zu retten?"

„Aber er hört mir überhaupt nicht zu!" Emily presste die Lippen zusammen, als sie wieder an den vergangenen Abend dachte.

„Du mir auch nicht", erwiderte Jane genüsslich.

„Natürlich höre ich dir zu!" Emily schenkte ihr einen bösen Blick.

„Gut. Dann rate ich dir, weiter mit ihm auszugehen."

„Kommt überhaupt nicht infrage."

„Siehst du? Du hörst nicht auf mich."

„Jane ..."

„Ist ja schon gut." Jane stand auf. „Und wie wirkt sich das jetzt auf eure Arbeit aus?"

„Keine Ahnung. Da hört er mir ja auch nicht zu."

Jane sah auf sie hinunter. „Du machst einen großen Fehler. Abgesehen von diesem kleinen Makel ..."

„*Kleinen* Makel?"

„... ist er genau der richtige Mann für dich. Und du willst ihn dir durch die Lappen gehen lassen." Jane ging kopfschüttelnd an ihren Schreibtisch zurück. „Du machst wirklich einen großen Fehler."

„Es tut mir wirklich leid", sagte Richard, als Emily in sein Büro trat, um ein paar Zahlen zu vergleichen. „Ich möchte mich entschuldigen."

„Es ist nicht so wichtig, wirklich." Sie setzte sich und griff nach den Papieren. „Das hätte jedem passieren können."

„Jeder andere hätte zugehört." Er sah reuevoll auf sie hinunter. Er war groß und breitschultrig und sehr sexy. Und er war verrückt nach ihr und am Boden zerstört, weil sie böse auf ihn war.

Emily schloss die Augen. Sie spürte, wie sie schwach wurde. Nein, dachte sie und öffnete die Augen wieder.

„Ich bin zu der Überzeugung gelangt, dass wir nicht mehr zusammen ausgehen sollten", sagte sie kühl. „Es tut nicht gut, wenn man Arbeit und Privatleben vermischt."

„Emily..."

„Hast du gehört, was ich gesagt habe?", fragte sie, und er wurde rot.

„Du hast ja recht." Er setzte sich. „Ich meine, mit dem Zuhören, nicht mit dem Ausgehen. Aber wenn das deine Meinung ist, dann beuge ich mich."

„Danke. Und jetzt zu dem Kostenvoranschlag..." Sie fand die Zahlen, die sie brauchte, und verließ sein Büro, noch bevor er irgendetwas sagen oder tun konnte, das ihren Entschluss ins Wanken brachte.

In der folgenden Woche fand Richard allerlei Vorwände, um sich privat mit Emily zu verabreden, aber sie ließ entweder durch Jane absagen oder brachte Jane zu diesen Terminen mit. Allmählich dämmerte ihm die Botschaft, und die nächsten drei Wochen sah Emily ihn überhaupt nicht. Dafür bombardierte er sie mit Anfragen, die unbedingt eine sofortige Antwort erforderten, mit Formularen, die auf der Stelle ausgefüllt werden mussten, und Berichten, die sie unverzüglich lesen sollte. Das meiste hätte sie sich sparen können.

Emily ging mit der letzten Anfrage zu Jane. „Das ist absolut lächerlich! Er hat die Zahlen alle selbst in seinen Unterlagen. Wenn er wieder etwas schickt, schick es zurück. Für wen hält er sich eigentlich?"

Jane nahm ihr das Blatt aus der Hand. „Ich sage es ja nur ungern, aber du sollst zu ihm kommen."

Emily kochte vor Wut. „Und wie hat er sich ausgedrückt? Dass ich unverzüglich zu erscheinen habe, andernfalls lässt er mich vorführen?"

„Karen hat nur gesagt, du möchtest bitte in sein Büro kommen."

„Das hört sofort auf!", stieß Emily hervor und setzte sich in Bewegung.

„Sie brauchen mich nicht anzumelden", beschied sie Karen kurz darauf und marschierte, ohne anzuklopfen, gleich in Richards Büro durch.

Er brütete über irgendwelchen Zahlenkolonnen. Sein Schreibtisch war unnatürlich aufgeräumt. Eine kleine Flasche stand neben zwei akkurat aufgeschichteten Papierstapeln, einem Krug mit Wasser und einem Glas. Daneben lag, exakt parallel ausgerichtet, ein Füller. Das war alles. Wie konnte man so arbeiten? Er hatte nicht einmal sein Jackett ausgezogen.

Aber er sah fantastisch aus.

„Deine Mutter war vermutlich sehr streng", begann Emily.

Richard sah auf.

„Du hast mich rufen lassen?" Sie stützte die Hände in die Hüften. „Ich bin gekommen, so schnell ich konnte."

„Das Labor hat die neue Mixtur geschickt." Er wies auf das Fläschchen auf seinem Schreibtisch. „Wegen des neuen ‚Prickelns', das du haben wolltest."

„Und warum haben sie es dir und nicht mir geschickt?", wollte Emily wissen. „Dich interessiert das doch überhaupt nicht."

„Ach, ich weiß nicht." Richard löste den Blick von ihr und wandte sich wieder seinen Papieren zu. „Nimm es ruhig mit."

„Was mir an der Arbeit mit dir am besten gefällt, ist deine Zuvorkommenheit", bemerkte Emily eisig und nahm das Fläschchen an sich. „Und bestell mich nie wieder in dein Büro. Wenn du in Zukunft etwas von mir willst, dann komm zu mir." Sie drehte sich auf dem Absatz um.

„Emily, warte!"

Sie holte tief Luft und wandte sich noch einmal zu ihm um. Ihre Augen funkelten.

Richard fuhr sich mit den Fingern durchs Haar. „Entschuldige. Wenn ich in der Arbeit stecke, vergesse ich oft meine Manieren. Ich wollte dich nicht in mein Büro bestellen, sondern dir nur Bescheid geben, dass die neue Parfümmixtur da ist. Das nächste Mal schicke ich Karen damit zu dir."

„Danke." Emily schob das Kinn vor. „Das wäre auch angemessen."

Richard nickte, dann sah er sie zum ersten Mal voll an. Sein Blick wurde weich, und in seinen Augen stand ein Ausdruck, dem sie schwer widerstehen konnte. Sie schluckte. „Es tut mir leid. Aber ich reagiere nun einmal sehr empfindlich darauf, wenn mich jemand herumkommandieren will."

„Ich weiß. Aber dann tue ich es trotzdem. Und außerdem höre ich nicht zu." Er lächelte sie an, und sie lächelte auch. Welche Fehler er auch haben mochte, sein Lächeln war umwerfend.

Er legte seine Papiere ab. „Darf ich dich bitten, das neue Parfüm auszuprobieren?"

„Wenn du mitmachst."

Er verteilte ein paar Tropfen auf seinem Handrücken.

Emily setzte sich ihm gegenüber. „Auf der Hand wird es nicht so wirken", meinte sie, nahm das Fläschchen und betupfte mit dem Glasstöpsel die Stelle zwischen ihren Brüsten.

Richard beobachtete sie wie hypnotisiert und sagte dann mit seltsam angestrengter Stimme: „Kannst du das nicht irgendwie anders machen?"

„Aber das ist die wärmste Stelle an meinem Körper", erklärte sie und fügte hinzu, als er die Augenbrauen hochzog: „Jedenfalls für Parfüm." Dann errötete sie.

Richard verrieb den Duftstoff auf seiner Hand. „Es kribbelt tatsächlich ein bisschen."

Die Haut zwischen Emilys Brüsten wurde warm und begann zu prickeln. Sie rieb mit dem Finger darüber. „Wir müssen unbedingt eine Warnung auf dem Etikett anbringen, dass man Sizzle auf keinen Fall auf empfindliche Organe auftragen darf. Das Zeug wirkt wie verrückt."

Richard starrte auf ihre Bluse, und Emily sah an sich hinunter. Ihre Brustspitzen zeichneten sich deutlich unter der dünnen Seidenbluse ab. Sie wurde rot und krümmte unwillkürlich die Schultern ein wenig, damit die Bluse sich nicht so straff über ihren Brüsten spannte. Aber damit erreichte sie nur, dass sie zusammengeschoben wurden und einen noch aufregenderen Anblick boten. Seine Verwirrung nahm beträchtlich zu.

Emilys Haut begann unangenehm zu brennen. „Juckt deine Hand?", fragte sie Richard, und er hob mit Mühe den Blick von ihrem Busen.

„Was? Äh ... ja, ein bisschen."

„Das Parfüm ist eindeutig zu stark." Emily holte tief Luft. „Viel zu stark." Sie fuhr mit der Hand unter ihre Bluse, und Richard sah ihr fasziniert zu.

„Alles in Ordnung?"

Sie biss sich auf die Unterlippe. „Ja. Ja, natürlich."

Das Parfüm brannte wie Feuer, und sie bewegte sich unruhig auf ihrem Stuhl.

„Emily?"

Sie hielt es nicht mehr aus. Mit einem schnellen Griff öffnete sie die oberen Blusenknöpfe, beugte sich vor und zog das Einstecktuch aus Richards Jackentasche. Einen kurzen Augenblick lang gewährte sie ihm den Anblick ihres vollen, runden Busens, dann tauchte sie das Tuch ins Wasser und drückte es sich auf die nackte Haut.

Endlich ließ das Brennen nach. „Ich werde dem Labor die Hölle heiß machen", verkündete sie.

„Wird es besser?"

Sie tupfte vorsichtig das Parfüm von der Haut. „Ja. Was macht deine Hand?"

„Kaum noch spürbar."

Emily betrachtete kritisch ihre gerötete Haut. „Immerhin kein Ausschlag." Sie sah hoch und mitten in seine Augen.

„Nein, es sieht wunderbar aus", bemerkte er.

Sie zog die Bluse über dem Busen zusammen. „Tut mir leid, dass ich dein Einstecktuch ruiniert habe."

Er musste lachen. „Jederzeit gern zu Diensten. Soll ich das Parfüm zurückschicken?"

„Nein. Ich bringe es persönlich hin."

„Die Leute im Labor tun mir jetzt schon leid."

Sie sah ihn verblüfft an. „Warum?"

Er lächelte ein wenig schief. „Wenn ich mir aussuchen dürfte, von wem ich einen Rüffel bekommen möchte hier in der Firma, dann bestimmt nicht von dir."

Sie erwiderte sein Lächeln. „Vergiss das nie."

„Lass uns essen gehen", sagte Chris sofort, als Emily ins Labor stürmte. „Zu mir."

„Dieses Parfüm greift total die Haut an! Du bringst das entweder in Ordnung, oder deine Stelle gehört ab sofort jemand anderem."

„Was soll das heißen: Es greift die Haut an?"

„Es brennt. Habt ihr es denn nicht getestet?"

„Doch, natürlich." Chris nahm ihr das Fläschchen ab. „Am Handgelenk und hinter dem Ohr."

„Das Problem tritt an anderen Körperstellen auf."

„An welchen anderen Stellen?"

„Bring es einfach nur in Ordnung, ja?", fuhr Emily ihn bissig an.

Er schüttelte den Kopf. „Du brauchst ein bisschen Abwechslung. Geh heute Abend mit mir zum Essen." Er grinste. „Dann kannst du mir auch diese anderen Körperstellen zeigen."

„Du wirst heute Abend ganz bestimmt nicht essen gehen, Chris. Du wirst nämlich an diesem Parfüm arbeiten."

„Komm schon, Emily", begann er und unterbrach sich dann, als er den Ausdruck in ihren Augen sah.

„Du weißt, dass ich Einfluss in der Firma habe", sagte sie kühl. „Glaubst du, ich könnte deine Entlassung bewirken?"

Er dachte kurz nach. „Ja."

„Und glaubst du, dass ich dazu auch fähig wäre, wenn du

dieses Parfüm nicht in Ordnung bringst und endlich damit aufhörst, mich zu belästigen?"

Er sah ihr in die Augen. „Ja."

„Dann schlage ich vor, dass du dich unverzüglich an die Arbeit machst." Damit ließ sie ihn ohne Umstände stehen.

Jane folgte Emily an den Schreibtisch, als sie ins Büro zurückkam. „Was hat er denn jetzt schon wieder angestellt?"

„Könnte ich erreichen, dass jemandem wegen sexueller Belästigung am Arbeitsplatz gekündigt wird?"

„Doch nicht Richard?" Jane war schockiert.

„Nein!", gab Emily wütend zurück. „Natürlich nicht. Sondern dieser Idiot Crosswell."

„Damit würdest du der weiblichen Belegschaft einen großen Gefallen tun."

„Vermutlich. Hätte ich deiner Meinung nach die Möglichkeit dazu?"

„Natürlich. Vor allem, wenn Richard davon erführe."

„Ich will nicht, dass er die schmutzige Arbeit für mich erledigt."

„Wie hat Crosswell dich denn so in Rage gebracht?"

„So, wie er es seit zwei Jahren tut. Heute hat er einfach nur das Fass zum Überlaufen gebracht. Ich kann dir gar nicht sagen, wie wütend ich war."

„Ich sehe es. Meinst du, dass er es jetzt endlich kapiert hat?"

„Ich glaube schon. Er weiß, dass das keine leere Drohung war."

„Ganz sicher nicht. Die Firma will dich nicht verlieren."

„Schön zu wissen, dass man geschätzt wird."

„Das ist es nicht." Jane schlug die Beine übereinander. „Aber sie wissen, dass ich mit dir gehen würde, und wer würde dann dafür sorgen, dass hier alles läuft?"

„Wie wahr. Hat die Werbeabteilung ihren Entwurf für die Verpackung schon fertig?"

„Er müsste morgen hier sein."

Das Telefon klingelte, und Jane stand auf, um den Hörer abzunehmen.

Emily sah aus dem Fenster. Sie musste daran denken, wie entrüstet sie gewesen war, als Jane behauptet hatte, Richard verschlänge sie mit Blicken und fände sie süß. Er hörte vielleicht nicht zu, wenn sie etwas sagte, aber er würde sein persönliches Verhältnis zu ihr bei der Arbeit nie ausnützen. Er war anständig, er war ...

„Laura auf Leitung eins", sagte Jane, und Emily nahm den Hörer ab.

„Und?", fragte sie ohne Einleitung.

„Du hast zwei Möglichkeiten. Das eine ist eine ganz sichere Sache – große Stars, viel Werbung, das Übliche. Ein kalkulierter Kassenerfolg. Jede Menge Designernamen, alles vom Feinsten."

„Es könnte sein, dass wir da zu wenig auffallen und sang- und klanglos untergehen. Was ist die Alternative?"

„Schwer zu sagen." Laura machte eine kleine Pause. „Es ist ein Erstlingsfilm, sehr begabter Junge. Es geht um einen erfolgreichen Mann und eine Karrierefrau, die einander sexuell verfallen. Vor allem eine Szene, in der die Frau sich anzieht, wäre ideal für dein Parfüm."

„Nicht, wenn niemand den Film zu sehen bekommt." Emily drehte sich in ihrem Stuhl um. „Was würde uns dein Starfilm kosten?"

„Ich fürchte, das wird dir nicht gefallen", antwortete Laura und nannte eine Summe.

„Das kann unmöglich dein Ernst sein", protestierte Emily.

„Ich glaube, die Herren sehen das mehr als Taschengeld", meinte Laura. „Soll ich verhandeln?"

„Nein." Emily drehte ihren Stuhl zurück. „Sie haben mir einen Aufpasser vor die Nase gesetzt, und der macht bestimmt nicht mit. Erzähl mir von dem anderen Film."

„Ich schicke dir am besten eine Videokassette mit ein paar Szenen daraus. Der Junge braucht dringend Geld, er wird also kooperativ sein. Die infrage kommende Szene soll nächste Woche gedreht werden. Wenn dir der Film gefällt, brauchen wir bis dahin dein Parfüm."

„Was will er dafür haben?"

„Das überlässt er mir."
„Okay. Wie viel wird die Sache mich also kosten?"
„Schau dir erst mal die Ausschnitte an. Dann unterhalten wir uns weiter."
„So gut wird der Film?"
„Ja", war Lauras knappe Antwort.
„Dann her damit", befahl Emily.
Sie legte den Hörer auf. Ein Film mit einem unbekannten Regisseur. Wenn er wirklich so gut war, wie Laura sagte, dann konnte das einen Raketenstart für Sizzle bedeuten. Und Laura irrte sich gewöhnlich nicht.

Richards letztes Memo hatte Filmwerbung praktisch als Möglichkeit gestrichen. Sie hatte versucht, ihm die Vorteile zu erklären, aber wie üblich hatte er nicht zugehört. Sie presste die Lippen zusammen, als sie wieder daran dachte. Er hatte einfach nicht zugehört.

Sie rief Jane über die Gegensprechanlage. „Ich erwarte morgen einen Videofilm von Laura. Sorge dafür, dass Richard ihn nicht zu sehen bekommt."

„Kein Problem. Worum geht es – Porno?"
„Wenn wir Glück haben, ja", erwiderte Emily.

Der Film traf am nächsten Tag ein, aber tagsüber fand Emily keine Zeit, ihn sich anzuschauen. Da Richard ihr verboten hatte, Rubine zu kaufen, hatte sie den ganzen Tag damit verbracht, jemanden zu suchen, bei dem sie die Steine mieten konnte. Aber sie hatte keinen Erfolg. Um halb sechs Uhr gab sie ihre Suche auf und ging zum Aufzug. Richard war in der Kabine.

„Und? Bist du bei den Rubinen fündig geworden?", wollte er wissen. Er lächelte, aber sie beachtete ihn gar nicht. Sie hatte einen vergeudeten Tag hinter sich, und daran war nur er schuld. So viel Charme gab es gar nicht, um das wettzumachen.

Er machte einen neuen Vorstoß. „Ein Pornofilm?" Er wies auf das Videoband in ihrer Hand.

„Keine Ahnung." Emily versuchte, das Band in ihrer Jackentasche zu verstauen. „Den Film hat mir ein alter Freund geschickt. Ich wollte mir einen Videorekorder mieten, um ihn anzuschauen."

„Du könntest ihn bei mir zu Hause anschauen. Ich habe einen Rekorder. Dazu essen wir eine Pizza."

Emily schüttelte den Kopf. „Ich weiß ja nicht einmal, was auf dem Band ist."

„Das können wir doch zusammen herausfinden." Richard nahm ihren Arm. Er führte sie auf die Straße, hielt ein Taxi an und schob sie hinein. Dann nannte er dem Fahrer seine Adresse und setzte sich neben Emily. „Was für eine Pizza möchtest du?", erkundigte er sich.

„Kann ich das denn selbst bestimmen?", fragte Emily milde erstaunt.

Richards Wohnung überraschte Emily. Zwar war sie so ordentlich, wie sie erwartet hatte, aber statt kaltem Glas und Stahl, wie sie sich vorgestellt hatte, fand sie gemütliches Leder und Messing vor. Die Einrichtung war klar und männlich, aber sie strahlte auch Wärme und Behaglichkeit aus.

„Eine wunderschöne Wohnung", lobte sie, und Richard lächelte. Die Anerkennung freute ihn sichtlich.

„Ich mache uns eine Flasche Wein auf. Dann bestellen wir uns eine Pizza."

Emily hob die Hand. „Du brauchst dir keine Umstände zu machen. Ich möchte nur kurz in das Band hineinschauen, dann gehe ich wieder."

Richard zog den Korken aus der Flasche und schenkte zwei Gläser ein. „Es sind keine Umstände." Er reichte ihr ein Glas. „Auf Sizzle!"

Emily seufzte. „Auf Sizzle", wiederholte sie und trank einen Schluck. Er beobachtete sie dabei. Der Wein war vollmundig und trotzdem trocken, und sie trank einen zweiten Schluck. „Köstlich", sagte sie, und er lächelte erleichtert und schenkte ihr trotz ihres Protestes nach.

„Nein, bitte nicht. Sonst sehe ich alles doppelt. Wo ist dein Videorekorder?"

„Hier." Er führte sie durch die Flügeltür in ein zweites Zimmer. Das Erste, was sie dort sah, war ein riesiges Messingbett. „Traumhaft", hauchte sie, unfähig den Blick davon zu wenden. Eine dicke weiße Tagesdecke lag darauf, und sie sah vor sich, wie sie sich darauf rekelte, während er ...

„Ich habe es von meiner Großmutter geerbt." Ihre Blicke trafen sich, und sie hatte den beunruhigenden Eindruck, dass er ganz ähnliche Gedanken hegte wie sie. Hör auf damit, befahl sie sich.

Richard ging zu einem hohen Schrank in der Ecke des Zimmers und öffnete ihn. Ein Fernsehapparat und ein Videogerät kamen zum Vorschein.

„Du wirst dich aufs Bett setzen müssen", sagte er, als er das Band einlegte und den Fernsehapparat einschaltete. „Oder ich müsste dir einen Stuhl aus der Küche holen."

„Nein, nein, das ist nicht nötig." Emily ließ sich auf der Bettkante nieder.

Richard drückte auf den Abspielknopf, sah Emily einen Augenblick unsicher an und verließ sie dann.

Eine schwarze Klappe erschien auf dem Bildschirm mit der Nummer der Filmszene, dann wurde sie weggezogen. Ein Mann und eine Frau standen einander gegenüber, beide dunkelhaarig, schlank und konservativ gekleidet. Sie unterhielten sich über etwas Geschäftliches. Dann lächelte die Frau und sagte: „In Wirklichkeit geht es um etwas ganz anderes." Und sie begann, den Mann aufreizend langsam zu küssen. Dann explodierte die Szene plötzlich in pure Erotik, als beide sich auszogen und zu lieben begannen.

Emily vergaß, wo sie war, und schaute wie hypnotisiert zu. Dabei nippte sie selbstvergessen an ihrem Wein. Ihr wurde am ganzen Körper heiß, als die Szene sich immer leidenschaftlicher entwickelte. Es war die erotischste Liebesszene, die sie jemals gesehen hatte.

Richard war zurückgekommen und sah sie an. Auf einmal wurde ihr bewusst, dass ihre Haut gerötet war und ihr Atem schneller ging. Sie stellte ihr Glas ab und stand auf.

„Nun", sagte sie und unterbrach sich dann. Auch er hatte sein Glas abgestellt und kam jetzt auf sie zu. „Ich – äh ...", begann sie, und er legte die Arme um sie und zog sie an sich. „Ich glaube nicht", sagte sie, und er küsste sie. Seine Lippen waren weich und fest zugleich, und er drückte sie an sich, während sie in seinem Kuss unterzugehen drohte.

Als sie schließlich auftauchte, um Luft zu holen, drehte sich alles um sie. „Wart einen Moment", keuchte sie, und er strich ihr über den Rücken und presste sie an sich. Sie schob ihn weg.

„Du hörst mir nie zu", beschwerte sie sich.

Er hielt inne. „Entschuldige." Er musste um seine Fassung ringen, als er sie aus verhangenen Augen ansah. Lust stand darin, Lust und Bewunderung. Er sieht so wunderbar aus, dachte sie benommen.

Dann strich er ihr ganz zart über die Wange und sagte noch einmal: „Entschuldige bitte."

Emily gab auf. „Schon gut." Sie legte ihm die Hände um den Nacken und zog seinen Kopf zu sich herab. Ohne weiter nachzudenken, presste sie ihre Lippen auf seinen warmen Mund. Richard stöhnte leise auf, hob sie hoch und legte sie aufs Bett. Als er ihren Nacken küsste, bog Emily sich ihm instinktiv entgegen. Er drückte seine Lippen auf die kleine Kuhle an ihrem Hals, und Emily schloss mit einem Seufzer die Augen. Was dieser Mann mit ihr anstellte, machte ihr Angst – und war einfach wunderbar!

Ihre Haut glühte und kribbelte überall dort, wo er sie berührte.

Vorsichtig knöpfte Richard ihre Bluse auf und küsste den schmalen Streifen Haut über dem Spitzenrand ihres Büstenhalters. Ein Zittern durchlief sie, während er nach dem Verschluss suchte.

„Vorne", flüsterte sie, und als er weiter auf ihrem Rücken herumtastete, noch einmal: „Richard, der Verschluss ist vorne."

„Was?", murmelte er an ihrem Ohr. Er hörte einfach nicht zu.

Emily öffnete einen Moment irritiert die Augen, aber dann fuhr er mit der Zungenspitze in ihr Ohr, und das Kribbeln entlang ihrer Wirbelsäule ließ sie alles andere vergessen. Sie hakte ihren Büstenhalter selbst auf, knöpfte sein Hemd auf und strich mit der Zunge über seine harte, nackte Brust. Als er ihr den BH abstreifte, presste sie sich an ihn, um seine warme Haut zu spüren.

Er hielt sie sanft zurück. „Darauf habe ich so lange gewartet", flüsterte er und beugte sich über sie. Ganz leicht strich er mit der Zunge zuerst über die eine Brustspitze, dann über die andere, und nahm sie schließlich in den Mund und saugte daran, bis sie einen kleinen Schrei ausstieß und sich in seinen Armen wand.

Zitternd umklammerte sie seine harten Schultern. Er fühlte sich so unglaublich gut an. Seine Lippen wanderten zu ihrer anderen Brust, und er setzte seine aufreizenden Liebkosungen fort, bis sie vor Lust nach ihm fast aufschrie. Da ließ er die Hand unter ihren Rock gleiten und streichelte sie an ihrer empfindlichsten Stelle.

Jede Absicht, ihm Einhalt zu gebieten, löste sich in nichts auf – wenn sie diese Absicht jemals gehabt hätte. Sie kam seiner Hand entgegen und vergrub ihre Hände in seinem Haar. Zitternd presste sie sich an ihn, und er stöhnte auf und küsste sie, bis sie beide nach Atem rangen.

Als er die Lippen zu ihrem Hals wandern ließ, keuchte sie: „Richard, ich …"

„Nicht jetzt", flüsterte er und strich mit den Lippen über ihre Wangen.

Nicht jetzt? Emily wurde heiß, vor Ärger diesmal. Nicht jetzt? Für wen hielt er sich eigentlich?

Da wurden seine Liebkosungen fordernder, und es interessierte sie nicht mehr, für wen er sich hielt. Schiere Ekstase ergriff sie.

Es klingelte an der Tür.

„Komm", stöhnte sie und presste sich an ihn. „Ich will mit dir schlafen. Bitte …"

„Warte." Er zog seine Hand weg. „Ich schaue nur schnell, wer an der Tür ist, und schicke ihn weg. Es dauert nicht lange. Ich bin gleich wieder da."

„Nein", sagte sie und versuchte, ihn festzuhalten. Aber er machte sich von ihr los, küsste sie schnell auf den Busen und verließ sie. Sie blieb fassungslos zurück. Schließlich setzte sie sich auf und entdeckte sich im Spiegel. Ihre Frisur war aufgelöst, ihre Augen waren verschleiert, der Mund stark gerötet. Sie war bis zur Taille nackt und sah erhitzt aus, brennend vor Lust nach ihm.

Und er unterhielt sich im Wohnzimmer mir irgendeinem zufälligen Besucher!

„Ich glaube es nicht", stieß sie hervor. Sie stand auf, zog Büstenhalter und Bluse an und brachte ihr Haar halbwegs in Ordnung. Dann nahm sie ihr Videoband aus dem Gerät und ging ins Wohnzimmer.

Richard stand an der Tür und unterhielt sich mit George Bartlett. Dessen Augen weiteten sich ungläubig, als er sie entdeckte.

„Danke", sagte Emily und schlüpft in ihren Mantel. „Es war sehr nett von Ihnen, dass ich Ihren Videorekorder benutzen durfte. Bis morgen dann." Sie glitt an den beiden Männern vorbei und lief mit schnellen Schritten zum Lift. Die Türen teilten sich, und sie trat in die Kabine.

Ich kann es nicht glauben, dachte sie. Ich kann nicht glauben, dass ich es fast getan hätte! Mit Richard Parker, der so gut aussah und dabei so kalt war – nur heute Abend nicht. Und sie wollte ihn. Sie wollte ihn wirklich. Sie lehnte sich an die Kabinenwand, schloss die Augen und dachte daran, wie wunderbar es gewesen wäre, mit ihm zu schlafen. Aber er musste ja diese verdammte Tür öffnen. Sie hatte ihn zurückhalten wollen, aber er hatte es so gewollt. Warum hörte er nur nie zu? Zum Teufel mit ihm.

Sie nahm sich ein Taxi nach Hause und träumte die ganze Nacht von Richard, wie er sie zum Klang der Türglocke liebte.

„Was ist gestern passiert?", wollte Jane am nächsten Morgen wissen und zwinkerte Emily dabei zu.

„Ich habe schlecht geschlafen", gab Emily gereizt zurück. „Was ist eigentlich los? Wieso soll etwas passiert sein?"

„Auf deinem Schreibtisch stehen drei Dutzend Rosen in einer Kristallvase. Hier, die Karte war dabei. Der Umschlag ist leider zugeklebt, deshalb konnte ich nicht lesen, von wem die Blumen sind. Aber du klärst mich sicher gleich auf."

Auf der Karte stand: „Entschuldige. Ich würde es gern wiedergutmachen. Richard."

„Denkste." Emily ließ die Karte in den Papierkorb fallen, und Jane fischte sie heraus und las sie, während sie Emily in ihr Zimmer folgte. „Von Richard also. Was hat er getan?"

„Es geht eher darum, was er nicht getan hat." Die Rosen waren wirklich wunderschön. Emily drückte die Vase Jane in die Hand. „Schick sie ihm zurück."

„Mann, der muss wirklich ins Fettnäpfchen getreten sein." Jane war beeindruckt.

Zwanzig Minuten später summte die Gegensprechanlage auf Emilys Schreibtisch. „Der Rosenkavalier auf Leitung drei. Sei nett zu ihm."

„Ha!" Emily drückte mit spitzem Finger auf die Taste mit der Drei. „Ja?"

„Emily, es tut mir leid wegen gestern Abend."

„Das sollte es auch."

„Wie kann ich es wiedergutmachen?"

„Gar nicht. Nicht einmal mit Rubinen. Ein Mann, der George mir vorzieht ... Ausgerechnet George!"

„Ich wollte ihn loswerden, damit wir nicht gestört werden."

„Und wenn die Heilsarmee bei dir klingelt, dann singst du wahrscheinlich erst einmal ein paar Choräle mit. Und wenn dich jemand für eine Sekte werben oder dir etwas verkaufen will, bittest du ihn vermutlich erst einmal herein!"

Emily hörte ein Summen im Hintergrund, dann eine Verwünschung. „Bleib eine Sekunde dran", bat er. „Es kommt gerade ein anderer Anruf herein." Im nächsten Moment war die Leitung stumm.

Emily legte langsam den Hörer auf.

Jane steckte den Kopf durch die Tür. „Ich habe gesehen, dass die Verbindung unterbrochen wurde. Was war los?"

„Er hat mich auf die Warteschleife gesetzt."

Jane schluckte. „Wow!"

„Dieser unverschämte Kerl hat es tatsächlich gewagt, mich auf die Warteschleife zu setzen!"

Jane zog sich unauffällig wieder zurück und schloss behutsam die Tür hinter sich.

Emily saß starr vor Ärger an ihrem Schreibtisch.

Die Gegensprechanlage summte. „Richard auf zwei."

Emily hob ab.

„Emily, ich …"

„Wage es nur nicht, mich je wieder so abzuservieren."

„Jane hat mir schon gesagt, dass das ein Fehler war", gestand er reuig. „Lass es mich gutmachen."

„Das schaffst du gar nicht. Mit keinem Essen, nicht mit Rosen, nicht einmal mit Rubinen. Du bist ein herrschsüchtiger, machtbesessener, gefühlloser Pfennigfuchser!", beschuldigte sie ihn böse und legte mit einer heftigen Bewegung auf. Dann rief sie Jane an. „Keine Anrufe von Richard Parker mehr, egal, was er will. Wenn er mir etwas mitteilen möchte, soll er mir ein Memo schicken."

„Zu Befehl", erwiderte Jane.

„Besprechungstermin um fünf Uhr", sagte Jane, als Emily sich gerade auf den Nachhauseweg machen wollte.

„Was?"

„Das ist gerade aus Georges Büro gekommen." Jane reichte ihr ein Blatt Papier.

Emily verdrehte die Augen und zerknüllte es. „Ich bin müde und will nach Hause."

„Das kannst du auch, sobald du die Besprechung hinter dich gebracht hast."

„Ich wollte, ich wäre Sekretärin geworden!"

„Nein, das wolltest du nicht", berichtigte Jane und zog ihren Mantel an. „Du bist eine grauenhafte Tipperin. Du würdest verhungern. Außerdem würdest du dir von niemandem etwas sagen lassen. Bis morgen."

Emily streifte die Schuhe ab und setzte sich. Sie war müde, und diese Strumpfhose trieb sie noch zum Wahnsinn. Wenn sie etwas hasste, dann waren es Strumpfhosen. Sie waren eine Erfindung des Teufels. Nie wieder würde sie welche tragen! Kurz entschlossen zog sie das störende Kleidungsstück aus, sozusagen als Geste der Unabhängigkeit. Außerdem hatte sie sowieso eine Laufmasche am Fuß entdeckt.

Sofort fühlte sie sich besser. Sie lehnte sich mit einem zufriedenen Seufzer zurück und legte die Beine hoch. Aber als sie an den vergangenen Abend dachte, kam die Frustration zurück. Und die Lust auf Richard.

Nein, dachte sie grimmig. Schluss mit lustig. Sie würde Richard vergessen und nach Hause gehen. Sie sah auf die Uhr. Viertel nach fünf. Mist. Sie schlüpfte hastig in ihre hochhackigen Schuhe und lief den Korridor hinunter zum Besprechungsraum.

„George?" Es war dunkel, und als die Tür hinter ihr zufiel, stieß sie mit jemandem zusammen. Mit einem großen, breitschultrigen, muskulösen Mann.

Das war nicht George.

Das war Richard.

4. KAPITEL

„Oh nein!" Emily wandte sich um, um die Flucht zu ergreifen, doch Richard legte von hinten die Arme um sie, zog sie an sich und begann, kleine Küsse auf ihrem Nacken zu verteilen.

„Diesmal stört uns niemand", flüsterte er.

Emily war völlig benommen von seiner Nähe, und ihr wurde am ganzen Körper warm. Aber sie kämpfte dagegen an. Was bildete er sich eigentlich ein? Sie holte aus und versetzte ihm einen Tritt.

„Autsch!", rief er, aber er dachte nicht daran, sie loszulassen.

Emily wollte nein sagen. Sie wusste, dass er sie gehen lassen würde, wenn sie es wirklich wollte. Er würde sie nicht gegen ihren Willen zurückhalten. Aber sein Mund bewegte sich so aufreizend auf ihrer nackten Haut, und er presste sich so hart an sie, dass sie machtlos gegen ihre eigenen Wünsche war. Sie gab den Kampf auf und drehte sich um.

Im Dunkeln fand sie seinen Mund und begann, ihn zu küssen. Das heiße Liebesspiel ihrer Zungen ließ sie erbeben. Er stöhnte auf, und ein Schauder durchlief seinen Körper. Jäh hob er sie hoch, setzte sie auf den Konferenztisch und schob sich zwischen ihre Knie. Sie schlang die Beine um ihn und zog ihn zu sich heran, während er ihre Bluse öffnete. Er streifte ihr den Seidenstoff von den Schultern und betrachtete sie voller Bewunderung und Verlangen. Dann beugte er sich herab und umspielte mit der Zunge ihre Brustspitzen.

Da drangen Stimmen vom Korridor zu ihnen. Die Reinigungstruppe.

„Nicht schon wieder", stöhnte Emily.

„Diesmal wird uns nichts und niemand in die Quere kommen", stieß Richard hervor. Er rückte ein wenig von ihr ab und schob die Hand unter ihren Rock, um ihr das Höschen auszuziehen.

„Wenn du jetzt aufhörst, werde ich dir das nie verzeihen", drohte Emily. Ihre Stimme ließ keinen Zweifel an ihrer Entschlossenheit.

„Wenn es sein muss, liebe ich dich, während die Putzfrauen zuschauen!", erklärte Richard, und Emily hob die Hüften, um es ihm leichter zu machen.

„Du bist so wunderschön", sagte er mit unsicherer Stimme. „Ich schaue dich so gern an." Er begann, ihre nackten Oberschenkel zu streicheln, ihr mit seinen Berührungen eine süße Qual zu bereiten, und er küsste sie auf Schultern und Hals, bis sie mit den Fingern in seine Haare fuhr und ihre heißen Lippen auf seine Brust presste.

Als er von ihr abrückte, versuchte sie, ihn wieder an sich zu ziehen. Da wurde ihr bewusst, dass er mit einem Kondom kämpfte, und sie lachte, bis er so unvermittelt in sie eindrang, dass sie einen kleinen Schrei ausstieß. Er umfasste ihre Hüften und drang immer wieder ein, bis sie meinte, vor Lust wahnsinnig zu werden. Sie wand sich in seinen Armen, und er bewegte sich immer schneller, bis sie zum Höhepunkt kam, wieder und wieder, und endlich in seinen Armen zusammensank, die Beine immer noch um ihn geschlungen. Ein Zittern durchlief sie.

Es klopfte. „Ist da jemand?"

Richard hob Emily vom Tisch und trug sie durch den Raum, bis er eine Tür im Rücken spürte. Sie ließ sich auf den Boden gleiten, und er öffnete die Tür und zog sie hinter sich her. Im selben Moment, in dem er die Tür wieder schloss, ging im Besprechungsraum das Licht an.

„Wo sind wir?", erkundigte Emily sich flüsternd. Unter der Tür war ein kleiner Lichtstreifen zuerkennen.

„In einem Schrank", erwiderte Richard genauso leise. „Ich hoffe nur, es ist nicht der Besenschrank."

„Heutzutage benützt man keine Besen mehr", gab Emily zurück. Gleichzeitig begann draußen eine elektrische Kehrmaschine zu surren.

Der Platz reichte nicht, um sich hinzusetzen, und so hielt Richard sie nur fest, und sie schmiegte sich an ihn. „Ich war noch gar nicht fertig", flüsterte er ihr ins Ohr. Und er hob sie hoch, presste sie an die Rückwand und drang erneut in sie ein. Wieder schlang sie die Beine um ihn, und er bewegte sich in ihr, langsam und sanft.

Sie biss ihn in die Schulter. „Mehr, Richard. Mehr ...", forderte sie ihn auf, und nun hielt er sich nicht mehr zurück, sondern steigerte ihre Lust mit einem wilden Rhythmus, bis sie aufschrie. Er erstickte ihren Schrei mit seinem Mund und bewegte die Zunge im selben Rhythmus wie seine Hüften. Und Emily versank in einem Strudel der Leidenschaft, wie sie ihn noch nie erlebt hatte. Diesmal schien der Höhepunkt endlos, heftige Wellen durchliefen ihren Körper, während Richard die Zunge in ihrem Mund spielen ließ. Da hörte sie ihn aufstöhnen und spürte, wie er in ihr erbebte. Dann hielt er sich ganz still.

„Richard", flüsterte Emily, und er küsste sie.

„Wir müssen das unbedingt im Bett wiederholen", sagte er rau und berührte ihr Haar. „Da ist es bequemer."

Sie küssten und streichelten sich wortlos, bis die Putzkolonne den Besprechungsraum wieder verlassen hatte.

„Komm mit zu mir nach Hause", bat er.

„Das geht nicht." Emily legte ihm die Hände auf die Brust. „Ich habe nichts zum Umziehen und kein Waschzeug dabei."

Außerdem musste sie über diese neue Entwicklung nachdenken. Damit hatte sie nicht gerechnet. Es war mehr, als sie sich je erträumt hatte.

Unten auf der Straße hielt Richard ein Taxi an, stieg neben Emily ein und gab dem Fahrer seine Adresse. Es schien, als könnte er die Finger nicht von ihr lassen, als müsste er sich so vergewissern, dass sie noch da war. Er sah sie an, als wäre sie ein Wunder, berührte ihre Wange, strich über ihr Haar, hielt ihre Hand. In seinen Augen las sie mehr als nur Erregung und Lust. Emily fühlte sich geliebt und begehrt. Und sie spürte seinen Besitzanspruch. Das beunruhigte sie.

„Richard ...", begann sie, aber er ließ sie nicht zu Wort kommen.

„Ich möchte dich die ganze Nacht lang lieben." Er küsste sie verlangend, und sie fühlte sich benommen, wie jedes Mal, wenn er das tat.

„Nein, hör zu", begann sie, und er lachte und küsste sie wieder. Er war ein wunderbarer Liebhaber, aber ein lausiger Zuhörer.

Richard stieg vor seiner Wohnung aus und drehte sich um,

um Emily aus dem Wagen zu helfen. Aber sie zog schnell die Autotür zu und wies den Fahrer an weiterzufahren. Sie wollte mit Richard schlafen, unbedingt, aber das nächste Mal zu ihren Bedingungen. Denn wenn sie nicht sehr schnell dafür sorgte, dass diese Beziehung gleichberechtigt wurde, würde sie den Rest ihres Lebens herumkommandiert werden. Und das war selbst für Richard ein zu großes Opfer.

Richard. Was für ein Mann. Sie lehnte sich zurück, schloss die Augen und dachte daran, wie er sie geliebt hatte. Es würde ein hartes Stück Arbeit werden, bis sie ihn so weit hatte, dass er sie ernst nahm, aber er war es wert. Er war jede Anstrengung wert.

„Du bist ja außergewöhnlich gut gelaunt heute Morgen", stellte Jane fest, als Emily ins Büro kam.

„Danke." Emily lächelte selbstzufrieden.

„Ich habe dir deine Unterhose auf den Schreibtisch gelegt."

„Wie bitte?"

„Die Putzkolonne hat sie gefunden und ans Schwarze Brett gepinnt. Ein lustiges Völkchen."

„Weiß sonst jemand davon?"

„Mit Sicherheit nicht. Vor mir war niemand hier, und ich habe das gute Stück nur erkannt, weil ich es gekauft habe."

„Du hast dir eine Gehaltserhöhung verdient."

„Das finde ich auch. Heraus mit der Sprache: Wer war der Mann?"

„Was für ein Mann?", gab Emily fröhlich zurück und verschwand in ihrem Büro.

Eine Stunde später meldete sich Jane. „Der Finanzminister möchte dich in seinem Büro sehen. Bald."

Das glaube ich gern, dachte Emily. Er meint, er bräuchte nur mit dem Finger zu schnippen und schon rase ich zu ihm. Und dann liebt er mich auf seinem Schreibtisch, bis ich den Verstand verliere! Dieser zweite Teil klang zwar nicht übel, aber sie war trotzdem entschlossen, Richards Vorladung nicht zu folgen. Es war an der Zeit, ihm beizubringen, dass er zuzuhören hatte. Wenn sie erst einmal verheiratet waren, war der Zug abgefahren.

Wenn sie verheiratet waren? Emily schluckte und schüttelte den Kopf. Dann hielt sie inne. Warum eigentlich nicht? Verheiratet. Aber zu ihren Bedingungen, nicht zu seinen.

„Du kannst ihm ausrichten, dass ich beschäftigt bin."

„Gut", sagte Jane zufrieden.

Emily breitete die Fotos von den Rubinen auf ihrem Schreibtisch aus. Sie waren gerade von der Werbeabteilung gekommen. Es ist überhaupt keine Frage, dachte sie, als sie die Bilder von den echten mit denen der falschen Steine verglich. Die falschen waren stumpf und ohne Glanz, die echten Rubine dagegen funkelten und schienen von innen heraus zu leben.

Sie nahm ein Blatt Papier und schrieb eine Notiz für Richard. Selbst er musste den Unterschied sehen und erkennen, dass nur die echten Steine das Feuer besaßen, das sie für die Werbung brauchten.

Die Tür ging auf, und ohne aufzusehen, sagte sie: „Jane, ich habe ein Memo für Richard."

„Gut", sagte Richard. „Ich nehme es gleich selbst mit."

Sie sah ihn über den Rand ihrer Lesebrille hinweg an. „Hättest du dich nicht von meiner Sekretärin anmelden lassen können?"

Er schloss die Tür hinter sich und kam zum Schreibtisch. „Deine Sekretärin ist nicht da. Und ich brauche deine Meinung zu den Steinen jetzt. Wenn du dich erinnerst, muss ich einen Bericht schreiben." Er lächelte auf sie hinunter. „Und ich gebe meine Berichte immer pünktlich ab."

Snob, dachte Emily.

Sein Lächeln wurde breiter, als hätte er ihre Gedanken gelesen, und ihr Herz machte einen Sprung. Er neigte sich vor und stützte die Arme auf dem Schreibtisch ab. Ihr Puls beschleunigte sich, und ihr Atem kam schneller. Nicht, dachte sie.

Sie zwang sich, sich in ihrem Stuhl zurückzulehnen, und sah ihn ruhig an. „Ich werde Jane sofort mit dem Memo zu dir hinaufschicken", sagte sie und gab sich Mühe, ihre Stimme normal klingen zu lassen.

„Ich würde es aber gern gleich mitnehmen", sagte er sanft.

Sie wusste, dass sie ihm nichts vorgemacht hatte. Zu dumm. Sie durfte die Kontrolle über sich nicht verlieren.

Janes Stimme kam aus der Gegensprechanlage. „George ist auf Leitung zwei."

„Danke." Emily nahm den Hörer ab.

„Emily." Richard versuchte, ernst zu bleiben. „Das Memo." Richard in Aktion.

Emily stellte plötzlich fest, dass ihr die Situation Spaß machte. Sie deckte die Sprechmuschel mit der Hand ab und lachte ihn an. „Siehst du nicht, dass ich zu tun habe?" Sie widmete sich wieder ihrem Gesprächspartner. „George! Wie schön, dass Sie anrufen. Gerade erst habe ich zu Jane gesagt, dass wir beide uns viel zu selten unterhalten."

„Emily?", fragte George verunsichert. „Sind Sie es wirklich?"

„Ja, natürlich." Emily blinzelte Richard zu. „Was kann ich für Sie tun?"

„Nun, ja ..." George schien einigermaßen verwirrt. „Ich wollte mich nur einmal erkundigen, wie Sie mit Richard auskommen. Alles in Ordnung?"

„Ja, es läuft ganz wunderbar." Sie streckte Richard die Zunge heraus. „Ich hätte mir keinen netteren Mitarbeiter wünschen können. Er sagt immer schön bitte und danke, kommandiert niemanden herum, ist ein großartiger Zuhörer, immer rücksichtsvoll und bescheiden. Ein wirklich emanzipierter Mann."

Richard hob die Augenbrauen. Dann kam er auf ihre Seite des Schreibtischs und ließ sich auf die Knie fallen.

„Was tust du da?", flüsterte Emily.

„Ich schaue mir gerade die Bilanz des letzten Projekts an", antwortete George.

Richard ließ die Hände über ihre Knie und Schenkel zu ihrer Taille hinauf wandern und schob dabei ihren Rock mit hoch. Emily versuchte, die Knie zusammenzupressen, aber er schob sich dazwischen.

„Aufhören." Emily versuchte, ihn von sich zu schieben.

„Aber, Emily", sagte George. „Ich will mich doch nicht in Ihr Projekt einmischen. Es interessiert mich einfach."

„Entspann dich." Richard strich mit den Lippen über die Innenseite ihrer Oberschenkel.

Emily versuchte, seinen Kopf wegzustoßen. Ausgerechnet heute musste sie beschließen, ab jetzt endgültig auf Strumpfhosen zu verzichten und nur noch Strümpfe zu tragen! Was trieb er da eigentlich? Sie waren im Büro!

„Emily?", fragte George. „Emily, seien Sie jetzt nicht zickig."

Sie griff in Richards Haare und zog seinen Kopf hoch. Er gab einen kleinen Schmerzenslaut von sich und schob ihre Hand fort. „Das mit den Strumpfhaltern war eine großartige Idee", sagte er. „Du solltest immer Strümpfe tragen." Und dann senkte er den Kopf wieder und hielt ihre Hand so fest, dass sie sie nicht mehr bewegen konnte.

„Emily, würden Sie mir bitte zuhören?", sagte George.

„Ich höre zu, George." Sie versuchte, mit dem Stuhl aus Richards Reichweite zu rollen, aber er zog sie einfach wieder näher zu sich. Seine Lippen kitzelten auf ihrer Haut, und seine Zunge bewegte sich spielerisch darüber. Sie musste kichern. George hielt sie vermutlich inzwischen für völlig übergeschnappt. Allerdings, wenn er sie jetzt sehen könnte, bräuchte sie sich keine Gedanken mehr zu machen, was er am Telefon von ihr hielt. Sie versuchte, sich darauf zu konzentrieren, was er sagte, aber Richard war einfach interessanter.

„Richard kann viel für Sie tun, Emily", sagte George jetzt.

„Meinen Sie?", fragte sie zurück und versuchte zu entscheiden, ob ihr mehr daran lag, ihre Würde zu bewahren oder sich mitten am Vormittag unanständig zu vergnügen.

Allerdings hatte sie nicht den Eindruck, als wäre ihre Entscheidungsfreiheit sehr groß.

Richard ließ ihre Hand los und griff ihr unter den Rock. Mit einem schnellen Griff schob er ihr seidenes Höschen zur Seite.

„Emily?", meldete George sich wieder, da spürte sie Richards heißen Atem, seine Lippen ...

„Wir unterhalten uns später weiter", rief sie und warf den Hörer aufs Telefon. Richard hörte mit seinen Liebkosungen keine Sekunde auf, und Emily legte sich in ihrem Stuhl zurück. Sie griff mit den Fingern in seine Haare und drückte seinen Kopf an sich, den Hitzewellen, die er in ihr auslöste, hilflos ausgeliefert.

Jane klopfte, und bevor Emily sie daran hindern konnte, kam sie schon mit ein paar Papieren in der Hand herein. Richard verschwand unter ihrem Schreibtisch, und Emily schnappte nach Luft. Sie sah nach unten und fing an zu lachen. Der große Richard Parker versteckte sich unter ihrem Schreibtisch, ein Kondom in der Hand.

„Darf ich fragen, was dich so erheitert?", wollte Jane wissen.

„Oh wie tief die Mächtigen doch sinken können", sagte Emily scheinbar zusammenhanglos und wollte sich gleich wieder ausschütten vor Lachen. Richard ließ die Hand zwischen ihre Schenkel gleiten und berührte sie.

„Hast du irgendwas?", erkundigte Jane sich. „Du bist so rot im Gesicht."

„Ich glaube, ich habe Fieber", behauptete Emily. Sie schluckte. „Vielleicht lege ich mich ein bisschen hin." Richards Kopf war wieder zwischen ihren Beinen, und seine Zunge legte eine aufreizende Spur über ihre heiße Haut.

„Ich muss mich wirklich hinlegen", sagte Emily atemlos. „Die nächste Stunde will ich auf keinen Fall gestört werden."

„Ich bringe dir ein Aspirin", bot Jane ihr an.

„Nein, nein, ich habe alles, was ich brauche. Danke. Lass mich einfach nur allein." Richard zupfte wieder an ihrem Seidenhöschen.

Jane sah sie besorgt an. „Ich glaube, du bist wirklich krank."

Emily spürte seine Zungenspitze auf ihrer Haut.

„Nein! Oder ja." Emily umfasste mit beiden Händen die Schreibtischkante. „Geh und lass mich in Ruhe." Richard liebkoste sie immer drängender, und Hitzewellen durchliefen ihren Körper. Wenn Jane nicht gleich verschwand, würde sie schreien und sich vom Stuhl stürzen!

Jane war gekränkt. „Wie du willst. Sag mir Bescheid, wenn du mich brauchst."

Emily war unfähig zu einer Antwort. Sie schloss die Augen und überließ sich ganz den Gefühlen, die Richard in ihr auslöste. Wie aus weiter Ferne hörte sie die Tür ins Schloss fallen, dann zog Richard sie zu sich auf den Boden hinunter und zerrte ihr das Höschen hinunter. Und dann war er auf einmal in ihr, hart und tief.

Emily stöhnte auf und biss ihn durch sein Jackett in die Schulter. Seine Stöße wurden immer schneller, immer heftiger, und ihr war, als explodierte sie. Sie schluchzte seinen Namen und bog sich ihm entgegen, als sie den Höhepunkt erreichte. Dann bäumte sie sich ein letztes Mal auf und wurde ganz still. Er war noch immer in ihr, und sie öffnete die Augen und sah ihn an.

Das war nicht mehr der Richard, den sie kannte. Verschwunden war seine Beherrschung, und er war genauso tief berührt wie sie. Er gehört mir, dachte sie und fuhr mit den Fingernägeln seinen Rücken hinunter. Ein Schauder durchlief ihn, und sie klammerte sich an ihn und ließ die Hüften kreisen. Er reagierte auf jede einzelne Bewegung.

Sie lachte. Es war ein wundervolles Gefühl, so viel Macht über einen Mann zu haben, solches Begehren in ihm zu wecken, ihn zittern zu lassen vor Lust. Er fühlte sich so gut in ihr an. Sie zog seinen Kopf zu sich herunter und biss ihn leicht in die Lippe. Er stöhnte auf, und im selben Augenblick verströmte er sich lustvoll in ihr.

Er sank auf sie und barg den Kopf in ihrer Halsbeuge. Sie streichelte sein Gesicht und ließ die Finger in seine Haare gleiten. „Ich liebe dich, Richard", sagte sie und erschrak. Es wäre kein Wunder, wenn er jetzt fluchtartig ihr Zimmer verlassen würde.

Er stützte sich auf die Hände und sah auf sie hinunter. Seine Augen waren halb geschlossen, der Mund gerötet und leicht geschwollen.

„Ich liebe dich auch", sagte er. Und dann lachte er ein wenig zittrig. „Ich kann es selbst nicht glauben, dass ich das sage. Ich liebe dich, Emily." Er küsste sie auf die Stirn. „Ich liebe dich." Ihre Lippen trafen sich. „Ich liebe dich." Er ließ den Mund über ihren Hals wandern. „Ich liebe dich."

Er küsste sie wieder auf die Lippen, und sie erwiderte diesen Kuss mit all den Gefühlen, die sie sich so lange versagt hatte. Er rollte sich auf die Seite, zog sie auf sich und strich mit den Händen über ihren Körper. Und er küsste sie wieder und wieder, bis sie nach Luft rang. Dann schob er sie mit einem Seufzer sanft von sich.

„Ich muss hier weg", sagte er. „Sonst wälzen wir uns demnächst nackt auf dem Boden, und dann kommt Jane herein und überrascht uns." Er küsste sie noch einmal und stand dann auf und brachte seinen Anzug in Ordnung.

Mit einem Lächeln sah er auf sie hinunter. „Dieses Bild werde ich immer vor mir haben", sagte er und bückte sich, um ihr aufzuhelfen. Dann zog er sie an sich, küsste sie ein wirklich letztes Mal und zog ihr den Rock wieder über die Hüften.

Emily trat einen Schritt zurück und steckte die Bluse in den Rock. „Sehe ich einigermaßen passabel aus?", wollte sie wissen, und er lächelte und griff wieder nach ihr.

Es klopfte, und Jane kam herein. „Mr Parker!"

„Mr Parker wollte ohnehin gerade gehen." Emily tätschelte Richards Arm. „Er war wegen des Memos hier. Das heißt, wir müssen es gleich fertig machen. Hol deinen Stenoblock."

Jane setzte sich nach einem kleinen Zögern in Bewegung.

Richard zog Emily noch einmal für einen kurzen Augenblick an sich. „Abendessen?"

Emily lehnte sich an ihn. „Sonst nichts?"

„Du bekommst alles, was du willst." Er strich mit den Lippen über ihren Mund, gab ihr einen kleinen Klaps auf den Po und ging dann zur Tür. „Auf Wiedersehen, Jane", sagte er im Vorbeigehen und verschwand pfeifend den Korridor hinunter.

Jane kam zu Emily zurück. „Würdest du mir bitte erklären, was hier vor sich geht?"

„Bist du meine Mutter oder was?"

„Dieser Mann hat dir einen Klaps gegeben!"

Emily setzte sich. „Wir sind befreundet."

„Was heißt ‚befreundet'? Und wie ist er überhaupt hier hereingekommen?"

„Du warst gerade nicht in deinem Zimmer."

„Das war vor einer halben Stunde. Und er war die ganze Zeit über hier? Unmöglich. Es war niemand da, als ich vorhin bei dir war." Jane setzte sich. Sie runzelte nachdenklich die Stirn. „Oder?"

„Im Grunde war mir immer klar, dass ich dich nie hätte einstellen sollen." Emily versuchte sich in einem kühlen, missbilligenden Gesichtsausdruck, aber es ging ihr viel zu gut, um ihn durchzuhalten. „Eine gute Sekretärin hat mehr Respekt vor ihrer Chefin." Sie streckte sich herzhaft gähnend und gab sich Mühe, einen ganz unbefangenen Eindruck zu machen. „An die Arbeit."

Jane war unerbittlich. „Wo hat er sich versteckt, als ich hier war?", wollte sie wissen. Ihre Augen waren schmal.

Emily seufzte resigniert. „Unter dem Schreibtisch."

Jane fiel fast der Unterkiefer herunter. „Ach, du meine Güte."

„Wenn du irgendjemandem ein Sterbenswörtchen sagst ...", begann Emily drohend, aber Jane winkte ab.

„Wofür hältst du mich? Außerdem würde mir das sowieso niemand glauben. Er scheint angebissen zu haben."

„Ja." Emily nickte und seufzte dann.

„Wo ist also das Problem?"

„Ich will einen Partner, keinen Diktator."

„Ich verstehe." Jane wiegte den Kopf.

„Richard will ständig alles bestimmen. Wenn ich etwas entscheide, mischt er sich grundsätzlich ein. Aber wenn er eine Entscheidung trifft, informiert er mich nur ganz nebenbei. Wenn ich etwas sage, was ihm nicht passt oder was er für unwichtig hält, hört er einfach nicht zu. Heute war das typische Beispiel. Ich telefoniere gerade, und er kommt einfach um den Schreibtisch und greift mir unter den Rock. Es kümmert ihn gar nicht, was ich gerade tue." Sie schloss für einen Moment die Augen, als sie wieder daran dachte.

„Und du warst begeistert."

„Darum geht es nicht. Es geht darum, dass er jede Entscheidung an sich reißt und mich einfach übergeht. Ich möchte schließlich auch ein Wort mitreden."

„Vielleicht solltest du dich das nächste Mal unter seinem Schreibtisch verstecken", schlug Jane vor.

Emily schüttelte den Kopf. „Ich glaube nicht, dass das etwas nützt ... Wenn ich nur wüsste, was ich tun soll. Ich liebe ihn wirklich."

„Das klingt ernst."

„Das ist es auch. Aber ich kann nicht mit einem Mann zusammenleben, der ständig ignoriert, was ich sage, und mich herumkommandiert – auch wenn ich immer ganz schwache Knie bekomme, wenn ich ihn nur anschaue."

Jane schlug die Beine übereinander. „Was genau hat Richard eigentlich unter deinem Schreibtisch getan?"

„Genau das, was du denkst." Emily lächelte verträumt. „Er ist fantastisch."

„Ich glaube, ich werde mich mit Ben zum Mittagessen treffen. Es kann sein, dass ich mich etwas verspäte."

„Gib ihm einen Kuss von mir."

„Mach ich." Jane nahm ihren Block und den Stift. „Aber bis dahin: Willst du Richard wirklich ein Memo schicken?"

„Aber ja." Emily nahm ihren Entwurf „Mitteilung an Richard Parker" in die Hand.

Die Mitteilung hatte das erwartete Ergebnis.

„Richard auf Leitung zwei", informierte Jane Emily eine Stunde später knapp.

Emily wurde schon bei dem Gedanken an ihn leicht schwindlig. Nimm dich zusammen, befahl sie sich streng und nahm den Telefonhörer ab. „Emily Tate."

„Hallo, Emily Tate", sagte er leise.

„Wenn du nicht sofort mit deiner normalen Stimme sprichst, kann ich nicht denken."

„Geh heute Abend mit mir essen."

„Aber nur bei dir, und dann im Bett."

„Wir könnten das doch schon mal beim Mittagessen testen. In meinem Bett isst es sich vorzüglich. Wir treffen uns in zehn Minuten in der Halle."

„Nein", erwiderte Emily mit mehr Festigkeit, als sie im Ernstfall garantieren konnte. „Zuerst wird gearbeitet. Bist du schon dazu gekommen, meine Stellungnahme zu den Rubinen zu lesen?"

„Ja."

„Und?"

Er seufzte. „Wir können uns keine echten Rubine leisten."

„Wir können es uns nicht leisten, auf echte Rubine zu verzichten!", gab Emily zurück. Sie versuchte, die Beherrschung zu bewahren. „Dann streich irgendwelche anderen Posten, egal welche. Aber auf die echten Rubine und die Filmwerbung bestehe ich."

„Ausgeschlossen", sagte Richard.

„Versuch es", bat sie. „Du kannst bestimmt an anderen Stellen kürzen. Bitte."

„Emily ..."

„Versuch es wenigstens."

Er schwieg lange. „Wenn ich es nicht tue, was wird dann aus dir und mir?"

Emily hörte die Anspannung in seiner Stimme. „Wir essen trotzdem im Bett. So kindisch bin ich nicht, dass ich dich damit erpresse. Außerdem will ich dich viel zu sehr, um nein zu sagen." Er gab einen Laut von sich, den sie nicht recht einordnen konnte. „Richard?"

„Ich versuche nur gerade, zu Atem zu kommen. Das ist die Wirkung, die du auf mich hast."

„Das höre ich gern. Aber ich will die Rubine und den Film trotzdem, Richard. Du könntest beides durchsetzen. Es ist wirklich wichtig."

„Es funktioniert nicht, Emily."

„Du hörst mir nicht zu." Sie nahm einen neuen Anlauf. „Es ist wichtig. Das Geld ist da, du brauchst nur ein bisschen Fantasie. Wir sind doch Partner. Sag nicht einfach nur nein. Denk lieber darüber nach, wie du es möglich machen kannst. Wenigstens einen Versuch kannst du doch machen."

„Ich bin dir einfach nicht gewachsen. Fährst du nach der Arbeit mit mir nach Hause?"

„Gib mir Zeit zum Duschen und Umziehen", sagte Emily.

„Und keine Tische, Besenschränke oder Fußböden, versprochen?"

„Du bist so wundervoll altmodisch", meinte Richard. „Ich schlage schon mal die Bettdecke zurück."

„Ich liebe dich."
„Sag das noch mal."
„Ich liebe dich. Du bist zwar ein unerträglicher Macho, aber ich liebe dich."
„Ich liebe dich auch. Dusch nicht zu lange."

An diesem Abend liebten sie sich in Richards ausladendem Bett. Sie erforschten und entdeckten sich und fanden sich in so vollkommener körperlicher Harmonie, dass Worte sich erübrigten.

Alle Zweifel, die Emily noch gehegt haben mochte, waren verflogen. Sie hatte sich immer darüber lustig gemacht, wenn andere Frauen behauptet hatten, sie wüssten, wann der vollkommene Liebhaber, der vollkommene Partner in ihr Leben getreten sei. Jane erzählte immer, ihr sei innerhalb einer Woche klar gewesen, dass Ben der richtige und einzige Mann für sie war.

Und jetzt ging es ihr genauso.

Bei Richards Gefühlen für sie war sie sich nicht ganz so sicher. Sie wusste, dass er sie bewunderte und begehrte, vielleicht auch wirklich liebte. Schließlich war sie ja nicht dumm. Aber bei einem Mann musste das noch lange nicht heißen, dass er sich auch binden wollte. Vielleicht lag ihm der Gedanke an die Ehe unendlich fern.

„Wir werden hier leben, wenn wir verheiratet sind", sagte Richard und gab ihr einen Kuss aufs Haar. „Meine Wohnung ist größer als deine, und von hier ist es außerdem näher zur Arbeit."

Da Emily vorgehabt hatte, ihm genau diesen Vorschlag zu machen, gab es eigentlich keinen Grund, sich darüber zu ärgern. Aber doch tat sie es.

„Habe ich womöglich den Heiratsantrag überhört?", fragte sie kühl und entzog sich seinen Armen.

„Ich habe dich schon wieder überrollt", sagte er zerknirscht. „Wenn du willst, falle ich vor dir auf die Knie."

Sie wurde schwach. „Es war zwar wunderbar, als du das beim letzten Mal getan hast, aber ich glaube, ein formloser Antrag täte es auch."

Er zog sie eng an sich, bis ihre nackten Körper sich berührten, und küsste sie. „Emily Tate, willst du mich heiraten, damit wir den Rest unseres Lebens so verbringen können?"

„Ja." Sie strich mit der Hand über seinen Körper. „Unbedingt."

Ein Ruck ging durch ihn, und er legte sich auf sie und küsste sie mit solcher Leidenschaft, dass sie verloren war. Er ließ die Finger in sie gleiten und stöhnte leise auf, als er spürte, wie feucht und warm sie war. Er bewegte sich an ihr, und sie fühlte, dass er schon wieder Lust auf sie hatte. Sie versuchte verzweifelt, ihn wegzuschieben.

„Richard, warte!" Aber da war er schon in ihr, und ihr Protest ging unter. Und dann vergaß sie ihn.

Später, als sie sich in den Armen hielten und beide versuchten, wieder zu Atem zu kommen, fing Emily an zu weinen.

„Was hast du?", fragte Richard besorgt.

„Du hörst mir nicht zu", sagte Emily leise. „Ich sage etwas, aber du hörst nie zu."

„Was wolltest du mir denn sagen?" Er hielt sie ganz fest. „Ich liebe dich."

„Das solltest du auch." Sie schluckte etwas mühsam. „Ich verhüte mit einem Diaphragma."

Er war etwas verwirrt. „Ich habe dich doch gefragt, ob ich ein Kondom nehmen soll, und du hast gesagt …"

„Zusätzlich zu einem Diaphragma braucht man einen Schaum. Und zwar jedes Mal!"

„Oh." Er hielt sie fest.

„Ich habe doch gesagt, dass du warten sollst."

„Ich habe es wohl überhört", gestand er.

„Ich weiß", sagte Emily und sah zur Decke hinauf. „Ich weiß. Genau da liegt das Problem."

Später in dieser Nacht, als er eingeschlafen war – nach seinem Schwur, dass er sich über ein Kind freuen würde, dass sie dann nicht aufhören müsste zu arbeiten, dass alles gut werden würde und er sie den Rest seines Lebens lieben würde –, dachte Emily nach.

Es war schlimmer, als sie befürchtet hatte. Viel schlimmer. Er musste sich ändern. Und um das zu erreichen, würde sie sich etwas einfallen lassen müssen, etwas, das ihn endgültig kurierte. Aber ihr fiel nichts ein. Und schließlich schlief sie auch ein, erschöpft von der Liebe, der Leidenschaft und ihren bohrenden Gedanken.

Am Morgen liebten sie sich wieder, und Richard bemühte sich rührend, sie nicht zu überrollen. Er war zärtlich und leidenschaftlich und ging ganz auf sie ein. Als sie schließlich ins Büro fuhren, schwebte sie auf Wolken. Wenn da nur nicht diese kleine nagende Furcht gewesen wäre.

„Hast du die Tage nachgerechnet?", fragte Jane, als Emily ihr erzählte, was passiert war.

„Wenn es danach geht, kann nichts passiert sein." Emily konsultierte erneut ihren Kalender. „Aber genau weiß man es nie. Schließlich könnte ich mich ausgerechnet in diesem Monat dazu entschlossen haben, den Eisprung ein wenig zu verzögern. Die Fehlerquote bei dieser Methode ist ziemlich hoch."

„Machst du dir Sorgen?"

„Dass ich schwanger sein könnte? Nein, im Moment nicht. Aber ich mache mir Gedanken über Richard. Beim ersten Mal, als er mir fast die Haare ausgerissen hätte, weil er nicht zugehört hat, war es ja vielleicht noch komisch. Aber aus demselben Grund ein Baby zu bekommen, ist nicht zum Lachen. Was wird es das nächste Mal sein?" Emily schüttelte den Kopf. „Dabei liebt er mich wirklich. Ich verstehe das nicht."

„Ich auch nicht." Jane runzelte die Stirn. „Aber ich muss dir recht geben. Es ist wirklich ein Problem." Emily sah sie unglücklich an. „Hier, das lenkt dich bestimmt ab." Jane gab ihr einen Zettel. „Laura hat eben angerufen. Sie braucht bis übermorgen eine Flasche Sizzle, wenn du es in dem Film haben willst. Was soll ich ihr sagen?"

Emily dachte nach. Richard hatte zwar sein Veto eingelegt, aber der Film war ganz entscheidend für den Erfolg ihres neuen Parfüms. Das wusste sie instinktiv. Genau wie sie wusste, dass

Richard sie liebte. Sie hatte ihren Instinkten immer trauen können, warum also nicht jetzt auch?

Aber Richard hatte nein gesagt.

Nun, vielleicht hatte sie das ganz einfach nicht gehört.

„Haben wir den Prototyp aus der Werbung noch?"

„Zwei sind noch da."

„Dann füll ein Fläschchen mit Sizzle und schick es ihr auf schnellstem Weg."

„Hat Richard seinen Segen gegeben?"

„Er will versuchen, Geld aufzutreiben." Das kam der Wahrheit immerhin einigermaßen nahe.

Jane fragte noch einmal nach. „Ist er einverstanden?"

Emily sah sie an. „Ich habe jedenfalls nicht gehört, dass er etwas anderes gesagt hätte."

„Oh." Jane wägte ab. „Das ist eine interessante Sichtweise. Daran hatte ich noch gar nicht gedacht. Ich schicke Laura das Fläschchen sofort."

„Und ruf die Werbeabteilung an und frag nach, wo sie die Rubine für die Fotos geliehen haben. Wir kaufen sie."

„Ich hoffe, dass Richard dich sehr liebt", meinte Jane auf dem Weg nach draußen.

Richard war bei einem Geschäftstermin, und deshalb ging Emily mit Jane zum Essen.

„Vielleicht packst du es falsch an", meinte Jane über ihrem Knoblauchhühnchen.

Emily dachte darüber nach. „Vielleicht. Möglicherweise bin ich zu geduldig mit ihm."

„Das könnte das Problem sein." Jane wies mit der Gabel auf sie. „Du musst ihn so weit bringen, dass er kapiert, was er anrichtet."

„Er versucht es", begann Emily, aber Jane schüttelte den Kopf.

„Du musst ihm zeigen, wie frustrierend es ist, wenn man ständig übergangen wird."

„Das wird er schon an den Rubinen und dem Film merken."

„Das funktioniert nicht. Er wird annehmen, dass du einfach nur deinen Willen durchsetzen wolltest. Weiter wird er gar nicht denken."

„Was soll ich dann tun?"

„Wann behandelt er dich als gleichwertige Partnerin?"

„Nie."

„Auch nicht im Bett?"

Emily dachte darüber nach. Jane hatte wie gewöhnlich recht. Ganz gleich, wie Richard sich in anderen Bereichen über sie hinwegsetzen mochte, privat behandelte er sie wie eine Göttin. Und wenn er im Bett nicht zuhörte, dann deshalb, weil die Leidenschaft ihn übermannte, und nicht, weil er ihren Gefühlen gegenüber gleichgültig war.

„Du hast recht", gab sie zu. „Also?"

„Also wirst du es ihm im Bett klarmachen."

„Kommt nicht infrage." Emily sah Jane entrüstet an. „Ich werde mich ihm nicht verweigern, um ihn weichzuklopfen. Das ist mir zu billig."

„Das wollte ich auch gar nicht vorschlagen. Hör mir doch erst einmal zu." Jane lachte. „Du bist zu oft mit Richard zusammen. Das steckt an."

„Also gut." Emily legte ihre Gabel ab. „Erklär es mir."

„Ben und ich experimentieren im Bett manchmal herum, und ..."

„Verschon mich, Jane." Emily nahm ihre Gabel wieder auf. „Mit irgendwelchen perversen Spielchen kann ich ihn sicher nicht dazu bringen, es sich anders zu überlegen."

„Es ist nicht pervers." Jane machte eine kleine Pause. „Jedenfalls nicht sehr. Und es wirkt bestimmt. Iss deinen Salat auf. Wir müssen ein paar Einkäufe machen."

„Was für Einkäufe?"

„Erdbeeren, Kerzen ... Und du wirst dir ein paar von diesen pinkfarbenen Spitzendessous kaufen."

„Ich habe irgendwie ein ungutes Gefühl", gestand Emily.

„Vertrau mir", sagte Jane. „Es wird funktionieren. Ich garantiere dir, dass er wenigstens dieses eine Mal zuhören wird."

5. KAPITEL

Es war fünf Uhr. Emily saß in ihrem Zimmer und betrachtete die Einkaufstüte, die neben ihr auf dem Boden stand.

Es geht nicht, dachte sie. Unmöglich. Ich werde mir völlig idiotisch vorkommen, und Richard wird mich auslachen – natürlich sehr liebevoll und so nett wie möglich. Aber danach wird er mich nie wieder ernst nehmen.

Jane klopfte und öffnete die Tür einen Spalt. „Ich gehe."

„Vielen Dank für deine Hilfe, Jane", sagte Emily. „Aber ich …"

„Du wirst es nicht tun", stellte Jane nach einem forschenden Blick auf sie fest. „Verstehe."

„Ich kann das nicht."

„Und das sagt ausgerechnet die Frau, die mit ihrem Chef telefoniert, während ihr Liebhaber unter dem Schreibtisch sitzt?"

„Das war schließlich nicht meine Idee."

„Nein, aber diesmal wäre es deine Idee." Emily schüttelte den Kopf, und Jane hob seufzend die Schultern. „Na gut. Behalt die Sachen trotzdem. Vielleicht überlegst du es dir noch einmal."

„Das kann ich mir nicht vorstellen." Emilys Augen wurden groß. „Pst. Er kommt."

Richard erschien an der Tür. „Hallo, Jane." Er sah an Jane vorbei. „Es ist etwas dazwischengekommen. Kann ich dich später abholen? Um acht Uhr?"

„Warum? Was ist los?"

„Ich habe noch eine Besprechung mit George und Henry. Es geht um das Budget. Ich habe den beiden gesagt, du wärst ohnehin nicht interessiert. Entspann dich also ein bisschen. Wir essen einfach später."

„Wie kommst du darauf, dass ich kein Interesse an der Besprechung habe?", wollte Emily wissen. Sie sprach betont deutlich.

Richard sah sie verblüfft an. „Das habe ich angenommen. Was interessiert dich denn daran?"

Emily ballte die Hände zu Fäusten. „Es ist schließlich meine Kampagne, wenn du dich erinnerst."

„Ich erzähl dir später alles ganz genau. Versprochen. Warum willst du deine Zeit mit einer öden Budgetbesprechung verschwenden?"

„Wenn du mich vorher gefragt hättest, wäre ich wahrscheinlich genau dieser Meinung gewesen." Emily holte tief Luft. „Aber du hast mich nicht gefragt. Das ist der Punkt."

„Ich entschuldige mich in aller Form", gab Richard mit kaum verhohlener Ungeduld zurück. „Aber nachdem du ohnehin nicht hingegangen wärst, kommt mir diese ganze Unterhaltung ziemlich überflüssig vor." Er sah Jane an. „Haben Sie nichts zu tun?", wollte er wissen.

„Doch." Jane ging an Emilys Schreibtisch, hob die Einkaufstüte hoch und stellte sie mit Nachdruck auf den Schreibtisch. „Vergiss das nicht."

Emily sah sie an und nickte. „Nein, garantiert nicht. Du hast recht."

„Was ist denn in der Tüte?", erkundigte Richard sich.

„Überraschungen." Emily lächelte mit schmalen Lippen. „Du brauchst mich nicht abzuholen. Ich komme zu dir. Stell schon mal den Champagner kalt."

Richard warf einen Blick auf Jane, die ihm ein breites Lächeln schenkte. „Gut, dann bis acht Uhr." Er sah ein wenig unsicher zwischen Jane und Emily hin und her, schüttelte den Kopf und ging wieder.

„Ich werde es tun", sagte Emily mit neuer Entschlossenheit.

„Braves Mädchen", lobte Jane.

Emily legte mit einem Aufstöhnen den Kopf auf die Arme, und Jane tätschelte ihr tröstend den Rücken.

Um acht Uhr klingelte Emily, beladen mit ihrer Einkaufstüte und einer Silberschüssel voller Erdbeeren, an Richards Tür. Er trug einen dicken Veloursbademantel und ein erwartungsvolles Lächeln und sonst allem Anschein nach nichts. Sein Lächeln verblasste, als er sie betrachtete. Sie trug immer noch ihr Kostüm und ihre Lesebrille und hatte die Haare hochgesteckt.

„Ich hoffe, du hast Lust auf Erdbeeren", sagte sie zur Begrüßung.

„Danke." Er nahm ihr die Schüssel ab und trat einen Schritt zurück, um sie eintreten zu lassen. In einem Sektkühler wartete schon eine Flasche Champagner, daneben standen zwei Gläser mit Goldrand.

Emily atmete tief durch. „Warum nehmen wir die Flasche nicht mit ins Schlafzimmer?"

„Wenn du willst." Richard schien leicht verwirrt durch ihre offensichtliche Angespanntheit.

Er folgte ihr ins Schlafzimmer, und sie stellte Flasche und Gläser auf das Nachttischchen. „Wo sind die Erdbeeren?", fragte sie, nahm ihm dann die Schüssel ab und fand einen Platz dafür neben dem Sektkühler. „Hast du Streichhölzer?" Dabei holte sie weiße Kerzen aus ihrer Einkaufstüte.

„Ja." Richard hielt sie am Arm fest. „Was machst du da eigentlich?"

„Ich dachte, wir versuchen heute mal etwas anderes. Die Streichhölzer?"

Er sah zu, wie sie Dutzende von Kerzen im ganzen Zimmer verteilte und anzündete. Danach löschte sie die Lampen. Der Raum war in ein warmes, weiches Licht getaucht. Er ging auf sie zu.

„Wir müssen reden", sagte Emily.

„Später." Er streckte die Arme nach ihr aus.

„Nein." Emily kreuzte die Arme über der Brust. „Jetzt."

Richard registrierte ihre eigensinnige Miene und seufzte. „Also gut." Er setzte sich auf die Bettkante. „Und worüber willst du mit mir reden?"

Sie befeuchtete die Lippen. „Ich liebe dich, und ich will dich auch heiraten, aber erst, wenn ich für dich eine gleichberechtigte Partnerin bin."

Er sah sie völlig verständnislos an. „Aber das bist du doch."

„Nein. Du entscheidest, was wichtig ist und was nicht. Nie hörst du auf mich." Er wollte widersprechen, doch sie hob abwehrend die Hand. „Hast du wirklich alle Möglichkeiten durchgespielt, um die Rubine und die Filmwerbung doch noch finanzieren zu können?"

„Emily, dafür ist kein Geld da."

„Hast du es *versucht*?" Sein Gesichtsausdruck sprach Bände. „Also nicht. Und du hast es deshalb nicht versucht, weil du bereits entschieden hattest, dass es nicht geht." Emily zögerte und sprach dann entschlossen weiter. „Weil du mir nicht zuhörst. Ich liebe dich zwar sehr, aber ich kann nicht mit einem Mann zusammenleben, der mich nicht ernst nimmt."

„Aber ich nehme dich ernst", widersprach Richard mit allen Anzeichen der Entrüstung. „Du bist der wichtigste Mensch für mich."

Sie wusste, dass er die Wahrheit sagte. Aber sie wusste auch, dass er ihr schon wieder nicht zugehört hatte. Sie unternahm noch einen Vorstoß. „Ich glaube, dir ist gar nicht klar, wie sehr du für dich das Recht beanspruchst, für mich Entscheidungen zu treffen. Aber das geht nicht. Und wenn wir deswegen streiten, vergeuden wir nur kostbare Zeit und Geld."

„Emily, das haben wir längst besprochen."

„Es geht nicht nur um die Firma." Sie holte tief Luft. „Ich möchte mehr Mitspracherecht, auch bei dir."

„Das bekommst du." Er streckte die Hand aus. „Und jetzt komm her."

„Genau das habe ich gemeint." Sie tat einen Schritt von ihm weg. „Du sagst ‚komm her' und erwartest, dass ich springe."

„Also gut." Er stand auf. „Dann komme ich eben zu dir."

„Darum geht es mir nicht."

„Worum dann?" Er war völlig ratlos.

Emily schluckte. „Ich möchte eine Nacht von dir, in der du versprichst, alles zu tun, was ich will."

Richard war offensichtlich nicht ganz wohl in seiner Haut. „Und was heißt ‚alles'?"

„Das sage ich dir nicht." Emily sah ihn offen an. „Wenn du mich heute Nacht willst, musst du mir vertrauen. Und du musst versprechen, alles zu tun, was ich dir sage."

„Also gut", sagte er endlich.
„Versprich es."
„Ich verspreche es."
„Gib mir dein Ehrenwort."
„Was soll das alles?"
„Gib mir dein Ehrenwort."
„Ehrenwort." Er schüttelte den Kopf. „Das gefällt mir ganz und gar nicht."

„Das ist der springende Punkt." Emily gab ihm bereitwillig recht. „Mir gefällt das auch nicht, aber genauso behandelst du mich immer."

„Du willst mir also eine Lehre erteilen."

„Nein. Ich will dir nur meinen Standpunkt klarmachen. Und da du mir nicht zuhören willst, muss ich es anders versuchen."

„Na gut." Er wirkte noch immer nicht so recht glücklich, aber er nickte. „Was soll ich tun?"

Sie holte tief Luft. „Zieh deinen Bademantel aus und leg dich aufs Bett."

Er gehorchte. Aber er wirkte angespannt. Er sah wunderschön aus so nackt. Mir wäre das bestimmt peinlich, dachte Emily. Warum ist das bei Männern anders? Vermutlich weil sie schon in der Schule gemeinsame Umkleideräume und Duschen hatten.

„Gut. Die erste Regel ist: Du darfst mich erst berühren, wenn ich es dir sage."

„Was?" Er setzte sich auf.

„Du hast dein Ehrenwort gegeben", erinnerte sie ihn.

„Das gefällt mir nicht." Aber er legte sich wieder zurück und schenkte sich ein Glas Champagner ein.

Emily drehte sich um. Sie stand am Fuße des Bettes und hatte Richard den Rücken zugekehrt. In dem großen Spiegel über der Kommode konnte sie sich selbst sehen. Ihr Kostüm machte sie seltsam geschlechtslos. Aber darunter steckte ein weiblicher Körper, und den liebte Richard. Sie nahm die Brille ab.

Dann drehte sie sich wieder um. Ihre Blicke trafen sich. Richard sah ein wenig gelangweilt aus, und ihm schien kalt zu sein.

Er nippte an seinem Glas. Emily knöpfte langsam ihre Jacke auf und ließ sie fallen.

„Zieh dich ganz aus", forderte er sie auf und hob das Glas.

Sie stellte einen Fuß auf die Bettkante. Er steckte in schwarzen Sandaletten mit Stilettoabsätzen.

„Neue Schuhe?", fragte er und gab sich Mühe, nicht zu lachen. Lach du nur, dachte sie. Sie hob ein Bein über ihn und stellte den Fuß neben seine Hüfte.

„Vorsicht", warnte er mit einem besorgten Blick auf ihre Absätze.

Emily kam sich ziemlich albern vor, aber jetzt war es zu spät für einen Rückzug. Sie strich mit den Fingerspitzen an ihren Beinen entlang und schob den Rock hoch, sodass ihr Strumpfhalter sichtbar wurde. Dabei wandte sie nicht einmal den Blick von Richard. Die Strapse waren pinkfarben.

Richards Interesse schien deutlich gestiegen. Gut, dachte Emily zufrieden. Es funktioniert.

Sie griff in ihre Rocktasche und zog einen kleinen Flakon mit Sizzle heraus. Chris Crosswell hatte die Zusammensetzung erneut verändert, und heute wollte sie einen ersten praktischen Test damit machen. Sie zog den Stöpsel aus dem Fläschchen und strich damit über die Innenseite ihres Oberschenkels. Ein kleiner Schauder durchlief sie, dann verspannte sich ihr ganzer Körper. Sie blickte auf Richard hinunter. Er sah ihr in die Augen, und sie fuhr sich mit der Zunge über die Oberlippe. Aber als er sein Glas abstellte und nach ihr greifen wollte, sagte sie: „Nein." Mehr nicht.

Er ließ die Arme wieder fallen. Sie strich mit den Fingerspitzen über ihre Schenkel und schloss die Augen, um sich ganz auf ihre Gefühle zu konzentrieren. Was mochte Richard von all dem halten? Zu ihrer Überraschung spürte sie, wie ihre eigene Erregung stieg und ihr Blut zu prickeln begann. Sie atmete ein wenig schneller.

Als sie die Augen wieder öffnete, merkte sie, dass Richard sie immer noch ansah. Sie ließ mit einer Hand die Strapse aufschnappen.

Er zeigte deutliches Interesse. Sie befeuchtete den Flaschenverschluss wieder mit Parfüm und beugte sich dann über ihn, um seinen Hals damit zu betupfen. Dabei musste er die pinkfarbene Spitze sehen, die sich über ihre Brüste spannte.

Er wollte sie zu sich herunterziehen, aber sie wich zurück. „Nein", sagte sie, und nach kurzem Zögern verschränkte er die Arme unter dem Kopf.

Sie stellte das Parfüm auf den Nachttisch, fuhr mit den Fingern unter ihren Strumpf und rollte ihn aufreizend langsam hinunter. Dann schlüpfte sie aus dem Schuh, zog den Strumpf aus und strich damit über seine Brust. Er krampfte die Hände zusammen, aber er sagte nichts.

Sie verließ das Bett und streifte den zweiten Schuh ab. Dann wandte sie ihm den Rücken zu und entledigte sich mit einem aufreizenden Schwenken der Hüften langsam ihres Rocks. Dabei beugte sie sich vor. Sie wusste genau, dass ihr kurzes schwarzes Hemdchen dabei hochrutschen und ihm einen aufregenden Einblick gewähren würde.

Der Rock landete auf dem Boden.

„Hinreißend", sagte Richard und streckte die Arme aus. „Komm zu mir."

„Denk an dein Versprechen." Endlich drehte sie sich wieder zu ihm um. Wieder verschränkte er die Arme hinter dem Kopf und lächelte sie an.

Sie kam zu ihm zurück aufs Bett, ohne ihn zu berühren. Sie trug noch ihre Bluse, das schwarze Seidenhemdchen und einen Strumpf. Er beobachtete sie, als sie sich über ihn kniete, das Gewicht von einem Bein aufs andere verlagerte und die Strapse an ihrem Strumpf aufschnappen ließ. Dann griff sie nach hinten, unter ihr Hemd, hakte den Strumpfhalter auf und warf ihn auf den Boden.

Sie nahm das Parfümfläschchen, zog den Glasverschluss heraus und strich damit erneut durch den dünnen Strumpf hindurch über die Innenseite ihres Schenkels. Wieder spürte sie die Wärme und das aufreizende Prickeln. Dann ließ sie das Fläschchen aufs Bett fallen und streichelte ihren Schenkel. Dabei atmete sie tief durch. Es fühlte sich so unglaublich gut an.

Richard sah ihr wie gebannt zu. Er war erregt. Das habe ich geschafft, ohne ihn zu berühren, dachte Emily, und ein berauschendes Machtgefühl nahm von ihr Besitz. Wieder streichelte sie sich. Sie hatte ganz vergessen, was sie geplant hatte, und konzentrierte sich ganz auf diese Wärme, die sich in ihrem Inneren ausbreitete, und auf das Begehren in Richards Gesichtsausdruck. Ihre Hand wanderte immer höher, bis sie die pinkfarbene Spitze erreicht hatte. Sie schloss für ein paar Sekunden die Augen, um die Berührung auszukosten, und schob die Zungenspitze zwischen die Lippen. Als sie die Augen wieder aufmachte, setzte Richard sich auf.

„Du bist wirklich unglaublich." Als sie innehielt, ließ er sich wieder zurücksinken. „Ist schon gut. Ich bin ja ganz brav."

Sie zog den Strumpf aus und legte dann das Bein über ihn. Er bewegte sich, und sie spürte an ihrem Schenkel, wie erregt er war.

„Ach, Emily", stieß er hervor, und wieder wollten seine Hände in Aktion treten.

Gut, dachte Emily. Es ist so weit. Wenn Jane es konnte, kann ich es auch. Sie beugte sich vor und schlang mit einer schnellen Bewegung ihren Strumpf um seine Handgelenke.

„Was machst du da?" Er versuchte, seine Hände wegzuziehen, aber sie hatte die Strumpfenden schon am Bettgestell festgebunden.

„Ich helfe dir, dein Versprechen zu halten", flüsterte sie und kniete sich rittlings über ihn. Aber sie achtete darauf, dass sie ihn dabei nicht berührte.

„Ich finde das nicht besonders komisch, Emily." Richard zerrte an seinen Fesseln. „Binde mich los."

„Was?" Emily lächelte ihn liebevoll an. „Ich habe dich nicht gehört." Sie knöpfte langsam ihre Bluse auf, und er beobachtete sie sprachlos. Ihre Bluse fiel zur Seite und gab den Blick auf ihren mit pink-silberfarbener Spitze verhüllten Busen frei. Sie nahm die Schultern zurück, sodass die Bluse über ihre Arme aufs Bett gleiten konnte.

Dann hob sie die Hände und zog die Nadeln aus ihrem Haar, sodass es lang hinunterfiel. Sie beugte sich vor, und die Haarspitzen strichen über Richards Brust und seinen Bauch, dann bog sie den Rücken durch und ließ die Haare schwingen. Es war ein wunderbar aufregendes Gefühl.

„Emily, bitte", flehte Richard.

Sie beobachtete ihn. Er folgte jeder Bewegung, als sie über ihr schwarzes Seidenhemdchen strich. Dann hob sie es langsam hoch, schob es über ihren sanft gewölbten Bauch, die vollen Brüste und über den Kopf. Als sie es auf den Boden warf, schloss er die Augen.

„Bind mich los", bat er.

„Was?" Emily lächelte freundlich. „Ich habe dich leider nicht gehört." Sie lehnte sich über ihn und nahm sich eine Erdbeere aus der Schüssel auf dem Nachttisch. „Das waren die saftigsten, die ich finden konnte." Sie beugte sich noch tiefer, und dabei schienen ihre Brüste fast aus dem Büstenhalter zu fallen. Sie fuhr mit der Zungenspitze über die Erdbeere und biss hinein. Saft tropfte ihm auf die Brust.

„Entschuldige." Und damit begann sie, den Saft von seiner Haut zu lecken. Er wand sich unter ihrer Berührung, als bereitete sie ihm unerträgliche Qualen.

„Bind mich los."

Sie beachtete ihn nicht.

„Was tust du?"

„Alles, wozu ich Lust habe." Sie küsste ihn. Sein Kuss war hart und schmerzhaft, war voller Leidenschaft und Begehren. Sie zog sich wieder zurück und sah aus halb geschlossenen Augen auf ihn hinunter. Dabei fuhr sie sich mit der Zunge über die leicht geöffneten Lippen.

„Darf ich dich heute Nacht lieben?", flüsterte er rau.

„Ja. Die ganze Nacht. Und du darfst mit mir machen, was du willst – wenn ich so weit bin."

Richard hob die Hüften ein wenig an und presste sich an sie. „Jetzt", stieß er hervor. „Du willst es doch auch."

„Ich entscheide, wann es so weit ist." Emily nahm eine neue Erdbeere und setzte sich sanft über ihn, sodass sie ihn fast berührte. Er hob ihr die Hüften entgegen, aber sie wich ihm aus, sodass er sie nicht erreichen konnte. Als er sich wieder entspannte, senkte sie sich ganz leicht auf ihn.

Er sah ihr wie gebannt zu, als sie die Spitze der Erdbeere abbiss und dann mit der Frucht über ihren Hals und die gerundeten Brüste strich. Sie schloss die Augen, steckte die Erdbeere zwischen die Brüste und zerdrückte sie.

„Mir ist so heiß."

„Ja, ich weiß", sagte er, und sie öffnete die Augen. „Mach weiter", bat er leise. „Ich möchte dir dabei zuschauen."

Sie steckte sich die zerdrückte Erdbeere in den Mund, und ein Tropfen Fruchtsaft erschien in ihrem Mundwinkel. Sie entfernte ihn mit der Zungenspitze. Richard holte tief und zittrig Luft.

Das Blut pochte in ihren Adern. Sie strich mit den Händen an ihrem Körper entlang und über ihre Brüste. Die Knospen wurden hart und drückten sich unter der dünnen Spitze ab. Sie griff sich in den Rücken und öffnete ihren Büstenhalter. Richard sah ihr wie verzaubert zu.

„Du bist so schön", flüsterte er, und seine Stimme klang heiser vor Lust.

Sie bewegte sich auf ihm, bis sie beide stöhnten. „Schau mir zu", forderte sie ihn auf. Dann fuhr sie mit der Hand über ihren Bauch und unter die pinkfarbene Spitze ihres Höschens und begann, sich selbst zu streicheln. Er lächelte, aber sie sah, dass seine Augen dunkel vor Verlangen waren.

„Fass mich an", sagte er, und sie neigte sich vor und nahm sich wieder eine Erdbeere. Sie biss hinein und ließ den Saft auf seine Brust tropfen. Dann leckte sie ihn ab und fuhr mit der Zunge über seine kleinen Brustspitzen, bis ihn ein Schauder durchlief. Sie aß die Erdbeere mit Genuss auf, beugte sich dann zu ihm hinunter und küsste ihn, um den Erdbeergeschmack mit ihm zu teilen.

„Jetzt", stöhnte er.

Sie lächelte. Dann stand sie auf. Mit einem Finger zog sie ihr Höschen hinunter und ließ es achtlos auf den Boden fallen. Dann kam sie zu ihm zurück, nackt und feucht und klebrig von den Früchten. Ihr langes Haar strich leicht wie eine Feder über seine

Brust, als sie ihn suchte. Sie wollte ihn so sehr, dass sie kaum noch denken konnte.

Sie sah ihm in die Augen und entdeckte die wahnsinnige Liebe und die Lust darin. „Jetzt", sagte sie und glitt auf ihn, während sie gleichzeitig seine Hände losband.

Er stieß einen heiseren Schrei aus, als sie ihn umschloss, und rollte sie auf den Rücken. Dann ließ er die Hände über ihre Arme und über ihre Brüste gleiten, umfasste ihr Gesicht und küsste sie wild und ungestüm, während er in sie eindrang, als könnte und wollte er nie wieder damit aufhören.

Sie klammerte sich seufzend an ihn. Er fühlte sich so gut an. Sein Körper war heiß und hart, und er trieb sie zum Höhepunkt, bis sie aufschrie. Ein heftiges Zittern durchlief ihn, und er hielt sie ganz fest an sich gedrückt und versuchte, wieder zu Atem zu kommen.

„Tu das nie wieder", stieß er schließlich hervor. „Du hättest mich fast umgebracht."

„Ich dachte, es hat dir gefallen", flüsterte sie.

„Es hat mir fast zu gut gefallen." Er küsste sie. Seine Lippen waren weich und sanft, und dann fing er an, ihren Körper mit der Zunge zu erforschen und die süßen, klebrigen Erdbeerspuren abzulecken. Er küsste sie von oben bis unten, erschöpft von der Liebe, aber noch voller Begehren.

„Ich fand es wunderbar", sagte Emily benommen.

„Das habe ich gemerkt." Richard zog die Bettdecke über sie beide und strich dann sanft über Emilys Rücken, bis sie eingeschlafen war. Aber er selbst fand keinen Schlaf, und als er sie eine halbe Stunde später wieder weckte, verrückt vor Begehren, liebten sie sich so intensiv wie nie zuvor.

Als er am nächsten Morgen aufwachte, war er allein. Einen Augenblick lang dachte er, Emily wäre schon gegangen, aber dann hörte er sie in der Küche.

Sie trug seinen Bademantel und machte French Toast aus Weißbrotscheiben, die in einem Teig aus mit Zimt gewürzten Eiern und Sahne gebraten wurden. Ein himmlischer Duft durchwehte die Wohnung.

Er stellte sich hinter sie und küsste sie auf den Nacken. Sie lehnte sich an ihn.

„Gestern habe ich ganz vergessen, dich zu fragen", sagte sie. „Magst du Erdbeeren überhaupt?"

„Ich bin geradezu verrückt nach Erdbeeren." Er hielt sie an sich gedrückt. „Vor allem, wenn sie von dir serviert werden. Könnten wir das nicht bei Gelegenheit einmal wiederholen? Ich meine, ohne das Fesseln."

„Willst du Erdbeeren oder Sirup auf deinem Toast?", erkundigte Emily sich.

„Erdbeeren", antwortete er.

Sie goss Sirup über die dicken Scheiben und gab ihm den Teller. „Emily?"

„Iss", befahl sie fröhlich. „Sonst wird dein Toast kalt."

Richard setzte sich an den Tisch, nackt und einigermaßen verwirrt. Emily holte ihren eigenen Teller und kam zu ihm.

„Große Besprechung heute", sagte sie.

Er betrachtete den Sirup auf seinem Teller, seufzte und begann zu essen. „Lass uns später in die Firma fahren. Die Besprechung ist erst um elf Uhr."

Sie kaute genüsslich an ihrem Toast. „Es schmeckt prima."

„Ja, wunderbar", stimmte Richard zu. „Lass uns erst zu der Besprechung ins Büro fahren."

Emily gab ihm mit einem Lächeln ihre Kaffeetasse. „Würdest du mir bitte nachschenken?"

„Ja, natürlich." Er stand auf, goss Kaffee in die Tasse und gab sie ihr zurück. „Lass uns heute später ins Büro fahren", schlug er ein drittes Mal vor, aber sie tat einfach so, als hätte sie ihn nicht gehört.

„Danke für den Kaffee, Liebster. Ich muss noch ein paar Punkte mit Jane durchgehen, deshalb fahre ich heute etwas früher ins Büro."

„Aber, Emily." Richard wusste nicht, was er von alldem halten sollte.

Emily nahm ihre Tasse mit sich aus der Küche.

„Emily!", rief Richard ihr wütend nach.

Sie steckte den Kopf durch die Tür. „Hast du etwas gesagt, mein Herz? Ich habe dich nicht gehört." Mit einem strahlenden Lächeln verschwand sie im Schlafzimmer.

Er betrachtete grimmig seinen Toast, dann stand er auf und folgte ihr. Sie war nicht mehr im Schlafzimmer, dafür hörte er das Wasser im Bad laufen.

„Also, gut, Emily", sagte er vor der Badezimmertür. „Ich habe verstanden. Es sehr frustrierend, wenn man ignoriert wird und nichts dagegen ausrichten kann. Und jetzt komm da wieder raus." Er rüttelte an der Tür, aber sie war verschlossen. „Emily!"

„Ich kann dich nicht verstehen, Richard", rief sie fröhlich. „Das Wasser läuft."

Das Wasser schien eine ganze Ewigkeit zu laufen. Als das Rauschen endlich aufhörte, unternahm Richard einen neuen Versuch. „Emily, komm da raus! Ich möchte mit dir reden."

Die Tür ging auf, und Emily erschien, fertig angezogen für die Arbeit. Sie küsste ihn auf die Wange. „Wir sehen uns dann im Büro, Liebling", sagte sie und schwebte an ihm vorbei. Er folgte ihr zur Tür.

„Hör mit dem Blödsinn auf, Emily", knurrte er.

Sie drohte ihm mit dem Finger und ließ ihn einfach stehen. Es blieb ihm nichts anderes übrig, als die Tür hinter ihr zu schließen.

„Sehr komisch." Er marschierte ins Badezimmer, um sich zu waschen und anzuziehen.

Richard versuchte, Emily anzurufen, als er ins Büro kam, aber Jane erklärte ihm kühl, sie sei nicht da. Er stürmte die Treppe hinunter und an Jane vorbei, aber Emily war tatsächlich nicht in ihrem Zimmer.

„Wo ist sie?", herrschte er Jane an.

„Für wen halten Sie sich eigentlich?" Jane hatte nicht vor, sich von ihm einschüchtern zu lassen. „Emily ist Ihre Partnerin, nicht Ihr Eigentum. Und deshalb muss sie auch nicht hier herumsitzen für den Fall, dass Ihnen vielleicht einfällt, dass Sie etwas von ihr wollen."

Sie verschränkte die Arme vor der Brust und betrachtete ihn

grimmig. „Und wenn Sie nur einen Funken Verstand im Leib haben, dann hören Sie ihr endlich einmal richtig zu, denn sie kann enorm viel. Sie hat der Firma in den letzten sechs Monaten vier Millionen Dollar eingebracht, und Sie bisher noch nicht mal einen Cent!"

Richard erwiderte ihren Blick ebenso grimmig, aber Jane ließ sich davon nicht beeindrucken.

„Wenn Sie ihr schon nicht aus Überzeugung zuhören wollen, dann vielleicht deshalb, weil Sie Ihren Job gern behalten möchten. Denn wenn Sizzle ein Flop wird, weil Sie Emily nicht genügend Geld genehmigt haben, hängen Sie auch mit drin."

„Sie wirft mit Geld einfach nur so um sich", beklagte Richard sich. Sein Ärger hatte nachgelassen. „Sie braucht mich."

„Unbedingt." Jane lächelte. „Es ist eine Katastrophe, wie sie mit Geld umgeht. Aber dafür haben Sie nicht die geringste Ahnung von Marketing. Parfüm verkauft man nicht, indem man irgendwelche Finanzpläne einhält. Emily ist ein Naturtalent. Aber sie hat nur dann Erfolg, wenn Sie ihr zuhören und ihr das Geld zur Verfügung stellen, das sie für ihre Kampagne braucht."

Jane holt tief Luft. „Ihretwegen hat sie schon auf viele Ideen verzichtet, und das ist auch gut so. Sie hat viel von Ihnen gelernt. Und deshalb hat sie sich auf die beiden Punkte konzentriert, die ihrer Meinung nach ausschlaggebend für den Erfolg sind: die Rubine und die Filmwerbung. Sie dagegen haben nicht einmal einen Versuch gemacht, ihr zu helfen, sondern sagen immer nur nein zu allem, was sie vorschlägt."

Richard sah sie schuldbewusst an. „Sie haben völlig recht."

„Bis zur Besprechung haben Sie noch eine Stunde Zeit, sich etwas zu überlegen", meinte Jane.

Er wollte etwas sagen, aber dann drehte er sich nur wortlos um und ging. Als er verschwunden war, lief Jane in den Waschraum. Emily saß auf dem Schminktisch und wartete schon auf sie.

„Er ist weg."

„Und?"

„Schwer zu sagen." Jane lehnte sich an die Wand. „Ich habe ihm alles aufgezählt, was wir verabredet hatten. Offenbar ist er nicht daran gewöhnt, dass eine Sekretärin ihm die Leviten liest."

„Wenn er dich immer noch für eine einfache Sekretärin hält, hat er nicht sehr gut aufgepasst."

„Das ist sein grundsätzliches Problem."

„Und was jetzt?"

„Willst du die Bombe fallen lassen?"

„Ja." Emily hüpfte auf den Boden. „Beide Bomben. Kommst du?"

„Aber unbedingt", erwiderte Jane fröhlich. „Ich bediene den Videorekorder."

Emilys Auftritt war brillant. Sie stellte das neue Parfüm vor, bestand darauf, dass die Herren es an sich selbst testeten, und sprach dann über die anvisierten Zielkunden und ihre Marketingkampagne. Sie fühlte Richards Blicke auf sich, aber als sie endlich aufsah, entdeckte sie darin keineswegs den Zorn, den sie erwartet hatte, sondern unverhüllten Stolz. Er fand sie wundervoll. Zu Recht, dachte sie. Ich bin wundervoll.

„Wir bauen die Werbung ähnlich auf wie die für Paradise, setzen aber bewusst auf den Unterschied." Emily entrollte das Plakat, das die Werbeabteilung für sie angefertigt hatte. „Es wird Ihnen auffallen, dass die Flakons dieselbe Form haben. Allerdings ist der Flakon für Paradise weiß und hat einen durchsichtigen Glasstöpsel, während der für Sizzle schwarz ist und einen rubinroten Verschluss hat."

Die Herren nickten. „Der Kundin wird beides natürlich auffallen. Und sie wird, wie wir hoffen, auch die unterschwellige Botschaft mitbekommen: Wenn sie sich sexy, dabei aber immer noch als Dame fühlen will, wird sie zu Paradise greifen, und zu Sizzle, wenn ihr leidenschaftlich zumute ist. Sie wird Sizzle auf Körperteile auftragen, an die sie bei Paradise nicht einmal denken würde."

Einige der Herren setzten eine nachdenkliche, aufmerksame

Miene auf, um ihre gedanklichen Abschweifungen zu verbergen, während die einzige Frau aus dem Vorstand nach dem Fläschchen mit dem Parfüm griff.

„Und da in jeder Frau ein bisschen von einem Engel und von einem Teufelchen steckt, wird sie auch beide Parfüms benötigen", schloss Emily und erntete damit ein zustimmendes Augenzwinkern der Vorstandsdame. Bingo, dachte Emily. Darüber muss ich sofort mit der Werbeabteilung sprechen.

„Werden wir in der Kampagne auch mit Rubinen arbeiten, ähnlich wie bei Paradise mit Diamanten?", fragte Henry Evadne, der Präsident des Unternehmens.

„Ja." Emily heftete den Blick fest auf Richard. „Wir haben die Rubine bereits gekauft. Ich schicke den Kaufauftrag heute Nachmittag in Mr Parkers Büro."

Richard zog die Augenbrauen hoch.

„Haben Sie etwas gesagt, Mr Parker?", fragte Emily. „Ich fürchte, ich habe es nicht gehört."

„Gute Idee", sagte Henry Evadne, der von dem Spielchen zwischen Emily und Richard nichts ahnte. „Die Diamanten waren der absolute Hit. Sie haben Klasse in die Werbung gebracht. Exzellent, Miss Tate."

„Danke, Mr Evadne." Emily machte eine kleine Pause. „Aber das ist noch nicht alles."

Richard seufzte. Er weiß, was jetzt kommt, dachte sie.

„Sizzle ist wie geschaffen für die Filmwerbung", begann sie. „Ich habe also in L.A. nach einem passenden Film suchen lassen, und wir sind auch fündig geworden. Mr Parker fand den Preis allerdings zu hoch." Sie zögerte, als Richard die Stirn runzelte. Vermutlich versuchte er, sich daran zu erinnern, ob sie je über einen bestimmten Film gesprochen hatten. „Und er hatte natürlich recht."

Wieder gingen seine Augenbrauen in die Höhe.

„Also haben wir weiter gesucht, und dank Mr Parkers gutem Rat habe ich jetzt den idealen Film für Sizzle gefunden." Sie holte tief Luft. Es war ein reines Glücksspiel. „Er ist von einem jungen, ganz unbekannten Regisseur, einem Genie. Und sein

Film könnte ein ähnlicher Treffer werden wie ‚Sex, Lügen und Video'. Ich könnte mir vorstellen, dass er bei den Filmfestspielen in Cannes einschlagen wird. Sizzle bekäme damit eine ungeheure Werbung – für ein Butterbrot."

Henry Evadne schüttelte den Kopf. „Ein Außenseiterfilm. Eine riskante Sache."

„Das ganze Leben ist ein Risiko." Emily lächelte zuversichtlich. „Auch Paradise war ein Risiko. Und dann wurde es ein Riesenerfolg. Ich weiß, dass wir mit Sizzle ähnlich viel Erfolg haben werden."

Henry Evadne wiegte den Kopf. „Ich gehe solche Risiken nur ungern ein. Woher kommt das Geld dafür, Mr Parker?"

Emily verspannte sich.

„Wir haben es an anderer Stelle eingespart."

Emily bedankte sich mit Blicken bei ihm. Obwohl sie ihn bei ihrer Entscheidung übergangen hatte, hatte er ihr den Rücken gestärkt. Wenn man es genau nahm, hatte er sogar für sie gelogen.

„Ich bitte Sie, sich diesen Finanzierungsentwurf anzuschauen", sagte Richard jetzt und reichte Papiere voller Zahlen herum. „Sie sehen, dass wir den Film problemlos finanzieren können, wenn wir bei den Druckmedien zurückstecken. Wenn der Film einschlägt, brauchen wir ohnehin kaum Zeitschriftenwerbung. Und die Rubine sind eine Investition und sollten deshalb durch die Investmentabteilung und nicht durch den Werbeetat finanziert werden."

Emily sah auf das Blatt, das Richard ihr aushändigte. Er hatte nicht gelogen. Er hatte es wirklich versucht, in der einen Stunde, die er vor der Besprechung noch Zeit gehabt hatte. Diesmal hatte er wirklich zugehört.

Sie liebte ihn so sehr, dass es wehtat.

Henry Evadne machte ein skeptisches Gesicht. „Trotzdem. Ein Film von einem unbekannten Regisseur mit unbekannten Schauspielern …" Er schüttelte den Kopf.

„Aber dieser Film wird Erotikgeschichte machen. Natürlich erwarte ich nicht, dass Sie nur mein Wort dafür nehmen." Emily gab Jane ein Zeichen, und Jane schaltete den Videorekorder ein und löschte das Licht.

„Die Szene, in der Sizzle zum Einsatz kommt, wird diese Woche gedreht", sagte Emily, als die beiden Schauspieler auf dem Fernsehschirm sich aufeinander zubewegten. „Deswegen kann ich Ihnen noch nicht zeigen, wie sie im Einzelnen aussehen wird. Aber dieser Ausschnitt soll Ihnen eine Vorstellung davon geben, welches Potenzial in dem Film für uns steckt."

Sie ging um den Tisch und setzte sich neben Richard, als die beiden Schauspieler sich gerade umarmten. Diese Szene hatte selbst beim zweiten Mal noch eine erstaunlich erotische Wirkung auf sie. Nach einer Weile legte Richard die Hand auf ihr Knie und ließ sie langsam an ihrem Schenkel nach oben wandern. Dabei schob er den Rock mit hoch.

Wir müssen dieses Videoband behalten, dachte sie, es ist so unerhört anregend. Nicht dass sie Anregungen nötig hätten, aber man wusste ja nie …

Als die Vorführung zu Ende war, machte Jane das Licht wieder an und stellte das Videogerät ab. Richard nahm seine Hand von Emilys Schenkel.

Ich muss unbedingt eine Besprechung mit Richard anberaumen, dachte Emily. Und zwar sofort. Eine sehr private und sehr intensive Besprechung.

Die Vorstandsmitglieder am Tisch hatten alle einen leicht glasigen Blick.

Henry Evadne räusperte sich und straffte die Schultern. „Ich bin zwar nicht besonders glücklich über die Einsparungen bei der Zeitschriftenwerbung", sagte er, „aber ich denke, wir können Richards Finanzierungsplan zustimmen. Der Film wird sicher, äh, Aufsehen erregen. Daran habe ich nicht den geringsten Zweifel. Obwohl er ganz sicher nicht pornografisch ist", fügte er schnell hinzu.

Die Runde murmelte ihre Zustimmung.

Er rückte seine Krawatte zurecht. „Und wenn Miss Tate für den Film plädiert, werden wir ihr ganz sicher nichts in den Weg legen." Er lächelte Richard ein wenig angestrengt zu. „Ich weiß nicht, wie sie es macht, aber ich glaube, für Marketing hat sie die beste Nase von uns allen. Und deshalb hören wir am besten auf sie und tun, was sie vorschlägt."

„Ja." Richard lächelte. „Zu der Überzeugung bin ich in der Zwischenzeit auch gekommen."

„Gut." Henry Evadne lehnte sich zufrieden zurück. „Sie beide sind ein gutes Team." Er sah Emily an. „Haben Sie zufällig noch ein Fläschchen Sizzle übrig? Ich würde es gern meiner Frau mitbringen. Sie ist immer sehr, äh, interessiert an unseren neuen Produkten."

„Aber ja, natürlich." Emily griff in die Tasche. „Bitte."

Jane summte leise den Triumphmarsch aus Aida.

Sie blieben noch zu dritt im Besprechungszimmer, nachdem die anderen Teilnehmer gegangen waren.

„Es ist fantastisch gelaufen", resümierte Jane zufrieden und streckte sich. „Wir sind wirklich ein unglaublich gutes Team. Die anderen haben uns förmlich aus der Hand gefressen."

Richard sah sie an. „Sie sind sehr großzügig. Der Erfolg gebührt allein Emily und Ihnen."

„Aber Sie haben ihn erst möglich gemacht." Jane strahlte ihn an. „Ehre, wem Ehre gebührt. Ohne Ihre Zustimmung hätten wir nichts ausrichten können. Habe ich recht, Emily?"

„Ich wäre dir sehr dankbar, wenn du jetzt gehen würdest", gab Emily zurück. „Ein Teil dieses unglaublich guten Teams hat noch etwas zu Ende zu bringen."

Jane lachte. „Also gut. Aber nur, wenn ich das Videoband mitnehmen darf, damit ich es mir mit Ben zusammen anschauen kann."

„Nimm dir den Nachmittag frei", sagte Emily. „Ich brauche dich heute nicht mehr."

Nachdem Jane gegangen war und die Tür mit Nachdruck ins Schloss gezogen hatte, sah Richard Emily an.

„Ich trage Sizzle", sagte Emily. „Sizzle lässt starke Männer schwach werden. Und du bist ein starker Mann." Sie stand auf, trat zu ihm und sah zu ihm auf. „Und was möchtest du mir sagen?"

„Nie wieder werde ich über deinen Kopf hinweg entscheiden", antwortete er und umfasste zärtlich ihr Gesicht.

„Das höre ich gerne."

Er strich mit den Händen über ihren Rücken. „Du hast mir auch eine gehörige Lektion erteilt – zuerst gestern Nacht und dann heute früh noch einmal durch Jane. Ich glaube, ich habe viel gelernt." Er zog die Bluse aus ihrem Rock, ließ die Hände daruntergleiten und umfasste ihre Brüste. „In Zukunft werde ich immer auf dich hören."

„Der Verschluss ist vorne", sagte Emily hilfreich, und er öffnete ihn.

„Möchtest du mir sonst noch etwas sagen?", fragte Richard, als er sie auf den Tisch hob. „Ich höre zu."

„Ja", sagte Emily und zog ihn zu sich heran. „Ich liebe dich. Für immer."

– ENDE –

Roxanne St. Claire

Leidenschaftliches Wiedersehen

Roman

Aus dem Amerikanischen von
Alina Lantelme

1. KAPITEL

Bruce Monroe hatte es bisher in seinem Leben nicht oft die Sprache verschlagen. Aber als er in der warmen Aprilsonne auf das ihm einmal so vertraute Haus in der Hauptstraße von Rockingham, Massachusetts, starrte, war er wie vor den Kopf geschlagen. Wo war das „Monroe's"?

Er betrachtete das Schild über der Tür. Nun, darauf stand zwar der Name, aber das M war kleingeschrieben, und daneben waren ein Laptop und ein Kaffeebecher abgebildet. Das Haus wirkte auch irgendwie größer und moderner. Die Holzschindeln waren durch Backsteine ersetzt worden, an denen sich Efeu rankte. Auch die drei Erkerfenster zur Straßenseite hin waren neu. Zumindest gab es die alte Mahagonitür noch. Bruce öffnete sie und ging hinein.

Drinnen blieb er wie angewurzelt stehen und unterdrückte einen Fluch. Statt der gemütlichen Bar fand er einen großen lichtdurchfluteten Raum vor, in dem Sofas und Computer standen. Wo, verdammt, war „Monroe's"? Das richtige „Monroe's" – und nicht dieser Cybersalon. Er sah sich nach vertrauten Gegenständen um, versuchte, sich an einen bestimmten Geruch zu erinnern. Aber alles, was ihm in die Nase stieg, war der Duft von Kaffee.

In der Bar seiner Eltern wurde kein Kaffee serviert. Kühles Bier natürlich, viel Whiskey und auch Tequila, aber kein Kaffee. Nicht hier, wo die Einheimischen sich nach den Baseballspielen des Teams der Rockingham Highschool versammelten, um jeden von Bruce' unvorhersehbaren Würfen noch einmal auszudiskutieren. Nicht hier, wo an den Wänden zahlreiche Fotos und Zeitungsartikel hingen, die seine erfolgreichen Spiele dokumentierten und sein Talent und seinen tollen Einsatz lobten. Nicht hier, wo ...

„Kann ich Ihnen helfen, Sir?"

Bruce blinzelte und schaute auf die junge Frau, die vor ihm stand.

„Möchten Sie einen Platz am Computer?", fragte sie.

Was er brauchte, war ein Wodka mit Eis. Er warf einen Blick auf die Bar. Zumindest die war noch da. Aber die einzige Person, die dort saß, trank irgendetwas aus einer Kaffeetasse.

„Ist Seamus Monroe hier?" Natürlich erwartete er nicht, dass sein Vater am Dienstagmorgen in der Bar arbeitete, aber er hatte es zu Hause bereits vergeblich versucht. Sein Elternhaus hatte regelrecht verlassen gewirkt. Schnell schüttelte er den Anflug von Schuldgefühlen ab.

„Mr Monroe ist heute nicht da." Die junge Frau strahlte ihn an. „Sind Sie der neue Softwarehändler?"

Er sah auf die Wand, an die seine Mutter sein erstes Trikot gehängt hatte, das er als Baseballprofi bei den Nevada Snake Eyes getragen hatte. Doch jetzt hing dort ein gerahmtes Schwarz-Weiß-Foto, das einen schneebedeckten Berg zeigte. „Haben Sie eine Telefonnummer, unter der ich ihn erreichen kann?"

„Tut mir leid, aber die kann ich Ihnen nicht geben. Möchten Sie vielleicht mit unserer Managerin sprechen?"

Hat Dad etwa eine Managerin angeheuert? fragte Bruce sich verblüfft. Doch dann ließ seine bereits seit Wochen andauernde Anspannung etwas nach. Er tat das Richtige. Er hatte zwar eine Riesendummheit begangen, die seine Karriere beendet hatte. Aber nach Hause zu kommen, um die Bar zu übernehmen, war absolut richtig. Offensichtlich hatte es schon jemand sich zunutze gemacht, dass sein Vater das Interesse an der Bar verloren hatte. Doch er würde die ganzen Veränderungen schnell wieder rückgängig machen. „Ja, ich würde gern mit ihr reden."

Die junge Frau deutete auf die Bar. „Dort gibt es Kaffee. Wenn Sie möchten, bedienen Sie sich, während ich Miss Locke hole."

Locke? Seit Bruce in Rockingham angekommen war, war es das erste Mal, dass ihm etwas vertraut vorkam. Er kannte jeden Locke, der jemals hier gelebt hatte. Und erst vor Kurzem hatte er eine E-Mail von Jack Locke, seinem alten Freund aus der Highschool, erhalten. Jack hatte ihm geschrieben, dass er Bruce' Kummer über das abrupte Ende seiner steilen Baseballkarriere mit nur dreiunddreißig Jahren gut verstehen konnte. Jacks Eltern waren vor Jahren nach Florida gezogen. Also blieb nur Kendra, Jacks Schwester, übrig.

Bruce schluckte. Kendra hatte er vor neun Jahren das letzte Mal gesehen, als er zur Beerdigung seiner Mutter für eine Woche nach Hause gekommen war. Und damals war Jacks Schwester ... Nun, sie war kein Kind mehr gewesen. Und er hatte sich wie ein feiger Mistkerl verhalten und sich hinterher nie mehr bei ihr gemeldet. Auch wenn er es wirklich sehr gern getan hätte.

Nein, diese Miss Locke konnte unmöglich Kendra sein, entschied er, als sich die Mitarbeiterin auf den Weg machte. Vielleicht eine entfernte Cousine. Denn damals war Jacks Schwester kurz davor, ihr Studium in Harvard zu beginnen. Und ganz sicher war die unheimlich kluge, schlagfertige und ehrgeizige Kendra letztendlich nicht im „Monroe's" gelandet. Bei der Erinnerung daran, dass sie auch auf anderen Gebieten ungeheuer engagiert und leidenschaftlich war, wurde ihm ganz heiß. Und das trotz der vielen Jahre, die seither vergangen waren – und der zahlreichen Frauen, die er inzwischen kennengelernt hatte.

„Entschuldigen Sie, Sie wollten mich sprechen?"

Er drehte sich um und blickte erst einmal in mandelförmige blaue Augen.

„Bruce?"

In ihren schönen Augen konnte er lesen, dass sie erschrocken war, als sie ihn erkannte. Und er musste sich anstrengen, damit seine Augen nicht verrieten, dass es ihm genauso ging. Ist es möglich, dass ich mit dieser hinreißenden Frau geschlafen habe, die sich gerade durch die hellblonden Haare fährt? Dass ich diesen sexy Mund geküsst und sie dann nie mehr angerufen habe? Was bin ich für ein Idiot! „Kendra." Er konnte nicht anders, als seinen Blick langsam bis zum Ausschnitt ihres engen T-Shirts und schließlich zu dem Monroe's-Logo wandern zu lassen.

Sie wurde rot, reckte das Kinn und musterte ihn entrüstet. „Was machst du denn hier?"

„Ich bin nach Hause gekommen." Er bemerkte, dass sie ungläubig die Augenbrauen hob. Erneut schaute er auf das Logo ihres T-Shirts und dann auf ihre schmale Taille und die Rundung ihrer Hüften, die von der hautengen Jeans betont wurde. Er bedachte sie mit einem umwerfenden Lächeln. Vielleicht hatte sie ihm verziehen, dass er sich nie mehr bei ihr gemeldet hatte. Möglicherweise würde sie auch für ihn arbeiten, wenn er die Bar übernommen hatte. Vielleicht würde sie ... Aber zunächst musste er etwas anderes klären. „Ich suche meinen Dad."

Sie strich sich eine Haarsträhne hinters Ohr. „Warum probierst du es nicht bei Diana Lynn Turner?"

Wo bitte? fragte er sich bestürzt. Ist Dad etwa inzwischen schon ein Fall für die Fürsorge? „Kümmert sich diese Frau um meinen Vater?"

Kendra lachte ironisch. „Wie man es nimmt. Diana Lynn ist die Verlobte deines Vaters."

„Seine *was*?" Verwitwete Männer, die vor einem Jahr einen Herzschrittmacher eingesetzt bekommen hatten, hatten keine Verlobte.

„Seine Verlobte, Bruce. Dein Dad verbringt jede Nacht bei ihr und ist auch oft tagsüber in ihrem Haus. Aber sie gehen morgen früh auf eine Kurzreise. Deshalb solltest du dich beeilen, wenn du ihn noch sehen möchtest."

Bruce wusste, dass er sich viele Jahre lang äußerst rargemacht hatte. Aber dass sein Vater sich verlobt hatte, ohne es ihm zu sagen, konnte er kaum glauben. Es sei denn, Seamus Monroe vermutete, dass seinem Sohn diese Neuigkeit absolut nicht behagte. Und mit dieser Vermutung hatte er recht. „Und wo wohnt diese Diana Lynn?"

„In der ehemaligen Swain Villa."

Er runzelte die Stirn. „In dem heruntergekommenen alten Schuppen am Strand?"

„Jetzt nicht mehr. Diana hat dort wahre Wunder vollbracht." Kendra hantierte mit einigen Menükarten aus Plastik. „Sie bringt einfach alles auf Vordermann."

Also darum geht es, dachte Bruce. Eine Frau, die nur hinter dem Geld der Männer her ist, hat sich meinen Dad gekrallt. Dann war er ja gerade noch rechtzeitig nach Hause gekommen. Er sah sich in dem Raum mit den Computern um. „Jetzt erzähl mir nur nicht, dass sie auch hinter diesen ganzen Veränderungen hier in der Bar steckt."

„Der Bar?" Kendra legte die Karten wieder weg und schaute zu der Bar an der gegenüberliegenden Wand. „Nun, bis jetzt war es uns noch nicht möglich, lange genug zu schließen, um die Bar herauszureißen."

„Warum solltet ihr das tun?", fragte er, besonders beunruhigt über die Wörter „wir" und „herausreißen".

Kendra zuckte mit den Schultern und betrachtete eine Bank aus Kirschholz, die bereits hier gestanden hatte, als Bruce noch ein Baby war. „Die Bar rentiert sich nicht unbedingt für uns."

Hat sie „uns" gesagt? überlegte er. „Das ist komisch." Er sah sie an, als wäre sie eine blutige Anfängerin. „Normalerweise rentiert sich die Bar in einer Bar am meisten." Sein einschüchternder Blick schien nicht zu funktionieren. Tatsächlich machte Kendra den Eindruck, als würde dadurch nur ihr Kampfgeist geweckt.

„Sicher ist das bei anderen Geschäftsmodellen richtig", erklärte sie nachdenklich. „Aber Fakt ist, dass die Bar keinesfalls der profitabelste Teil eines Internet-Cafés ist."

Er lachte ungläubig. „Und seit wann ist ‚Monroe's' ein Internet-Café?"

„Seit ich ‚Monroe's' gekauft habe."

„Seit du was …?", fragte Bruce entgeistert.

Er weiß es nicht, wurde Kendra bewusst, als sie den Schock in seinen dunkelbraunen Augen wahrnahm. Offensichtlich hatte er keine Ahnung davon, dass sie seit zwei Jahren eine geschäftliche Vereinbarung mit seinem Vater hatte. Sie hatte nie den Mut aufgebracht, Seamus zu fragen, ob er seinen Sohn darüber informiert habe. Denn Seamus war dem Thema Bruce für lange Zeit höflich aus dem Weg gegangen. Aber das würde jetzt wohl ein Ende haben.

„Ich habe ‚Monroe's' vor einer Weile gekauft. Nun, die Hälfte. Und ich führe das Café, obwohl dein Dad immer noch mit fünfzig Prozent daran beteiligt ist." Dass es in Wahrheit einundfünfzig Prozent waren, brauchte sie Bruce ja nicht unbedingt auf die Nase zu binden.

„Wirklich." Er rieb sich nachdenklich das Kinn.

Kendra stellte fest, dass er sich bereits längere Zeit nicht mehr rasiert hatte. Der leichte Dreitagebart passte gut zu seinem markanten Gesicht und dem verführerischen Grübchen am Kinn, das sie schon einmal mit der Zunge liebkost hatte. „Ja, wirklich." Wieder hantierte sie mit den Karten, um ihre Hände zu beschäftigen und nicht in Versuchung zu geraten, ihm über die Bartstoppeln zu streichen.

„Und du hast ‚Monroe's' in diesen Cybersalon verwandelt." Er schaute sich verächtlich um.

Sie musste lachen. Er brachte sie immer zum Lachen. Schon damals, in der Kindheit, als sie zehn war, hatte er sie geneckt. Sie hatte gekichert und war dann nach oben gerannt, hatte sich in ihrem Zimmer aufs Bett geworfen und aus lauter Liebe zu ihm geheult. „Wir sind im einundzwanzigsten Jahrhundert angekommen, Bruce, und du kannst dich jederzeit gerne einloggen."

„Nein, vielen Dank." Er trat einen Schritt zurück und bedachte sie von oben bis unten mit einem dieser prüfenden Blicke, die sie immer noch unter Strom setzten.

Als er ihr schließlich wieder ins Gesicht sah, zwang sich Kendra, ihm in die dunklen Augen zu schauen. Und sein herausfordernder Blick ließ erkennen, dass es ihm immer noch egal war, was andere von ihm dachten. Dieser provozierende Blick sowie seine Vorliebe für Spaß und Spiel und sein stets hundertprozentiger Einsatz auf dem Baseballfeld hatten ihm den denkwürdigsten aller Jahrbucheinträge in der Geschichte der Rockingham Highschool eingebracht: Bruce ist wild.

Sie sahen sich etwas zu lange in die Augen, und sie fühlte, wie ihr die Hitze ins Gesicht stieg. An wie viele Dinge erinnerte er sich noch? Dass sie ihm gestanden hatte, schon ihr Leben lang in den besten Freund ihres großen Bruders verknallt zu sein? Erinnerte er sich daran, dass sie während ihrer gemeinsamen leidenschaftlichen Nacht nie das Wort nein benutzt hatte? Dass sie „ich liebe dich" geflüstert hatte, als sie mit ihm geschlafen hatte und endlich eins mit dem Mann ihrer Träume geworden war?

Sophie kam mit einem großen braunen Umschlag auf Kendra zugeeilt und riss sie aus ihren Gedanken. „Der Bote von Kinko's hat ihn gerade abgegeben."

Kendra nahm den Umschlag. „Bist du sicher, dass sie alles mitgeschickt haben?"

Die junge Frau nickte. „Und die Diskette zur Datensicherung ist auch drin."

Okay, jetzt bin ich fast am Ziel, dachte Kendra. Seamus und Diana würden morgen nach Boston, New York und San Francisco reisen. Sie wollten Investoren für die Umgestaltung von „Monroe's" in das erste Internet-Café mit Galerie, Theater und Künstlertreff in der Gegend auftreiben. Kendra hatte zwei Jahre Recherche und Planung in dieses Projekt gesteckt. Nun kam es nur noch auf die Präsentation an.

„Seamus hat gerade angerufen", fügte Sophie hinzu. „Er möchte die Unterlagen heute noch sehen, um eventuell noch einige Punkte mit dir durchzugehen, bevor er mit Diana abreist."

Kendra warf einen Blick auf Bruce, der es wieder einmal schaffte, durch seine bloße Anwesenheit den Raum kleiner wirken zu lassen. Ihr war er schon immer größer erschienen, als er tatsächlich war. Ungeachtet der Tatsache, dass er all ihre Träume zunichtegemacht hatte, hatte sie ihn stets idealisiert.

Doch dann überkam sie ein ungutes Gefühl. Jeder wusste, dass Bruce' Baseballkarriere zu Ende war. Wollte er für immer in Rockingham bleiben? Dann hätte er einmal mehr die Gelegenheit, ihre Pläne zu durchkreuzen. Nicht, weil sie ihm wie ein liebeskrankes Schulmädchen in die Arme fallen würde – diesen Fehler würde sie nie mehr begehen –, sondern weil er die Meinung seines Vaters ändern könnte. Falls er „Monroe's" haben wollte, so würde Seamus ihm das Lokal geben. Seamus würde Bruce sogar die Sterne vom Himmel holen. Der verlorene Sohn war zurückgekehrt, und die Ersatztochter könnte jetzt einfach im Regen stehen gelassen werden.

Sie betrachtete das Gesicht, das sie einmal so sehr geliebt hatte. Bruce Monroe konnte doch nicht zurück nach Rockingham kommen und erneut ihr Leben ruinieren. Aber sie würde ihm nie die Befriedigung verschaffen, zu erfahren, wie viel Macht er über sie hatte – damals wie jetzt. „Du kannst hinter mir herfahren", sagte Kendra so gleichgültig, dass sie stolz auf sich war.

„Du kannst mit mir fahren", schlug er vor.

„Nein, danke." Erinnert er sich nicht daran, was passiert war, als sie das letzte Mal zusammen in einem Auto gesessen hatten? fragte sie sich.

„Du kannst mir vertrauen." Bruce zwinkerte ihr zu. „Ich bin lediglich von den Rennstrecken verbannt worden, nicht von den Straßen." Er spielte auf den Unfall an, den er bei einem Autorennen verursacht hatte.

„Ich dachte nur daran, dass du deinen Vater schon viele Jahre nicht mehr gesehen hast. Zweifellos wirst du länger dort bleiben wollen als ich."

„Das hängt davon ab, wie ich empfangen werde." Er lächelte. „Es ist eine ganze Weile her."

„Das kann man wohl sagen."

Sein Lächeln wurde breiter, als er erneut den Blick über ihren Körper wandern ließ. Sie musste aufpassen, dass ihre Knie nicht weich wurden. „Ist das deine Art, mir mitzuteilen, dass du mich vermisst hast, Kendra?"

Nun war sie dermaßen elektrisiert, dass sie rot wurde. Sie spürte, wie sie mit jeder Faser ihres Körpers auf ihn reagierte, und räusperte sich. „Es ist sicher unmöglich für dich, das zu verstehen, Bruce. Aber jeder einzelne Einwohner Rockinghams hat es irgendwie geschafft, ganz ohne Psychotherapie, Medikamente oder Drogen deine lange Abwesenheit zu überleben. Jeder Einzelne."

Er lachte nur und zwinkerte ihr zu. „Nun komm schon. Ich werde fahren. Hast du alles, was du brauchst?"

Nein, dachte sie. Sie brauchte Scheuklappen, die sie daran hinderten, ihn anzustarren. Außerdem einen Panzerschrank für ihr Herz und einen Keuschheitsgürtel. Erst dann wäre sie für ihn gerüstet. Aber das brauchte er nicht zu wissen. Und niemals durfte er erfahren, warum sie das Studium in Harvard noch im ersten Jahr geschmissen hatte. „Ja, ich habe alles." Sie drückte den Umschlag an ihre Brust und lächelte ihn strahlend an. „Nur der hier ist von Bedeutung."

„Was ist denn hier in der Stadt eigentlich los?" Bruce warf einen Blick auf die kleinen Antiquitätenläden und Kunstgalerien auf der rechten Seite des High Castle Boulevards, konnte aber nicht widerstehen, auch seine Beifahrerin verstohlen anzuschauen. Denn Kendra sah so viel besser aus als all die Veränderungen in seiner Heimatstadt.

„Was los ist? Diana Lynn Turner ist hergekommen."

Schon wieder diese berühmte Diana Lynn, dachte er. „Jetzt erzähl mir nicht, dass sie die rosafarbenen Häuserwände der Wohnsiedlungen gebaut hat, die ich auf dem Weg in die Stadt gesehen habe. Und seit wann hat alles einen Namen wie Rocky Shores, Point Place oder Shoreline Estates?"

„Seit Diana Lynn hier ist", antwortete Kendra leicht ungeduldig, weil Bruce nicht begriff, welche Macht Diana hatte.

„Was ist sie? Ein 1-Mann-Bauunternehmen?"

Sie lachte leise und so mädchenhaft, dass ihm unerwartet ganz heiß wurde. „Sie hat die Häuser nicht gebaut, aber die Bauunternehmen vorgeschlagen und das Auswahlgremium davon überzeugt, Einfluss auf die Planungskommission zu nehmen. Dann hat sie ihre eigene Immobilienfirma gegründet und den Wohnungsmarkt in Rockingham in Schwung gebracht."

„Warum?"

„Aus einer Reihe von Gründen." Kendra hob den Zeigefinger. „Erstens, weil Cape Cod als Reiseziel an der Küste boomt, und wir wollen, dass Rockingham daran teilhat und nicht mehr nur als Zwischenstopp auf der Route zu interessanteren Orten betrachtet wird." Sie hielt den zweiten Finger hoch. „Zweitens, weil die Stadtkasse nahezu leer ist, in den Schulen veraltete Bücher benutzt werden, die Ampeln eine Computeranlage benötigen, und weil Geld gebraucht wird, um neue Polizisten einzustellen."

Bevor sie zum dritten Punkt kommen konnte, griff Bruce nach ihrer Hand und schob sie sanft nach unten. „Ich habe verstanden. Es geht um den Fortschritt." Nur widerwillig ließ er ihre Hand los. „Dann ist Diana Lynn also nicht nur hinter dem Geld der Männer her."

Kendra lachte. „Ganz im Gegenteil, sie macht Rockingham zu einer Goldgrube und sorgt dafür, dass Geld in die leeren Kassen kommt."

Er schwieg einen Moment, als er in die Beachline Road bog, wo man früher einen ungehinderten Blick auf das blaue Wasser des Nantucket Sound hatte. Doch jetzt standen da eine Menge neuer Läden, die allerdings auf alt gemacht waren, ganz im Stil der von Wind und Wetter verwitterten Häuser New Englands. Bruce mochte Diana Lynn nicht. „Also wie tief hat sie ihre Krallen denn in meinen Dad versenkt?"

„Ihre Krallen?", fragte Kendra amüsiert. „Sie hat keine Krallen. Und hättest du dir einmal in den letzten Jahren die Mühe gemacht, nach Hause zu kommen, um nach deinem Vater zu sehen, dann wüsstest du das."

„Das wird kaum funktionieren."

„Was?"

„Die Schuldzuweisung."

Kendra atmete tief aus. „Von mir wirst du keine Schuldzuweisung zu hören bekommen, Bruce."

Nicht einmal dafür, dass er sie nach der Nacht, in der sie wunderbaren Sex miteinander gehabt hatten, nicht ein Mal angerufen hatte? Er glaubte ihr nicht. „Keine Schuldzuweisung? Und wie würdest du dann deine letzte Bemerkung interpretieren?"

Sie setzte sich aufrecht hin. „Das war lediglich eine Feststellung. Es ist eine Tatsache, dass du deinen Vater sehr lange ..."

„Moment mal. Es stimmt nur, dass ich sehr lange nicht in Rockingham war. Aber Dad ist zu jedem Spiel gekommen, das die Snakes in Boston hatten. Außerdem war er auch einige Male in Las Vegas."

„Und du hattest kaum Zeit für ein gemeinsames Abendessen mit ihm."

Dieses Mal atmete Bruce tief aus. Er erwartete nicht, dass Kendra ihn verstand. Das erwartete er von niemandem und besonders nicht von dem Mann, den er gleich treffen würde. Aber ein Abendessen mit Dad hatte unweigerlich zur Folge, dass er mit guten Ratschlägen, Maßregelungen und Anweisungen überhäuft wurde, was Bruce nicht ausstehen konnte. Er machte alles gern auf seine Art und damit ganz anders, als es seinem Vater vorschwebte. Es war leichter für ihn, einfach wegzubleiben. „Ich habe mich ab und zu mit deinem Bruder Jack unterhalten", sagte er, um zu zeigen, dass er die Verbindung zu Rockingham nicht völlig abgebrochen hatte.

„Wirklich?", fragte Kendra überrascht. „Das hat er nie erwähnt."

„Er scheint seinen Job zu mögen." Das war das Erste, was ihm einfiel, um zu beweisen, dass er tatsächlich mit Jack geredet hatte.

Sie nickte. „Jack ist der geborene Marketingmann. Er ist gewissermaßen mit der Firma verheiratet."

Dieser Vorgabe konnte Bruce nicht widerstehen. Außerdem wollte er es unbedingt wissen. „Und was ist mit dir?" Er erinnerte sich daran, dass ihre Mitarbeiterin im Internet-Café sie Miss Locke genannt hatte. Aber heutzutage hatte das überhaupt nichts zu bedeuten. „Hast du inzwischen einen Ehemann, ein Haus und Kinder, Kennie?" Sie schweigt einen Moment zu lange, dachte er. Hasst sie etwa den Spitznamen immer noch, den er ihr gegeben hatte, als sie ein dünnes, kleines zehnjähriges Mädchen war, das die älteren Jungs im Keller belauscht hatte?

„Nein, die habe ich nicht."

Er lächelte. „Warum bist du dann nicht in New York oder Boston? Erzähl mir nicht, dass es dich nach deinem Harvard-Studium zurück in das gute alte Rockingham verschlagen hat?"

Sie schluckte. „Ich habe mein Studium nie abgeschlossen."

Bruce schaute sie kurz an. „Im Ernst? Das letzte Mal …", er hielt kurz inne. „Ich meine, als meine Mutter gestorben ist, warst du doch bereits mitten im ersten Jahr." Kendra errötete, als würde sie sich fragen, woran er sich sonst noch erinnerte, wenn er an seinen letzten Besuch in Rockingham dachte. Ihn überraschte es, dass er sich genau an jedes Detail erinnern konnte.

„Ich hatte dann hier sehr viel geschäftlich zu tun", entgegnete sie knapp.

Etwas in ihrer Stimme sagte ihm, besser keine weiteren Fragen zu stellen. Er atmete durch das offene Fenster die salzige Luft ein, und unzählige Erinnerungen stiegen in ihm auf. „Es riecht nach Baseball", sagte er fast zu sich selbst.

„Wie bitte?"

„April in New England. Der Frühling liegt in der Luft, und Frühling bedeutet Baseball." Zumindest war das die vergangenen siebenundzwanzig Jahre seines Lebens so gewesen. Seitdem er damals das erste Mal einen Baseballschläger in die Hand genommen und zu spielen begonnen hatte.

„Vermisst du es?", fragte sie.

„Nein", antwortete er schnell. „Ich wollte mich ohnehin vom Spielfeld zurückziehen." Das war natürlich gelogen. Er war dreiunddreißig und immer noch in Topform, trotz der Schmerzen im Ellbogen. Aber seine Vorliebe für schnelle Autos hatte ihn dazu verführt, aus Spaß an einem Autorennen teilzunehmen. Und das war den Eignern der Nevada Snake Eyes gewaltig gegen den Strich gegangen, denn damit hatte Bruce gegen einen Passus in seinem Vertrag verstoßen.

„Dein letztes Jahr war gut", meinte sie.

Er musste an ihre Bemerkung in der Bar denken, dass die Leute in Rockingham auch sehr gut ohne ihn gelebt hätten, und konnte sich ein Lächeln nicht verkneifen. „Glaubst du, dass irgendjemand hier davon Notiz genommen hat?"

Sie erwiderte sein Lächeln, und er bemerkte ihre Grübchen. „Ja, haben wir."

Vor der Kurve, hinter der die Swain Villa lag, drosselte er instinktiv das Tempo. Statt seinen Vater zu sehen, wollte er viel lieber noch länger mit Kendra zusammen sein. „Meine tolle letzte Spielzeit hat aber jemanden nicht daran gehindert, die Wände im ‚Monroe's' neu zu dekorieren."

Ihr Lächeln wurde wehmütig. „Dinge ändern sich, Bruce."

Ganz offensichtlich, dachte er. Aber würde er sich durchsetzen, dann könnte er all die Veränderungen wieder rückgängig machen. Vielleicht nicht die rosafarbenen Häuser und Antiquitätenläden. Aber „Monroe's" könnte er in die Bar von früher verwandeln und ein Stück seiner Jugend als gefeierter Baseballspieler wieder aufleben lassen. Und dabei könnte er auch gleich an einige der noch sehr lebendigen Erinnerungen an diese eine Nacht mit Kendra anknüpfen. „Dann brauche ich aber jemanden, der mir hilft, mich mit dem neuen Rockingham vertraut zu machen." Die Aufforderung in seiner Stimme war unüberhörbar.

Sie verschränkte die Hände und sah geradeaus. „Du wirst bestimmt jemanden finden."

Er warf ihr einen Blick zu. Seiner Meinung nach hatte er bereits jemanden gefunden. „Da bin ich mir sicher."

2. KAPITEL

Völlig verblüfft schaute Bruce auf die ehemals baufällige große Villa. „Aber hallo", bemerkte er überrascht. „Ich wette, die alte Elizabeth Swain würde sich im Grab umdrehen."

Kendra versuchte, das Anwesen mit seinen Augen zu sehen. Anstelle der alten Villa mit fehlenden Holzschindeln, zerbrochenen Fenstern und verwildertem Garten stand jetzt dort ein dreistöckiges Haus im New-England-Stil mit grauer Holzverkleidung, einem schwarzen Dach, Terrassen und Säulen. Glaswände boten einen Ausblick auf den Nantucket Sound. Die Einfahrt säumte eine Reihe von großen Ahornbäumen, und der grüne Rasen vor der Villa war perfekt gepflegt.

„Hier wohnt Dad?" Bevor sie ihn korrigieren konnte, tat er es selbst. „Ich meine, seine ... Freundin lebt hier?"

Kendra lachte. „Er ist fast immer hier. Aber er ist altmodisch und will nicht offiziell hier einziehen, bevor sie nicht verheiratet sind."

Bruce wandte den Blick vom Haus und blickte Kendra entsetzt an. „Wann werden sie ...?"

„Sie haben es in der Tat nicht eilig. Sie sind beide mit ihren Karrieren beschäftigt und ..."

„Karrieren?" Er klang, als würde er nicht davon ausgehen, dass es eine Karriere wäre, „Monroe's" zu betreiben.

Nun, da täuschte er sich aber. Es ist meine Karriere, dachte sie.

„Aber natürlich sollten sie nichts übereilen." Er bog in die neu gepflasterte Einfahrt ein. Als er anhielt, fuhr er sich fast schon automatisch über den Ellbogen und starrte auf das beeindruckende Haus. „Ich kann nicht glauben, dass das die alte Swain Villa ist. Als Jugendliche haben wir hier oft mit einem Fass Bier eine Party gefeiert."

Oh ja, davon hatte Kendra damals gehört. Da sie drei Jahre jünger war als Jack und seine Freunde von der Rock High, hatte sie nie an diesen Partys teilgenommen. Aber dank des Heizungsschachtes zwischen ihrem Zimmer und dem Keller im Haus hatte sie am nächsten Tag immer die Details erfahren. War die Heizung ausgestellt, dann hatte sie die Jungs belauschen können, die im Keller oft Billard gespielt hatten. Aber das war bis heute ihr Geheimnis. Sie wusste mehr über Bruce als die Mädchen, die ihn auf der Rock High angehimmelt hatten.

„Du wirst das Haus auch innen nicht wiedererkennen", sagte sie. „Diana hat ein Händchen für Einrichtungen. Und sie ist eine ausgezeichnete Fotografin. Die Fotos im ‚Monroe's' stammen alle von ihr. Schau dir nur das hier an. Sie …"

Er machte die Autotür auf und schnitt ihr das Wort ab. „Lass uns gehen."

Einen Moment lang saß Kendra still da. Was hat er nur gegen diese Frau, der er doch noch nie begegnet ist? Es sind fast zehn Jahre vergangen, seit seine Mutter tot ist. Findet er nicht, dass Seamus ein bisschen Glück verdient? Schnell stieg sie aus und holte ihn auf dem Weg zum Haus ein. „Wir können einfach durch die Küche hineingehen."

Bruce blieb kurz stehen. „Du bist wohl regelmäßig hier?"

Nun, sie wohnte in dem Gästehaus am Strand, knapp hundert Meter weiter weg, das sie gemietet hatte. „Ich komme täglich mit den neuesten Umsatzzahlen vorbei." Sie machte eine Glastür auf und trat ein. „Diana! Seamus! Seid ihr da? Ich habe eine Überraschung für euch", rief sie.

In einiger Entfernung bellte ein Hund.

„Wir sind oben, Kendra", ertönte eine Frauenstimme. „Nimm dir einen Kaffee. Sobald wir angezogen sind, kommen wir nach unten."

Kendra bemerkte, dass Bruce neben ihr erstarrte, und lächelte. „Sie sind immer … Nun, sie sind verliebt." Sie musste ihn nicht anschauen, um seine Reaktion mitzubekommen. Sein Widerwille war förmlich spürbar. Als hätte er nie die Nacht bei einer Frau verbracht, dachte sie. „Setz dich." Sie deutete auf die Stühle am Tisch vor dem Erkerfenster. „Willst du eine Tasse Kaffee?"

„Nein, danke." Er setzte sich und ließ den Blick durch die große Küche im Countrystil, das Esszimmer gegenüber und das behagliche Wohnzimmer auf der anderen Seite der langen Granittheke wandern. „Du hast recht. Ich kann kaum glauben, wie sich hier alles verändert hat."

Sie entschied, nicht schon wieder ein Loblied auf Diana zu singen. Sie setzte sich ihm gegenüber, stellte einen Becher mit heißem Kaffee auf den Tisch und legte den Umschlag daneben. Dann holte sie tief Luft. Bevor Diana und Seamus auftauchten, um Bruce in Empfang zu nehmen, und schließlich der Rest von Rockingham auf ihn aufmerksam werden würde, musste sie eines unbedingt wissen. „Warum bist du zurückgekommen?"

Er verschränkte die Arme vor seiner muskulösen Brust. „Wie du weißt, habe ich mich vom Baseball zurückgezogen."

Alle Welt wusste, dass es nicht an dem war. Sein Vertrag war ausgesetzt worden, nachdem er unerlaubt an einem Autorennen teilgenommen hatte. Zudem hatte er das Auto auch noch zu Schrott gefahren. Aber Kendra ließ es gut sein. „Hast du eigentlich vor ... Hast du vor, dich hier niederzulassen?" Bitte sag nein, dachte sie. Werde ich es aushalten, wenn er ja sagt?

„Ja."

Ohne sich etwas anmerken zu lassen, trank sie einen Schluck Kaffee.

„Ich bin es leid, in Las Vegas zu leben", fuhr Bruce fort.

„Ich dachte, du hättest außerhalb von Las Vegas gewohnt."

Er zuckte mit den Schultern. „Das ist kein großer Unterschied. Ich habe keinen Grund, dort zu bleiben, wenn ich nicht mehr für die Snake Eyes spiele."

„Und wie sieht es mit einem Job als Trainer aus? Machen das nicht viele Profis, nachdem sie ... ausgeschieden sind?"

Wieder massierte Bruce seinen rechten Ellbogen. Kendra kannte die Geste inzwischen schon. Aber dieses Mal verzog er dabei vor Schmerzen das Gesicht. „Keine Ahnung. Mal sehen. Ich brauche einen guten Physiotherapeuten. Kennst du einen?"

„Da wirst du wohl nach Boston fahren müssen."

„Das ist eine Stunde von hier entfernt."

Dann zieh doch dorthin, dachte sie. „Bei dem Verkehr mittlerweile eher zwei Stunden." Sie trank wieder einen Schluck

Kaffee und fragte so unbeteiligt wie möglich: „Und was willst du hier machen?"

Anstatt zu antworten, schnappte sich Bruce einfach ihren Umschlag. „Was ist das?"

Kendra war nicht bereit, ihn in ihre Pläne einzuweihen. Sein Vater würde ihm wahrscheinlich von ihrem tollen Projekt erzählen. Aber sie wollte das nicht tun. Sie hatte vor langer Zeit ihre Träume mit ihm geteilt, und hatte sie jetzt, fast zehn Jahre später, immer noch nicht verwirklicht. Und der Grund dafür war er. „Nur Papierkram aus dem Café."

„Es ist eine Bar", verbesserte er sie und ließ den Umschlag zurück auf den Tisch fallen. „Kein Café."

„Ach du meine Güte."

Als sie Diana Lynns heisere Stimme hörten, drehten sich beide zur Küchentür um. Diana war ganz in Weiß gekleidet und hielt ihren geliebten Newman auf dem Arm. „Ich kenne Sie von den Fotos, Bruce." Newman jaulte und wollte heruntergelassen werden.

Bruce starrte Diana einen Moment lang an und stand dann auf. „Ja, so heiße ich."

Sie betrat die Küche und setzte den kleinen Cockerspaniel ab, der sofort auf Kendras Schoß sprang und Bruce anbellte.

„Ich bin Diana Lynn Turner." Sie streckte ihm die Hand entgegen. „Was für ein Glück, dass Ihr Vater den Herzschrittmacher hat, denn sonst würde er einen Herzanfall kriegen, wenn er herunterkommt." Sie strahlte, als sie sich die Hände schüttelten. Dann musterte sie Bruce anerkennend von oben bis unten, lächelte und drehte sich zu Kendra um. „Kein Wunder, dass du schon dein ganzes Leben lang in ihn verknallt bist. Er ist einfach zum Anbeißen", äußerte sie unverblümt.

Kendra schaffte es, nur ein bisschen rot zu werden, setzte eine total uninteressierte Miene auf und zuckte mit den Schultern. „Das hängt wohl davon ab, wie du ‚zum Anbeißen' definierst."

Bruce nahm die Bemerkung über Kendras Verknalltsein zur Kenntnis, wandte seine Aufmerksamkeit aber zunächst wieder

Diana zu. Sie trug ihre schwarzen Haare aus dem Gesicht frisiert und hatte so wenig Falten, dass sie entweder hervorragende Gene oder ihren eigenen plastischen Chirurgen besaß. Ihre großen bronzefarbenen Augen strahlten. Obwohl sie ganz sicher jünger als sein einundsiebzigjähriger Vater war, vermutete Bruce aufgrund ihres Auftretens, dass sie bereits die Fünfzig überschritten und jede Minute ihres Lebens genossen hatte. „Sie haben hier ja wirklich wahre Wunder vollbracht."

„Danke." Sie spielte mit ihrer Perlenkette. „Und was hat Sie denn dazu bewogen, endlich nach Hause zu kommen?"

„Ich habe meine aktive Laufbahn beendet."

Diana lachte. „Das wohl kaum. Aber Ihr Vater wird sich wahnsinnig freuen, Sie zu sehen. Wie lange werden Sie bleiben?"

Er rieb sich beiläufig das Kinn. „Eine Weile."

„Und wie lange dauert eine Weile?"

„Für immer."

Sie riss die Augen auf. „Sie wollen hier in Rockingham bleiben?"

„Wer will hierbleiben?", erklang Seamus Monroes dröhnende Stimme. Als er um die Ecke kam, blieb er wie angewurzelt stehen. „Das gibt es doch nicht", murmelte er und fasste sich ans Herz.

Einen Augenblick lang hatte Bruce wirklich Angst, sein Vater würde einen Herzanfall erleiden. Ihm blieb kaum Zeit wahrzunehmen, dass die ehemals schwarzen Haare seines Vaters jetzt komplett ergraut waren, was ihn vornehmer aussehen ließ. Dann hatte Seamus ihn auch schon umarmt und so fest an seine Brust gedrückt, dass beide kaum noch Luft bekamen. Bruce fühlte sich unglaublich erleichtert. Denn obgleich sein Vater immer sehr hohe Anforderungen an ihn stellte, wusste Bruce auch, dass er ihn abgöttisch liebte. Darauf zählte er. Und darauf, dass sein Dad im Alter vielleicht milder geworden war.

Sie klopften sich gegenseitig auf den Rücken. Dann umfasste Seamus das Gesicht seines Sohnes. „Was hast du dir nur dabei gedacht, an einem Autorennen teilzunehmen?"

Bruce lachte und trat einen Schritt zurück. „Dass sie mich nicht dabei erwischen."

„Du hättest ums Leben kommen können." Seine Augen funkelten.

Diese Art von Dialogen mit seinem wütenden Vater kannte Bruce mittlerweile auswendig. „Ich bin aber am Leben geblieben, Dad", antwortete er wie schon so oft.

„Aber deine Karriere."

„He, ich bin dreiunddreißig." Er bewegte seinen rechten Arm. „Es ist an der Zeit, für jüngere Spieler Platz zu machen."

Seamus gab ein Grummeln von sich, mit dem er deutlich machen wollte, was er von der Antwort seines Sohnes hielt. Als er dann den Arm nach Diana ausstreckte, hellte sich seine Miene deutlich auf. „Hast du schon die Liebe meines ... Diana kennengelernt?"

Natürlich wusste Bruce, dass Mom nicht ewig die einzige große Liebe seines Vaters bleiben konnte. Aber der kleine Junge in ihm hätte am liebsten um sich geschlagen. „Natürlich. Und ich bin sehr beeindruckt davon, wie sehr sich die alte Swain Villa verändert hat."

„Hast du dir ‚Monroe's' angesehen?" Dad blickte voller Stolz auf Kendra, die immer noch den kleinen Hund auf dem Schoß hielt.

„Ja." Bruce schaute Kendra an. „Ich habe die Bar gesehen. Auch dort hat sich viel verändert." Er steckte die Hände in die Hosentaschen. „Die ganze Stadt sieht jetzt vollkommen anders aus."

Sein Vater drückte Diana an sich. „Sie ist der Grund dafür. Diese Lady hier hat das alles bewirkt." Er tätschelte Dianas Hüften und blickte dann zu Kendra. „Und unsere Kendra, die ebenfalls eine Powerfrau ist."

„Also, was geht hier vor, Dad? Kendra hat mir erzählt, dass du dich im Internet-Geschäft versuchst."

„Ja, das haben wir jetzt ein Jahr lang erfolgreich getestet. Wenn alles nach Plan läuft, werden wir noch weitere Geschäftsfelder erschließen. Richtig, Kendra?"

Sie schob den Umschlag über den Tisch. „Und hier habe ich die nötigen Informationen dazu."

„Oh!" Schnell schnappte Diana sich den Umschlag. „Lass mich sehen! Wie wunderbar, dass Bruce auch hier ist. Dann gehen wir jetzt alle ins Wohnzimmer und schauen uns Kendras Meisterstück an."

Ihr Meisterstück? Also nicht nur Papierkram. Bruce warf Kendra einen vielsagenden Blick zu, aber die hatte ihm bereits den Rücken zugedreht, um mit Diana ins Wohnzimmer zu gehen. Als die beiden Frauen weg waren, wandte er sich an seinen Dad. „Also, wie geht es dir? Funktioniert dieses Ding einwandfrei?"

Seamus lächelte verschmitzt. „Mein Ding funktioniert bestens. Auch ganz ohne kleine blaue Pillen."

„Ich meinte eigentlich den Herzschrittmacher."

Sein Vater lachte. „Das weiß ich. Alles in Ordnung. Ich war in meinem ganzen Leben noch nie gesünder." Er warf einen Blick auf Diana. „Und ich war schon sehr lange nicht mehr so glücklich", fügte er hinzu.

„Das sieht man." Bruce bemühte sich, fröhlich zu klingen.

Im Wohnzimmer hatte Kendra Computerausdrucke mit Diagrammen und Grafiken auf einem großen Couchtisch ausgebreitet. Daneben lagen Bauentwürfe von Architekten und handgezeichnete Skizzen.

Bruce' Blick fiel auf eine Skizze, die eine Art Bühne und ein Auditorium darstellte. Was hatte denn eine Bühne im „Monroe's" zu suchen? Er konnte versuchen, mit der Romanze seines Vaters klarzukommen. Aber auch noch die Bar zu verschandeln, in der er praktisch aufgewachsen war, das war wirklich schwer zu verkraften. „Also, um was geht es denn bei all dem hier?"

„Das, mein Sohn, ist ‚Monroe's' Zukunft." Seamus nahm neben Diana auf dem kleinen Sofa Platz und legte ihr den Arm um die Schultern. „Wir haben das Konzept getestet. Mittlerweile machen wir damit Profit, und jetzt planen wir eine Erweiterung."

„Ich hatte den Eindruck, als wäre die Expansion schon ziemlich weit fortgeschritten", entgegnete Bruce, nachdem er es sich auf dem Sofa gegenüber bequem gemacht hatte. Er saß in der Nähe von Kendra, die auf dem Boden kniete und die Papiere ordnete.

„Nun, wir haben den kleinen Laden nebenan gekauft, um mehr Platz zu haben", erklärte Diana. „Aber Kendras Pläne gehen noch viel weiter."

„Ach ja? Inwiefern?" Er sah Kendra an und wartete auf eine Erklärung.

Sie hielt seinem herausfordernden Blick stand. „Wir hoffen, auch noch den Rest des Häuserblocks kaufen zu können, sodass wir schließlich noch ein kleines Theater und eine Galerie für die hier ansässigen Künstler sowie einen DVD-Verleih anbieten können."

Er gab sich Mühe, sich seine Verärgerung nicht anmerken zu lassen.

„Erzähl ihm von dem Schulungszentrum", überredete sein Vater Kendra.

„Außerdem haben wir vor, für Leute, die technisch nicht auf dem neuesten Stand sind, Kurse einrichten, in denen sie eine Art Internetschulung bekommen können."

Bruce starrte Kendra nur an. Alles, was er wollte, war eine Bar zu betreiben, in der Fans im Fernsehen Sportprogramme verfolgen und dabei ihr Bier trinken konnten. Eine Art Datenautobahn hatte darin wahrlich keinen Platz. Aber er schwieg, weil er sich eine Strategie überlegt hatte. Sobald sein Vater erfahren würde, dass er die Bar übernehmen wollte, würde er bestimmt seine Meinung ändern. Wenn es sein musste, dann würde er Kendra ihre fünfzig Prozent einfach abkaufen. Sie konnte ihr Theater, die Galerie und das Schulungszentrum ja irgendwo anders in Rockingham eröffnen.

Er würde seinem Vater klarmachen, dass er hier den Rest seines Lebens verbringen, sich eine Zukunft aufbauen wollte. Ihm blieb sonst nur die Wahl, Trainer zu werden. Bei den Regelverstößen, die er vorzuweisen hatte, bezweifelte er allerdings, dass ihn viele Teams haben wollten. Schließlich war er kein gutes Vorbild für jüngere Spieler. Und es interessierte ihn nicht, wie viele andere Exprofis für das Fernsehen oder irgendein großes Unternehmen tätig zu werden. Er wollte einfach nur zu Hause sein. Vielleicht würde er in Rockingham nie mehr der allseits beliebte und gefeierte Star sein, aber er war hier aufgewachsen und wollte hier alt werden. Aber nicht in einem abgefahrenen Internet-Café. Diesen Kompromiss konnte er nicht eingehen.

In der Nähe von Bruce' durchtrainiertem Körper war es Kendra unmöglich, sich zu konzentrieren. Ganz zu schweigen davon, dass Seamus seinen Sohn ständig um seine Meinung bat, und Bruce machte aus seiner Missbilligung keinen Hehl. „Dieses Diagramm sagt aus, wie sehr das Geschäft im Internet-Café zugelegt hat", erläuterte sie, verlor dann aber für einen Moment den Faden. Die Zahlen verschwammen vor ihren Augen, und Bruce' lange Beine waren nur Zentimeter von ihr entfernt. Sie ließ den Blick kurz zu seinen muskulösen Oberschenkeln wandern. Newman, diese treulose Tomate, hatte sich neben ihn geschmuggelt und himmelte ihn wie ein Baseball-Fan an. Selbst Hunde nahm Bruce für sich ein.

„Dieses Diagramm hast du uns bereits gezeigt." Diana reichte ihr ein anderes Blatt. „Hier sind die Ergebnisse einer Untersuchung, die belegt, dass Internet-Cafés die sozialen Zentren dieses Jahrhunderts sind. Die Leute wollen beim Surfen nicht isoliert zu Hause sitzen, erinnerst du dich? Das wolltest du uns zeigen."

Oh, verdammt. Ja, natürlich, dachte sie. Auf diesem Trend basiert meine ganze Zukunft, und ich lasse mich von muskulösen Oberschenkeln ablenken.

„Was meinst du, Bruce?", fragte Seamus jetzt bestimmt schon zum zwanzigsten Mal. „Hast du diese Cafés auch in Las Vegas gesehen?"

„Ich habe noch nie in meinem Leben eins gesehen."

Kendra warf ihm einen ungläubigen Blick zu. „Aber du hast doch sicher einen Computer und eine E-Mail-Adresse."

Er nickte. „Ich sagte dir ja bereits, dass ich eine E-Mail von Jack bekommen habe." Er sah seinen Vater an. „Offen gestanden, weiß ich nicht, was hier in der Gegend so los ist. Aber der

Rest der Welt geht immer noch in eine Bar, um etwas zu trinken. Zum Glück war ich noch nie in einer Bar, in der die Cocktails durch Tastaturen ersetzt wurden. Zumindest bis heute nicht."

Seamus betrachtete seinen Sohn. „Nun, die Einnahmen unserer Bar waren rückläufig. Vor zwei Jahren waren wir kurz davor, rote Zahlen zu schreiben, weil sich hier große, nationale Restaurantketten breitgemacht haben."

„‚Monroe's' hat schon des Öfteren harte Zeiten durchgemacht, Dad. Die Bar wird immer überleben."

„Rockingham ist nicht mehr die verschlafene Ferienstadt von früher", mischte sich Diana ein. „Die Einwohnerzahl ist nach oben geschnellt, und die Stadt ist voller junger moderner Leute, die auf dem neuesten technischen Stand sind."

„Und diese jungen modernen Einwohner gehen nicht mehr in eine Bar?", fragte Bruce. „In anderen Städten tun sie das noch."

Ein unbehagliches Schweigen breitete sich aus. Schließlich fragte Seamus: „Was hast du gegen unsere Pläne, Bruce?"

Er beugte sich nach vorn. „Ich bin nach Hause gekommen, um ‚Monroe's' zu übernehmen und eine erstklassige Bar für Sportfans daraus zu machen."

Kendra zuckte innerlich zusammen. Sie hatte es bereits in dem Moment gewusst, als er aufgetaucht war. War Bruce Monroe nur zu dem Zweck auf der Welt, ihr Leben zu ruinieren? Er wusste nicht, was er ihr das letzte Mal angetan hatte – damit hatte sie dann allein fertig werden müssen. Aber dieses Mal konnte er doch sehen, wie viel ihr dieses Projekt bedeutete.

Ebenso wie Seamus. Sie schaute den Mann an, der wie ein Vater für sie war, seit ihre Eltern den Kontakt zu ihr abgebrochen hatten. Aber Seamus, auf dessen Gesicht sich Erstaunen, Freude, aber auch Sorge abzeichneten, hatte nur Augen für Bruce. Wie hatte sie auch nur eine Minute vergessen können, dass Seamus seinen einzigen Sohn über alles liebte? Ganz egal, wie oft sich Bruce den Wünschen seines Vaters widersetzt hatte, es hatte Seamus' Liebe keinen Abbruch getan.

„Ich hatte keine Ahnung, mein Sohn."

Kendra ahnte bereits, was Bruce jetzt sagen würde.

„Dad, die Bar ist seit mehr als siebzig Jahren in Familienbesitz."

Bingo. Ich wusste es, dachte sie. „Monroe's" gehört eben den Monroes. Das war schon immer so und wird auch immer so bleiben.

Diana beugte sich vor und taxierte Bruce mit demselben Blick, mit dem sie gewöhnlich ihre Gegenspieler bei Verhandlungen bedachte. „Und wann genau hatten Sie denn vor, Ihren Vater darüber zu informieren, dass Sie diese Tradition fortsetzen wollen?"

„Heute", antwortete er sofort. „Ich wollte es ihm nicht am Telefon, sondern in einem persönlichen Gespräch sagen. Mein Haus in Las Vegas steht zum Verkauf. Ich habe vor, nach Rockingham zu ziehen, sobald wir alles geklärt haben."

Seamus atmete tief aus und zog Diana wieder sanft an sich. „Ich wünschte, du hättest mir früher davon erzählt", meinte er zu Bruce.

Warum? Hätte das denn etwas geändert? Kendra biss sich auf die Lippe, um diese Fragen nicht laut auszusprechen.

„Ich denke, Kendra hat da ja auch noch ein Wörtchen mitzureden", schaltete sich Diana ein. „Ihr gehören neunundvierzig Prozent des Geschäfts."

Kendra fühlte Bruce' Blick auf sich. Zweifellos erinnerte er sich an ihre Behauptung, ihr würden fünfzig Prozent gehören. Lügen hatten eben kurze Beine. „Ich bin sicher, dass ihr alle wisst, wie ich das empfinde. Es war immer mein Traum, ein solches Projekt umsetzen und dann die Geschäfte führen zu können."

„Aber ,Monroe's' ist wie ein Teil von mir", sagte Seamus ruhig.

Wie Bruce, dachte sie. Bruce, der nicht einmal nach Hause gekommen war, als seinem Vater ein Herzschrittmacher eingesetzt worden war. Bruce, der sich der Bitte seines Vaters widersetzt hatte, aufs College zu gehen, obwohl er ein Baseball-Stipendium bekommen hätte. Bruce, der sie nie angerufen hatte, nachdem sie miteinander geschlafen hatten und daher auch nie herausgefunden hatte, dass sie schwanger geworden war ... Und dass sie dieses Kind verloren hatte.

„Ist es dir ernst damit?", fragte Seamus seinen Sohn. „Oder wirst du beim nächsten guten Jobangebot alles wieder stehen und liegen lassen?"

„Sehr ernst, Dad."

Nun, dann kann ich meinen Traum wohl begraben, dachte Kendra.

„Und das kommt bei dir ja nicht allzu oft vor." Seamus lachte leise. „Dann muss ich mir wohl ein paar Gedanken darüber machen."

„Ich bin nach Hause gekommen, um die Bar zu übernehmen. Ich kann nicht mehr spielen und will weder Trainer werden, noch bin ich daran interessiert, fürs Fernsehen zu arbeiten. Ich möchte dir das Tagesgeschäft im ‚Monroe's' abnehmen und dich auszahlen." Bruce warf Kendra einen Blick zu. „Natürlich wusste ich nicht, dass du schon eine so große Hilfe hast. Ich bin sicher, dass wir etwas aushandeln können. Das heißt, wenn du mein Angebot in Betracht ziehen wirst." Er sah wieder mit ernstem Gesicht seinen Vater an.

Ohne ein Wort begann Kendra ihre Unterlagen einzusammeln. Sie würde ihre Idee irgendwo anders präsentieren müssen. Das Projekt war immer noch realisierbar. Ihr würde schon etwas einfallen. Um sich an Seamus' Lokal zu beteiligen, hatte sie ihren letzten Cent investiert. Aber sie hatte sich schon in schlimmeren Lagen befunden – in finanzieller, emotionaler und auch körperlicher Hinsicht. Sie würde es überleben, wie sie alles bisher überlebt hatte.

„Was machst du da, Kendra?", fragte Seamus in scharfem Ton.

Sofort hielt sie inne. „Wir müssen die Präsentation nicht zu Ende bringen. Nicht jetzt jedenfalls." Sie sah hoch und entdeckte den schmerzlichen Ausdruck in den Augen des älteren Mannes. Obwohl sie nie darüber geredet hatten, bestätigte ihr sein Blick, was sie schon immer vermutet hatte. Seamus wusste, wer dafür verantwortlich war, dass sie ihr Harvard-Studium hatte beenden müssen.

„Nicht so schnell", meinte Seamus.

Heißt das, dass er sich noch nicht sicher ist? „Nun, bis du entschieden hast, was zu tun ist ..." Sie fuhr fort, ihre Unterlagen einzusammeln, und Bruce, der ihr behilflich sein wollte, streifte dabei zufällig ihren Arm. Sie zuckte zurück und verfluchte ihre Reaktion darauf. Ihr Mund wurde trocken, und sie bemerkte mit Entsetzen, dass sie einen Kloß im Hals hatte. Sie würde ihm keinesfalls die Genugtuung verschaffen, sie weinen zu sehen. Sie holte tief Luft und zwang sich aufzustehen. „Ich werde nach Hause gehen, um etwas zu holen", brachte sie hervor. „In ein paar Minuten bin ich wieder zurück."

„Und wo ist dein Zuhause?", fragte Bruce.

„Kendra wohnt im Gästehaus am Strand", sagte Diana. „Geh nur, Liebes. Wir werden auf dich warten."

Sie hat zweifellos mitbekommen, dass ich kurz davor bin, in Tränen auszubrechen, dachte Kendra und sah Diana dankbar an.

„Warum gehst du nicht mit, Bruce?", fragte Seamus, dem Kendras Zustand offensichtlich entgangen war. „Ich möchte ein paar Minuten mit Diana allein sein."

Bruce stand auf, und Kendra widerstand dem Drang zu protestieren. „Zeig mir den Weg." Er deutete auf die Tür.

Kendra warf Diana erneut einen flehenden Blick zu, den die ältere Frau mit einem kurzen Nicken beantwortete. Geh und lass mich mit ihm reden, sagten ihre Augen.

„In Ordnung", meinte Kendra. „Wir werden in ein paar Minuten zurück sein."

„Lasst euch ruhig Zeit", erklärte Seamus. „Wir müssen nachdenken."

Aber Kendra wusste, dass es für Seamus nicht viel zu überlegen gab, wenn Bruce an der Sache beteiligt war. Seamus' Herz hing an seinem Sohn – unabhängig davon, wie viele Fehler Bruce bereits gemacht hatte. Und das konnte sie Seamus nicht einmal vorwerfen. Auch sie hatte immer eine Schwäche für seinen Sohn gehabt. Wortlos verließ sie das Zimmer, gefolgt von Bruce und Newman.

Kaum waren sie draußen, beugte sich Bruce zu ihr und flüsterte ihr ins Ohr: „Schon dein ganzes Leben lang bist du in mich verknallt, hm? Das ist aber ziemlich abgefahren."

3. KAPITEL

Ohne etwas zu erwidern, bückte Kendra sich, um den kleinen Cockerspaniel auf den Arm zu nehmen. „Hast du irgendwas gehört, Newman? Ich nicht." Der Hund bellte und schmiegte sich an ihren Hals.

Glücklicher Newman, dachte Bruce. „Oh, du ignorierst mich also?" Er lachte, als er hinter ihr die Holzstufen hinunterging. „Das ist sehr reif."

„Und diese Bemerkung vom Inbegriff eines reifen Mannes." Sie setzte den Hund auf einem gepflasterten Weg ab, der parallel zum Strand verlief. „Wie erwachsen du geworden bist, ist bei der Berichterstattung über dieses Autorennen ziemlich deutlich geworden."

Dagegen konnte er nicht viel einwenden. „Aber du bist es ganz sicher", sagte er. Als sie ihn fragend ansah, fügte er hinzu. „Erwachsen geworden, meine ich."

Kendras Gesicht wurde einen Moment weicher, aber dann straffte sie die Schultern und marschierte auf das Haus zu.

Bruce lächelte. Jacks kleine Schwester zu necken hatte ihm schon immer sehr viel Spaß gemacht. Sogar als sie zehn und dünn gewesen war und dann immer entweder gekichert oder geweint hatte. Aber jetzt, da sie älter war und Rundungen an den richtigen Stellen hatte, machte es ihm noch mehr Spaß.

„Hier wohne ich", erklärte sie, als sie sich einem Strandhaus mit grauer Holzfassade näherten. „Du kannst hereinkommen, oder hinunter zum Wasser gehen, um darin eine Weile dein Spiegelbild zu bewundern, wenn dir das lieber ist."

„Ich werde mitkommen. Ein nettes Haus. Wie lange wohnst du schon hier?"

„Anderthalb Jahre. Ich war Dianas erste Mieterin, nachdem die Renovierung abgeschlossen war." Kendra lächelte ironisch. „Ich habe ihr Seamus vorgestellt."

„Ich kann einfach nicht glauben, dass er mir nichts von der Verlobung erzählt hat."

„Du hast ja auch nicht gerade viel mit ihm gesprochen im letzten Jahr."

Bruce wusste, dass sie eigentlich während der letzten zehn Jahre meinte. „Ich schulde dir zwar keine Erklärung, aber ich war ziemlich beschäftigt damit, Baseball zu spielen."

„Von Oktober bis März?"

„Da habe ich in Japan gespielt."

„Und was war in der Saison, in der du vier Wochen lang verletzt warst?"

Das weiß sie? „Da hatte ich jeden Tag Physiotherapie. Und jetzt bin ich doch hier, worüber du nicht besonders glücklich zu sein scheinst."

Kendra wirbelte herum und zeigte mit dem Haustürschlüssel auf seine Brust. „Erwartest du wirklich von mir, dass ich Freudensprünge mache, weil du deine Karriere vermasselt hast und dich deswegen jetzt in meine einmischen willst?"

„Ich wusste nichts von diesem Internet-Café. Dad hat es nie erwähnt. Er hat auch nie etwas von einer Freundin erzählt oder über dich."

Sie starrte ihn einen Augenblick lang an, als wollte sie etwas erwidern. Aber dann rief sie den Hund, der am Strand entlangspazierte, und schloss die Tür auf.

Beim Anblick ihrer Hüften, ihres Pos und ihrer Beine in den ausgeblichenen Jeans erinnerte sich Bruce daran, wie sie diese Beine um ihn geschlungen hatte, als sie auf einer Decke im Sand gelegen hatten. In dieser Nacht hatte Kendra auch Jeans angehabt. Er hatte noch ganz deutlich vor Augen, wie er den Reißverschluss aufgemacht, ihre weiche Haut berührt und ihr dann die Jeans ausgezogen hatte. Es überraschte ihn nicht, dass ihm jetzt wieder ganz heiß wurde. In all den Jahren, die vergangen waren, hatte sein Körper immer intensiv reagiert, wenn er an diese Nacht gedacht hatte. Irgendwie hatte sich diese Nacht am Strand für ihn nie wie ein flüchtiges Abenteuer angefühlt. Wahrscheinlich, weil er eigentlich der Versuchung nicht hätte nachgeben dürfen, mit der kleinen Schwester seines besten Freundes zu schlafen.

„Hör mal." Er vergrub die Hände in den Hosentaschen, um dem Drang zu widerstehen, sie zu berühren. „Ich hatte keine

Ahnung, wie sehr sich alles hier verändert hat. Oder dass du und Dad geplant habt, etwas völlig anderes zu machen."

„Das haben wir aber." Sie ging ins Haus und hielt ihm die Tür auf.

Bruce folgte ihr. Erwartete sie etwa von ihm, dass er die Bar ganz ihr überließ? An der Tür stand schließlich immer noch sein Familienname, verdammt. „Vielleicht können wir ja einen Kompromiss aushandeln", schlug er vor. „Vielleicht könnten wir ja für die Leute, die sich nicht im Fernsehen die Baseballspiele ansehen wollen, in einer Ecke der Bar einige Computer aufstellen? Und du könntest für deine Galerie in der Nähe ein Gebäude finden."

Kendras Miene verfinsterte sich noch mehr. Sie machte den Mund auf, sparte sich dann aber jegliche Bemerkung.

„Was wolltest du sagen?"

„Nichts."

„Willst du nicht einmal einen Kompromiss in Erwägung ziehen?"

Sie holte tief Luft. „Ich habe schon zu viele Zugeständnisse gemacht, was dich angeht."

„Was soll das denn bitte heißen?"

Sie hob abwehrend beide Hände. „Schon gut." Sie betrat den kleinen Flur. „Entschuldige mich eine Minute."

Aber Bruce hielt sie geistesgegenwärtig am Ellbogen fest.

„Nichts", fuhr Kendra ihn an und schüttelte seine Hand ab.

Also ließ er sie gehen. Welche Zugeständnisse hat sie meinetwegen gemacht? In dem kleinen Wohnzimmer setzte er sich auf das Sofa, starrte durch die Glastür hinaus auf den Nantucket Sound und erinnerte sich erneut an ihre gemeinsame Nacht, die er nie vergessen hatte. Nicht nur, weil er Jacks kleine Schwester nicht hätte verführen dürfen. Sondern auch, weil sie sich ihm so vorbehaltlos hingegeben und es ebenso sehr gewollt hatte wie er.

Er war nach Hause gekommen, nachdem seine Mutter an einem Aneurysma gestorben war. Obwohl er damals mit seinen vierundzwanzig Jahren schon erwachsen war, hatte ihm der Tod seiner Mom das Herz gebrochen. Soweit er sich erinnerte, wollte Kendra zu der Zeit in Harvard ihr Studium der Betriebswirtschaft beginnen. Bruce wusste noch, wie beeindruckt er von ihr war. Sie war klug, schlagfertig und eine hinreißende Frau geworden. Trotz seines Kummers hatte er mitbekommen, dass sie fast immer in der Bar war und seinem Vater und ihm in dieser schweren Zeit sehr viele Dinge abgenommen hatte.

Am letzten Abend vor seiner Abreise war er in die Bar gegangen und bis zum Schluss dort geblieben. Er hatte Kendra bei der Arbeit zugeschaut. Zu diesem Zeitpunkt hatte er aufgehört, sie als kleines Mädchen zu sehen. Sie war eine attraktive Frau geworden. Sie hatten miteinander geredet und geflirtet. Sie hatte ihn zum ersten Mal in dieser Woche zum Lachen gebracht. Nach ihrer Schicht hatten sie noch eine Fahrt zum Strand machen wollen. Er wusste noch, wie er sie im Auto seines Vaters an sich gezogen und das erste Mal geküsst hatte.

Bruce fuhr sich durch die Haare. Er hatte Gewissensbisse, dass er sie damals verführt hatte. Aber Kendra hatte es ja gewollt. Sie war süß, zärtlich und noch unschuldig gewesen. Wahrscheinlich meinte sie das, wenn sie von Zugeständnissen sprach. Er hatte sich wie ein Schuft verhalten, als er sie danach nicht angerufen hatte. Aber er hatte sie nicht vergessen gehabt, sondern es einfach nicht gekonnt. Kein Wunder also, dass sie ihn immer noch hasste. Besonders jetzt, da er „Monroe's" übernehmen wollte. Aber es war doch klar gewesen, dass er früher oder später zurückkommen würde. Sein Vater hatte das immer gewusst. War Kendra denn nicht bewusst, dass sie mit den neunundvierzig Prozent an „Monroe's" auch einen Teil seines Erbes erworben hatte?

Er hörte ihre Schritte und sah ihr entgegen. Sie wirkte ganz ruhig. „Was denkst du, wie viel Zeit sollten wir ihnen geben?"

„Nicht zu viel. Offensichtlich könnten sie sich gegenseitig zu schnell ablenken."

Sie lachte kurz und stützte sich dann lässig auf die Lehne eines Stuhls. „Wir können zurückgehen. Ich habe, was ich brauchte."

„Und was war das?"

„Einen klaren Kopf." Sie lächelte ihn entwaffnend an.

Bietet sie mir einen Waffenstillstand an? „Ich bin sicher, wir werden etwas ausarbeiten." Bruce zwinkerte ihr freundschaftlich zu. „Und ich wette, wir arbeiten gut zusammen."

„Ich wette dagegen."

„Wie kannst du das sagen?" Er stand langsam auf und sah ihr in die Augen, während er näher kam. „Erzähl mir nicht, dass du vergessen ..."

„Newman!", rief Kendra, und in ihren blauen Augen blitzte eine Warnung auf.

Die Botschaft war eindeutig. Über diese Nacht würde sie nicht reden. Der Hund kam durch den Flur getrottet und überraschte Bruce damit, dass er sich neben sein Bein setzte.

Kendra verdrehte die Augen.

„Er mag mich", meinte Bruce.

„Er ist leicht zu beeindrucken. Lass uns zurückgehen."

Diana wirkte glücklicher als sonst. Kendra bemerkte das Funkeln in ihren Augen, was normalerweise bedeutete, dass sie ihren Willen durchgesetzt hatte. Das hoffte Kendra sehr, denn Diana war immer für Fortschritt und Veränderung und damit auf ihrer Seite. Während Diana in der Küche hantierte und das Geschehen von dort aus verfolgte, saß Seamus auf dem Sofa. Er sah auf, als Kendra und Bruce ins Wohnzimmer kamen. Ganz anders als seiner Verlobten schien ihm die Wendung der Dinge überhaupt nicht zu behagen.

Während Kendra neben dem Tisch mit ihren Unterlagen stehen blieb, setzte sich Bruce seinem Vater gegenüber. „Also, Dad, was meinst du?"

Einen Moment lang sagte Seamus nichts, starrte zuerst auf Bruce und dann auf die Papiere auf dem Tisch. „Ich denke, dass ich in einer ziemlich dummen Zwickmühle sitze."

Niemand erwiderte etwas darauf. Kendra war sicher, dass jeder hören konnte, wie laut ihr Herz klopfte, so still war es.

„Bruce, du musst begreifen, dass wir schon fast zwei Jahre an diesem Internet-Café und der Erweiterung arbeiten", begann Seamus. „Ich kann mich wirklich für die Idee begeistern, ‚Monroe's' ins nächste Jahrhundert zu führen."

Als Bruce etwas sagen wollte, brachte sein Vater ihn mit einem Blick zum Schweigen.

Kendra wünschte, sie hätte sich ebenfalls gesetzt, denn ihre Beine fühlten sich ganz zittrig an, als sie darauf wartete, dass Seamus fortfuhr.

„Und Kendra, du musst wissen, dass mein Vater ‚Monroe's' 1933, in dem Jahr, als ich geboren wurde, eröffnet hat. Er führte die Bar, bis er 1965, mehr als dreißig Jahre später, starb. Mit dreiunddreißig hab ich sie dann übernommen." Er sah Bruce an.

Während Kendra zuhörte, biss sie sich auf die Lippe. Ist das für Seamus etwa eine Art Wink des Himmels, dass sich die Geschichte wiederholt? fragte sie sich entnervt. Sie bemerkte, dass Bruce lächelte. Wahrscheinlich dachte er dasselbe, oder er war sich seiner so sicher, dass er es sich leisten konnte, so großspurig zu sein.

Doch dann beugte er sich nach vorn. „Dad, könnten wir nicht einen Kompromiss finden? Gibt es einen Weg, ‚Monroe's' als Bar in der Familie zu behalten und einen anderen Ort für diesen anderen Kram aufzutreiben?"

„Das geht nicht", entgegnete Kendra, bevor Seamus antworten konnte. „Diese Baupläne sind von einem Architekten – einem teuren übrigens – speziell für dieses Gebäude und die anderen Häuser entworfen worden."

„Dann nimm doch eines der anderen Gebäude", konterte Bruce.

„Das tun wir ja. Sobald wir die Bar herausgerissen haben und die ganze Wand gut fünfzehn Meter für die Kunstgalerie nach hinten versetzt haben."

„Eine Kunstgalerie?", fragte Bruce fassungslos. „Der Platz wäre perfekt für Billardtische und zwanzig TV-Bildschirme. Dann könnten die Gäste dort am Sonntag zwanzig verschiedene Footballspiele verfolgen und …"

„Sonntags? Das ist einer unserer besten Tage, an dem wir mit dem Internet so viel Umsatz …"

„Ihr beiden müsst das unter euch ausmachen", sagte Seamus.

„Genau", mischte sich Diana von der Küchentheke aus ein. „Ihr müsst zusammenarbeiten."

„Was?", fragten Kendra und Bruce wie aus einem Munde.

„Sie hat recht", bestätigte Seamus. „Ich kann keine Entscheidung treffen, ohne jemandem wehzutun, der mir am Herzen liegt. Wir werden unsere Reise machen, und ihr beide werdet ‚Monroe's' gemeinsam führen."

„Wie meinst du das – gemeinsam?", fragte Bruce.

Diana kam ins Wohnzimmer herüber und sah Seamus an, als hätten sie eine geheime Verabredung getroffen. „Warum leitet Kendra nicht tagsüber das Internet-Café und Bruce abends die Bar? Lassen wir doch die Kunden entscheiden, wann und wo sie ihr Geld ausgeben wollen."

„Abends die Bar leiten?", ereiferte sich Kendra geschockt. „Dann verliere ich ja mein ganzes Abendgeschäft."

„Das macht nur einen winzigen Prozentteil des Gewinns aus", erwiderte Seamus. „Du schließt das Café spätestens um neun Uhr abends."

„Aber jetzt ist es April. Es wird allmählich wärmer, und es kommen mehr Touristen." Sie versuchte, nicht in einen jammernden Ton zu verfallen. „Und das sind Leute, die ihre Laptops mitbringen und einen Internetzugang brauchen, weil sie oft auch während der Ferien arbeiten."

„In den Ferien gehen die Leute etwas trinken", korrigierte Bruce sie. „Zumindest am Abend." Er lächelte selbstgefällig. „Also, ich halte das für eine großartige Idee."

Alle schauten Kendra erwartungsvoll an. Ihr war klar, dass sie sich fragten, ob sie wie Bruce die Herausforderung annehmen oder kneifen würde. Sie wusste, dass inzwischen niemand mehr wegen eines Drinks in die Bar kam. Ihre Gäste kamen alle in das Café, um das Internet zu nutzen. Die Flaschen mit Spirituosen, die noch übrig geblieben waren, mussten regelmäßig abgestaubt werden. „In Ordnung. Gut. Was immer du willst, Seamus."

„Ich will, dass ihr beide eine Chance habt." Seamus stand auf und sah beide an.

„Wir werden die Leute von Rockingham entscheiden lassen." Bruce schaute Diana an, so, als wären sie jetzt Verbündete.

Aber er hat keine Ahnung, auf was er sich einlässt, wenn er

mir und meinem Traum schon zum zweiten Mal im Weg steht, dachte Kendra. Ihr Internet-Café war deutlich profitabler als eine Bar, und Diana und Seamus würden nur zwei Wochen verreist sein. Bruce würde es auf keinen Fall schaffen, in weniger als einem Monat einen Gewinn zu erzielen.

Seamus ging zu Diana und legte den Arm um sie. „Morgen werden Diana und ich wegen des Projekts nach Boston, New York und San Francisco reisen, um mit Investoren und den Banken zu reden." Er lächelte. „Und wir haben uns entschieden, vorgezogene Flitterwochen anzuhängen."

„Und was heißt das?", fragte Kendra.

„Wir wollten es dir heute Morgen sagen, aber dann waren wir so überrascht von Bruce' Besuch", erklärte Diana.

„Uns was sagen?" Bruce schien verwirrt. „Habt ihr bereits geheiratet?"

Diana lachte leise. „Nein. Aber ich habe auf Hawaii ein wunderschönes Ferienhaus direkt am Wasser entdeckt, und da konnten wir nicht widerstehen."

„Wie lange werdet ihr wegbleiben?" Kendra hatte ein ungutes Gefühl.

Seamus lächelte. „Einen Monat auf Hawaii plus die zwei Wochen Geschäftsreise."

„Sechs Wochen?" Kendra sah die beiden geschockt an.

„Toll." Bruce stand auf. „Diana, könntest du mir helfen, hier eine Wohnung zu finden, bis ich mein Haus in Las Vegas verkauft habe?"

Kendra funkelte ihn an. „Warum wartest du nicht damit, das Haus zu verkaufen, bis wir wissen, wer … Bis wir wissen, was passiert."

„Sie können hierbleiben", bot Diana an. „Newman scheint Sie zu mögen."

„Ich werde mich um Newman kümmern." Kendra wollte auf keinen Fall, dass Bruce sechs Wochen lang nur knapp hundert Meter von ihr entfernt wohnte.

„Das kannst du abends, wenn ich in der Bar sein werde", sagte Bruce.

„Du wirst im ‚Monroe's' keineswegs allein die Verantwortung übernehmen", erwiderte sie schnell. „Ich erledige dort abends meinen Schreibkram."

„Dann werde ich meinen dort tagsüber erledigen."

Kendra hatte nicht bemerkt, dass Seamus und Diana in die Küche gegangen waren, bis sie die beiden leise miteinander sprechen und lachen hörte.

„Eigentlich schade, dass wir jetzt wegfahren", flüsterte Seamus. „Wo es doch gerade interessant wird."

Bruce lächelte, und Kendra starrte ihn wütend an. „So interessant ist das keinesfalls", murmelte sie und begann, ihre Unterlagen zu sortieren.

„Also ich finde, es könnte sehr interessant werden." Plötzlich war Bruce wieder sehr nah hinter ihr. „Erinnerst du dich an die Nacht, als wir …"

Sie drehte sich aufgebracht herum. „Sprich nicht davon, Bruce Monroe."

Er tat so, als bekäme er Angst, und legte beide Hände auf sein Herz. „War diese Nacht denn so schrecklich, dass du nicht einmal daran denken kannst?"

Wenn er wüsste, dachte Kendra. Aber er würde nie etwas erfahren. Sie schaute ihn ausdruckslos an. „Welche Nacht, Bruce? Ich hab keine Ahnung, wovon du redest."

„Ach ja? Also, ich wette, dass ich dich dazu bringen kann, dich daran zu erinnern." Er hatte ein dunkles Glitzern in den Augen, das sie elektrisierte.

„Eine Wette reicht mir für heute." Sie hielt ihm einen Entwurf für die Umgestaltung von „Monroe's" vor die Nase. „Und ich wette, dass ich das hier bekommen werde."

Er nahm ihr die Skizze aus der Hand und beugte sich so nah zu ihr, dass sie glaubte, fast seine Bartstoppeln spüren zu können. „Die Wette gilt", flüsterte er.

4. KAPITEL

Ohne anzuklopfen, lehnte sich Bruce an die solide Holztür, die das Büro von den Lagerräumen hinten im Lokal trennte, und fühlte sich einen Moment lang richtig heimisch. In den letzten zwei Tagen hatte er von Dianas Haus aus so viel erledigt wie möglich. Einige Male hatte er im „Monroe's" vorbeigeschaut, sich die kleine Küche sorgfältig angesehen und einige Dinge an der Bar verändert. Aber er hatte noch nicht das Zimmer betreten, das für ihn irgendwie immer noch das Büro seines Vaters war und das Kendra Locke mit Beschlag belegte.

Er machte die Tür auf und erwartete irgendwie, dass sein Dad hinter dem Schreibtisch aus Eichenholz saß. Doch anstatt in die dunklen Augen seines Vaters schaute er in die blauen von Kendra. Sie sah von ihrem Laptop auf und erwiderte seinen Blick sehr kühl. „Es ist halb sechs Uhr", teilte er Kendra mit. „Und damit Zeit, dass die Kaffee trinkenden Internet-Surfer nach Hause gehen. ‚Monroe's' hat jetzt geöffnet."

„Heute Abend schon?", fragte sie überrascht. „Du bist erst seit zwei Tagen in der Stadt. Musst du nicht auspacken, dich einrichten und mir ein oder zwei Wochen Zeit geben, dass ich mich auf diese vorübergehenden Veränderungen einstellen kann?"

„Ich werde heute Abend die Bar eröffnen." Bruce betrat das kleine Zimmer, dessen früher grüne Wände jetzt rosafarben gestrichen waren. Vor dem Fenster, das in Wirklichkeit ein Zweiwegespiegel über der Bar war, waren weiß lackierte Holzjalousien heruntergelassen. „Und vorübergehend ist hier ..." Er machte die Tür zu und sah auf den Platz dahinter. „Was ist denn mit den Gedenktafeln passiert, die an ‚Monroe's' Sponsorentätigkeit für Rockinghams nationales Meisterteam Little League erinnern?"

Kendra folgte seinem Blick auf das inzwischen siebte dieser Schwarz-Weiß-Fotos, die er entdeckt hatte, und verkniff sich ein Lächeln. „Diana Lynn hat das Foto gemacht. Schön, nicht wahr?"

Bruce gab keinen Kommentar ab. Er würde die Little-League-Gedenktafeln schon noch finden. Sein Vater musste sie irgendwo gelagert haben. „Dort draußen sitzen noch zwei Freaks an den Computern. Und sie tummeln sich nicht im neuen Millennium, sondern im Mittelalter, soweit ich das erkennen kann."

Kendra nickte. „Sie spielen Runescape, ein sehr beliebtes Online-Strategie-Spiel. Das sind Jerry und Larry Gibbons. Die Brüder verbringen jeden Tag mehrere Stunden hier."

„Trinken sie Bier?"

Kendra zuckte mit den Schultern. „Das könnte ihre Konzentration beeinträchtigen."

„Sie müssen ..."

„Bleib hier", unterbrach sie ihn energisch. „Du kannst abends nicht meine Kunden rauswerfen. Auch wenn sie bis zwei Uhr früh an diesen Computern sitzen wollen, gibt es keinen Grund, warum sie es nicht tun sollten."

„Wie du willst", meinte Bruce. „Aber auf den Fernsehmonitoren werden die Sportsendungen laufen, und aus der Jukebox wird den ganzen Abend lang laute Musik kommen."

Sie schaute auf den Bildschirm ihres Laptops. „Die Musikbox funktioniert schon seit einem Jahr nicht mehr. Meine Gäste möchten lieber ihre Ruhe haben."

„Jetzt funktioniert sie."

Kendra warf ihm einen scharfen Blick zu, denn sie hatte nicht mitbekommen, dass er gestern ein CD-System in die Box eingebaut hatte. „Niemand wird heute wegen eines Drinks auftauchen", sagte sie und wandte ihre Aufmerksamkeit wieder dem Laptop zu.

„Das weißt du nicht." Bruce widerstand dem Drang, ihr Kinn anzuheben, nur um wieder in ihre faszinierenden Augen zu sehen. Egal, wie kühl sie ihn musterte. „Wenn ‚Monroe's' geöffnet hat, kann sich eine Menge Laufkundschaft einfinden. Davon lebt jede Bar, zum größten Teil." Die Tatsache, dass er deshalb jeden seiner Bekannten im Umkreis von achtzig Kilometern angerufen hatte, würde wohl ebenfalls nicht schaden.

Sie schüttelte den Kopf. „Bruce, ich sage es dir wirklich nicht gern, aber ‚Monroe's' ist abends nicht gut besucht. Nach Sieben können ein paar Nachzügler auftauchen, und Jerry und Larry bleiben gewöhnlich, bis sie Hunger kriegen. Doch ansonsten ist dann hier kaum etwas los."

„Und das akzeptierst du so einfach? Möchtest du nicht auch abends Geld verdienen? Ich dachte, du wärst eine Unternehmerin. Eine Kapitalistin."

„Ich bin eine Realistin. Die Leute kommen tagsüber hierher ins Café, wenn sie Zugang zum Internet brauchen oder gerade eine Pause machen. Abends zu Hause haben sie ihre eigenen Computer."

„Dann ändere das."

„Ich arbeite daran." Kendra lehnte sich in ihrem modernen Bürostuhl zurück, durch den sie den alten quietschenden Stuhl seines Vaters ersetzt hatte. Sie verschränkte die Arme vor der Brust. „Warst du vorgestern so verärgert, dass du nichts von meiner Präsentation mitbekommen hast? Erinnerst du dich an all die Pläne? An das Theater? An die Galerie und den DVD-Verleih?"

Bruce hakte nach. „Verärgert? Worüber?"

„Darüber, dass dein Vater sich verliebt hat."

„Ich missgönne meinem Vater sein Glück nicht. Das bildest du dir nur ein."

Sie zog ungläubig die Augenbraue hoch.

„Tue ich nicht", beharrte er. „Seine Lady scheint ..." Perfekt, attraktiv, erfolgreich und aufmerksam zu sein. Warum sollte er all das seinem Vater nicht wünschen? „... nett zu sein."

„Das ist sie und noch viel mehr." Kendra begann flott auf ihrer Tastatur zu tippen. „Und jetzt führe deine Bar, Bruce. Ich habe zu arbeiten."

„Ich kann keine Weingläser finden."

Sie sah ihn mit ausdruckslosem Gesicht an und tippte dann aber weiter. „Ich habe keine Ahnung, wo noch welche sind. Vielleicht habe ich sie weggegeben."

Wenn sie mir auf die harte Tour kommen will, kann sie das haben, dachte er. „Gut. Dann werde ich den Chardonnay in Kaffeebechern servieren."

Kendra versuchte, sich ihren Unmut nicht anmerken zu lassen. „Dann tu das."

„Und du hast auch nichts dagegen, wenn ich mir von deinem Vorrat an Obst einige Kirschen und Orangenscheiben für die Cocktails nehme, bis ich Zeit habe, selbst welches zu bestellen?"

Sie hielt kurz inne, bevor sie wieder in einem Höllentempo zu schreiben begann. „Ich führe genau Buch über alle Vorräte", sagte sie über das Klappern der Tastatur hinweg. „Bitte ersetze morgen sofort alles, was du dir genommen hast."

In diesem Tempo kann sie unmöglich einen verständlichen Text schreiben, dachte Bruce. „Gibst du mir die Namen deiner Lieferanten?"

„Ich bin sicher, dass du deine eigenen finden kannst."

„Kann ich mir dein Adressbuch leihen?"

Nun hörte Kendra zu tippen auf. Wahrscheinlich dachte sie über eine schlagfertige Antwort nach. „Im Lagerraum liegen die Gelben Seiten." Sie stürzte sich wieder auf die Tasten. Ganz offensichtlich war das Gespräch für sie beendet.

Er wartete, und sie tippte noch schneller. „Kendra?", fragte er schließlich. So leicht gab er sich nicht geschlagen.

„Hm?" Sie sah nicht hoch.

„Das Fenster dort. Du weißt, dass es ein Zweiwegespiegel ist, mit dem man in die Bar sehen kann?"

„Ja", meinte sie, während sie tippte. „Ich muss meine Gäste nicht im Auge behalten. Dafür habe ich mein Personal, und hier betrinkt sich niemand oder benimmt sich daneben. Zumindest nicht unter meiner Leitung."

„Das stimmt, aber ..." Langsam ging Bruce um ihren Schreibtisch herum zu der weißen Jalousie. „Bist du nicht ein kleines bisschen neugierig, wie ich dort draußen zurechtkommen werde?"

„Nicht im Geringsten. Ich gehe davon aus, dass du die meiste Zeit über allein in der Bar herumstehen wirst. Das wird ziemlich langweilig."

Er zog die Jalousie hoch und gab damit den Blick auf seine neuen Zapfhähne für das Fassbier frei. „Ich dachte, ein Mädchen, das so viele Stunden mit dem Ohr am Heizungsschacht verbracht hat, nur um die Jungs unten im Keller zu belauschen, sei von Natur aus voyeuristisch." Er hörte, wie Kendra leise nach Luft schnappte, und drehte sich um. Auf dem Bildschirm ihres Laptops entdeckte er wirre Buchstabenreihen.

Sie wurde rot und machte den Mund auf, um etwas zu sagen. Dann machte sie ihn aber ebenso energisch zu, wie sie ihren Laptop zuklappte. „Wenn ich es mir recht überlege, werde ich heute Abend zu Hause arbeiten."

„Das ist nicht nötig." Bruce lächelte sie an, aber sie hängte sich bereits ihre Tasche über die Schulter.

Als sie die Tür öffnete und ihn ein letztes Mal ansah, hatte sie einen kurzen Moment lang einen Ausdruck in den Augen, als würde sie einen tiefen Kummer verbergen. „Viel Glück heute Abend", sagte Kendra und setzte ein zuckersüßes Lächeln auf. „Ruf mich an, solltest du dem großen Ansturm um neun Uhr nicht allein gewachsen sein."

Als sie gegangen war, kam ihm das Büro völlig leer und verlassen vor. Nur ein Hauch ihres frischen und blumigen Dufts hing noch im Raum. Er atmete tief ein und ging zu der Fotografie. Doch dann entschied er, dass es kindisch wäre, wenn er sie aus Trotz abhängte. Stattdessen sah er durch den Zweiwegespiegel, wie Kendra draußen kurz vor seinen neuen Zapfhähnen an der Bar stehen blieb und einen davon ausprobierte. Dann nahm sie einen Kaffeebecher und ließ ganz fachmännisch etwas frisches Bier in den Becher laufen. Sie prostete ihm durch den Spiegel hindurch spöttisch zu, bevor sie den Becher in einem Zug austrank.

Bruce beobachtete, wie sie dabei die Augen schloss und sich ihre Brust hob und senkte. Sofort schoss ihm das Blut vom Kopf in tiefere Körperregionen.

Sie wischte sich den Schaum aus den Mundwinkeln, schaute direkt in den Spiegel und zwinkerte ihm zu.

Noch Stunden später hatte Kendra den bitteren Geschmack des Biers im Mund. Sie war mit Newman spazieren gegangen, hatte zu Abend gegessen, ihre Inventurliste überprüft, im Haus aufgeräumt und sogar ein langes heißes Bad genommen. Aber all das hatte sie nicht von den Gedanken an Bruce ablenken können. In ihrem Kopf schwirrten unzählige unbeantwortete Fragen herum. Wie würde sie sechs solche Wochen überstehen können? Wo würde sie die Kraft hernehmen, weiter so zu tun, als wäre ihr das alles völlig gleichgültig? Was konnte sie tun, damit er verschwand? Was wäre, wenn er erfuhr, was vor gut neun Jahren passiert war?

Und die letzte Frage sprach sie laut aus, als sie Dianas Haus betrat, um Newman zum dritten Mal zu einem Spaziergang abzuholen. „Warum geht mir dieser Mann nach all den Jahren immer noch unter die Haut?" Der Hund sah überrascht zu ihr hoch. „Ich fühle mich einsam, Newman", gestand sie und seufzte. Der Cockerspaniel ließ sich bereitwillig an die Leine nehmen. Draußen schaute Kendra über den Strand und auf die Brandung, die im Mondlicht glitzerte.

Es war in einer ganz ähnlichen Nacht wie dieser gewesen, an einem Strand etwa vier Kilometer weiter weg, als sie einem Jungen, für den sie seit der ersten Klasse geschwärmt hatte, ihre Liebe und ihre Unschuld geschenkt hatte. Und jetzt, so viele Jahre später, war dieser Junge in ihrem Café, vertrieb ihre Kunden, durchkreuzte ihre Pläne und stellte ihr ruhiges Leben auf den Kopf.

„Und wahrscheinlich hat er keine Ahnung, wie er das Lokal dichtmachen soll", sagte sie zu Newman, der zustimmend bellte. „Und wenn er etwas vermasselt?", fragte sie und ging rasch zurück zu ihrem Haus. „Er weiß nicht, wie man die Kasse abschließt oder die Computer herunterfährt." Newman bellte zweimal, und sie dirigierte ihn in ihr Strandhaus. „Das sehe ich auch so. Es ist besser, wenn wir etwas tun, um Schlimmeres zu verhindern." In zehn Minuten hatte sie sich umgezogen. Nun trug sie eine Kakihose, ein T-Shirt, Sandaletten und hatte etwas Make-up aufgelegt. Dann fuhr sie schnell los, um nicht zu spät zu kommen.

Als sie weder vor dem Café noch auf dem kleinen Parkplatz hinter dem „Monroe's" eine Parklücke fand, fragte sie sich, was in Rockingham heute Abend eigentlich los war. Schließlich stellte sie das Auto einen Häuserblock weiter weg ab. Als sie mit Newman den High Castle Boulevard hinunter zum „Monroe's" lief, war es bereits Viertel nach zehn. Deshalb ging Kendra davon aus, dass Bruce die Bar schon geschlossen hatte. Doch dann ging die Tür von innen auf, und die lachenden Gäste, die herauskamen, rannten sie fast um. Erstaunt nahm Kendra die Entschuldigung der Leute entgegen.

Nachdem Kendra das „Monroe's" betreten hatte, blieb sie wie angewurzelt stehen. Aus Lautsprechern schallte ein Lied von Bruce Springsteen, auf einem der TV-Bildschirme lief ein Serienwagen-Rennen, auf einem anderen ein Baseballspiel. Das Stimmengewirr von fünfzig oder sechzig Leuten mischte sich mit Gelächter und dem Klirren der Gläser. Außerdem lag ein schwacher Duft von Grillhähnchen im Raum. Sie fragte sich, ob sie das alles nur träumte. Hinter der Bar zapfte ein fremder Mann Bier, und eine Frau, die Kendra noch nie gesehen hatte, trug die Gläser auf einem Holztablett zu den Tischen. Auch Jerry und Larry Gibbons waren noch da, tranken Bier und flirteten mit einigen Mädchen. Kendra holte tief Luft. Wie hat Bruce das nur geschafft?

„Nun sieh mal einer an, wen der Hund da mit hereingebracht hat." Bruce ließ den Blick über Kendra und dann zum Boden wandern.

Newman zerrte an der Leine, um zu ihm zu laufen, aber Kendra hielt ihn fest. Noch bevor sie etwas sagen konnte, war Bruce schon an ihrer Seite und legte ihr den Arm um die Taille.

Er beugte sich so tief zu ihr, dass er mit dem Mund ihr Haar berührte, und sie nahm seinen männlichen Duft wahr. „Jetzt erzähl mir nicht, dass du besorgt warst, ich könnte den Ansturm um neun Uhr nicht allein bewältigen?"

Ein erregender Schauer lief ihr über den Rücken, und sie bekam eine Gänsehaut. „Ich war besorgt, dass du nicht wüsstest, wie du ‚Monroe's' dichtmachen sollst."

„Wir werden das Lokal noch lange nicht schließen. Und ich hoffe, du wirst bis zum Schluss hierbleiben."

Sie sah ihn an, und ihr messerscharfer Verstand schien eine Auszeit zu nehmen, denn sie konnte keinen einzigen klaren Gedanken mehr fassen. Allein ihr Verlangen, Bruce zu küssen, zählte noch – was nicht besonders intelligent war.

„Wie hast du das gemacht?", brachte sie hervor.

„Die Neuigkeit hat sich herumgesprochen. Anscheinend ist Rockingham immer noch eine sehr kleine Stadt." Seine Augen blitzten schelmisch.

Sie warf einen Blick auf die Gäste. „Und anscheinend auch eine durstige." Sie war professionell genug, um die Einnahmen einschätzen zu können. Als seine Mitbewerberin war sie allerdings auch eifersüchtig. Sie schnüffelte demonstrativ. „Wonach riecht es denn hier?"

„Nach Profiten", flüsterte er und zog sie enger an sich.

„Wohl eher nach Grillhähnchen."

„Ach das." Er lachte. „JC Myers, dem der Hähnchengrill ‚The Wingman' gehört, war einverstanden, mir heute Abend auszuhelfen. Man kann nicht literweise Alkohol ausschenken, ohne etwas zum Essen anzubieten. Man muss die Gäste glücklich machen."

„Hinten gibt es etwas zum Essen", entgegnete Kendra.

Bruce verdrehte die Augen. „Müsliriegel und Muffins. Das ist nun wirklich nichts für eine Bar."

Sie nahm Newman beschützend auf den Arm, bevor sie sich weiter nach vorne ins Getümmel wagte. Sie entdeckte einige Bekannte aus der Stadt, aber auch eine Menge neuer Gesichter. Wer waren all diese Leute, und warum waren sie so plötzlich aufgetaucht? „Wer steht denn da hinter der Bar?", fragte sie.

„Erinnerst du dich nicht an Dec Clifford? Er war einer meiner Teamkollegen in meiner ersten Saison."

„Nur vage. Ich wusste nicht, dass er noch in Rockingham lebt."

„Er ist jetzt Anwalt in Boston." Bruce legte ihr die Hand auf den Rücken. „Und dort sitzt Eric Fleming, der damals auch im Team war. Er arbeitet und wohnt jetzt in New Hampshire. Ginger Alouette, damals die beste Sprinterin in der Highschool, serviert die Drinks. Sie lebt in Provincetown. Die meisten Leute von damals wohnen noch am Cape Cod. Ich musste sie nur ausfindig machen. Aber bald werde ich Personal haben", versprach er. „Ich wollte die Bar nur so schnell wie möglich öffnen und habe deshalb ein bisschen Hilfe von meinen Freunden gebraucht."

Kendra wurde klar, dass Bruce noch immer die Hauptattraktion im „Monroe's" war. Seinetwegen besuchten die Leute das Lokal. Mit einem mulmigen Gefühl sah sie der Wahrheit ins Gesicht. Er konnte es schaffen, aus der Bar einen großen Erfolg zu machen. Und sie würde Seamus keinen Gefallen tun, wenn sie das zu verhindern versuchte.

„Ich kann nicht glauben, dass du den Hund mitgenommen hast." Er strich kurz über Newmans Fell.

Sie hatte es nicht für möglich gehalten, dass so viele Gäste im Lokal waren. Sonst wäre sie mitsamt dem Hund zu Hause geblieben. „Ich dachte, du wärst ..." Sie unterbrach sich. Fast hätte sie gesagt: ganz allein. „Ich dachte, du brauchst ..."

„... Gesellschaft?" Er lächelte.

„Nein, Hilfe." Aber das war lächerlich. Er hatte wirklich genug Beistand. Kendra warf demonstrativ einen Blick auf die schwarzen Computerbildschirme. „Und wie hast du herausgefunden, wie man sie herunterfährt?"

„Ich habe gerade einen Kühlblock, einen CD-Player und eine Satellitenschüssel installiert. Ich brauche keinen Harvard-Abschluss, um einige Computer auszuschalten."

Der Seitenhieb ließ sie zusammenzucken, aber sie schluckte diese Retourkutsche herunter und sah weg. Er hatte ja keine Ahnung, was er da sagte.

„Möchtest du einen Drink?", fragte Bruce, als sie zur Bar kamen. „Dec, erinnerst du dich an Jacks kleine Schwester? Servier der Lady, was immer sie möchte. Geht aufs Haus."

Also bin ich immer noch Jacks kleine Schwester für ihn. Nicht die Besitzerin dieses Lokals und auch nicht die Lady, der er vor bald zehn Jahren die Unschuld genommen hat, dachte sie. „Aufs Haus?" Sie erlaubte ihm, ihr auf einen Barhocker zu helfen. „Mir gehört die Hälfte des Hauses." Er lachte nur, und sie bestellte ein Sodawasser. Dann beugte sich Bruce ganz nah über ihr Ohr, flüsterte eine Entschuldigung und war verschwunden. Als sie die Wärme seines Körpers nicht mehr hinter sich spürte, widerstand sie dem Drang, sich umzudrehen und ihm hinterherzusehen. Stattdessen streichelte sie Newman, der auf ihrem Schoß saß, und nahm einen Schluck Sodawasser.

„Er ist wirklich entzückend."

Kendra drehte sich zu Sophie Swenson um, ihrer rechten Hand im Café. Sophie hielt ein Glas Weißwein in der Hand, und ihre Augen glänzten vor Aufregung.

„Ja, das ist er", meinte sie mit einem geringschätzigen Blick auf Bruce. „Aber er weiß es."

Ihre Mitarbeiterin kicherte. „Ich meinte doch den Hund."

„Oh." Auch Kendra musste lachen. „Nun, Newman weiß auch, dass er entzückend ist." Sie bemerkte Sophies leicht gerötete Wangen und dass sie sich interessiert umsah. „Willst du vielleicht die Seiten wechseln und demnächst lieber abends arbeiten, Soph?"

Sophie zuckte mit den Schultern und setzte sich neben sie. „Wenn weiterhin so viel los ist, könnte ich das. Wird ‚Monroe's' denn wieder eine Bar? Und was ist mit den Expansionsplänen?"

Kendra seufzte tief. „Ich habe keine Ahnung. Ich wünschte, er würde einfach dorthin zurückkehren, woher er gekommen ist."

„Er kommt von hier", meinte Sophie ernst. „Schließlich gehört seinem Vater die Bar."

„Ich besitze die Hälfte dieser Bar."

Sophie hob überrascht die Augenbraue.

„Dieses Internet-Cafés", korrigierte Kendra. „Und ich werde nicht weggehen, nur weil der ach so tolle Bruce heimgekehrt ist."

Ihre Mitarbeiterin ließ den Blick von Kendra zu Bruce und wieder zurück zu Kendra wandern. „Er ist verrückt nach dir."

Kendras Herz schlug schneller. „Das bezweifle ich."

„Seitdem du hereingekommen bist, hat er dich nicht aus den Augen gelassen."

Warum nur läuft mir schon wieder ein Schauer über den Rücken? fragte sich Kendra. „Wir sind im Moment in einer seltsamen Konkurrenzsituation. Das ist alles." Sie sah über die Schulter zu Bruce, der gerade mit Ginger sprach. Aber er suchte über die vielen Leute hinweg ihren Blick und hatte dieses geheimnisvolle Lächeln in den Augen, bei dem sie bereits früher immer Herzklopfen bekommen hatte. Auch jetzt war sie wieder wie elektrisiert. Oh nein, nicht immer noch, dachte sie. Ich bin dreißig Jahre alt. Als sie als Mädchen und junge Frau in ihn verknallt war, hatte ihr das schlaflose Nächte und viele Tränen eingebracht. Zudem hatte sie die Gelegenheit verpasst, einen Abschluss an der besten Universität des Landes zu machen. An das Baby wollte sie erst gar nicht denken.

„Nenn es Konkurrenz, wenn du magst." Sophie riss Kendra aus ihren Gedanken. „Aber dieser Mann hat dich die ganze Zeit über im Blick."

„Nun, dann werde ich einfach verschwinden müssen."

„Das wird schwierig werden, da ihr beide denselben Arbeitsplatz habt."

„Überhaupt nicht." Kendra schnappte sich Newman. „Ich arbeite tagsüber und er abends. Wir werden uns nie begegnen."

Sophie neigte den Kopf nach rechts, um sie zu warnen. „Doch. Der Baseballspieler ist gerade auf dem Weg zu dir."

Kendra glitt schnell vom Barhocker und lief eilig um die Bar herum, um zur Hintertür zu kommen. Sie stürmte durch den Lagerraum, dann durch die Küche und entkam durch den Hinterausgang. „Das war nicht schwierig, nicht wahr?", flüsterte sie und setzte Newman ab. Durch die Seitengasse gelangte sie zur Straße zurück, wo sie einem ein Meter sechsundachtzig großen Baseballspieler direkt in die Arme lief.

Er trug dieses triumphierende Lächeln zur Schau, bei dem sie früher immer ganz schwach geworden war. „Die Party hat doch erst angefangen." Bruce legte ihr die Hände auf die Schultern und zog sie viel zu nah an seine breite Brust. „Du kannst noch nicht wegrennen."

Dumm ist man, wenn man denselben Fehler zweimal begeht, dachte Kendra. Und sie hatte ein begehrtes Stipendium für Harvard bekommen. Aber sie war nicht dumm. Oder vielleicht doch? „Ich renne nicht weg. Da drin ist es nur zu voll für einen Hund. Und ich ..." Sie räusperte sich. „Ich muss nach Hause."

„Ich hätte gern, dass du bleibst." Er beugte sich über ihren Mund.

Kendra konnte sich nicht bewegen, nicht mehr denken und atmen. Bruce würde sie küssen. Sie wollte etwas sagen, wie „das ist keine gute Idee", doch bevor sie die Worte herausbrachte, bedeckte er ihren Mund mit seinen Lippen. Sie stand reglos da, während er sie fester umfasste und mit seinen Lippen sanft über ihre strich. Dann trat er so nah an sie heran, dass er mit seiner Brust ihre Brüste berührte und den Kuss vertiefen konnte. Werde ich das wirklich tun? fragte sie sich. Kann ich so kopflos sein und das Risiko eingehen, dass sich die Geschichte wiederholt? Sie öffnete die Lippen und erwiderte seinen Kuss.

5. KAPITEL

Kendra legte die Arme um Bruce' Schultern, was er als Zeichen deutete, sie noch enger an sich zu ziehen.

Sie seufzte, als er mit der Zunge in ihren Mund vordrang. In diesem Moment fiel ihm schlagartig alles wieder ein. Er erinnerte sich an die magischen Küsse eines süßen, leidenschaftlichen Mädchens und an die außergewöhnliche Nacht, in der sie nackt im Sand gelegen hatten. Er strich über ihre Taille und die Rundung ihres Pos. Sofort war er bereit für sie und bewegte automatisch die Hüften.

„Bruce", murmelte sie schließlich. „Newman."

Erst jetzt bemerkte er, dass der Hund an der Leine zerrte und Kendra und ihn so auseinanderbrachte. „He, Kumpel. Gib mir eine Chance." Er zog energisch an der Leine.

Das reichte, um den Augenblick zu zerstören. Obwohl in ihren blauen Augen das gleiche Verlangen aufflackerte wie in seinen, lehnte Kendra sich zurück. „Hör mir zu", bat sie sehr vehement. „Ich bin nicht mehr dasselbe Mädchen von damals."

„Nein, das bist du nicht." Er zog sie wieder an sich, dass sie spüren konnte, welche Wirkung sie auf ihn hatte. „Jetzt bist du eine Frau." Er fuhr mit dem Finger über ihr Kinn. „Klug, eigensinnig und schön."

Sie wich seiner Berührung aus und schien sich jetzt vor ihm in acht zu nehmen. „Ja, ich bin klug", sagte sie fast mehr zu sich selbst als zu ihm. „Zu klug, um ..." Sie schaffte es, sich aus seinen Armen zu lösen. „Ich gehe jetzt nach Hause."

Bruce lächelte sie an. „Ich mag dich, Kendra."

Sie trat einen Schritt zurück. „Was führst du im Schilde, Bruce Monroe?"

„Du traust mir absolut nicht, stimmts?"

Plötzlich starrte sie ihn mit großen Augen an. „Meinst du, die Bar zu bekommen, wenn du mich verführst? Denkst du, dass ich mich aus dem Wettbewerb zurückziehen werde, weil du mir den Kopf verdreht hast und mit mir ins Bett gegangen bist?"

„Nein", antwortete er betroffen. Daran hatte er wirklich keine Sekunde gedacht. „Ich mag dich einfach."

Ihr Gesichtsausdruck deutete nicht darauf hin, dass sie ihm glaubte.

„Warum bleibst du nicht, bis ich die Bar schließe?", schlug er vor. „Wir können über das Geschäft reden, und darüber, wie wir zu einer Einigung kommen könnten."

„Du willst nicht reden."

Nein, das wollte er nicht. Aber er würde es tun. „Komm schon, Kendra, bleib. Ich kann dich später dann nach Hause bringen."

Plötzlich ungeduldig geworden, zog Newman Kendra zur Straße, und sie folgte dem Hund. „Schließ einfach alle Türen ab, wenn du gehst. Und steck das Bargeld in die grüne Mappe mit dem Reißverschluss, die in der untersten Schublade des Schreibtischs liegt." Sie holte einen Schlüsselbund heraus. „Der kleine goldene Schlüssel ist für die Schublade. Leg den Schlüsselbund dann auf Dianas Küchentisch. Wenn ich morgen früh vorbeikomme, um mit Newman hinauszugehen, werde ich die Schlüssel mitnehmen."

Bruce wollte nach ihrer Hand greifen. „Ich hätte wirklich gern, dass du bleibst."

Sie schüttelte den Kopf. „Mein Auto steht gleich da vorne. Tschüss."

Noch bevor er sie festhalten konnte, war sie mit dem Hund schnell die Straße hinuntergelaufen. Er steckte die Schlüssel ein und wartete auf der Straße, bis sie ins Auto gestiegen und weggefahren war. Noch immer schien er ihre Lippen auf seinen zu spüren und berührte seinen Mund. Er war nicht fertig mit ihr. Absolut nicht.

Die Eingangstür der Bar ging auf, und zwei seiner alten Teamkollegen kamen gut gelaunt heraus. „Mann, Bruce, es ist wunderbar, dich wieder hier zu haben." Charlie Lotane schlug ihm auf den Rücken. „Das wird eine tolle Bar werden. Du verstehst es einfach, Mann."

„Meinst du? Ich habe mich gerade gefragt, ob ich es wirklich noch draufhabe."

„Bruce, du bist der Größte!", versicherte Charlie ihm. „Wir brauchen einfach eine Bar wie diese in Rockingham. Nur gut, dass du zurückgekommen bist. Bis dann."

Als Bruce den beiden Männern nachsah, fragte er sich, was er eigentlich mit seiner Rückkehr hatte beweisen wollen. Dass er immer noch der Größte und die Hauptattraktion in Rockingham war? Dass Jacks kleine Schwester ihn immer noch vergötterte? War er tatsächlich so unsicher und oberflächlich?

Newman hatte es sich in Kendras Strandhaus auf dem Sofa bequem gemacht und war bereits eingeschlafen, als Kendra bewusst wurde, was sie tun musste, um wieder klar denken zu können. Sie musste in ihrem Tagebuch lesen.

Es war ein simples rotes Spiralheft. Denn schon als junges Mädchen hatte sie gewusst, dass ein offizielles Tagebuch Jack nur in Versuchung geführt hätte, darin zu lesen. Und bei dem Gedanken, dass ihr großer Bruder ihre Geheimnisse bei den Jungs im Keller hätte ausplaudern können, wurde sie jetzt noch rot. Die Eintragungen in dem als Schulheft getarnten Tagebuch lagen lange zurück, doch im Laufe von zwölf Jahren war sie fast am Ende des Heftes angelangt.

Kendra hatte seit mindestens vier Jahren keinen Blick mehr in das Heft geworfen. Aber heute Abend nach diesem elektrisierenden Kuss holte sie es wieder aus einem Karton hervor. Sie fuhr sich über ihre Lippen, die immer noch nach Bruce schmeckten. Der Mann konnte einfach wahnsinnig gut küssen.

Tatsächlich hatte sie inmitten dieses Kusses, bei dem schon wieder ihr Herz in Gefahr gewesen war, an dieses abgegriffene Heft gedacht, das sie vor einer erneuten schweren Enttäuschung zu warnen schien. Sie nahm das Heft zur Hand. „Vielleicht brauche ich eine kleine Geschichtsstunde", sagte sie zu sich selbst. Als sie zufällig die fünfte oder sechste Seite aufschlug, entdeckte sie die Wörter „Mrs Bruce Monroe" am Rand. Das o in Monroe hatte sie als Herz gemalt. Ihrer noch kindlichen Schrift nach zu urteilen, war sie damals wohl in die dritte Klasse gegangen. Kendra lachte leise, um nicht zu weinen.

Morgen wird die Familie nach Fall River fahren, weil mein Bruder dort an einem Baseballturnier teilnimmt. Und Bruce wird auch mitkommen!!! In unserem Auto!!! Seine Eltern sagten, er kann mit Jack fahren!!! Ich werde viele Stunden mit ihm im Auto verbringen!!! Ich bin heute Abend aufgeregt und glücklich.

Kendra lächelte und schüttelte den Kopf. Sie erinnerte sich noch lebhaft an die Fahrt. Jack und Bruce hatten sich im Radio die ganze Zeit die Berichterstattung über das Spiel der Red Sox angehört und kein Wort mit ihr gesprochen. Nur ausgelacht hatten die beiden sie, weil sie so oft anhalten mussten, damit sie zur Toilette gehen konnte. Auf der Heimfahrt war es dann sehr ruhig gewesen, denn sie hatten das Turnier verloren.

Kendra blätterte weiter zu einem Eintrag in der Mitte des Tagebuchs. Laut Datum musste sie damals vierzehn Jahre alt gewesen sein.

Ich hasse Anne Keppler. Ich hasse sie einfach. Ihre schwarzen Haare und ihre perfekte Figur. Er nennt sie „Annie" – das habe ich gehört. Sie ist jetzt unten im Keller, spielt Billard und kichert wie eine Hyäne mit Dawn Hallet herum, die Jack nachläuft. Meine Güte, er mag sie. Bruce mag Annie Keppler und hat sie geküsst! Ich habe mitgekriegt, wie er es Jack erzählt hat.

Kendra wurde es ganz heiß, als sie jetzt wieder an Bruce' Kuss dachte. Bevor sie sich das nächste Mal ihrem Tagebuch anvertraut hatte, waren Monate vergangen.

Oh, dieses wunderbare Stück Papier, das ich in der Hand halte. Meinen Führerschein. Ja! Trotz meines kleinen Problems beim Einparken habe ich ihn bekommen. Mom sagte, dass ich nachmittags zum Einkaufen in den Supermarkt fahren kann. Ich denke, ich werde auf dem Rückweg einen

Abstecher zum Baseballspielfeld machen. Dort findet heute Abend ein Training statt.

Diesen Weg war sie tausend Mal gefahren, um Bruce von der Tribüne aus auf dem Spielfeld beobachten zu können. Bruce hatte sie kaum jemals wirklich bemerkt. Dennoch war sie sicher gewesen, dass er noch Notiz von ihr nehmen würde, wenn sie etwas älter war. Würde sie keine Zahnspange mehr und einen BH mit Körbchengröße C tragen, dann würde ihm schon bewusst werden, dass er sie liebte. Aber als sie dann älter geworden war, hatte Bruce Rockingham verlassen, um bei den Nevada Snake Eyes zu spielen. Sie hatte versucht, ihn zu vergessen, was ihr die meiste Zeit über auch gelungen war, weil sie sich darauf konzentriert hatte, für Harvard ein Stipendium zu ergattern. Sie hatte sogar im Sommer im „Monroe's" gearbeitet, ohne viel an ihn zu denken.

Bis Leah Monroe gestorben und Bruce nach Hause gekommen war. Da hatte er Trost und Liebe gebraucht. Über die Nacht, in der sie ihre Unschuld verlor, hatte sie keine Zeile in ihr Tagebuch geschrieben. Sie hatte gewusst, dass sie sich auch so immer ganz genau an jede Einzelheit erinnern würde. Als sie jedoch erkannte, dass sie nie wieder vom ihm hören würde, hatte sie wieder angefangen, Tagebuch zu führen.

Bruce ist jetzt seit neun Tagen fort. Wie eine Verrückte nehme ich ständig den Hörer ab, um zu überprüfen, ob das Telefon funktioniert. Ich checke stündlich den Anrufbeantworter und renne, in der Hoffnung, dass eine Karte oder ein Brief von ihm gekommen ist, zum Briefkasten. Alles vergebens.

Durch die Spielberichte in der Zeitung erfahre ich etwas von ihm. Gestern Abend hat er mit seiner Mannschaft verloren. Denkt er an mich, wenn er zurück ins Hotel geht? Oder hat er in jeder Stadt, in der er gerade ist, ein Mädchen, das auf ihn wartet? Warum ruft er mich denn nicht an? Er war doch so süß, liebevoll und zärtlich. Hat er mir nur etwas vorgemacht?

Es gab danach noch einen Eintrag, aber Kendra klappte das Tagebuch zu und warf es ernüchtert auf den Tisch. Ihre Erinnerungen aufzufrischen hatte geklappt. Sie hatte Bruce nie mehr bedeutet als Annie Keppler oder ein anderes Mädchen in seiner Vergangenheit. Aber da sich Bruce' und ihre Wege wieder gekreuzt hatten und heute Abend keine andere Frau für ihn verfügbar war, hatte er eben die Gelegenheit beim Schopfe gepackt. Es war ein bedeutungsloser Kuss im Dunkeln gewesen – mehr nicht.

Er hatte keine Ahnung, dass diese eine leidenschaftliche Nacht ihr ganzes Leben zerstört hatte. Jack hatte Bruce nie erzählt, dass seine Schwester schwanger geworden war und Harvard verlassen musste. Ihr Bruder hatte ihr wie auch ihre Eltern zwar zur Seite gestanden, aber ihrer Familie war es peinlich gewesen, dass sie so dumm gewesen war. Und wer der Vater des Kindes war, hatte Kendra nie jemandem erzählt. Nicht einmal Seamus, der sie deshalb nie verurteilt hatte. Er hatte ihr einfach einen Job gegeben, als sie einen brauchte.

Sie wurde in die Realität zurückgeholt, als es sachte an der Tür klopfte. „Kendra? Bist du noch auf?"

Oh nein, Bruce, dachte sie und stopfte das Heft schnell in ihre Tasche, die neben ihr lag. „Was gibt es?" Sie ging zur Tür.

„Ich wollte dir nur deine Schlüssel zurückgeben", rief er.

Langsam öffnete sie die Tür einen Spaltbreit und hielt ihm die geöffnete Hand hin.

Er nahm ihre Hand und küsste sanft deren Innenfläche. Ihre Knie wurden weich. „Wir haben heute Abend über tausend Dollar eingenommen", flüsterte er.

Kendra zog ihre Hand zurück und machte die Tür etwas weiter auf. „Sieh zu, dass du aus der Stadt kommst!"

Bruce lächelte im Mondlicht und hielt ihren Schlüsselbund hoch. „Das habe ich schon hinter mir. Und jetzt bin ich zurück." Er kam näher zur Tür und sagte leise: „Kann ich hereinkommen und dir erzählen, wie großartig der heutige Abend war?"

Sie schnappte sich ihre Schlüssel. „Nein. Leg die Schlüssel in Zukunft einfach nur auf Dianas Küchentisch. Am Abend werden sie dann für dich auf meinem Schreibtisch liegen." Sie brachte all ihre Willenskraft auf, um ihm dann die Tür vor der Nase zuzuschlagen. Das war etwas, was sie bereits vor langer Zeit hätte tun sollen.

Bruce stand vor dem Drahtzaun, der das Baseballspielfeld begrenzte, und atmete tief ein, weil die Luft von seinem Lieblingsduft nach Erde und frisch gemähtem Rasen erfüllt war. Er hatte noch eine gute Stunde Zeit, bevor er zu seinem zweiten Abend in der Bar antreten musste. Den ganzen Tag über hatte er dem Drang widerstanden, im „Monroe's" aufzutauchen, um Kendra zu fragen, was sie wirklich über seinen Erfolg am vergangenen Abend dachte. Seinem anderen Bedürfnis dagegen – nämlich einen Ausflug zu seinen alten Jagdgründen zu machen – hatte er nicht widerstehen können.

Also war er zur Rockingham High gefahren. Er wusste, dass die Mannschaft der Highschool wahrscheinlich auf dem Platz war, denn im April waren jeden Nachmittag Trainingsstunden angesetzt.

Am liebsten wäre er geradewegs aufs Spielfeld gelaufen. Tatsächlich bräuchte er wohl nur den Platzwart zu rufen, der in einiger Entfernung arbeitete. Würde er sich ihm vorstellen, dann könnte Bruce Monroe, Rockingham Highs berühmtester Exschüler, ganz bestimmt aufs Spielfeld gehen.

Er hörte Gelächter und drehte sich um. Ein halbes Dutzend Schüler der Highschool in unterschiedlichen Trainingsklamotten, ausgerüstet mit Helmen und Baseballschlägern, liefen aufs Feld und fingen an, sich warm zu machen. Ihnen folgte ein Mann, der etwa vierzig Jahre alt sein musste, einen Jogginganzug trug und eine Pfeife umhängen hatte. Er sah Bruce eine Minute lang an und rief dann die Spieler zu sich.

Rick Delacorte, Bruce' damaliger Trainer, war letztes Jahr, nach zwanzig Jahren an der Rockingham Highschool, in Pension gegangen. Bruce war mit Rick in Verbindung geblieben. Deshalb wusste er, dass Delacorte und seine Frau sich in Arizona niedergelassen hatten. Rick hatte ihm von dem neuen Trainer erzählt, der von Maryland nach Rockingham gekommen war.

Aber Bruce konnte sich nicht mehr an den Namen des Mannes erinnern, der die Spieler nach der Aufwärmphase zunächst einige Spielzüge trainieren ließ.

Bruce, dem das alles sehr vertraut war, beobachtete die Werfer und stellte fest, dass einer der Jungen seine Reichweite nicht optimal ausnutzte. Der neue Trainer bemerkte das nicht, und Bruce musste sich zurückhalten, um den Jungen nicht selbst zu korrigieren. Stattdessen setzte er sich auf die Tribüne, um dem Team wenigstens ein paar Minuten beim Spielen zuzusehen. Wie spät es war, bemerkte er erst, als der Trainer das Training beendete. Jetzt war er ziemlich spät dran, dafür aber sehr entspannt. Als er aufstand, kam der Platzwart auf ihn zu.

„Entschuldigen Sie. Haben Sie nach jemandem Ausschau gehalten?", rief er.

„Nein, ich habe mir nur das Training angesehen."

Der Mann stand jetzt vor ihm und lächelte. „Was halten Sie von dem neuen Trainer, Bruce?"

„Kennen wir uns?", fragte Bruce überrascht.

„Ich kenne Sie, aber Sie erinnern sich wahrscheinlich nicht an mich. Ich bin Martin Hatcher."

„Mr Hatcher." Bruce schüttelte ihm die Hand. „Entschuldigen Sie, dass ich Sie nicht erkannt habe, Sir."

Der ehemalige Rektor der Rockingham Highschool lachte. „Nun, mit dem Rechen in der Hand bin ich auch bei Weitem nicht mehr so Ehrfurcht einflößend."

„Was machen Sie denn hier draußen?"

„Ich bin im Ruhestand, Bruce. Aber wie viele der ehemaligen Lehrer der Highschool mache ich mich ehrenamtlich ein bisschen nützlich, denn ich liebe die Schule immer noch. Letzte Woche habe ich zum Beispiel einige Tage in der Cafeteria gearbeitet." Er strich sich das graue Haar zurück. „Ich hätte Sie wahrscheinlich auch nicht erkannt, Bruce. Aber ich habe das Gerücht gehört, dass Ihr eigener Ruhestand Sie zurück in unsere Stadt geführt hat."

„Es ist kein Ruhestand im eigentlichen Sinne, sondern eher ein lebenslanges Nachsitzen." Bruce lächelte.

Hatcher lachte erneut. „Sie haben sich mit Ihrem Charme schon immer aus jedem Schlamassel herausmanövriert."

„Bei den Anwälten der Nevada Snake Eyes hat das leider nicht funktioniert."

„Das ist deren Verlust und unser Gewinn. Nur zu dumm, dass es nicht schon eine Saison vorher passiert ist."

„Warum? Letztes Jahr war mein bestes."

„Ich weiß. Aber hätten Sie schon an einem Autorennen teilgenommen, bevor er angeheuert wurde ..." Er deutete mit dem Kopf auf den neuen Trainer, der jetzt am Spielfeldrand stand und mit einigen Schülern sprach.

„Wie heißt er?", fragte Bruce.

„George Ellis. Er unterrichtet Naturwissenschaften. Und das kann er meiner Meinung nach viel besser."

„Er ist nicht schlecht und scheint zu wissen, wie er die Spieler auf Trab bringen kann."

„Sie wären besser gewesen."

„Ich?" Bruce verkniff sich ein Lachen. „Nein, danke. Ich habe kein Interesse daran, auf dem Spielfeld Typen zu motivieren, die denken, dass sie bereits alles wüssten." Typen wie ich einer war, dachte er.

Mr Hatcher ging mit ihm zum Parkplatz. „Dann betreiben Sie also lieber eine Bar?", fragte er skeptisch.

„Die Bar heißt ‚Monroe's', Mr Hatcher. Und da ich genauso heiße, halte ich es für richtig, das zu tun."

„Ich bin nicht mehr Ihr Rektor. Sie können Martin zu mir sagen und müssen mir keinen Mist mehr erzählen."

Bruce blieb stehen. „Das war kein Mist."

„‚Monroe's' ist nicht einmal mehr eine Bar."

„Daran arbeiten wir."

„Ich habe den Eindruck, dass Kendra Locke ziemlich große Pläne hat, was das Lokal angeht."

„Nun, ich habe auch Pläne."

Hatcher verschränkte die Arme vor der Brust und nickte. „Kendra war eine meiner Lieblingsschülerinnen. Sie war natürlich ein paar Klassenstufen unter Ihnen."

„Ihr Bruder Jack war mein bester Freund."

„Oh ja, ich erinnere mich an Jack Locke. Ein Rebell, aber künstlerisch begabt. Und er liebte es, Unfug anzustellen."

Bruce lächelte. „Alte Geschichten."

„Ja, davon gibt es hier so einige." Hatcher schaute auf das große zweistöckige Schulgebäude. „Kendra hat auch eine Geschichte."

Kendra? Worauf will er hinaus? fragte sich Bruce und wartete darauf, dass der Mann fortfuhr.

„Sie ist nach Harvard gegangen. Wussten Sie das?"

„Ja."

„Sie hat dort aber keinen Abschluss gemacht."

„Ja, das ist eine Schande, denn sie war wirklich klug."

„Während meiner fünfundzwanzig Jahre auf der Rock High hatte ich nur ein paar Schüler, die ein Stipendium für Harvard ergattern konnten. Deshalb erinnere ich mich an jeden Einzelnen von ihnen."

„Warum hat sie denn ihr Studium nicht abgeschlossen?"

„Das werden Sie Kendra fragen müssen, Bruce." Hatcher schloss seinen alten Wagen auf. „Übrigens ist sie immer noch klug."

„Ich weiß."

„Und Sie lieben Baseball immer noch."

Bruce lächelte. „Ich werde dennoch nicht Trainer werden."

Mr Hatcher stieg in sein Auto. „Dafür verbringen Sie aber sehr viel Zeit damit, den Spielern beim Training zuzusehen. Ich werde demnächst einmal in der Bar vorbeischauen. Ich habe gehört, dass dort gestern Abend ein ziemlicher Andrang war."

„In Rockingham sprechen sich Neuigkeiten schnell herum."

„Ja, sehr schnell. Also bis dann."

Bruce verabschiedete sich. Nachdem Hatcher weggefahren war, warf er noch einmal einen Blick aufs Spielfeld. Aber plötzlich wollte er wirklich wissen, warum Kendra ihren Traum aufgegeben hatte.

6. KAPITEL

Bruce lag auf dem feuchten Fliesenboden und fluchte leise, als ihm die kaputte Düse aus den Fingern glitt und auf die Brust fiel. Er hantierte jetzt bereits eine halbe Stunde unter der Bar herum, und das verdammte Ding funktionierte immer noch nicht richtig.

Seit fünf Tagen betrieb er nun die Bar und brachte nach und nach deren Ausstattung auf Vordermann. Die Entscheidung, deshalb um acht Uhr morgens im „Monroe's" zu sein, hatte er gestern Abend getroffen, als die Zapfpistole den Geist aufgegeben hatte. So gern er auch ausschlief, nachdem er so lange in der Bar gearbeitet hatte, hatte er doch da sein wollen, bevor die Gäste des Internet-Cafés auftauchten. Er hielt die kleine Taschenlampe zwischen seinen Zähnen und gestand sich ein, dass er sich selbst etwas vormachte. Er war so früh gekommen, weil Kendra ihm bisher sehr entschieden aus dem Weg gegangen war. Und das wollte er ändern.

Aber als er frühmorgens durch die Hintertür hereingekommen war, hatte er durch die nur halb geschlossene Bürotür gehört, dass sich Sophie über eine Angestellte beschwerte, die irgendwelche Computerdaten noch nicht aktualisiert hatte. Kendra hatte daraufhin ruhig erwidert, Sophie solle sich um das Problem kümmern.

Anstatt die Unterredung zu stören, war er sofort an die Bar gegangen, um die Düse zu reparieren. Währenddessen bekam er mit, dass das Café geöffnet und der Raum allmählich von Kaffeeduft erfüllt wurde. Gerade als er die Düse installiert hatte, stieg ihm in frischer und leicht blumiger Duft in die Nase. Er drehte den Kopf und entdeckte zierliche Füße, die in Sandaletten mit hohen Absätzen steckten. Er ließ den Blick nach oben wandern, sah zwei lange nackte Beine sowie einen kurzen Rock und genoss den Anblick.

„Komm schon, Bruce, wo hast du die Soda-Zapfpistole versteckt?", flüsterte Kendra, schob einige Cocktailshaker beiseite und zerrte an dem Schlauch, der mit der Düse in seiner Hand verbunden war. „Was, verdammt noch mal, ist denn damit los?" Sie zog heftiger daran, beugte sich nach unten und schnappte nach Luft, als plötzlich Bruce' Gesicht vor ihr auftauchte. „Ach, du meine Güte, was machst du denn da unten?"

„Die Ausstattung in Ordnung bringen", stieß er zwischen den Zähnen hervor. „Und die Aussicht genießen."

Sie wich zurück. „Ich sollte auf dir herumtrampeln."

Bruce musste lachen, und die Taschenlampe fiel ihm aus dem Mund. Langsam erhob er sich, während Kendra vergeblich versuchte, ihn nicht anzuschauen. Er hielt ihr die Zapfpistole hin. „Soda, Wasser oder Diätlimo? Alle drei sind gestern Abend im Mix ausgelaufen."

„Das hat dem Umsatz aber keinen Abbruch getan."

Er lächelte. „Oh, dann hast du deine Einnahmen also bereits überprüft?"

Im Lauf der vergangenen Woche hatte es sich auch ohne Absprache zwischen ihnen eingespielt, dass er jeweils spätabends die Geldtasche in der Schreibtischschublade einschloss und die Schlüssel auf Dianas Küchentisch hinterließ. Kendra hatte sich die Schlüssel dann morgens geholt, wenn sie mit Newman spazieren ging. Wenn sie Feierabend hatte, brachte sie das eingenommene Geld zur Bank und hinterlegte die Schlüssel für Bruce auf dem Schreibtisch. Und so war es ihr gelungen, ihm kaum zu begegnen.

„Tatsächlich habe ich in einigen Minuten einen Termin bei meinem Architekten und wollte auf dem Weg noch mal bei der Bank vorbeischauen", erwiderte sie.

„Oh, deshalb bist du so schick angezogen?" Bruce ließ den Blick über die Seidenbluse wandern, die er nur zu gern aufknöpfen würde. „Und ich dachte, du wolltest mich beeindrucken."

„Ich denke nicht, dass man dich mit einer Bluse und einem Rock übermäßig beeindrucken kann."

Er zuckte mit den Schultern. „Du siehst wirklich nett aus. Aber ich habe eine Schwäche für Leder."

Kendra verdrehte die Augen und zeigte ihm die beiden Tabletten, die sie in der Hand hielt. „Was du da sagst, ist nicht gerade geeignet, um meine Kopfschmerzen zu vertreiben."

Er reichte ihr ein Glas Wasser. „Gib mir nicht die Schuld daran. Ich habe mitbekommen, dass du mit Sophie Streit hattest."

„Wir haben nicht gestritten", entgegnete Kendra heftig, nachdem sie die Tabletten geschluckt hatte. „Wir haben nur einige Punkte geklärt."

„Sie hat sich nicht so angehört, als wäre sie besonders glücklich."

Mit einem leisen Seufzer sah sie zu Sophie, die an einem Computer arbeitete. „Nein, das ist sie nicht."

„Was ist los?"

„Nur ein paar Probleme in der Zusammenarbeit. Nichts, was ich nicht in den Griff kriegen könnte."

„Vielleicht kann ich dir helfen. Ich verstehe etwas von Teamwork", bot Bruce an.

Kendra kämpfte eine Minute mit sich, bevor sie sich ihm anvertraute. „Sie hat bloß einige Probleme mit den neuen Mitarbeitern", erklärte sie schließlich. „Nicht jeder ist so kompetent wie sie, und sie hat die Gabe, es die andern wissen zu lassen."

„Wie die Veteranen auf dem Platz und die blutigen Anfänger."

Sie lächelte. „Nicht alles im Leben kann man mit Baseball vergleichen."

„Doch", bestätigte Bruce. „Mach Sophie verantwortlich für den Erfolg ihrer Mitarbeiter. Das machen Baseballtrainer immer im Frühling, wenn sie versuchen, erfahrene ältere Spieler und die jungen Heißsporne, die neu dazugekommen sind, zu einem Team zusammenzuschweißen."

„Und was rätst du mir genau?", fragte Kendra.

„Wenn du sie damit beauftragst, ihre Kollegen einzuarbeiten, wird deren Erfolg auch Sophies Erfolg sein. Dann wird sie wollen, dass ihre Kollegen gut sind."

„Das will sie ja", entgegnete Kendra. „Sie will aber auch, dass jeder in jedem Bereich so gut ist wie sie. Und manche der Mitarbeiter hier kommen frisch vom College und haben einfach noch nicht ihr Wissen."

„Gib ihr das Gefühl, dass die Fortschritte der Mitarbeiter auf ihren Einsatz zurückzuführen sind." Bruce drehte den Wasserhahn auf, um sich die Hände zu waschen. „Vertrau mir. Das wird funktionieren."

Solange er sich die Hände einseifte, sagte Kendra nichts. Dann sah sie ihn an und lächelte. „Danke für den Rat. Und jetzt sag mir, was du so früh hier machst?"

„Ich wollte mit dir reden."

„Oh?"

„Ich kann dich nicht einmal für fünf Minuten alleine sprechen."

„Ich bin beschäftigt." Kendra zuckte mit den Schultern, konnte ihn aber nicht täuschen. Sie ging ihm aus dem Weg, und das wussten sie beide. „Ich habe viel zu tun. Du arbeitest abends und ich am Tag. Und zudem machst du mein Leben komplizierter."

Bruce schaffte es, nicht zu grinsen. „Tue ich das?"

„Wie soll ich deinen Vater bei dem Umsatz davon überzeugen, hier keine Bar zu betreiben?"

„Das kannst du nicht. Darum geht es ja. Und schau dir das Lokal an." Er deutete auf die Computer, die von zahlreichen Gästen genutzt wurden. „Und du verlierst tagsüber deswegen ja keinen Cent."

Sie nickte. „Tatsächlich sind auch die Einnahmen des Internet-Cafés gestiegen."

„Gut. Dann wirst du ja nichts dagegen haben, Geld in einen Pizzaofen zu investieren."

„Einen Pizzaofen?" Kendra starrte ihn an. „Willst du aus dem Lokal etwa eine Pizzeria machen?"

Bruce zeigte auf das Regal mit den Spirituosen hinter sich. „Die Leute trinken und müssen etwas essen. Ich habe mich erkundigt. Per Stück verkauft, ist Pizza sehr profitabel."

„Also, ich weiß nicht."

„Du könntest sie dann auch nachmittags anbieten."

„Zum Kaffee?"

Er zwinkerte. „Am besten schmeckt Pizza zu Bier."

„Bruce", meinte sie, „ich bin auf dem Weg zu meinem Architekten, und du wirfst ständig meine geschäftlichen Pläne über den Haufen."

„Was ‚Monroe's' einen Riesen pro Abend einbringt."

„Ich weiß. Ich kann zählen." Kendra strich sich über die Schläfen, und er hätte gern geholfen, ihre Kopfschmerzen zu lindern. „Lass mich über den Pizzaofen nachdenken und …"

„Ich werde ihn einfach bestellen. Ich wüsste gern, ob du einen speziellen Lieferanten für solche Anschaffungen hast."

„Ja, Buddy McCrosson in Fall River. Aber ich muss mit ihm verhandeln, denn er würde dir den Ofen nicht gerade für den besten Preis geben."

„Dann kannst du ja mit mir kommen, um einen auszusuchen."

„Das kann ich nicht. Morgen fängt bei mir ein neuer Mitarbeiter an."

„Übertrage Sophie die Verantwortung für den neuen Kollegen." Bruce lächelte siegessicher. „Und wir werden morgen nach Fall River fahren."

Kendra schüttelte erschrocken den Kopf.

Macht es ihr Angst, mit mir allein zu sein? fragte er sich. „Kendra, wir sind Partner." Er beugte sich so weit zu ihr, dass er mit den Lippen fast ihre Schläfen berührte. Wird sie sich besser fühlen, wenn ich sie auf die schmerzende Stelle küsse? überlegte er.

„Wir sind keine Partner", sagte sie steif und sah ihm in die Augen.

„Aber du kannst mir nicht die nächsten vier Wochen lang aus dem Weg gehen."

Sie schloss die Augen, als machte sie seine bloße Nähe schwindelig.

Zufrieden küsste Bruce sie sanft auf die Stirn. „Ich hoffe, dass dein Kopfweh weggeht."

„Du verursachst mir Kopfschmerzen", erwiderte Kendra. „Deinetwegen pocht es in meinem Kopf."

„Großartig. Von da aus können wir uns ja nach unten vorarbeiten."

Sophie war ganz begeistert davon, eine Schulung für neue Kollegen auszuarbeiten und durchzuführen. Am nächsten Morgen schwebte sie fast aus Kendras Büro und hielt sogar Bruce die Tür auf, der davor gewartet hatte. Wie lange schon, wusste Kendra nicht.

„Ist also gut gelaufen, hm?", fragte er.

Sie hasste es, das zuzugeben, aber er hatte recht gehabt. „Danke für den Rat. Ich werde mich revanchieren."

„Okay. Ich denke, wir können bis spätestens mittags in Fall River sein, den Pizzaofen unserer Träume aussuchen und den Rest des Nachmittags am Strand in intimer Atmosphäre etwas Leckeres essen."

Träume? Strand? Intime Atmosphäre? Kendra ignorierte das Prickeln, das bei diesen Aussichten über ihren ganzen Körper lief. „Du hast einen Rat bei mir gut, Bruce. Nicht einen Tag und ein gemeinsames Essen. Außerdem werden wir keine zwei Stunden bis dahin brauchen. Wir können um eins zurück sein und wieder an die Arbeit gehen."

„Ich brauche einen Pizzaofen." Er deutete auf die vielen Papiere und Akten auf ihrem Schreibtisch. „Und du brauchst eine Pause."

Da war etwas dran. Seamus hatte Kendra aus San Francisco angerufen und ihr gesagt, dass einige der geschäftlichen Treffen so gut verlaufen seien, dass die Investoren noch mehr Informationen haben wollten. Die hatte sie zusammengestellt und deshalb auch noch abends lange gearbeitet. Einen Tag mit Bruce zu verbringen kam ihr ebenso verrückt wie anregend vor.

Er lehnte sich an den Türrahmen, und sie musterte ihn. Er trug ein eng anliegendes blaues Poloshirt und eine Kakihose, die seine schmalen Hüften betonte. Offensichtlich hatte er sich für den Ausflug fein gemacht. Da sie nicht ganz daran geglaubt hatte, dass er seine Drohung wahr machte, sie nach Fall River mitzunehmen, hatte sie verblichene Jeans an und einen Pulli.

„Wirst du mich weiter anstarren, oder fahren wir los?"

„Anstarren? Deine Fantasie geht mit dir durch. Ich frage mich nur, was der Lieferant von dir halten wird. Aber wenn er Baseballfan ist, werden wir vermutlich gute Karten haben."

„Nein", sagte Bruce so bestimmt, dass sie ihn erstaunt ansah. „Halt meine frühere Karriere bitte da heraus."

Sie sah ihn einen Moment lang an. „Wirklich? Das sieht dir aber überhaupt nicht ähnlich."

„Ich stecke eben voller Überraschungen." Er lachte. Seine Leichtigkeit war zurückgekehrt. „Sogar auf dem Parkplatz wartet eine auf dich."

In der Küche erklärte Kendra Sophie, was sie vorhatten, und folgte Bruce dann auf den Parkplatz hinter dem Haus. Anstatt seines bisherigen Mietwagens stand dort ein knallrotes Mercedes Cabrio mit geöffnetem Faltdach.

„Überraschung", sagte er. „Ich habe beschlossen, mich zu verbessern."

Ihr stockte der Atem. Sie musste an das letzte Mal denken, als Bruce mit ihr eine Fahrt in einem Cabrio unternommen hatte. Es war das Auto von Seamus gewesen. Sie konnte sich nicht mehr an die Marke erinnern, aber daran, dass sie bei zurückgestelltem Fahrersitz genau zwischen das Lenkrad und Bruce' Körper gepasst hatte. Bei der Erinnerung daran wurde ihr ganz heiß.

„Ich dachte, es wäre nett, wenn wir auf dem Highway 28 an der Südküste entlangfahren."

Sie brauchte einen Moment, um die Erinnerung an seine leidenschaftlichen Küsse von damals zu verdrängen. „Am Strand entlang? Das wird ewig dauern. Wenn wir Route 6 nehmen, sind wir viel schneller da."

„Warum hast du es denn so eilig?" Er öffnete für sie die Beifahrertür. „Es wird bestimmt Spaß machen, die Strände zu sehen. Ich war schon seit Jahren nicht mehr dort."

Kendra hielt eine Tour mit Bruce in einem Cabrio am Strand entlang für keine gute Idee. Die ganze Zeit über hatte sie es geschafft, ihm sehr geschickt aus dem Weg zu gehen, und jetzt stand ihr ein geradezu höllischer Trip bevor. Oder würde es himmlisch werden? Im Seitenspiegel bemerkte sie, dass er ausgiebig ihren Po betrachtete, als sie sich auf dem roten, von der Sonne schon warmen Ledersitz niederließ. Sie drehte sich um und warf ihm einen warnenden Blick zu.

Aber er machte keinerlei Anstalten wegzuschauen. „Du hast deine Jeans schon immer sehr schön ausgefüllt, Kendra."

Ach, was soll's, dachte sie. Es ist himmlisch.

Als sie an den Dünen von West Rock Beach vorbeifuhren und Bruce das Tempo drosselte, fragte Kendra sich, ob er das mit Absicht tat. Wusste er überhaupt noch, dass dieser Strand ihr Strand war? Oder war sie die Einzige, die das nicht vergessen konnte? In den vergangenen neun Jahren war sie nie hierher zurückgekehrt. Sie kämpfte dagegen an, nach links zu den Dünen, dem Schilfrohr und dem Mann neben sich zu sehen.

„Sag mal, Kennie, denkst du an mich, wenn du hier vorbeikommst?", fragte er ernst.

Sie lehnte den Kopf zurück und ließ sich die Sonne ins Gesicht scheinen. „Warum sollte ich?"

Bruce lachte, beschleunigte das Tempo, schaltete in den vierten Gang und streifte dabei mit dem Daumen ihren Oberschenkel. „Du bist fest entschlossen, nicht darüber zu reden, stimmts?"

„Richtig."

„Du denkst, wenn wir einfach so tun, als wäre es nie passiert, dann könnten wir miteinander umgehen, als wäre es wirklich nie passiert."

„Wieder richtig." Sie öffnete die Augen und bemerkte, dass er sie ansah.

„Es ist aber passiert, Kendra. Und ich will mit dir darüber reden."

„Sieh auf die Straße", warnte sie ihn. „Aber ich will nicht darüber reden." Will er das wirklich? fragte sie sich. Und wozu?

„Du bist sauer, weil ich dich nie angerufen habe."

„Denkst du?"

Er legte die Hand auf ihren Oberschenkel. Die Geste löste ein Prickeln bei ihr aus, und sie wich seiner Berührung aus. „Ich bitte dich um Entschuldigung".

„Schon in Ordnung." Durch den Wind flogen Kendra die Haare ins Gesicht, und sie strich sie nicht zurück, weil sie so ihre Gefühle, die sich auf ihrem Gesicht widerspiegelten, besser vor ihm verbergen konnte. Sie hatte Bruce schon immer gewollt und gebraucht wie die Luft zum Atmen, und obwohl mittlerweile fast zehn Jahre vergangen waren, hatte sich daran nichts geändert. Es kam ihr so vor, als wäre er nach ihrer gemeinsamen Nacht nur einen Monat lang fort gewesen und würde jetzt einfach da weitermachen, wo sie damals aufgehört hatten. Und ihr dummes Herz spielte schon wieder verrückt.

„Bist du sicher, dass es okay ist?", unterbrach er ihre Gedanken.

„Dir ist verziehen, dass du nicht angerufen hast", sagte sie ruhig. Vielleicht würde er Ruhe geben, wenn er kein schlechtes Gewissen mehr hatte.

„Und du lügst auch nicht?"

„Das würde ich niemals tun." Aber sie würde ihm auch nie die volle Wahrheit erzählen. Sein Schweigen schien eine Ewigkeit zu dauern. Schließlich strich sie sich eine Haarsträhne aus dem Gesicht, um einen Blick auf ihn zu werfen. Bruce wirkte sehr angespannt und nachdenklich.

„Dann werde ich dir die Wahrheit sagen", begann er.

Kendra wartete, bis er einen Pick-up überholt hatte.

„Ich musste alle Verbindungen nach Rockingham abbrechen", sagte er schließlich so leise, dass sie ihn kaum verstehen konnte.

„Warum?"

„Weil …" Er schüttelte den Kopf.

Sie konnte einfach den Blick nicht von seinem ernsten und schönen Gesicht wenden. Es tat immer noch weh, ihn anzusehen.

Bruce wechselte die Spur, überholte einen Minivan und verlangsamte wieder das Tempo. „Ohne meine Mutter, die immer eingriff …" Er stockte. „Es war kompliziert, mit meinem Vater auszukommen ohne meine Mutter. Ich habe sie einfach zu sehr vermisst. Ich konnte nicht zurückkommen."

Kendra wusste, dass Seamus sehr beherrschend sein konnte. Besonders wenn es um Bruce ging. „Das verstehe ich." Aber warum hast du mich nicht angerufen, verdammt? Doch inzwischen hatte sie gelernt, ihre Gefühle zu verbergen. Deshalb stellte sie ihm diese Frage nicht. Vielleicht war das dumm, vielleicht auch feige. Aber das war der einzige Weg, wie sie mit ihm umgehen konnte. Denn als sie ihm ein einziges Mal ihre Gefühle gestanden hatte ...

„Und was hätte es für einen Sinn gehabt, dich anzurufen, wenn ich nicht zurückkommen konnte?", fuhr er fort.

Sie zuckte mit den Schultern. „Oh, ich weiß nicht. Du hättest anrufen können, weil es sich einfach so gehört hätte. Oder weil wir uns schon ein Leben lang kannten. Oder weil du wusstest, was ich für dich empfand."

„Es tut mir wirklich sehr leid, Kendra", erklärte er. „Ich habe mich total danebenbenommen."

Sie legte beschwichtigend die Hand auf seinen Oberschenkel. Dieses Mal tätschelte sie ihm den Oberschenkel. „Vergiss es, Bruce. Ich habe es bereits vor langer Zeit vergessen", log sie.

„Also, warum bist du von Harvard abgegangen?"

Die Frage kam so unerwartet, dass ihr der Atem stockte. „Ich habe mein Stipendium verloren und konnte es mir nicht leisten, mein Studium dort zu beenden."

Er warf ihr einen ungläubigen Blick zu. „Wie hast du denn dieses tolle Stipendium verspielt?"

„Durch schlechte Zensuren." Während der ersten Monate der Schwangerschaft hatte sie sich jeden Morgen übergeben müssen und war in keiner guten Verfassung gewesen.

Der Verkehr zwang Bruce, wieder auf die Straße zu schauen. „Was ist passiert? Du warst doch immer eine Einser-Schülerin, ein richtiges Genie. Daran erinnere ich mich."

Ja, ein Genie, das keine Verhütungsmittel benutzt hat. „Ich habe es einfach vermasselt, Bruce. Solche Dinge können passieren. Oder hast du deinen Unfall beim Rennen schon vergessen, dessentwegen du hier bist?"

Er lächelte ironisch. „Das lässt du ja nicht zu."

Kendra wusste, dass sie das Gespräch auf ihn bringen musste. Sonst würde er weiterbohren. „Was ist dir direkt nach dem Unfall durch den Kopf gegangen?"

„Dass Dad mich umbringen wird."

„Er war in der Tat wütend", bekannte sie.

Bruce sah sie an. „Und warum hast du es vermasselt?"

„Lass es gut sein, bitte."

„War es wegen eines Mannes?"

„Ja."

„Hast du ihn geliebt?"

„Ja."

„Liebst du ihn immer noch?"

„Ab und zu denke ich noch an ihn", brachte Kendra hervor, obwohl ihr das Herz bis zum Hals klopfte.

„Hat er dir wehgetan?"

Sie dachte an die Schmerzen und die schreckliche Fahrt zum Krankenhaus. An die Enttäuschung, die Schuldgefühle. „Es war eine schreckliche Zeit." Sie hatte das Baby, Harvard und Bruce verloren. „Aber ich habe es überlebt." Sie holte tief Luft und lächelte ihn an. Sie war sich während der gesamten Unterhaltung darüber bewusst gewesen, dass er seine Hand auf ihr Bein gelegt hatte. „Also, welchen Pizzaofen willst du besorgen?"

Er warf ihr wegen dieses abrupten Themawechsels erneut einen ungläubigen Blick zu.

„Weißt du, je mehr ich darüber nachdenke", fügte sie hinzu, bevor er etwas sagen konnte, „desto sicherer bin ich, dass Pizza ein großer Hit im ‚Monroe's' werden könnte. Ich habe mich informiert. Baker's Pride, Blodgett und Lincoln scheinen mir die beste Wahl zu sein. Blodgett ist am günstigsten, und ich denke, wir könnten sogar einen polierten ..." Bruce stoppte an einer roten Ampel.

Er strich über ihren Oberschenkel. „Wir hatten eigentlich über dein Liebesleben gesprochen."

Sie legte ihre Hand über seine und genoss das Prickeln, das die Berührung in ihr auslöste. „Und jetzt reden wir über den besten Pizzaofen. Sind wir nicht deswegen hergekommen?"

„Das ist nur einer der Gründe." Bruce drehte seine Hand so, dass er seine Finger mit ihren verschränken konnte. „Der andere Grund ist, dass ich eine Woche lang vergeblich versucht habe, einmal mit dir allein reden zu können."

„Ich habe viel zu tun." Kendra gratulierte sich dazu, dass diese Ausrede zum Teil der Wahrheit entsprach. Aber warum lasse ich ihn meine Hand halten? fragte sie sich. Weil sie nicht anders konnte.

Er schaute ihr in die Augen und lehnte sich zu ihr hinüber. Es war ein heißer, süßer Kuss, und sie wünschte, er würde niemals enden, so schön fand sie es.

Plötzlich hupte hinter ihnen jemand, und aufgeschreckt fuhren sie auseinander.

Bruce hob entschuldigend die Hand, wandte den Blick aber nicht von ihr. „Ich bin nicht einmal annähernd damit fertig, mit dir über dein Liebesleben zu reden." Er legte den ersten Gang ein. „Oder dich zu küssen."

7. KAPITEL

Bruce bemerkte, wie verblüfft Kendra war, als er sich dem Lieferanten von Restaurantzubehör in Fall River, Buddy McCrosson, als Seamus Monroe vorstellte. Anscheinend war Buddy kein Baseballfan, denn er wurde nicht stutzig. So verbrachten Bruce und Kendra zwei Stunden mit dem Mann, ohne dass ein Wort über die Snake Eyes fiel.

Kendra in Aktion zu sehen, war für Bruce eigentlich das Beste an dem Termin. Obwohl sie nie ihre weibliche Ausstrahlung verlor, handelte sie bei dem Geschäft mehr an Rabatt aus, als Bruce für möglich gehalten hätte. Dabei vermittelte sie Buddy auch noch das Gefühl, es sei seine Idee gewesen.

Währenddessen beobachtete Bruce, wie sie mit den Fingern über den steinernen Pizzaofen strich, und stellte sich vor, er würde diese Finger auf seinem Körper spüren. Er hörte ihr Lachen und malte sich aus, es zu hören, während er sie langsam auszog. Und natürlich nahm er jede erdenkliche Gelegenheit wahr, um sie scheinbar zufällig zu berühren, denn er hatte es ernst gemeint, als er ihr gesagt hatte, dass er noch lange nicht damit fertig wäre, sie zu küssen.

Kendra überraschte ihn mit der Ankündigung, sie sei bereit, noch weitere achthundert Dollar für eine Fritteuse zu investieren. Und während sie Buddy zu einem Preisnachlass und einem Ratenkauf überredete, überlegte Bruce, wo und wann er sie wieder küssen könnte. Sobald sie sich von Buddy verabschiedet hatten, begann er, seinen Plan in die Tat umzusetzen.

„Ich sterbe vor Hunger", erklärte er, als sie ins Cabrio stiegen.

„Alles, nur keine Pizza", stimmte sie zu und schnallte sich an. „Es gibt auf dem Weg nach Hause jede Menge Bistros."

„Ich weiß genau, wo wir hingehen werden." Aber er hatte nicht die Absicht, es ihr zu verraten. „Es wird noch etwas dauern, bis wir etwas zu essen bekommen. Aber ich verspreche dir, das Warten wird sich lohnen."

Kendra schaute ihn neugierig an, widersprach aber nicht.

Sie lehnte den Kopf zurück, schloss die Augen und genoss den Sonnenschein.

Als Bruce sich umdrehte, um rückwärts aus der Parklücke zu fahren, betrachtete er ihr Gesicht, den anmutigen Hals und die süßen Lippen. Am liebsten hätte er sie sofort geküsst. Aber er wusste, dass ein gutes Timing der Schlüssel zum Erfolg war.

Sie hörten im Autoradio Jazz und redeten kaum. Als er schließlich vor einem Delikatessengeschäft in West Dennis anhielt, sah sie ihn überrascht an und lachte. „Hast du etwa Lust auf einen Bagel?"

„Hier gibt es tolle Sandwiches, wenn ich mich richtig erinnere. Warte hier. Ich bin gleich wieder da."

Als er zurückkam, nahm sie die Tüte mit den Sandwiches und die Getränke, die er ihr reichte, und stellte sie zwischen ihren Sitzen ab. „Essen wir im Auto?"

„Wir werden ein Picknick veranstalten."

Sie sah ihn argwöhnisch an. „Ein Picknick?"

„Entspann dich. Es wird dir gefallen." Das hoffte Bruce jedenfalls. Als er zu den Dünen von West Rock Beach abbog, bemerkte er Kendras plötzliche Anspannung. Er stellte den Motor ab und griff nach der Tüte. „Ich habe diesen Strand immer gemocht."

Sie wich zurück. „Das soll wohl ein Witz sein?"

„Nein, ein Picknick."

„Das ist ... Wir haben keine Decke", sagte sie schnell.

„Wir können uns auf eine Bank setzen."

Seufzend stieg Kendra aus. Sie gingen zum Strand und blieben dann stehen, um den Blick auf den Atlantischen Ozean zu genießen. Eine kühle Meeresbrise strich durch Kendras Haar. „Warum tust du das, Bruce?"

„Das hier war immer mein Lieblingsstrand."

Ohne etwas zu erwidern, schlüpfte sie aus ihren Schuhen, bevor sie zu der verwitterten Bank ging und sich hinsetzte.

Er folgte ihr und bekam Sand in die Schuhe. „Und weil ich es wiedergutmachen will, dass ich dich nicht angerufen habe." Er setzte sich neben sie.

„Indem du mit mir hierherkommst?" Kendra verschränkte

die Arme und starrte aufs Wasser. „Ich sagte dir doch bereits, dass ich das schon lange vergessen habe, und finde, du solltest es auch."

„Truthahn oder Roastbeef?" Bruce hielt ihr zwei eingewickelte Sandwiches hin.

„Truthahn."

„Du lügst, Kendra. Du hast es nicht vergessen."

Wortlos wickelte sie das Sandwich aus und legte sich das Papier wie eine Serviette auf den Schoß. Als er es genauso machte, kostete sie die Brotkruste und schaute hinaus auf den Atlantik. „Okay", sagte sie schließlich. „Ich habe es nicht vergessen. Aber ich habe dir verziehen, dass du mich nicht angerufen hast. Ich sehe keinen Sinn darin, nachtragend zu sein. Ist das Thema damit vom Tisch?"

„Dann erinnerst du dich an alles?"

Sie nickte. Doch sie schaute Bruce nicht an.

„Ich auch", gab er zu. An jeden Kuss, jede Berührung und sogar an ihren langen Seufzer, als ich zu ihr gekommen bin, erinnere ich mich, dachte er.

Sie aßen schweigend und hörten dem Rauschen der Brandung zu. Zwei junge Mütter suchten mit ihren Kindern nach Muscheln, und ein älteres Paar spazierte Hand in Hand am Wasser entlang.

Bruce warf Kendra einen verstohlenen Blick zu, um zu erfahren, wem sie ihre Aufmerksamkeit schenkte. Sie beobachtete mit großem Interesse die Kinder. Bruce hätte dagegen erwartet, dass die älteren Leute, die immer noch Händchen hielten, ihre Aufmerksamkeit erregen würden. „Möchtest du eigentlich Kinder, Kendra?"

Sie erstarrte, wischte sich dann langsam mit einer Papierserviette die Krümel aus den Mundwinkeln und schluckte. „Wie kommst du denn auf diese Frage?"

Er zuckte mit den Schultern. „Keine Ahnung. Du bist doch etwa dreißig, stimmts?"

„Ja, seit dem letzten November."

„Wollen nicht die meisten Frauen in deinem Alter Kinder? Weil die biologische Uhr tickt und so?"

Sie antwortete nicht, trank einen Schluck Wasser, und er betrachtete sie dabei. „Ich habe so viel in dem Café um die Ohren, dass ich nicht wirklich daran denke."

„Ich möchte Kinder", bekannte Bruce und war selbst überrascht über seine plötzliche Offenherzigkeit. Er bemerkte, dass auch Kendra überrascht war. „Ich will neun Jungs, damit ich mir mein eigenes kleines Team zusammenstellen kann", fuhr er fort.

Ihr Lachen klang fast wie Musik in seinen Ohren. „Die arme Frau, die für dich neun Kinder auf die Welt bringen muss", meinte sie.

„Adoption." Er hätte schwören können, dass Kendra bei diesem Wort kurz nach Luft geschnappt hatte. „Ernsthaft. Wenn man zwei oder drei Zwillingspärchen adoptiert, hat man bereits einen Teil der Mannschaft beisammen."

„Du spinnst ja." Sie faltete mit leicht zittrigen Fingern die Serviette zusammen.

„Ist dir kalt?" Bruce nahm ihre Hand in seine. „Wir können zurück zum Auto gehen."

Sie schüttelte den Kopf. „Nein, alles bestens."

Er liebte es, ihre Hand zu halten, ihre Haut zu berühren und drückte sanft ihre Finger. „Hör mir zu", begann er. „Es war nicht so, dass diese Nacht mir nichts bedeutet hat. Sie hat."

Sie entzog ihm ihre Hand. „Ich will nicht mehr darüber reden, Bruce. Verstehst du das denn nicht?"

„Warum nicht?"

„Vielleicht, weil es mich in Verlegenheit bringt."

„Warum denn das? Es war …" Unglaublich. Erstaunlich. Ein Wahnsinn. Allein der Gedanke daran, brachte ihn auf Touren. „… toll."

„Ich bezweifle, dass du dich an die Details erinnerst."

„Da täuschst du dich aber."

Kendra hielt ihm eine saure Gurke hin. „Willst du eine?"

„Jetzt wechsele nicht schon wieder das Thema."

„Das tue ich nicht. Ich biete dir nur eine saure Gurke an."

„Und ich bitte dich um Entschuldigung."

„Das hast du doch bereits getan, und ich habe sie angenommen. Aber wenn du das Thema nicht endlich ad acta legst, ist eine weitere Entschuldigung fällig."

Bruce nahm die Gurke und das Einwickelpapier, stopfte beides in die Tüte und trug sie zu dem Müllkorb in einigen Metern Entfernung. Als er zurückkam, streckte er Kendra die Hand entgegen. „Lass uns einen Spaziergang machen."

Sie sah ihn an und verzog den Mund zu einem Lächeln. „Bist du für einen Strandspaziergang nicht ein bisschen zu gut angezogen?"

Er schlüpfte aus seinen Schuhen und Socken und stellte sie neben ihre unter die Bank. „Lass uns gehen." Einen Moment lang dachte er, Kendra würde sich weigern, aber dann legte sie ihre Hand in seine und blieb an seiner Seite, während sie am Wasser entlangliefen. „Damals war ich so klug, immer eine Decke dabeizuhaben. Das hat sich an diesem Abend als nützlich erwiesen, nicht wahr?"

„Du willst einfach nicht damit aufhören, hm?" Bevor Bruce antworten konnte, verlangsamte sie ihre Schritte und schüttelte den Kopf. „Und soweit ich mich erinnere, habe ich die Decke aus der Bar mitgenommen, weil es kühl war und du mit dem Auto deines Vaters fahren wolltest."

Er runzelte die Stirn. „Ich dachte, ich hätte die Decke im Kofferraum gehabt."

„Na, siehst du?", klagte sie ihn belustigt an. „Du erinnerst dich an überhaupt nichts."

„Das stimmt nicht. Ich erinnere mich, dass ich dich draußen vor der Seitenwand der Bar geküsst habe." Kendra hatte nach Orangen und Kirschen geschmeckt, als hätte sie von den Cocktailzutaten genascht.

„Wir waren im Auto, als wir uns das erste Mal geküsst haben."

Bruce schloss für einen Moment die Augen. Er konnte sich an ihren Geschmack erinnern und an das Verlangen, sie enger an sich zu ziehen. Aber er wusste nicht mehr, ob sie gesessen oder gestanden hatten. „Vielleicht. Aber ich erinnere mich an den Kuss."

„Ich auch", flüsterte Kendra, aber er hatte es gehört.

Er ließ ihre Hand los und legte den Arm um ihre Schultern. „Du hast ein rosafarbenes Top angehabt."

„Es war blau."

„Deine Haare waren kürzer."

„Ich trug einen Pferdeschwanz."

Bruce umfasste sie fester und senkte die Stimme. „Dein BH hatte den Verschluss vorn."

„Endlich ist etwas richtig."

„Ich wette, ich kann mich an mehr Einzelheiten erinnern als du", beharrte er.

„Diese Wette würdest du verlieren."

„Würde ich nicht."

„Selbstsicher und arrogant wie immer." Kendra löste sich von ihm und ging langsamer. Sie schob ihre Sonnenbrille auf den Kopf, und der Blick in ihre Augen ließ ihn nach Luft schnappen. „Es gibt nichts, kein noch so geringfügiges oder zufälliges Detail an diesem Abend und in dieser Nacht, das ich vergessen habe. Wette lieber nicht mit mir, Bruce Monroe. Denn diese Wette wirst du verlieren."

Ich verliere nie, weiß sie das denn nicht? fragte er sich. Er nahm seine Sonnenbrille ab, damit sie sehen konnte, wie ernst es ihm war. „Ich wette um eine Neuauflage dieser Nacht."

Sie blieb wie angewurzelt stehen. „Wie bitte?"

„Wenn ich mich an mehr Einzelheiten erinnern kann als du, gewinne ich eine Wiederholung dieser Nacht, und zwar heute am Strand. Und kommende Nacht vielleicht wieder."

Kendra schüttelte den Kopf und lachte ungläubig. „Und was ist, wenn ich gewinne? Was bekomme ich?"

„Eine Neuauflage dieser Nacht. Auf diese Weise gewinnen wir beide."

Als sie ihn fassungslos anschaute, beugte er sich zu ihr und besiegelte ihre Wette mit dem Kuss, den er ihr schon den ganzen Tag lang hatte geben wollen.

Das Blut pulsierte wild in Kendras Adern, und sie hielt sich an Bruce' breiten Schultern fest, als er den Kuss vertiefte. Seine warmen Lippen auf ihren zu spüren war ihr unglaublich vertraut.

Ebenso wie sein Zungenspiel, das sie willkommen hieß. Es schien ihren ganzen Körper unter Strom zu setzen.

Er legte die Arme um sie und zog sie an sich, während er leise stöhnte. „Zum Beispiel erinnere ich mich daran, dass du sehr lange und leidenschaftliche Zungenküsse magst", flüsterte er heiser, als er den Kuss unterbrach. Aber er hielt sie weiterhin in den Armen.

Heftiges Verlangen überkam Kendra, und sie versuchte mit allen Mitteln, vernünftig zu sein und einen klaren Kopf zu bewahren. Aber er strich mit den Händen über ihren Rücken und schmiegte seine Hüften an ihre.

„Und ich erinnere mich daran, dass du vollkommen angezogen und im Auto einen Höhepunkt haben kannst."

Sie konnte seine Erinnerungen nicht widerlegen. Auch gegen seine Küsse, seinen Körper und seine verführerische Stimme konnte sie keine Einwände vorbringen. Ihre Sehnsucht wuchs, ihn endlich ganz in sich zu spüren, und begierig küsste sie ihn erneut. Sie fühlte sich wie im siebten Himmel, und es kostete sie Überwindung, sich schließlich von seinen Lippen zu lösen.

„Das sind alles nur Vermutungen", erklärte sie ihm. „Das könntest du wahrscheinlich von jedem der Dutzenden von Mädchen sagen, die du am Strand verführt hast."

„Nein", widersprach er. „An diesem Strand war ich nur mit dir zusammen."

Das würde ich dir zu gern glauben, dachte Kendra.

„Ich habe dir schon zwei Dinge gesagt, die du vergessen hattest", neckte Bruce sie. „Und ich wette, dass du dich nicht einmal daran erinnerst, was ich an diesem Abend anhatte."

Sie runzelte nachdenklich die Stirn. Bestimmt wusste sie ganz genau, was er an diesem Abend getragen hatte. Aber alles, was sie vor Augen hatte, als sie daran zurückdachte, war sein Gesicht, seine nackte Brust, seine ... Aber seine Kleidung? Dass sie sich im Moment nicht an seine Kleider erinnern konnte, musste daran liegen, dass ihr Blut vom Kopf in tiefer gelegene Regionen strömte. „Hast du mich gefragt, ob ich noch weiß, was du angehabt hast?"

„Du versuchst, Zeit zu schinden. Du hast mich ganz genau verstanden. Was hatte ich an diesem Abend an?" Bruce hob die Augenbraue. „Das heißt, bevor du mich ausgezogen hast."

Oh ja, sie hatten sich gegenseitig ausgezogen. Sie konnte sich noch genau daran erinnern, wie sich seine Haut angefühlt hatte, als sie ihm die Kleidung vom Körper gestreift und ihn dann berührt hatte. Erneut wurde sie von einer Hitzewelle erfasst, die keinen klaren Gedanken zuließ. Sie biss sich auf die Lippe und täuschte Selbstvertrauen vor. „Ein Baseballshirt und Jeans", antwortete sie.

„Eine naheliegende Vermutung. Aber das stimmt nicht."

„Ich erinnere mich nicht daran, was du angehabt hast", entgegnete Kendra. „Aber du erinnerst dich wahrscheinlich nicht einmal daran, welche Sachen du gestern getragen hast." Aber ich, dachte sie.

„Doch, das weiß ich noch." Bruce fuhr ihr mit den Fingern durchs Haar und umfasste ihren Hinterkopf. Sie bereitete sich auf einen weiteren atemberaubenden Kuss vor. „Ich bin damals in die Bar gegangen, nachdem ich mit einigen Verwandten zu Abend gegessen hatte, die wegen der Beerdigung noch in der Stadt waren. Daher hatte ich eine Stoffhose und dazu wahrscheinlich ein weißes Hemd an. Denn zu einer solchen Hose würde ich niemals ein Baseballshirt tragen." Er lächelte siegessicher.

Dass der Abend so wichtig für ihn gewesen war, dass er sich wirklich an ihn erinnerte, machte Kendra fast so schwindelig wie seine Umarmung. „Okay, an einige Dinge erinnerst du dich also. Aber würden wir einen Wettstreit austragen, dann würde ich gewinnen." Sie war nicht sicher, warum sie zugab, dass ihr dieser Abend so viel bedeutete. Wahrscheinlich weil ihr dieses Spiel Spaß machte. Und weil es ihr noch mehr Spaß machte, von ihm berührt und geküsst zu werden.

„Möchtest du noch mehr Erinnerungen austauschen? Ich freue mich wirklich auf die Neuauflage des ..." Bruce hielt für einen Moment inne.

Erwischt. „Du weißt das Datum nicht mehr."

„Doch. Natürlich. Es war Juni." Er strich ihr über den Rücken und schloss die Augen, als würde er sich einprägen, wie sie sich anfühlte. Einen Moment lang war Kendra regelrecht wie benommen. „Der zwölfte Juni", meinte er. „Es war ein Freitagabend."

„Ich stecke in Schwierigkeiten." Sie lachte. „Du fängst an, mir Angst zu machen."

„Ich sagte dir doch, dass ich mich an alles erinnere."

„An das Datum und an den Verschluss meines BHs. Das ist wohl kaum alles."

Er zog sie wieder eng an sich und küsste sie aufs Ohr. „Ich erinnere mich daran, was du hinterher gesagt hast", flüsterte er.

Ich liebe dich, Bruce Monroe. Ich habe dich immer geliebt und werde dich immer lieben. Kendras Herz fing an zu rasen. Sie wartete darauf, dass er ihre Worte von damals wiederholte, und wusste, dass sie nicht leugnen konnte, das gesagt zu haben.

„Du hast gesagt ...", sein Atem streifte ihr Ohr, „... ich kann das nächste Mal kaum erwarten."

Ja, das habe ich auch gesagt, dachte sie. Wahrscheinlich erinnert er sich ja nicht mehr an meine Liebeserklärung. Hoffentlich.

„Nun, Miss Locke, ich denke, ich gewinne die Wette."

„Keine Chance."

„Und was habe ich gesagt, als du gegangen bist?"

Kendra schaute ihn forschend an und suchte in seinen Augen nach einem Hinweis. Auch wenn sie das selbst nicht für möglich gehalten hätte, sie konnte sich nicht an die Worte erinnern, mit denen Bruce sich damals verabschiedet hatte. „Bis dann, Kennie, hast du gesagt."

Er schüttelte den Kopf. „Ich habe gewonnen. Ich werde dich heute abholen, nachdem ich die Bar geschlossen habe. Sagen wir, um Mitternacht?"

„Was hast du damals gesagt, als wir auseinandergegangen sind?", fragte sie und versuchte die innere Stimme zu ignorieren, die rief: Ja, ich werde um Mitternacht bereit sein.

„Das werde ich dir erst heute Nacht verraten. Oder noch besser", er lächelte sie verschmitzt an, „morgen früh beim Aufwachen."

8. KAPITEL

Jedes Mal, wenn die Vordertür der Bar aufging, schaute Bruce auf, weil er hoffte, Kendra zu sehen. Obwohl er nicht wirklich glaubte, dass sie zu ihm in die Bar kommen würde, um sich die Wartezeit zu verkürzen. Sie wird doch nicht noch abspringen? fragte er sich. Schließlich war eine Wette eine Wette.

Um elf tranken noch zwei Nachzügler an der Bar ihr Bier. Die Zwillinge hatten das Computerspiel beendet und sich zwei Mädchen an ihrem Tisch zugewandt. Sie hatten aber bereits ihre Rechnung bezahlt. Und die Gäste an einigen anderen Tischen hatten ihre letzte Runde bestellt. Schon bald würde Bruce die Bar schließen und dann seinen Wettgewinn einstreichen können. Als er das Quietschen der Eingangstür hörte, drehte er sich um und sah Martin Hatcher hereinkommen.

Er entdeckte Bruce und ging zur Bar. „Hier ist also mein Lieblingsspieler."

„Es ist schon ein bisschen spät für Ihre Verhältnisse, oder, Sir?" Obwohl Bruce sich sehr gern ausgiebig mit Martin Hatcher unterhalten würde, wollte er die Bar heute so früh wie möglich schließen.

Martin setzte sich auf einen Barhocker. „Ich bin im Ruhestand und muss daher nicht mehr morgen früh in der Schule sein. Wie steht es mit einem Bier vom Fass?"

„Kommt sofort." Bruce zapfte ihm fachmännisch ein Glas Bier. „Hier bitte, Sir."

„Lassen Sie den Sir weg." Martin prostete ihm zu.

Bruce lachte. „Sie werden wohl immer eine Autoritätsperson für mich sein."

„Das war ich für Sie nie. Sie hatten immer Ihren eigenen Kopf", sagte Hatcher und tat einen kräftigen Schluck.

Um abzukassieren und die Gäste zu verabschieden, ging Bruce an einen der Tische, bevor er zu seinem ehemaligen Rektor zurückkehrte.

„Haben Sie noch öfter beim Training zugeschaut?", fragte Martin.

„Ja, ein- oder zweimal", gab Bruce schließlich zu.

Martin lachte leise. „Und wie geht's dem Ellbogen?"

„Ganz gut." Er rieb sich die empfindliche Stelle. Das war wohl den Übungen zu verdanken, die er täglich heimlich machte. „Ich könnte tatsächlich wieder mit meinen Würfen entscheidende Punkte erzielen. Aber es sind ja auch die Anwälte, die mich nicht mehr spielen lassen, und nicht die Ärzte. Ich bräuchte noch eine Physiotherapie, aber dann …" Er verstummte. „Wie auch immer – jetzt bin ich Barkeeper."

„Sie können nicht lange von einem Spielfeld wegbleiben." Martin lächelte ironisch. „Schon früher hat bei Ihnen nichts anderes funktioniert, als Ihnen zu verbieten, Baseball zu spielen. Weder mit Nachsitzen noch mit Strafarbeiten oder der Drohung, ihre Eltern zu benachrichtigen, waren Sie zur Vernunft zu bringen."

„Ja, ich wollte immer unbedingt aufs Spielfeld. Obwohl das Nachsitzen seine Vorzüge hatte. Denn dabei traf man die niedlichen bösen Mädchen."

Martin lachte und sah sich um. „Aber nicht Ihre jetzige Geschäftspartnerin. Sie hat nie etwas angestellt."

Aber in einer oder zwei Stunden wird sie es tun, dachte Bruce.

„Wo ist Kendra?"

„Sie arbeitet tagsüber und ich abends."

„Ein interessantes Arrangement. Wieso?"

„Wir planen einige Veränderungen." Bruce ließ Wasser ins Spülbecken laufen, um die restlichen Gläser abzuwaschen.

„Soweit ich es mitbekommen habe, hatte Kendra doch bereits Pläne für einige Veränderungen im ‚Monroe's' gemacht. Hat sie Ihnen davon erzählt?"

„Natürlich. Ich habe doch alle Skizzen und Baupläne gesehen."

„Und was halten Sie davon?"

Die Wahrheit war, dass Bruce diese Pläne großartig fand. Aber er konnte dafür sorgen, dass auch eine Bar Gewinn erzielte. Er hoffte auf einen Kompromiss, konnte sich aber nicht vorstellen, dass Kendra dem zustimmte. „Dazu möchte ich jetzt noch nichts sagen."

Martin trank noch einen Schluck. „Sie hat sehr lange an der Umwandlung der Bar in ein Internet-Café mit Räumen für Künstler gearbeitet."

„Zwei Jahre. So lange ist sie schon Mitinhaberin des Lokals."

„Oh nein, Bruce. Sie arbeitet schon seit zehn Jahren oder noch länger im ‚Monroe's'. Bereits seit dem College", erwiderte Martin fast aggressiv.

Bruce wurde das Gefühl nicht los, dass sein ehemaliger Rektor auf irgendetwas hinauswollte. „Ja, ich erinnere mich."

„Aber dann hat sie ihr Studium abgebrochen."

Hatchers vorwurfsvoller Ton ließ Bruce aufhorchen. „Sie hat erzählt, dass sie einen Durchhänger hatte."

Martin sah ihn mit einem merkwürdigen Ausdruck in den Augen an und nickte. „Mir würde es keineswegs gefallen, wenn ich mit ansehen müsste, dass sie wieder unglücklich ist."

„Denken Sie, es macht sie unglücklich, dass ich hier bin?"

„Hab ich das gesagt?"

„Nun, was wollten Sie denn damit sagen?", fragte Bruce.

„Ich sagte, dass sie große Pläne für dieses Lokal hat – oder hatte. Und zufällig weiß ich, dass eine Bar in diesen Plänen nicht vorgesehen war."

Bruce starrte den Mann an und suchte nach einer vernünftigen Erklärung für dessen merkwürdige Botschaft. Als er dann die Wahrheit ahnte, begann er zu lachen. „Martin, ich werde das Baseballteam der Highschool nicht trainieren. Alle Versuche, mir Schuldgefühle wegen Kendras Plänen zu verursachen, sind zwecklos, Sir."

„Wenn Sie noch einmal Sir zu mir sagen, werde ich mich von Ihnen fernhalten." Martin zwinkerte ihm listig zu. „Was bin ich dir schuldig?"

„Das geht aufs Haus. In Wahrheit bin ich Ihnen etwas schuldig."

„Ich arbeite mal wieder als Platzwart. Vielleicht sehen wir uns ja diese Woche beim Training."

Nachdem Bruce das letzte Glas gespült hatte, verstaute er das eingenommene Geld in der Mappe, die in Kendras Schreibtischschublade lag, und schloss sie ab. Als er die Schlüssel einsteckte, trat er gegen etwas Weiches auf dem Boden. Es war Kendras Nyloneinkaufstasche, mit der sie immer zur Arbeit kam. Kendra musste sie vergessen haben, als sie nach Hause gegangen war. Er lächelte bei dem Gedanken, dass sie nach dem Ausflug nach Fall River wahrscheinlich ziemlich durcheinander war.

Er nahm die Tasche mit ins Auto und stellte sie auf den Rücksitz, um sie ihr mit den Schlüsseln auf Dianas Küchentisch zu legen. Dort würde sie die Sachen finden, wenn sie Newman zum Spaziergang abholte. Nein, korrigierte er sich. Morgen früh würde Kendra ja in seinem Bett aufwachen. Dann könnte er ihr die Tasche persönlich geben. Er konnte es kaum erwarten, zu ihr zu kommen, und trat auf das Gaspedal seines Mercedes Cabrio.

Kendra, die hinter einer fast einen halben Meter hohen Düne auf einer Decke saß, hörte das Motorengeräusch des Mercedes. Und dann sah sie auch schon den grellen Lichtkegel der Scheinwerfer, der die Dunkelheit durchschnitt.

Sie bekam ein schlechtes Gewissen. Sich draußen am Strand zu verstecken war feige. Aber sie wäre wehrlos, würde Bruce an ihre Tür klopfen und sie mit seinem Lächeln entwaffnen. Sie hatte den ganzen Abend über die sogenannte Neuauflage nachgedacht. Er wollte mit ihr ins Bett gehen, und sie würde nur zu gern ja sagen. Sie stand förmlich in Flammen, wenn sie nur daran dachte, ihn ganz zu spüren.

Die Scheinwerfer gingen aus. Kendra hörte die Autotür und sank tiefer in den Sand. Sie musste ihm einfach weiterhin aus dem Weg gehen, und wenn Seamus und Diana zurück waren, würde sie ihnen sagen ... Was? Sie war noch nicht sicher. Die Bar warf zweifellos Gewinn ab. Aber die Einnahmen aus dem Internet-Café waren auch gestiegen. Sie war bislang keinen Schritt damit weitergekommen, mit Bruce eine Lösung zu finden. Allerdings war sie kurz davor, seiner ungeheuren Anziehungskraft auf sie nachzugeben, die ihr nun schon seit mehr als zwanzig Jahren den Kopf verdrehte.

Sie stellte sich vor, wie er um das Haus herumging, in dem es völlig dunkel und ruhig war. Würde er es aufgeben, oder würde er anklopfen? Er würde annehmen, dass sie eingeschlafen oder ausgegangen war. Dann würde er sicherlich zurück zu Dianas Haus gehen. Würde Newman ihn mit lautem Bellen begrüßen, dann wüsste Kendra, dass die Luft rein war. Dann würde sie noch eine Viertelstunde warten, bevor sie sich zurück ins Strandhaus schleichen würde. Allein und voller Sehnsucht und Verlangen.

Sie schlang die Decke fester um ihre Schultern und betrachtete die funkelnden Sterne am dunklen Himmel. Zu dumm, dass sie so feige war. Sonst hätte sie eine atemberaubende Nacht mit Bruce erleben können. Sie malte sich aus, wie er sie küsste und berührte. Vor Erregung erschauerte sie. Doch sie zwang sich, auf die Geräusche zu achten, die ihr versicherten, dass er aufgegeben hatte und ins Bett gehen würde. Allein, voller Sehnsucht und Verlangen.

Während sie immer noch darauf wartete, dass Newman bellte, hörte sie es plötzlich hinter sich rascheln. Kendra versuchte, möglichst lautlos zu atmen und einzuschätzen, wie weit die Schritte von ihr entfernt waren. Noch bevor sie Bruce tatsächlich sah, konnte sie spüren, dass er da war. Er stand knapp drei Meter von ihr entfernt oben auf der Düne. Ihre Augen hatten sich bereits an die Dunkelheit gewöhnt. Daher konnte sie jede Einzelheit erkennen. Seine muskulöse Brust hob und senkte sich, als er tief seufzte. Er strich sich die Haare aus der Stirn und schob dann beide Hände in die Taschen seiner Jeans, während er aufs Meer hinausblickte. Ihr Herz klopfte so laut, dass sie sicher war, es würde sie verraten.

Aber Bruce schien es nicht zu hören. Er atmete tief ein und aus und schüttelte dann leicht den Kopf, als würde ihn ein Gedanke amüsieren oder erstaunen. „Nun, das ist einfach verdammt traurig", sagte er dann. „Ich will sie." Sein Bekenntnis ließ sie nach Luft schnappen, und er wirbelte völlig überrascht zu ihr herum. „Kendra?" Er ging zu ihr. „Was machst du denn hier draußen?"

Sie breitete eine Hälfte der Decke auf dem Sand aus und klopfte einladend mit der Hand darauf. „Ich versuche, dir aus dem Weg zu gehen."

Er lachte und setzte sich neben sie. Dann strich er ihr eine Haarsträhne aus dem Gesicht. Diese Berührung wirkte elektrisierend auf sie. „Darin bist du wirklich verflixt gut."

„Offensichtlich kann ich gut wegrennen, aber ... Na, du weißt ja."

Bruce lachte erneut. „Du musst dich nicht verstecken. Du musst nur sagen, dass du mich nicht sehen willst. Dann werde ich das schon verstehen." Irgendwie schaffte er es, näher zu rücken, und sie spürte die Wärme seines Körpers. „Ich werde nicht auf einer Wiederholung dieser Nacht bestehen."

Kendra nagte an ihrer Unterlippe und schaute ihn an. „Wir sind sowieso am falschen Strand."

Er lächelte sie an. „Lass uns das doch nicht an spezifischen Einzelheiten festmachen."

Sie war sich bewusst, dass sie gegen diesen Mann keinerlei Chance hatte. Und warum sollte sie auch dagegen ankämpfen? Eine Strähne seiner dunklen Haare war ihm wieder in die Stirn gefallen, und seine Augen waren fast schwarz vor Erregung und Verlangen. Er duftete leicht nach Grillhähnchen, und sogar das fand sie sehr sexy. „Ich bin erbärmlich", meinte sie und gab dem Drang nach, ihren Kopf an seine Schulter zu legen. „An dir mag ich selbst den Duft von gegrilltem Hähnchen."

Er umarmte sie. „Ja? Wie lieb von dir, das zu sagen." Er ließ die Hand unter ihre Haare gleiten, um sie enger an sich zu ziehen. „Mit Einnahmen von etwa achthundert Dollar hatten wir einen erfolgreichen Abend."

„Und mit rund sechshundertfünfzig Dollar hatten wir auch einen guten Tag", entgegnete Kendra.

„Wir sind ein tolles Team." Er lachte leise. „Zu dumm, dass wir keine Möglichkeit finden können, zur selben Zeit zu arbeiten."

Sie sah ihn an und erwartete mit klopfendem Herzen seinen Kuss. Als seine Lippen ihren Mund streiften, machte sie die Augen zu und überließ sich ganz ihren Empfindungen. „Oh,

Bruce", flüsterte sie dann. „Du wirfst wirklich meine ganzen Pläne über den Haufen."

„Vergiss deine Pläne, Liebes." Er strich mit einer Hand über ihre Seite.

Kendra sehnte sich danach, dass er endlich ihre Brüste berührte. „Ist das jetzt die Neuauflage?"

„Hm. Könnte sein." Behutsam schob er Kendra auf die Decke und strich dann über ihre Brust. „Erinnerst du dich daran?"

Augenblicklich stand ihr Körper unter Strom. „Ja."

Bruce legte sich auf sie, sodass sie deutlich spürte, wie erregt er war, und umfasste ihre Brust. „Erinnerst du dich hieran?" Er küsste ihre Haare, die Augenlider und glitt mit der Hand unter ihren Baumwollpulli. „Und daran?"

Kendra sog die Luft ein, als sie seine Finger auf ihrer nackten Haut spürte, und legte den Kopf zurück. Unter ihren Haaren knirschten die Sandkörner, und plötzlich hatte sie das Gefühl, diese Szene schon einmal erlebt zu haben. „Ja", antwortete sie.

„Und daran?" Er strich von ihrem Bauch nach oben, bis er den Verschluss ihres BHs erreichte. Er lachte, als der Verschluss sich mühelos öffnen ließ. „Daran erinnere ich mich sehr gut." Er küsste sie wieder lange und leidenschaftlich. Mit der anderen Hand schob er ihren Pulli hoch und ihren BH zur Seite. Dann umfasste er ihre nackten Brüste und sog an einer Brustspitze.

Kendras Herz begann zu rasen, während sie seine geflüsterten Koseworte hörte. Als er sich wieder ihrem Mund zuwandte, umfasste sie seinen festen Po, um Bruce enger an sich zu ziehen. Sie nahm kaum noch wahr, dass der Sand inzwischen auch zwischen ihre Finger geraten war. Sand und Bruce gehören einfach zusammen, dachte sie.

Mit einer Hand knöpfte er ihr die Jeans auf und glitt unter ihren Slip. Ein köstliches Schwindelgefühl erfasste Kendra, und sie stöhnte vor Lust auf. „Ich erinnere mich genau daran, dich hier zu berühren", flüsterte Bruce, strich ihr mit der Zunge über die Lippen und küsste sie dann aufs Ohr. „Und ich erinnere mich auch, wie es sich anfühlt, in dir zu sein." Er liebkoste mit den

Fingerspitzen ihre intimste Stelle und fuhr mit der Zunge über ihr Ohr. Sie stöhnte vor Verlangen, und er drang behutsam mit einem Finger in sie ein. „Ich möchte wieder mit dir schlafen, Kendra."

Ein Satz schoss ihr ganz plötzlich durch den Kopf. „Ich ruf dich an."

„Was?" Bruce hob den Kopf und hielt inne.

Sie hatte nicht einmal bemerkt, dass sie den Satz laut ausgesprochen hatte. „Du hast mich gefragt, was du in dieser Nacht damals zum Abschied zu mir gesagt hast: ‚Ich ruf dich an', hast du gesagt. Gerade ist es mir wieder eingefallen."

Er nahm seine Hand weg und lehnte sich weit genug zurück, um ihr in die Augen zu schauen.

Kendra erwartete, dass er mit Entrüstung reagierte. Aber sie konnte nur Reue und Schmerz in seinen Augen entdecken.

„Es tut mir leid, dass ich dir wehgetan habe", sagte er sanft. „Ich habe mich schäbig benommen."

„Du hattest deine Gründe." Meine Güte, suche ich jetzt nach logischen Erklärungen für sein Verhalten? fragte sie sich und schob Bruce ein Stückchen weiter von sich weg. „Aber das macht es nicht besser."

„Nein, das tut es nicht", stimmte er ihr zu und ließ ganz von ihr ab. Warum hat sie sich nur an diesen Satz erinnert und ihn laut ausgesprochen? fragte er sich. Und warum konnte er nicht ein normaler, auf Sex fixierter Mann sein und jetzt einfach weitermachen? Doch er schob die BH-Körbchen wieder über ihre Brüste, machte den Verschluss zu und küsste zärtlich ihr Dekolleté.

Kendra war enttäuscht. „Wir sind also fertig?", meinte sie.

„Nicht einmal annähernd." Er zog ihr den Pulli wieder herunter. „Aber ich habe mich auch daran erinnert, wie unbequem es im Sand ist." Er knöpfte ihre Jeans zu und sah Kendra an. „Dieses Mal werden wir es in meinem warmen und kuscheligen Bett tun." Er stand auf und hob sie sanft hoch. „Und morgen werde ich dich bestimmt anrufen. Mindestens sechs Mal, bevor es Mittag wird." Ehe sie darauf etwas antworten konnte, küsste er sie erneut und stellte sie auf die Füße. „Willst du die Nacht mit mir verbringen, Kendra?" Seine Stimme klang so weich, dass ihre Knie fast nachgaben.

Er war doch so süß, liebevoll und zärtlich. Hat er mir nur etwas vorgemacht? Diese Sätze, die sie noch vor Kurzem in ihrem Tagebuch gelesen hatte, kamen ihr in den Sinn. Sie machte die Augen zu, um den Gedanken daran abzuschütteln. Könnte sie sich wieder in ihn verlieben? Dies war der Moment, um nein zu sagen. Ihre Vernunft war zurückgekehrt. Sie könnte wegrennen und sich in ihrem Haus einschließen. Oder sie könnte in seinem Bett landen und sich damit ganz sicher wieder Liebeskummer einhandeln. Sie holte tief Luft, sah ihn an und wartete darauf, dass ihr ein Nein oder ein Ja über die Lippen kam.

„Übrigens", flüsterte Bruce ihr ins Ohr, „hast du den Satz, den ich zuletzt zu dir gesagt habe, nie gehört, weil ich bereits die Tür hinter mir zugemacht hatte."

Sie wartete. Ihr Herz klopfte laut.

„Ich sagte, dass ich dich auf meine Weise auch immer geliebt habe."

Damit war ihre Entscheidung gefallen.

Selbst in dem spärlichen Mondlicht konnte Bruce in ihren blauen Augen sehen, dass Kendra ein bisschen wütend war und sehr viel Angst hatte. Bevor er entschieden hatte, wie er darauf reagieren sollte, riss sie sich von ihm los, schnappte sich ihre Decke und marschierte zum Strandhaus. „Kendra!", rief er und folgte ihr. „Wo gehst du hin?"

„Weg von dir."

Einen Moment lang blieb er stehen und ließ sie vorgehen, um erst einmal wieder einen klaren Kopf zu bekommen. „Warum?" Doch sie winkte nur ab und lief weiter. An der Haustür holte Bruce sie ein. „Was ist denn los?"

Als sie sich zu ihm herumdrehte, entdeckte er nur noch Wut in ihren Augen. „Wie kannst du es wagen, dich über mich lustig zu machen?"

„Ich habe das damals gesagt, Kendra, und es auch so gemeint."

Sie sah ihn ungläubig an und verschränkte die Arme vor der Brust. „Lügner."

„Ich lüge nicht", wehrte er sich vehement. „Du warst immer …"

Schnell legte sie ihm die Hand auf den Mund. „Mach es nicht noch schlimmer. Du brauchst mir keine Märchen zu erzählen, um mich ins Bett zu kriegen."

Bruce umfasste ihr Handgelenk und zog ihre Hand weg. „Ich habe das nicht gesagt, um dich ins Bett zu kriegen", erwiderte er. „Ich habe versucht, dir zu sagen, dass in all den Jahren, als du jung warst … In all den Jahren hast du …" Er wusste nicht, wie er ihre Gefühle ihm gegenüber bezeichnen sollte. Doch dass sie da gewesen waren, hatte er in ihren Augen gesehen. Sie hatte ihn vergöttert wie einen Helden.

„Ich war verknallt", half Kendra ihm aus. „So würde ich es ausdrücken."

Er lächelte. „Ich mag das. Und ich war mir immer bewusst, dass du da warst."

„Ich war zehn, Bruce."

„Ich weiß. Anfangs habe dich wie eine Schwester wahrgenommen, und dann …" Er schüttelte den Kopf, weil er es nicht richtig formulieren konnte und holte tief Luft. „Die Art, wie du mich angesehen hast – so als ob ich der einzige Typ auf der Welt wäre –, hat mir ein tolles Gefühl vermittelt. Ich habe nur versucht, dir zu sagen, dass ich dich dafür geliebt habe."

Kendra schwieg und betrachtete sein Gesicht. Zweifellos versuchte sie herauszufinden, ob er die Wahrheit sagte. Denn die war er ihr schuldig.

„Deshalb habe ich dich nie angerufen", erklärte er schließlich. „Weil ich irgendwie gespürt habe, dass ich es nicht wert war, diese Art von Liebe geschenkt zu bekommen."

Sie starrte Bruce einen Moment lang an, schüttelte dann den Kopf und trat einen Schritt zurück. „Du hast mich zehn Jahre lang wie ein Baby behandelt und die darauf folgenden zehn Jahre wie eine Unberührbare", erklärte sie dann.

Dem konnte er nicht widersprechen. „Aber jetzt würde ich dich gern wie eine Frau behandeln." Er wartete ihre Erwiderung nicht ab. „Aber das ist dir gegenüber wahrscheinlich nicht besonders fair." Sie machte den Mund auf, doch er umfasste ihr Kinn. „Pst. Sag nichts." Er küsste sie auf die Stirn und versuchte, sein Verlangen zu ignorieren. Er würde sich umdrehen, gehen und sie in Ruhe lassen müssen. Er hatte ihr wehgetan und daher kein Recht, wieder dort anzuknüpfen, wo sie aufgehört hatten …

„Gute Nacht, Kendra." Er wandte sich um und ging. Als er an den Stufen zu Dianas Haus angekommen war, bemerkte er, dass sie ihn am Ellbogen festhielt.

„Warte einen Moment."

Bruce blieb stehen, um ihr die Gelegenheit zum Reden zu geben. Als sie nichts sagte, drehte er sich langsam zu ihr um.

„Es ist fair." Kendra atmete tief ein. „Wenn du mich jetzt wirklich als erwachsene, dir ebenbürtige Frau ansiehst. Wenn du das kleine Mädchen vergessen kannst, das dich angebetet hat, und auch das erste Mal, als wir …"

Er strich ihr über die Wange. „Ich werde das erste Mal nie vergessen, aber ich hätte wirklich gern noch eine zweite Chance …", er fuhr ihr mit dem Daumen über die Unterlippe, „… bei dieser erwachsenen, schönen, klugen und erotischen Frau."

„Wenn das wahr ist, dann …"

„Dann … was?"

Sie schlang die Arme um seinen Hals und zog ihn an sich, um ihn heiß und leidenschaftlich zu küssen.

„Ist das ein Ja?", fragte Bruce.

„Ich kann einfach nicht mehr dagegen ankämpfen."

9. KAPITEL

Als befürchtete Bruce, Kendra würde ihre Meinung wieder ändern, wollte er nicht zulassen, dass sie noch etwas sagte. Also zog er sie einfach an sich und küsste sie zärtlich. Kendra ließ all dies mit sich geschehen und genoss es.

Das Leben war zu kurz, um Bruce fortgehen zu lassen. Heute Nacht würde sie nicht an die Fehler in der Vergangenheit denken. Sie wollte nur an das erregende Vergnügen denken, mit dem Mann zu schlafen, den sie liebte.

Er wollte sie zu Dianas Haus führen.

„Nein", flüsterte Kendra. „In meinem Haus und in meinem Bett."

Er stöhnte leise, presste sie ganz fest an sich und ließ sie sein Verlangen spüren. „In jedem Haus und jedem Bett", sagte er heiser. „Aber nur mit dir."

Sie küssten sich auf dem Gehweg und blieben vor der Haustür stehen, wo Bruce die Hände über ihre Brüste und ihre Taille gleiten ließ und mit den Fingerspitzen unter den Bund ihrer Jeans fuhr. Kendra sehnte sich so sehr nach ihm, dass sie bereit war, hier auf der Veranda im Stehen von ihm geliebt zu werden, hätte er ihr die Jeans heruntergestreift.

Er öffnete die Eingangstür, die sie nicht einmal abgeschlossen hatte, und führte Kendra ins Haus, während er sie weiterhin küsste und streichelte. Drinnen war es stockdunkel, nachdem Bruce die Tür zugemacht hatte. Ohne das Licht einzuschalten, streifte er Kendra den Pullover über den Kopf und schob sie an die Wand neben der Tür. Seine Hände waren überall. Auf ihrer Haut, unter ihrem BH, in ihren Haaren.

Kendra zog ihm das Hemd aus der Hose und fluchte leise über die Knöpfe, die sie im Dunkeln aufmachen musste. Ehe sie wusste, wie ihr geschah, hatte Bruce ihr bereits den BH ausgezogen und sog an ihrer Brustspitze. Kendra stöhnte auf, während er sie weiter liebkoste und sie hochhob.

„Bruce." Sie lachte leise. Immer noch war sie damit beschäftigt, ihm das Hemd aufzuknöpfen. „Wollen wir ins Schlafzimmer gehen?"

„Ja, wenn es nicht zu weit weg ist", erwiderte er heiser. „Ich muss dich einfach haben."

Das Begehren in seiner Stimme machte ihr deutlich, dass er sie ebenso sehr wollte wie sie ihn. Und bei diesem Gedanken überkam sie heftiges Verlangen.

Nachdem er sie wieder auf die Füße gestellt hatte, küsste er Kendra auf den Mund, streichelte ihre Brüste und gab ihr damit die Gelegenheit, ihm endlich das Hemd auszuziehen. Dann schmiegte sie sich an seine nackte, behaarte Brust und spürte, wie sehr er sie begehrte.

Sie strich über seine breiten Schultern, verschränkte die Hände in seinem Nacken und zog sich an ihm hoch, um sich voller Lust an ihm zu reiben. Obwohl sie beide noch ihre Jeans anhatten, reichte das fast, um sie zum Höhepunkt zu bringen. Bruce hob sie noch höher, und sie schlang die Beine um seine Hüften und warf den Kopf in den Nacken. „Gehen wir denn nicht ins Schlafzimmer?"

„Doch. In Ordnung. Hoffentlich ist es ganz in der Nähe."

„Geradeaus, am Ende des Flurs. Das Zimmer mit dem Bett."

„Gut." Er küsste Kendra leidenschaftlich, als er sie in das Zimmer trug. Dann legte er sie auf das Bett. Schnell zog er ihr und sich die Jeans aus, bevor er Küsse auf ihrem Hals, ihren Brüsten und ihrem Bauch verteilte. Mit der Zunge fuhr er unter den Spitzenstoff ihres Slips, während seine Haare ihre Haut kitzelten.

Das Herz hämmerte in ihrer Brust, und sie griff in sein Haar, als ihre Hüften zu zucken begannen.

Schnell streifte er ihr den Slip ab und betrachtete sie bewundernd. Kendra schoss unter seinem begehrlichen Blick das Blut ins Gesicht.

„Kendra", flüsterte er. Dann beugte er sich über sie und liebkoste mit der Zunge ihre intime Stelle, zunächst ganz zart, dann intensiver und schneller.

Kendra überließ sich nur zu gern seinen Zärtlichkeiten. Ihre Lust war wie ein Sog, dem sie sich nicht entziehen konnte, und als die ersten wilden Schauer den Höhepunkt ankündigten, umfasste Bruce ihren Po. Doch kurz bevor sie den Gipfel erreichte, bedeckte er ihren Bauch, ihre Brüste und ihr Dekolleté mit sanften Küssen und sog zwischendurch immer wieder an ihren Brustspitzen.

Sie war voller Begehren, als Bruce sich zwischen ihre Beine legte, und wollte seinen Namen aussprechen. Aber sie brachte keinen Ton über die Lippen, während er ganz langsam eindrang.

„Kendra", sagte er heiser. Sie spürte, dass er sich kaum noch zügeln konnte. „Ich habe kein Kondom."

Sie erwachte jäh aus ihrer herrlichen Benommenheit und erstarrte mitten in der Bewegung.

„Hast du eins?", fragte er hoffnungsvoll.

Sie schüttelte den Kopf, während sich in ihrem Kopf die Gedanken überschlugen. Werde ich es auch ohne Kondom tun? Wird er es tun? Oh nein, nicht wieder. Nicht noch einmal.

Frustriert seufzte Bruce. „Ich habe eins, aber ich muss es nur holen."

Dianas Haus schien ihr meilenweit weg zu sein. „Du hast keins in deiner Brieftasche?"

„Nein." Er strich über ihren Bauch und drang mit einem Finger in sie ein. „Lass mich zuerst zu Ende bringen, was ich begonnen habe."

Das fand Kendra sehr selbstlos von ihm. Er war heute wirklich voller Überraschungen. „Das reicht mir nicht, Schatz. Ich möchte dich in mir spüren."

Er glitt auf sie. „Genau dort will ich auch sein." Sein Atem ging immer noch sehr schnell, und sie konnte spüren, dass sein Herz im gleichen Rhythmus klopfte wie ihres.

„Geh, und hol ein Kondom", flüsterte sie. „Und beeil dich."

„Es ist im Auto", erwiderte er.

„Wird ein neuer Mercedes neuerdings mit einer Packung Kondome geliefert?"

Bruce lachte leise. „Ich habe sie heute Morgen ins Handschuhfach gelegt."

„Du hast geglaubt, wir würden auf dem Weg nach Fall River Sex haben?"

„Na ja, ein Mann kann ja hoffen." Immer noch bewegte er sich auf ihr.

Er hat sich Hoffnungen gemacht? Auf mich? dachte Kendra, holte tief Luft und bog sich ihm entgegen. „Geh. Zieh nur schnell deine Boxershorts an. Hier draußen ist niemand."

Widerwillig verließ er das Bett.

„Wie viele Kondome sind denn im Auto?"

„Nur ein …" Er lächelte und zog die Shorts an. „Nur ein Päckchen mit zwölf Stück."

Kendra kicherte und beobachtete aufgeregt, wie er das Zimmer verließ. Als sie hörte, dass Bruce die Haustür hinter sich zumachte, setzte sie sich im Bett auf und deckte sich zu. „Ich liebe ihn", flüsterte sie und schloss vor Freude die Augen. „Ich habe ihn immer geliebt und werde ihn immer lieben." Und es ist absolut nichts verkehrt daran, mit jemandem zu schlafen, den man liebt, dachte sie.

Schließlich schaute Kendra ungeduldig auf die Uhr auf dem Nachttisch. Warum dauert das nur so lange? fragte sie sich und ließ den Kopf aufs Kissen sinken und strich mit beiden Händen über ihren nackten Körper, wie Bruce es vorhin getan hatte … Vielleicht könnten sie ja wirklich eine gemeinsame Zukunft haben und „Monroe's" zusammen leiten. Bei dem Gedanken an diese Möglichkeit hüpfte ihr Herz vor Aufregung und Freude. Vielleicht könnte Bruce sie genauso lieben wie sie ihn.

Endlich hörte sie die Haustür auf- und zugehen und setzte sich ein wenig hoch, wobei sie sich absichtlich nur bis zur Taille bedeckte. Sie hörte seine Schritte im Flur und blinzelte, als er plötzlich das Deckenlicht einschaltete. Instinktiv zog sie mit der einen Hand die Decke hoch.

Bruce stand in der Tür und sah sie wütend, entsetzt und verwirrt an.

„Was ist denn los?", fragte sie.

Etwas flog durch die Luft und landete auf ihrem Bett.

Kendra blinzelte erneut. Sie konnte nur den leicht ramponierten roten Einband erkennen.

„Wann, zum Teufel, wolltest du mir von dem Baby erzählen?" Er konnte kaum sprechen, so wütend war er.

Ihr Gesicht war kreideweiß. „Du hast mein Tagebuch gestohlen?", sagte Kendra völlig schockiert.

Er ging einen Schritt auf das Bett zu. Er war nicht fähig, den Blick von ihr zu wenden, auch wenn er dieses Tagebuch am liebsten genommen und ganz weit weggeworfen hätte. „Es ist wohl kaum der richtige Zeitpunkt, um moralische Maßstäbe anzulegen, Kendra. Da du offensichtlich keine hast."

Ihre Angst wich der Empörung. Sie beugte sich nach vorn, zeigte mit dem Finger auf ihn und bemerkte nicht, dass sie dabei die Decke losließ. „Wage es ja nicht, mit mir über Moral zu reden, Bruce Monroe. Du hattest ungeschützten Sex mit der kleinen Schwester deines besten Freundes und hast es nicht einmal für nötig gehalten, dich danach wenigstens telefonisch bei mir zu melden."

Bruce machte den Mund auf, um zu widersprechen. Dann machte er ihn wieder zu, denn Widerworte waren hier fehl am Platz. Wenigstens pochte sie nicht auch noch darauf, dass sie noch Jungfrau gewesen war. „Du hättest mich anrufen sollen."

„Vielleicht. Aber ich habe immer darauf gewartet, dass du es tust."

Er fühlte sich schuldig. „Hätte ich gewusst …" Sein Blick fiel auf das rote Tagebuch. Natürlich hatte er nicht absichtlich darin gelesen. „Es ist aus deiner Tasche gefallen. Du hast sie im Büro liegen lassen. Ich habe die Tasche nach vorn gestellt, weil ich nicht vergessen wollte, sie dir mitzubringen. Doch sie ist umgekippt, und das Heft ist herausgefallen. Da habe ich zufällig den Satz gelesen."

Bruce' Baby wäre ein Mädchen geworden.

Vor Schreck erstarrt, hatte er den Satz noch zwei Mal gelesen. Dann hatte er fassungslos weitergelesen.

Ich wünschte, ich wüsste es nicht. Aber der Arzt hat es mir gesagt. Das Krankenhaus hat unsere Kleine zur letzten Ruhe gebettet.

Er hatte noch mehr gelesen. Aber die ersten paar Sätze hatten sich in sein Gedächtnis eingebrannt. Zweifellos würde er sie für den Rest seines Lebens nicht mehr vergessen. Verwirrt hatte er sich ins Auto gesetzt und zu begreifen versucht, was diese Sätze bedeuteten. Kendra war schwanger gewesen und hatte das Kind verloren. Die Schwangerschaft musste schon so weit fortgeschritten gewesen sein, dass das Baby hatte beerdigt werden müssen. Und er hatte nie etwas davon erfahren. Er war mit dem Tagebuch zurück ins Haus gegangen. Noch nie hatte er größere Wut und Scham empfunden. Noch nie hatte er sich so verraten gefühlt.

„Ich möchte mich anziehen." Kendra deutete auf den Flur. „Kannst du bitte gehen?"

„Nein", erwiderte Bruce. „Ich möchte darüber reden."

„Ich meinte nur, aus dem Zimmer gehen. Wir werden reden." Sie zog sich die Decke bis zum Kinn. „Aber vollständig angezogen."

Die Tatsache, dass er sie gerade erst nackt gesehen, sie leidenschaftlich geküsst hatte und fast mit ihr geschlafen hätte, schien plötzlich unwichtig zu sein. Er schnappte sich seine Jeans und sein Hemd, und ging ins Badezimmer, um sich schnell anzuziehen. Als er wieder herauskam, war die Schlafzimmertür zu.

In der Küche fand Bruce Kaffeebohnen und eine Kaffeemühle. Während er Kaffee zubereitete, gingen ihm unzählige Fragen durch den Kopf. Ein Baby. Er konnte es immer noch nicht fassen. Wie hatte Kendra das allein bewältigt? Wie viele Leute wussten davon und hatten ihm nichts erzählt? Wann genau hatte sie das Baby verloren? Er setzte sich an den Tisch und starrte ins Leere. Warum hatte sie nur nichts gesagt?

Erst als sie die Küche betrat, schrak Bruce aus seinen Gedanken auf. Sie hatte eine Jogginghose und ein T-Shirt an. Die Wimperntusche war verschmiert, als hätte sie geweint. „Ich dachte, du hasst Kaffee." Sie machte den Schrank auf und holte zwei Kaffeebecher heraus.

„Mir erschien Kaffee angemessen, da ich denke, dass uns eine lange Nacht bevorsteht." Und zwar nicht die lange Nacht, die er sich vor einer Stunde noch ausgemalt hatte. Das Verlangen, mit Kendra zu schlafen, machte Bruce immer noch zu schaffen, und er hatte deswegen Schuldgefühle. Wie hatte sie bereit sein können, mit ihm ins Bett zu gehen, wenn diese Lüge zwischen ihnen stand?

„Wie trinkst du ihn?", fragte sie und schenkte den Kaffee ein.

„Mit viel Milch und Zucker."

Kendras Hände zitterten ein bisschen, als sie in beide Kaffeebecher Milch und Zucker gab.

„Genau wie mir wäre es dir wohl auch am liebsten, wenn wir diese Unterredung schon hinter uns hätten", bemerkte er.

Sie drehte sich um und schaute ihn wütend an. „Es geht hier nicht in erster Linie um dich, Bruce."

„Nein", erwiderte er. „Es geht um ..." Um ein Kind, dachte er schmerzlich berührt. „Darum, was ich getan habe und nicht wusste."

Sie setzte sich ihm gegenüber an den Tisch und stützte das Kinn auf die Hände. Sie sah blass und traurig aus. Nun glich sie nicht mehr der erotischen Geliebten, mit der er gerade im Bett gelegen hatte, sondern wirkte wie eine Frau, die sehr großen Schmerz und Kummer erlitten hatte.

Er fluchte leise und kämpfte gegen den Drang, Kendra zu berühren und sich dafür zu entschuldigen, dass er derjenige gewesen war, der dieses Leid verursacht hatte. Denn er brauchte Antworten auf seine Fragen. „Warum hast du es mir nicht gesagt?"

Kendra starrte auf ihren Kaffee. „Ich konnte es einfach nicht."

„Denkst du nicht, dass ich das Recht hatte, es zu erfahren?"

Sie gab ihm keine Antwort.

„Warst du sicher, dass ich der ..."

Langsam hob sie den Kopf und sah ihn an. Wenn Blicke töten könnten, ging es Bruce durch den Kopf. „Wage es nicht, das auch nur in Erwägung zu ziehen", sagte sie gefährlich leise.

„In welchem Monat warst du, Kendra? Warum hast du mir nicht erzählt, was passiert ist?"

Sie holte tief Luft und seufzte. „Ich war fast im siebten Monat. In der siebenundzwanzigsten Woche, um genau zu sein."

„Und du hattest eine Fehlgeburt?"

„Eine Totgeburt." Sie senkte den Blick. Als sie ihn wieder ansah, bemerkte er den traurigen Ausdruck in ihren Augen. „Ich stellte fest, dass ich das Kind nicht mehr spürte."

Als ihr fast die Stimme versagte, gab Bruce dem Bedürfnis nach, sie zu berühren. Er strich ihr mit dem Daumen über die Hand, damit sie fortfuhr.

„Ich bin zum Arzt gegangen und …" Hilflos zuckte Kendra mit den Schultern. „Offensichtlich hatte sich die Nabelschnur um den Hals des Kindes gewickelt."

Er war tief betroffen. „Es tut mir so leid."

Sie nickte und blinzelte. Dennoch lief ihr eine Träne über die Wange.

„Und es tut mir leid, dass ich nicht für dich da war."

„Ich bin damit zurechtgekommen", erwiderte sie, und Bruce hatte daran keine Zweifel.

„Und deine Eltern? Jack?"

Sie wischte sich die Träne weg. „Meine Eltern waren nach Florida gezogen. Ich hatte ihre Erwartungen nicht erfüllt. Und Jack war in New York."

„Wer hat sich denn dann um dich gekümmert?"

„Seamus." Kendra lächelte angespannt.

„Weiß er, dass es mein Kind war?"

„Verdammt, Bruce Monroe." Sie schob ihren Stuhl so energisch vom Tisch zurück und stand auf, dass der Kaffee überschwappte. „Hast du jemals in deinem ganzen Leben an jemand anderen gedacht als an dich selbst?"

Er stand ebenfalls auf. „Ich habe das nicht gefragt, weil ich an mich dachte, Kendra. Ich wollte nur …"

„Du wolltest nur wissen, welche Rolle du dabei spielst." Sie trug ihren Becher zur Spüle und schüttete den restlichen Kaffee aus.

„Nein." Einen Moment später stand er hinter ihr und legte ihr die Hände auf die Schultern, um sie zu sich herumzudrehen. „Nein, das stimmt nicht. Ich kann einfach nicht glauben, dass du das alles allein durchgestanden hast. Ich kann nicht glauben, dass ich ein derart egoistischer Idiot gewesen bin und dich verlassen habe. Ich kann nicht glauben ..."

Sie hielt Bruce die Hand auf den Mund. „Glaub mir, ich habe verstanden, was du damit sagen willst. Und jetzt geh bitte."

„Geh? Du willst, dass ich gehe?"

Kendra lehnte sich zurück. „Willst du dort weitermachen, wo wir aufgehört haben? Mit der viel zu späten Ankunft des Kondoms?"

Ihre Worte trafen ihn tief. „Ich will es versuchen und alles nachholen."

„Nach zehn Jahren?"

Er nickte. Dass sie verbittert war, schreckte ihn nicht ab. Sie hatte das Recht dazu. Er würde ihr zuhören, sie verstehen und versuchen, seinen ungeheuer großen Fehler wiedergutzumachen. „Bitte."

„Okay, hier ist die kurze Version: Ich musste mein Stipendium aufgeben und für deinen Vater arbeiten. Ich habe ihm nie gesagt, wer der Vater des Kindes war. Aber er ist ein sehr kluger Mann. Während ich im ‚Monroe's' arbeitete, habe ich nebenbei meinen Abschluss in Betriebswirtschaft nachgeholt und entschieden, endlich etwas aus meinem Leben zu machen. Ich habe einen ausgezeichneten Plan ausgearbeitet und angefangen, ihn in die Tat umzusetzen. Und weißt du, was dann passiert ist?"

Bruce starrte sie nur an. „Ich bin wieder aufgetaucht."

„Bingo."

„Um erneut dein Leben zu ruinieren."

Kendra lachte ironisch. „In dieser Hinsicht bin ich wohl ein ausgesprochener Glückspilz."

Ihm wurde schmerzlich bewusst, was seine Ankunft und seine anmaßende Erwartung, dass er „Monroe's" übernehmen würde, bei ihr ausgelöst haben mussten. Wie hatte er das wagen können? Für wen hielt er sich eigentlich? Er machte einen Schritt von ihr weg. Weg von ihrer Wärme, ihrem Blick, ihrer Traurigkeit. Weg von all der Weiblichkeit, die er auskosten wollte. „Ich werde besser gehen."

„Zurück nach Las Vegas?" Sie hoffte und befürchtete es zugleich.

„Ich dachte nur an die nächste Tür."

„In Ordnung", flüsterte sie.

Aber Bruce konnte nicht gehen, ohne noch die Antwort auf eine Frage zu bekommen. „Warum hast du mich nicht angerufen und es mir gesagt? Warum wolltest du keine Unterstützung? Warum hast du keine Forderung gestellt?" Wie eine Heirat.

„Vermutlich hast du nicht das ganze Tagebuch gelesen."

„Warum?"

Kendra sah ihn an. Der Anblick ihres schönen Gesichts schmerzte ihn. „Weil ich dich geliebt habe und wusste, dass du das Richtige tust. Ich wollte dein Leben oder deine Karriere nicht kaputtmachen."

Diese Liebe, wurde ihm plötzlich klar, hatte nichts mehr mit kindlicher Schwärmerei zu tun gehabt, sondern war selbstlos und großmütig gewesen. Diese Liebe hätte sein Leben absolut nicht zerstört, sondern vielmehr bereichert. Aber jetzt war es zu spät, um das herauszufinden. Jetzt konnte er nur noch versuchen, alles wiedergutzumachen. Er musste Rockingham verlassen, damit sie ihren Traum verwirklichen konnte.

Ohne ein weiteres Wort küsste Bruce sie auf die Stirn und atmete tief ihren frischen süßen Duft ein. „Bis dann, Kennie."

10. KAPITEL

Irgendwie schaffte Kendra es, am nächsten Tag ihren Job zu machen, obwohl sie sich nicht gut fühlte, auch wenn sie tief und traumlos geschlafen hatte. Sie hatte dies darauf zurückgeführt, dass sie jetzt ein reines Gewissen hatte. Endlich wusste Bruce die Wahrheit, und sie konnte ihr Leben unbelastet fortsetzen. Nun band sie nichts mehr an Bruce. Außer der Tatsache, dass sie sich erneut in ihn verliebt hatte. Nein, sie wollte sich nichts vormachen. Sie hatte nie aufgehört, ihn zu lieben.

Als im Büro das Telefon klingelte und sie auf dem Display Diana Lynns Handynummer sah, klappte sie ihren Laptop auf, damit sie Seamus bei Bedarf einige Zahlen und Daten durchgeben konnte. Dann meldete sie sich und schaltete den Lautsprecher ein.

„Kendra, wir haben Fortschritte gemacht." Seamus' kräftige Stimme erfüllte den Raum. „Wie steht es mit dir und Bruce. Habt ihr das auch?"

Oh ja. Einen großen Fortschritt, letzte Nacht, dachte sie. „Wir haben uns zusammengerauft", versicherte sie ihm. „In der Bar läuft es sehr gut."

„Ich wusste es. Der Junge hat einfach ein goldenes Händchen."

Abwesend strich sie mit der Hand über die Vorderseite ihres T-Shirts. Das hat er in der Tat. „Wie läuft es in San Francisco, Seamus?"

„Ich habe Neuigkeiten für dich. Ein Unternehmen ist sehr daran interessiert, in dein Projekt zu investieren."

„Aber?" Kendra hörte heraus, dass es ein Aber geben musste.

„Sie wollen erst einsteigen, wenn es uns gelingt, die Einnahmen des Internet-Cafés in diesem Monat um dreißig Prozent zu steigern. Könnten wir das schaffen?"

„Unsere Einnahmen sind gestiegen." Sie schaute sich auf dem Bildschirm die letzten Zahlen an. „Aber nicht ganz um dreißig Prozent."

„Denk drüber nach, Kendra. Vielleicht fällt dir ja etwas ein, um die Einkünfte zu erhöhen."

„Vielleicht. Wie geht es Diana?" Kendra wünschte, dass sie endlich wieder zurückkam. Sie brauchte eine Freundin, mit der sie über alles reden konnte.

„Bestens."

„Morgen geht es nach Hawaii, stimmts?"

Seamus räusperte sich. „Diana ist für die Planung verantwortlich. Wir melden uns wieder bei dir. Wie läuft es denn mit dir und Bruce?"

„Gut. Das sagte ich doch bereits."

„Nur gut?"

Nun ja, bis auf den kleinen Zwischenfall letzte Nacht, dachte Kendra. „Ja. Er betreibt die Bar ziemlich erfolgreich."

„Spielt er Baseball?"

Sie runzelte die Stirn. „Gelegentlich geht er zum Spielfeld der Rock High. Aber, Seamus, er hat damit aufgehört."

„Ja, ich weiß." Er seufzte.

Seamus kann seine Träume augenscheinlich auch nicht so leicht begraben, dachte sie. „Viel Vergnügen auf Hawaii."

„Steigere die Einnahmen um dreißig Prozent."

„Vermittele diesem Unternehmen nicht den Eindruck, dass ich das bei den Zahlen im Moment kann", gab Kendra zu bedenken. „Die Chance ist eher gering."

„Um ehrlich zu sein, hat nur dieses eine Unternehmen Interesse bekundet. Alle anderen wollen kein Risiko eingehen."

Sie schwieg enttäuscht.

„Also, wenn wir diese Steigerung nachweisen können, werden wir das gesamte Projekt mit diesem Unternehmen umsetzen", fuhr Seamus fort. „Falls wir es nicht schaffen, wird ‚Monroe's' so bleiben, wie es ist."

Kendra musste schlucken, bevor sie etwas antworten konnte. „Dann werden wir wohl alles versuchen müssen, um diese Einnahmen hereinzubekommen."

„So kenne ich mein Mädchen", sagte Seamus und lachte. „Und jetzt werde ich besser nach meinem anderen Mädchen sehen."

„Gib ihr einen Kuss von mir."

„Und gib du ... Richte du Bruce bitte Grüße von mir aus", beendete er das Gespräch.

Sie hatte noch die Wärme von Seamus' Stimme im Ohr, als sie darüber nachdachte, dass die Liebe zu Bruce sie beide immer verbunden hatte.

„Du machst den Eindruck, als hätte er dich gebeten, ein Kaninchen aus dem Hut zu zaubern."

Beim Klang von Bruce' Stimme zuckte Kendra zusammen. „Wie lange stehst du schon draußen vor der Tür?"

Er spazierte ins Büro, sah umwerfend aus, und sie fluchte insgeheim, weil seine pure Anwesenheit genügte, um bei ihr ein sinnliches Prickeln auszulösen.

„Lange genug, um zu hören, dass mein Dad die heimliche Hoffnung hegt, dass ich hier Baseball spiele." Er setzte sich auf den Stuhl vor ihrem Schreibtisch.

Kendra lächelte. „Manche Träume lassen sich eben nur schwer begraben."

„Das stimmt", sagte er mehr zu sich selbst als zu ihr. „Woher wusstest du eigentlich, dass ich zum Spielfeld der Rock High gegangen bin?"

Sie wollte Bruce nie mehr anlügen. „Weil ich dich besser kenne als du dich selbst."

Er nickte und schaute sie voller Wärme an. „Weißt du, heute Morgen ist mir klar geworden, dass uns eine gemeinsame Geschichte verbindet."

„Das stimmt."

„Wir kennen uns fast unser ganzes Leben lang, und du hast mir fast immer zugehört, wenn ich als Teenager in eurem Keller etwas erzählt habe."

Sie lief rot an. „Ja, durch diesen Heizungsschacht habe ich eine Menge erfahren."

„Und wir haben einige, nun, sehr intime Momente miteinander verbracht." Bruce' Augen verdunkelten sich, und ihr Puls begann zu rasen. „Und wir haben Verluste bewältigen müssen."

Kendra wartete.

„Du warst da, als meine Mutter gestorben ist. Und …" Sie beide wussten um den anderen Verlust. Für sie war es wie eine alte Narbe, aber für ihn eine frische Wunde.

„Ja, uns verbindet eine gemeinsame Geschichte", stimmte sie ihm zu. Und merkwürdigerweise auch eine Freundschaft, dachte sie. Es ist mein Problem, dass ich ihn immer noch liebe, und nicht sein Fehler.

Einen Moment lang sah Bruce sie einfach nur an. Dann schüttelte er leicht den Kopf, als wäre er verwirrt oder erstaunt. Er warf einen Blick auf den Kalender an der Wand. „Bis Monatsende bleibt dir nicht mehr viel Zeit. Und du musst die Einnahmen deines Internet-Cafés um dreißig Prozent steigern."

Dass er so plötzlich das Thema wechselte, brachte Kendra beinahe zum Weinen, hätte er doch fast etwas Bedeutungsvolles und Intimes gesagt. Aber dieser Moment war vorbei. „Ja, das ist das besagte Kaninchen, das ich aus dem Hut zaubern soll."

„Oder du wirst deinen Traum aufgeben müssen."

„Ich werde einen neuen Traum finden", sagte sie leichthin.

Bruce warf einen Blick auf ihren Schreibtisch. „Hast du die Telefonnummer von Jacks Büro hier?"

Warum will er mit meinem Bruder sprechen? fragte sie sich besorgt. Würde er Jack die Wahrheit über das Baby erzählen? Kendra wollte nicht, dass ihr Bruder erfuhr, dass Bruce Monroe der Vater ihres Babys war.

„Keine Sorge", meinte er. „Ich will nur über eine Idee mit ihm sprechen, die mir gerade gekommen ist."

„Welche?"

„Das sage ich dir nicht." Er lächelte. „Aber du kannst dein Ohr ja an den nächstgelegenen Heizungsschacht halten, wenn du möchtest."

Kendra musste lachen. „Woher weißt du eigentlich, dass ich das früher gemacht habe?"

„Weil ich dich fast so gut kenne wie du mich."

Trotz des dichten Verkehrs auf dem Weg zum Logan Airport musste Bruce noch zehn Minuten auf die Ankunft des Fluges warten und nutzte die Zeit, um in Gedanken noch einmal seine Aktivitäten während der letzten Woche durchzugehen.

Er hatte ungeheure Fortschritte gemacht und war jetzt nur noch Stunden davon entfernt, Kendras Traum wahr werden zu lassen. Wenn er gerade einmal keine alten Bekannten angerufen, anderen E-Mails geschickt oder sich heimlich mit Martin Hatcher getroffen hatte, dann hatte er sich in Kendras Nähe aufgehalten, um die letzten Tage und Wochen mit ihr zu genießen.

Es hatte ihn eine unglaubliche Willenskraft gekostet, aber er hatte sie nicht geküsst, ihr nicht den Arm um die Taille gelegt und im „Monroe's" keine der vielen Gelegenheiten genutzt, ihr zu zeigen, welche Wirkung sie auf ihn hatte. Er hatte nicht einmal ihre Hand gehalten. Er hätte damals Kendra anrufen sollen, nachdem er mit ihr geschlafen hatte. Das war eine Tatsache. Er hätte während der Schwangerschaft für sie da sein müssen. Und dann war diese Tragödie passiert. Nachdem sie das Baby verloren hatte, hätte er ihr problemlos Geld geben können. Dann hätte sie ihre Ausbildung fortsetzen können. Aber sie hatte ihn nie um Hilfe oder Beistand gebeten. Jetzt war es höchste Zeit, ihr etwas zurückzuzahlen. Darum hatte er sich in der letzten Woche gekümmert.

Dann würde er nach Las Vegas zurückkehren müssen, denn er würde Kendra immer an die Vergangenheit erinnern. Auch wenn er es mochte, wieder zu Hause zu sein, und ihm der Gedanke gefiel, eine reife und gleichberechtigte Beziehung zu seinem Vater aufbauen zu können. Bevor er jedoch Rockingham verließ, musste er ihr helfen, das zu bekommen, was sie wollte. Und dazu brauchte er die Hilfe von Jack Locke.

Als Jack ihm in der Ankunftshalle mit einem verwegenen Lächeln entgegenkam, wusste Bruce, dass er der richtige Mann für diesen Job war. Kendras Bruder, in seiner Jugend bekannt und berüchtigt für seine respektlosen Streiche, war jetzt, mit dreiunddreißig, einer der talentiertesten und bestbezahlten Art-Direktoren des Landes. Anzusehen war ihm das allerdings nicht. Sein Hemd mochte vielleicht ein Vermögen gekostet haben, war aber bestimmt genauso alt und schäbig wie seine Jeans. Einige

Locken seiner langen braunen Haare fielen ihm ins Gesicht und verdeckten fast seine grünen Augen. Jack war ein gut aussehender Teenager gewesen, der mit seinem Charme sämtliche Cheerleader der Rock High um den Finger gewickelt hatte. Als Mann wirkte er wie jemand, der sich in seiner Haut vollkommen wohlfühlte.

„Hallo. Schön, dich zu sehen, Bruce." Die Männer umarmten sich.

„Ich dachte, du kämst von einem Meeting in New York." Bruce deutete auf Jacks Kleidung.

„Kreative müssen sich nicht fein machen. Und ich habe fast erwartet, dich im Trikot der Snake Eyes zu sehen."

Bruce lachte, als sie in Richtung Parkhaus gingen. „Eines Tages vielleicht, aber dann als Trainer. Mein Agent sieht sich gerade nach einem passenden Verein für mich um." Dies laut auszusprechen, machte es ihm schmackhafter. Denn der Gedanke, nicht mehr als Spieler, sondern als Trainer in der Profiliga mitzumischen, behagte ihm absolut nicht. Aber das war das Einzige, was er tun konnte.

„Das sind ja ganz neue Töne. Wer hat denn da ein Wörtchen mitgeredet?"

„Du wirst es mir nicht glauben. Es war Martin Hatcher."

„Unser ehemaliger Rektor?" Jack lachte. „Wo hast du ihn denn getroffen?"

„Ich habe mit ihm ein bisschen Zeit am Rande des Spielfeldes der Rock High verbracht, und er kommt ab und zu in die Bar. Er hat mich dazu gebracht, es als Trainer bei einem großen Verein zu versuchen." Obwohl Hatcher ihn ja eigentlich gern als Trainer des Highschool-Teams sehen würde. „Außerdem hat er mir bei dem Projekt ebenso geholfen wie du."

„Ist für heute Abend alles vorbereitet?"

„Ja, alles klar."

„Weiß Kendra schon davon?"

„Ich habe ihr lediglich erzählt, dass ein kleines Schultreffen stattfinden wird. Weiter nichts."

Jack lachte. „Klein, hm?"

Bruce schüttelte den Kopf. „Ihre ganze Konzentration ist im Moment darauf gerichtet, die von dem Unternehmen geforderten Einnahmen zu erzielen. Deshalb bekommt sie alles andere nicht mehr richtig mit."

Im Aufzug des Parkhauses schaute Jack Bruce eindringlich an. „Das ist ein ziemlicher Aufwand, den du da nur für Kendra betreibst."

„Sie verdient es, denn sie hat wirklich hart gearbeitet", erwiderte Bruce mit einem Schulterzucken. „Und ..." Und ich bin ihr sehr viel schuldig. „... auf lange Sicht wird es sich für die Bar auszahlen. Ich meine, dieses Internet-Café und dieser ganze Künstlerkram."

Jacks Blick machte deutlich, dass er ihm das nicht wirklich abkaufte.

„Ernsthaft. Sie hat sehr hart für die Umsetzung ihrer Pläne gearbeitet, und ihr Herz hängt an dieser Erweiterung", fuhr Bruce fort, als sie zu seinem Auto gingen. „Und ihre Ideen sind sehr gut. Aber du weißt ja, wie klug sie ist."

Jack blieb stehen und starrte ihn verblüfft an.

„Was ist los?", fragte Bruce verwundert.

„Es geschehen noch Zeichen und Wunder. Hast du dich etwa verliebt?"

Bruce lachte, führte seinem Freund sein neues, teures Cabrio vor und brachte das Gespräch ganz schnell auf die alten Zeiten, ohne Jacks Frage zu beantworten.

Da Kendra davon ausging, dass eine Zusammenkunft alter Schulfreunde zwar ein gutes Geschäft für die Bar war, sich aber für das Internet-Café kaum lohnte, hatte sie Bruce' Planung des Treffens keine große Aufmerksamkeit geschenkt. Aber sie erinnerte sich daran, dass er ihr gesagt hatte, er würde den ganzen Tag weg sein, um jemanden vom Flughafen abzuholen. Daher musste sie sich um Newman kümmern. Sie nutzte eine ruhige Stunde am frühen Nachmittag, um aus dem „Monroe's" zu verschwinden und mit dem Hund spazieren zu gehen.

Newman hatte sich sehr über die Gesellschaft gefreut und

wollte Kendra anscheinend nicht wieder gehen lassen. Er schnappte sich ihren Schlüsselbund, der auf dem Stuhl lag, und lief in Dianas Haus die Treppe hinauf. Eilig folgte sie dem verspielten Cockerspaniel in den ersten Stock. „Newman, komm sofort hierher", rief sie. Als sie um die Ecke bog, hörte sie, dass er den Flur entlangrannte. Doch dann sah sie das ungemachte Bett im Gästezimmer und blieb stehen. Das war Bruce' Zimmer, sein Bett.

Sie konnte der Versuchung nicht widerstehen und ging hinein. Sofort nahm sie seinen Duft wahr, der in der Luft lag und ihr einen erregenden Schauer über den Rücken jagte. Sie starrte fasziniert auf sein Kopfkissen, auf die zerwühlten Laken, ein T-Shirt und eine Pyjamahose neben dem Bett. Bruce schlief also hier.

Der Hund bellte und ließ draußen den Schlüsselbund auf den Boden fallen, bevor er die Treppe wieder hinunterrannte. Doch Kendra konnte nicht anders, als sich auf den Rand von Bruce' Bett zu setzen, mit den Händen über die Laken zu streichen und kurz an dem Kissen zu schnuppern. Sie wusste nicht, ob sie lachen oder weinen sollte, weil sie sich zu so etwas hinreißen ließ.

Als sie hörte, dass Newman plötzlich anfing, laut und anhaltend zu bellen, stand sie auf, um den Hund zu rufen. Aber dann erstarrte sie, denn sie hörte ein Männerlachen, und als der Cockerspaniel wieder still war, erkannte sie mit Verwunderung die Stimme ihres Bruders. Sofort fühlte sie sich in die Zeiten zurückversetzt, als sie oben in ihrem Zimmer am Heizungsschacht heimlich die Gespräche ihres Bruders mit Bruce belauscht hatte. Ihr Herz begann heftig zu schlagen, als sie darauf wartete, Bruce' Stimme zu hören. Sie überlegte kurz, ob nicht vielleicht die Fantasie mit ihr durchging, als sie das tiefe Timbre seiner Stimme wahrnahm. Bruce unterhielt sich in Kendras Hörweite mit seinem besten Freund Jack. Erwartungsvoll ging sie näher zur Tür.

„Ich habe mich bereits gefragt, wann du darauf zurückkommen würdest", meinte Bruce.

„Es steht dir ins Gesicht geschrieben, mein Freund."

Das ist Jack, dachte Kendra. Was macht er denn hier? Dann fiel ihr das Schultreffen ein. Er schien sie überraschen zu wollen.

„Du bist total in sie verknallt", fuhr Jack gerade laut genug fort, um ihr Herzklopfen zu übertönen. „Ich kann es nicht glauben. Bruce Monroe ist verliebt."

Kendras Herzschlag schien einen Moment lang auszusetzen, und sie hielt sich am Türgriff fest. Bruce ist verliebt?

„Nun, krieg dich mal wieder ein, Jack", erwiderte Bruce. „Sie mag deine Schwester sein, aber sie ist eine erwachsene Frau."

Seine ... Schwester? Habe ich richtig gehört? Bruce ist in mich verliebt? Sie schwankte zwischen Euphorie und Zweifel. Oder spielten ihr die Erinnerung und ihre Fantasie nur einen äußerst herzlosen und unfairen Streich? Sie hatte so viele Jahre von diesem Liebesbekenntnis geträumt, als sie am Heizungsschacht gelauscht hatte. Sie hoffte inständig, dass das, was sie jetzt erlebte, kein Traum war.

Da der Hund kurz freudig bellte – er hatte sicherlich einen Hundekeks bekommen –, konnte sie nicht hören, was Jack darauf entgegnete. Beide Männer lachten über etwas, und Kendra wartete darauf, dass sie eine Bestätigung für das bekäme, was sie glaubte gehört zu haben.

„Und was willst du jetzt machen?", fragte Jack.

Sie nahm sich vor, ihrem Bruder dafür später einen Kuss zu geben. Ihre Kehle war vor lauter Aufregung wie zugeschnürt, und Kendra wünschte sich, Bruce würde sagen: Ich werde sie heiraten und mit ihr neun Kinder haben.

„Du verstehst das nicht", erklärte Bruce. „Die Situation ist komplizierter, als du glaubst."

„Wegen der Bar?"

„Weil ..."

Kendra hielt den Atem an und wartete gespannt auf die Erklärung.

„Weil ich die dumme Angewohnheit habe, dem Glück deiner Schwester im Wege zu stehen."

Ach, Bruce, du bist mein Glück. Sie hörte, wie die Tür zur Speisekammer aufgemacht wurde. Wieder bellte der Hund, und sie konnte Jacks Worte nicht verstehen.

„Ja, das ist wahr", stimmte Bruce ihrem Bruder zu.

„Aber da ist noch etwas, stimmts?", fragte Jack.

Sogar oben an der Tür konnte sie Bruce' Seufzer hören. Sie stellte sich vor, wie er ratlos mit der Hand durch seine Haare fuhr.

„Ja. Ich denke, ich erinnere sie an etwas, das sie lieber vergessen würde."

„An was immer du auch glaubst, sie zu erinnern, Bruce. Meine Schwester hat Schlimmeres durchgemacht und überstanden. Glaub mir, sie ist hart im Nehmen."

Die beiden haben keine Ahnung, dass sie über dasselbe reden, dachte Kendra. Über das Baby, das ich verloren habe.

„Sie verdient es, dass ihre Träume in Erfüllung gehen, Jack. Sie will dieses Internet-Café und hat vor, es auszubauen. Ich fürchte, ich werde ihr dabei nur hinderlich sein."

„Bist du sicher, dass du nicht einfach dieser heiklen Angelegenheit ausweichen möchtest?", fragte Jack.

„Ja, da bin ich mir sicher. Ich versuche lediglich, meine ruhmreichen Zeiten zurückzuholen, während Kendra versucht, ein spektakuläres Projekt umzusetzen. Ich gehöre nicht länger nach Rockingham. Ich hätte nicht zurückkommen sollen."

Nein, Bruce. Du täuschst dich! hätte Kendra am liebsten gerufen.

„Ich denke, dass du schreckliche Angst davor hast, dass jemand den wilden Bruce zähmen könnte."

Bruce lachte. „Wenn jemand jemals den wilden Bruce zähmen kann, dann ist es Kendra Locke."

Völlig aufgelöst lehnte sich Kendra an den Türpfosten. Wie viele Jahre hatte sie darauf gewartet, dass er das sagen würde. Wie viele Stunden hatte sie mit Lauschen zugebracht, in der Hoffnung, das von ihm zu hören. Eine unfassbare Freude erfüllte sie.

„Aber ich kann nicht hierbleiben und meine Hände von ihr lassen", fügte Bruce hinzu. „Ich kann nicht aufhören, an sie zu denken und sie zu begehren. Also werde ich aus Rockingham fortgehen. Mein Agent schaut sich gerade nach einem Job als Baseballtrainer für mich um. Es liegen bereits einige Angebote vor."

Kendra hörte, wie die Glastür im Wohnzimmer auf- und wieder zugeschoben wurde. Jetzt ertönte Newmans Bellen von draußen. Sie spähte aus dem Fenster und sah, dass Bruce und Jack zum Strand gingen. Sie warfen sich auf dem Weg einen Baseball zu, und der kleine Hund sprang aufgeregt zwischen ihnen hin und her.

„Ich habe dich schon einmal weggehen lassen, Bruce Monroe", flüsterte sie. „Aber das werde ich nicht wieder tun." Im Flur hob sie die Schlüssel vom Boden auf und ging auf Zehenspitzen die Treppe hinunter und zur Haustür hinaus. Heute Nachmittag würde sie nicht mehr zur Arbeit fahren. Heute Abend fand ein Treffen statt, zu dem sie gehen musste, und sie hatte sich vorgenommen, dort umwerfend sexy aufzutauchen. Wenn Wissen Macht war, dann hatte sie die Macht, Bruce' Pläne zu ändern. Es wurde Zeit, das Spiel auf seine Art zu spielen: mit vollem Körpereinsatz.

11. KAPITEL

Alle Computer im „Monroe's" liefen auf Hochtouren. Ehemalige Schüler der Rock High nahmen über Internet Kontakt zu anderen, auf der ganzen Welt verstreuten Abgängern der Highschool auf. Etwa vierzig oder fünfzig ehemalige Schüler waren persönlich gekommen. Doch Bruce' geniale Idee war es gewesen, das große weltweite Treffen im Internet stattfinden zu lassen. Von seinem Barhocker aus beobachtete er die Leute, die tranken und lachten, aber vor allem E-Mails schrieben und chatteten. Offensichtlich war sein Plan erfolgreich aufgegangen.

Allein dieser Abend würde Kendra die geforderte Steigerung der Einnahmen um dreißig Prozent in diesem Monat bringen. Anschließend würde er mit gutem Gewissen fortgehen können. Denn er hatte versucht wiedergutzumachen, was er ihr in all den Jahren angetan hatte.

„Hast du das gehört?" Jacks Lachen brachte Bruce wieder in die Gegenwart zurück. „Martin hat gewusst, dass ich es war, der das Wandbild im Umkleideraum der Mädchen gemalt hat."

Martin zwinkerte, als er sein Bier trank. „Ich glaube, Bruce ist mit seinen Gedanken ganz woanders."

„Natürlich höre ich euch zu. Mir sind nur gerade meine eigenen Sünden aus der Vergangenheit durch den Kopf gegangen."

Jack lächelte. „Es war ein schönes Wandbild. Ich hatte keine Ahnung, dass Sie mein Talent erkannt hatten, Sir."

„Lass den Sir weg", warnte Bruce ihn und zwang sich, sich auf die beiden Männer zu konzentrieren. „Das kann Martin nicht ausstehen."

Aber während Martin Hatcher erklärte, dass er das Wandbild übersehen hatte, weil das Baseballteam der Rock High die landesweite Finalrunde erreicht hatte, warf Bruce erneut einen Blick auf die Eingangstür und stellte enttäuscht fest, dass zwei junge Männer hereinkamen. Er hatte so gehofft, Kendra würde heute Abend hier auftauchen. Sie war weder ans Telefon gegangen, noch hatte sie die Haustür aufgemacht. Sie war spurlos verschwunden, und seine Fantasien, sie würde in der Bar vorbeischauen und entdecken, dass er dieses Schultreffen über Internet nur wegen ihres Geschäftserfolgs organisiert hatte, waren einfach nur Fantasien gewesen. Wie alle anderen Gedanken an Kendra Locke, die ihm in den letzten Wochen durch den Kopf gegangen waren.

„Das kann ich nicht glauben, Bruce", sagte Jack. „Du?"

„Entschuldige, was hast du gerade gesagt?"

Jack lächelte spöttisch. „Bleib doch mal am Ball und hör dir an, was Martin zu sagen hat. Es ist sehr wichtig."

Bruce sah Martin an. „Und worum geht es?"

„George Ellis hat das Team verlassen."

Einen Moment lang wusste Bruce nicht, wen und was Martin Hatcher meinte. Doch als er den erwartungsvollen Ausdruck auf Martins Gesicht bemerkte, fiel es ihm wieder ein. Ellis, der Trainer des Baseballteams der Highschool, hatte seinen Job quittiert.

„Wird er noch bis zum Ende der Saison bleiben?"

„Seine Frau hat gerade erfahren, dass sie schwanger ist, und möchte nach Hause zu ihrer Familie", erzählte Martin. „George hat angeboten zu bleiben, bis wir einen Nachfolger für ihn gefunden haben. Aber ganz offensichtlich möchte er seine Frau nicht gern so lange allein lassen."

Einen Augenblick lang stellte sich Bruce aufgeregt vor, das Baseballteam der Rock High zu trainieren, sich abends um die Bar zu kümmern, Kendra zu heiraten und mit ihr Kinder zu haben. Dann könnte er sich wirklich glücklich schätzen. Dann bemerkte er, dass die beiden Männer ihn ansahen, als hätte er diese Vision laut ausgesprochen. „Mein Agent sieht sich nach Trainerjobs bei Top-Teams um", sagte er zu ihnen, denn er war sich sicher, diese Gedanken für sich behalten zu haben. „Tut mir leid."

Martin zuckte mit den Schultern. „Es war nur so eine Idee. Ich habe gedacht, das könnte ein Grund für dich sein, hierzubleiben."

„Es gibt einen Grund für ihn, in Rockingham zu bleiben." Jack musterte seinen Freund. „Mann, was ist nur los mit dir?"

„Ich sagte dir doch, Jack, dass es …" Die Eingangstür ging auf, und Bruce schaute automatisch hin. Jemand pfiff laut, und es wurde ganz still in der Bar. Bruce fiel fast vom Hocker. „… dass es kompliziert ist."

Jack starrte mit offenem Mund zur Tür. „Das glaube ich nicht", flüsterte er. „Auf keinen Fall ist das meine Schwester."

Martin strahlte. „Erst durch die Abschiedsrednerin wird ein Schultreffen komplett."

Bruce' Gehirn lief auf Hochtouren, wie die Computer. Er versuchte zu begreifen und einzuordnen, was er da sah. Aber er konnte nichts tun, außer Kendra anzustarren. Schwarzes Leder betonte ihre Kurven. Der kurze Pulli war tief ausgeschnitten. Die hautenge Lederhose setzte einen runden, festen Po und lange, schlanke Beine in Szene. Die schwarzen Schuhe mit den sehr hohen Absätzen und einem Dutzend Riemchen schrien geradezu danach, von ihm aufgemacht und ausgezogen zu werden.

Kendra wanderte überrascht von der Bar zu den Computern und den vielen Leuten, wobei ihre langen hellblonden Haare mitschwangen. Schließlich nahm sie Bruce ins Visier. Wortlos schlenderte sie zum ihm hinüber, und trotz der lauten Musik meinte er, das Klacken dieser unglaublich hohen Absätze auf dem Holzboden hören zu können. Aber vielleicht war das, was er hörte, auch nur sein Pulsschlag.

Jack rettete Bruce, indem er aufsprang und seine Schwester umarmte. „Ich dachte, ich würde dir einen Schock versetzen, weil ich hier bin", sagte er mit einem Lachen und schaute sie an. „Aber jetzt schockst du mich."

Sie löste sich von ihm, tätschelte seine Wangen und gab ihm noch einen Kuss. „Hallo, Jack, wie schön, dich zu sehen." Sie warf Bruce einen ernsten Blick zu. „Anscheinend bin ich für dieses Schultreffen ein bisschen zu fein angezogen."

Er schüttelte langsam den Kopf und versuchte nicht einmal zu verbergen, dass er sie von Kopf bis Fuß musterte. „Überhaupt nicht." Er lächelte. „Du siehst einfach perfekt aus." Anders vermochte er es nicht auszudrücken.

Kendra stieg eine zarte Röte in die Wangen, was sie noch hübscher machte. Sie fuhr mit der Hand über das Leder. „Gefällt es dir?"

„Ja, es gefällt mir."

„Warum hast du mir nicht gesagt, dass du eine Internet-Party organisierst?", fragte sie leicht vorwurfsvoll.

„Ich wollte dich überraschen."

„Es sieht ganz so aus, als würde ich doch noch die dreißig Prozent schaffen." Ihr frohes Lachen berührte Bruce.

Er nickte und genoss das glückliche Funkeln in ihren Augen. „Ja."

Kendra trat näher an ihn heran, und er nahm wahr, dass sie einen schwereren, sinnlicheren Duft angelegt hatte als sonst. Sie stellte sich auf die Zehenspitzen. „Erinnere mich daran, dir später dafür gebührend zu danken", flüsterte sie ihm ins Ohr.

Bruce' Nackenhärchen richteten sich auf. Er drehte sich zu ihr, um mit seinen Lippen über ihre zu streichen. „Mit diesen Schuhen wirst du es nicht gerade leicht im Sand haben."

Sie schlang ein Bein um seine Wade und fuhr spielerisch mit dem Absatz über seine Jeans. „Ich werde sie ausziehen."

Entschlossen kämpfte er gegen das Verlangen an, sie hier vor ihrem Bruder, Martin Hatcher und einigen seiner Klassenkameraden zu küssen, und schaffte es, dieser Versuchung zu widerstehen. Und dann kam ihm wieder diese verrückte Vorstellung in den Sinn, das Baseballteam der Rock High zu trainieren, abends ein Auge auf die Bar zu haben, mit Kendra verheiratet zu sein und sie jede Nacht zu lieben.

Er hatte einen wirklich guten Grund dafür gehabt, seinen Agenten damit zu beauftragen, ihm einen Job als Trainer zu suchen und Kendra ungestört ihren Traum verwirklichen zu lassen. Er hatte einen guten Grund dafür gehabt, in der letzten Woche die Finger von ihr zu lassen und diese Internet-Party zu organisieren, damit sie die vom Investor geforderten Einnahmen erzielte. Das alles war ihm klar, aber jetzt konnte er an nichts anderes mehr denken als daran, ihre Haut zu berühren und ihren Körper zu fühlen. Er wollte sie in jeder erdenklichen Weise lieben. Immer wieder. Und wenn der Ausdruck ihrer Augen irgendwelche Rückschlüsse zuließ, war sie von demselben überwältigenden Verlangen erfüllt.

Kendra nahm die eiskalte Flasche Bier, die ihr Dec Clifford anbot, und ging durch die Hintertür hinaus an die frische Luft. Sie setzte sich auf die knapp einen Meter hohe Mauer entlang des Parkplatzes, atmete tief die kühle Abendluft ein und trank einen Schluck Bier. Sie hatte ausgiebig getanzt, viel gelacht und sich sogar über E-Mail kurz mit Annie Keppler ausgetauscht, der Bruce vor so vielen Jahren einen Zungenkuss gegeben hatte. Jetzt war Annie verheiratet und lebte in Buffalo.

Und Bruce? Er hatte Kendra den ganzen Abend nicht aus den Augen gelassen. Egal, wann immer sie ihn angeschaut hatte, er hatte ihren Blick erwidert. Er schien sich glänzend zu amüsieren und machte den Eindruck, verrückt nach ihr zu sein.

Die Hintertür quietschte, als sie geöffnet wurde, und Bruce tauchte im Mondlicht auf. „Hallo, Lady in Leder." Er ging zu ihr. „Was machst du denn hier draußen so ganz allein?"

„Luft schnappen." Sie hielt die Bierflasche hoch. „Und die Regeln brechen, weil ich eine Flasche mit nach draußen genommen habe."

Er stellte sich so vor sie, dass sein Bauch ihre Knie berührte. „Oh ja?" Er legte ihr die Hände auf die Knie. „Ich breche sehr gern Regeln."

„Das meinen die Leute wohl, wenn sie sagen: ‚Bruce ist wild.'"

So locker, wie er alles tat, schob er sanft ihre Oberschenkel auseinander und kam so nah zu ihr, dass seine Brust beinahe ihre Brüste berührte. „Du siehst heute Abend selbst ziemlich wild aus."

Sie nahm noch einen Schluck Bier und hielt ihm dann die Flasche hin. „Willst du auch?"

Während er die Hände auf ihren Knien liegen ließ, setzte er die Flasche an die Lippen, legte den Kopf zurück und ließ es zu, dass Kendra ihm einen Schluck einflößte. Dabei sah er ihr die ganze Zeit über in die Augen.

Das war so sexy, dass sie, ohne nachzudenken, die Beine um seine Taille schlang. „Warum hast du das getan, Bruce?"

Er zog die Augenbrauen hoch. „Weil ich Durst hatte?"

„Ich meine, das Schultreffen über Internet. Die dreißig Prozent. Du weißt doch, dass du deinen Vater kaum dazu bringen wirst, das ‚Monroe's' als Bar zu führen, wenn ich von dem Investor das Geld bekomme."

„Ja, ich weiß." Er zuckte mit den Schultern. „Ich gebe auf und überlasse dir das Feld."

„So schnell aufzugeben sieht dir absolut nicht ähnlich." Kendra stellte die Bierflasche neben sich auf der Mauer ab. „Oder bist du so wild darauf, Trainer zu werden, dass du dafür bereitwillig deinen lebenslangen Traum aufgibst, die Bar zu übernehmen?"

„Woher weißt du, dass ich Trainer werden will?", fragte er überrascht.

„Durch die moderne Version eines Heizungsschachts."

Er sah sie argwöhnisch an. „Meinst du das ernst?"

„Tust du es?"

„Ich weiß nicht, wie viel du gehört hast. Aber ja, mir ist es ernst", erklärte Bruce. „Die Bar gehört dir. Das Café, meine ich. Ich ziehe mich zurück."

Vor nicht allzu langer Zeit wäre sie darüber sehr froh gewesen. Doch heute Abend tat es ihr weh. „Ach, weißt du, es ist nicht mein lebenslanger Traum, Besitzerin des ‚Monroe's' zu sein."

„Was ist es dann?"

Im Moment hielt Kendra ihren lebenslangen Traum zwischen ihren Beinen gefangen. „Du zuerst."

Bruce lächelte. „Nun, vor nicht allzu langer Zeit war mein lebenslanger Traum, in der Profiliga Baseball zu spielen. Da ich das nicht mehr kann, muss ich einen neuen Traum finden."

„Das ist nie einfach."

„Nein, das ist es nicht. Okay. Jetzt bist du aber an der Reihe. Wenn es nicht dein Traum ist, das Internet-Café sowie eine Künstlergalerie und ein kleines Theater zu besitzen, was dann?"

„Du."

Er schnappte nach Luft. „Wie bitte?"

„Ja." Kendra nickte, und plötzlich wurde ihr ganz leicht ums Herz. „Mit dir zusammen zu sein war alles, was ich jemals in meinem Leben wollte."

„Mit mir?", fragte er völlig verblüfft.

Sie legte die Hände um seinen Hals und zog ihn an sich. „Du hast dieses Tagebuch wirklich nicht zu Ende gelesen, stimmts?"

Bruce schüttelte den Kopf. „Das, was ich gelesen habe, reichte mir, um mich schlecht zu fühlen."

„Pst." Sie legte den Finger auf seine Lippen. „Wir können die Vergangenheit nicht ändern. Aber die Zukunft." Sie beugte sich nach vorn und küsste ihn so sanft, wie sie konnte. Er nahm sie in die Arme, sie schlang die Beine fester um ihn, und sie vertieften den Kuss.

Dann lehnte er sich weit genug zurück, um ihr in die Augen zu schauen. „Lass uns sofort damit anfangen", sagte er mit verführerischer Stimme.

Kendra fuhr mit dem Finger über seine Wange und mochte es, seinen leichten Bartansatz zu spüren. „Ich will dich lieben, Bruce Monroe, und nichts, überhaupt nichts wird mich dieses Mal davon abhalten."

Genau in diesem Moment ging erneut die Hintertür auf, und Bruce seufzte frustriert.

„He, Bruce", rief Jack. „Ein gewisser Coulter ist für dich am Telefon und sagt, er hätte schon den ganzen Tag versucht, dich zu erreichen."

Er drehte sich zu Jack um. „Coulter ist mein Agent. Das hat bis morgen Zeit." Er zog die Schlüssel aus seiner Hosentasche. „Tu mir einen Gefallen, Jack." Er warf seinem Freund die Schlüssel zu. „Schließ die Bar für mich ab, wenn die Party hier vorbei ist. Ich habe noch etwas vor, das nicht warten kann."

Jack schaute zu ihnen herüber und versuchte, im Dunkeln etwas zu erkennen. „Ist Kendra bei dir?"

„Ich werde gut auf sie achtgeben", versprach Bruce. „Du kannst nachher mein Auto nehmen. Kümmere dich um die Bar, okay?"

„Es ist ein Internet-Café", flüsterte Kendra ihm ins Ohr.

Er strich über ihren Oberschenkel und kniff ihr neckisch in den Po. Dann hob er sie hoch und setzte sie vor der Mauer auf dem Boden ab. „Sag nicht, dass noch irgendetwas im Lokal liegt, das du brauchst. Denn ich will auf keinen Fall riskieren, dass du es dir doch noch anders überlegst."

„Der Auto- und der Haustürschlüssel sind in meiner Hosentasche. Eine Handtasche hatte ich nicht dabei."

Bruce führte Kendra zur Straße, blieb dann aber plötzlich stehen. „Du bist dir doch sicher, nicht wahr? Ich meine, du bist ganz sicher, dass du die Geschichte wiederholen willst?"

Wenn jemand jemals den wilden Bruce zähmen kann, dann ist es Kendra Locke. Sie hatte noch immer sein aufrichtiges Bekenntnis im Ohr. Sie umarmte ihn, und er nahm sie ebenfalls fest in die Arme. „In meinem ganzen Leben war ich mir noch nie sicherer, was ich will."

Noch im Auto zog Bruce Kendra an sich, um sie sehr leidenschaftlich zu küssen. Er fragte sich, ob sie es überhaupt noch bis in ihr Strandhaus oder in Dianas Haus schaffen würden, weil er ein solches Verlangen nach ihr hatte. Es grenzte an ein Wunder, dass er den Heimweg gut überstanden hatte. Insbesondere da er sie an jeder Ampel geküsst und fast nichts mehr gesehen hatte, als sie ihm mit der Hand über den Oberschenkel gestrichen hatte.

Doch irgendwie gelang es ihnen, auszusteigen und in Dianas Haus zu kommen. Newman bellte, und Kendra stellte den Cockerspaniel schnell mit einem Hundekeks ruhig.

Bruce nahm sie an der Hand und zog sie zur Treppe. Er blieb nur kurz stehen, um sie erneut zu küssen und ihren Po zu streicheln. Sie stöhnte leise auf und schmiegte sich an ihn. „Nach oben", brachte er nur noch hervor.

Während sie die Treppe hinaufgingen, küssten und liebkosten sie sich, flüsterten und lachten miteinander. Oben angekommen, zog Kendra ihn ins erste Schlafzimmer.

Also hier hat sie meiner Unterhaltung mit Jack gelauscht, dachte er und wollte anfangen, sie damit zu necken. Aber sie streifte bereits ihren Pulli ab. Deshalb schaffte er es nur noch, die Tür mit dem Fuß zu schließen und sie zum Bett zu führen, während er Augen und Hände nicht von ihrem schwarzen Spitzen-BH lassen konnte.

Als sie auf sein Bett sank, zog er ihr sofort den BH aus, um ihre Brüste mit Küssen zu bedecken. Er liebte es, dass ihr ganzer Körper erbebte, als er an ihrer Brustspitze sog. Bruce flüsterte ihren Namen, liebkoste mit Mund und Zunge ihre Brüste und wurde von ihr mit einem lustvollen Seufzer belohnt. Dann hob er ihr Bein hoch, nahm einen ihrer Stilettos in die Hand und lächelte. „Dafür braucht man eigentlich einen Waffenschein." Langsam machte er ein Riemchen nach dem anderen auf und zog ihr die Schuhe aus.

Während er sie auf den Bauch küsste, machte er den Reißverschluss ihrer Lederhose auf und schob sie ihr über die Hüften. Darunter trug sie nur einen winzigen schwarzen Satinstring. „Kendra, Liebes, du raubst mir noch den Verstand."

Mit einem weichen, siegessicheren Lachen zog sie ihm das Poloshirt über den Kopf. Er legte sich mit dem Oberkörper auf sie, um ihre warme seidige Haut zu spüren. Als er wieder die Lippen auf ihren Mund presste, strich sie mit den Händen über seinen Bauch und fuhr mit den Fingern unter den Bund seiner Jeans. Dann ließ sie die Hände noch tiefer gleiten, und er stöhnte laut auf.

Gemeinsam bemühten sie sich, ihm möglichst schnell die Jeans auszuziehen, und lachten leise. Schließlich hatten sie es geschafft. Bruce streifte auch noch seine Boxershorts ab und legte sich zu Kendra.

Sie umfasste und streichelte ihn. „Ich liebe es, das mit dir machen zu können", sagte sie heiser.

„Jederzeit", flüsterte er. „Du brauchst ein Zimmer nur zu betreten und schon bin ich bereit für dich." Sanft spreizte er ihre Oberschenkel, strich über die sanfte Wölbung ihres Bauches, die Rundungen ihrer Brüste, über ihren Hals und ihr Gesicht. Er wollte in sie eindringen und sie spüren, aber er zwang sich, es langsam anzugehen, und schaute sie an.

Er hatte diese Frau bereits als Kind gekannt, hatte es viele

Jahre genossen, von ihr vergöttert zu werden, und hatte schon einmal mit ihr geschlafen. Doch dieses Mal war es anders. Bruce fuhr mit dem Finger zwischen ihren Brüsten entlang und über ihren Bauch bis hinunter zu dem Dreieck aus Satin. Dieses Mal, an diesem Abend war alles vollkommen anders. Er ließ seine Finger unter den Stoff gleiten.

Kendra atmete tief ein, als er sie berührte. Er streichelte sie sanft, und sie seufzte und drehte den Kopf von einer Seite auf die andere. Bei jedem Atemzug hoben und senkten sich ihre Brüste.

„Gefällt dir das?"

Sie nickte abwesend, schon völlig versunken in diesem lustvollen Vergnügen.

Er beugte sich über sie, schob das Dreieck aus Stoff zur Seite und bemerkte, dass sie bereit für ihn war. „Und ich liebe es, das mit dir zu machen."

Als sie sich ihm entgegenbog, küsste Bruce sie. Nur einmal ließ er ganz langsam seine Zunge über ihre intimste Stelle gleiten. Kendra fuhr ihm mit gespreizten Fingern durch das Haar und hob sich ihm entgegen, weil sie sich schmerzlich nach mehr sehnte. Das Blut pulsierte heftig in seinen Adern, und er hatte Mühe, sich noch zu beherrschen. Er spürte die warme seidige Haut ihrer Oberschenkel, als er sie mit Mund und Zunge liebkoste. Dann zog er ihr den String aus und schob erneut ihre Oberschenkel auseinander. Aus der Schublade des Nachttisches holte er schnell ein Kondom und streifte es sich über, während sie ihm atemlos dabei zusah.

Sie kam ihm entgegen, als er sich über sie beugte. „Bruce, ich liebe dich", flüsterte sie.

Das war es, was anders war. Nun war es mit seiner Zurückhaltung vorbei, und noch im selben Moment drang er in sie ein.

„Ich liebe dich", wiederholte sie, küsste ihn auf den Mund, den Hals und die Schultern, als er sich in ihr bewegte.

In ihr zu sein, die Rundungen ihrer Brüste zu spüren, ihre geflüsterten Liebesbekenntnisse zu hören und ihre Küsse zu schmecken, das alles steigerte seine Lust ins Unendliche. Kendra folgte seinem Rhythmus voller Leidenschaft, und er hauchte ihren Namen. Mit jedem Stoß glitt er tiefer in sie hinein und verlor sich in ihrer Hitze, ihrem weiblichen Duft und der Freude über ihre Hingabe. Und mit jeder Sekunde verliebte er sich mehr in sie. Ja, das war es, was heute Abend anders war. Er liebte sie. Als ihm das klar wurde, verlor er ganz die Kontrolle. Er kam in dem Moment zum Höhepunkt, als sie einen Gipfel erlebte, der genauso heftig und schwindelerregend war wie seiner.

Dann sank Bruce auf sie und versuchte, wieder zu Atem zu kommen. Schließlich richtete er sich auf und schaute ihr in die Augen.

„Ich liebe dich", flüsterte Kendra, und ihr Herz klopfte laut. „Ich habe dich immer geliebt und werde dich immer lieben."

Nichts in seinem Leben – einem Leben voller glanzvoller Momente, Siege und Erfolge – hatte ihm je ein stärkeres Gefühl vermittelt, wirklich irgendwo angekommen zu sein. Und plötzlich stellte er fest, dass er nicht nach Hause zurückgekehrt war, um sich in ihrer Schwärmerei für ihn oder im Ruhm früherer Zeiten zu sonnen. Er war nach Hause zurückgekehrt, um Liebe und Sicherheit zu finden. Und das hatte er. „Ich liebe dich, Kendra."

Als hätte er ihr das kostbarste Geschenk der Welt gemacht, schloss sie die Augen und atmete tief aus. Und dennoch war er derjenige, der sich als Glückspilz fühlte. Er hielt Kendra fest in den Armen, als hätte er Angst, sie würde aus dem Bett springen und weglaufen.

Er sollte mich jetzt eigentlich besser kennen, dachte Kendra, legte ihr Bein über seine Hüfte und ließ es zu, dass er sie noch enger an sich zog. Sie schmiegte den Kopf an seine durchtrainierte Brust. Er liebt mich.

„Weißt du, was mir gerade klar geworden ist?", fragte er.

„Dass du mich liebst?"

Bruce lächelte. „Außer dieser Erkenntnis. Mir wurde auch klar, dass ich aus den völlig falschen Gründen nach Rockingham zurückgekehrt bin." Er drückte sie an sich. „Es ging nicht darum, die Bar zu übernehmen."

Kendra gab ihm einen leichten Klaps. „Dann hast du mich also zum Narren gehalten."

„Ich denke, ich wollte herausfinden, wer ich ohne den ganzen Rummel und Ruhm eigentlich bin."

„Und, hast du es herausgefunden?"

„Ich bin gerade dabei." Mit einem Lächeln zog er sie an sich, und sie erwiderte sein Lächeln. Aber dann klingelte sein Handy, und Bruce ließ wieder den Kopf aufs Kissen sinken. „Das ist bestimmt wieder mein Agent."

„Warum nimmst du nicht ab?"

„Weil er mir mitteilen wird, dass er für mich einen Job als Trainer in Greenville, Gainesville oder irgendwo sonst gefunden hat, wo ich nicht hin will."

Das Handy klingelte zum zweiten Mal.

„Dann sag ihm eben, dass du hierbleiben wirst", schlug Kendra vor.

Bruce setzte sich auf und sah sich entschlossen nach seinem Handy um. „Ja, das werde ich tun."

Glücklich zog Kendra die Decke höher und betrachtete Bruce' muskulösen Rücken, als er sich über seine Jeans beugte und das Handy aus der Hosentasche zog.

„Coulter, an der Westküste ist es jetzt Mitternacht, und ich bin im Moment ziemlich beschäftigt. Ich hoffe, es ist wichtig." Dann hörte er zu und setzte sich plötzlich aufgeregt hoch. „Im Ernst? Haben sie das?" Er bewegte seinen rechten Ellbogen und rieb über die empfindliche Stelle. „Nun, dem Arm geht es schon viel besser." Er lachte.

Kendra biss sich auf die Unterlippe, als Bruce erneut zuhörte und dann vor Freude jubelte. „Sie haben tatsächlich meinen Vertrag wieder in Kraft gesetzt? Im Mai kann ich dort sein."

Enttäuscht atmete sie tief durch. Ihre Glücksgefühle verflogen und machten dem ihr nur allzu vertrauten Liebeskummer Platz.

12. KAPITEL

Bruce versuchte, sich auf die weiteren Informationen zu konzentrieren, die Coulter ihm mitteilte. Aber die Tatsache, dass Kendra aufgestanden und mit ihren Kleidern im Badezimmer verschwunden war, beschäftigte ihn weit mehr.

Will sie gehen? Das kann sie nicht. Mir ist doch gerade erst klar geworden, dass ich sie liebe, dachte er. Das wollte er ihr wieder sagen – und zeigen.

„Coulter, kann das nicht bis morgen warten?", fragte er ins Telefon. „Ich stecke hier wirklich mitten in einer wichtigen Angelegenheit." Wie zum Beispiel, mein Leben zu ändern, überlegte er.

„Dann ruf mich gleich morgen früh an, Bruce", bat sein Agent. „Wir müssen die Vertragsklauseln genau durchgehen. Dieses Mal wird das für dich nicht so ein Spaziergang wie im letzten Jahr."

„Darauf wette ich." Er starrte auf die Badezimmertür.

„Einige Dinge haben sich geändert."

„Das auf alle Fälle", stimmte Bruce zu. Als er das Gespräch beendet hatte, lief er sofort zum Badezimmer. „Ist alles in Ordnung mit dir?"

Die Tür ging auf. Jetzt war sie wieder die Lady in schwarzem Leder, gab sich aber nicht mehr süß und sexy, sondern verkörperte die kühle kluge Geschäftsfrau, die um ihr Internet-Café kämpfte. „Ich muss morgen früh arbeiten." Sie ging an ihm vorbei und warf nicht einmal einen Blick auf seinen nackten Körper.

Er hielt sie am Ellbogen fest. „Was ist denn los mit dir?"

„Ich kann die Nacht nicht hierbleiben."

„Kannst du oder willst du nicht?" Bruce bückte sich nach seinen Boxershorts und zog sie an. „Du weißt doch noch nicht einmal, worüber ich mit ihm geredet habe."

„Ich muss die Details deines Vertrages nicht kennen." Kendra machte die Schlafzimmertür auf. „Das habe ich alles schon einmal erlebt. Ich weiß, wie das läuft."

„Sieh mal, ich weiß ja, dass ich mich in der Vergangenheit schäbig verhalten habe, aber du …"

Newman bellte in der Küche, als die Glastür aufgeschoben wurde.

„Das ist Jack", sagte Bruce. „Du kannst hierbleiben. Er wird nicht …"

„Hast du mich vermisst, Newman?", hörten sie von unten die Stimme einer Frau.

„Das ist Diana."

„Ist jemand zu Hause?", rief Seamus.

Bruce war der Schreck deutlich anzusehen, als er die Stimme seines Vaters vernahm.

„Zieh dich an." Kendra tippte ihm auf die Brust. „Ich werde mich um sie kümmern."

Ohne sich noch einmal umzudrehen, ging sie die Treppe hinunter. „Warum seid ihr beiden denn schon wieder hier?"

Innerhalb von dreißig Sekunden war Bruce angezogen und ging ebenfalls nach unten, wo sich die drei immer noch umarmten und versuchten, den aufgeregten Hund zu beruhigen.

„Bruce!" Sofort schloss sein Dad ihn in die Arme.

„Wieso seid ihr denn schon zurück?" Bruce klopfte seinem Vater auf den Rücken und umarmte auch Diana kurz. „Ich dachte, ihr wärt auf Hawaii."

Sie sahen sich schuldbewusst an. „Bis dahin sind wir gar nicht gekommen."

„Nein?", fragte Kendra. „Warum denn nicht?"

„Wir sind stattdessen nach Las Vegas gefahren." Seamus lächelte wie ein Junge, der einen tollen Streich ausgeheckt hat. „Zeig den beiden den Ring, Di."

Diana hielt ihre linke Hand hoch, und Bruce blinzelte, als er den teuren Stein sah.

„Er wollte nicht vor der Hochzeit in die Flitterwochen fahren", erklärte Diana. „Wer hätte gedacht, dass dein Dad so viel Wert auf Traditionen legt?"

„Oh!", stieß Bruce hervor, und er wusste, dass ihm dazu etwas Besseres einfallen sollte. Aber das tat es nicht, und er schaute

Kendra an. Sie würde doch sicherlich vor Freude an die Decke springen.

Aber sie wirkte ebenso überrascht wie gequält. Schließlich nahm sie Diana in den Arm. „Meinen Glückwunsch." Dann legte sie ihren anderen Arm um Seamus. „Obwohl ich sehr gern auf eurer Hochzeit getanzt hätte."

„Wir werden im ‚Monroe's' eine große Party geben", versprach Diana und schaute dann Bruce strahlend an. „Wir haben ja so viel zu feiern."

„Wir haben sogar noch mehr zu feiern." Bruce' Blick fiel auf Kendra.

Diana schnappte nach Luft. „Was denn?"

„Ich kann mir nur eine Sache vorstellen, die mich noch glücklicher machen würde als meine Hochzeit. Nur raus damit", meinte Seamus.

Verwundert fragte Bruce sich, welche Ankündigung sein Vater wohl erwartete.

„Kendra hat ihre dreißig Prozent erzielt."

„Bruce kehrt zu den Snake Eyes zurück", sagte Kendra gleichzeitig.

Seamus und Diana starrten die beiden erstaunt an.

„Wie bitte?", fragte Diana.

„Habe ich richtig gehört?", fragte Seamus.

„Er hat gerade den Anruf bekommen." Kendras Augen glänzten, aber ihr Lächeln wirkte gezwungen. „Sie setzen seinen Vertrag wieder in Kraft."

„Bruce", rief Diana. „Ist das nicht toll?"

„Ich weiß nicht." Bruce schaute Kendra an. „Ist es das?"

Sie schluckte. „Ich lasse euch jetzt allein, damit ihr euch alles erzählen könnt", sagte sie schnell. „Und ihr müsst Bruce für die Steigerung der Einnahmen um dreißig Prozent danken. Er ist ..." Sie warf ihm einen Blick zu. In ihren blauen Augen entdeckte er ein Gefühl, das weit über ihre frühere Schwärmerei für ihn hinausging und ihm erneut das Gefühl gab, endlich angekommen zu sein. Für diesen Blick war er so dankbar. „Er ist unglaublich und etwas ganz Besonderes", sagte sie schließlich.

„Das wusste ich schon immer." Als Bruce die Stimme seines Vaters hörte, drehte er sich um und erwartete, er würde vor Stolz strahlen. Doch stattdessen wirkte Seamus traurig und enttäuscht. Warum ist Dad nicht darüber glücklich, dass ich wieder bei den Snake Eyes spielen werde? fragte er sich. Und warum bin ich es nicht?

Seamus fing mit einem alten Fanghandschuh den Ball, den Bruce geworfen hatte. Seit sie auf dem Spielfeld der Rock High waren und ein bisschen übten, konnte er seine schlechte Laune kaum verbergen. „Warum warst du so spät dran?", fragte er, als er Bruce den Ball zurückwarf.

Bruce schüttelte den rechten Arm, rieb sich den Ellbogen und überlegte kurz, bevor er erneut warf.

Auch diesen Wurf fing Seamus. „Warum weichst du plötzlich nach rechts aus?", fragte er schroff.

„Und warum bist du so sauer auf mich?", fragte Bruce und seufzte frustriert.

„Das bin ich nicht." Sein Vater schaute ihn finster an.

Bruce überlegte, ob seinem Vater vielleicht die Knochen wehtaten. Er wischte sich den Schweiß von der Stirn und ging zu seinem Vater. „Seitdem du gestern nach Hause gekommen bist, wirkst du irgendwie unzufrieden. Du hast geheiratet, ihr bekommt das Geld für das Café, und ich werde wieder bei den Profis mitmischen. Was braucht es denn noch, um dich glücklich zu machen, Dad?"

Seamus lächelte ironisch. „Das, was es immer braucht, mein Sohn. Ich will, dass du glücklich bist. Wenn du glücklich bist, dann bin ich es auch."

„Glück ist relativ", meinte Bruce.

Sein Vater nickte nur. „Es war verdammt nett von dir und Jack Locke, für Kendra dieses Schultreffen übers Internet zu organisieren", sagte er. „Vermutlich wolltest du die Bar gar nicht."

Ach so, auf die Bar läuft es hinaus, dachte Bruce. „Ich wollte ihr helfen. Es hatte nichts damit zu tun, dass ich ‚Monroe's' nicht betreiben wollte. Ich wäre sehr glücklich gewesen, ..." Kendra zu heiraten, mit ihr neun Kinder aufzuziehen und ein Leben lang das zu haben, was er am vergangenen Abend gehabt hatte, gestand er sich ein. „Ich wäre sehr glücklich gewesen, die Bar zu betreiben, Dad", sagte er und legte seinem Vater den Arm um die Schulter. „Es tut mir leid, wenn ich dich enttäuscht habe."

„Nicht mich", erwiderte Seamus. „Diana."

„Diana? Wie hätte ich Diana denn enttäuschen können?"

„Sie wollte sich als Kupplerin betätigen." Seamus lächelte. „Es war ihre Idee, euch beide das ganz allein unter euch ausmachen zu lassen. Sie hatte sogar vor, eine Art Wettstreit daraus zu machen. Aber ich wollte nur, dass die Natur ihren Lauf nimmt."

„Die Natur hat ihren Lauf genommen", erwiderte Bruce.

Sein Vater blieb wie angewurzelt stehen. „Hat sie das?"

„Wenn damit gemeint war, dass ich mich über beide Ohren in Kendra verlieben sollte, dann ja." Es tat Bruce gut, seinem Vater seine Gefühle zu gestehen.

„Aber du fährst heute Abend nach Las Vegas zurück", meinte Seamus verständnislos. „Das war wirklich eine klägliche Verabschiedung für eine Frau, die du liebst. Sie hat dir zugewinkt und ist gegangen."

Bruce hatte Kendras unbekümmerten Gesichtsausdruck immer noch vor Augen, als sie das Haus verlassen hatte. Einen Moment lang hatte er gedacht, sie wäre froh, dass er verschwand. Er hatte das Gefühl gehabt, sich ihre Liebeserklärungen vielleicht nur eingebildet zu haben. Wenn er nicht gesehen hätte, wie leidenschaftlich sie sich ihm hingegeben hatte ... Wenn er nicht die Aufrichtigkeit in ihrer Stimme gehört hätte, als sie ihm gesagt hatte, dass sie ihn liebe, hätte er ihr das nicht mehr geglaubt. Aber er hatte all das gesehen und gehört.

„Es hätte sowieso nicht funktioniert, Dad." Stattdessen musste er jetzt eben das glauben. „In der Vergangenheit sind Dinge zwischen uns geschehen, von denen du nichts weißt."

„Ich weiß über das Baby Bescheid, Bruce."

Er starrte ihn an. „Das weißt du?"

„Ich habe Augen und Ohren, mein Sohn. Ich habe Kendras Gesichtsausdruck gesehen. Jedes Mal, wenn sie an deinem Trikot, das an der Wand hing, vorbeigelaufen ist. Deshalb habe ich es auch abgehängt."

„Du warst das? Ich dachte, Diana hätte das getan."

Seamus trank einen Schluck Wasser. „Du wirst damit aufhören, Diana an allem die Schuld zu geben, was dir hier nicht gefällt. Sie ist jetzt meine Frau."

Bruce seufzte. „Ich wusste nichts von dem Baby und konnte es auch nicht wissen. Kendra hatte mir nichts gesagt."

„Du hättest sie anrufen können."

„Und du hättest mich anrufen können", konterte Bruce.

Sein Vater verdrehte die Augen. „Du tust ohnehin immer das Gegenteil von dem, was ich dir sage."

„Das stimmt nicht. Nicht immer. Okay, aber meistens."

„Dann eben fast immer. Und in diesem Fall hatte ich das Gefühl, dass ich mich da heraushalten sollte."

Bruce ließ sich auf die Bank fallen. Er entschied, seinen Vater etwas zu fragen. Er hätte sich nie träumen lassen, Seamus einmal diese Frage zu stellen. „Ich soll heute Abend in ein Flugzeug nach Las Vegas steigen", begann er. Der Gedanke, für unbestimmte Zeit keinen Abend mehr mit Kendra verbringen zu können, machte ihm ziemlich zu schaffen. Warum sollte sie auf ihn warten? Sie könnte denken, dass es vielleicht noch einmal zehn Jahre dauern könnte, bis er wieder auftauchte. Auch wenn ihm klar war, dass er in seinem Alter, mit seinem angeschlagenen Ellbogen und seiner Vergangenheit schon von Glück sprechen konnte, noch ein Jahr für die Snake Eyes spielen zu dürfen. Dann würde er wieder nach Hause kommen. Würde er dann ihr Leben zum dritten Mal ruinieren? „Was soll ich tun, Dad?", fragte er schließlich.

Er wartete auf den Rat seines Vaters. Er wartete, und ihm wurde bewusst, dass er jemanden brauchte, der ihm sagte, dass es in Ordnung war, seinem Herzen und nicht seinem Kopf zu folgen. Los, Dad, sag etwas. Spiele, um zu gewinnen, zum Beispiel.

Oder irgendeine andere einfache Baseballweisheit, die sich auf seine Situation übertragen ließe, und mit der er vor sich rechtfertigen könnte, sich entweder seine letzte Chance auf Ruhm und Erfolg auf dem Spielfeld entgehen zu lassen. Oder das Glück zu ignorieren, das ihm Kendra bieten würde.

Aber sein Vater fuhr sich durch seine dichten grauen Haare und lächelte. „Nur du kannst wissen, was in deinem Leben wichtig ist, mein Sohn. Nur du kannst dir diese Frage beantworten."

Diese Antwort war so laut und deutlich wie der Pfiff eines Schiedsrichters.

„Wenn du mich nicht sofort hereinlässt, trete ich die Tür ein." Diese Drohung ging mit einem dreimaligen lauten Klopfen an Kendras Haustür einher.

Kendra seufzte tief. Sie wusste, dass es pure Zeitverschwendung war, Jack zu ignorieren. Sie versteckte das neue blaue Spiralheft unter einem Sofakissen, ging barfuß zur Haustür und machte sie auf. „Spar dir deinen dramatischen Auftritt, Jack." Sie sah ihn genervt an.

Jack lächelte und legte seiner Schwester den Arm um die Schultern. „Warum ignorierst du mich?"

„Warum schläfst du dich nicht aus? Du warst doch gestern Nacht sicherlich bis um zwei oder drei Uhr im ‚Monroe's'?"

„Die letzten E-Mails sind um zwei Uhr dreißig verschickt worden, und ich konnte heute Morgen nicht mehr schlafen. Bruce und sein Vater sind zur Rock High gegangen, um ein bisschen Baseball zu spielen, und Diana hat kurz darauf ebenfalls das Haus verlassen. Ihrer Kleidung nach zu urteilen, muss sie wohl einen wichtigen Geschäftstermin haben. Dann war ich allein mit einem Hund, der keinen Kaffee kochen kann." Er warf einen Blick in Kendras kleine Küche. „Du wirst mich doch nicht in irgendein Internet-Café schicken wollen, damit ich meine Ration Koffein bekomme, oder?"

Sie lächelte und deutete mit dem Kopf Richtung Küche. „Komm, ich werde dir eine Tasse Kaffee machen. Um wie viel Uhr fährst du zum Flughafen?"

"Mein Flugzeug startet um dreizehn Uhr in Boston. Also muss ich mich schon bald auf den Weg machen. Bringst du mich zum Flughafen?"

"Wird Bruce das nicht tun?"

Jack betrachtete sie, als wüsste er, was in ihr vorging. "Es ist ein bisschen zu anstrengend für ihn, zweimal am Tag zum Logan Airport zu fahren."

"Dann fliegt er also heute nach Las Vegas?" Sie gratulierte sich dazu, dass ihre Stimme fest klang.

"Er hat noch einen Flug um achtzehn Uhr dreißig bekommen. Sein Agent will, dass er morgen früh in Las Vegas ist."

"Oh." Kendra schaffte es, den gemahlenen Kaffee in die Filtertüte zu füllen, ohne etwas davon zu verschütten. "Natürlich bringe ich dich zum Flughafen." Wenn sie ein gutes Timing an den Tag legte, könnte sie es vermeiden, Bruce noch einmal zu sehen. Sie würde sich viel Zeit nehmen, bevor sie vom Flughafen zurück nach Rockingham fahren würde. Und wenn sie dann wieder zu Hause war, dann wäre Bruce bereits weg.

"Bruce ist in dich verliebt."

Jacks Feststellung holte sie in die Wirklichkeit zurück. "Er ist lediglich in die Tatsache verliebt, dass ich in ihn verliebt bin", gab sie zurück. Zumindest hatte sie das gerade so in ihr neues Tagebuch geschrieben. Eigentlich war sie schon viel zu alt dafür, einem Tagebuch ihren Kummer anzuvertrauen. Aber sie war auch viel zu traurig, um es nicht zu tun. "Er ist süchtig danach, angebetet zu werden. Und das habe bis zum Abwinken getan."

"Das ist wahr."

"Zumindest weiß ich, wer ich bin und welche Schwächen ich habe", sagte Kendra mehr zu sich selbst als zu ihrem Bruder. "Kannst du dir vorstellen, wie entsetzt ich war, als er vor ein paar Wochen hier aufgetaucht ist? Denn ich war sicher, dass er es in der Hand hätte, meine Hoffnungen zunichtezumachen und mein Leben zu ruinieren."

"Und dann bist du in der schwarzen Lederhose aufgetaucht und hast sein Leben ruiniert." Jack lachte leise. "Aber schon lange vorher, bevor du in deinem Kampfanzug erschienen bist, hatte es ihn erwischt."

„Das glaube ich nicht. Aber es ist nett von dir, das zu sagen, damit ich mich besser fühle", meinte Kendra.

Jack stützte die Ellbogen auf die Küchentheke und schaute sie ernst an. „Ich sage das nicht nur, damit du dich besser fühlst. Ich finde, der Mann ist vollkommen verrückt, wenn er dich wieder verlässt."

„Wieder?" Dieses Mal klang ihre Stimme unsicher.

„Er hat mir von dem Baby erzählt."

„Hat er das?", fragte Kendra enttäuscht.

„Nun, um die Wahrheit zu sagen, habe ich angefangen, ihm von deinem ... deiner Vergangenheit zu erzählen. Und dann erzählte er mir, dass es sein Baby war."

„Du warst heute Morgen ja schon ziemlich umtriebig." Sie versuchte, einen lockeren Ton anzuschlagen. Dann schloss sie einen Moment lang die Augen. Jack war ihr Bruder. Ihm musste sie nichts vormachen. „Tut mir leid, Jack. Ich wollte nicht, dass du das jemals erfährst."

Er zuckte mit den Schultern. „Ich habe es geschafft, ihn nicht zusammenzuschlagen. Aber nur deshalb, weil er einen wirklich jämmerlichen Eindruck gemacht hat."

Kendra ging einen Schritt auf ihn zu und legte ihre Hand auf seine. „Und wie geht es dir jetzt, da du weißt, wer der Vater des Babys war?"

„Ich bin traurig, weil du und Bruce ganz sicher wunderbare Kinder bekommen würdet."

Sie fühlte, dass ihr die Röte in die Wangen stieg.

„Und weißt du, was ich noch denke, Kendra? Ich denke, wenn ich jemals eine Frau fände, die mich so bedingungslos lieben würde wie du ihn, dann würde ich sie mir schnappen und sie nie, nie wieder loslassen." Er drückte ihre Hand.

„Ich hoffe, das wirst du tun, Jack."

„Und da ich gerade als dein großer Bruder Weisheiten von mir gebe, hätte ich noch etwas für dich, worüber du nachdenken solltest."

Jack war immer ein Rebell gewesen, aber er hatte sie niemals in die falsche Richtung gedrängt und es immer ehrlich mit ihr gemeint. „Und was ist das?"

„Wir wussten Bescheid, dass du lauschst. Deshalb haben wir im Keller diesen ganzen Schwachsinn von uns gegeben."

Zum ersten Mal seit vielen Stunden lachte Kendra. „Das wusste ich." Aber sie hatte nicht gewusst, was sie gestern gehört hatte. Bruce liebte sie. Das hatte er ihr eingestanden.

„Das wusstest du nicht", konterte er und klang ganz wie der große Bruder, der es liebte, sie zu necken. „Aber es ist schön, dich lächeln zu sehen."

Tatsache war, dass sie ihren Job und ihr Café hatte, ihre Freunde, ihren Bruder und ihre Würde. Kendra hatte eine Menge, worüber sie froh sein konnte – auch wenn sie Bruce nicht hatte.

Da Kendra es geschafft hatte, Bruce den ganzen Tag über aus dem Weg zu gehen, hatte es absolut keinen Sinn, dass sie sich bis zum Abend die Zeit auf dem Flughafen vertrieb. Bevor Bruce zu Dianas Haus zurückgekommen war, hatte sie sich bereits mit Jack auf den Weg zum Logan Airport gemacht. Da sich Jacks Abflug verzögert hatte, hatte sie noch ein paar Stunden zusammen mit ihrem Bruder verbracht. Anschließend hatte sie im Buchladen des Flughafens herumgestöbert. Dann hatte sie eine Pizza gegessen, weil sie hungrig geworden war.

Nun schaute sie auf die Uhr. Es war kurz nach siebzehn Uhr. Schnell versuchte sie sich einzureden, dass sie die Zeit totschlug, um auf dem Rückweg nicht in den Feierabendverkehr zu geraten. Aber sie wusste, dass sie sich da etwas vormachte. Sie wollte lange genug auf dem Flughafen bleiben, um sich von Bruce zu verabschieden. Sie musste ihn ein letztes Mal küssen und ihm noch einmal sagen, dass sie ihn liebte.

Mit einem zaghaften Lächeln und Herzklopfen ging sie in Richtung der Schalter, an denen sich die Passagiere des Fluges 204 nach Las Vegas eincheckten. Kendra konnte Bruce' Entscheidung nachvollziehen, seinen Vertrag zu erneuern und wieder Baseball zu spielen. Jack hatte ihr gesagt, dass man Bruce nur als zusätzliche Verstärkung des Teams zurückgeholt und er wahrscheinlich seine letzte Saison vor sich hatte. Aber das spielte für sie keine Rolle.

Zum ersten Mal in ihrem Leben fühlte sie sich frei. Nicht frei davon, ihn zu lieben – das würde sie immer tun –, aber frei von dem Gefühl der Verzweiflung, dass ihr Leben ohne ihn irgendwie unvollständig wäre. Das war es nicht. Sie hatte ein ausgefülltes Leben. Also konnte sie bestimmt auch so viel Kraft aufbringen, ihm alles Gute zu wünschen und sich von ihm zu verabschieden.

Kendra sah sich nach einem großen, gut aussehenden Mann mit verführerischen Augen und einem erotischen Lächeln um. Mit vor Aufregung weichen Knien lief sie an der Reihe der Fluggäste entlang, die einchecken wollten. Aber sie konnte Bruce nicht entdecken. Also ging sie vor die Tür und hielt dort vergeblich nach ihm Ausschau.

Zurück in der Abfertigungshalle, verfolgte sie die Passagiere von der Gepäckabgabe bis zu den Flugsteigen. Weiter kam sie ohne Ticket nicht. Sie beobachtete, wie mehrere Dutzend Männer – manche davon waren groß, manche dunkelhaarig und manche gut aussehend – den Sicherheitscheck über sich ergehen ließen. Aber Bruce war nicht unter ihnen. Als sein Flug zum letzten Mal aufgerufen wurde, war Kendra klar, dass sie ihn verpasst haben musste.

Er war sicherlich schon sehr früh auf dem Flughafen gewesen. Wahrscheinlich konnte er es kaum erwarten, zu seinem Traumjob zurückzukehren. Baseball war immer noch seine wahre Liebe. Wenn er nicht wusste, wer er ohne den ganzen Rummel und Ruhm wirklich war, dann könnte er das noch nächstes Jahr oder in zwei Jahren herausfinden. Bruce würde sich nie für ein langweiliges Leben in Rockingham entscheiden, wenn er für einen Profiverein spielen konnte. Selbst wenn er dieses langweilige Leben mit ihr verbrachte.

Kendra wartete noch zehn Minuten, dann ging sie zum Parkplatz. Der größte Sieg, entschied sie auf der Heimfahrt, war die

Tatsache, dass sie dieses Mal keine Tränen vergoss. Es war Zeit, einem letzten Dämon ins Auge zu schauen und dann ihr Leben zu genießen.

Bruce stand ganz oben auf einer Sanddüne und spähte in die Dunkelheit. Am anderen Ende des West Rock Beach entdeckte er ein schwaches Licht. Jemand saß mit einer Taschenlampe in der Hand auf einer Decke.

Endlich hatte er Kendra gefunden. Warum hatte er nicht daran gedacht, zuerst hier nach ihr zu suchen. Stattdessen hatte er ganz Rockingham abgeklappert und vergeblich im „Monroe's" und ihrem Haus nach ihr Ausschau gehalten. Ihr Handy war abgeschaltet, und Jacks Flugzeug hatte zwar Verspätung gehabt, war aber dann gestartet. Das alles hatte er überprüft, während er versucht hatte, sie zu finden. Denn er wollte ihr so schnell wie möglich erzählen, welche Entscheidung er getroffen hatte. Als er zu ihr ging, rief er ihren Namen, weil er sie nicht erschrecken wollte. Er hörte sie überrascht nach Luft schnappen.

„Bruce, bist du das?"

„Du hast wahrscheinlich ein Faible dafür, dich im Dunkeln an Stränden herumzutreiben", sagte er, als er näher kam.

„Ich ... Was machst du denn hier? Dein Flugzeug ist vor Stunden gestartet."

„Ich bin nicht geflogen." Er stand jetzt vor ihr. Im Schein der Taschenlampe nahm er ein blaues Spiralheft und einen Stift wahr. Er ließ sich auf die Knie fallen und sah Kendra ins Gesicht. „Kommst du oft hierher?"

Sie schüttelte den Kopf und erwiderte seinen Blick. „Abgesehen von unserem Picknick neulich, war ich schon zehn Jahre lang nicht mehr hier."

Er setzte sich neben sie. „Was tust du hier?"

„Ich feiere."

Sie feiert? Diese Antwort habe ich am allerwenigsten erwartet, dachte Bruce. „Das Internet-Café und die Galerie?"

„Nein."

„Die Tatsache, dass Seamus und Diana geheiratet haben?"

„Nein."

„Dass mein Vertrag bei den Nevada Snake Eyes wieder in Kraft gesetzt wurde?" Bitte sag nein.

„Irgendwie schon."

Er lachte und seufzte zugleich. „Und du feierst mit einem Spiralheft und einem Stift? Nicht mit Champagner?"

„Ich schreibe." Kendra nahm die Taschenlampe und hielt den Lichtstrahl direkt auf das Heft. „Willst du es hören?"

„Ja, leg los."

Ganz langsam nahm sie das Heft und schlug die erste Seite auf. Dann räusperte sie sich und begann, ihm den Text vorzulesen.

In dem Jahr, in dem ich schreiben lernte, einstellige Zahlen addieren und mir die Schuhe selbst zubinden konnte, habe ich mich in Bruce Monroe verliebt.

Bruce schnürte es die Kehle zu, als er das hörte.

In dem Jahr, in dem ich begriff, was das Leben wirklich bedeutet, habe ich mein Kind verloren.

Er versuchte zu schlucken, aber es war ihm unmöglich.

Und in diesem Jahr, in dem Jahr, in dem ich einen beruflichen Traum verwirkliche, bin ich endlich fähig, ihn gehen zu lassen. Ihn wirklich loszulassen und nicht so zu tun, als käme er zurück. Denn selbst, wenn er es tut ...

Kendra hielt inne und schaute ihn an.

... werde ich nicht auf ihn warten. Und das bringt mich nicht einmal zum Weinen.

Bruce blinzelte und bemerkte, dass ihm Tränen in die Augen traten. „Nun, dann bist du wohl die Einzige", sagte er und lachte verlegen.

Sie beugte sich zu ihm und wischte ihm die Tränen weg. „Und jetzt sag mir, warum du nicht in das Flugzeug nach Las Vegas gestiegen bist."

Er nahm ihre Hand in seine. „Weil ich nicht weggehen werde. Ich nehme den Job nicht an."

Kendra starrte ihn völlig verblüfft an. „Was?"

Er tippte nun auf die Seite, die sie ihm gerade vorgelesen hatte. „Wenn ich weggehe, wirst du nicht auf mich warten, und ich möchte mein Leben nicht ohne dich verbringen."

Sie betrachtete sein Gesicht, atmete tief durch und versuchte, die Bedeutung seiner Worte zu begreifen. „Bruce, du kannst ohne Baseball nicht leben."

„Das werde ich auch nicht. Ich übernehme den Job als Trainer des Rock High Teams."

„Tust du?"

Er nickte. „Und wahrscheinlich werde ich dir im ‚Monroe's' ein bisschen zur Hand gehen."

„Wirst du?"

Bruce nickte erneut. „Denn ich möchte neun Kinder. Damit wirst du ziemlich beschäftigt sein."

Kendra lachte, aber selbst im Mondlicht konnte er ihre Tränen sehen.

„Das ist in Ordnung, oder?"

„Du bist ja verrückt." Sie schüttelte den Kopf. „Vollkommen verrückt."

„Verrückt nach dir." Er umfasste ihren Nacken und zog sie an sich. „Ich liebe dich, Kendra. Ich liebe deine Stärke, deine Intelligenz und deine Fähigkeit, zu mir zu stehen. Und ich liebe es, dass du mich dein ganzes Leben lang geliebt hast. Wenn du jemals damit aufhörst, dann werde ich das nicht ertragen."

„Das werde ich nie, Bruce. Ich war nur bereit, dich gehen zu lassen, unabhängig und allein zu sein – auch wenn ich dich immer noch liebe."

„Du kannst unabhängig sein, aber nicht allein. Willst du mich heiraten, Kendra Locke? Kann ich dich zu Mrs Monroe machen?"

Sie nahm den Stift in die Hand. „Weißt du, dass ich die Unterschrift, Mrs Bruce Monroe, schon beinahe mein ganzes Leben lang geübt habe? Es ist an der Zeit, sie endlich zum Einsatz zu bringen."

Er legte sich auf die Decke und zog sie zu sich herunter. „Ist das ein Ja?", fragte er, atemlos vor Erwartung.

„Nun", meinte sie mit einem verschmitzten Lächeln. „Es ist wahr, dass das ‚Monroe's' immer von Monroes geführt wurde."

„Sag ja, Kendra." Bruce küsste sie auf die Augenlider.

„Und dass Seamus mich besser leiden mag als dich."

„Sag ja, Kendra." Er küsste ihre Wangen.

„Und dass Martin Hatcher unbedingt will, dass du das Team der Rock High trainierst."

„Sag ja, Kendra." Er küsste sie auf den Mund.

„Ja, Bruce."

Glücklich und zufrieden zog er sie noch näher zu sich. „Mit diesen neun Kindern", sagte er heiser vor Freude und Verlangen, „fangen wir am besten sofort an." Er küsste sie lange und leidenschaftlich.

„Am Strand hatten wir schon mal ziemliches Glück damit." Sie lachte und schlang ein Bein um ihn. „Aber ich will keine neun Kinder."

„Und was willst du?"

„Ich will dich, Bruce."

Er nahm sie daraufhin ganz fest in die Arme. Er konnte einfach nicht glauben, dass diese schöne, liebevolle, brillante und wundervolle Frau für den Rest seines Lebens seine Partnerin sein würde.

„Du hast mich. Für immer und ewig."

„Und vielleicht ein kleines Mädchen", fügte Kendra hinzu.

Bruce küsste sie und flüsterte: „Solange sie einen guten Wurfarm hat, kann ich damit leben."

– ENDE –

Vicki Lewis Thompson

Küss mich,
und stell die Fragen später

Roman

Aus dem Amerikanischen von
Sarah Falk

1. KAPITEL

Kyla Finnegan besaß die Lösung für alle Probleme dieser Welt: Fußmassage.

Arturo Carmello schien einer Meinung mit ihr zu sein. Als Kyla lächelnd zu ihm hinter den Schreibtisch trat, sah sie, dass er seine Schuhe und Socken schon ausgezogen hatte.

„Freuen Sie sich auf unsere Sitzung, Mr Carmello?"

„Ich kann Ihnen nur sagen, junge Frau, dass diese Fußmassagen einen neuen Menschen aus mir gemacht haben." Er drehte seinen Sessel zu ihr herum. „Ich weiß nicht, wieso, aber es funktioniert."

„Stellen Sie sich Ihre Füße als Schalttafel vor." Kyla öffnete ihren Koffer mit den Massageölen und dem Kassettenrekorder. Dann legte sie ein Kissen auf den Boden und setzte sich darauf. „Indem ich ganz bestimmte Punkte an Ihren Füßen bearbeite, löse ich eine Art Signal an den damit verbundenen Körperteilen aus." Sie legte ihre Jacke ab und stellte den Kassettenrekorder an. Sanfte Musik erklang.

„Ah." Arturo lehnte sich genüsslich zurück und schloss die Augen. „Da haben wir ja die Musik, die mich ins Paradies versetzt!"

Kyla lächelte. Er war so ein netter alter Mann; es fiel ihr schwer, die Gerüchte über seine angeblichen Beziehungen zur Unterwelt zu glauben. Sie öffnete die Flasche mit dem Vanilleöl und gab ein paar Tropfen auf ihre Hand.

„Das riecht wunderbar. Es erinnert mich an Plätzchen. Besser als dieses Blumenzeug."

„Ich mag den Duft auch." Kyla verrieb das Öl in den Händen und begann, Arturos Füße zu bearbeiten.

Arturo seufzte und atmete tief durch, was seinen umfangreichen Bauch auf- und abschwellen ließ wie einen Luftballon. „Es ist nicht gut, Miss Finnegan, dass Sie nach fünf Uhr kommen und dann mit dem Bus nach Hause fahren. Im Winter wird es früh dunkel. Ich mache mir Sorgen um Sie, wo Sie nicht einmal ein Auto haben …"

„Ach, ich komme schon zurecht, Mr Carmello." Mit weichen, rhythmischen Bewegungen massierte sie den Spann eines jeden Fußes. „Sie leiden noch immer unter dieser Erkältung?"

„Ja."

Sie verstärkte den Druck. „Das wird helfen."

„Ja, ich spüre es schon. Sie sind ein liebes Mädchen, Kyla. Sie erinnern mich an meine Töchter. Sie haben dunkles Haar wie Sie, und Sie tragen es genauso kurz und lockig wie meine Jüngste. Nur dass Sie blaue Augen haben. Ihre irische Abstammung, nehme ich an. Meine Mädchen sind hundertprozentige Italienerinnen. Aber sie sind auch sehr brave Mädchen, alle beide."

„Danke, Mr Carmello." Kyla gab noch etwas Öl auf ihre Hände und beschrieb mit dem Daumen einen Kreis unter dem großen Zeh seines linken Fußes.

„Trotzdem finde ich, dass Sie wenigstens einen Freund haben sollten, der Sie nach Hause bringt. Man ist in Chicago nach Einbruch der Dunkelheit nicht mehr sicher auf den Straßen."

„Ich werde Ihnen ein Geheimnis anvertrauen, Mr Carmello", sagte Kyla lächelnd.

„Wirklich? Und das wäre?"

„Ich besitze einen braunen Gürtel in Karate. Und ich trainiere jeden Tag."

„Das ist nicht Ihr Ernst!"

„Und ob. Mein Bruder und ich fingen schon als Kinder damit an. Jeder, der auf die Idee käme, mich zu überfallen, würde es sehr bereuen."

Arturo lachte. „Das ist gut. Aber wer würde das schon vermuten bei einem so zierlichen Ding wie Ihnen."

Gerade weil sie „so ein zierliches Ding" war, setzte Kyla unermüdlich ihr Karatetraining fort. Sie wollte nie wieder körperlich unterlegen sein.

Arturo schwieg eine Zeit lang. „Wären Sie in der Lage, mich quer durch den Raum zu schleudern?", fragte er schließlich.

„Nein, aber außer Gefecht setzen könnte ich Sie bestimmt. Vorausgesetzt natürlich, Sie hätten keine Waffe."

„Nicht zu fassen. Das muss man sich mal vorstellen", murmelte Arturo beeindruckt.

„Ja. Wie Sie sehen, Mr Carmello, können Sie aufhören, sich um mich zu sorgen und anfangen, sich zu entspannen. Die Massage wird Ihnen nur dann helfen, wenn Sie aufhören zu reden und mich arbeiten lassen."

„Na schön." Arturos Bauch hob sich wieder, als er versuchte, tief durchzuatmen. „Ich hätte früher nie gedacht, dass ich mich nach einer Fußmassage so großartig fühlen würde, aber heute kann ich es kaum erwarten, Sie zu sehen. Wäre es nicht möglich, dass Sie statt an drei Nachmittagen in der Woche an fünf kämen?"

„Natürlich." Kyla ließ ihren Daumen fest über die Innenseite seines Spanns gleiten. „Aber jetzt müssen Sie sich entspannen."

Das tat er, und dann war nichts mehr zu hören außer der einlullenden Musik und den gedämpften Geräuschen des nachmittäglichen Verkehrs. Kyla liebte die Ruhe in dem verlassenen Gebäude. Keine zuschlagenden Türen, kein Liftgebimmel. Vermutlich waren sie und Arturo die einzigen Menschen in dem fünfzigstöckigen Bürohochhaus. Kyla bemühte sich, ihre Umgebung zu vergessen, und konzentrierte sich darauf, Arturo Energie zu übermitteln.

Das Gebäude war zu einer guten Einnahmequelle für sie geworden, denn allmählich sprach es sich herum, dass man die Mittagspause zu einer Fußreflexzonenmassage bei Kyla Finnegan nutzen konnte. Es war ein Beruf, der ihrem Bedürfnis nach Freiheit sehr entgegenkam, denn so konnte sie bei der Arbeit ihr Lieblingsoutfit tragen – Jeans und Pullover – und sich ihre Zeit selbst einteilen.

Arturo war jedoch der einzige Kunde, den sie nach fünf Uhr bediente, weil sie gewisse Hemmungen hatte, was Termine um diese Zeit betraf, vor allem, wenn es sich um männliche Kunden handelte. Doch Arturo hatte sie bisher immer mit Respekt behandelt.

Kyla war nicht sicher, was sie als Erstes auf die veränderte Atmosphäre im Raum aufmerksam machte. Dann hörte sie ein leises Knarren. War die Tür geöffnet worden? Sie hörte auf, Arturos Fuß zu massieren, und lauschte angestrengt. Waren das etwa Schritte? Ach was, vermutlich war sie nur verunsichert durch Arturos Gerede über die Gefahren auf den Chicagoer Straßen.

Dennoch rührte sie sich nicht und horchte auf weitere Geräusche. Doch das Einzige, was sie hörte, waren die Musik und Arturos Atemzüge. Wahrscheinlich war es doch nur Einbildung gewesen. Sie nahm ihre Massage wieder auf.

Und dann erklang das Geräusch von Neuem. Es waren Schritte, zweifellos – die langsamen Schritte von jemandem, der sich vorsichtig dem Schreibtisch näherte.

Kyla wollte gerade etwas zu Arturo sagen, als sie ein leises Zischen hörte, gefolgt von einem sanften Aufprall. Arturos Fuß in ihrer Hand zuckte einmal kurz, und Kyla schaute verwundert zu ihm auf. Ein sauberes Loch war in seinem weißen Hemd zu sehen, direkt über seinem Herzen. Es färbte sich langsam rot.

In fassungslosem Erstaunen starrte sie auf den Fleck, bis ihr Gefühl für Realität zurückkehrte. Die Erkenntnis, was hier geschehen war, traf sie wie eine eiskalte Dusche. Ein Brausen entstand in ihren Ohren. Es konnte nicht sein. Nein. Sein Fuß war doch noch warm. Er konnte nicht ... Aber er war tot. Er atmete nicht mehr.

Um Gottes willen, nein ... Nicht dieser nette alte Mann! Sie verschluckte den Schrei, der in ihrer Kehle aufstieg, weil ihr Instinkt die Oberhand gewann. Beweg dich nicht, Kyla ... Sie hielt den Atem an und zwang sich, ihr Zittern und das Bedürfnis, aufzuspringen und davonzulaufen, zu unterdrücken.

Bleib ganz ruhig und beherrscht, ermahnte sie sich. Du musst überleben.

„Nun, das wäre es dann wohl", sagte eine männliche Stimme vor dem Schreibtisch. Sie klang ein wenig schrill, eine Stimme, die man nicht so schnell vergaß. „Gut, dass er gerade ein Schläfchen hielt und die Musik anhatte."

„Ist er tot?", fragte eine andere, tiefere Männerstimme. „Er atmet schließlich nicht mehr, oder?"

Kyla befürchtete, ohnmächtig zu werden und wehrte sich gegen den schwarzen Nebel, der sie einzuhüllen drohte. Zwei Männer hatten gerade Arturo Carmello erschossen, hatten ihn kaltblütig ermordet, während sie ihm die Füße massierte. Und die Killer ahnten nichts von ihrer Anwesenheit.

Ein paar Zimmer weiter auf derselben Etage zog Pete Beckett eine Schublade auf und durchsuchte ihren Inhalt. Weil er jedoch kein Recht dazu hatte, trug er Handschuhe. Nur Peggy zuliebe war er hier – denn seine Zwillingsschwester hatte leider einen Schuft geheiratet, den sie verdächtigte, Drogengelder der Mafia anzulegen. Arturo Carmellos Geld, um genau zu sein.

In der Tasche von Petes Trenchcoat befand sich der Büroschlüssel, den Peggy ihm in dem Brief, in dem sie ihn um Hilfe bat, mitgeschickt hatte. Sie hatte ihren Mann nach seinen Geschäften mit Carmello gefragt, aber Jerald war nicht bereit gewesen, ihr darüber Auskunft zu geben. Und deshalb war nun Pete hier, Teilhaber der angesehenen Steuerberaterfirma Beckett und Stripley, und spielte Detektiv für seine Schwester.

Beim Durchblättern der Akten stellte er fest, dass Peggys schlimmste Befürchtungen gerechtfertigt waren. Jerald hatte von einem neuen Auftrag gesprochen und dabei sehr geheimnisvoll getan, und Peggy hatte ihn mit jemand namens Art telefonieren hören, der einer Firmengruppe vorstand, die sich das Aries Konsortium nannte. Sie hatte mitbekommen, wie Jerald zu seinem Gesprächspartner sagte: „Keine Angst, Art, das werden sie nie bis zu euch verfolgen können."

Pete zog die Akte „Aries" heraus und öffnete sie. Als er den Inhalt überflog, pfiff er leise durch die Zähne. Er hatte eine ungefähre Vorstellung von Jeralds jährlichem Einkommen. Ein Auftrag wie dieser würde es verdoppeln. Doch wenn es sich bei dem Aries Konsortium um eine legale Firma gehandelt hätte, wäre Jerald seiner Frau gegenüber sicher nicht so verschwiegen gewesen. Pete presste die Lippen zusammen. Ein harter Zug erschien um sein Kinn. Diese Sache muss sofort aufhören, dafür würde er schon sorgen.

Kyla hielt den Atem an. Vielleicht konnte sie sich einfach still verhalten und warten, bis Arturos Mörder fort waren.

Der Mann mit der tieferen Stimme sprach jetzt wieder. „Vinnie, ich muss aufs Klo. Hier muss irgendwo eins sein."

Also heißt der Mann mit der schrillen Stimme Vinnie, kombinierte Kyla, doch dann versuchte sie, die Information schnellstens wieder aus ihrem Bewusstsein zu verdrängen. Je weniger sie über die beiden Männer wusste, desto besser.

„Vergiss es", zischte Vinnie. „Wir haben's eilig."

„Dann geh. Ich sehe mich mal um. Wir haben Zeit genug. Die echten Wärter werden erst in zwei Stunden erscheinen."

Kyla wusste, wo die Toilette war. Sie hatte sich dort oft genug das Massageöl von den Händen gewaschen.

„Komm schon, Vinnie. Sieh dich mal um. Ist doch nett hier." Die Stimme wurde leiser. Kyla vermutete, dass er sich im angrenzenden Konferenzsaal befand. „Hey, Vinnie – schau dir mal diese Bilder an! Alles Remingtons, wie du sie gerne hast, mit Cowboys, Kühen und so weiter."

„Ich hätte dich nicht mitnehmen sollen zu diesem Job, Dominic. Du warst schon immer zu neugierig, schon als wir Kinder waren." Auch seine Stimme klang jetzt so, als entfernte er sich.

Kyla fiel die bronzene Remington-Skulptur auf dem Sideboard hinter ihr ein. Falls Vinnie sich tatsächlich umschaute, dann würde er auch die Skulptur entdecken. Ich muss hier raus, dachte Kyla. Sie konnte, nein, sie musste es schaffen, heimlich zu verschwinden, bevor die beiden zurückkamen. Sonst war ihr Leben keinen Penny mehr wert.

Sehr vorsichtig, um kein Geräusch zu verursachen, kroch sie um den Schreibtisch herum und richtete sich langsam auf. Vinnie, in der Uniform eines Sicherheitsbeamten, drehte ihr den Rücken zu. Er hatte eine Halbglatze und abstehende Ohren und betrachtete ein großes Gemälde an der Wand des Konferenzsaals. Als Kyla die Toilettenspülung rauschen hörte, rannte sie ins Vorzimmer. Dummerweise stieß sie dabei mit dem Fuß gegen einen metallenen Papierkorb. Ein Geräusch wie von einem Gong ertönte.

„Hey!", rief Vinnie.

Kyla riss die Außentür auf und rannte über den dunklen Korridor. Als sie um die Ecke bog, sah sie Licht in einem der Büros. Vielleicht war dort jemand. Keuchend lief sie weiter und hoffte, dass die Tür nicht abgeschlossen war. Sie war es nicht.

„Jerald T. Johnson, Anlageberater", las sie flüchtig auf dem Türschild. Sei ein Held, Jerry, flehte Kyla innerlich, als sie durch das leere Vorzimmer in den dahinterliegenden Raum stürzte. Am Schreibtisch stand ein Mann im Trenchcoat, der erstaunt den Kopf hob. Während Kyla sich hastig umschaute, kam ihr eine Idee. „Schnell – zur Couch!", keuchte sie, rannte zum Schreibtisch und packte den Mann am Arm.

„Was ...?" Er versteifte sich und rührte sich nicht vom Fleck.

„Ich habe keine Zeit für Erklärungen. Sie bringen uns um, wenn Sie nicht tun, was ich sage. Werfen Sie mich auf die Couch und legen Sie sich auf mich, sodass man möglichst wenig von mir sieht. Tun Sie so, als würden Sie mit mir schlafen. Es ist die einzige Möglichkeit."

„Sie sind verrückt!"

„Ich sage Ihnen doch, es ist unsere einzige Chance!" Mit aller Kraft zerrte sie an seinem Arm.

„Hören Sie, ich weiß wirklich nicht, was Sie vorhaben, aber ich spiele da bestimmt nicht mit!"

Mit einem gezielten Tritt brachte sie Jerald T. Johnson aus dem Gleichgewicht und zog ihn zu sich auf die Couch. Als er mit seinem nicht unbeträchtlichen Gewicht auf ihr landete, verschlug es ihr den Atem. Er war mindestens einen Kopf größer als sie, aber diesmal empfand Kyla es als Vorteil, so klein zu sein. Der Mantel des Mannes blähte sich im Fall und bedeckte sie fast ganz. Gut so, dachte sie. Ja, so könnte es klappen.

Als er sich aufrichten wollte, hielt sie ihn an der Gürtelschnalle zurück. Sie hörte, wie die Tür zum Vorzimmer geöffnet wurde und begann lustvoll zu stöhnen: „Oh Jerry ... Du bist so gut, Jerry!"

Der Mann verstärkte seine Bemühungen, sich von ihr zu lösen. „Ich bin nicht ..."

„Sie kommen!", flüsterte sie. „Sie müssen so tun, als wären wir gerade dabei, uns zu lieben." Sie bewegte provozierend die Hüften. „Sie erschießen uns, wenn es uns nicht gelingt, sie zu täuschen."

„Oh, verdammt, da kommt ja wirklich jemand!" Nun schien auch er sich für das Spiel zu erwärmen, schob sich zwischen ihre gespreizten Schenkel und begann, sich zu bewegen. Seine Atemzüge kamen schneller, und es gelang ihm sogar, ein überzeugendes Stöhnen von sich zu geben.

„Ja!", rief Kyla heiser. „Ja, Jerry, so ist es gut. Bitte mach weiter ... Oh, Jerry, Jerry!"

Der Mann bewegte sich und presste seine Wange an ihr Gesicht. Sie spürte den herben Duft seines Aftershaves und seine Lippen an ihrem Ohrläppchen. „Nun, wie ist das?", murmelte er.

„Wunderbar!", rief sie, bog den Rücken durch und bewegte einladend die Hüften. „Ich liebe dich, Jerry, ich liebe dich! Oh!" Allmählich kam ihr der Verdacht, dass ihr Retter im Begriff war, Rolle und Realität zu verwechseln. Aber das war ihr egal. Ihr Herz hämmerte wie wild, als sich die Schritte näherten und schließlich innehielten.

„Sieh dir das an!", bemerkte Vinnie „Der Chef treibt es mit der Sekretärin!"

„Ihr seid viel zu früh hier, Jungs", stieß Jerry mit vor Erregung heiserer Stimme vor. „Verschwindet. Auf der Stelle."

Vinnie lachte. „Na schön, dann wollen wir euch nicht länger stören. Wir kommen wieder, wenn Sie fertig sind." Von Neuem waren Schritte zu vernehmen, und dann herrschte plötzlich wieder Stille.

Kyla hielt den Atem an.

„Tun Sie es auch einmal für mich", rief Vinnie lachend und ging weiter. Die Tür zum Vorzimmer fiel ins Schloss.

Kyla wartete regungslos.

„Die Leute vom Sicherheitsdienst", sagte Jerry, der noch immer wie unter großer Anstrengung keuchte. „Ihr Dienst beginnt normalerweise erst um sieben."

„Das sind keine Wachmänner", flüsterte Kyla.

„Aber natürlich." Jerry stand auf. „Ich muss ..."

Kyla riss ihn am Gürtel zurück. „Sie sind bewaffnet. Sie haben schon jemanden umgebracht."

Er hob den Kopf, um ihr ins Gesicht zu sehen. Seine braunen Augen waren ganz dunkel vor Ungeduld. „Lassen Sie meinen Gürtel los."

Kyla gab seufzend nach.

Er stand auf und ging zur Tür zum Vorzimmer.

„Gehen Sie nicht ohne eine Waffe hinaus."

Er blieb stehen und drehte sich nach ihr um.

„Ich sagte Ihnen doch, dass sie bewaffnet sind!", wiederholte sie beschwörend.

Er schüttelte den Kopf. Dann nahm er mit einer Entschiedenheit, die sie sehr überraschend fand angesichts der Tatsache, dass Jerry ein ganz normaler Geschäftsmann war, einen Kleiderbügel und ging ins Vorzimmer.

Kyla hielt den Atem an. Keine Schüsse. Vielleicht hatte der Trick gewirkt. Vielleicht hatte sie ja tatsächlich einen Helden gefunden. Sehr männlich wirkte Jerry jedenfalls. Sie wagte sich kaum auszudenken, was geschehen wäre, wenn sie ihn nicht gefunden hätte.

Nachdem die erste Gefahr vorüber war, begann sie so zu zittern, dass sie sich aufrichtete und die Arme um den Körper schlang. Armer Arturo. Die Gerüchte über seine Verbindungen zur Mafia mussten also doch wahr gewesen sein ...

Um ihre Gedanken von Arturo abzulenken, schaute sie sich im Büro um. Auf dem Schreibtisch stand ein Foto von einer dunkelhaarigen Frau, die zwei kleine, ebenfalls dunkelhaarige Mädchen im Arm hielt. Ihr Held war also verheiratet. Die Frau war sehr attraktiv und passte gut zu Jerry; sie hätte sogar seine Schwester sein können.

Sie kann sich glücklich schätzen, dachte Kyla. Ihr Mann war sehr gut aussehend – kräftiger Körperbau, dunkles, glatt zurückgekämmtes Haar über einer hohen, intelligenten Stirn, markante Züge. Und ganz offensichtlich war er auch noch mutig.

Halt! Bloß nicht an Arturo und die beiden Kerle mit der Waffe denken, befahl sie sich. Jerry schien Fotografien zu lieben. Die Wände waren mit Schnappschüssen der verschiedensten Leute bedeckt, aber Kyla fand nur einen von ihm und seiner Frau. Sie standen auf einem Segelboot und hatten kameradschaftlich die Arme umeinandergelegt. Jerry trug kein Hemd. Ganz ansehnlicher Oberkörper, fand Kyla. Sie liebte es, wenn Männer dunkles Haar auf der Brust hatten.

Jerry kam ins Büro zurück und hängte den Kleiderbügel an seinen Platz zurück. „Sie scheinen fort zu sein. Ich habe die Tür zum Vorzimmer abgeschlossen. Das hätte ich besser schon vorher getan."

Dann wäre ich jetzt tot, schoss es Kyla durch den Kopf. „Eine verschlossene Tür wird sie nicht aufhalten, falls sie zurückkehren. Wir sollten machen, dass wir fortkommen."

Seufzend schob er die Hände in die Hosentaschen. „Abo gut, heraus damit. Was ist passiert, dass Sie auf diese Weise hier eingedrungen sind?"

„Diese Männer haben sich als Wachmänner verkleidet und dann ..." Als die ganze schreckliche Szene wieder vor ihr erstand, fühlte sie Hysterie in sich erwachen und starrte auf die weiße Schreibtischunterlage, bis sie ihre Gefühle wieder unter Kontrolle hatte. „Sie haben jemanden erschossen", sagte sie in einem Ton, als läse sie ein Manuskript vor. „Er ist tot. Ich habe gesehen, wie sie ihn erschossen haben."

Der Mann starrte sie an. „Wen haben sie erschossen?"

„Arturo Carmello."

Jerry erblasste. „Oh Gott!"

„Kannten Sie ihn?"

Er schüttelte den Kopf. „Nur vom Hörensagen."

„Passen Sie auf – ich scherze nicht. Ich bin Ihnen sehr dankbar für alles, was Sie bisher getan haben, aber jetzt müssen wir von hier verschwinden. Wir ..." Sie wollte nach ihrer Jacke greifen und erinnerte sich plötzlich, wo sie sie zurückgelassen hatte. „Oh nein! Verdammt!"

„Was ist?"

„Ich habe meine Sachen in Arturos Büro vergessen! Den Kassettenrekorder, das Massageöl, meine Jacke – in der meine Brieftasche und meine Schlüssel waren ... Verdammt! Das ist ja furchtbar!" Sie hätte am liebsten laut geschrien vor Wut über sich selbst. Aber das hätte in diesem Moment nur unliebsame Aufmerksamkeit erregt. „Die Kerle wissen jetzt, wer ich bin und wo ich lebe. Sie haben einen Schlüssel zu meiner Wohnung. Sie werden ..."

„Massageöl? Sie haben Carmello ... massiert?"

Kyla bedachte ihn mit einem gereizten Blick. Und tatsächlich schaute er sie an, als hielte er sie für eine Prostituierte! Aber die Reaktion kannte sie leider schon. „Fußmassage", erklärte sie brüsk. „Ich bin ausgebildete Reflexzonenmasseurin."

„Was soll das denn sein?"

Auch diese Frage war nichts Neues. Reflexzonenmassage war im Mittelwesten noch nicht so bekannt wie in Kalifornien, weshalb sie letztendlich auch hierhergekommen war – um weniger Konkurrenz zu haben. „Fußmasseurin", wiederholte sie kurz. „Aber jetzt lassen Sie uns verschwinden, Jerry. Vielleicht haben wir diese Kerle irregeführt, aber vielleicht auch nicht. Es kann sein, dass sie es sich anders überlegen und zurückkommen. Haben Sie ein Auto?"

„Ja."

„Gut. Besser als ein Taxi. Los, kommen Sie." Sie wandte sich zur Tür. „Bevor wir das tun, möchte ich Ihnen etwas sagen." Sie drehte sich um. „Was ist denn jetzt schon wieder?"

„Mein Name ist nicht Jerry."

2. KAPITEL

"Wer sind Sie dann? Was machen Sie in diesem Büro? Und warum tragen Sie Handschuhe?", fragte Kyla.

"Das möchte ich Ihnen jetzt lieber nicht erklären. Wollen Sie trotz allem mit mir in die Nacht hinausfahren?"

Kyla betrachtete das Foto an der Wand von den zwei Menschen auf dem Boot – diesem Mann und der Frau, die auf dem anderen Bild mit den beiden kleinen Mädchen zu sehen war. "Wenn Sie nicht Jerald T. Johnson sind, was machen Sie dann auf dem Foto mit seiner Frau?"

"Ich glaube, es wird Zeit, dass wir von hier verschwinden." Der Fremde schloss die Akte auf dem Schreibtisch und schob sie in eine offene Schublade. "Oder möchten Sie lieber bleiben und weiterdiskutieren, bis die beiden Kerle wieder hier auftauchen?"

Kyla beobachtete ihn, wie er auf dem Schreibtisch alles so zurechtlegte, wie er es ursprünglich vorgefunden haben mochte. Irgendwie schien ihm nicht ganz wohl in seiner Haut zu sein. "Ich glaube, ich begreife jetzt. Sie würden sich hier auch nicht gern erwischen lassen."

Er schaute nur flüchtig auf. "Sagen wir, jetzt sind Sie an der Reihe, mir zu vertrauen."

Kyla überlegte rasch. Dieser Mann, der also nicht Jerald T. Johnson war, war ziemlich kräftig, und ein Angsthase schien er auch nicht gerade zu sein. Vielleicht war er ein Gangster. Vielleicht waren sie hier alle Gangster. Aber Arturo hätte sie beschützt, wenn er dazu in der Lage gewesen wäre. Und dieser Mann hier schien zumindest im Augenblick auf ihrer Seite zu stehen. Sie konnte es sich nicht leisten, wählerisch zu sein, und ihr Karatetraining vermittelte ihr eine gewisse Sicherheit. Zumindest, solange sie es nicht mit bewaffneten Strolchen zu tun hatte.

"Fertig?", fragte er und zog spöttisch eine Braue hoch.

Kyla dachte an ihre Jacke, die sie nicht gern verlor, ganz zu schweigen von dem Kassettenrckorder und ihren Massageölen. Aber nur ein kompletter Narr wäre in Arturos Büro zurückgekehrt, auf die Gefahr hin, dass dort die Killer lauerten. Außerdem war anzunehmen, dass sie ihre Sachen längst gefunden hatten und auf dem Weg zu ihrer Wohnung waren. Kyla seufzte. „Na gut. Auf geht's."

Johnson und Carmello hatten ihre Büros im dreiunddreißigsten Stock. Kyla schlug vor, den Aufzug in die Tiefgarage zu nehmen. Es war zwar der offensichtlichere Fluchtweg, ging aber wesentlich schneller, als dreiunddreißig Treppen hinunterzulaufen. „Wenn sie meine Jacke gefunden haben, sind sie wahrscheinlich längst unterwegs", bemerkte sie, als sie in der Garage ausstiegen.

Der Fremde, den sie für Jerry gehalten hatte, blieb stehen und forderte sie auf, zurückzubleiben, damit er die Umgebung überprüfen konnte. Das fand Kyla sehr nett von ihm. „Ich sehe nichts Verdächtiges", stellte er schließlich fest.

„Ich auch nicht." Kyla bemühte sich, ihr Frösteln zu unterdrücken.

„Der Wagen steht dort drüben." Er deutete auf einen roten Kombi. „Halten Sie sich dicht in meiner Nähe."

„Ja." Kyla schlang die Arme um ihren Oberkörper. Ihr war empfindlich kalt in ihrem locker gestrickten Baumwollpullover. „Ein Mietwagen?", fragte sie erstaunt, als sie den Aufkleber sah, und ärgerte sich, dass ihre Zähne klapperten. „Ist Ihrer in der Werkstatt, oder sind Sie nicht aus dieser Stadt?"

„Frieren Sie, oder haben Sie Angst?"

Beides, Mister, dachte sie grimmig. „Mir ist kalt", erwiderte sie, weil sie keinem Fremden ihre Angst eingestehen wollte.

„Nehmen Sie meinen Mantel." Er zog ihn aus und wollte ihn um ihre Schultern legen.

„Nein, danke", wehrte sie ab. „Es geht schon."

Er musterte sie nachdenklich und schlüpfte wieder in den Mantel. „Sie sind ein zähes kleines Ding, nicht wahr?"

„Ja. Aber Sie haben meine Frage hinsichtlich des Mietwagens nicht beantwortet."

Er schloss ihr die Wagentür auf, ohne etwas zu erwidern. „Sie sind ein zähes großes Ding, nicht wahr?", konterte sie trocken. Er bedachte sie mit einem schwachen Lächeln, bevor er die Wagentür hinter ihr zuschlug.

Sie wartete, bis er eingestiegen war. „Ich darf wohl keine Fragen stellen?"

„Genau." Er drehte den Zündschlüssel um und setzte rückwärts aus der Parklücke.

Als sie sich der Garagenausfahrt näherten, die auf die Michigan Avenue hinausging, fragte Kyla sich, ob die Killer dort warten mochten, um sie zu erschießen. „Ducken Sie sich", warnte sie, als sie die Ausfahrt fast erreicht hatten.

„Jemand muss diesen Wagen fahren."

„Aber ..."

„Sie glauben doch nicht, dass ich mich geduckt in den Nachmittagsverkehr begebe!"

„Na schön." Sie stählte sich für das Unvermeidliche, als sie die Ausfahrt passierten und sich in den fließenden Verkehr einreihten. Etwas schlug gegen das Wagendach, und sie schrie auf.

„Regen." Er stellte die Scheibenwischer an.

„Oh ja, natürlich." Sie kam sich ausgesprochen dumm vor. „Hören Sie, ich bin sonst nicht so schreckhaft."

„Wie schön für Sie." Er lenkte den Wagen souverän durch den Verkehr und stellte die Heizung an, als er sah, dass Kyla noch immer vor Kälte zitterte. Nicht einmal James Bond hätte sich in einer solch brenzligen Situation cooler verhalten können.

Wieder fragte Kyla sich, ob er nicht doch ein Gangster war, denn er schien das alles sehr gelassen aufzunehmen. Plötzlich hatte sie das Gefühl, sich verteidigen zu müssen. „Wissen Sie, ich bin Waffen und Morde nicht gewöhnt. Für Sie mag es ja etwas ganz Alltägliches sein, wenn man bedenkt, dass Sie selbst mit Handschuhen bekleidet in anderer Leute Akten herumspionieren ..."

Er antwortete mit einem humorlosen Lachen, das ihr Unbehagen noch vergrößerte, und deshalb beschloss sie, sich für gar nichts mehr zu entschuldigen. Unter den gegebenen Umständen hatte sie getan, was sie konnte. Als die Heizung warme Luft verströmte, entspannte sie sich und schaute aus dem Fenster.

Ein endloser Strom von Fahrzeugen floss durch die Schluchten zwischen den Wolkenkratzern, und ein Chor von Hupkonzerten hallte von den Granitwänden wider. Alles war so normal, so alltäglich, dass Kyla allmählich die Überzeugung gewann, dass sie entkommen waren. Nach einem erleichterten Aufatmen wandte sie sich an ihren Begleiter. „Wo fahren wir eigentlich hin?"

„Das sollten Sie mir sagen. Ich würde vorschlagen, dass ich Sie vor der nächsten Polizeiwache absetze."

Die Furcht, die sie nie ganz überwunden hatte, kehrte zurück und löste einen Anfall von Panik in ihr aus. „Nein!", schrie sie entsetzt.

„Nein? Falls Sie Ihre Geschichte nicht erfunden haben, waren Sie eben Zeugin eines Mords! Ich könnte mir vorstellen, dass die Polizei gern etwas darüber hören würde."

„Oh, zweifellos. Ich wäre die Kronzeugin der Anklage. Aber wissen Sie, was mit Leuten geschieht, die bei einem solchen Mordprozess als Zeugen auftreten?"

„Sie werden als gute, verantwortungsbewusste Bürger bezeichnet."

„Nein, sie werden Dummköpfe genannt – weil sie kriegen, was sie herausgefordert haben." Kyla machte eine bezeichnende Handbewegung quer über ihren Hals.

„Die Polizei weiß ihre Zeugen zu schützen. Sie würden schon dafür sorgen, dass Ihnen nichts zustößt."

Kyla bedachte ihn mit einem verächtlichen Blick. „Anscheinend haben Sie nicht viel Erfahrung mit der Polizei."

„Aber Sie schon?"

„Sagen wir, ich weiß, dass sie einen nicht immer schützen können." Das Bild von ihrem Stiefvater, wie er die Haustür eingetreten hatte, erstand vor ihren Augen. Damals war sie fünf Jahre alt gewesen, aber es schauderte sie noch heute, wenn sie daran dachte. Doch das waren alte Erinnerungen, die dieser Mann nie begreifen würde. „Ich gehe nicht zur Polizei. Wenn Sie mich hier aussteigen lassen, muss ich eben sehen, wo ich mich verstecke." Sie beobachtete ihn auf Anzeichen hin, dass er tatsächlich beabsichtigte, sie irgendwo abzusetzen. Ein Zusammenpressen seiner Lippen, ein harter Zug um sein Kinn würden bedeuten, dass er eine derartige Entscheidung getroffen hatte.

Stattdessen runzelte er die Stirn, als dächte er über andere Möglichkeiten nach.

Kylas Zuversicht nahm zu. Ihre Instinkte täuschten sie nicht. Er war auf ihrer Seite. Er würde ihr helfen, wenn er konnte.

Endlich schaute er sie an. „Nach Hause können Sie auf keinen Fall, falls es stimmt, dass die Kerle Ihre Adresse und den Schlüssel zu Ihrer Wohnung haben."

„Richtig."

„Ich vermute, dass Sie nicht mit einer Freundin zusammenwohnen, denn sonst hätten Sie das bestimmt erwähnt."

„Das stimmt. Ich lebe allein."

„Haben Sie auch keinen Freund?"

„Nein."

Er schwieg entnervend lange. Dann fragte er: „Wohin soll ich Sie fahren?"

Weil sie darauf keine Antwort wusste, beschloss sie, es mit einer Gegenfrage zu versuchen. „Wohin fahren Sie?"

„Zu meinem Hotel."

Da er auf die Straße zum Michigan See eingebogen war, vermutete sie, dass er in einem der luxuriösen Hotels am Seeufer wohnte. Aber das war von einem Gangster auch nicht anders zu erwarten. „Sie sind also wirklich nicht aus dieser Stadt."

Er antwortete nicht.

„Nehmen Sie mich mit in Ihr Hotel."

Er zögerte nur ganz kurz. „Soll das ein Witz sein?"

„Nur für kurze Zeit", entgegnete sie bittend. „Ich brauche Zeit, um mir meine nächsten Schritte zu überlegen."

„Ich habe keine Ahnung, wer Sie sind, Ihnen sind vielleicht zwei Mörder auf der Spur, und Sie wollen in meinem Hotelzimmer bleiben?"

Ohne mit der Wimper zu zucken, schaute sie ihn an. „Ja."

„Warum sollte ich mich auf so etwas einlassen? Vielleicht haben Sie das alles ja bloß erfunden und verfolgen Ihre eigenen Absichten damit – bei denen ich das mutmaßliche Opfer sein könnte!"

„Sehe ich etwa so aus?"

Er hielt an einer roten Ampel und musterte sie prüfend. „Ja."

„Nun, dann irren Sie sich eben. Von mir haben Sie nichts zu befürchten."

„Das behaupten Sie. Sehen Sie mal, dort drüben steht ein Streifenwagen. Ich winke ihn heran und ..."

„Das sollten Sie lieber nicht tun!"

„Ach – und warum nicht?"

Kyla dachte blitzschnell nach. „Weil ich den Beamten dann erzählen werde, wie ich entkommen bin und vor allem, wer mir dabei geholfen hat. Und dann werden sie Sie fragen, warum Sie mit Handschuhen bekleidet in Jerald T. Johnsons Büro waren und unerlaubt in seinen Akten herumgeschnüffelt haben."

Er umklammerte das Steuerrad fester. „Ich verstehe."

„Eins sollten Sie sich merken, Mr Wie-immer-Sie-auch-heißen-mögen: Ich bin eine Überlebenskünstlerin."

Er nickte seufzend. „Ja, das glaube ich gern. Mich werden Sie ganz bestimmt überleben." Er zögerte und sagte dann in resigniertem Ton: „Na schön. Wir fahren also zu meinem Hotel. Ich gehe damit zwar das Risiko ein, dass Sie mir alles stehlen, was ich besitze, aber Sie bleiben ja nicht lange. Sie werden sich einen anderen Ort suchen müssen, um sich zu verstecken."

Kyla antwortete nicht. Sie verfügte über keinen „anderen Ort" und kannte auch keine Leute, auf die sie zählen konnte, seitdem ihr Bruder auf einem Flugzeugträger irgendwo im Pazifik Dienst tat. Insofern war dieser Mann ihre einzige Chance, und ganz besonders gut war, dass er ebenso wenig scharf darauf war, die Polizei aufzusuchen, wie sie selbst. Sie hätte gern gewusst, warum. Aber vielleicht gelang es ihr ja, die Wahrheit noch aus ihm herauszuholen.

Er lenkte den Wagen auf die Küstenstraße, und sie passierten die grünen Warnlichter des Navy Piers. Ja, zweifellos befand er sich auf dem Weg zu einem der luxuriösesten Hotels des Seeufers. Wie schön wäre es gewesen, wenn sie sich auf den Aufenthalt dort hätte freuen können! Aber vielleicht wurde alles besser, wenn sie sich ein wenig mit diesem Mann anfreundete. Der erste Schritt war natürlich, seinen Namen zu erfahren.

„Da wir für eine gewisse Zeit zusammen sein werden ...", begann sie tapfer. „Eine sehr kurze Zeit."

Himmel, wie kann man nur so stur sein, stöhnte Kyla innerlich. Frustriert zog sie sich in ihre schützende Hülle zurück. „Wie auch immer. Jedenfalls wüsste ich gern, wie ich Sie nennen soll."

„Pete. Nennen Sie mich Pete."

„Ist das Ihr richtiger Name?"

„Ja."

„Ich bin Kyla Finnegan – obwohl Sie mich nicht danach gefragt haben."

„Ich wollte es gar nicht wissen. Ich habe das Gefühl, als sei es besser, so wenig wie möglich über Sie zu erfahren."

Kyla beabsichtigte genau das Gegenteil bei Pete. Je mehr sie über ihn wusste, desto besser. Ob er ihr nun freundschaftlich gesinnt war oder nicht, er war ihre einzige Hoffnung, bis ihr Bruder Trevor in drei Tagen auf Urlaub kam.

Was für ein Chaos, dachte Pete, als er den Wagen in die Tiefgarage des Hotels lenkte. Sein Leben lang war er nicht vom geraden Pfad des Gesetzes abgewichen und hatte nie etwas getan, was die üblichen Streiche junger Männer überstieg.

Bis heute Abend. Unfähig, Peggys hysterischem Flehen zu widerstehen, hatte er ihren Wunsch erfüllt, weil er gehofft hatte, ihr Verdacht sei unbegründet. Sein Pech, dass ihre Vermutungen sich als korrekt erwiesen hatten. Nun sah es ganz so aus, als müssten Peggy und er seinen Schwager damit konfrontieren. Peggy wollte Jerald nicht verlassen. Er war ein guter Vater, und seine Töchter liebten ihn. Peggy anscheinend auch, obwohl Pete sich beim besten Willen nicht vorstellen konnte, warum.

Er wusste auch nicht, wie Jerald reagieren würde, wenn er davon erfuhr, dass sein Schwager heimlich sein Büro durchsucht hatte. Möglich, dass er versuchen würde, Petes Karriere zu zerstören. Jerald war schon immer ein rachsüchtiger Lump gewesen. Und falls er wirklich Beziehungen zur Mafia unterhielt, war er noch viel gefährlicher, als er, Pete, bisher geglaubt hatte.

Und dann diese Frau, die angeblich den Mord an Arturo Carmello beobachtet hatte – war sie wirklich nur ein harmloses

Opfer unglücklicher Umstände, oder war sie selbst eine gefährliche Verbrecherin? Was immer sie auch sein mochte, sie war jedenfalls klug genug, seine Verwundbarkeit für ihre Zwecke auszunutzen. Denn im Augenblick durfte er auf keinen Fall zulassen, dass Jerald schon etwas von seinen nächtlichen Aktivitäten erfuhr. Zuerst musste er mit Peggy sprechen, die ganze Sache sorgfältig durchdenken und herausfinden, ob Arturo Carmello tatsächlich erschossen worden war.

Er parkte den Wagen und zog die Handbremse. Zu schade, dass es nicht auch eine Notbremse für sein Leben gab.

„Das ist ein hübsches Hotel." Ihre Stimme klang irgendwie zaghafter und schüchterner als zuvor.

„Meine Schwester …" Beinahe hätte er ihr erzählt, dass seine Schwester seinen Aufenthalt in diesem Hotel bezahlte. Aber das wollte er lieber für sich behalten, denn das gab dem Ganzen zu sehr den Anschein einer Mantel- und Degenkomödie.

„Was ist mit Ihrer Schwester? Ist sie hier etwa Hoteldirektorin oder so etwas Ähnliches?"

„Nein." In der schwachen Parkhausbeleuchtung wirkten Kylas Augen unnatürlich groß, und er dachte daran, wie auffallend blau sie waren. Auch an einige andere Dinge erinnerte er sich. Den Vanilleduft, den ihre Hände ausstrahlten, wie weich ihre Brüste waren und die erstaunlich starke sexuelle Erregung, die ihn erfasst hatte, als sie die Schenkel spreizte und ihm einladend die Hüften entgegenhob … Er schämte sich fast ein wenig dafür, wie schnell sein Körper auf den unerwarteten Reiz angesprochen hatte.

Aber wenigstens war Kyla so diskret gewesen, seine unmissverständliche Reaktion zu ignorieren. Auch jetzt glaubte er noch, ihr sinnliches Stöhnen zu vernehmen, vorgetäuscht natürlich nur, aber immerhin … Lillian dagegen, die Frau, die er heiraten wollte, wurde beim Liebesspiel niemals laut. Pete war bis heute nicht bewusst gewesen, wie sehr ihn ihr Schweigen störte. Doch die kehligen, lustvollen Laute, die dieses zierliche Wesen von sich gegeben hatte, hatten ihn auf eine Art und Weise erregt, wie er es nie für möglich gehalten hätte.

„Was ist?", fragte sie nervös.

„Nichts." Er öffnete die Beifahrertür. „Gehen wir hinauf."

„Sie haben mir vorhin Ihren Mantel angeboten. Könnte ich ihn jetzt haben? Vielleicht erkennt mich niemand, wenn ich den Kragen hochstelle und wir ganz schnell das Foyer durchqueren."

Er schaute sie an und lachte. „Sie würden höchstens noch mehr Aufmerksamkeit erregen. Der Mantel ist Ihnen viel zu groß und viel zu lang."

Ein Grübchen erschien in ihrem Mundwinkel, als sie lächelte. „Na schön, dann sehe ich eben wie eine komische Figur aus, aber die Kerle wissen, was ich anhabe. Vielleicht haben sie ja schon Spione in der Hotelhalle sitzen."

Das Grübchen war entzückend. Beruhige dich, Beckett, ermahnte er sich streng und hob gleichmütig die Schultern. „Wie Sie wollen." Wenn sie seinen Trenchcoat trug, würden die Leute denken, er schmuggelte eine Frau in sein Zimmer. Aber so war es ja auch. Er stieg aus, zog den Mantel aus und half ihr, hineinzuschlüpfen. Wie erwartet, reichte er ihr bis an die Zehenspitzen. Sie konnte allerhöchstens eins sechzig groß sein.

Während sie dastand und den Kragen hochzog, wirkte sie sehr winzig und sehr tapfer, und er verspürte plötzlich den verrückten Wunsch, sie in die Arme zu nehmen und sie vor allen Gefahren dieser Welt zu beschützen. Er musste den Verstand verloren haben.

Dominic fuhr den Wagen, während sein Partner ihm Anweisungen gab. Vinnie brauchte keine Karte, um Kyla Finnegans Wohnung zu finden. Er kannte Chicago wie seine Westentasche.

„Jetzt links", sagte er. „Und kein Bremsenquietschen! Das ist kein Gangsterfilm!"

„Wenn du mir die Adresse verraten würdest, Vetter Vinnie, brauchte ich nicht urplötzlich mit voller Kraft auf die Bremse zu treten. Aber du sagst mir ja nie was."

„Ich sage dir, was du wissen musst."

„Ich weiß, dass wir in ihre Wohnung müssen, bevor sie heimkommt", entgegnete Dominic mit einem Anflug von Trotz.

„Das ist kein Problem. Sie hat keinen Führerschein, sie muss den Bus nehmen."

„Keinen Führerschein? Woher weißt du dann die Adresse?"

„Von ihrer Mitgliedskarte der Bibliothek. Fahr langsamer! Wir sind gleich da. Da ist es! Nummer 622, Apartment B. Das ist im ersten Stock. Gut, dass es nur kleine Häuser sind. Die haben bestimmt keinen Portier."

„Erinnerst du dich an das Haus, in dem wir als Kinder lebten? Du und deine Mama oben, ich und meine Leute unten? Damals waren wir ... fünf und acht, glaube ich."

Vinnie schaute ihn an. „Manchmal glaube ich, dass du noch immer fünf bist, Dominic. Park zwischen diesen beiden Autos. Wir gehen jetzt rein."

„Hey, Vinnie, was machen wir mit ihren Sachen?"

„Die schmeißen wir mit ihr zusammen in den See." Aus den Fenstern im Erdgeschoss drang Licht, aber im ersten Stock war alles dunkel.

„Ich dachte, ich nehme Suzanne das Öl mit. Sie soll Massage lernen. Ich fände es schön, wenn ..."

„Halt den Mund, Dominic, sonst landest du mit ihr zusammen im Kofferraum! Komm jetzt."

Am oberen Treppenabsatz blieb Vinnie stehen. „Drück mal auf die Klingel. Vielleicht wohnt sie nicht allein hier."

Dominic klingelte, während Vinnie den Schlüssel herausnahm und die Treppe im Auge behielt.

„Niemand da", stellte Vinnie fest. Dominic warf ihm den Schlüssel zu. „Du gehst zuerst rein." Er wartete, bis sein Cousin aufgeschlossen hatte und eingetreten war, bevor er selbst die Wohnung betrat und die Tür hinter sich zuzog. Es dauerte einen Augenblick, ehe seine Augen sich an die Dunkelheit gewöhnt hatten.

Dominic dagegen stolperte blindlings durch den Flur und stieß dabei gegen alle möglichen Gegenstände. „Ich finde keinen Lichtschalter", murmelte er.

„Du Idiot! Mach bloß keine Licht an, bis wir die Vorhänge zugezogen haben. Wir wollen doch nicht ..."

Dominic schrie auf, und ein unmenschliches Kreischen ertönte.

Vinnie griff nach seiner Waffe. „Was zum Teufel war das?"

„Eine Katze. Ich muss auf sie draufgetreten sein. Verdammt, ich kann überhaupt nichts sehen! Hast du deine Taschenlampe ..."

„Zieh endlich die Vorhänge zu, du Idiot! Oder soll sie etwa merken, dass wir hier sind, wenn sie nach Hause kommt?" Vinnie kehrte zur Eingangstür zurück und tastete nach dem Lichtschalter. Als er das leise Knistern der Vorhänge hörte, machte er Licht.

„So ist es besser", meinte Dominic aufatmend. „Du weißt doch, dass ich mich im Dunkeln fürchte."

Vinnie schaute sich um. „Masseurinnen scheinen nicht viel Kohle zu machen. Sie hat fast keine Möbel."

„Dir gefällt es bloß nicht, weil sie nur dieses – wie heißt es doch noch? – New-Age-Zeugs hier hat. Aber ich find's ganz nett. Und die Katze mag ich auch. Wo ist sie? Komm her, Kätzchen!"

Vinnie seufzte. „Manchmal habe ich den Eindruck, dass du überhaupt nichts ernst nimmst, Dominic."

„Aber klar doch." Dominic ging in die kleine Küche.

Vinnie hörte das Klappern von Geschirr. „Du liebe Güte, Dominic, du fütterst das verdammte Biest doch nicht etwa?"

„Weißt du was?" Dominic erschien wieder in der Küchentür. „Die Katze hat keinen Schwanz."

„Das ist mir verdammt noch mal egal!"

Eine graue Katze tauchte im Wohnzimmer auf und strich an Dominics Beinen vorbei. „Siehst du? Sie hat sich schon an mich gewöhnt." Ein leises Schnurren, und die Katze rieb ihren Kopf an seinem Schienbein. „Siehst du? Sie mag mich."

„Na wunderbar."

„Alle Tiere mögen mich. Ich hab eben einen ganz besonderen Draht zu ihnen. Eigentlich hätte ich Tierarzt werden sollen."

„Jetzt hör auf, mit der Katze zu spielen, und überleg dir lieber, wie du die Frau erledigst."

„Ich habe noch nie eine Frau erledigt!"

„Dann wird es Zeit. Du kannst ja mit der Katze üben."

„Vinnie!" Dominic kniete sich entsetzt neben die Katze und streichelte sie. „Ich nehme sie mit nach Hause!"

„Nun sei doch endlich mal vernünftig! Das Vieh könnte die Bullen auf unsere Spur lenken. Willst du im Gefängnis enden? Da würde es dir nicht gefallen, das kann ich dir versichern."

Dominic schwieg nachdenklich. Dann griff er in seine Jackentasche, nahm die Pistole aus dem Schulterhalfter und hielt sie an den Kopf der Katze. „Peng!", flüsterte er.

Kyla, die noch immer Petes Trenchcoat trug, stand in der luxuriösen Suite und schaute sich anerkennend um. Wie sie schon vermutet hatte, schien ihr Retter kein armer Mann zu sein.

Sie sah, wie er auf das Schlafzimmer zuging. „Ich habe einen Anruf zu erledigen", erklärte er, als er ihren Blick bemerkte.

„Einen Anruf?" Er hatte also doch vor, sie zu verraten!

„Sehen Sie mich nicht so an. Es hat nichts mit Ihnen zu tun." Er ging ins Schlafzimmer und schloss die Tür.

„Als ob ich dir das abnehmen würde", murmelte sie, schlich zur Tür und presste das Ohr dagegen.

„... war mit Carmello im Geschäft", hörte sie Pete sagen. „Aber ich möchte, dass du dir heute Abend die Nachrichten ansiehst. Es ist möglich, dass Carmello erschossen wurde. Er könnte tot sein."

Kyla hielt den Atem an.

„Woher ich das weiß, ist unwichtig."

Kyla atmete erleichtert auf.

„Du liebe Güte, Peggy", rief Pete plötzlich gereizt, „natürlich will ich dir und den Mädchen helfen! Aber das schließt doch keinen Mord ein! Wie kannst du so etwas sagen?"

Peggy und die Mädchen. Kyla versuchte sich vorzustellen, wer sie sein mochten. Eine „Madame" und ihre „Damen"? Er hatte etwas von einer Schwester erwähnt. Anscheinend führte sie ein Bordell! Wenn Pete sich eine derartig teure Suite leisten konnte, musste er vielleicht der Manager dieses „Unternehmens" sein. Oder vielleicht war er doch Jerald T. Johnson. Oder ...

Die Tür flog auf, und Kyla wäre fast gestürzt. Pete maß sie mit einem ärgerlichen Blick. „Sie haben gelauscht."

„Ich habe ein Recht zu wissen, mit wem ich es zu tun habe!", entgegnete sie trotzig.

„Wer behauptet das?"

„Ich. Und welchen Unterschied macht es schon, ob Ihre Schwester ein Bordell führt oder nicht? Glauben Sie etwa, ich würde zur Polizei laufen und denen alles erzählen?"

„Ein Bordell? Wie kommen Sie denn darauf?"

„Logische Schlussfolgerung. Sie sagten, Sie wollten Peggy und ihren Mädchen helfen. Peggy ist Ihre Schwester, nicht?" Er antwortete nicht.

„Egal. Ich weiß, dass sie es ist. Sie helfen ihr also, dieses Etablissement zu führen, und Jerald T. Johnson ist ein Gangster, der Geschäfte mit Carmello machte. Richtig?"

„Keineswegs", entgegnete er seufzend. „Sie haben nur eine sehr lebhafte Fantasie. Vielleicht ist es ungefährlicher, Ihnen die Wahrheit zu sagen. Meine Zwillingsschwester Peggy ist eine ganz normale Frau und mit Jerald T. Johnson verheiratet, der wiederum kein Gangster ist, sondern Anlageberater." Pete runzelte die Stirn. „Obwohl ich manchmal denke ... Aber das tut nichts zur Sache. Wichtig ist nur, dass Peggy den Verdacht hegte, Jerald machte Geschäfte mit Arturo Carmello. Die ,Mädchen' die Sie für Prostituierte hielten, sind meine Nichten, sieben und neun Jahre alt."

„Oh." Kyla dachte an die Fotografien, die sie im Büro gesehen hatte. „Das erklärt einiges. Sie haben sich also auf Wunsch Ihrer Schwester in Jeralds Büro umgesehen?"

„Ja. Ich versuchte, festzustellen, ob ihre Theorie stimmte und Beweise dafür zu sammeln. Wir dachten, wenn wir Jerald damit konfrontierten, würde er seine Verbindung zu Carmello aufgeben."

Eine neue Hoffnung erwachte in Kyla. „Sind Sie Privatdetektiv?"

„Nein. Steuerberater."

„Oh", erwiderte sie enttäuscht. Ein Detektiv hätte vielleicht gewusst, wie er sie aus dieser Angelegenheit befreien konnte, ohne die Polizei hinzuzuziehen. Aber wenigstens war Pete ein Mann, der treu zu seiner Schwester stand. Ihr Bruder Trevor würde das Gleiche für sie tun, das wusste Kyla, genau wie sie alles tun würde, um ihm zu helfen. Sie hatte ihn vor ihrem Stiefvater beschützt, als er ein kleiner Junge war, hatte ihm geholfen, etwas aus seinem Leben zu machen und seine wenigen Habseligkeiten in ihrer Wohnung untergebracht. Sie hatte sogar …

Oh nein. Wie hatte sie das vergessen können? Es musste sofort etwas unternommen werden.

„Was ist?" Pete schaute sie verwundert an. „Sie sind so blass geworden. Ist irgendetwas nicht in Ordnung?"

„Alles." Sie blickte ihn nachdenklich an und fragte sich, ob sie auch in dieser Sache mit seiner Unterstützung rechnen konnte. „Über der ganzen Aufregung habe ich Sex vollkommen vergessen."

3. KAPITEL

Sie ist verrückt, dachte Pete. Oder eine Prostituierte. Das lustvolle Stöhnen auf der Couch im Büro hatte sie ziemlich mühelos hingekriegt. Vielleicht erklärte das auch ihre Theorie, Peggy und ihre Mädchen müssten Prostituierte sein – sie war gewöhnt an dieses Leben. Hatte sie Carmello nicht „massiert"? Und jetzt schien sie zu glauben, dass auch er – Pete – Sex von ihr erwartete. Was selbstverständlich nicht der Fall war, obwohl er durchaus das Bedürfnis verspürte, sie zu berühren. Warum, begriff er selbst nicht. Lillian, die schöne kühle Blondine, die er heiraten würde, war sein Typ – und nicht dieses koboldhafte Wesen hier!

„Hören Sie, ich weiß nicht, wofür Sie mich halten", begann er, während er sie ihrer sowie seiner eigenen Beruhigung zuliebe von der Schlafzimmertür zum Sofa geleitete. Die Episode in Jeralds Büro war eine aufregende Erfahrung gewesen, und nun quälte ihn die Frage, wie die Wirklichkeit wohl sein mochte.

Was Lillian gegenüber natürlich nicht fair wäre … Und doch berührte er Kyla ganz unbewusst schon wieder. Er ließ ihren Arm los, als habe er sich verbrannt, und setzte sich aufs Sofa. Kyla nahm neben ihm Platz. „Ich habe nicht vor, mit Ihnen … Sex zu haben." Es fiel ihm nicht leicht, die letzten Worte auszusprechen, denn ein eigenartiger Schauer durchrieselte ihn, so als wollte sein Körper seine Worte Lügen strafen.

„Was?" Sie schaute ihn verblüfft an, dann lachte sie. „Oh, diese Art von Sex war nicht gemeint, Pete."

„Was auch immer." Je mehr er es abstritt, desto stärker wurde sein Interesse. Sie lächelte ihn belustigt an und schien sein Dilemma zu spüren. Ihr wohlgeformter kleiner Körper unter dem Pullover und den Jeans war sehr anziehend und schien die aufregendsten sinnlichen Freuden zu versprechen. Vielleicht war er ein Narr, sich eine solche Gelegenheit entgehen zu lassen. „Kyla, ich …"

„Sex ist eine Katze."

Er runzelte die Stirn. „Eine Katze?"

Kyla nickte. „Sie gehört meinem Bruder, und eigentlich heißt sie ‚Sexkätzchen', aber die Abkürzung ist natürlich ‚Sex'. Ich bin so an diesen Namen gewöhnt, dass ich gar nicht mehr darüber nachdenke. Ich vergesse einfach, dass andere Leute annehmen könnten … Nun ja, Sie wissen schon."

„Ihr Bruder besitzt also eine Katze namens Sex." Pete stellte fest, dass er schwer enttäuscht war, nun doch keinen Antrag von ihr bekommen zu haben. Er war aber auch verwirrt. „Aber was hat das mit unserer jetzigen Situation zu tun?"

„Trevor ist bei der Marine, und ich kümmere mich um Sex … um seine Katze."

Pete hatte Schwierigkeiten, seine Begierde bei dieser Art Gespräch unter Kontrolle zu halten, und zwang sich zu einer ausdruckslosen Miene. „Also befindet sich die Katze Ihres Bruders in Ihrer Wohnung?"

„Ja. Und wir müssen sie dort herausbringen."

Er starrte sie an. Er hatte sie richtig eingeschätzt. Diese Frau war eindeutig verrückt. „Reden Sie von der Wohnung, in der die Gangster Sie erwarten? Diese Killer, die sogar über einen Schlüssel zu Ihrem Apartment verfügen?"

„Ja." Sie straffte die Schultern, was ihre wohlgeformten Brüste noch viel besser zur Geltung brachte. „Aber das ist mir egal. Ich bin verantwortlich für die Katze. Diese beiden Kerle könnten ihr etwas antun. Im schlimmsten Fall wird sie wer weiß wie lange kein Wasser und keine Nahrung mehr bekommen. Sie ist ein unschuldiges Wesen, das nicht begreift, was vorgeht. Ich werde nicht zulassen, dass sie leidet." Sie maß Pete mit einem prüfenden Blick. „Wollen Sie mir helfen, das Tier zu befreien?"

„Oh nein!" Er rückte unwillkürlich von ihr ab. „Da mache ich nicht mit. Schließlich handelt es sich hier um eine Katze und nicht etwa um ein menschliches Wesen."

Kylas blaue Augen funkelten zornig. „Sex ist besser als die meisten Menschen, die ich kenne!"

Es fiel Pete nicht leicht, bei ihren Worten ernst zu bleiben. Das alles war sehr komisch, aber auch verdammt aufregend. Kylas Temperament gefiel ihm, und insgeheim verglich er sie mit seiner beherrschten, coolen Lillian. Anfangs hatte er sich zu ihr hingezogen gefühlt, weil er glaubte, stille Wasser seien tief. Aber diese „Tiefen" hatten sich nie gezeigt, und nun wurde ihm plötzlich klar, dass Lillian vielleicht ganz schlicht und einfach gar keine besaß.

Unter Aufbietung seiner gesamten Willenskraft konzentrierte er sich wieder auf die anstehenden Probleme. „Wie wäre es, wenn Sie jemanden anrufen und bitten würden, sich um die Katze zu kümmern?"

„Kommt nicht infrage!", entgegnete sie entrüstet. „Soll ich vielleicht jemanden zu diesen Killern in die Wohnung schicken?"

„Nein, natürlich nicht", versicherte er rasch. Er war so fasziniert von Kyla, dass er kaum noch imstande war, nüchtern zu denken.

„Und was ist, wenn die Killer Sex haben?"

Er musste lachen. Sie war einfach zu süß! „Eine interessante Vorstellung."

„Du liebe Güte, ich meine es ernst!"

„Ich müsste ein Heiliger sein, um die zweideutigen Bemerkungen zu überhören, die Sie von sich geben." Oder um gegen Ihr Temperament immun zu sein und mir nicht vorzustellen, wie leidenschaftlich Sie vermutlich sein können, vorausgesetzt, Sie haben den richtigen Mann ... mich, fügte er in Gedanken hinzu. Doch laut sagte er nur: „Schieben Sie nicht mir die Schuld zu. Sie sind diejenige, die eine Katze namens Sex besitzt." *Und die blauesten Augen, die ich je gesehen habe ...*

„Machen Sie sich ruhig über mich lustig. Ich werde jedenfalls die Katze meines Bruders retten." Sie stand entschlossen auf.

„Hey, Moment, seien Sie doch vernünftig!" Er sprang auf. „Eine Katze ist es nicht wert, Ihr Leben für sie zu riskieren."

„Doch, das ist sie. Sie werden es nicht verstehen, aber für Trevor und für mich ist sie ... Sagen wir einfach, sie bedeutet uns sehr viel. Ich würde es mir nie verzeihen, wenn ihr etwas geschähe und ich nicht einmal versucht hätte, sie zu retten."

„Kyla ..."

„Ich bitte Sie nicht, mich zu begleiten. Aber es würde mir sehr helfen, wenn ich mir Ihren Wagen ausborgen könnte."

„Angenommen, Sie kriegen die Katze, ohne dabei erschossen zu werden. Was machen Sie dann?"

Sie stützte die Hand auf und rieb sich nachdenklich die Nasenspitze. „Sie haben recht. Außerdem habe ich keinen gültigen Führerschein für Illinois. Vergessen Sie den Wagen. Ich nehme den Bus. Wenn die Kerle den Wagen sehen, können sie mich leicht zu Ihnen zurückverfolgen."

„Zum Teufel noch mal!" Pete war überrascht, dass sie sich um seine Sicherheit sorgte, und gleichzeitig wütend, dass sie sich in Gefahr begeben wollte. „Und was ist mit Ihnen? Sie befinden sich auf der Flucht vor diesen Gangstern und wollen sich mit einer Katze belasten?"

Sie schaute ihm ernst in die Augen. „Ich hole mir Sex."

Er fragte sich, ob es irgendetwas gab, was sie von ihrem Vorhaben abbringen konnte. Ein Kuss? Er hätte gern noch mehr getan, und vielleicht hätte sie darüber die verflixte Katze vergessen. Nein, das wahr unwahrscheinlich. Sein Gefühl sagte ihm, dass sie sich durch nichts und niemand daran hindern lassen würde, alles zu versuchen, um das Tier zu retten. Er kannte sie zwar erst wenige Stunden, aber es war klar, dass sie zu den Menschen gehörte, die nicht von einem Entschluss abzubringen waren, sobald sie sich dazu durchgerungen hatten. „Na schön. Aber haben Sie sich auch schon überlegt, wie Sie die Katze aus der Wohnung holen wollen?"

Kyla nickte. „Ich bestelle eine Pizza."

„Eine Pizza? Haben Sie etwa Hunger? In dieser Lage?"

„Nein, ich bestelle eine Pizza für die Gangster", entgegnete sie. „Sex hat die Angewohnheit, ins Schlafzimmer zu rennen und sich hinter meinem Teddybär zu verstecken, wenn es klingelt. Sie bleibt dort immer eine Weile, bevor sie herauskommt, um nachzusehen, wer es ist. Also habe ich genug Zeit, durch das Schlafzimmerfenster einzusteigen, mir Sex zu schnappen und mit ihr zu verschwinden."

„Durchs Fenster?", stöhnte Pete. „Das wird ja immer schlimmer!"

„Sparen Sie sich Ihre Einwände! Habe ich uns nicht schon heute Abend aus einer brenzligen Situation befreit?"

„Ja, indem Sie mich da hineinzogen." Er steckte mittendrin, das war klar. Er konnte sie nicht aufhalten, und allein gehen lassen konnte er sie auch nicht. Vielleicht war es jetzt sein Körper, der seine Handlungen bestimmte, und nicht sein Verstand, aber er musste ihr einfach helfen. Närrisch wie er war, würde er erneut den Helden spielen.

Zu seiner Überraschung löste die ganze Aufregung einen Adrenalinstoß in ihm aus, der gar nicht unangenehm war, denn er fühlte sich lebendiger als seit Monaten, nein, seit Jahren. Genauer, seit er in seiner Heimatstadt den Wasserturm mit Farbspray verschönert hatte. „In welchem Stockwerk befindet sich Ihre Wohnung?"

„Im ersten Stock. Vor dem Schlafzimmerfenster steht ein Baum, auf den ich klettern könnte."

„Unsinn. Das mache ich."

„Das ist sehr nett von Ihnen, Pete, aber Sie sind zu groß für den Baum und auch für das Fenster. Außerdem kennt Sex Sie nicht." Ihr Lächeln vertrieb sein allerletztes Fünkchen Verstand. „Aber Sie könnten den Fluchtwagen fahren."

Eine knappe Stunde später fuhren sie langsam an Kylas Wohnung vorbei.

„Die Vorhänge sind zugezogen", meinte sie nachdenklich. „Ich lasse sie gewöhnlich offen, damit Sex durchs Fenster schauen kann. Das bedeutet, dass die Kerle in der Wohnung sind. Hoffentlich haben sie Sex nichts angetan!"

„Wir haben Ihren kleinen Liebling gleich befreit!", sagte Pete beruhigend. „Wo ist die nächste Telefonzelle?"

„Vorn an der Ecke." Kyla hielt ihre Hände fest verschränkt. Sie waren vor Angst eiskalt und zitterten.

Pete warf ihr einen besorgten Blick zu. „Sind Sie sicher, dass Sie das tun wollen?"

„Ganz sicher. Ich will Sex haben."

Er lachte. „Oh, Kyla!"

Diesmal störte es sie nicht, wie er ihre Bemerkung aufnahm. Im Gegenteil, sein leises Lachen wirkte eher beruhigend. Witze waren gut in einer Situation wie dieser. Sehr gut sogar.

Sie wählte die Nummer der Pizzeria aus dem Gedächtnis heraus, wie schon so viele Abende zuvor, und Pete stellte den Motor ab und lenkte den Wagen in die schmale Gasse hinter den Häusern.

Kyla spähte in die Dunkelheit. „Machen Sie bloß keinen Krach!"

„Nein. Wie viele Minuten sind seit Ihrem Anruf vergangen?"

„Sechs. Sie brauchen zwölf zur Lieferung." Sie schwitzte vor Angst und schluckte.

„Sie essen wohl oft Pizza?"

Wieder schluckte Kyla. „Wie wäre ich sonst auf die Idee gekommen?"

„Hören Sie, falls einer der Kerle ins Schlafzimmer geht, klettern Sie sofort den Baum hinunter, ob Sie nun die Katze haben oder nicht! Ich warte hier unten im Wagen."

„Pete, ich habe Sie nur gebeten zu fahren. Sie werden nicht das Kommando übernehmen."

„Verdammt, Kyla ..."

Sie löste ihren Sicherheitsgurt. „Sehen Sie das Loch im Zaun?"

„Ja."

„Ich schlüpfe hindurch, und von hier aus können Sie die Straße im Auge behalten. Ich warte oben auf dem Baum, und wenn der Pizzawagen kommt, blinken Sie einmal mit den Scheinwerfern. Dann zähle ich bis zehn und steige durch das Fenster. Ungefähr zur gleichen Zeit müsste die Türklingel läuten."

„Sie scheinen mit dieser Art von Situationen bestens vertraut zu sein."

Kyla dachte an die unzähligen Gelegenheiten, bei denen sie ihren Stiefvater ausgetrickst hatte. Aus Fenstern zu klettern und für Ablenkungen zu sorgen waren nur einige der Techniken, die sie sich dabei angeeignet hatte. „Wie schon gesagt, ich bin eine Überlebenskünstlerin." Leise öffnete sie die Tür.

Kalte feuchte Luft drang in den Wagen. Für einen Moment lang hätte Kyla Pete am liebsten aufgefordert, wieder abzufahren. Aber Sex brauchte sie. Sie drehte sich noch einmal kurz zu Pete um. „Wünschen Sie mir Glück", flüsterte sie.

Unvermittelt beugte er sich vor und küsste sie auf den Mund. Seine warmen Lippen weckten ein augenblickliches Verlangen in ihr, das sie erschrocken zurückfahren ließ. Auch Pete zog sich zurück, hielt jedoch unverwandt den Blick auf sie gerichtet.

„Wozu das?", murmelte sie, verblüfft über die heftige Reaktion ihres Körpers.

Er räusperte sich. „Es sollte Ihnen Glück bringen."

„Danke." Nach einem letzten Blick in seine Augen trat sie auf die dunkle Gasse hinaus. Irgendwie kam es ihr draußen längst nicht mehr so kalt vor wie vor dem unerwarteten Kuss.

Der Regen hatte aufgehört, aber dunkle Wolken verdeckten die Sterne und ließen die Gasse noch düsterer als sonst erscheinen. Vorsichtig schlüpfte Kyla durch das Loch im Zaun und schlich durch den Garten zu der alten Eiche.

Das laute Klopfen ihres Herzens und das Dröhnen in ihren Ohren erschwerte ihr das Hören, aber sie strengte sich an und versuchte, die Geräusche zu unterscheiden. In der Wohnung unter ihrer lief die Stereoanlage – Jen und Donnie Halbertson hörten offenbar wieder mal Heavy Metal. Gut. Dann würden die Gangster es wohl kaum mitbekommen, wenn sie durch das Fenster kletterte.

Die Rinde der Eiche war nass und glitschig. Kyla ergriff einen tief hängenden Ast und zog sich langsam den Stamm hinauf, bis sie sich direkt gegenüber ihrem Schlafzimmerfenster befand. Das Klettern hatte sie beschäftigt, aber als sie nun ihr Ziel erreicht hatte, hatte sie Zeit zum Nachdenken, und ihr kam zu Bewusstsein, dass sie im Begriff war, in eine von Killern besetzte Wohnung einzusteigen. Diese Männer hatten Arturo Carmello bedenkenlos erschossen – und hatten mit ihr das Gleiche vor.

Wenn sie nicht aufhörte zu zittern, fiel sie noch vom Baum, und der Boden schien endlos weit entfernt. Doch hinter dem Zaun war die Silhouette von Petes Wagen zu erkennen. Ein tröstlicher Anblick. Pete war da. Und er hatte sie geküsst. Während sie nicht einmal seinen Nachnamen kannte ...

Von der Straße her erklang das Brummen eines Motors.

Der Lieferwagen der Pizzeria. Kyla begann zu zählen: Eins ... zwei ... drei ... vier ...

Das Fenster knarrte leise, als sie es hochschob, und sie hielt erschrocken den Atem an. Aber außer der Musik im Erdgeschoss war nichts zu hören. Sie schob es noch etwas höher und zählte weiter: ... neun ... zehn ... Es klingelte an der Eingangstür. Zwei erstaunte Ausrufe; ein schriller, ein tieferer. Die Krallen der Katze fuhren mit einem kratzenden Geräusch über den Parkettboden, als sie durch den Korridor ins Schlafzimmer raste. Wunderbar! Sex lebte also noch. Doch nun musste Kyla schleunigst etwas unternehmen.

Mit klopfendem Herzen schob sie das Fenster ganz hoch und glitt ins Zimmer. Draußen hörte sie die Männer streiten. Macht die Tür auf, bezahlt die Pizza! flehte sie stumm, während sie vorsichtig zur Kommode schlich, auf die Sex gesprungen war.

„Ich habe keine Pizza bestellt", erklärte der Mann mit der tiefen Stimme. „Aber da Sie nun einmal hier sind, könnten wir sie auch nehmen, Vinnie. Ich habe einen Bärenhunger."

„Und wenn es eine Falle ist?", zischte Vinnie.

Kyla streckte die Arme aus. „Sex", flüsterte sie. „Ich bin's."

„Es riecht nach Pepperoni", sagte der Mann mit der tiefen Stimme. „Du weißt, wie gern ich Pepperonipizza mag! Komm – ich bezahle sie. Du deckst mich."

„Du wirst sie wohl selbst bestellt haben! Das sähe dir ähnlich, dich zu benehmen, als wäre das hier eine Party!"

Kyla schob den Teddybären beiseite und versuchte die Katze zu ergreifen. Doch Sex wehrte sich und schlug die Krallen in die polierte Oberfläche der Kommode. „Komm schon, Sex", lockte Kyla.

„Zum letzten Mal – ich habe die Pizza nicht bestellt! Es ist ein Irrtum, aber ich würde sagen, wir nehmen sie trotzdem. Außer Sojabohnensprossen und diesem Tutu oder Tofu hat die doch nichts im Kühlschrank!"

Wieder klingelte es, und Kyla schnappte sich die Katze. Sex ruderte wie wild mit den Hinterbeinen, aber Kyla hielt sie unerbittlich fest. Die Katze miaute kläglich.

„Was war das?", fragte Vinnie.

„Nur die Musik unten."

Die Katze im Arm, hastete Kyla zum Fenster und schwang ein Bein über das Fensterbrett.

„Ich glaube, es war die Katze. Etwas muss sie erschreckt haben", meinte Vinnie. „Ich sehe mal nach."

Kyla verlor fast den Halt, als sie eine Hand nach dem überhängenden Ast ausstreckte. Sex, die sie am Genick gepackt hatte – die einzige Möglichkeit, eine Katze stillzuhalten – hing wie ein totes Gewicht an ihrer Hand. Aber sie brauchte beide Hände, um den Baum hinunterzuklettern. Und Vinnies Schritte näherten sich schon.

Eine leise Stimme drang zu ihr hinauf. „Lass die Katze fallen! Ich fange sie auf."

Kyla schaute hinunter. Da stand Pete mit ausgestreckten Armen. Sie hörte Vinnies Schritte näher kommen. Er würde beide erschießen, ohne mit der Wimper zu zucken.

Sie ließ die Katze fallen und hörte einen unterdrückten Schrei. Offenbar war Sex mit ausgestreckten Krallen gelandet.

„Kommen Sie endlich!", drängte Pete.

Kyla ließ sich hastig den rauen Stamm hinuntergleiten, rannte durch den Garten und schlüpfte durch das Loch im Zaun. Als sie die Beifahrertür des Wagens aufriss und einstieg, hatte Pete den Motor schon gestartet und lenkte den Wagen durch die enge Gasse. Auf der Hauptstraße herrschte noch immer reger Verkehr, und eine kleine Ewigkeit verging, bis sie endlich eine Lücke fanden, in die sie sich einreihen konnten.

„Wir haben es geschafft!", rief Kyla erleichtert, schaute sich jedoch noch einmal prüfend um. „Ich glaube nicht, dass uns jemand folgt. Wir haben es geschafft! Wir haben Sex befreit!" Sie lehnte sich zu Pete hinüber und küsste ihn auf die Wange. „Sie waren fantastisch, Pete!"

Seine Antwort klang seltsam gepresst. „Entfernen Sie das Tier von meinen Beinen."

Kyla schaute zu ihm hinüber und sah, dass die verängstigte Katze auf Petes Oberschenkeln hockte. Vorsichtig begann Kyla, die Krallen von seinem Bein zu lösen, aber Sex krallte sich nur noch verzweifelter an ihm fest.

„Vorsicht, Kyla, sie hat ... Au!"

„Entschuldigung." Kyla ergriff die Pfote, die Sex in Petes empfindlichster Körperstelle vergraben hatte, und nahm die Katze auf den Arm. „Tut mir leid, Pete."

Seine Stimme klang noch immer sehr gequält. „Mir auch."

„Kann ich etwas für Sie tun?"

„Nein."

Kyla streichelte die Katze und musterte Pete verstohlen. Sie bemerkte mehrere rote Kratzer an seinen Händen und eine Reihe loser Fäden an seinem Jackett, was schlimm genug war; aber wenn man bedachte, dass Sex ihre Krallen in seine ... Die Vorstellung ließ Kyla schaudern und veranlasste sie, einen Blick auf die bewusste Stelle zu werfen – an der er von der Natur sehr großzügig ausgestattet zu sein schien.

Natürlich interessierten seine körperlichen Vorzüge sie nicht im Geringsten – solange sie nicht an seinen Kuss und den Moment auf Jerald T. Johnsons Couch dachte. Obwohl alles nur ein Spiel gewesen war, hatte Kyla die unmissverständlichen Anzeichen von Erregung bei ihm gespürt, und wenn sie an seine rhythmischen Bewegungen dachte ...

„Schneidet man Hauskatzen normalerweise nicht die Krallen?", drängte Petes Stimme sich in ihre Gedanken.

„Manche Leute tun es. Aber Trevor und ich haben uns dagegen entschieden. Ohne Krallen wäre Sex nicht imstande, sich zu verteidigen, falls sie einmal aus dem Haus entwischen sollte."

„Sie hat keinerlei Schwierigkeiten, sich zu verteidigen", entgegnete Pete trocken.

„Entschuldigen Sie", sagte Kyla. „Sobald wir im Hotel sind, gebe ich Ihnen eine Fußmassage. Dann wird es Ihnen gleich besser gehen."

„Nein, vielen Dank."

„Doch, wirklich, Pete. Anfangs sind die Leute immer skeptisch. Selbst Arturo Carmello hätte nicht gedacht, dass er sich danach besser fühlen würde, aber jetzt ist er ..." Sie brach betroffen ab. „Jetzt ist er tot", fügte sie bedrückt hinzu.

An der nächsten Ampel legte Pete ihr einen Arm um die Schultern. „Beruhigen Sie sich, Kyla", meinte er tröstend. „Es wird alles gut werden."

Petes Besorgnis machte es ihr nur noch schwerer, ihre Emotionen zu beherrschen, obwohl sie seinen starken Arm um ihre Schultern als sehr beruhigend empfand. „Wie ist eigentlich Ihr Familienname?"

„Beckett. Hatte ich Ihnen das noch nicht gesagt?"

„Sie wollten wohl nicht, dass ich weiß, wie Sie heißen."

„Mag sein." Eine Weile fuhr er schweigend weiter und sagte dann: „Kyla, es muss doch jemanden geben, den Sie um Hilfe bitten können! Ich kann verstehen, dass Sie sich im Augenblick noch nicht an die Polizei wenden wollen, aber kennen Sie nicht jemanden in Chicago, der Ihnen helfen könnte?"

Kyla versteifte sich. Also wollte er sie doch loswerden! „Ich bin erst vor fünf Monaten hierhergezogen und kenne noch nicht viele Leute."

„Und was ist mit Ihren Eltern? Sie müssten doch ..."

„Nein. Nicht meine Eltern." Oh ja, er wollte sie ganz eindeutig loswerden! Und nach allem, was er schon für sie riskiert hatte, musste sie ihm die Möglichkeit einräumen. „Setzen Sie mich doch einfach irgendwo ab, Pete", sagte sie. „Sie haben schon mehr getan, als ich erwarten durfte, und das werde ich Ihnen nie vergessen. Aber jetzt komme ich allein zurecht."

Er schien verblüfft. „So war das nicht gemeint."

„Es ist schon gut, wirklich. Mir ist klar, in welch schwierige Situation ich Sie gebracht habe. Also vereinfachen Sie Ihr Leben und lassen Sie mich an der nächsten Ecke raus. Sie haben genug eigene Sorgen – Ihr Schwager, Ihre Schwester ..."

„Schluss jetzt", unterbrach er sie.

„Aber ..."

„Ich sagte, Schluss. Wir fahren zum Hotel zurück und nehmen die Katze mit. Meinen Sie, ich hätte dieses ganze Theater mitgemacht, um Sie irgendwo auf der Straße abzusetzen? Wie lange würden Sie wohl überleben, ohne Geld, ohne Schutz und eine Katze im Arm?"

„Hey, Mister, ich brauche Ihr Mitleid nicht!", entgegnete sie gereizt. „Wenn es nämlich nur Mitleid …"

„Es ist kein Mitleid!"

„Was dann?"

„Ich will verdammt sein, wenn ich das weiß! Aber Sie kommen mit mir ins Hotel und bleiben dort, bis Sie es ohne Gefahr wieder verlassen können. Ist das klar?"

Sie starrte ihn nur verwundert an. War es möglich, dass sie nach all diesen Jahren doch noch einen Helden gefunden hatte?

In der Zwischenzeit hatten Vinnie und Dominic Kylas Wohnung durchsucht und dabei mehrere Fotos von ihr gefunden.

„Hey", sagte Vinnie begeistert, „das ist doch die Frau, die in dem Büro mit dem Kerl auf der Couch lag! Ich glaube, wir müssen ihrem Chef mal einen Besuch abstatten!"

„Ist das nicht zu riskant?", entgegnete Dominic besorgt.

„Ach, sieh mal einer an. Jetzt machst du dir Gedanken über Risiken? Wenn du nicht darauf bestanden hättest, aufs Klo zu gehen und dir die Bilder anzuschauen, wäre uns das hier erspart geblieben."

Dominic betrachtete das Foto. „Du hast recht, Vinnie", sagte er leise. Sein Cousin versuchte dauernd, ihm die Schuld an allem zuzuschieben, aber so intelligent war Vinnie auch wieder nicht. Was Dominic jedoch am meisten störte, war, dass Vinnie sich ihm gegenüber stets als Boss aufspielte. Zum ersten Mal in dreißig Jahren fiel ihm auf, dass er Vinnie eigentlich gar nicht so sehr mochte.

4. KAPITEL

Um Sex durch das Foyer zu schmuggeln, lieh Kyla sich noch einmal Petes Trenchcoat aus. „Es wird ihr nicht gefallen", sagte sie, als sie die sich windende Katze unter den Mantel schob. „Lassen Sie sie bloß nicht entkommen!"

„Nein." Kyla legte die Arme um die Wölbung vor ihrem Bauch. „Ich halte sie schon fest."

Sie gingen am Portier vorbei und gelangten problemlos zum Aufzug, obwohl Kyla einen Schmerzensschrei unterdrücken musste, weil Sex die Krallen in ihren Bauch schlug. Als der Lift hielt, seufzte sie vor Erleichterung.

Pete nahm ihren Arm und half ihr in die Kabine. „So weit, so gut", murmelte er.

Kyla drehte sich um, als ein gut aussehender Mann in einem dunklen Anzug hinter ihnen einstieg. Das Schildchen auf seinem Revers wies ihn als stellvertretenden Direktor aus. Oh nein! dachte Kyla entsetzt.

Der Mann lächelte freundlich und versuchte, eine Unterhaltung zu beginnen. „Fühlen Sie sich wohl bei uns?", erkundigte er sich.

Sex wählte ausgerechnet diesen Augenblick, um sich zu bewegen, und Kyla presste beide Hände auf ihren Bauch.

Pete legte den Arm um sie. „Soweit das möglich ist, wenn man den Zustand meiner Frau bedenkt. Alles in Ordnung, Liebling?"

„Ja." Kyla schloss die Augen, denn Sex stieß die Krallen noch tiefer in ihren Pullover.

„Es ist eine etwas schwierige Schwangerschaft", erklärte Pete. „Ich hatte gehofft, dass meine Frau sich hier etwas entspannen kann."

Kyla öffnete die Augen und schenkte dem stellvertretenden Hoteldirektor ein schwaches Lächeln. „Ich glaube, es wird ein Fußballstar", sagte sie, als Sex sich von Neuem zu bewegen begann. „Er übt schon kräftig."

Der Mann starrte sie an. Sein bleistiftdünner Schnurrbart zuckte. „Wie weit sind Sie denn?"

„Sechs Monate ...", begann Pete.

„Acht Monate", antwortete Kyla im selben Augenblick.

Der Mann schaute verblüfft von einem zum anderen.

„Es sind acht Monate, Liebling", sagte Kyla rasch. „Es stimmt zwar, dass wir es erst seit sechs Monaten wissen, aber der Zeitpunkt der Empfängnis war ... Nun ja, du erinnerst dich doch."

„Ja, natürlich, Liebes." Er warf ihr einen Blick zu, der einen Eisberg zum Schmelzen gebracht hätte.

Kyla wandte sich rasch ab und lachte verlegen. Gut, dass Pete nur schauspielerte, sonst hätte sie sich vielleicht in seine Arme geworfen. „Männer verstehen diese Dinge nicht", sagte sie zum stellvertretenden Direktor, während Sex an ihrem Pullover zum Ausschnitt ihres Mantels krabbelte. „Das Baby wird bald kommen, Pete. Hoffentlich bist du bereit."

„Mehr als bereit, Liebste." Pete drehte sich so, dass er Kyla halbwegs vor den Blicken des Mannes verdeckte, schob die Hand in ihren Mantel und drückte den Kopf der Katze nach unten.

Sex' Miauen war zwar leise, aber deutlich vernehmbar. Kyla imitierte das Geräusch und schmiegte sich an Pete. „Werde jetzt bloß nicht romantisch, Liebling", raunte sie ihm mit verführerischem Augenaufschlag zu. „Nicht vor dem Hoteldirektor, Pete."

Er schaute lächelnd auf sie herab, bereit, jeglichen Aufstieg der Katze von Neuem zu verhindern. „Du bist so wunderschön in diesem Zustand. Ich muss dich einfach in den Arm nehmen, Liebling." Sex' Kopf tauchte wieder auf, und Pete drückte ihn energisch unter den Mantel.

Kyla stimmte ihr entzücktes Seufzen genau auf den Moment ab, in dem Sex miaute. „Also wirklich, Liebling!", murmelte sie.

„Ich kann nichts dagegen tun", fügte Pete hinzu und staunte selbst über sein Improvisationstalent.

Kyla biss sich auf die Lippen, um nicht laut herauszuplatzen. Der stellvertretende Direktor hüstelte verlegen, und als der Aufzug hielt, stieg er wortlos aus.

Sobald sich die Türen hinter ihm schlossen und der Lift sich wieder in Bewegung setzte, begann Pete schallend zu lachen.

Kyla kicherte und hatte Mühe, Sex festzuhalten. „Oh nein", keuchte sie. „Das Baby kommt – Liebling!"

„Das ist der hässlichste Säugling, den ich je gesehen habe", sagte Pete, als Sex durch den Mantelausschnitt kroch.

„Ich kann mir nicht vorstellen, dass wir dem Mann etwas vorgemacht haben", bemerkte Kyla besorgt.

„Ich hatte nicht den Eindruck, dass er allzu intelligent ist."

„Zum Glück", stimmte Kyla zu. „Tausend Dank, Liebling." Das Kosewort kam ihr mühelos über die Lippen. Sie hatte es ganz bewusst gesagt, als witzige Fortsetzung ihrer Scharade, aber es hing zwischen ihnen in der Luft und schien mehr auszusagen, als beabsichtigt war.

Petes Augen verdunkelten sich, sein Grinsen verblasste zu einem schwachen Lächeln. Oh nein. Das war kein Theater mehr. Sie hätte es sich denken müssen, als er sie im Wagen küsste, aber die Bedeutung, die hinter der flüchtigen Zärtlichkeit gelegen hatte, war in der Aufregung des Moments untergegangen. Jetzt war die Angst vorbei – zumindest vorübergehend –, und anscheinend war sie nicht die Einzige, die sich in den vergangenen Stunden erotischen Träumen hingegeben hatte. Petes Blick nach zu urteilen, hatte auch er einige Fantasien entwickelt.

Der Aufzug hielt auf ihrem Stockwerk, aber Pete hörte nicht auf, sie anzuschauen. Sie schluckte und zwang sich, zu sagen: „Wir sind da."

„Hm? Oh." Es war, als erwachte er aus einer Trance. „Na gut, dann kommen Sie."

Kylas Herzschlag dröhnte in ihren Ohren. Sie hatte Pete gebeten, sie für eine Weile in seinem Zimmer zu verstecken, weil es ihr als einziger Ausweg aus ihrer gefährlichen Lage erschienen war. Aber nun sah es fast so aus, als hätte sie damit eine neue Gefahr heraufbeschworen …

Sie hasste es, wenn plötzlich Probleme dort auftauchten, wo sie nicht damit gerechnet hatte, und die sexuelle Spannung zwischen ihnen erschien ihr wie eine Bombe mit Zeitzünder, die jeden Moment hochgehen konnte. An Petes Gefühlen konnte sie nichts ändern, aber was ihre eigenen Emotionen betraf … Sie wollte sich davon nicht leiten und zerstören lassen, wie es bei ihrer Mutter der Fall gewesen war. Eine Beziehung unbeschadet zu überleben, bedeutete, die Kontrolle zu behalten, aber dazu durfte man sich niemals überraschen lassen.

Gleich würden sie in Petes Suite ganz allein sein, was bedeutete, dass sie sich ganz schnell eine Abwehrstrategie einfallen lassen musste!

„Wir haben freie Bahn." Pete schaute sich nach Kyla um, die die Katze wie eine altmodische Federboa auf der Schulter trug. Sex mit ihren scharfen Krallen würde ihn zwar eine Zeit lang von der Verwirklichung der Ideen abhalten, die ihm ständig in den Sinn kamen, aber natürlich würde das Tier nicht ewig in Kylas Armen bleiben. Im Übrigen war eine Katze keine Anstandsdame, und eine solche glaubte Pete heute Nacht dringend zu brauchen.

Während er und Kyla über den Korridor zur Suite eilten, versuchte er, sich Lillians Bild ins Gedächtnis zu rufen, um seine Gedanken wieder in die rechte Bahn zu bringen. Bei der Vorstellung, ihr von dieser verrückten Erfahrung zu erzählen, hätte er beinahe laut gelacht. Lillian würde bestimmt kein Verständnis dafür haben. Schließlich hatte sie ihm schon Vorwürfe gemacht, weil er auf Wunsch seiner Schwester nach Chicago geflogen war. „Du bist nicht der Typ für solche Dinge, Pete", hatte sie naserümpfend eingewandt und ihn damit geradezu herausgefordert, ihr das Gegenteil zu beweisen.

Nein, Lillian konnte er von Kyla nichts erzählen. Im schlimmsten Fall würde sie die Verlobung lösen, im besten hatte er eine Predigt zu erwarten und den Vorwurf, ein kompletter Narr zu sein. Was vermutlich sogar stimmte. Aber es machte ihm ungemein viel Spaß, Kylas Retter in der Not zu spielen.

In der Suite überlegte er, ob es nicht besser wäre, Kyla von Lillian zu erzählen, entschied sich dann jedoch dagegen. Sie hätte ihn dann vermutlich für rückständig und altmodisch gehalten und es als Hinweis aufgefasst, dass er schon vergeben war. Schließlich hatte sie ja nichts getan, was eine derartige Erklärung erforderte. Außer unter mir zu liegen und zu stöhnen und mich zu bitten, sie in meine Suite mitzunehmen, dachte er. Oder mich zu überreden, ihre Katze zu retten, im Aufzug wild mit mir zu flirten und mich vor dem stellvertretenden Direktor „Liebling" zu nennen ...

„Ein perfekter Ort für Sex."

Pete hob ruckartig den Kopf. Sie konnte doch unmöglich seine Gedanken erraten haben! Aber nein, Kyla sah ihn nicht einmal an; sie war ihrer Katze zum Fenster gefolgt und betrachtete voller Bewunderung den Michigan See. Sie zog den Trenchcoat aus und legte ihn über einen Stuhl. „Gefällt es dir hier, Sex?", fragte sie lächelnd und kraulte das Tier hinter den Ohren. „Hier gibt es viel zu sehen, was?"

Pete schluckte. Wie gern hätte auch er sich so von ihr berühren lassen, mit all dieser Zärtlichkeit und Zuneigung. Warum sprach sie nur so liebevoll mit der Katze und nicht mit ihm?

„Gut, dass die Fensterbretter so niedrig und breit sind", sagte sie. „Jetzt wird Sex für Stunden beschäftigt sein."

Und womit werden wir beide uns beschäftigen? fragte sich Pete, als Kyla den dunklen Pullover, den er ihr geliehen hatte, über den Kopf zog. Da er jedoch an dem zweiten klebte, den sie darunter trug, wurde ein breiter Streifen Haut über dem Bund ihrer Jeans sichtbar.

Mit Mühe wandte Pete den Blick von diesem verführerischen Anblick ab und richtete ihn auf die Katze. „Wieso hat Sex keinen Schwanz?", fragte er Kyla.

„Sie stammt von der Isle of Man. Sie wurde so geboren." Kyla faltete den Pullover und legte ihn auf einen Sessel. Dann strich sie ihren eigenen glatt und fuhr sich mit beiden Händen durch das Haar.

Es war herrlich lockig und zerzaust, fast so, als sei sie nach einer heißen Liebesnacht aufgestanden und ... Verdammt, seine Gedanken begannen schon wieder in eine gefährliche Richtung abzudriften! Die Katze. Er würde über die Katze reden. „Wird sie ihre Krallen an den Möbeln schärfen?", fragte er, obwohl es ihm völlig gleichgültig war, wenn sie sämtliche Möbel zerrissen hätte, während er mit Kyla ... Aber nein, das ging natürlich nicht.

„Das glaube ich nicht. Aber wir brauchen etwas anderes für sie."

„Was?"

Sie legte den Kopf schräg und schaute ihn lächelnd an. „Ein Katzenklo."

Pete betrachtete besorgt den cremefarbenen Teppichboden und dann die Katze, was als Ablenkung zunächst einmal genügte.

„Ich habe auch schon eine Idee, wie das Problem zu lösen ist", meinte Kyla. „Aber dafür müssten Sie in die Küche hinuntergehen und um eine große Plastikschüssel und einen Löffel bitten. Ich nehme an, für ein gutes Trinkgeld werden Sie alles bekommen." Sie machte eine Pause. „Ich fühle mich so hilflos ohne Portemonnaie und ohne Scheckbuch. Könnten wir uns nicht darauf einigen, dass Sie alles aufschreiben, was Sie für mich ausgeben, damit ich es Ihnen später zurückerstatten kann?"

Er schaute sie an und dachte, dass das nie möglich sein würde. Um ihm etwas zurückerstatten zu können, müsste sie ihn zunächst einmal in Minneapolis ausfindig machen, denn seine Adresse wollte er ihr vorsichtshalber lieber nicht nennen, um keine weiteren Überraschungen zu riskieren. Aber wenn er nicht auf ihren Vorschlag einging, würde sie sich bei jeder Ausgabe Beschränkungen auferlegen. „Ja, ja, wir schreiben es auf", sagte er und wurde mit einem dankbaren Lächeln dafür belohnt. „Eine Plastikschüssel also und einen Löffel?"

Kyla nickte. „Den Löffel brauchen wir, um die Erde aus den Topfpflanzen zu schaufeln."

„Aus den Topfpflanzen?" Obwohl er eine abweisende Miene aufsetzte, dachte er schon über Möglichkeiten nach, Kylas Vorschlag zu verwirklichen – und amüsierte sich auch noch königlich dabei.

„Ich werde zuerst die Schüssel und den Löffel holen. Dann fahre ich noch einmal hinunter für die Erde. Und ich werde den Trenchcoat benutzen."

Kyla strahlte ihn an. „Genau so hätte ich es auch gemacht!"

„Eine erschreckende Vorstellung." Pete zog den Mantel über und steckte seine Brieftasche ein. „Öffnen Sie nur die Tür, wenn

Sie ganz sicher sind, dass ich es bin. Und es wäre vielleicht ratsam, wenn Sie den Fernseher einschalten und feststellen würden, ob sie etwas über den Mord an Carmello bringen."

Kyla nickte. „Das werde ich tun. Danke, Pete."

„Keine Ursache." Am liebsten hätte er sie vor dem Verlassen der Suite geküsst, aber er unterdrückte den Impuls. Diesen Luxus hätte er sich schon im Auto nicht erlauben dürfen.

Die Schüssel und den Löffel zu beschaffen war nicht schwierig. Nachdem Pete von Kyla erfahren hatte, dass die Nachrichten noch nichts über Carmello gebracht hatten, setzte er den zweiten Teil seines Plans in die Tat um. Für die Erde holte er eine Plastiktüte, die für schmutzige Wäsche bestimmt war, aus dem Schrank und stopfte sie zusammen mit dem Löffel in seine Manteltasche.

„Falls jemand fragt, behaupten Sie einfach, Wissenschaftler zu sein und die Auswirkungen von Zigarettenrauch auf Pflanzenerde prüfen zu wollen."

„Großartige Idee", erwiderte Pete grinsend. „Halten Sie die Tür gut verschlossen!"

Im zehnten Stock stieg der stellvertretende Direktor zu. Der Kerl schien überall zu sein! Er lächelte Pete unsicher an. „Wie geht es Ihrer Frau?"

Pete dachte sich rasch etwas aus. Etwas von Kylas Erfindungsreichtum schien bereits auf ihn abgefärbt zu haben. „Sie ist oben und liest in einem Buch über Geburtstechniken primitiver Stämme, und jetzt will sie etwas ziemlich Ausgefallenes versuchen, um das Baby zu beruhigen. Ich glaube nicht, dass es helfen wird, aber in ihrem Zustand widerspreche ich ihr nicht gern."

„Und an welche Technik hatte sie gedacht?" Der elegant gekleidete Mann sah aus, als würde ihm gleich übel werden.

„Schlammpackungen auf dem Bauch. Ich musste ihr versprechen, Erde von den Pflanzen unten zu holen."

„Von den Pflanzen?", entgegnete der Stellvertreter des Direktors alarmiert. „Hm, ich glaube nicht, dass wir …"

„Hören Sie, wenn meine Frau hysterisch wird, ist sie ziemlich unerträglich. Ich erinnere mich, dass sie einmal in einem anderen Hotel durch sämtliche Korridore rannte und etwas von Kakerlaken schrie."

„Um Gottes willen." Der Mann erblasste. „Dann erlauben Sie mir aber wenigstens, Ihnen beim Sammeln zu helfen. Bestimmt schadet es den Pflanzen nicht, wenn wir aus jedem Topf ein wenig nehmen."

„Ich wäre Ihnen dafür unendlich dankbar. Von Mann zu Mann gesprochen, kann ich Ihnen nur sagen, dass es eine recht anstrengende Zeit für mich ist – milde ausgedrückt."

„Das kann ich mir vorstellen. Nein, eigentlich nicht." Er zupfte nervös an seiner Krawatte. „Ich war selbst nie verheiratet."

„Wenn Sie es je tun, überlegen Sie es sich gut, ob Sie Kinder haben wollen."

„Das werde ich", versprach der stellvertretende Hoteldirektor ernst.

Eine gute halbe Stunde später war der Wäschesack zu drei Vierteln mit Blumenerde gefüllt. „Das müsste eigentlich reichen", sagte Pete zufrieden. „Ich danke Ihnen für Ihre Hilfe, Sir."

„Gern geschehen", erwiderte der zweite Direktor höflich. „Sie können jederzeit auf mein Mitgefühl und mein Verständnis zählen."

Als Pete zu Kyla zurückkehrte und ihr sein Erlebnis beschrieb, lachte sie, bis ihr die Tränen kamen. „Eine Schlammpackung?", keuchte sie und krümmte sich vor Lachen. „Pete, das war eine fantastische Idee!"

„Sie hätten dabei sein sollen, es war einfach …" Er brach ab, weil er sah, dass sie nicht mehr zuhörte. Der Fernseher lief, und in diesem Augenblick wurden Nachrichten gebracht.

„Chicago verlor einen seiner geheimnisumwobensten Bürger", berichtete die Sprecherin. „Die Polizei untersucht den Tod von Arturo Carmello, der heute Nacht erschossen in seinem Büro in der Michigan Avenue aufgefunden wurde."

Pete schaute zu, als eine zugedeckte Bahre aus dem Gebäude getragen wurde. Dann richtete er den Blick auf Kyla und sah, wie sie sich versteifte. Dabei war sie eben noch so fröhlich gewesen, so unbeschwert. Verdammt! dachte er.

Das Telefon klingelte, und obwohl er wusste, dass es Peggy war, zuckte er zusammen. Kyla auch. „Meine Schwester", sagte er rasch und wünschte sich, Kyla in die Arme nehmen und ihre Furcht vertreiben zu können. Aber das wäre keine gute Idee gewesen, denn bei der intensiven Spannung, die zwischen ihnen herrschte, konnte schon die kleinste Berührung einen Flächenbrand auslösen. Er ging durch das Zimmer, um den Anruf entgegenzunehmen.

Peggys Stimme war nur ein Flüstern. „Wir haben gerade die Nachrichten gesehen. Jerald ist leichenblass geworden."

„Wo ist er?"

„Im Augenblick im Badezimmer. Ich glaube, er übergibt sich, aber er will mich nicht hereinlassen. Was soll ich jetzt tun?"

Pete fragte sich, ob seine Schwester und seine Nichten sich in Gefahr befinden mochten. „Du könntest mit den Mädchen nach Springfield fliegen." Sein Blick glitt ganz unbewusst zu Kyla. Sie wirkte so verloren.

„Und wie soll ich das Mom und Dad erklären? Ich möchte sie nicht aufregen, Pete."

„Sag ihnen einfach, du hättest dich mit Jerald gestritten."

Peggy erwiderte zunächst nichts, dann wisperte sie: „Ich werde ihn nicht verlassen. Aber ich schicke die Mädchen nach Springfield und sage Mom und Dad, Jerald und ich wollten allein sein, um uns in Ruhe auszusprechen. Den Mädchen erzähle ich das Gleiche. Es ist ja nicht so, als hätten wir noch nie Probleme gehabt."

„Gut." Pete fragte sich, ob er der Ehe bisher aus dem Weg gegangen war, weil er Peggys Schwierigkeiten stets aus nächster Nähe miterlebt hatte und dergleichen für sich selbst vermeiden wollte. „Hör mal, soll ich zu euch kommen und mit Jerald reden? Früher oder später werde ich es sowieso tun müssen, also …"

„Nein!", fiel sie ihm ins Wort. „Vielleicht gelingt es mir, diese Krise zu überwinden, ohne ihm eingestehen zu müssen, was du getan hast. Er hat jetzt Angst. Ich glaube, er wird versuchen, Carmellos Auftrag wieder loszuwerden."

„Hat er das gesagt?"

„Nein. Er behauptet, ihm sei vom Abendessen übel geworden. Aber wenn er diese Sache wirklich aufgibt, ist es doch egal, ob er es mir erzählt oder nicht?"

Pete dachte anders darüber, sprach es jedoch nicht aus. „Na schön. Ruf mich an, falls du mich brauchst."

„Danke. Ich glaube, da kommt er. Bis bald."

Die Verbindung wurde unterbrochen. Pete legte auf und strich sich nachdenklich übers Haar. „Wie geht es ihr?"

Die Besorgnis in Kylas Stimme verblüffte Pete. Sie kannte Peggy doch gar nicht! Dennoch hätte er nicht überrascht sein dürfen, denn immerhin hatte diese Frau ihr Leben aufs Spiel gesetzt, um eine Katze zu retten. „Ihr Mann gibt immer noch nichts zu, aber er erbricht sich ziemlich heftig."

„Wie praktisch."

Ihre kühle Verachtung für Jerald war genau das, was Pete jetzt brauchte. Er schaute Kyla anerkennend an und bewunderte sie wieder einmal für ihre Charakterstärke. „Ja, er ist ein echter Prinz, unser Jerald." Am liebsten hätte er dem Kerl das Lebenslicht ausgeblasen, aber da das nicht möglich war, empfand er es als sehr erleichternd, ein wenig Dampf bei Kyla abzulassen. „Peggy wird die Mädchen zu unseren Eltern nach Springfield schicken."

„Aber sie bleibt?"

„Ja. Im Gegensatz zu ihrem Mann besitzt sie Charakter."

Kyla nickte. „Ich glaube, Peggy würde mir gefallen."

„Sie ihr bestimmt auch." Schade, dass sie nie Gelegenheit bekommen werden, sich kennenzulernen, dachte er und schaute auf die Uhr. „Schon Viertel nach zehn. Sollten wir uns nicht etwas zu essen kommen lassen, bevor die Küche schließt?"

„Ich habe nicht viel Hunger."

„Denken Sie an Ihre Katze. Sie ist bestimmt sehr hungrig und nur zu höflich, es zu sagen."

Das veranlasste Kyla zu einem Lächeln. „Sie haben recht. Ich könnte mir ein Fischgericht bestellen und es mit ihr teilen."

„Dann bestelle ich mir auch Fisch und hebe etwas davon für morgen auf. Denn es wäre doch ziemlich verdächtig, wenn wir uns zum Frühstück schon wieder Fisch kommen ließen, glauben Sie nicht?"

Beim Essen fühlte Kyla sich schon etwas besser, was sie in erster Linie der Tatsache zuschrieb, dass sie so nette Gesellschaft hatte. Sie und Pete erzählten sich von ihrer Kindheit und tauschten Anekdoten aus, wobei Kyla jede Episode, die ihren Vater einschloss, bewusst ausließ. Von Pete erfuhr sie, dass er zwei Minuten älter als seine Zwillingsschwester war und liebevolle Eltern besaß, deren einziger Fehler ihre übertriebene Vorsicht war.

„Sogar zwei Minuten machen einen Unterschied", bemerkte Kyla. „Ich wette, man erwartete von Ihnen, dass Sie verantwortungsbewusster als Peggy waren."

„Das waren Sie ja auch." Pete schob seinen leeren Teller fort. „Sie scheinen doch wie eine zweite Mutter für Trevor gewesen zu sein."

Kyla zuckte die Schultern. „Ich bin seine Schwester. Wir sorgten füreinander. Ihnen ergeht es doch bei Peggy auch so."

„Ja, schon, aber ..." Er betrachtete Kyla nachdenklich.

Die Art, wie er sie anschaute, verriet ihr, dass er bald noch mehr Fragen stellen würde, und sie wollte nicht über ihren Stiefvater reden. Jedenfalls nicht heute Abend, nach allem, was sie durchgemacht hatte. „Ich habe Ihnen noch nicht die versprochene Fußmassage gegeben." Sie stand auf. „Ziehen Sie Ihre Schuhe und Socken aus, während ich die Handcreme aus dem Bad hole."

„Nein, nein, schon gut, Kyla. Die Kratzer an meinen Händen schmerzen wirklich nicht, und ich ..."

Sie blieb an der Tür zum Badezimmer stehen. „Ich möchte es aber tun. Es ist meine einzige Möglichkeit, mich für all das zu revanchieren, was Sie meinetwegen durchgemacht haben.

„Um ganz ehrlich zu sein – ich käme mir ein bisschen albern vor, wenn Sie mir die Füße massieren würden."

Kyla kannte diesen Einwand schon. Die meisten Männer

neigten anfangs zu ähnlichen Bedenken. Frauen nicht. Sie waren begeistert von der Idee, sobald sie davon hörten, aber Männer waren eben andere Wesen, vor allem jene aus dem Mittelwesten. Sie kehrte zurück und blieb vor Pete stehen. „Sie halten es wohl für ziemlich unmännlich, sich von einer Frau die Füße massieren zu lassen?"

Er errötete. „Nein, das ist es nicht. Ich habe nur …"

„Doch, das ist es, also geben Sie es ruhig zu. Sie kämen sich wie ein Homosexueller vor, nicht wahr?"

Er schaute ihr offen in die Augen. „Ja."

„Dann ziehen Sie Ihr Hemd und Ihren Pullover aus, und ich massiere Ihnen den Rücken."

Er wirkte alarmiert und gleichzeitig sehr aufgeregt. „Hey, Moment mal! Das wäre …"

„Zu intim? Zu körperlich?" Als sie seine unbehagliche Miene sah, stürzte sie sich mit Begeisterung auf ihr Lieblingsthema. „Kein Wunder, dass ihr Männer alle irgendwann einen Herzanfall bekommt! Ist es Ihnen überhaupt bewusst, welche lächerlichen Grenzen Sie sich auferlegen? Weil eine Massage für Sie entweder etwas Weibisches oder etwas Sexuelles ist, sind Sie nicht bereit, sich einmal verwöhnen und von Ihren Spannungen befreien zu lassen."

„Ich leide nicht unter Spannungen."

„Ha!"

„Na ja, nicht sehr jedenfalls."

„Das glauben Sie!"

„Und Sie wollen diese angeblichen Spannungen lösen, indem Sie meine Füße massieren?"

„Was haben Sie dabei zu verlieren, Pete?"

Er schaute auf seine schwarzen Oxfordsocken. „Vielleicht bin ich ja kitzlig."

„Ich kitzele meine Klienten nicht. Sind Sie ein Feigling, Pete?"

„Wollen Sie mich herausfordern, Kyla?"

Lächelnd verschränkte sie die Arme. „Vielleicht. Ich fordere Sie auf, sich aus Ihrem langweiligen Trott herauszubegeben und mal etwas Neues zu wagen!"

Pete lachte. „Langweiliger Trott? Das war von jenem Moment an vorbei, als Sie in das Büro meines Schwagers stürmten! In Ihrer Nähe zu sein ist wie eine Schutzimpfung gegen Alltagstrott."

„Dann müssten Sie ja in der idealen Stimmung sein, sich Ihre Füße massieren zu lassen."

„Na schön", seufzte er und bückte sich, um seine Socken auszuziehen. „Von mir aus auch das noch."

5. KAPITEL

„Sie haben schöne Füße."

Pete machte ein unbehagliches Gesicht. „Ich wette, das sagen Sie allen Männern!" Er saß auf der Couch, und Kyla hockte mit gekreuzten Beinen vor ihm auf dem Boden. Das Licht war gedämpft, aus dem Radio erklang leise klassische Musik.

„Ich habe Sie in Verlegenheit gebracht. Entschuldigen Sie." Sie verrieb eine duftende Lotion in den Händen und nahm sanft, aber entschieden Petes linken Fuß. Aber sie hatte ihn kaum berührt, als ihr schon klar wurde, dass sie in Schwierigkeiten steckte. Ihre Objektivität ließ nach und wich dem Bewusstsein, Petes nackte Haut zu berühren. Sie biss die Zähne zusammen. So etwas war noch nie vorgekommen, und sie würde es auch jetzt nicht zulassen. Nach ihrer Erklärung, es handelte sich bei einer Massage nicht um eine sexuelle Erfahrung, durfte auch keine daraus werden.

Unglücklicherweise schien Pete ganz ähnlich zu empfinden wie sie. Er atmete schneller und räusperte sich. „Gibt es eigentlich Geschäftsleute, die sich in der Mittagspause massieren lassen?"

„Ja." Ganz ruhig, dachte Kyla. Nur nicht in Panik geraten.

„Und woher stammt diese Technik?"

Mit heftig klopfendem Herzen beschäftigte sie sich mit seinem Fuß. „Die Fußreflexzonenmassage stammt ursprünglich aus dem Orient. Die Menschen nutzten diese Technik schon vor zweitausend Jahren, um sich gegenseitig gesund zu halten."

„Der Zauber der Berührung."

Sie wünschte, er hätte das nicht gesagt, und schon gar nicht in diesem Ton. „Ja." Der Energieaustausch zwischen ihr und Pete war so stark, dass ihre Fingerspitzen prickelten und sie in sehr unprofessioneller, äußerst gefährlicher Art und Weise darauf zu reagieren begann. Sie hatte Karate gelernt, um ihre körperliche Verwundbarkeit zu mindern, doch nun machte sie die Erfahrung, dass emotionelle Verwundbarkeit ein viel größeres Risiko darstellte.

„Warum drücken Sie auf diese Stelle?"
„Weil das der alles beherrschende Punkt ist. Ihr Herz."
„Hm."
Sie war unvorsichtig gewesen, mehr nicht. Sie hatte gemerkt, dass sie sich zueinander hingezogen fühlten, aber versäumt, die Macht dieser Anziehungskraft zu respektieren. Mit ein wenig Glück war es noch nicht zu spät, die Kontrolle über die Situation zurückzugewinnen. Sie strich über den Spann seines linken Fußes, rieb über das lockige dunkle Haar dort und schob ihre Finger zwischen seine Zehen. Und hörte, wie er scharf einatmete.

Das dunkle Haar auf seinem Fuß erinnerte sie an das Foto in Jerald T. Johnsons Büro. Pete mit nacktem Oberkörper an Bord einer Segeljacht ... Es war schon vorgekommen, dass sie sich die Körper ihrer Klienten vorstellte, aber bisher immer nur aus klinischem Interesse. Diesmal war es jedoch ganz anders. Das Bild von Petes muskulöser Brust mit dem feinen dunklen Haar darauf wirkte ausgesprochen anregend auf sie.

Die Musik, die beide beruhigen und entspannen sollte, begann einen eher erotischen Effekt zu haben. Kyla holte tief Atem. Vielleicht hätte sie sich jetzt eine vernünftige Erklärung einfallen lassen sollen, warum sie die Massage abbrechen musste. Andererseits hingegen empfand sie es wie ein Fest, Petes warme glatte Haut zu berühren, ihre Hand fast streichelnd darübergleiten zu lassen und ...

„Das ist gar nicht schlecht, Kyla."
Sie schaute auf und sah, dass Pete sich mit halb geschlossenen Augen zurücklehnte. Sie fand ihn ungeheuer sexy in dieser Pose. Es fiel ihr nicht schwer, sich ihn im Bett vorzustellen, auf dem Rücken liegend und eine Frau neben sich, die er auf diese so sinnliche Weise ansah ... Ihre Kehle war plötzlich wie ausgetrocknet.

„Sie haben kräftige Hände", murmelte er. Die Worte an sich bedeuteten nichts, aber sein Ton war eine Einladung.

„D-danke." Um Pete nicht ansehen zu müssen, hielt sie den Blick auf seinen Fuß gerichtet. Ihre Wangen brannten, ihr Erröten musste ihm ihre Empfindungen verraten haben. War ihre Mutter auf die gleiche Weise verführt worden, hatte eine gänzlich unerwartete, unwiderstehliche Leidenschaft sie für den Rest ihres Lebens versklavt? Mit etwas mehr Kraft als nötig presste Kyla den Daumen gegen die Wurzel von Petes kleinem Zeh.

„Hey!" Er warf ihr einen anklagenden Blick zu. „Das tut weh!"

„Entschuldigen Sie." Ihre Stimme war seltsam kehlig. Sie nahm etwas von dem Druck zurück. „Das tut noch immer weh!"

„Aha." Sie schaute ihm in die Augen. Also war er auch ein ganz normaler Sterblicher. Gut. „Was heißt hier: ‚aha'?"

„Wir müssen Spannungen aus Ihrem Körper herausarbeiten."

„Und ob! Die Spannungen, die Sie erzeugen, indem Sie meine Füße quälen!"

Kyla lächelte. „Nein, daher kommen sie ganz sicher nicht." Sie mied den empfindsamen Punkt und arbeitete sich mit dem Daumen an der Seite seines Fußes vorwärts. „Sie sind sehr verspannt in Nacken und in Schultern. Diese Spannungen zu lösen wird schmerzen, aber danach werden Sie sich viel besser fühlen."

„So in dem Sinne: ‚Es ist nur zu Ihrem eigenen Besten, wenn ich Ihnen wehtue'?"

„Richtig." Das ist schon viel besser, dachte Kyla. Sie waren wieder beim Scherzen angelangt, und sie spürte ihre Kontrolle zurückkehren. Es ging also doch. Sie konnte sogar ein wenig mit ihm flirten. Er war gar nicht viel anders als die meisten Männer. Vielleicht hatte sie sich ihre übertriebene Reaktion auf ihn nur eingebildet. „Werden Sie jetzt kneifen?"

Mit einem resignierten Seufzer ließ er sich zurücksinken. „Tun Sie, was Sie nicht lassen können, Kyla."

Pete war bestimmt kein Liebhaber von Schmerzen, aber das Konzept der Reflexzonenmassage beeindruckte ihn. Oder vielleicht lag es auch nur an der Frau, die die Massage ausführte. Jedenfalls wollte er nicht, dass sie sie beendete, denn dann hätte sie keinen Grund mehr gehabt, ihn zu berühren. Und das sollte sie unter allen Umständen weiter tun.

Er hatte sich die Sache ganz nüchtern überlegt. Sie war eine

Frau, die in Schwierigkeiten steckte, und er betrachtete es als seine Pflicht, ihr Unterschlupf und Schutz zu bieten. Was hätte Lillian ihm daran vorwerfen können, vorausgesetzt, sie fand es je heraus, was er nicht hoffte. Aber falls es doch geschah, hatte er eine vernünftige Erklärung bereit. Es war ganz natürlich, dass Kyla ihre Dankbarkeit beweisen wollte, indem sie ihm eine Fußmassage gab. Für sie war es nichts anderes als die Ausübung ihres Berufs.

Langsam wurde der Schmerz beinahe unerträglich. Pete biss die Zähne zusammen, als Kyla wieder auf die Wurzel seines kleinen Zehs drückte.

„Nein, Sie dürfen sich nicht zusammennehmen, sonst werden Sie die Spannung nie los. Schreien Sie, Pete."

Er riss verblüfft die Augen auf. „Kommt nicht infrage!"

Sie presste noch härter. „Los, Pete. Schreien Sie."

„Ich halte es schon aus. Ich bin – au! Verdammt, Kyla, das tut weh!" Er hörte die Katze ins Schlafzimmer flüchten. „Jetzt habe ich auch noch Sex erschreckt!"

„Keine Sorge, sie hat Trevor schreien gehört, wenn ich ihm die Füße massierte. Sie macht sich nichts daraus." Kyla ließ ihren Daumen langsam kreisen. „Lassen Sie den Schmerz ruhig heraus."

Er schrie wieder, diesmal noch lauter.

„Ja, gut so. So ist es richtig."

Sie drückte noch einmal, und er brüllte wie ein verwundeter Bär.

„Heraus damit! Verfluchen Sie mich ruhig, das hilft."

Das tat er. Ihre starken Finger entrissen ihm eine ganze Serie derber Flüche. Bei jeder Drehung ihres Daumens schoss der Schmerz wie ein Laserstrahl durch seinen Körper. Starke Hände – ha! Diese Frau hätte bei der Inquisition Verhöre führen können! Er schrie noch einmal auf und dann – welche Erleichterung! – hörte sie auf. Oder zumindest glaubte er das. Aber als er auf ihre Hände schaute, sah er, dass sie an der gleichen Stelle weitermassierten. Doch jetzt tat es nicht mehr weh.

„Rollen Sie die rechte Schulter", forderte sie ihn auf.

Als er es tat, stöhnte er vor Vergnügen über die mühelos funktionierenden Muskeln, die sich bewegten wie geölt. „Kyla, das ist fantastisch!"

„Ich hatte es Ihnen ja gesagt."

„Ich weiß, aber ich hätte nie gedacht ..."

„Jetzt kommt die andere Schulter an die Reihe."

„Oh." Seine Begeisterung verblasste.

„Wenn Sie gleich von Anfang an schreien, wird es schneller vorbei sein. Ist es nicht ein wunderbares Gefühl, von diesen schmerzhaften Verspannungen befreit zu werden?"

„Ja. Es ist fast noch besser als Sex." Kaum waren die Worte ausgesprochen, hätte er sie am liebsten zurückgenommen. Kylas blaue Augen verdunkelten sich, und ihn erfasste ein unwiderstehliches Bedürfnis, sie in die Arme zu nehmen. Die Tatsache, dass sie zurzeit keine feste Beziehung zu einem Mann hatte, erhöhte die Versuchung noch. Aber er – er hatte Lillian. Seine kühle, nüchterne Lillian, die Liebe machte wie nach Betriebsanleitung.

„Soll ich mit dem anderen Fuß anfangen?", fragte Kyla.

„Auf einem Bein kann man nicht stehen", erwiderte er trocken.

Diesmal befolgte er ihren Rat und hielt seine Schreie nicht zurück, und als es vorüber war, ließ er sich benommen gegen die Rücklehne der Couch sinken. Diese zierliche Frau mit den wissenden Händen hatte einen neuen Menschen aus ihm gemacht. Er fühlte sich wie neugeboren.

„Sie lächeln." Sie setzte die Massage fort, und jetzt empfand er keine Schmerzen mehr dabei, nur noch Vergnügen.

„Ja."

„Ich wusste, dass Sie es brauchen. Sie müssen die halbe Welt auf Ihren Schultern herumgetragen haben."

Ihre Stimme vermischte sich mit den sanften Klängen aus dem Radio. „Mag sein." Er mochte ihre Stimme, die ungewöhnlich tief für eine so kleine Person war und jetzt auch noch eine Spur rau und kehlig klang – und sehr sexy.

„Ihre Eltern müssen hohe Erwartungen in Sie gesetzt haben."

„Ja", seufzte er. „Und ich habe sie erfüllt. Mr Zuverlässig. Gute Noten in der Schule. Ein guter Sportler. Solide Karriere. Manchmal bin ich mir selbst langweilig, Kyla."

Sie lachte leise und auf eine Art, die man als Mann im Allgemeinen mit einem Schlafzimmer in Verbindung brachte.

Petes Körper reagierte auf den Ton und auf die Vorstellung, die sich damit verband. Kyla nackt zwischen seidenen Laken, in leidenschaftlicher Umarmung mit ihm. Es war ihm nicht bewusst, dass er aufstöhnte, aber sie musste es gehört haben, denn ihre Finger verhielten in der Bewegung, und sie räusperte sich verlegen.

Er öffnete die Augen und schaute an seinem Körper zu der Stelle hinunter, die seine Erregung am deutlichsten verriet. Auch Kyla schaute hin, und das Blut stieg ihr in die Wangen. Dann hob sie den Kopf, und sie starrten sich lange schweigend in die Augen.

Sie schluckte, und er hätte am liebsten seine Lippen auf den heftig pochenden Puls an ihrer Kehle gedrückt. Sein Instinkt sagte ihm, dass sie in diesem Augenblick bereitwillig zu ihm gekommen wäre. Er hätte nur die Arme nach ihr auszustrecken brauchen. Doch stattdessen sagte er: „Ich bin verlobt", und das Leuchten in ihren blauen Augen erstarb. Sie senkte den Blick.

„Ich hätte es Ihnen schon früher sagen sollen."

„Wozu?" Als sie jetzt zu ihm aufschaute, war ihr Blick abweisend. „Das ist doch egal. Sie waren so nett, mir zu helfen, und dafür bin ich Ihnen dankbar."

„Aber ich habe Sie auf den Gedanken gebracht ..."

„Nein, das haben Sie nicht." Mit einer anmutigen Bewegung erhob sie sich. „Es gibt alle möglichen Erklärungen, warum Sie bei einer Massage eine Erektion bekommen."

„Kyla!"

Sie winkte ab. „Geben Sie sich nicht prüder, als Sie sind. Es gibt wissenschaftliche Erklärungen für diese körperlichen Vorgänge. Ich habe Ihnen einige Ihrer Spannungen genommen und damit vielleicht sexuelle Energien freigesetzt. Andererseits wiederum habe ich Ihre Leistengegend stimuliert, was ebenfalls diese Reaktion ausgelöst haben könnte. Das ist zwar bei anderen Klienten noch nie passiert, aber es gibt für alles ein erstes Mal. Außerdem ist es nichts Persönliches und ..."

„Das glauben Sie!" Er stand auf. „Alles was Sie da erzählen, mag ja wahr sein. Ich verstehe nicht genug von diesen Dingen, um Ihnen zu widersprechen. Aber ich reagiere auch auf Sie als Frau, Kyla, obwohl es mir anders wirklich lieber wäre."

„Oh." Ein Lächeln huschte über ihre Züge, und für einen Moment erschien ein schelmisches Funkeln in ihren Augen.

„Ja, ich finde es sogar verdammt unpraktisch."

„Tut mir leid für Sie", erwiderte sie schmunzelnd.

„Sie können sich dieses selbstzufriedene Lächeln sparen! Es ist nämlich genauso verdammt anziehend wie der Rest von Ihnen! Haben Sie denn überhaupt keine hässlichen Eigenschaften, die Sie mir einmal vorführen könnten?"

Sie schnitt eine Grimasse und verdrehte die Augen.

Pete lachte, aber selbst das war gefährlich. Bei dieser Frau war es grundsätzlich riskant, seinen Gefühlen zu folgen, selbst wenn es sich um die harmlosesten Regungen handelte.

„Wie war das?", erkundigte sie sich lächelnd, und er war verloren. Sie stellte eine zu große Herausforderung für seine Selbstbeherrschung dar.

Er trat näher. „Ich glaube, ich muss Sie jetzt küssen."

„Sie sind verlobt." Sie schob das Kinn vor, vermutlich aus Trotz, ohne zu ahnen, dass sie ihm damit den perfekten Winkel bot, um einen Kuss auf ihre Lippen zu drücken. Außerdem haben Sie mich bereits geküsst, oder haben Sie das vergessen? Als wir in der Gasse parkten."

„Das zählt nicht." Verlangend betrachtete er ihren Mund.

„Natürlich zählt es", wisperte sie, schloss die Augen und öffnete fast unmerklich die Lippen.

„Nein." Er legte seine große Hand unter ihr Kinn und hob leicht ihr Gesicht zu sich empor. Mit dem Daumen übte er einen sanften Druck auf ihre Lippen aus, bis sie sich noch weiter öffneten, und dann sah er sie nicht mehr, weil sein Mund ihren in Besitz nahm. Ihr warmer Atem vermischte sich mit seinem, er schloss die Augen und gab sich ganz dem wundervollen Gefühl hin, ihre vollen, nachgiebigen Lippen zu liebkosen.

Sie fühlten sich an wie Satin, nur wärmer und noch weicher. Er ließ seine Zungenspitze über ihre Unterlippe gleiten und spürte, wie ihr der Atem stockte. Als er die warme Höhlung ihres Mundes zu erforschen begann, stellte er zu seinem Erstaunen fest, dass er am ganzen Körper zitterte. Langsam zog er sich von ihr zurück und hob den Kopf, um sie anzusehen.

Auch sie öffnete die Augen – diese tiefblauen Augen, die so unschuldig und gleichzeitig so wissend schauen konnten. Doch nun blickten sie ihn voller Zärtlichkeit an. „Und das?", flüsterte sie. „Zählt das?"

„Ich ... ich finde es beängstigend."

„Ich auch."

Ohne sie mit den Händen zu berühren, küsste er sie noch einmal, und diesmal öffnete sie bereitwillig die Lippen, um seiner Zunge Einlass zu verschaffen. Als sie seinen Kuss erwiderte, erwachte eine schmerzhafte Erregung in ihm, und er musste seine ganze Willenskraft aufbieten, um Kyla nicht in die Arme zu schließen und an sich zu pressen. Er wagte es nicht einmal, sie zu berühren. Es war schon verrückt genug, sie überhaupt zu küssen, aber er war es leid, stets vorsichtig zu sein und niemals impulsiv.

Diesmal war Kyle diejenige, die den Kuss beendete. „Das zählt auf jeden Fall!", sagte sie schwer atmend.

„Ich weiß nicht." Er beugte sich wieder vor. „Lass mich ..."

„Nein." Sie legte eine Hand auf seinen Mund. „Wir werden das nicht wiederholen."

Sanft nahm er ihre Hand und hielt sie fest. „Warum nicht?"

„Das weißt du genau." Sie entzog ihm die Hand und trat zurück. „Weil dein schlechtes Gewissen dich sonst umbringen würde. Und weil Gefahr besteht, dass du dich verrechnest und dich mitreißen lässt. Das möchte doch keiner von uns beiden, oder?"

Er war inzwischen so verwirrt, dass er nicht mehr klar denken konnte. „Warum hast du dich dann überhaupt von mir küssen lassen?"

„Aus Neugierde. Und weil du verlobt bist und daher keine Gefahr für mich darstellst. Ein verantwortungsbewusster Mann wie du neigt nicht dazu, seine Verlobte zu betrügen ... Aber ich möchte es auch nicht darauf ankommen lassen."

Er zog spöttisch eine Augenbraue hoch. „Das klingt, als glaubtest du, alles über mich zu wissen, nachdem du meine Füße massiert hast."

„Ich weiß eine Menge über dich."

„Wirklich? Das höre ich auch nicht gern. Es klingt nämlich, als wäre ich verdammt leicht zu durchschauen."

„Du bist solide, Pete. Das ist beruhigend."

„Solide und beruhigend? Willst du mich beleidigen? Komm her und lass dir zeigen, wie beunruhigend ich sein kann!"

Kyla wich zurück. „Bleib, wo du bist. Denk an deine Verlobte. Wie heißt sie eigentlich?"

„Lillian."

„Lillian wartet zu Hause auf dich. Lillian verdient das nicht. Lillian ..."

„Na schön!" Er wandte sich ab und strich sich entmutigt übers Haar. „Du hast dich klar genug ausgedrückt." Er drehte sich noch einmal um. „Ist deine Neugierde jetzt befriedigt?"

„Ja."

„Schade." Ihre Augen vermittelten ihm eine völlig andere Botschaft – sie schien einen ebenso heftigen Kampf mit sich selbst auszufechten wie er mit sich.

„Es ist spät. Wir sollten uns jetzt hinlegen", schlug sie vor. „Ich werde auf dem Sofa schlafen."

„Nein. Du kannst das Schlafzimmer haben, Kyla. Denn trotz allem, was du von mir denkst, bin ich auch nur ein Mensch, und mein Verantwortungsbewusstsein könnte um diese späte Stunde eine empfindliche Beeinträchtigung erfahren. Schließ dich lieber ein."

„Na gut." Ohne noch ein weiteres Wort zu sagen, wandte sie sich ab und verschwand schließlich im Schlafzimmer. Darin hörte Pete, wie der Schlüssel umgedreht wurde.

Also wollte sie ihn doch nicht. Bis sie die Tür verschloss,

hatte er sich an einen Funken Hoffnung geklammert. Natürlich wollte er Lillian nicht untreu werden, aber ... Unruhig wanderte er durch das Zimmer und versuchte, seine Enttäuschung zu bekämpfen.

Er fühlte sich erfrischt und vital nach der Massage. Vielleicht hatte sie ja tatsächlich sexuelle Energien in ihm freigesetzt, wie Kyla behauptete. Was auch immer die Erklärung dafür sein mochte, er begehrte Kyla, wie er noch keine andere Frau je begehrt hatte. Fast hätte er sie dafür hassen können, ihn derart gereizt zu haben, um ihn dann zurückzustoßen. Aber nur fast ...

6. KAPITEL

Kyla lehnte sich aufatmend an die Schlafzimmertür. Das war knapp gewesen! Wenn Pete ihr nicht erzählt hätte, dass er verlobt war, wäre sie jetzt mit ihm ins Bett gegangen.

Was sie – leider – noch immer wollte. Ihr Körper schmerzte vor unbefriedigtem Verlangen, und sie musste ihre ganze Willenskraft aufbieten, um nicht zu Pete zu gehen. Streichelnd glitten ihre Finger über die vergoldeten Zierleisten der weißen Tür. Wie gern hätte sie Pete auf die gleiche Weise berührt und ihn geliebt, bis sie alles vergaßen, was sie voneinander trennte!

Doch was dann? Würde sie sich dann so weit erniedrigen, ihn zu bitten, dass er bei ihr bliebe? Das würde ihm Macht über sie geben, und sie wäre nicht besser dran als ihre Mutter, deren Schicksal ihr stets als warnendes Beispiel vor Augen stand.

Die Tatsache, dass Pete verlobt war, hatte ihr ein trügerisches Gefühl der Sicherheit vermittelt; sie hatte geglaubt, ihn küssen zu können, ohne Feuer zu fangen. Aber so war es leider nicht. Es gab Frauen, die sich absichtlich einen verheirateten Liebhaber nahmen, um jegliche Gefahr einer festen Bindung auszuschließen. Früher hatte Kyla das für sehr vernünftig gehalten, doch nun wusste sie, dass das nur möglich war, solange die Frau sich nicht mehr wünschte als das Ausleben ihrer sexuellen Wünsche. Doch sobald Liebe im Spiel war, hatte der Mann sie in der Hand und sie hatte ihre Freiheit für immer verloren. Genau das drohte ihr bei Pete, ob er nun verlobt war oder nicht. Sie durfte ihn nicht an sich heranlassen, dazu begehrte sie ihn zu sehr.

Das Telefon weckte Kyla aus einem unruhigen Schlaf. „Ja?"

Kurzes Schweigen am anderen Ende der Leitung, dann die zögernde Stimme einer Frau: „Vielleicht habe ich das falsche Zimmer ... Ich wollte eigentlich Pete Beckett sprechen."

„Oh! Tut mir sehr leid. Sayonara!" Kyla knallte den Hörer auf und ließ sich in die weichen Kissen zurücksinken. Plötzlich hatte sie Herzklopfen.

„Kyla? Hast du den Anruf angenommen?", rief Pete von der anderen Seite der Tür her.

„Leider ja! Ich glaube, es war deine Schwester."

Ein Stöhnen erklang, und das Telefon klingelte von Neuem. „Lass mich hier abnehmen!", schrie Pete.

„Ja!" Kyla schlug die Decke zurück und stand auf. Sie hatte in ihrer Unterwäsche geschlafen und sehnte sie sich jetzt nach einem Bad und frischen Kleidern. Aber da sie auch wissen wollte, wer angerufen hatte, stand sie schnell auf, schlüpfte in den Frotteemantel, den das Hotel zur Verfügung stellte, und öffnete die Verbindungstür zum Wohnzimmer.

Pete saß am Sekretär, den Kopf auf eine Hand gestützt, und telefonierte. „Nein, ich belüge dich nicht, Peggy. Sie ist …"

Kyla lief zu ihm und drückte auf den Knopf, der die Verbindung unterbrach. „Sag ihr, ich sei ein japanisches Zimmermädchen!"

Pete versuchte, ihre Hand vom Apparat zu lösen. „Das würde Peggy mir nie abnehmen. Sie weiß, dass hier etwas nicht stimmt." Er schüttelte den Kopf. „Ich muss ihr die Wahrheit sagen. Peggy würde dich nie verraten, Kyla. Hab Vertrauen zu mir."

Er schaute ihr in die Augen, und langsam zog sie die Hand vom Telefon zurück.

„Danke. Peggy? Verdammt, jetzt hat sie aufgelegt!" Rasch wählte er eine Nummer. „Komm schon, Peggy, geh endlich ran …" Er wartete einige Sekunden, dann legte er auf.

„Warum nimmt sie nicht ab?"

Er rieb sich nachdenklich das Kinn. „Weil sie vermutlich schon auf dem Weg hierher ist." Kyla stockte der Atem. „Einfach so?"

„Peggy ist anders als ich, Kyla. Sie handelt impulsiv und neigt dazu, die verrücktesten Dinge zu tun – genau wie du."

„Aber …" Kyla schaute sich stirnrunzelnd um. „Was wird sie denken, wenn sie mich hier sieht? Wo du doch verlobt bist und …"

„Nichts", erklärte Pete entschieden. „Sie hat nämlich den gleichen Eindruck von mir wie du. Sie würde es nie für möglich halten, dass ich mit dir ins Bett gehe, solange ich mit Lillian zusammen bin. Ein solches Verhalten wäre völlig uncharakteristisch für mich – obwohl es fast dazu gekommen wäre. Und obwohl ich es noch immer gern tun würde, wenn ich dich so da stehen sehe."

„Oh." Das Verlangen, das Kyla am Abend zuvor gequält hatte, flackerte wieder ihr auf. „Es ... es wäre ein Fehler gewesen."

„Und Fehler müssen um jeden Preis vermieden werden?"

Kyla brachte kein Wort über die Lippen. Sein einschmeichelnder Tonfall und sein eindringlicher Blick wurden ihr fast zum Verhängnis. Am liebsten hätte sie ihn jetzt berührt. Sie brauchte nur die Hand auszustrecken. Doch eine zärtliche Geste, ein sanftes Streicheln, und sie wären beide verloren. Das wussten sie. So ballte sie ihre Hand zur Faust.

Pete schaute sie unverwandt an. „Ich habe mein ganzes Leben damit verbracht, Fehler zu vermeiden, Kyla, und ich bin gar nicht sicher, dadurch glücklicher geworden zu sein."

Ein heißer Schauer überlief sie.

„Wie hast du geschlafen?", erkundigte er sich leise.

Sie schluckte. „Nicht besonders gut."

„Kyla ..." Er brach verblüfft ab. „Was ...?" Die Katze war auf seinen Schoß gesprungen und schlug ihre Krallen seine Hose. Kyla lächelte schwach. „Sex."

„Das halte ich für ziemlich unwahrscheinlich, solange diese Katze in der Nähe ist. Au! Verdammt, Kyla, würdest du diese tragbare Nähmaschine von mir entfernen, bevor sie noch größeren Schaden anrichtet?"

Kyla hob die Katze vorsichtig auf. „Sie wird hungrig sein."

„Ich glaube eher, dass dein Bruder sie abgerichtet hat, Männer mit unmoralischen Gedanken von dir fernzuhalten." Pete stand auf und klopfte die silbergrauen Katzenhaare von seiner Hose.

„Oder verlobte Männer daran zu hindern, etwas zu tun, was sie später bereuen würden."

„Bereuen?" Petes Blick glitt über ihr Gesicht und verweilte auf ihrem Hals und ihren Brüsten. „Nein. Es war eine lange Nacht, und ich hatte Zeit genug zum Nachdenken." Er schaute

Kyla in die Augen. „Ich glaube nicht, dass ich es bereuen würde, egal, was daraus entstehen mag."

Wieder blieb sie stumm und starrte ihn nur sprachlos an.

„Vielleicht wäre es besser, wenn du dich jetzt anziehen würdest", schlug Pete seufzend vor. „Ich gebe der Katze etwas von dem Fisch, der gestern Abend übrig geblieben ist."

Aber Kyla widerstrebte es, ihn zu verlassen. Sie musterte ihn nachdenklich und fragte sich, ob sie ihm vertrauen durfte.

„Geh jetzt, Kyla. Ich schätze, dass Peggy in zwanzig Minuten hier sein wird. Wenn nicht, müssen wir uns auf die Suche nach ihr machen. Ich glaube zwar nicht, dass sie in unmittelbarer Gefahr ist, aber man kann nie wissen."

Seine Sorge um Peggy riss die letzte schützende Barriere um Kylas Herz ein. Ja, hier war endlich ein Mann, dem sie vertrauen konnte – aber die Götter hatten ihr einen bösen Streich gespielt. Was nützte es ihr, jemanden wie Pete kennenzulernen, wenn er einer anderen Frau gehörte?

In ihren schlecht sitzenden italienischen Anzügen betraten Vinnie und Dominic Jerald T. Johnsons Vorzimmer. Nachdem sie die blonde Sekretärin am Schreibtisch gesehen hatten, wechselten sie einen vielsagenden Blick.

„Was kann ich für Sie tun, meine Herren?"

„Wir möchten Mr Johnson sprechen", sagte Vinnie.

„Haben Sie einen Termin bei ihm?"

„Wir dachten, den brauchten wir nicht, wenn wir bereit sind, eine halbe Million Dollar anzulegen."

Die Frau wirkte überrascht. „Einen Moment bitte. Ich werde sehen, ob er Zeit hat. Würden Sie mir bitte Ihre Namen nennen?"

Vinnie räusperte sich. „Manfred Bullwinkle und Rocky Brown."

Die Sekretärin betätigte die Sprechanlage und murmelte etwas in den Hörer, bevor sie wieder auflegte. „Sie können hineingehen."

Vinnie zupfte an seiner Krawatte. „Danke. Hören Sie, sind Sie zur Aushilfe hier?"

„Wie bitte?"

„Arbeiten Sie immer hier, oder nur heute?"

„Ich bin seit neun Jahren bei Mr Johnson", entgegnete die Vorzimmerdame pikiert.

„Ach so. Na ja, vielen Dank. Komm, Dominic."

„Ob sie sich gestern Nacht das Haar gefärbt hat?", raunte Dominic, als sie auf Johnsons Tür zugingen.

„Ich glaube, man hat uns gestern Nacht ganz schön an der Nase herumgeführt!", flüsterte Vinnie erbost.

„Guten Morgen", sagte ein großer Mann mit stahlgerahmter Brille, als sie das Büro betraten. Er sah unnatürlich blass aus, als er Vinnie die Hand reichte. „Ich bin Jerald Johnson."

„Manfred Bullwinkle und mein Partner Rocky Brown."

„Nehmen Sie doch bitte Platz."

„Das ist der falsche Kerl", murmelte Dominic, als sie sich setzten.

„Ich bin nicht blind!", flüsterte Vinnie verärgert.

„Meine Sekretärin sagte, Sie seien an einer guten Anlage für eine beträchtliche Summe interessiert." Johnson legte die Hände zusammen. Seine Fingerspitzen zitterten.

Vinnie wusste Angst zu erkennen, wenn er sie sah, und es war ganz eindeutig, dass Johnson sich vor ihnen fürchtete, obwohl er gar nicht wissen konnte, wer sie waren. Doch Furcht war nützlich. Vinnie schaute sich anerkennend um. „Hübsch haben Sie es hier."

„Danke. Hatten Sie an eine langfristige Kapitalanlage gedacht, oder wäre Ihnen …"

„Sie haben eine Jacht?" Vinnies Blick ruhte auf dem Foto von Johnson und einem anderen Mann und einer Frau. Er stand auf und trat vor die Wand, um das Bild genauer zu betrachten.

„Sie gehört meinem Schwager. Segeln Sie, Mr Bullwinkle?"

„Nein. Wasser mag ich nur mit einem Schuss Whiskey drin." Er nahm den Schnappschuss von der Wand, um ihn Dominic zu zeigen. Mit dem Zeigefinger tippte er auf das Gesicht des Mannes, der nicht Johnson war. „Kommt er dir nicht auch bekannt vor?"

Dominic verengte die Augen. „Ja. Ja! Das ist der Kerl, der ..."

„Wir waren zusammen auf der Highschool", sagte Vinnie zu Johnson, der inzwischen so heftig zitterte, dass es einem Anfall gleichkam. „Ich erinnere mich nicht an seinen Namen, aber ich weiß, dass ich ihn kannte."

„Mein Schwager, Pete."

„Richtig, Pete. Pete ..." Vinnie schnippte mit den Fingern. „Wie war doch noch sein Familienname? Er liegt mir auf der Zunge."

„Beckett."

„Genau!" Vinnie deutete mit dem Zeigefinger auf Johnson. „Pete Beckett. Was ist aus ihm geworden?"

„Er ist Steuerberater in Minneapolis. Und was Ihre Anlagepläne betrifft, Mr Bullwinkle ..."

Vinnie schaute Dominic an. „Hast du an das Scheckbuch gedacht, Rocky?"

„Welches Scheckbuch? Ich weiß nichts von einem Scheckbuch."

Vinnie zuckte bedauernd die Schultern. „Er hat es vergessen, Mr Johnson. Dann werden wir wohl später wiederkommen müssen."

„Das ist ... Natürlich, wie Sie wünschen, meine Herren", erwiderte Jerald unbehaglich.

„Ich nehme das Bild mit, damit ich Pete wiedererkenne."

„Ich ... Na schön, wie Sie wollen. Nehmen Sie es nur."

„Danke. Komm, Domin... ich wollte sagen, Rocky."

Jerald verwählte sich zweimal bei Petes Nummer, so sehr zitterten seine Hände. Als er von Petes Sekretärin erfuhr, dass sein Schwager für einige Tage unterwegs und daher nicht zu erreichen war, wurde ihm ganz übel vor Sorge. Vielleicht kannte der Mann Pete ja wirklich von der Highschool her. Es war schon möglich. Aber diese beiden Schurkengesichter mussten auch etwas mit dem Mord an Arturo Carmello zu tun haben, das war für Jerald so sicher wie das Amen in der Kirche. Ihr Erscheinen konnte eigentlich nur bedeuten, dass sie sich für Arturos Geldwäscherei interessierten. „Nachdem er tot war, versuchten sie vielleicht an sein Geld heranzukommen. Ich hätte es ihnen geben sollen, dachte Jerald. Aber nach einem Blick auf die verdächtigen Ausbeulungen unter ihren Anzugsjacketts hatte er einfach nicht mehr klar denken können. Und falls sie wiederkamen, würden sie ihn nicht hier finden – geduldig wie ein Lamm, das darauf wartete, zur Schlachtbank geführt zu werden!

Er drückte auf einen Knopf an seiner Sprechanlage. „Sagen Sie für heute sämtliche Termine ab", befahl er seiner Sekretärin. „Ich nehme mir den Rest des Tages frei."

Während Pete darauf wartete, dass Kyla aus dem Badezimmer kam, wanderte er unruhig im Hotelzimmer auf und ab und stellte schließlich den Fernseher an. Aber in den Nachrichten kam nichts Neues über den Mord an Arturo Carmello. Doch um die Geräusche aus dem Bad zu übertönen, ließ er das Gerät laufen. Er wollte nicht daran denken, dass Kyla dort nackt unter der Dusche stand, und er wollte sich auch nicht vorstellen, wie sie sich das Hemd anzog, das er ihr geliehen hatte. Oder was sie darunter tragen würde.

Obwohl es ihm wie Stunden vorkam, verließ sie das Bad knapp zehn Minuten später – in seinem Hemd und ihren Jeans. Ihr Haar war noch feucht und ungekämmt. Er dachte daran, ihr seinen Kamm anzubieten, aber andererseits mochte er es, wie sie aussah – so frisch und so verführerisch zerzaust, als hätte sie eine aufregende Liebesnacht hinter sich.

„Das Bad gehört dir", sagte sie. „Danke für das Hemd."

Er murmelte eine Antwort und beeilte sich, ins Schlafzimmer zu kommen. Ihr Anblick war zu aufreizend und verleitete ihn dazu, sich genüsslich in allen Einzelheiten auszumalen, wie sie ohne Jeans und mit offenen Hemdknöpfen aussehen würde. Nein! rief er sich zur Ordnung. Dieser Wahnsinn muss sofort aufhören! Er knallte die Schlafzimmertür zu, schnappte sich frische Wäsche aus dem Koffer und zog sich ins Bad zurück, als böte es ihm Schutz vor seinen sinnlichen Fantasien.

Stattdessen jedoch fand er dort die Antwort auf die Frage,

was sie unter den Jeans und unter dem Hemd tragen – oder besser gesagt, nicht tragen – mochte. Ein BH und ein Höschen aus weißer Spitze hingen zum Trocknen auf dem Handtuchhalter. Pete starrte die duftige Unterwäsche lange an und hob sogar die Hand, um sie zu berühren, bevor er sich stöhnend eines Besseren besann und die Hand wieder zurückzog. Ärgerlich drehte er den Kaltwasserhahn der Dusche auf. Rasieren konnte er sich später, wenn er seine Gefühle wieder besser unter Kontrolle hatte ...

Er knöpfte gerade sein Hemd zu, als Kyla klopfte. „Peggy ist da, Pete!", rief sie.

Hastig streifte er die Hose über und eilte ins Schlafzimmer. Peggy würde furchtbar wütend sein. Nicht auszudenken, was sich zwischen ihr und Kyla abspielen konnte, wenn er die drohende Auseinandersetzung nicht verhinderte! Peggy würde Kyla bittere Vorwürfe machen, ihren Bruder in Gefahr gebracht zu haben. Ohne Socken und Schuhe anzuziehen oder sich zu kämmen, riss Pete die Tür zum Wohnzimmer auf. Er musste diese beiden Frauen voreinander retten.

Auf der Schwelle stockte ihm der Atem. Peggy und Kyla saßen auf dem Sofa und unterhielten sich angeregt; die Katze hatte es sich auf Peggys Schoß bequem gemacht. Kyla redete gestenreich auf Peggy ein, und Peggy schüttelte mitleidig den Kopf. Sie hatten Pete nicht einmal bemerkt und wirkten wie alte Freundinnen.

Langsam schlenderte er zum Sofa. „Hallo, Peggy."

Sie schaute auf. „Kannst du dir vorstellen, was Kyla alles durchgemacht hat?"

Pete schaute auf die Kratzer an seinen Händen. „Nein."

„Dabei zu sein, als Carmello ermordet wurde ...", sagte Peggy erschaudernd und wandte sich wieder an Kyla. „Sie haben großes Glück gehabt, diesen Kerlen zu entkommen! Das war sehr schlau von Ihnen. Und dann in die Höhle des Löwen zurückzukehren, um die Katze zu retten! Ich kann es fast nicht glauben, dass Sie das gewagt haben!"

„Hast du ihr von Sex erzählt?", fragte Pete Kyla und freute sich, dass Peggy endlich reagierte. Ihre Lobeshymnen auf Kyla reichten ihm allmählich. Schließlich hatte er ja nicht tatenlos danebengestanden und zugesehen, wie die strahlende Heldin sämtliche Schwierigkeiten meisterte.

Peggy schaute von Kyla zu Pete. „Oh nein, sie … Von Sex hat sie nichts gesagt."

Pete deutete auf die Katze auf ihrem Schoß. „Das ist Sex. Die Katze heißt Sex."

„Oh." Peggy warf Kyla einen fragenden Blick zu. „Sie gehört meinem Bruder. Er hatte diesen Einfall mit dem Namen", entgegnete Kyla entschuldigend. Peggy nickte weise. „Typisch Bruder."

Jetzt hatte Pete genug. „Was soll das heißen, typisch Bruder? Hältst du es für richtig, auf diese herablassende Art und Weise von mir zu reden, nachdem ich Leib und Leben riskiert habe, um Jeralds Akten für dich zu durchsuchen?"

Beide Frauen schauten ihn an und wechselten dann einen Blick. Peggy reichte die Katze an Kyla weiter, stand auf und ging zu Pete. Indem sie beide Hände um sein Gesicht legte, schaute sie ihm anbetend in die Augen. „Du bist der beste Bruder auf der Welt, und ich kann dir nicht genug danken für alles, was du für mich getan hast. Du bist besser als Superman und Mel Gibson zusammen! Du …"

„Schon gut, Peggy." Er schob ihre Hände fort und trat einen Schritt zurück. Ihre Geste hatte ihn dermaßen verlegen gemacht, dass er heftig errötete. „Jetzt übertreibst du."

„Oh nein, das tue ich nicht, Pete! Ich muss sogar zugeben, dass ich mächtig erstaunt war, als du dich bereit erklärtest, mir zu helfen. Lillian war doch bestimmt dagegen, oder?"

„Sie machte sich Sorgen um meine Karriere, falls ich ertappt werde und sich herausstellen sollte, dass in Jeralds Büchern alles in bester Ordnung war."

„Dass sie sich um deine Karriere sorgt, wundert mich nicht. Wenn sie dich anschaut, sieht sie nichts als Dollarscheine."

„Das ist unfair, Peg."

„Finde ich nicht." Peggy wandte sich an Kyla. „Lillian ist eine Frau, die ihren Verlobten dazu ermutigt, samstags zu arbeiten.

Und auch sonntags, soviel ich weiß. Das Wort ‚Spaß' kennt sie doch nur als Schimpfwort."

Da er ohnehin schon ein schlechtes Gewissen hatte, beeilte sich Pete, seine Verlobte zu verteidigen. „Ich glaube, du bist bloß neidisch auf Lillians Erfolg."

„Nein. Ich mag sie einfach nicht. Und Sie würden sie auch nicht sympathisch finden", bemerkte sie zu Kyla.

„Moment mal!", wandte Pete entrüstet ein. „Kylas Ansichten über Lillian stehen hier nicht zur Debatte. Sie werden sich sowieso nie kennenlernen."

„Das macht nichts. Ich weiß, dass Kyla sie nicht mögen würde."

Petes Ärger siegte über seine Vernunft. „Du hast kein Recht, meine Verlobte zu kritisieren, Peg, solange dein Mann Geschäfte mit der Mafia macht!"

Peggy nickte beschämt. „Du hast recht. Verzeih mir. Über all den Aufregungen hatte ich nicht bedacht, dass es Jerald war, der uns in diese schwierige Lage gebracht hat."

„Aber wenn Sie Pete nicht um Hilfe gebeten und ihn hierhergerufen hätten, wäre ich jetzt vielleicht tot!", wandte Kyla tröstend ein.

Ihre Worte trafen Pete wie ein Faustschlag in den Magen. So bildlich hatte er sich das bisher nie vorgestellt, und wenn er nicht den Verstand verlieren wollte, musste er ganz schnell an etwas anderes denken. Kyla lebte, und so würde es bleiben. Dafür würde er schon sorgen!

Peggy legte eine Hand auf seinen Arm. „Bist du okay, Pete?"

„Ja." Er räusperte sich. „Ja. Ich …" Er unterbrach sich, als eine Meldung im Fernsehen seine Aufmerksamkeit erregte. „Hört zu! Ich glaube, sie bringen etwas über den Mord an Carmello."

Peggy und Kyla drehten sich zum Bildschirm um. Alle drei schnappten hörbar nach Luft, als ein Phantombild gezeigt wurde, das Kyla verblüffend ähnlich sah. Sofort stellte Pete sich beschützend neben sie. Niemand würde Kyla finden. Niemand würde ihr etwas tun. Sie war leichenblass geworden und umklammerte die Katze.

„Beamte der Mordkommission befinden sich auf der Suche nach dieser Frau", sagte der Nachrichtenreporter. „Sie ist lizenzierte Reflexzonenmasseurin und möglicherweise der letzte Mensch, der Arturo Carmello lebend gesehen hat. Jeder, der etwas über diese Frau weiß, die sich Kyla Finnegan nennt, sollte sich unverzüglich mit dem Chicagoer Police Department in Verbindung setzen."

„Die sich Kyla Finnegan nennt?", wiederholte Kyla betroffen. „Die reden ja über mich, als sei ich eine Kriminelle!"

Pete schaute sie an, und im Bewusstsein ihrer heiklen Lage drehte sich ihm der Magen um. „Das tun sie, weil du unter Mordverdacht stehst", entgegnete er leise.

7. KAPITEL

Wütend brummelte Dominic vor sich hin, als er und Vinnie in einem Taxi die Innenstadt von Minneapolis durchquerten. „Zuerst fliegen wir hierher – was ich hasse, wie du weißt! –, und dann ist der Kerl nicht da, und seine Sekretärin sagt, er sei nirgendwo zu erreichen! Aber das wundert mich auch nicht, nachdem er gestern Abend auf Johnsons Couch lag. Es ist sinnlos, Vinnie."

„Wenigstens wissen wir jetzt, wie seine Verlobte heißt."

„Könnte sie nicht die Frau auf der Couch gewesen sein?"

„Das glaube ich nicht. Die auf der Couch sah aus, als hätte sie kein Recht, dort zu sein. Hab Geduld, Dominic. Wir werden diesen Pete schon finden, und der führt uns dann zu dem Mädchen. Ich habe auch schon einen Plan, wie wir das anstellen."

„Sind wir noch immer Rocky und Bullwinkle?"

„Ja."

„Könnten wir nicht tauschen?"

„Sobald du das Mädchen umgelegt hast, kannst du dich nennen, wie du willst, Dominic. Hier. Nimm einen Kaugummi."

Dominic nahm den einen Streifen Kaugummi, obwohl er ihn lieber auf dem Flug gehabt hätte, wo er immer unter Ohrenschmerzen litt. Es ärgerte ihn furchtbar, dass Vinnie sich ständig als Boss aufspielte. Aber so war er nun mal.

Als er ihn von der Seite betrachtete, sah er, dass sich beim Kauen ein Muskel an seiner Schläfe bewegte. Dominic rollte das Silberpapier des Kaugummis zusammen und bog es wie eine Pistole; als er sie an Vinnies Schläfe hielt, zuckte sein Freund zusammen.

„Lass den Unsinn, Dominic!", fuhr er ihn an.

Dominic strich das Silberpapier glatt und wickelte den Kaugummi darin ein. Das Zeug hatte plötzlich jeglichen Geschmack verloren.

Kyla stand auf und stellte das Fernsehgerät ab, um in Ruhe nachzudenken. Man verdächtigte sie des Mordes. Ihr Herz klopfte wie wild vor Angst. Eine gewisse Logik war all dem nicht abzusprechen. Die Mörder hatten Handschuhe getragen, während ihre – Kylas – eigene Fingerabdrücke überall im Raum gefunden worden waren. Und selbst wenn die Kerle den größten Teil ihrer Massage-Utensilien mitgenommen hatten, konnte etwas zurückgeblieben sein, was die Polizei auf ihre Spur gelenkt hatte. Arturos Sekretärin musste ihnen von dem Termin erzählt haben, und der Beweis, dass Kyla da gewesen war, waren Arturos nackte, nach Vanilleöl riechende Füße.

Pete näherte sich ihr mit grimmigem Gesicht. „Wir müssen zur Polizei gehen, um auszusagen, was du gesehen hast. Du würdest dich nur noch verdächtiger machen, wenn du nicht hingingst."

Kyla rieb sich fröstelnd ihre Arme. „Nein. Sie würden mir ja doch nicht glauben."

„Wieso? Ich kann deine Geschichte bestätigen." Peggy räusperte sich. „Pete – ich weiß nicht, ob das eine gute Idee wäre …"

Er drehte sich ärgerlich zu ihr um. „Ich pfeife darauf, ob Jerald erfährt, dass ich in seinem Büro war! Von mir aus kann er mich verklagen. Sag ihm einfach, ich hätte dich gezwungen, mir einen Schlüssel zu geben. Erzähl ihm, was du willst."

Peggys dunkle Augen, die Petes so ähnlich waren, funkelten belustigt; sie schaute von Pete zu Kyla und lächelte vielsagend.

„Darf ich fragen, was hier so komisch ist, Peg?", herrschte Pete sie an.

„Nichts, mein Lieber."

„Na schön, dann ist ja alles klar", entgegnete er und drehte sich wieder zu Kyla um. „Komm, wir fahren jetzt zur Polizei. Aber vielleicht solltest du vorher deine Unterwäsche anziehen."

Die Feststellung schien in dem großen Zimmer widerzuhallen, und in dem darauffolgenden Schweigen warf Pete Peggy einen misstrauischen Blick zu.

„Ich habe nichts gehört", versicherte sie lächelnd.

Kyla legte beide Hände an ihre heißen Wangen. Er hatte also ihren BH und ihren Slip im Badezimmer bemerkt. „Ich gehe nicht zur Polizei, Pete."

„Doch das musst du, denn sonst machst du dich nur noch mehr verdächtig! Mit meiner Hilfe wirst du deine Unschuld beweisen und der Polizei wichtige Hinweise geben, die zur Ergreifung der Täter führen werden."

Kyla schüttelte den Kopf. Sie hatte einen Entschluss gefasst und fürchtete sich nicht mehr. Sie konnte Pete vertrauen; er würde sie nie ausliefern oder ihren Aufenthaltsort verraten. „Angenommen, sie würden mir glauben – was sehr unwahrscheinlich ist – und wir gäben ihnen eine Beschreibung der beiden Täter? Dann würden wir im Fernsehen erwähnt werden, und jeder würde unsere Namen kennen. Diese Kerle sind Verbrecher, Pete, und sie haben eine ganze Organisation hinter sich! Sie würden nicht eher ruhen, bis sie uns umgebracht hätten. Möchtest du dich darauf verlassen, dass die Polizei uns davor schützen kann?"

„Ganz zu schweigen davon, dass auch Jerald in die Sache hineingezogen würde", warf Peggy ein. „Du würdest viele Menschen in Gefahr bringen, Pete, wenn du zur Polizei gingst – mich, meine Töchter und unsere Eltern. Ich kann sehen, wie viel Kyla dir bedeutet, und ich verstehe auch, dass du sie schützen willst. Aber so einfach, wie du dir das denkst, ist das leider nicht."

„Wie viel Kyla dir bedeutet ..." Peggy hatte gewagt, es laut auszusprechen. Kyla vermied es, Pete direkt anzusehen, ein flüchtiger Blick aus den Augenwinkeln zeigte ihr jedoch, dass sein Gesicht sich mit einer tiefen Röte überzog.

Nervös rieb er sich den Nacken. „Hör zu, Peg, ich möchte nicht, dass du glaubst, meine Sorge um Kyla ginge über das hinaus, was jeder andere in einer solchen Lage für einen Menschen tun würde. Wenn alles vorbei ist, werden wir uns trennen und unser gewohntes Leben wieder da aufnehmen, wo es unterbrochen wurde."

Peggy legte ihm die Hände auf die Schultern. „Du sprichst mit deiner Zwillingsschwester. Ich kenne dich, vergiss das nicht. Und ich sage dir noch etwas – schon zwei Minuten, nachdem ich Kyla gesehen hatte, war mir klar, dass sie besser zu dir passt als deine biedere Lillian. Sie bringt den Spießbürger in dir ans Licht, Kyla den Mann."

„Also wirklich, Peggy, ich muss doch sehr bitten!"

Kyla ging auf die andere Seite des Zimmers und schaute aus dem Fenster auf den Michigan See, der hinter einer dichten Nebeldecke verborgen lag. Es fiel ihr schwer, Peggys anerkennende Worte zu akzeptieren, denn sie war nicht sicher, sie zu verdienen. Es wäre verständlich gewesen, wenn Peggy ihr Vorwürfe gemacht hätte, weil sie Pete in eine solch gefährliche Lage gebracht hatte. Stattdessen forderte sie ihren Bruder praktisch auf, seine Verlobte aufzugeben und durch Kyla zu ersetzen!

Ihr Herz klopfte noch schneller. Seit sie wusste, dass Pete verlobt war, hatte sie jegliche Hoffnung auf eine Beziehung zu ihm aufgegeben. Doch wenn er dieses Hindernis nun aus der Welt schuf?

„Aber das müsst ihr beide miteinander ausmachen", fuhr Peggy fort. „In meinen Augen wärst du allerdings ein Narr, wenn du zu deiner langweiligen Lillian zurückkehren würdest, Pete!"

Seine einzige Antwort darauf war ein ärgerliches Schnauben.

Wieder bemühte sich Kyla, das Gespräch zu einem neutraleren Thema zurückzuführen. „Sie sind also auch der Meinung, Peggy, dass wir uns nicht an die Polizei wenden sollten?"

„Im Moment noch nicht, nein."

„Und was ist mit dem stellvertretenden Hoteldirektor?", wandte sich Pete an Kyla. „Er hat bestimmt auch die Nachrichten gesehen und erinnert sich vielleicht, dir im Aufzug begegnet zu sein."

Kyla stöhnte. Den geschniegelten Mann mit dem Schnurrbart hatte sie ganz vergessen! „Wir können nur hoffen, dass ihm die Situation zu peinlich war, um sich an Einzelheiten zu erinnern."

Peggy schaute Pete an und grinste. „Schade, dass ich keine Zeit habe, die Geschichte in allen Details zu hören. Aber wir sollten uns jetzt mit unserem dringlichsten Problem beschäftigen. Ich habe eine Idee, wie wir der Polizei den entscheidenden Tipp geben könnten, ohne unsere Identität preiszugeben. Kyla kann mir eine Beschreibung der Täter liefern, und dann erhält das Police Department einen anonymen Anruf. Von mir natürlich."

Kyla nickte begeistert. „Großartig, Peggy!"

„Danke."

„Ihr seid ein gefährliches Gespann", bemerkte Pete.

Peggy ignorierte ihn. „Hören Sie, Kyla, ich wollte Sie mit meinen Ansichten über Sie und Lillian nicht in Verlegenheit bringen. Aber Pete ist manchmal ein bisschen blind – um nicht zu sagen dumm."

Gequält verzog er das Gesicht. „Könnten wir das Thema jetzt endlich fallen lassen?"

Doch Peggy sprach weiter, als hätte sie nichts gehört. „Wenn Sie mich erst länger kennen, Kyla, werden Sie merken, dass ich nie mit meinen Ansichten hinter dem Berg halte. Und ich hoffe sehr, dass wir uns besser kennenlernen." Sie warf Pete einen Blick zu. „Mom und Dad wären auch begeistert von ihr."

Pete verdrehte die Augen.

„Ich möchte nur nichts ungesagt lassen, Bruderherz."

„Keine Angst, Peggy, das passiert dir nie."

„Na schön, Kyla, dann wollen wir beginnen." Peggy nahm einen Notizblock und einen Stift aus ihrer Handtasche. „Geben Sie mir eine möglichst genaue Beschreibung der beiden Kerle."

„Ich kann mich nicht entsinnen, dass Pete je einen Manfred Bullwinkle erwähnte", sagte Lillian. „Sie sagten, Sie wären mit ihm zur Highschool gegangen?"

„Ja, obwohl wir uns damals nicht sehr nahestanden." Vinnie musterte die kühle Blondine hinter dem Schreibtisch neugierig. „Wir waren nicht in derselben Clique, wenn Sie wissen, was ich meine." Um so wenig Verdacht wie möglich zu erregen, hatte er Dominic in der Eingangshalle des Gebäudes zurückgelassen.

„Ja, ich glaube, ich weiß, was Sie meinen, Mr Bullwinkle", entgegnete sie und rümpfte arrogant ihre lange schmale Nase. „Wenn Sie also nicht hergekommen sind, um eine alte Freundschaft mit Pete zu erneuern, warum dann?"

„Sie sind mit ihm verlobt, hörte ich?"

„Das ist richtig."

„Nun, dann bin ich vielleicht eher als Ihr Freund hier", stellte er mit Betonung auf Ihr fest.

Lillian richtete sich in ihrem Ledersessel auf. „Pardon?"

„Ich bin Pete gestern in Chicago begegnet. Er war in Begleitung einer reizenden Brünetten, und ich hatte den Eindruck, dass er sie sehr zu mögen schien."

Lillians Augen wurden schmal. „Das wird seine Schwester Peggy gewesen sein. Ihre Anspielungen sind äußerst geschmacklos, und deshalb fordere ich Sie auf, mein Büro unverzüglich zu verlassen!" Ihr Sessel quietschte, als sie abrupt aufstand.

„Peggy?", entgegnete Vinnie und blieb ungerührt sitzen. „So nannte er sie aber nicht, als er sie mir vorstellte. Ich glaube, sie hieß Kyla. Ja – Kyla Finnegan. Ein hübsches Ding und höchstens einen Meter fünfundfünfzig groß. Kennen Sie sie?"

„Sie irren sich, Mr Bullwinkle. Und wenn Sie nicht sofort verschwinden, rufe ich den Sicherheitsbeamten."

Zufrieden mit dem Köder, den er ausgelegt hatte, stand Vinnie auf. „Ich wollte Ihnen keinen Ärger machen, Lady. Aber ich dachte, eine Klassefrau wie Sie würde es zu schätzen wissen, wenn man ihr sagt, dass ihr Kerl sich mit einer anderen herumtreibt."

„Raus! Und zwar sofort! Sie dachten wohl, Sie bekämen Geld von mir? Denn einen anderen Grund, hierherzukommen und mir ein solches Märchen aufzutischen, kann ich mir nicht vorstellen."

Vinnie ging rückwärts auf die Tür zu. „Es liegt bei Ihnen, aber an Ihrer Stelle würde ich ihn anrufen und ihm ein paar Fragen stellen. Oder besser noch – setzen Sie sich in die nächste Maschine und fliegen Sie zu ihm! Wenn er nichts getan hat, wird er sich freuen, Sie zu sehen. Und falls er ..." Vinnie brach ab und zuckte mit den Schultern.

„Hinaus, Mr Bullwinkle!"

Vinnie lachte auf dem ganzen Weg bis in die Halle. Der Köder war ausgelegt, jetzt brauchten sie nur noch zu warten, bis der blonde Fisch anbiss.

„Ich mag deine Schwester", sagte Kyla, als Peggy fortgegangen war, um von einem öffentlichen Telefon aus mit der Polizei zu sprechen.

„Und sie mag dich." Pete stand in einiger Entfernung von ihr und musterte sie mit einem Gesichtsausdruck, der nicht das Geringste von seinen Gefühlen verriet.

„Ich ... ich möchte dir sagen, dass es nicht in meiner Absicht liegt, einen Keil zwischen dich und deine Verlobte zu treiben."

„Damit das geschehen könnte, müsste ich es zuerst erlauben."

„Ja." Kyla starrte auf den cremefarbenen Teppichboden. Die Entfernung zwischen ihr und Pete schien sich zu dehnen wie ein Stück Gummi. „Sie heißt also Lillian?"

„Lillian Hepplewaite."

„Hm."

„Sie ist Steuerberaterin. Wie ich."

„Hm." So etwas hatte Kyla sich schon gedacht. „Wie sieht ..."

„Sie ist groß, blond und sehr schlank."

„Eine schöne Frau", murmelte Kyla und spürte ihre Hoffnungen schwinden. Lillian Hepplewaite war vermutlich all das, was Kyla nicht war.

„Ja, sie ist schön."

„Hm." Kyla bemühte sich, eine ausdruckslose Miene zu bewahren. Sie schätzte Pete als verantwortungsbewussten Mann ein, der seine Verpflichtungen sehr ernst nahm. Sein kurzer Ausrutscher vom Morgen diente höchstens als Beweis, dass er zu einem letzten Abenteuer bereit war, bevor er Lillian heiratete. Kyla konnte nur hoffen, dass sie nicht verzweifelt genug sein würde, sich auf etwas Derartiges einzulassen.

„Wir haben noch nicht gefrühstückt", bemerkte er freundlich. „Hast du Hunger?"

„Nein." Kyla hätte keinen Bissen herunterbekommen. Wie lange würde sie es noch in einem Raum mit Pete aushalten, ohne sich ihre aussichtsloser Gefühle für ihn anmerken zu lassen? Einer von ihnen musste von hier verschwinden, und zwar schnell! Aber nachdem ihr Bild in allen Zeitungen erschienen war, konnte sie das Hotel nicht mehr verlassen. „Weißt du, wonach mir ist?"

Ein kurzes Aufflackern seiner Augen, ein fast unmerkliches Versteifen seiner Glieder. „Was denn, Kyla?", entgegnete er sanft.

Sie schloss gequält die Augen. Wenn er wenigstens nicht in diesem Tonfall, der fast wie ein Streicheln war, mit ihr sprechen würde! Nach einem tiefen Atemzug schlug sie die Augen wieder auf. "Ich denke gerade an den köstlichen, mit Creme gefüllten Streuselkuchen, den man in den Bäckereien in dieser Gegend hier bekommt. Ich bin schon richtig süchtig danach."

"Streuselkuchen?"

"Ja. Ich wette, dass es eine Bäckerei in der Nähe gibt. Du könntest dich an der Rezeption erkundigen und sagen, es handelte sich wieder um so einen verrückten Wunsch deiner schwangeren kleinen Frau."

Bei Kylas letzten Worten erschien ein nachdenklicher Ausdruck auf seinem Gesicht, und er schaute sie an, bis ihr unbehaglich zumute wurde. Doch dann schien er aus seiner Versunkenheit zu erwachen und wandte sich abrupt ab. "Ich ziehe mir nur schnell die Schuhe und den Mantel an."

Kyla atmete erleichtert auf, als er endlich die Suite verlassen hatte. Noch einige Minuten mehr, und sie wäre imstande gewesen, eine Dummheit zu begehen. Obwohl es ihr Selbstwertgefühl nicht gerade erhöhte, war sie inzwischen zu der Überzeugung gelangt, dass sich sogar eine flüchtige Affäre mit Pete lohnen musste. Und wenn auch nur für eine Nacht. Oder zwei ... Auf jeden Fall war es eine ungemein erregende Vorstellung.

Um sich davon abzulenken, nutzte Kyla schließlich Petes Abwesenheit, um ihre Unterwäsche trocken zu föhnen. Die intimen Kleidungsstücke noch länger im Badezimmer hängen zu lassen, würde die erotische Spannung, die zwischen ihnen bestand, nur noch erhöhen. Und das musste um jeden Preis verhindert werden.

Die Katze schlief zufrieden auf dem Fensterbrett. Kein Wunder bei all dem Lachs und Schwertfisch, den Sex hier bekommt, dachte Kyla. Vermutlich wird sie die gleiche Behandlung erwarten, wenn alles vorbei ist.

Wenn alles vorbei ist ... Ihre Zeit mit Pete endete in zwei Tagen, sobald Trevor in die Stadt zurückkehrte. Und obwohl Kyla nicht wusste, wie sie die beiden folgenden Tage überstehen sollte, wünschte sie sich gleichzeitig, dass diese Zeit nie vergehen möge.

Sie merkte erst, dass das Telefon klingelte, als sie den Fön abstellte. In der Annahme, es seien Peggy oder Pete, nahm Kyla den Anruf an. „Hallo?", meldete sie sich atemlos.

Kurzes Zögern. Dann sagte eine ihr unbekannte Frauenstimme: „Könnte ich Pete Beckett sprechen?"

Kyla erstarrte. Wenn diese Frau nicht Petes Sekretärin war, konnte es sich nur um Lillian, seine Verlobte, handeln.

Der Portier hatte Pete den Weg zu einer nahegelegen kleinen deutschen Bäckerei gewiesen, und Pete war froh über den kurzen Spaziergang. Er würde ihm Zeit verschaffen, nachzudenken, und die kühle Brise, die vom See herüberwehte, war genau das, was er jetzt brauchte. Wie sollte er sich Kyla gegenüber nur verhalten? Sie hatte ihn richtig eingeschätzt. Ein Mann wie er betrog seine Verlobte nicht. Aber ein Mann wie er geriet auch selten in so außergewöhnliche Situationen wie die, in der er sich befand.

Und um dem Ganzen noch die Krone aufzusetzen, trieb seine Schwester ihn praktisch in ihre, Kylas, Arme. Peggy war ein Mensch, dem jegliche Art von Unehrlichkeit zuwider war. Also würde sie von ihm erwarten, dass er Lillian reinen Wein einschenkte – später, wenn er sich endgültig für Kyla entschieden hatte.

Pete zog eine andere Reihenfolge vor. Zuerst würde er Lillian schonend beibringen, dass er die Verlobung lösen wollte. Halt, durchzuckte es ihn. Spiele ich tatsächlich schon allen Ernstes mit dem Gedanken? Erst wenn er mit Lillian Schluss gemacht hatte, würde er mit Kyla schlafen. Das Problem war nur, dass Kyla ihn fast wahnsinnig machte vor Verlangen und Sehnsucht.

Die Vielzahl der Sehnsüchte, die sie in ihm weckte, erstaunte ihn. Wie zum Beispiel, als sie den Vorschlag machte, zu behaupten, dass er den Kuchen auf Verlangen seiner schwangeren Frau kaufte. Denn da hatte er plötzlich gewünscht, es möge tatsächlich so sein, während er sich bei Lillian noch niemals vorgestellt hatte, sie könne schwanger sein. Es wäre ihm nie in den Sinn gekommen, sie als werdende Mutter zu betrachten. Sie hielt sich keine Haustiere und hatte nie auch nur die geringste Neigung für Kinder bewiesen, während er sich immer Kinder gewünscht hatte – oder etwa nicht?

Sein Trenchcoat flatterte im Wind. Es erinnerte ihn daran, wie Kyla Sex unter dem Mantel ins Hotel geschmuggelt hatte und wie zärtlich sie mit der Katze sprach. Sie würde bestimmt einmal eine fantastische Mutter abgeben, die mit ihren Kindern spielte, sie tröstete und ihnen ins Gewissen redete, wenn sie eine strenge Hand benötigten.

Lillian hingegen ... Lillian würde ihre Kleidung farblich aufeinander abstimmen, eine Innenarchitektin für das Kinderzimmer kommen lassen und die Kleinen in teuren Kindergärten unterbringen. Auch sie würde sie lieben, auf ihre Art natürlich, aber es wäre eine eher distanzierte Art der Zuneigung. So ungefähr wie jene, die sie mir entgegenbringt, dachte Pete.

Genau das war der springende Punkt. Verglichen mit Kylas gefühlsbetontem Wesen erschienen ihm Lillians zurückhaltende Liebesbeweise blass und unvollständig. Seufzend schickte er sich ins Unvermeidliche. So schmerzlich es auch sein mochte, er musste endlich einen klaren Schlussstrich unter diese Beziehung ziehen. Die einzige noch unbeantwortete Frage war, wann.

Er kaufte den Kuchen und machte sich eilig auf den Rückweg. Wie Kylas Augen strahlen würden, wenn er ihr das Päckchen mit dem noch warmen Streuselkuchen überreichte! Wie schön, einem Menschen, der seine Freude so unverhohlen zu zeigen verstand wie sie, etwas mitzubringen. Ganz anders als Lillian, die in all ihren Gefühlsäußerungen eher lauwarm war. Es kam Pete erst jetzt so richtig zu Bewusstsein, wie viele Gelegenheiten, Freude zu schenken, er verpasst hatte.

Apropos verpasste Gelegenheiten ... Seine Schritte wurden langsamer, als er ihre heikle Situation bedachte. Brutale Mörder waren hinter ihnen her. Wer konnte ihm da garantieren, dass er lange genug leben würde, um seine Verlobung mit Lillian zu lösen und sein Verlangen nach Kyla zu stillen? Oder um es anders auszudrücken: War es nicht möglich, dass er sterben würde, ohne Gelegenheit gehabt zu haben, Kyla Finnegan zu lieben?

Pete schaute die Straße hinauf. An einer Ecke weiter oben gab es eine Drogerie.

Nachdem er seinen Einkauf getätigt hatte, ging er schneller. Doch dann, noch hundert Meter vom Hotel entfernt, sah er den weißen Streifenwagen der Chicagoer Polizei. Er parkte direkt vor dem Hoteleingang. Pete begann zu laufen. Verdammt, wie hatten sie Kyla so schnell ausfindig machen können? Er hätte sie nie allein lassen dürfen. Wenn er da gewesen wäre, hätte sie sich verbergen können. Verdammt!

Er rannte am Portier vorbei und sprintete mit wehendem Mantel zu den Aufzügen. Einer fuhr gerade an; rücksichtslos drängte Pete sich zwischen die anderen Gäste, die ihn erstaunt ansahen. Aber das kümmerte ihn nicht. Verdammt, warum war das Ding so langsam! Auf dem Weg nach oben nahm er den Zimmerschlüssel aus der Tasche, um bereit zu sein. Falls die Polizei schon drinnen war …

Zuallererst musste er seinen Anwalt anrufen. Dann, falls es zwei Beamte waren, konnte er versuchen, sie lange genug abzulenken, bis Kyla eine Möglichkeit gefunden hatte, aus der Suite zu fliehen. Der Mietwagen war vollgetankt. Er würde ihr die Schlüssel zuwerfen und die Beamten aufhalten, bis sie fort war.

Aber ohne die Katze würde sie nie gehen …

Petes Herz klopfte zum Zerspringen, während der Lift entnervend langsam höher zuckelte. Da stand er, Pete Beckett, Steuerberater, und überlegte sich, wie er die Polizei überlisten konnte! Es musste mehr als Verliebtheit sein, was er für Kyla empfand. Und viel mehr als körperliches Verlangen. Es war …

Der Aufzug hielt auf seiner Etage, und Pete zwängte sich durch die Tür, bevor sie sich noch ganz geöffnet hatte.

Die Zimmertür war zu. Er steckte den Schlüssel ins Schloss und öffnete. Ruhig, Pete, ganz ruhig, ermahnte er sich. Sie mussten ihn für das halten, was er war: ein alles andere als bedrohlich wirkender Geschäftsmann. Sie durften keinen Verdacht schöpfen, dass er in den vergangenen achtzehn Stunden die Instinkte eines Kriminellen entwickelt hatte.

Drinnen vernahm er polternde Geräusche aus dem Schlafzimmer und hörte Kyla einen Schrei ausstoßen. Er ließ den Karton mit dem Streuselkuchen fallen und war mit drei Schritten an der Tür.

Aber zu seiner größten Verblüffung war Kyla allein. „Was ist, Pete?", fragte sie verwundert und kam zu ihm. „Du siehst aus, als wäre dir ein Gespenst begegnet."

„Ich hörte Poltern aus dem Schlafzimmer!" Er schaute sich um. „Unten steht ein Streifenwagen! Ich dachte …"

„Die Polizei ist im Hotel?" Sie erblasste vor Entsetzen.

„Ich dachte, sie wären schon in der Suite."

Kylas Augen weiteten sich vor Entsetzen, aber Pete war erleichtert. „Dann bin ich ja doch noch nicht zu spät gekommen! Du musst dich verstecken, falls sie hinaufkommen, Kyla. Ich werde schon mit ihnen fertig. Du bist klein. Wir finden einen Platz für dich. Im Schrank vielleicht …"

„Aber sie werden das Zimmer durchsuchen."

„Dazu brauchen sie einen Durchsuchungsbefehl. Ich werde drohen, das Hotel zu verklagen. Keine Angst. Wir schaffen es."

„Sollte ich nicht lieber gehen?"

Die instinktive Reaktion, die sie damit in ihm auslöste, war so ungestüm und heftig, dass er sie fast in die Arme gerissen hätte. „Nein, auf keinen Fall", sagte er, und es klang wie ein Knurren.

„Wir sollten auch die Katze verstecken, falls sie schon erfahren haben, dass ich eine Katze besitze."

„Richtig. Wir verstecken Sex. Wir werden …" Er brach ab, als ihm plötzlich zu Bewusstsein kam, dass er bei seinem hastigen Eintreten die Tür offengelassen hatte. „Ist Sex im Schlafzimmer?", fragte er, während er langsam zur Wohnzimmertür zurückwich.

Kyla folgte ihm. „Sie lag eben auf dem Fensterbrett und schlief." Sie starrte auf die offene Tür der Suite. „Du hast die Katze entwischen lassen!"

„Ich dachte, die Polizei wäre hier." Er zog die Tür rasch zu. „Vielleicht ist Sex ja unter dem Bett."

Kylas Stimme klang leise und gepresst. „Hilf mir beim Suchen."

Pete warf den Mantel auf die Couch und folgte Kyla.

Sie durchsuchten die Suite. Die Katze war nicht aufzufinden.

Schließlich blieb Kyla mit hängenden Schultern im Wohnzimmer stehen, und Pete schalt sich einen verdammten Narren.

„Ich glaube, sie ist fort, Pete", erklärte Kyla niedergeschlagen.

8. KAPITEL

Pete ertrug es nicht, Kyla leiden zu sehen. Die verflixte Katze bedeutete ihr unendlich viel. Und war es nicht gerade ihre Gefühlsbetontheit, die er so an Kyla liebte? Liebte?

Ausgeschlossen. Man liebte einen Menschen nicht nach knapp achtzehn Stunden, schon gar nicht, wenn man eben noch behauptet hatte, einen anderen Menschen zu lieben. Aber darüber konnte er sich später den Kopf zerbrechen. Zuerst musste er die Katze finden. „Hör zu, ich schaue mich mal auf dem Korridor um. Ich bin sicher, dass Sex noch auf dieser Etage ist." Er ging zur Tür. „Hab keine Angst. Ich bringe dir deine Katze zurück."

Auf was für ein schwieriges Unterfangen er sich da eingelassen hatte, wurde ihm allerdings erst klar, als er auf Händen und Knien auf dem Korridorboden lag und hinter den Servicewagen eines Zimmermädchens spähte. „Sex", rief er leise. „Komm her, Sex ..."

„Kann ich Ihnen behilflich sein?" Das Zimmermädchen schaute stirnrunzelnd auf Pete herab.

Verlegen richtete er sich auf. „Wir ... brauchen Handtücher."

„Aha."

Er bemerkte das Rufgerät in ihrer Schürzentasche und fragte sich, ob sie ihn wohl als Verrückten melden würde. Sein Gehirn arbeitete auf Hochtouren. Er musste sich ganz schnell etwas einfallen lassen. „Als ich kam, um Handtücher zu holen, entdeckte ich eine Küchenschabe unter Ihrem Wagen."

„Und die wollten Sie mit ihrem Geflüster über Sex hervorlocken?" Pete sah, wie ihre Hand zu dem Funkgerät glitt. „Hören Sie, Madam, ich habe ein Problem ..."

„Das ist mir klar", entgegnete sie kalt. Pete holte seine Brieftasche heraus.

Das Zimmermädchen wich zurück und nahm das Funkgerät von dem Haken an ihrem Gürtel. „Hören Sie, Mister, ein solches Hotel ist das hier nicht. Es ist mir egal, wie viel Sie mir bezahalen würden – ich riskiere doch nicht meinen Job für Ihre schmutzigen Spielchen!"

„Sie verstehen nicht. Ich suche eine Katze."

Sie trat noch einen Schritt zurück. „Ich will nichts hören über Ihre perversen Neigungen!"

„Nun lassen Sie sich doch erklären, worum es geht. Meine Frau hat eine Katze, die ‚Sex' heißt …"

„Aha, Sie ist es also, die eine Vorliebe für Tiere hat?"

Nun war es Petes Beherrschung geschehen. „Hören Sie endlich auf damit! Wir sind nicht pervers. Wir haben ein Haustier, eine Katze, die wir ins Hotel geschmuggelt haben. Als ich vorhin nicht aufpasste, ist sie aus der Suite entwischt. Wenn Sie mir helfen würden, sie zu finden, gebe ich Ihnen zwanzig Dollar."

Das Zimmermädchen schüttelte beharrlich den Kopf. „Ich denke nicht daran. Ich hatte genug Aufregung, nachdem unser stellvertretender Direktor wegen Unterschlagung verhaftet wurde. Ich werde nicht …"

„Der stellvertretende Direktor?", warf Pete ein. „Der schlanke, gut gekleidete Mann mit dem Schnurrbart?"

„Genau. Netter Kerl eigentlich. Wer hätte gedacht, dass er zu so etwas fähig wäre? Aber in meinem Beruf lernt man ja alle möglichen seltsamen Typen kennen", schloss sie mit einem vielsagenden Blick auf Pete.

„Dann war der Streifenwagen wegen des Direktors hier?"

„Richtig. Aber ich glaube, wir können noch einen bestellen, falls es nötig ist", entgegnete sie spitz.

Pete hätte sie küssen mögen. Die Polizei war also nicht wegen Kyla hier gewesen! „Ich glaube nicht, dass jemand die Polizei ruft, nur weil wir eine Katze ins Hotel geschmuggelt haben."

„Das kommt ganz darauf an."

Pete verstand den Hinweis und reichte ihr einen Geldschein, den sie wortlos in ihre Schürzentasche steckte.

„Danke", sagte er und ging weiter. Es wurde Zeit, dass er die Katze endlich fand.

Hinter der nächsten Flurbiegung begann er leise zu rufen: „Sex! Komm her, Sex!" Dann, im gleichen zärtlichen Tonfall, in dem Kyla mit der Katze sprach, lockte er: „Sex, mein Baby, komm zu Daddy! Sexy Sex, wo bist du?"

Ein Mann und eine Frau kamen um die Ecke. Ihre alarmierten Blicke verrieten, dass sie sein Rufen gehört hatten. Er zuckte die Schultern und schnippte rhythmisch mit den Fingern. „Neuer Song", bemerkte er. „Er geht mir einfach nicht mehr aus dem Kopf."

Als das Paar nicht aufhörte, ihn anzustarren, ging er singend weiter und legte der Vollständigkeit halber noch ein, zwei Tanzschritte ein. „Sex, Baby. Oho, Sexy Baby."

Hinter der nächsten Ecke lehnte er sich an die Wand und verfluchte Trevor Finnegan, der seiner Katze diesen ausgefallenen Namen verpasst hatte. Hoffentlich war das verdammte Biest nicht in den Aufzug gestiegen und ins Foyer hinuntergefahren!

Doch dann sah er sie plötzlich über den Korridor stolzieren, mit steil aufgerichtetem Schwanz und majestätisch wie eine Königin. Als sie Pete bemerkte, blieb sie stehen.

„Hallo, meine Süße", murmelte er und bewegte sich vorsichtig auf sie zu. „Erinnerst du dich an den Schwertfisch, den du heute Morgen gefressen hast, du kleines Ungeheuer? Komm mit mir zurück, dann bestelle ich dir eine große Schale mit Gift zum Lunch. Na, was meinst du?" Langsam verringerte er die Entfernung zwischen ihnen, während die Katze ihn unablässig anstarrte. Zum ersten Mal fiel ihm auf, dass sie blaue Augen hatte – und tief in diesen leuchtenden blauen Augen, das hätte er schwören können, lag ein hochmütiges Grinsen.

„Hör zu, du Luder, es reicht mir jetzt. Deinetwegen halten die Leute mich für einen Idioten oder für pervers, und das lasse ich mir nicht mehr gefallen. Klar?" Als Sex zum Sprung ansetzte, warf er sich auf sie und umklammerte sie mit beiden Händen. Sie fauchte ihn wütend an, während er fluchend auf dem Teppichboden landete und sich dabei Ellenbogen und Knie stieß.

Neben ihm quietschten Räder. „Wie ich sehe, haben Sie das Tier gefunden", bemerkte das Zimmermädchen spöttisch.

„Allerdings, Madam", entgegnete Pete zähneknirschend.

„Für einen weiteren Zwanziger wäre ich bereit, die Haare aufzusaugen, die das Biest auf dem Korridor verteilt hat."

Pete ging in die Hocke. „Das wäre schön, aber ich kann die Katze nicht loslassen, um an meine Brieftasche heranzukommen."

„Packen Sie sie am Genick. Dann glaubt sie, Sie wären ihre Mutter und wird sich still verhalten."

„Ihre Mutter? Na wunderbar." Aber Pete versuchte es. Es gelang ihm dann auch, seine Brieftasche aus der Jackettasche zu ziehen und mit den Zähnen einen Zwanzigdollarschein herauszufischen, während Sex wie leblos an seiner rechten Hand hing.

„Für einen Mann, der angeblich eine Katze besitzt, verstehen Sie aber wirklich nicht viel von diesen Tieren", stellte das Zimmermädchen fest und steckte den Geldschein ein.

„Sex gehört meiner Frau." Ihr schwanzloser Stubentiger hat mich jetzt schon vierzig Dollar gekostet, fügte er in Gedanken hinzu. „Hoffentlich bist du das auch wert", sagte er zu Sex, doch dann fiel ihm ein, wie sehr Kyla sich freuen würde, ihre Katze wiederzuhaben, und da wusste er, dass ihr Lächeln ihm jede Anstrengung wert war.

Unfähig, still zu sitzen, während sie auf Pete wartete, räumte Kyla das Zimmer auf. Den Karton mit dem Streuselkuchen stellte sie auf den Tisch, und Petes Trenchcoat, den er achtlos auf die Couch geworfen hatte, hob sie auf, um ihn in den Schrank zu hängen. Der vertraute Duft von Petes Rasierwasser stieg ihr in die Nase, und für eine Sekunde schloss sie verträumt die Augen und schmiegte das Gesicht an den Mantel. Dabei fühlte sie eine kleine Ausbuchtung in der Tasche.

Hatte Pete ihr ein Geschenk gekauft und in der Aufregung vergessen, es ihr zu geben? Sie kam sich vor wie ein Kind zu Weihnachten, als sie in die Tasche griff und eine rechteckige Schachtel ertastete. Vielleicht hatte er einen guten Tee gekauft, um ihn zum Streuselkuchen zu trinken? Neugierig zog sie die Schachtel heraus und blinzelte verwundert. Der Name eines bekannten Kondomherstellers leuchtete ihr entgegen wie ein Neonzeichen.

Ihr ursprünglicher Schock über die Entdeckung wich bald einem angenehmen Gefühl der Erwartung, einer wohligen Erregung, was sie noch mehr verblüffte. Eigentlich hätte sie jetzt empört sein müssen. Was hatte er sich dabei gedacht – glaubte er etwa, sie ginge mit einem Mann ins Bett, der mit einer anderen verlobt war?

Aber die erwartete Entrüstung blieb aus. Vom ersten Augenblick an hatten sie sich sehr stark zueinander hingezogen gefühlt, und beiden war klar, dass die Zeit, die ihnen noch verblieb, ihre Selbstkontrolle auf eine harte Probe stellen würde. Sah Pete diesen Schritt trotz seiner Bindung an Lillian als unvermeidlich an? Und ging es ihr, Kyla, nicht genauso, wenn sie ehrlich war?

Sie hängte den Mantel in den Schrank und legte die Schachtel mit zitternder Hand in die Schublade eines Nachttischs. Wie schon zuvor fragte sie sich jetzt wieder, ob sie verzweifelt genug sein mochte, um mit Pete ins Bett zu gehen, obwohl keine Aussicht auf eine gemeinsame Zukunft bestand. Und während sie das ungemachte Bett anstarrte, wurde ihr klar, dass sie es tun würde.

Aber vorher musste sie ihm von Lillians Anruf erzählen …

Endlich kam Pete zurück und überreichte ihr die fauchende und sehr beleidigte Katze. Kyla drückte dankbar ihr Gesicht an Sex' weiches Fell. „Du unartiges Mädchen", murmelte sie, ihre Tränen mühsam zurückdrängend. Als sie schließlich den Kopf hob und Pete ansah, beobachtete er sie lächelnd. „Du hättest eine Medaille verdient", sagte sie zu ihm. „Jetzt hast du ihr zum zweiten Mal das Leben gerettet."

„Ja, ich glaube, sie ist mir zwei von ihren sieben Leben schuldig."

„Ich schulde dir auch einiges, Pete. Sehr viel sogar."

Er widersprach nicht, schaute sie nur weiter eindringlich an, mit einer Zärtlichkeit, die ihr Herz schneller schlagen ließ.

Würde er sie schlicht und einfach bitten, mit ihm zu schlafen, oder hatte er sich eine besondere Art der Verführung ausgedacht?

Nervös griff sie das erstbeste Thema auf, das ihr einfiel. „Hast du Polizeibeamte gesehen?"

„Hm? Oh." Er schien aus einer Art Trance zu erwachen. „Du kannst ganz beruhigt sein. Die Polizei war nicht deinetwegen hier, sondern haben den stellvertretenden Direktor wegen Unterschlagung verhaftet."

Kyla konnte ihr Glück kaum fassen. Sie waren nicht gekommen, um sie zu holen! Sie hatte ihre Katze wieder. Und Pete hatte vor, mit ihr zu schlafen … Um ihre plötzliche Verlegenheit zu überspielen, setzte sie die Katze vorsichtig auf den Boden. „Woher weißt du das?"

„Ich habe ein Zimmermädchen bestochen."

„Das wird allmählich teuer für dich. Aber ich werde dir alles zurückzahlen, Pete."

Er schaute sie schmunzelnd an. „Mit einer Fußmassage?"

Aha, das würde also die Einleitung sein. Beide wussten, was beim letzten Mal geschehen war. Kyla schluckte. Nun war der Moment gekommen, Pete von Lillians Anruf zu erzählen und ihm seine Verpflichtungen in Erinnerung zu bringen. „Pete, es hat …"

Sex miaute.

„Ich muss dir etwas sagen …" Die Katze miaute noch kläglicher.

Seufzend schaute Pete auf sie herab. „Offenbar hat sie Hunger."

„Möglich." Nur eine kurze Verzögerung, mehr nicht. Sie würde es ihm gleich sagen, so unangenehm es ihr auch war, ihn in diese peinliche Lage gebracht zu haben.

Pete ging zum Telefon und wählte den Zimmerservice. „Möchtest du etwas haben?"

Ja, dich, erwiderte sie still. „Nein, danke. Der Streuselkuchen genügt mir."

„Kaffee?"

„Hm. Ja, Kaffee." Sie wollte ihn umarmen und ihn nie wieder loslassen. Aber dazu hatte sie kein Recht. Sobald er das Essen bestellt hatte, würde sie ihm von dem Anruf erzählen. Sie bückte sich und kraulte die Katze hinter den Ohren, bis Pete aufgelegt hatte. Dann richtete sie sich auf. „Pete, ich ..."

„Bevor wir über irgendetwas reden, möchte ich dir eine Frage stellen." Er kam langsam auf sie zu. Ihr Herz klopfte noch schneller. „Ja?"

„Was machtest du vorhin im Schlafzimmer, als ich mit dem Kuchen zurückkam? Ich hörte ein Poltern und dann einen Schrei."

„Oh." Sie errötete. „Ich habe meine Karateübungen gemacht."

„Karate?"

„Ich besitze den braunen Gürtel." Er zog die Augenbrauen hoch.

„Es tut mir leid, Pete. Ich hatte nicht daran gedacht, dass es dich erschrecken könnte, die Geräusche zu hören, und da ich es unter den gegebenen Umständen für besser hielt, zu üben ..."

Er legte einen Zeigefinger an ihre Lippen. „Du brauchst dich nicht zu entschuldigen. Wenn ich an die beiden Finsterlinge denke, die es auf dich abgesehen haben, bin ich froh, dass du Karate kannst." Mit dem Zeigefinger strich er langsam die Konturen ihrer Wange nach.

Die Berührung löste ein angenehmes Kribbeln in ihr aus, und Sehnsucht durchströmte sie wie eine warme Welle. „Ich hätte es dir sagen sollen."

„Wann denn?" Er ließ die Hand wieder sinken, schaute ihr jedoch immer noch mit seltsamer Eindringlichkeit in die Augen. „Wir hatten noch nicht viel Gelegenheit, etwas übereinander zu erfahren."

Wie leicht es war, diesen Mann zu lieben! „Ich glaube ... Vielleicht sollten wir es lieber gar nicht erst versuchen."

„Vielleicht können wir gar nichts dagegen tun."

Kyla vermied es, sich zu bewegen. Wenn sie so stehen blieb, war es möglich, dass er sie küsste, und dazu musste er sie in die Arme nehmen, was alles war, was sie sich in diesem Augenblick ersehnte. Doch vorher musste sie ihm von Lillians Anruf erzählen, sonst würde sie für alle Ewigkeit ein schlechtes Gewissen haben. „Pete, als du fort warst, da ... Ich bin ziemlich sicher, dass deine Verlobte hier angerufen hat." Als sie das Leuchten in seinen Augen verblassen sah, hätte sie ihre Worte am liebsten zurückgenommen.

Er presste die Lippen zusammen. „Du bist also ans Telefon gegangen."

„Ich fürchte ja." Trauer hüllte sie ein wie kalter Nebel. „Ich dachte, du wärst es. Oder Peggy. Ich hätte nie gedacht, dass es Lillian sein könnte."

Er ging zum Fenster. „Was hast du ihr gesagt?"

„Nichts. Sie fragte nach dir, und da mir keine passende Ausrede einfiel, die meine Anwesenheit erklärte, habe ich aufgelegt."

Er erwiderte nichts.

„Pete, es braucht kein Problem zu sein." Das Herz tat ihr weh, für ihn und für sich selbst. „Du kannst ihr erklären, warum ich hier bin. Es mag zwar verdächtig erscheinen, dass ich auflegte, als ich ihre Stimme hörte, aber es ist schließlich nichts passiert zwischen uns. Wir haben nichts getan, dessen wir uns schämen müssten." *Noch nicht, aber wie gern würde ich es tun – mit dir schlafen und all das andere, wovon Lillian vermutlich glaubt, dass es längst geschehen ist. Doch du scheinst es auch zu wollen, sonst hättest du bestimmt nicht diesen speziellen Einkauf getätigt ...*

Pete schwieg noch immer.

„Ich rede mit Lillian, wenn du willst", bot Kyla sich hastig an, um ihm zu helfen. „Ich erkläre ihr, dass ich dich in diese Sache hineingezogen habe und du kein anderes Interesse an mir hast, als einem Menschen zu helfen, der sich in Not befindet."

Nun drehte er sich doch zu ihr um. „Das kannst du nicht."

„Warum nicht?"

„Weil es eine Lüge wäre."

Der Blick in seinen Augen verschlug ihr die Sprache. „Pete ..."

„Ich habe auf dem Weg zur Bäckerei beschlossen, mich von Lillian zu trennen."

Kyla presste eine Hand auf ihr heftig pochendes Herz. Sie hatte erwartet, dass er sagen würde, er habe beschlossen, mit ihr zu schlafen. Darauf war sie gefasst gewesen. Aber dass er seine Verlobung lösen wollte – das kam völlig unerwartet.

Sie war so erschrocken über die Verpflichtung, die seine Worte mit sich brachten, dass ihr der Atem stockte. Zu einer heimlichen Liebesnacht war sie bereit gewesen. Aber was er da sagte, war etwas ganz anderes, etwas viel Bedeutenderes, das ihr ganzes Leben verändern konnte. „Wir kennen uns doch erst einen Tag!", protestierte sie.

„Das habe ich mir auch gesagt. Aber es ändert nichts. Ich kenne Lillian seit zwei Jahren und habe nie etwas für sie empfunden, was mit meinen Gefühlen für dich auch nur entfernt zu vergleichen wäre." Pete kam nicht zu Kyla, sondern blieb stehen, als wolle er die Wirkung seiner Worte auf sie abwarten.

Ihre Gedanken überschlugen sich. Das ist er, der große Moment, den du immer herbeigesehnt hast, meldete sich ihre innere Stimme zu Wort. Das Leben bietet dir eine einmalige Chance, sofern du nur den Mut besitzt, sie zu ergreifen! Er wird die Verlobung, von der du glaubtest, dass sie dir im Wege stünde, lösen. Doch nun sind es deine eigenen Ängste, die dir im Wege stehen …

„Warum sagst du nichts? Weil du meine Gefühle nicht erwidern kannst? Falls es so ist, dann sag es mir lieber gleich."

Ihre Stimme war kaum mehr als ein Hauch und ungewöhnlich heiser. „Es gibt so viel, was du nicht weißt, Pete."

Er straffte die Schultern. „Du bist schon verheiratet."

„Nein, nein, das ist es nicht."

Erleichterung huschte über seine Züge. „Dir sind Frauen lieber", meinte er lächelnd.

Fast hätte sie trotz ihrer Angst gelacht. „Nein, Pete. Ich habe nur noch nie …" Sie suchte nach den richtigen Worten.

„Was? Du bist noch Jungfrau?"

Diesmal lachte sie doch, aber es klang seltsam schrill. „In gewisser Weise ja. In geistiger Hinsicht zumindest."

„Das ist doch alles Unsinn, Kyla. Wie stehst du zu mir?"

„Es ist kein Unsinn!" Sie schlang die Arme um den Körper, um das Zittern zu bezwingen. „Ich möchte nicht wie meine Mutter enden. Ich habe Angst."

Er trat näher. „Was ist mit deiner Mutter?", fragte er sanft.
Oh Gott. Jetzt waren die Tränen nicht mehr aufzuhalten.
„Kyla!" Mit zwei Schritten war er da und zog sie in die Arme. Es tat furchtbar weh. Ihre Tränen lösten sich in Schluchzern, die ihren Körper erschütterten, und sie hatte nicht mehr die Kraft, sie zurückzuhalten.

Aber irgendwann versiegten ihre Tränen doch. Während Pete tröstend ihren Rücken streichelte, legte sie die Wange an seine Brust und lauschte seinem Herzschlag, der ihr in diesem Augenblick das wichtigste Geräusch auf der ganzen Welt zu sein schien.

Erst ein lautes Klopfen riss sie aus ihrer Versunkenheit. „Zimmerservice!", rief eine Stimme.

Pete streichelte Kyla weiter, als hätte er nichts gehört.

„Das ... Essen", murmelte sie.

„Später."

„Aber wir haben es doch bestellt!"

„Na und?" Er strich ihr das feuchte Haar aus dem Gesicht und küsste sie auf die Stirn. Kyla schmiegte sich in seine starken Arme. Irgendwann hörte auch das Klopfen auf, und es herrschte Schweigen.

„Ich habe mich schon lange nicht mehr so gehen lassen", sagte Kyla beschämt. „Aber ich ... Weißt du, mein Stiefvater schlug meine Mutter. Nicht nur manchmal, sondern ständig. Und manchmal verprügelte er auch meinen Bruder und mich."

Pete zog sie noch fester an sich, ohne etwas zu sagen.

„Deshalb haben Trevor und ich auch Karate gelernt. Was ich nie verstehen konnte, ist, warum meine Mutter bei ihm blieb und sich nicht schon längst von ihm getrennt hat. Wenn ich sie frage, behauptet sie, aus Liebe." Kyla erschauerte und barg ihr Gesicht an Petes Brust.

Er streichelte ihr Haar und schwieg eine Weile. „Du weißt, dass das keine Liebe ist", meinte er schließlich.

„Das sagte ich mir auch immer. Aber als ich merkte, was ich für dich empfand und mir der Macht bewusst wurde, die diese Gefühle über mich gewinnen konnten, dachte ich: Bleibt sie deshalb bei ihm? Ist es das, was ich bisher nie verstanden habe?"

Pete hob sanft ihr Kinn und schaute ihr in die Augen. „Liebe muss nicht mit Schmerz verbunden sein, Kyla."

Sie war hingerissen von dem Ausdruck in seinem Gesicht. Gestern hatte sie noch gedacht, er sähe gut aus, jetzt fand sie ihn schön. Seine Augen strahlten eine Zärtlichkeit aus, die sie einhüllte wie ein warmer Mantel und sie zum Lächeln brachte. „Ich habe bisher nie den Wunsch verspürt, es auszuprobieren."

Pete erwiderte ihr Lächeln. „Würdest du es jetzt gern tun?"

9. KAPITEL

Kyla hatte das Gefühl, am Rand eines bodenlosen Abgrunds zu stehen und ein Sprung in die Tiefe konnte den tödlichen Absturz bringen – oder ein Schweben auf den Flügeln der Liebe. „Ja, ich will es riskieren", sagte sie.

Pete schloss sie so ungestüm in seine Arme, dass sie lachen musste. „Findest du das komisch?", fragte er verblüfft.

„Nein. Es ist wunderbar."

Er küsste sie zärtlich auf die Lippen. „Hm. Ja, das ist es." Dann ging er zum Schlafzimmer. „Brauchst du deinen Mantel nicht?"

Er blieb stehen und schaute sie an, als wäre sie verrückt geworden. „Möchtest du die Szene auf Johnsons Couch wiederholen?" Kyla lächelte und schüttelte den Kopf.

„Was soll ich dann mit ..." Petes Stirnrunzeln verwandelte sich in Verlegenheit. „Du hast in meinen Taschen geschnüffelt!"

„Und du hast heimlich Pläne geschmiedet."

„Nein", entgegnete er leise. „Ich hatte nur gehofft."

Die Verwundbarkeit, die sich in dieser schlichten Feststellung verriet, ließ Kylas Ängste schwinden. „Oh Pete ... Ich möchte, dass du mich liebst."

„Solange du mich haben willst." Er hob sie auf und trug sie ins Schlafzimmer. Als er Kyla auf das Bett legte, miaute Sex. „Ich sperre sie besser aus", sagte Pete.

„Ja."

Kaum war er fort, kehrten Kylas Zweifel zurück. Was hatte sie sich nur dabei gedacht, einem Mann ihr Herz und ihre Seele so offen anzubieten? Pete würde ihre Hingabe ausnutzen. Alle Männer neigten dazu. Sie war im Begriff, den größten Fehler ihres Lebens zu begehen. Der Einsatz war zu hoch. Sie begehrte Pete viel zu sehr, um eine solche Enttäuschung zu verkraften.

Als er zurückkam, richtete sie sich in einem Anfall von Panik auf. Seine Augen glühten vor unterdrückter Leidenschaft. Er war ein fantastischer Mann, schön und aufreizend fremd.

„Was hast du, Kyla?", fragte er erstaunt.

„Ich ... ich glaube, ich war zu voreilig. Unter den gegebenen Umständen sollten wir vielleicht lieber nicht ..."

„Von welchen Umständen sprichst du, Kyla?"

„Das weißt du selbst. Wir stehen unter großem Druck, und es fällt uns schwer, klar zu denken."

„Da musst du dir schon bessere Argumente einfallen lassen!"

„Na gut", brach es aus ihr hervor. „Ich weine nie, schon gar nicht vor anderen Leuten. Aber heute ist es passiert. Aus irgendeinem Grund habe ich die Kontrolle über mich verloren, und das macht mir große Angst."

Er schüttelte den Kopf. „Ich würde dir nie wehtun, Kyla."

„Woher soll ich das wissen? Ein solches Versprechen kann niemand ernsthaft geben."

Pete starrte sie einen Moment lang schweigend an. „Vielleicht nicht. Es war dumm von mir." Er richtete den Blick auf die Zimmerdecke. „Alles, was ich heute von mir gebe, klingt dumm." Er holte tief Luft. „Aber eins kannst du mir glauben. Ich bin nicht wie dein Stiefvater. Ich würde dir niemals so wehtun, das schwöre ich dir."

Sie hätte ihm so gern geglaubt und genügend Vertrauen zu ihm gefasst, um den beängstigendsten Schritt von allen zu wagen und sich zu verlieben. Sie sah, wie er mit seinen Gefühlen kämpfte, und bezweifelte nicht, dass er sie ebenso glühend begehrte wie sie ihn. Aber konnte mit diesem Verlangen nicht auch der Wunsch einhergehen, sie zu beherrschen?

Er presste die Hände zusammen. „Wenn du es nicht möchtest, schlafen wir lieber nicht miteinander. Du sollst dich auf keinen Fall zu irgendetwas gezwungen fühlen, wozu du nicht innerlich bereit bist."

Das war sehr rücksichtsvoll von ihm und ein Beweis für seine Selbstbeherrschung. „Ich möchte es aber, Pete", entgegnete sie. „Es sagt eine Menge über dich aus, dass du meine Angst gespürt hast. Ein anderer Mann hätte vielleicht nicht darauf geachtet und mich gedrängt." Sie zögerte. „Möglicherweise wäre es dann sogar einfacher für mich gewesen."

„Nein, ganz sicher nicht. Du sollst keine Angst dabei empfinden." Eine Zeit lang schwieg er und beobachtete sie forschend. „Vielleicht wäre es leichter für dich, wenn du die Führung übernehmen würdest", meinte er dann. Es klang fast so, als befürchte er, zu viel von ihr zu erhoffen.

Seine Worte zeugten von großem Einfühlungsvermögen. Kyla spürte, wie ihre Anspannung schwand. „Ja, Pete", sagte sie dankbar.

Er lächelte. „Ich lasse mich gern von dir führen, Kyla."

Starke Erregung erfasste sie. Ja, sie würde diesen wundervollen Mann lenken und bestimmen, wie er sie liebkosen sollte ...

„Ich tue, was immer du ..."

„Warte!" Sie wusste jetzt, wie es geschehen sollte. Zuerst einmal würde sie sich ausziehen, um ihn noch mehr auf die Folter zu spannen. Langsam begann sie, das Hemd aufzuknöpfen, das er ihr geliehen hatte, und war froh, dass sie noch nicht dazu gekommen war, ihre Unterwäsche anzuziehen.

Pete verhielt sich ganz still, aber als sie den letzten Knopf öffnete, stieß er einen tiefen Seufzer aus. Kyla streifte das Hemd von ihren Schultern, und auch diesmal sagte Pete nichts. Was auch gar nicht nötig war, denn sein hungriger Blick sprach Bände. Ihre Brustspitzen verhärteten sich und richteten sich auf.

Pete schluckte. „Kyla, du ahnst ja nicht, wie sehr ich dich begehre!"

Und ob sie das wusste, denn schließlich erging es ihr selbst nicht anders. Aber noch wollte sie ihm das nicht verraten. Auch seine Selbstbeherrschung musste Grenzen haben. Sie öffnete den Knopf ihrer Hose und streifte mit einem leichten Hüftschwung die Jeans ab. Ein heiserer Ton drang aus Petes Kehle, aber er rührte sich noch immer nicht.

„Jetzt du", forderte sie ihn auf. „Zuerst die Schuhe und die Socken."

Er bückte sich und tat wie geheißen.

Dann deutete sie auf seine Brust. „Und jetzt den Pullover. Aber bitte langsam!"

Seine Hände zitterten ein wenig, als er den Pullover auszog.

Dann, ohne den Blick auch nur eine Sekunde von ihr abzuwenden, knöpfte er sein Hemd auf.

Nachdem es achtlos auf den Boden gerutscht war, stellte Kyla fest, dass Petes Oberkörper in natura noch viel attraktiver war, als sie vermutet hatte. In Gedanken ließ sie streichelnd die Hand über seine muskulösen Arme und Schultern gleiten.

Er nestelte an seiner Gürtelschnalle.

„Nicht so schnell!", bat sie.

Pete verlangsamte seine Bewegungen und zog den Ledergürtel mit einer geschmeidigen Bewegung aus den Schlaufen.

Kyla schluckte. Seine sinnliche Geste raubte ihr den Atem. Ausgezeichnet", murmelte sie.

Auch Petes Stimme war ganz rau vor Erregung. „Ich bin hier, um dir alle deine Wünsche zu erfüllen, Kyla."

Sie vergaß zu atmen, als er den Gürtel fallen ließ und mit zitternden Fingern, doch betont langsam den Reißverschluss seiner Hose herunterzog. Unter dem weißen Baumwollslip, der nun zum Vorschein kam, zeichnete sich das ganze Ausmaß seiner männlichen Erregung ab. Pulsierende Hitze breitete sich in Kyla aus, während sie Pete beobachtete, und durchdrang sie vom Kopf bis zu den Zehen, wie ein Lavastrom, der sich unaufhaltsam seinen Weg bahnt.

Die Hose glitt zu Boden.

„Alles", flüsterte Kyla.

Pete streifte den Slip ab, und Kylas Augen weiteten sich, als sie sah, wie großzügig die Natur diesen Mann mit allen männlichen Attributen ausgestattet hatte. Er wirkte wie ein griechischer Gott, als er nackt und begierig auf Liebe vor ihr stand. „Noch weitere Befehle?"

„Komm her und küss mich", wisperte sie.

„Wo?", fragte er und näherte sich ihr entnervend langsam.

„Du kannst anfangen mit ... meinem Mund."

Ein Knie aufs Bett gestützt, beugte er sich gerade weit genug vor, um mit dem Mund ihre Lippen zu erreichen. Der Duft seiner Haut war wie eine köstliche Stimulanz, das ihr Blut in Wallung brachte und sie alles andere vergessen ließ als das Versprechen unbeschreiblicher Freuden, das sie in seinem verzehrenden Blick las. Ein Gefühl süßer Schwäche ergriff sie, und sie ließ sich mit bebenden Gliedern aufs Bett zurücksinken.

Pete streckte sich neben ihr aus und fuhr streichelnd mit der Zungenspitze die Konturen ihrer Lippen nach.

„Fass mich an", hauchte sie dicht an seinem Mund. „Aber bitte, pass auf, dass es nicht zu schnell geht …"

Auf einen Ellbogen gestützt, berührte er die empfindsame Stelle hinter ihrem Ohr, ließ seine Finger hinabgleiten zu ihrem Ohrläppchen und dem goldenen Ring, der daran befestigt war. Obwohl Kylas Brüste der Berührung seiner Hände und Lippen entgegenfieberten, vermied sie es, ihm den Weg zu weisen. Alles zu seiner Zeit. Denn während sie wartete und halb wahnsinnig vor Sehnsucht wurde, verschwand ihre Furcht wie selbstverständlich immer mehr.

Als Pete sich neben ihr ausstreckte und sie seine pulsierende männliche Härte an ihrem Schenkel spürte, erwachte ein solch intensives sinnliches Begehren in ihr, wie sie es noch nie zuvor erlebt hatte. Ein Stöhnen entrang sich ihren Lippen, während Pete sie küsste und ihr Kinn streichelte. Dabei streifte sein Ellbogen ihre harten, aufgerichteten Brustspitzen, und das Prickeln, das die flüchtige Berührung in ihr auslöste, war köstlich und quälend zugleich.

Auf ihr leises Stöhnen hin hob er den Kopf und schaute sie an. Die Leidenschaft, die seine braunen Augen verdunkelte, ließ sie fast schwarz erscheinen. Lächelnd berührte er ihre Brust, strich über ihre volle Unterlippe und küsste Kyla so flüchtig, dass sie vor Ungeduld den Verstand zu verlieren glaubte. Ohne den Blick von ihr abzuwenden, begann er die sanften Rundungen ihrer Brüste nachzuzeichnen und beschrieb Kreise, die immer enger wurden, bis seine Finger fast – aber nur fast – die rosige Spitze ihrer Brust berührten.

Kyla schloss die Augen und flüsterte ihm heiser ihre geheimsten Wünsche zu. Da endlich senkte Pete den Kopf und schloss die Lippen um eine der zarten Knospen.

„Ja!" Schamlos bog Kyla sich ihm entgegen und bewegte

unwillkürlich die Hüften im Rhythmus seiner sinnlichen Liebkosungen. Die Empfindungen, die er in ihr weckte, waren ihr fremd, aber wunderschön. Noch nie zuvor in ihrem Leben hatte sie so etwas verspürt, noch nie ein so überwältigendes Bedürfnis gekannt, sich einem Mann vollkommen und rückhaltlos zu schenken.

Mit einem Seufzer der Befriedigung gab Pete die eine Brust frei und wandte sich der anderen zu. Aber das genügte Kyla jetzt nicht mehr, sie wollte sich aktiv am Liebesspiel beteiligen. Als ihre Hand an Pete herunterglitt und sie ihn dort berührte, wo sich seine Erregung konzentrierte, stieß er ein lustvolles Stöhnen aus und schloss die Augen.

„Sieh mich an", befahl sie, während sie mit ihrem verführerischen Streicheln fortfuhr.

Sein Blick, der unverhohlene Leidenschaft widerspiegelte, löste eine heiße Woge der Begierde in Kyla aus. Wortlos führte sie seine Hand zwischen ihre Schenkel.

Geschickt glitten seine Fingerspitzen durch das seidenweiche Haar, bis sie Kylas empfindlichste Stelle ertastet hatten. „Hier?"

Kylas Erregung war so groß, dass ihr das Sprechen schwerfiel. „Ja." Petes erfahrene Zärtlichkeiten versetzten sie in einen sinnlichen Rausch, und plötzlich hatte sie das Gefühl, sterben zu müssen, wenn er sie nicht auf der Stelle nahm und ihr Erfüllung schenkte. „Genug", keuchte sie. „Nicht ... Ich will, dass wir ..."

„Ich auch." Er hielt inne. „Aber ich möchte, dass es dir genauso viel Lust bereitet wie mir." Er schaute zum Schrank hinüber und wollte das Bett verlassen.

Sie hielt ihn zurück. „Im Nachttisch."

Er drückte einen Kuss auf ihre nackte Schulter. „Offensichtlich war ich nicht der Einzige, der insgeheim damit gerechnet hat, dass wir doch miteinander im Bett landen würden."

„Hm", gab sie träge zurück. „Ich dachte, das hättest du gewusst."

„Nein, ich hatte keine Ahnung", erwiderte Pete. „Aber ich bin froh darüber." Dann hörte sie, wie er die Schublade aufzog und ein Päckchen aufriss. Als er sich wieder zu ihr umdrehte, streckte sie die Hände nach ihm aus.

Lächelnd legte er sich auf sie und sah ihr tief in die Augen. „Davon habe ich immer geträumt – du in meinen Armen, wild und liebeshungrig, in deiner ganzen Schönheit", flüsterte er beinahe ehrfürchtig.

Ihr Herz tat einen Sprung.

„Sag mir, was du willst, Kyla", raunte er ihr zu.

„Dich." Sie umfasste seine Hüften, und er, geführt vom sanften Druck ihrer Hände, drang kraftvoll und doch unendlich behutsam in sie ein. Während er die quälende Leere in ihr ausfüllte, schaute er ihr tief in die Augen, und Kyla stöhnte lustvoll auf.

„Gut?", fragte er heiser.

„Wundervoll. Oh, Pete ..."

Ganz vorsichtig begann er sich zu bewegen, doch die winzigen Schweißperlen auf seiner Stirn verrieten, dass es ihn große Beherrschung kostete, sich zurückzuhalten. Doch er hätte keine Angst zu haben brauchen, dass er ihr wehtat. Kyla hatte in diesem Moment nur noch einen Wunsch: Dieser süße Wahnsinn sollte niemals aufhören. Nie wieder wollte sie allein sein ...

Herausfordernd drängte sie sich ihm entgegen, um ihn noch tiefer in sich aufzunehmen. „Kyla!", stöhnte er. „Wenn du das tust, möchte ich ..."

„Dann tu es."

Aufstöhnend schob er seine Oberarme unter ihre Schultern, bevor er mit einem heiseren Aufschrei noch tiefer in sie eindrang und seine Bewegungen beschleunigte.

Kyla kam ihm bei jedem seiner kraftvollen Stöße entgegen. „Ja! Es ist so schön, Pete, wunderschön!"

„Ja, sprich mit mir", flüsterte er ihr ins Ohr. „Rede, Kyla."

„Da. Ja. Genau da." Sie ließ ihre Hüften kreisen, um den intimen Kontakt zu verstärken. „Oh Pete, das ist ... Ja ... So ist es gut ... Weiter ..." Ihre Finger pressten sich in seine Schultern, ihre Nägel krallten sich in seine Haut, als die Spannung in ihrem Inneren zunahm wie bei einem Vulkan, der sich kurz vor der

Explosion befand. Noch nie hatte sie sich so rückhaltlos einem Mann hingegeben, noch nie war sie so hemmungslos ihren Empfindungen gefolgt.

Die ersten Schauer, die den Höhepunkt ankündigten, durchzuckten sie. Jetzt gab es keinen Weg mehr zurück, jetzt schlug die Woge purer sinnlicher Lust über ihr zusammen.

„Kyla!", schrie Pete heiser und erreichte kurz nach ihr einen Gipfel von unbeschreiblicher Intensität. Und dann, als der erste Sturm nachließ, lachte er, lachte so froh, dass seine Stimmung sich auf Kyla übertrug und sie ebenfalls zu lachen begann.

Er zog sie langsam und zärtlich an sich. „Du bist so unglaublich lebendig!", sagte er und lächelte sie auf eine Weise an, wie er es noch nie zuvor getan hatte – so als hätten sich all seine Sorgen auf einen Schlag in Luft aufgelöst.

„Peggy hatte recht", meinte er dann. „Du weckst den Mann in mir, den kleinen Jungen und den Draufgänger. Ich bin mir geradezu sympathisch, wenn ich in deiner Nähe bin, Kyla."

Zärtlich berührte sie sein Gesicht. „Mir auch, Pete."

Die tiefe Zuneigung, die sich in seinem Blick verriet, trieb ihr die Tränen in die Augen. „Du verstehst dich verdammt gut auf Fußmassagen", sagte er gedehnt. „Aber das eben ... das war einfach unübertrefflich!"

Kyla lächelte. „Fußmassagen sind auch nicht zu verachten. Und nicht jeder hat Zugang zu dieser speziellen Entspannungstechnik."

„Apropos Entspannung – hiermit fordere ich das Recht, in Zukunft der alleinige Nutznießer dieser Technik zu sein!"

Kylas Herz klopfte schneller. „Was willst du damit sagen?"

„Dass ich ..." Er brach ab, sein Lächeln verblasste. „Nein, ich glaube, ich habe noch nicht das Recht, das von dir zu verlangen."

„Vielleicht nicht, Pete." Die wohlige Erregung, die sie eben noch empfunden hatte, begann zu schwinden.

„Ich muss einiges regeln, bevor ich mehr dazu sagen kann, Kyla. Was eben geschehen ist, war ... Weißt du, es ist mir einfach klar geworden, wie unsicher das Leben ist und ..."

„Pst! Ich verstehe schon." Tröstend legte sie die Hände um sein Gesicht. „Ich weiß, dass du zuerst mit Lillian sprechen musst."

Er nickte seufzend. „Und ich fände es nicht richtig, das per Telefon zu erledigen. Aber das heißt, dass ich jegliche Pläne für unsere Zukunft zurückstellen muss, bis ich mit Lillian gesprochen habe."

Kyla spürte, dass der Gedanke, Lillian alles zu gestehen, ihn innerlich zerfraß. „Fliegst du nicht heute schon zu ihr?"

„Auf keinen Fall! Ich lasse dich doch hier nicht allein."

„Mir passiert schon nichts. Ich werde mir Essen beim Zimmerservice bestellen und halte die Tür immer gut verriegelt."

„Nein, nein, kommt nicht infrage."

„Pete, Lillian ahnt bereits etwas. Je eher du die Lage mit ihr klärst, desto besser. Es ist nicht fair ihr gegenüber, ihr noch länger zu verschweigen, dass du die Verlobung lösen willst."

Pete legte seine Stirn an ihre. „Ich glaube, du hast recht."

„Gut. Dann mach dich am besten gleich auf den Weg. Und wenn du zurückkommst, können wir unsere Beziehung fortsetzen.

Er hob den Kopf „Du weißt, was ich will, Kyla. Ich habe noch bei keiner Frau derartige Gefühle gehabt. Bisher habe ich mich sogar für einen ziemlich emotionslosen Mann gehalten."

Das veranlasste sie zu lächeln. „Wohl kaum."

„Wenn ich den Flug buche, lasse ich mir für zwei Stunden später einen Rückflug reservieren. In dieser Zeit kann ich Lillian alles sagen, was sie wissen muss. Und ich werde zurück sein, bevor du Gelegenheit hast, mich zu vermissen."

„Das wird dir nicht gelingen."

Er stöhnte und verdrehte die Augen. „Das höre ich gern, Kyla. Aber es macht mir den Abschied nicht gerade leichter."

Vinnie startete den Wagen, den sie gemietet hatten. „Da hält ein Taxi, Dominic. Wetten, dass Lillian herauskommt und einsteigt?"

Sein Partner lümmelte sich noch tiefer in den Sitz. „Na und?"

„Dann folgen wir ihr … Hey, da ist sie – und sie hat einen Koffer bei sich! Ich bin überzeugt, dass sie zum Flughafen fährt."

Dominic richtete sich auf. „Verdammt, Vinnie, du hast recht! Doch was sollen wir machen, wenn wir keine Tickets kriegen?"

„Damen wie sie fahren immer früh zum Flughafen. Wir nehmen die gleiche Maschine. Selbst wenn sie voll ist, gibt es bestimmt Leute, die bereit sind, gewinnbringend ihr Ticket zu verkaufen."

„Und wenn Lillian uns erkennt?"

„Zieh den Hut in die Stirn und halte dich von ihr fern! Und falls sie uns erkennt, fliegen wir eben zufällig nach Chicago zurück. Wir leben schließlich in einem freien Land, nicht wahr?"

„Aber diese Reise ist nicht frei. Sie kostet eine Menge Geld", murrte Dominic. „Es wird noch alles draufgehen, was wir für den Job bekommen haben!"

„Glaubst du etwa, das ärgert mich nicht? Leider haben wir keine andere Wahl. Entweder wir geben das Geld aus, oder wir gehen in den Knast. Du kannst es dir aussuchen, Dominic."

„Mir gefällt weder das eine noch das andere."

„Zu spät für Klagen, Dominic. Vielleicht überlegst du es dir nächstes Mal, bevor du im Büro eines Toten aufs Klo gehst."

10. KAPITEL

Während Pete mit der Fluggesellschaft telefonierte, hatte Kyla den Karton von der Bäckerei auf dem Nachttisch entdeckt und begonnen, etwas von dem zerkrümelten Streuselkuchen zu essen. Ein Tupfer weißer Buttercreme klebte an ihrer Oberlippe, und wie ein zufriedenes Kätzchen entfernte sie ihn mit der Zungenspitze.

„Schmeckt es?", fragte Pete, den diese sinnliche Geste von Neuem erregte.

„Hm. Hier, probier mal."

„Warte. Lass dich füttern." Er brach ein Stückchen Kuchen ab und hielt es an ihre Lippen. Eine Welle des Verlangens durchzuckte ihn, als Kyla vorsichtig abbiss und mit der Zungenspitze über die weiße Cremefüllung fuhr.

„Und jetzt füttere ich dich", sagte sie heiser. Pete aß mit Appetit, und es schien ihn nicht zu stören, dass Puderzucker auf Kylas Brüste rieselte und dort weiße Flecken bildete.

„Du hast überall Zucker", murmelte er nur.

Sie senkte verträumt den Blick. „Du auch. Dagegen müssen wir etwas tun", flüsterte sie und glitt mit einer geschmeidigen Bewegung tiefer, um ihm die Behandlung zukommen zu lassen, die er eigentlich ihr zugedacht hatte.

„Ah", stöhnte er, während ihre raffinierten Liebkosungen ihn den Pforten des Paradieses näherbrachten. Aber als er den Höhepunkt nahen spürte, hielt er Kyla auf, weil er diesen Augenblick lieber in inniger Vereinigung mit ihr erleben wollte. „Halt, Darling", keuchte er. „Bitte hör auf, sonst …"

Sie hob den Kopf, und er zog sie sanft an den Schultern zu sich hoch und küsste sie. Als er die Hand nach dem Nachttisch ausstreckte, sagte sie: „Warte. Lass mich."

Pete blieb mit geschlossenen Augen liegen und überließ sich ihren eifrigen, wenn auch nicht sehr geschickten Händen, die es ihm sehr erschwerten, die Kontrolle über seine Erregung zu bewahren. Als es endlich so weit war, atmete er tief auf. „Du bist eine Traumfrau."

„Nur eine Frau, die dich unendlich begehrt." Während sie ihm tief in die Augen schaute, schlang sie die Beine um seine Hüften und nahm ihn tief in sich auf.

Pete biss die Zähne zusammen, um die Explosion zurückzuhalten, die die Fortsetzung dieses erotischen Moments gefährdete. Er hob die Hände und umschloss sie um ihre festen Brüste, während Kyla sich in aufreizender Weise auf ihm bewegte und ihre Hüften auf eine Art kreisen ließ, die ihn von Neuem an den Rand des Wahnsinns trieb.

Viel länger würde er das nicht aushalten, das war ihm klar. Und er spürte auch, dass Kyla sich ganz auf ihn konzentrierte und sich selbst darüber vergessen würde. Behutsam schob er eine Hand zwischen ihre Schenkel und begann ihre empfindlichste Stelle zu streicheln. Kylas Pupillen weiteten sich. „Ja", flüsterte er ihr zu. „Du auch, Darling."

Ihr Atemrhythmus wechselte, und da wusste er, dass er sich auf dem richtigen Weg befand. Als ihr leises Stöhnen in einem entzückten Aufschrei endete, hielt auch er sich nicht mehr zurück. Ihren Namen rufend, umklammerte er ihre Hüften und begleitete sie auf ihrem Flug in ungeahnte Sphären körperlicher Lust. Im Augenblick der Erfüllung schoss es ihm durch den Kopf, dass er sich noch nie in seinem Leben berauschter gefühlt hatte.

Und Kyla klammerte sich an ihn, als wollte sie ihn nie wieder loslassen.

Doch viel Zeit blieb ihnen nicht mehr. Sie bestellten Essen beim Zimmerservice, und Kyla zwang sich, wenigstens etwas zu sich zu nehmen, obwohl jeder Bissen wie Sägespäne schmeckte. Während Pete seine Sachen zusammenpackte, spürte sie, dass sie sich allmählich wieder hinter ihrer schützenden Mauer verkroch. Zweifel erwachten in ihr. Was war, wenn er Lillian sah und es sich anders überlegte? Wenn er das Ganze als nette erotische Episode abtat, der er keine Dauer zugestand?

Nachdem Pete sich von ihr verabschiedet hatte, blieb Kyla im Bett liegen und starrte die Zimmerdecke an. Erst das Schrillen des Telefons riss sie aus ihrer Lähmung. Wer konnte das sein?

Pete ganz sicher nicht, denn er war auf dem Weg zum Flughafen. Lillian? Kyla beschloss, den Apparat klingeln zu lassen.

Irgendwann hörte das Klingeln auf, doch Minuten später begann es von Neuem.

„Hab Geduld, Lillian", murmelte Kyla. „Du kannst es gleich versuchen. Er ist auf dem Weg zu dir." Während sie auf die schrillen Geräusche lauschte, fiel ihr ein, dass sie versprochen hatte, Peggy anzurufen.

Ihr Körper fühlte sich an wie Blei, aber sie schleppte sich ins Wohnzimmer, wo Pete Peggys Adresse aufgeschrieben hatte. Als das Telefon zu klingeln aufhörte, wählte sie ihre Nummer.

Peggy antwortete sofort. Sie klang aufgeregt. „Ja?"

„Ich bin's, Kyla, Peggy. Wie …"

„Gott sei Dank! Ich habe zweimal versucht, anzurufen, aber es meldete sich niemand."

„Sie waren das? Ich hatte Angst, abzunehmen."

„Wo ist Pete?"

„Deswegen rufe ich an. Er fliegt nach Minneapolis."

„Oh nein. Ist er schon fort?"

„Ja. Warum?" Angst erfasste Kyla.

„Dann fahre ich zum Flughafen. Vielleicht erwische ich ihn noch. Lassen Sie ihn ausrufen. Wir müssen ihn aufhalten!"

Kylas Herz klopfte zum Zerspringen. „Was ist passiert, Peggy?"

„Ich habe Jerald erreicht, und er sagte mir, die Kerle wären in seinem Büro gewesen und hätten ein Foto von Pete mitgenommen!"

„Von Pete?" Ein schmerzhafter Knoten bildete sich in Kylas Magen. „Aber …"

„Ich weiß auch nicht, wieso, aber anscheinend bringen sie ihn mit der ganzen Sache in Verbindung. Ich glaube, sie sind nach Minneapolis geflogen, um ihn zu suchen."

Das Gespräch mit Peggy hatte Kyla stark beunruhigt, und ihre Versuche, Pete am Flughafen zu erreichen, waren fehlgeschlagen. Jetzt blieb ihr nur noch eine Hoffnung – dass Peggy ihn erwischte, bevor er die Maschine bestieg. Sie hatte mit Kyla verabredet, dass sie anrufen würde und Kyla abnehmen sollte, ohne etwas zu sagen, für den Fall, dass der Anrufer nicht Peggy war.

Aber der Apparat war bisher stumm geblieben. Und der Uhrzeit nach zu urteilen, musste Petes Maschine längst in der Luft sein.

Vielleicht ging er ja gar nicht erst in sein Büro oder in seine Wohnung. Wenn er direkt zu Lillian fuhr und dann nach Chicago zurückflog, würden die Killer ihn nicht finden – vorausgesetzt, sie wussten noch nichts von seiner Verlobten.

Das Telefon klingelte, und Kyla riss den Hörer von der Gabel.
„Ich habe ihn verpasst", sagte Peggy bedrückt.
„Oh nein." Kyla ließ sich auf die Bettkante sinken.
„Die Maschine war schon gestartet."
Kyla versuchte, ihre Verzweiflung zu verdrängen und straffte die Schultern. „Was sollen wir jetzt tun?"
„Ich werde versuchen, in Lillians Büro und in ihrer Wohnung anzurufen. Vielleicht kann ich sie noch warnen und sie bitten, ihn bei sich zu behalten, bis die Gefahr vorüber ist."
„Großartig. Tun Sie das," Kyla war bereit, sich an jedem Strohhalm festzuklammern. Und wenn es nötig war, sollte Pete eben die ganze Nacht bei Lillian bleiben. Der Gedanke tat weh, aber es war nicht zu ändern. Sie war zu allem bereit, um Pete zu retten. „Hat er einen Anrufbeantworter in der Wohnung? Vielleicht sollten Sie auch dort eine Nachricht hinterlassen."
„Gute Idee." Peggy zögerte. „Passen Sie auf sich auf, Kyla, und lassen Sie niemanden herein. Die Kerle meinen es ernst."
Kyla wusste Peggys Sorge zu schätzen. Es tat gut, eine Freundin zu haben. „Keine Angst. Ich bin es gewöhnt, auf mich aufzupassen. Rufen Sie mich an, sobald Sie etwas wissen. Meinen Sie nicht, es wäre an der Zeit, die Polizei zu informieren?"
„Auf keinen Fall! Die würden Sie ja doch nur verhaften und die Killer entkommen lassen."
„Na schön, aber falls Sie glauben, es würde helfen, rufen Sie sie an. Es macht mir nichts aus, verhaftet zu werden. Nur Pete

darf nichts geschehen, das ist im Moment das Wichtigste für mich."

Kurzes Schweigen. Dann: „Sie lieben ihn, nicht wahr, Kyla?"

‚Ja', hätte sie fast erwidert, sagte jedoch nur zögernd: „Ich habe noch nicht darüber nachgedacht. Er ist verlobt."

„Machen Sie sich deshalb keine Gedanken, Kyla. Er liebt Sie auch. Ich sehe es ihm an den Augen an. Einer der Gründe, warum ich nicht will, dass er Lillian heiratet, ist die Tatsache, dass er sie nie so liebevoll anschaute, wie er es bei Ihnen tut."

Ein Kloß formte sich in Kylas Kehle. „Danke, Peggy", sagte sie leise. „Das hilft mir sehr."

„Keine Ursache. Versuchen Sie, Geduld zu haben. Es wird sich alles klären." Dann legte Peggy auf.

Dominic fühlte sich sehr unbehaglich. Die beiden Plätze auf der Maschine nach Chicago lagen nicht nebeneinander, und natürlich hatte Vinnie den Platz über der Tragfläche beansprucht und Dominic den anderen im hinteren Teil der Maschine überlassen. Aber bei Flugzeugunfällen, das wusste Dominic, waren die Passagiere im Heck der Maschine wesentlich mehr gefährdet als jene, die über den Tragflächen saßen. Wie typisch für Vinnie, dass er stets das Bessere für sich beanspruchte!

Zum Glück hatte Pete Becketts Verlobte sie nicht erkannt, als sie das Flugzeug bestiegen. Aber die Dame war auch viel zu wütend, um sich um andere Passagiere zu kümmern. Ganz sicher würde sie in Chicago auf schnellstem Wege zu ihrem untreuen Verlobten stürmen, und dann hatten sie ihn und das Mädchen.

Das Mädchen. Dominic war nicht wohl bei dem Gedanken, dass ihm die Aufgabe zukam, sie zu erledigen. Frauen zu beseitigen gefiel ihm nicht, denn er mochte Frauen. Aber Vinnie sagte, es sei alles seine Schuld, und er müsste es tun. Na ja, vielleicht konnte er ihr eine Tüte oder einen Sack über den Kopf stülpen, damit er nicht zu sehen brauchte, dass er eine Frau vor sich hatte, wenn er schoss.

Das Telefon klingelte. Mit zitternden Fingern griff Kyla zum Hörer. Wieder war es Peggy.

„Halten Sie sich fest!", sagte sie aufgeregt.

„Was ist?"

„Ich habe mit Lillians Sekretärin gesprochen. Lillian ist in Chicago. Ihre Maschine muss gelandet sein, als Petes startete. Ich habe mich hier nach ihr umgesehen, aber sie ist nicht mehr da. Ich wette, sie ist auf dem Weg zu Ihrem Hotel!"

„Oh Gott!"

„Das ist die schlechte Nachricht. Die gute ist, dass ich die Sekretärin überreden konnte, im Büro zu bleiben, bis Pete anruft. Sie wird ihm genau das sagen, was sie mir erzählt hat – dass Lillian einen überraschenden Besuch bei ihrem Verlobten plant. Das wird ihn auf schnellstem Wege hierher zurückbringen."

Kyla schluckte. „Dann bin ich froh, dass sie hergekommen ist."

„Ja, in gewisser Weise bin ich das auch."

„Ob Pete ihr wohl seine Zimmernummer genannt hat?"

„Nein, das glaube ich nicht. Lillian war sehr aufgebracht über diese Reise, und deshalb kann ich mir nicht vorstellen, dass Pete sie angerufen hat, um ihr seine Zimmernummer zu geben. Gehen Sie einfach nicht ans Telefon, dann wird sie im Foyer sitzen, bis Pete zurückkommt. Er wird schon mit ihr fertig werden „Das wäre aber sehr feige von mir, Peggy."

„Und ein Feigling sind Sie nicht, was?" Peggys Lachen klang verbittert. „Mein Mann hätte sich begeistert auf einen solchen Rat gestürzt!"

„Ich denke nur, es wäre besser, wenn ich mit ihr reden würde. Dieser Bruch geht nicht allein auf Petes Konto. Ich bin auch dafür verantwortlich."

„Das ist sehr edel von Ihnen, aber Sie sollten weder die Tür öffnen noch das Telefon beantworten, außer auf die Art, die wir beide verabredet haben. Pete würde mir den Kopf abreißen, wenn ich Ihnen zu etwas anderem riete. Nein, bleiben Sie in Ihrem Zimmer, bis Pete wiederkommt. Nur so können wir sicher sein, dass Ihnen nichts geschieht."

Kyla seufzte. „Mir ist nicht wohl bei dem Gedanken, dass sie ganz allein dort unten im Foyer sitzt."

„Sie wird es überleben. Wenn Sie sie kennen würden, fühlten Sie sich nicht so schuldbewusst. Lillian ist ein Biest, Kyla."

„Wenn Sie das sagen." Kyla war nur zu gern bereit, Peggy zu glauben; es minderte ihre Schuldgefühle.

„Ich sage es. Also bis später, Kyla – ich bleibe am Flughafen, bis Pete zurückkommt, um ihn gleich über alles zu informieren."

„Einverstanden."

Kaum hatte Peggy aufgelegt, klingelte das Telefon erneut. Da es nicht Peggy sein konnte, blieb nur eine Möglichkeit: Lillian war schon im Hotel. Bei jedem Klingeln wurde Kyla unbehaglicher zumute. Lillian hatte ein Recht zu wissen, was auf sie zukam.

Als das Klingeln endlich verstummte, ließ Kyla sich mit der Rezeption verbinden. „Ich glaube, unten in der Halle wartet eine blonde Frau, die nach Mr Becketts Zimmer fragte."

„Ja, Madam", antwortete der Empfangschef. „Sie hat alle möglichen Tricks angewandt, um die Zimmernummer herauszufinden, aber das verstößt gegen unsere Geschäftspolitik. Sie können sich darauf verlassen, nicht gestört zu werden, Madam."

„Es ist schön, dass Sie so korrekt sind. Aber ich wäre Ihnen dankbar, wenn Sie der Frau die Zimmernummer geben und sie zu mir herauf schicken würden. Ich bin bereit, sie zu empfangen."

Kyla legte auf. Sie schwitzte. Peggy und Pete mochten nicht gutheißen, was sie vorhatte, aber sie musste ihrem eigenen Gewissen folgen. Wenn Pete das nicht respektieren konnte, war er kein Mann für sie.

Sie schaute sich in der Suite um und versuchte, das Zimmer mit Lillians Augen zu sehen. Die Doppeltür zum Schlafzimmer stand offen und enthüllte das ungemachte Bett und den leeren Karton vom Bäcker. Kyla holte ihn rasch und warf ihn in den Papierkorb im Bad. Dann begann sie das Bett zu machen.

Wieder klopfte es. Kyla zerrte die Bettdecke glatt und streifte den Pullover über den Kopf. Ihr Haar befand sich in einem fürchterlichen Zustand, und barfuß war sie auch, aber sie wagte es nicht, Lillian noch länger warten zu lassen. Nach einem tiefen, beruhigenden Atemzug ging sie zur Tür. Vielleicht konnte sie Lillian ja mit einer Fußmassage besänftigen ...

Ihr Instinkt sagte Kyla zwar, dass die Frau auf der anderen Seite der Tür Lillian Hepplewaite war. Doch vorsichtshalber schaute sie durch den Spion, bevor sie öffnete.

Was sie sah, bestätigte ihre schlimmsten Befürchtungen hinsichtlich Lillians äußerer Erscheinung. Ihr grauer Wildledermantel stand auf lässig-sportliche Weise offen und strahlte eine unauffällige Eleganz aus. Darunter trug sie ein Wollkostüm im Chanelstil und eine Perlenkette. Glattes schulterlanges Haar umrahmte ein ovales, dezent geschminktes Gesicht. Kyla stellte sich Lillian an Petes Seite vor, Arm in Arm, und dachte, dass die beiden das Traumpaar eines jeden Werbefachmanns bilden mussten. Das perfekte Paar, um ein neues Automodell zu präsentieren oder sich mit Champagner zuzuprosten. Pete besaß wirklich einen guten Geschmack.

Mit klopfendem Herzen schloss sie die Tür auf und öffnete sie einen Spalt. „Beeilen Sie sich. Ich darf eigentlich nicht öffnen."

Nach kurzem Zögern trat Lillian ein und brachte einen Hauch teuren Parfüms mit sich.

Kyla verschloss die Tür und legte den Sicherheitsriegel vor. Dann wandte sie sich zu Lillian um, die sie auf ihren hohen Absätzen um einiges überragte.

Petes Verlobte musterte sie abschätzend. „Und wer sind Sie?"

„Mein Name ist Kyla Finnegan." Sie streckte die Hand aus, doch Lillian ignorierte sie. „Pete ist nicht hier. Er ist ..."

„Aber das ist doch seine Suite?"

„Ja."

Lillian presste die perfekt geschminkten Lippen zusammen, ihr Blick wanderte über Kyla und blieb an ihren nackten Füßen hängen. Dann schaute sie sich im Zimmer um und spähte kurz ins Schlafzimmer. Als sie sich wieder zu Kyla umdrehte, war der Blick ihrer grauen Augen noch kälter. „Ich nehme an, er gibt Ihnen Geld dafür?"

Kyla verschlug es für einen Moment die Sprache. „Nein!"

„Dann sind Sie also nicht einmal eine Professionelle! Er hat ein armes Mädchen ausgenutzt, um sein letztes Abenteuer zu erleben!" Ein mitleidiger Ausdruck huschte über ihr Gesicht, sie öffnete ihre Handtasche und nahm eine Brieftasche heraus. „Lassen Sie mich Ihr Taxi zahlen und Ihnen noch etwas für die Demütigung geben, die Sie erlitten haben."

Kyla begann zu verstehen, warum Peggy sich nie für diese Frau erwärmen konnte. „Ich will kein Geld."

Nachdem sie fünf Zwanzigdollarnoten abgezählt hatte, blickte Lillian auf. „Hören Sie, was immer er Ihnen auch erzählt haben mag, um Sie hier heraufzulocken, es ist nicht wahr. Nehmen Sie das Geld, und lernen Sie etwas daraus." Sie reichte Kyla die Scheine.

Kyla ignorierte sie. „Lillian, ich muss mit Ihnen reden." Sie bemühte sich, ruhig zu bleiben, obwohl sie Petes Verlobte am liebsten einen Fausthieb auf die zierliche Nase versetzt hätte. „Nehmen Sie doch Platz." Sie deutete auf das Sofa. Zumindest brauchte sie dann nicht zu diesem dreisten Weib aufzuschauen.

„Wann kommt Pete zurück?"

„Das ist eine der Angelegenheiten, die wir besprechen müssen." Wieder deutete sie auf die Couch. „Bitte."

Lillian bedachte sie mit einem argwöhnischen Blick, steckte das Geld ein und ging auf das Sofa zu.

„Möchten Sie nicht Ihren Mantel abnehmen?"

„Nein, danke." Lillian hockte sich auf die Kante und straffte die Schultern. „Ich sehe keinen Sinn darin, den Kontakt zwischen uns zu vertiefen. Sagen Sie mir nur, wann Pete zurückkommt."

Kyla nahm auf der andere Seite des Sofas Platz. „Ich weiß es nicht genau. Er ist nach Minneapolis geflogen, um Sie zu sehen."

„Er ist ... was?" Zum ersten Mal gab Lillian ihre eisige Zurückhaltung auf.

„Er wollte Ihnen persönlich sagen, dass er ... die Verlobung lösen will. Angesichts der Tatsache, wie wir zueinander stehen."

„Moment mal! Wollen Sie mir damit etwa sagen, Sie bildeten sich ein, Chancen bei Pete Beckett zu haben?"

Nur der Gedanke, dass es Lillian war, die am meisten leiden würde, verschaffte Kyla die Kraft, sich zu beherrschen. „Obwohl wir uns erst sehr kurze Zeit kennen, empfinden wir eine sehr starke Zuneigung füreinander. Wir …"

„Jetzt hören Sie mal zu, Sie kleine Nutte. Ich weiß nicht, was Sie vorhaben, aber ich kann mir denken, wie das alles passiert ist. Es widerstrebte Pete ein bisschen, den endgültigen Termin festzusetzen, und jetzt weiß ich auch, warum. Offenbar brauchte er wohl noch ein letztes Abenteuer." Lillian tippte mit einem langen Fingernagel auf den Verschluss ihrer Handtasche. „Ich gebe zu, dass er mich in den letzten Tagen etwas überrascht hat – mit dieser Reise, der Schnüffelei in den Akten seines Schwagers und jetzt mit Ihnen. Pete war sonst immer so leicht zu durchschauen. Von jetzt an werde ich ihn wohl etwas schärfer im Auge behalten müssen." Sie lächelte. „Was ihn eigentlich sogar noch reizvoller für mich macht."

Kyla starrte sie an. „Sie glauben allen Ernstes, er würde eine Frau benutzen, um ein letztes Abenteuer zu erleben?"

„Ich glaube es nicht." Lillian drehte ihren Verlobungsring, bis sich das Licht im Diamanten fing. „Ich weiß es."

„Wenn Sie wirklich überzeugt sind, dass er eines so schäbigen Verhaltens fähig ist, warum wollen Sie ihn dann heiraten?"

Lillian bedachte sie mit einem herablassenden Blick. „Sie müssen noch sehr altmodische Vorstellungen von Liebe und Ehe haben. Aber Sie sind ja auch noch sehr jung. Ich habe gelernt, dass kein Mann perfekt ist, und Pete kommt dem, was ich will, ziemlich nahe. Er ist sehr erfolgreich in seinem Beruf, solange er nicht abgelenkt wird. Die Geschichte mit seiner Schwester war der reinste Wahnsinn, aber vielleicht ist ja doch etwas Gutes dabei herausgekommen. Ich habe gespürt, wie ruhelos er war. Diese kleine Eskapade wird ihn festigen."

Während Lillian sprach, wurde Kyla von einer eisigen Kälte erfasst. Diese Frau liebte Pete nicht und hatte es nie getan. Fast hätte er sich an jemanden gebunden, für den er nichts als ein attraktives, durchschaubares Anhängsel war. Die Leidenschaft, die Kyla in ihm erweckt hatte, wäre nie zum Ausbruch gekommen.

Petes gewissenhafter Charakter hätte ihn veranlasst, immer härter um sein Glück zu kämpfen, ohne Aussicht auf Erfolg, weil Lillian ihn nicht liebte. Sie hätte sein Leben ruiniert.

Lillian stand auf. „Vielleicht sollte ich in seiner und meiner Wohnung anrufen, um den armen Kerl zu warnen, dass ich hier bin."

„Das weiß er." Kyla nahm keine Rücksicht mehr auf Lillians Gefühle.

Diese Frau war eine emotionelle Gefahr für Pete, und Kyla war entschlossen, sie mit allen Mitteln von ihm fernzuhalten. „Peggy hat mit Ihrer Sekretärin gesprochen und sie gebeten, Pete zu unterrichten, sobald er in Ihrem Büro anruft."

„Peggy ist also eingeweiht?" Lillians Lachen klang eine Spur brüchig. „Was hat sie getan – Sie miteinander bekannt gemacht?"

„Nein." Kyla war nicht geneigt, etwas zu erklären.

„Dann wird Pete wohl herkommen. Das ist gut. Aber ich würde vorschlagen, dass Sie vorher verschwinden. Unser Wiedersehen dürfte etwas schmerzlich für Sie ausfallen." Sie ging um das Sofa herum zum Fenster. „Ich sehe, dass Sie gefühlsmäßig engagiert sind, wie es bei jungen Mädchen mit romantischen Ambitionen nicht anders zu erwarten ist ..." Sie brach ab, als sie Sex erblickte, die auf dem Fensterbrett schlief. „Was macht die Katze hier?"

Zum ersten Mal seit Lillians Erscheinen lächelte Kyla. „Es ist eine Wildkatze, sehr gefährlich. Sie gehört mir." Sie stand auf und ging zum Fenster, um das Tier zu kraulen. „Sie heißt ‚Sex'."

„Pete hat Ihnen gestattet, eine Katze mitzubringen?" Lillian betrachtete Sex mit unverhohlener Abneigung. „Der Mann muss den Verstand verloren haben!" Zu Kyla sagte sie: „Das bestätigt nur meinen Verdacht, dass Sie nicht so unschuldig sind, wie Sie sich geben. Eine Frau mit einer Katze namens ‚Sex' kann wohl kaum das unschuldige Opfer eines launenhaften Mannes sein. Was hatten Sie mit Pete vor? Ihn zu filmen? Haben Sie eine Kamera in der Handtasche, mit genügend Filmmaterial, um ihn später zu erpressen?"

Jetzt hatte Kyla genug. „Ich glaube, Sie gehen besser, Lillian.

Ich wollte von Frau zu Frau über diese unglückliche Situation mit Ihnen sprechen. Aber wenn Sie nicht glauben wollen, dass eine ernsthafte Beziehung zwischen Pete und mir besteht, haben Sie und ich uns nichts zu sagen."

„Sie wollen mich fortschicken? Das ist Petes Suite. Ich habe ein größeres Recht als Sie, mich hier aufzuhalten."

„So sehe ich das leider nicht."

„Der Manager des Hotels aber vielleicht. Unter anderem wird ihn interessieren, dass Sie hier ein Tier verborgen halten."

Kyla erschrak. Lillian würde vielleicht nicht als Siegerin aus dieser Angelegenheit hervorgehen, aber sie konnte beträchtlichen Schaden anrichten, bevor sie sich geschlagen gab. „Ich wäre Ihnen dankbar, wenn Sie Sex dem Manager gegenüber nicht erwähnen würden."

„Apropos Sex … Das ist das andere Thema, das ich mit ihm besprechen muss. Ich glaube nicht, dass die Hotelleitung es gern sieht, wenn die Gäste Prostituierte mit aufs Zimmer nehmen. Und ich werde behaupten, Sie wären eine."

Kyla ärgerte sich jetzt, auch nur einen Funken Schuldgefühle im Hinblick auf diese Frau empfunden zu haben. „Hören Sie, Lillian, lassen Sie uns nichts Unvernünftiges tun. Es ist eine lange Geschichte, aber alles läuft darauf hinaus, dass Pete sich in Gefahr befindet. Wenn Sie verraten, wo ich bin, würden Sie zwei Mördern helfen, ihn zu finden. Falls Pete Ihnen also etwas bedeutet, sollten Sie …"

„Mörder?", lachte Lillian. „Sie besitzen eine lebhafte Fantasie. Wenn Sie mich jetzt bitte entschuldigen … Verdammt!" Sie war über die Katze gestolpert, was Sex mit einem empörten Schrei quittierte.

Um Petes Verlobte nicht noch wütender zu machen, zwang Kyla sich, nicht zu lachen. „Es tut mir leid, Lillian. Sie hat an Ihren Schuhen geschnüffelt. Es war nicht böse gemeint."

„Ich hasse das an Katzen! Man weiß nie, wo sie sind."

Kyla trat zwischen Lillian und die Tür. „Gehen Sie nicht zum Manager, Lillian. Bitte. Warten Sie, bis Pete kommt."

„Ich habe das Recht, Sie zu vernichten, und das wissen Sie."

„Selbst wenn – wollen Sie Pete wirklich dieser Peinlichkeit aussetzen?"

„Es ist mir wichtiger, Sie und die Katze aus der Suite zu schaffen, als mir über eventuelle Peinlichkeiten den Kopf zu zerbrechen. Gehen Sie mir aus dem Weg!"

Kyla rührte sich nicht „Das kann ich nicht, Lillian."

„Was soll das – ist das eine Art Angriffshaltung? Bringen Sie mich nicht zum Lachen."

„Ich besitze einen braunen Gürtel in Karate. Treiben Sie mich nicht zum Äußersten."

„Sie können von mir aus einen schwarzen Gürtel haben, das ist mir egal." Hocherhobenen Kopfes begann Lillian, um Kyla herumzugehen.

Kyla ergriff ihren Arm und beförderte sie mit einer blitzschnellen Bewegung auf den Rücken.

Lillians Wildledermantel blähte sich wie ein Segel, bevor sie auf den Teppich sank. Keuchend wie ein gestrandeter Delfin lag sie auf dem Boden, ihr Gesicht weiß wie die Perlen, die ihren Hals zierten. Kyla hielt sich bereit, ihr den Weg zu verstellen, falls Lillian auf die Idee kam, zur Tür zu kriechen. Aber zu Kylas Erstaunen, begann sie zu weinen.

„Es stimmt also, nicht wahr?", flüsterte sie rau. „Sie sollten mit Pete darüber reden."

„Wenn es wahr ist, will ich nicht mit Pete reden. Nie wieder." Sie begann sich aufzurappeln.

„Das kann ich verstehen." Kyla reichte ihr die Hand, und Lillian nahm sie. Sanft zog Kyla sie auf die Füße. „Hören Sie, ich hatte nie die Absicht, jemandem wehzutun. Und Pete auch nicht. Es tut mir aufrichtig leid, Lillian."

Sie schüttelte Kylas Hand ab, als wäre sie vergiftet. „Ich kann auf Ihr Mitleid verzichten!"

Hilflos schaute Kyla zu, wie Lillian ein Taschentuch herauszog und ihre Nase putzte: „Lassen Sie mich gehen", sagte sie.

„Das würde ich gern, aber ich habe Angst, dass Sie …"

Lillian schüttelte den Kopf. „Nein. Ich nehme mir ein Taxi und fahre zum Flughafen. Ich will nicht hier sein, wenn Pete kommt. Sagen Sie ihm, wenn er etwas zu erklären hätte, könnte er mir ein Memo schicken. Doch lassen Sie mich bitte gehen."

Kyla hatte sich ihr Leben lang auf ihre Instinkte verlassen, und die sagten ihr nun, dass Lillian wirklich nichts anderes wollte, als still zu verschwinden. Sie fühlte sich zutiefst erniedrigt, und es gab nichts Schlimmeres für eine Frau wie Lillian. Kyla nickte und gab ihr den Weg frei.

Auf unsicheren Beinen ging Lillian zur Tür und löste den Riegel. „Sagen Sie ihm, dass ich seinen verdammten Ring behalte." Dann drehte sie den Schlüssel um und öffnete die Tür.

Augenblicklich knallte sie gegen die Wand, und Lillian schrie auf, als zwei Männer in dunklen Anzügen und Hüten sie ins Zimmer zurückstießen und die Tür zutraten. Kyla erkannte die beiden sofort. Eine brennende Hitze stieg in ihrem Körper auf, ihre Füße schienen mit dem Teppich zu verschmelzen.

Beide Männer griffen in ihre Jacketttaschen und zogen eine Waffe.

11. KAPITEL

Kyla starrte auf die langen grauen Läufe, die mit einem Schalldämpfer versehen waren. Der kleinere der Männer richtete seine Pistole auf sie, während der andere auf Lillian zielte. Lillian schrie gellend auf.

„Maul halten, Lady", sagte Vinnie mit seiner schrillen Stimme. „Es wird kurz und schmerzlos sein."

Lillian schien einem Herzanfall nahe. „So tun Sie doch etwas, Kyla", keuchte sie. „Verteidigen Sie uns, um Himmels willen!"

Kyla antwortete nicht. Eine seltsame Starre hatte sie befallen, die ihre Glieder lähmte und ihr Denken verlangsamte. Lillian musste sie unwissentlich hergeführt haben. Peggy hatte recht gehabt mit ihren Anweisungen. Aber Kyla war trotzdem froh, sie nicht befolgt zu haben. Zumindest würde Pete den Kerlen jetzt nicht unten im Foyer begegnen.

Sie fragte sich, wie es sein mochte, eine Kugel ins Herz zu bekommen. Hoffentlich tat es nicht weh. Arturo Carmello schien sehr friedlich gestorben zu sein …

„Los, Dominic!", befahl Vinnie. „Sie gehört dir. Ich übernehme Becketts Verlobte."

„Ich weiß nicht, worum es geht, aber ich habe nichts damit zu tun!", heulte Lillian. „Bitte, lassen Sie mich gehen!"

Sie tat Kyla leid. Aber Betteln hatte keinen Sinn. Diese Männer wollten keine Zeugen hinterlassen.

Vinnie zielte auf Lillian. „Los, mach schon, Dominic", sagte er. „Jetzt kannst du beweisen, dass du ein harter Bursche bist."

Dominic schnaubte ärgerlich. „Beweisen? Warum muss ich dauernd was beweisen? Schon als wir noch Kinder waren, musste ich das. Ich bin es langsam leid, Vinnie."

„Heb dir das für später auf. Schieß jetzt endlich."

„Gleich. In einer Minute."

Kylas Starre löste sich allmählich, und eine neue Angst erfasste sie. Angenommen, die Kerle stritten so lange, wer zuerst schießen sollte, dass Pete inzwischen zurückkam? Sie beschloss, sie zu reizen. Was hatte sie schon zu verlieren? „Wie hat Ihnen die Pizza geschmeckt, die ich Ihnen bringen ließ?"

„Schnauze!", zischte Vinnie.

„Ich fand, dass Sie es wenigstens gemütlich haben sollten in meiner Wohnung." Kyla merkte, dass Dominic mit einem seltsamen Lächeln zuhörte.

Doch neben ihr begann Lillian zu plappern. „Bitte erschießen Sie mich nicht. Ich gebe Ihnen Geld. Ich habe genug, um …"

„Wir nehmen uns das Geld sowieso, wenn Sie tot sind", erklärte Vinnie kalt. „Dominic, ich habe keine Lust, auf dich zu warten."

Dominic schaute Kyla an. „Essen Sie auch gern Pepperoni?"

„Dominic! Hör auf damit!" Vinnie begann zu zittern vor Ärger.

„Hey, Vinnie, da ist die Katze", sagte Dominic mit unschuldiger Miene.

Kyla hätte fast gelacht. Dominic schien Vinnie absichtlich zu verärgern. Trotzdem zweifelte sie nicht daran, dass er entschlossen war, sie irgendwann zu erschießen.

„Verdammt, Dominic!" Vinnie zielte auf die Katze.

„Nein!" Kyla stürzte vor und stieß Vinnies Arm beiseite. Der Schuss traf den Teppich. Sie sah gerade noch Sex unter dem Bett verschwinden, bevor Vinnie sie packte, ihre Arme hinter ihren Rücken zwang und ihr die Pistole an die Schläfe hielt. In ihrer Angst um Sex hatte sie ihr Karatetraining vergessen und sich wie jeder normale Mensch auf der Straße verhalten. Ihr wurde ganz übel bei der Erkenntnis, dass sie den Moment nicht genutzt hatte. Aber wenigstens Sex war jetzt in Sicherheit.

„Siehst du, was du angerichtet hast?" Vinnie zerrte sie zu Dominic herum. „Denk bloß nicht, dass ich das für dich erledige! Bei drei lasse ich sie los, und dann schießt du besser, denn sonst bist du dran, Freundchen."

Dominic blinzelte. „Schon gut, Vinnie. Ich habe nur Spaß gemacht. Wir sind doch Cousins. Freunde bis zum Ende, oder?"

„Eins", schnaubte Vinnie.

Kyla sah, dass keiner mehr auf Lillian achtete. Wäre sie ein bisschen mutiger gewesen, hätte sie die Kerle auf irgendeine Weise ablenken können. Doch sie stand nur da, mit großen Augen und am ganzen Körper zitternd und war sogar zu eingeschüchtert, um an Flucht zu denken.

„Zwei."

Kyla wollte die Augen schließen, aber Dominics Pistolenlauf hypnotisierte sie. Bald würden ihre Augen ohnehin für immer geschlossen sein. Pete und Peggy würden ihre Leichen finden. Armer Pete. Zuerst zwei Freundinnen, und dann gar keine mehr. Sie schaute Dominic an. Er schien nervös. Er wollte sie gar nicht töten, aber er besaß auch nicht den Mut, Vinnie zu trotzen. Kyla holte tief Luft. Wenn Vinnie sie losließ, konnte sie vielleicht etwas unternehmen, bevor sie von Dominics Kugel getroffen wurde.

Dann, über Dominics Schulter hinweg, sah sie, wie sich der Türknauf drehte. Nur ein Mensch besaß den Schlüssel. „Bleib draußen!", krächzte sie. „Komm nicht herein!"

„Uralter Trick", sagte Vinnie kalt. „Drei!"

Als er Kyla von sich stieß, flog die Tür auf, und Pete warf sich nach vorn wie ein Fußballstürmer. Lillian kreischte schrill.

Pete packte Dominic an den Knien, und die Kugel pfiff an Kylas Kopf vorbei. Die kämpfenden Männer krachten gegen den Couchtisch. Dominic verlor die Waffe, die unter das Sofa rutschte.

Kyla nutzte den Moment und versetzte Vinnie einen Tritt gegen seine Hand, die die Waffe hielt. Fluchend ließ er sie fallen. Kyla starrte ihn an. Ihre Karateausbildung war nicht umsonst gewesen!

Während sie schockiert über ihre eigenen Fähigkeiten dastand, hob Vinnie die Waffe wieder auf und richtete sie auf Pete.

„Vorsicht, Pete!", schrie Kyla. Aber die beiden Männer wälzten sich in so viele Richtungen, dass Vinnie keinen gezielten Schuss anbringen konnte. Kyla schlich sich an ihn heran und packte seinen Arm, um ihn auf den Rücken zu werfen, bevor er einen Schuss abgeben konnte. Die Pistole flog in hohem Bogen aus seiner Hand, und sie stürzte sich darauf. Aber Vinnie erreichte sie zuerst. Blitzschnell trat sie sie ihm von Neuem aus der Hand, und diesmal segelte sie durch das riesige Panoramafenster und ließ das Sicherheitsglas zersplittern. Kalte Luft strömte herein.

Kyla duckte sich, um Vinnie anzugreifen. Doch da hörte sie ein Poltern und Petes lautes Stöhnen. Einen Schrei auf den Lippen, wirbelte sie herum. Dominic hatte Petes Kopf gegen die Kante des Couchtischs geschlagen. Pete sackte auf dem Teppich zusammen.

Blinder Zorn erfasste Kyla. „Nein!" Sie versuchte, einen Tritt gegen Dominics Kopf zu landen, verfehlte ihn jedoch.

Da stürmte Peggy herein und sprang Dominic von hinten an. Kyla drehte sich zu Vinnie um, der seine Pistole unter dem Sofa hervorholen wollte. Doch plötzlich heulte er auf und riss die Hand zurück. Ein langer blutiger Kratzer bewies, dass Sex sich unter dem Sofa verkrochen hatte. In der Ferne erklang das Heulen einer Sirene.

Dominic schüttelte Peggy ab und ging auf Vinnie zu. „Nichts wie raus! Die Bullen kommen!"

„Ich schwöre, dass ich die verdammte Katze umbringe!", schrie Vinnie, während er hinter Dominic zur Tür lief.

Kyla begann ihnen zu folgen, aber als sie Pete wieder stöhnen hörte, kehrte sie ins Zimmer zurück. Sie hockte sich neben ihn und fühlte seinen Puls. Er war noch kräftig, aber Pete war ohne Bewusstsein. „Es tut mir so leid, Pete", flüsterte sie weinend

Peggy kam zu ihnen. „Wie geht es ihm?"

„Er ... ist nur bewusstlos", schluchzte Kyla. „Aber das ist schlimm genug. Es ist alles nur meine Schuld, Peggy."

„Unsinn."

„Ich hätte gleich zur Polizei gehen sollen."

„Hör auf, dir Vorwürfe zu machen." Peggy wandte sich zu Lillian um, die auf dem Boden saß und heulte wie ein kleines Kind. „Hey, stell das Wasser ab." Lillian jammerte weiter, und Peggy fluchte unterdrückt. „Hast du gesehen, dass sie keinen Finger gerührt hat? Ich wusste schon immer, dass mit ihr nichts anzufangen ist. Tut mir leid, dass es so lange gedauert hat, bis ich heraufkam. Ich war im Foyer und suchte Lillian."

Kyla hörte kaum zu und streichelte Petes Haar. Plötzlich sah sie, dass ihre Hand klebrig war von Blut. „Oh nein", stöhnte sie und tastete Petes Kopf ab. Es war eine lange Schnittwunde, aber das Blut begann zum Glück schon zu gerinnen.

„Sieht gar nicht so schlimm aus", meinte Peggy beruhigend. „Als Kind habe ich ihm bestimmt schlimmere Verletzungen zugefügt."

Das tröstete Kyla nicht. „Diese Männer wollten ihn töten, Peggy – ist dir das klar?"

Peggy strich ihr über den Kopf. „Du warst bewundernswert, Kyla", sagte sie. „War das Karate oder so etwas?"

Kyla lachte bitter. „Oder so etwas. Als ich sah, dass Pete verletzt war, vergaß ich alles, was ich je gelernt hatte. Ich war zu nichts mehr zu gebrauchen, vollkommen unnütz."

„Das finde ich nicht. Du hast ihnen die Waffen abgenommen."

„Aber sie sind entkommen."

„Und wir leben noch. Dank dir, Kyla. Jedenfalls warst du um einiges tapferer als diese Heulsuse dort drüben."

Kyla zuckte die Schultern. Es war nicht Lillians Feigheit gewesen, was sie in diese üble Lage gebracht hatte, sondern ihre eigene Dummheit. Wenn sie gleich nach dem Mord an Carmello zur Polizei gegangen wäre, hätte das alles verhindert werden können.

Jetzt war die Polizei auf dem Weg zu ihnen, und Kyla wusste aus Erfahrung, dass es Verhöre geben würde, die kostbare Zeit in Anspruch nehmen würden. Aber wenn sie die Männer finden wollte, die Peter niedergeschlagen hatten, durfte sie keine Minute verlieren.

Vinnie und Dominic. Ihre Gesichter hatten sich ihr eingeprägt, und sie war die einzige Augenzeugin des Mords an Arturo Carmello. Sie war diejenige, die sie suchten, obwohl sie bereit schienen, auch alle anderen zu töten, die ihnen mit ihr ins Netz gingen. Sie musste dafür sorgen, dass niemand sonst in die Sache verwickelt wurde, am allerwenigsten Pete. Vinnie und Dominic mussten gefasst werden.

Und sie würde der Köder sein.

Das Heulen der Sirene kam näher und brach ab. Kyla wusste, dass es nur noch Minuten dauern würde, bis die Polizei das Zimmer stürmte. Und falls sie sie verhafteten, würden sie ihr keine Gelegenheit geben, ihren Plan zu erklären. Sie musste ihnen zuvorkommen.

„Hör zu, ich gehe ihnen entgegen und kläre sie über die Lage auf", sagte sie zu Peggy. „Bleib du bei Pete. Und Pass auf die Katze auf, dass sie nicht entwischt."

„Klar. Aber du kommst doch zurück?"

„Natürlich, Peggy." Kyla war schon auf dem Weg ins Schlafzimmer, um ihre Schuhe anzuziehen. Dann, bevor Pete aus seiner Ohnmacht erwachen konnte, verließ sie die Suite.

Aber es war schon zu spät. Polizisten strömten aus den Aufzügen. Der leitende Beamte erkannte Kyla und legte die Hand an die Waffe.

Kyla hob die Hände. „Schon gut, ich bleibe hier. Doch schicken Sie einen Sanitäter in die Suite. Dort liegt ein bewusstloser Mann." Ein bitterer Geschmack stieg in ihrer Kehle auf. „Zum Glück ist nichts Schlimmeres passiert."

Der Beamte, ein gut aussehender Mann Mitte dreißig, forderte Kyla auf, mitzukommen. „Ich würde Sie gern einen Moment unter vier Augen sprechen." Er schaute sie misstrauisch an. „Harry und ich bleiben bei ihr", sagte er zu den anderen. „Ihr macht weiter." Dann wandte er sich an Kyla: „Also – was ist?"

„Die Männer, die Arturo Carmello umbrachten, haben eben erst das Gebäude verlassen. Sie könnten noch in der Gegend sein."

„Gäste dieses Hotels haben zwei Männer durch die Halle rennen sehen. Unsere Leute kämmen die Umgebung ab. Wir finden sie schon."

Kyla wusste, wie so etwas vor sich ging. Manchmal hatten sie ihren Stiefvater gefunden, nachdem er ihre Mutter geschlagen hatte, und manchmal nicht. „Ich könnte Ihnen behilflich sein."

„Und wie?"

„Sie suchen mich. Ich war Augenzeugin des Mords."

Die Miene des Beamten blieb ausdruckslos. „Darüber können wir auf der Wache reden."

Kyla sah ein, dass es zwecklos war. „Dazu bleibt uns keine Zeit. Wenn wir jetzt handeln, kann ich Sie zu den Tätern führen. Ich habe mir Folgendes ausgedacht: Einer von Ihnen bringt mich in die Halle, als wäre ich verhaftet. Ich reiße mich los und renne weg, und der Beamte verfolgt mich. Aber er lässt mich entkommen. Ich bin ziemlich schnell."

„Großartige Idee, um von hier fortzukommen, Miss Finnegan."

„Das habe ich nicht vor. Sie können mich ja beschatten. Falls die beiden Kerle mir wirklich folgen, werden sie versuchen, mich zu schnappen. Dann können Sie sie verhaften. Wie wäre das?"

Der Beamte runzelte die Stirn. „Schrecklich." Als das Funkgerät an seinem Gürtel piepte, sagte er zu Harry, seinem Kollegen: „Pass auf sie auf." Er drehte ihnen den Rücken zu und sprach leise weiter. Ihm war deutlich anzumerken, dass er unter Druck stand, und Kyla ahnte, dass sie keine Unterstützung bei ihm finden würde.

Neben ihr kam der Aufzug herauf. Ihre letzte Chance.

Kyla lächelte Harry an. „Ich hörte gestern etwas wirklich Lustiges. Ein Freund von mir nennt seine Katze ‚Sex'."

Der Beamte schien überrascht, dass sie ihn ansprach. „Tatsächlich?"

Die Aufzugtür öffnete sich, ein älteres Ehepaar stieg aus. Kyla hielt den Atem an. Sie musste den perfekten Augenblick wählen. Ihre Hände waren feucht vor Aufregung. „Ja, und dann verschwand die Katze. Stellen Sie sich vor, mein Freund lief in der ganzen Nachbarschaft herum und rief ‚Sex! Sex'."

Der Beamte schmunzelte. Die Aufzugtür hatte sich schon wieder zur Hälfte geschlossen. Kyla machte einen Satz.

„Hey!"

Vor dem entsetzten Gesicht des Beamten glitt die Tür hinter Kyla zu. Sie hatte es geschafft! Aber was jetzt? Sie konnte nicht mit dem Lift bis in die Halle fahren. Bestimmt warteten dort schon Polizisten. Rasch drückte sie mehrere Schaltknöpfe, um die Beamten irrezuführen.

Als der Aufzug in dem ersten Stockwerk hielt, das sie gedrückt hatte, hastete sie hinaus und stieg rasch in einen anderen Lift. Sie hatte Glück, er war unbesetzt. Wieder drückte sie mehrere Knöpfe und fuhr fünf weitere Stockwerke hinunter. Dann stieg sie aus und lief zur Feuertreppe.

An der Tür zum Foyer blieb sie mit klopfendem Herzen stehen und öffnete die Tür dann einen Spalt. Zwei Polizisten standen mit dem Rücken zu ihr und beobachteten die Aufzüge. Kyla wollte, dass sie sie verfolgten, aber sie brauchte einen gewissen Vorsprung. Sie stürmte durch die Tür und rannte durch die Eingangshalle.

Pete wartete auf Kylas Erscheinen. Peggy hatte ihm versichert, dass sie wiederkommen würde. Wo steckte sie bloß? Hoffentlich war sie nicht verhaftet worden.

Verdammt, er hätte sie nie allein lassen dürfen! Es ist alles deine Schuld, dröhnte es in seinem Kopf. Du hättest sie beschützen können, wenn du hier gewesen wärst."

In diesem Augenblick kam ein Polizist herein und machte seinen Kollegen ein Zeichen. „Kommt mit. Ich brauche euch. Sie ist uns entwischt."

Pete brauchte nicht zu fragen, wen er meinte; er sprang auf und stürzte auf den Korridor hinaus. Sein Instinkt führte ihn zur Feuertreppe. Peggy und ein, zwei Polizisten folgten ihm, aber das kümmerte ihn nicht. Er hatte zehn Sekunden Vorsprung, das musste genügen. Mehrmals glaubte er, ohnmächtig zu werden, aber er hielt sich am Geländer fest und rannte weiter. Er musste es. Ohne Kyla wäre sein Leben ruiniert.

Kyla hörte Schreie hinter sich, die Polizei war ihr dicht auf den Fersen. So weit, so gut. Sie schob sich an den Passanten auf dem Gehsteig vorbei und schlug den Weg zur Uferpromenade ein. Nebel hüllte die grünen Lichter des Navy Piers ein, der Geruch des Wassers war deutlich wahrzunehmen. Eine Sirene heulte irgendwo.

Im Weiterlaufen entdeckte sie einen Hubschrauber über dem See. Er bewegte sich in ihre Richtung. Sie hatte nichts verbrochen, und doch schien die gesamte Chicagoer Polizei hinter ihr her zu sein. Ihre Kehle schmerzte, ihre Beine drohten unter ihr nachzugeben. Noch nie hatte sie eine solche Angst gehabt, nicht einmal, als sie den Korridor hinunter zu Johnsons Büro gelaufen war. Wenn die Kerle nun mitten auf der Straße auf sie schössen?

Und da waren sie plötzlich. Eine schwarze Limousine tauchte neben ihr auf. „Einsteigen!", befahl eine raue Stimme.

Sie schaute seitwärts und sah, dass Dominic eine Waffe auf sie gerichtet hielt. Die Scheinwerfer des Helikopters richteten sich auf sie und tauchten die Straße in gleißendes Licht. Die Polizei war nahe, aber nicht nahe genug. Das Gelingen von Kylas Plan hing jetzt ganz von ihr ab. Sie war erschöpft und verängstigt, aber sie handelte. Mit einem scharfen Schrei drehte sie sich um und trat Dominic die Waffe aus der Hand.

Er schrie, und der Wagen bremste.

„Schnapp sie dir!", brüllte Vinnie.

Kyla ging in Angriffsstellung, als Dominic auf sie zukam. Seine Pistole lag einige Meter weiter auf dem Asphalt. „Seien Sie brav", sagte er. „Vinnie wollte Ihre Katze erschießen, nicht ich."

Sie versetzte ihm einen weiteren Tritt, diesmal in den Bauch, aber nicht hart genug. Dominic kam keuchend auf sie zu. Der Mann war stark wie ein Bulle.

„Sie wollen also nicht brav sein." Als er die Hände um ihre Arme schloss, stieß sie ihr Knie in seinen Unterleib. Er schrie auf und krümmte sich vor Schmerzen.

„Ich haue ab!", schrie Vinnie und gab Gas, doch da landete der Helikopter vor ihm. Innerhalb weniger Sekunden war der Wagen von bewaffneten Polizisten umstellt.

Es war vorbei.

Kyla schaute zu, wie Vinnie aus dem Wagen gezogen und nach Waffen abgetastet wurde. Dominic erfuhr die gleiche Behandlung. Sie waren gefasst. Doch der Albtraum war noch nicht vorbei.

Wer immer sie mit dem Mord an Arturo beauftragt haben

mochte, würde nicht eher ruhen, bis die einzige Augenzeugin beseitigt worden war. Für den Rest ihres Lebens würde sie eine Gejagte sein.

Kylas Beine fühlten sich wie Gummi an, doch als sie unter ihr nachgaben, spürte sie starke Hände um ihre Schultern.

„Bist du verrückt geworden?"

„Pete!" Seine Augen glitzerten im Scheinwerferlicht. Er schien wütend zu sein. Aber das war sie auch. „Was machst du hier draußen?", schrie sie ihn an. „Du bist verletzt!"

„Na und? Die Kerle hätten dich umbringen können!"

Sie starrten sich an, bis Kylas Augen feucht wurden. Er lebte. Die Mörder waren gefasst, und er lebte noch. Nichts anderes war wichtig. Sie würde sich an irgendeinen abgelegenen Ort zurückziehen, ohne Pete, um ihn nie wieder in Gefahr zu bringen.

Der gut aussehende Beamte trat zu ihnen. „Würden Sie uns bitte auf die Wache begleiten, um Ihre Aussagen zu machen?"

Kyla löste sich aus Petes Armen. „Könnten Sie uns in getrennten Wagen hinfahren?"

Der Beamte runzelte die Stirn. „Das ließe sich arrangieren."

Pete schaute sie betroffen an. „Kyla!"

Sie zwang sich, es ihm zu sagen. Sie durfte nicht zittern und unsicher werden, aber es war hundertmal schwerer als alles, was hinter ihr lag. „Wir hatten wilde Zeiten und schöne Zeiten, Pete, aber jetzt ist es vorbei. Fahr nach Minneapolis zurück. Ich weiß nicht, ob Lillian die Richtige für dich ist, aber du wirst eine andere finden – jemanden, der zu deinem Lebensstil passt."

Sie sah, dass der Schlag gesessen hatte, und wandte sich ab. Was sie ihm antat, war gemein, aber wenn sie dadurch erreichte, dass er überlebte und nicht irgendwann heimtückisch ermordet wurde, einem heimtückischen Anschlag zum Opfer fiel, war es die Sache wert.

Sie rechnete damit, dass er widersprechen würde, aber zu ihrer Überraschung verzichtete er darauf, wandte sich mit hängenden Schultern ab und stieg in einen der Streifenwagen. Der Schmerz, der sie erfasste, war so stark, dass sie dachte, es wäre vielleicht einfacher gewesen, wenn Dominic sie erschossen hätte.

Am späten Nachmittag des nächsten Tages kehrte Trevor in die Stadt zurück. Kyla war überglücklich, ihn zu sehen, aber selbst er konnte sie nicht über ihren selbst verschuldeten Verlust hinwegtrösten.

„Du liebst ihn, nicht wahr?", sagte Trevor, als sie ihm die Ereignisse der letzten vierundzwanzig Stunden berichtet hatte.

„Nein!", widersprach Kyla sofort. „Er bedeutet mir nicht das Geringste." Sie sprang auf und ging in die Küche. „Möchtest du etwas essen?"

„Ja. Pizza."

Sie umklammerte die Kühlschranktür so fest, dass ihre Knöchel weiß hervortraten, und drängte die aufsteigenden Tränen zurück. Warum musste ihr Bruder ausgerechnet Pizza verlangen?

„Wenn du keine Pizza willst, können wir auch chinesisch essen", rief Trevor ihr aus dem Wohnzimmer zu.

Kyla holte tief Atem. „Schon gut. Ich rufe die Pizzeria an."

„Ich werde mir in der Zwischenzeit die Nachrichten ansehen."

Mit Tränen in den Augen wählte Kyla die vertraute Nummer, räusperte sich und gab ihre Bestellung durch. Sie legte gerade auf, als Trevor sie rief.

„Komm herein und sieh dir das an! Es ist wichtig!"

Kyla wischte ihre Tränen ab und ging ins Wohnzimmer. Sie brauchte keine weitere Erinnerung an die Zeit mit Pete, aber Trevor zuliebe musste sie sich bemühen, so natürlich wie möglich zu erscheinen. Sie richtete ihren Blick auf die Fernsehreporterin.

„Den Erklärungen der Polizei zufolge haben die beiden Männer, die des Mordes an Arturo Carmello beschuldigt werden, gestanden, den Mord im Auftrag von Carmellos Frau ausgeführt und zweitausend Dollar dafür erhalten zu haben. Antonia Carmello wurde heute Nachmittag in Haft genommen und erklärte, der Mord sei die Rache für eine außereheliche Affäre ihres Mannes und keineswegs Teil eines Bandenkriegs, wie die Polizei ursprünglich vermutete."

12. KAPITEL

Pete saß an einem Tisch im Restaurant und wartete auf Lillian, obwohl er nicht sicher war, dass sie kommen würde. Und falls sie es nicht tat, durfte er ihr nicht übel nehmen, dass sie seine schriftliche Einladung ignoriert hatte. Aber er hoffte, dass sie kam. Auf dem Tisch stand schon in einem Silberkübel eine Flasche ihres Lieblingsweins bereit.

Sie erschien mit einer halben Stunde Verspätung, viele Gäste drehten sich nach ihr um, als sie durch das Lokal schritt. Als Pete dieser gut aussehenden Frau gegenübersaß, erfassten ihn heftige Schuldgefühle.

„Hallo, Pete."

Er gab dem Kellner ein Zeichen, den Wein einzuschenken. „Ich finde es bewundernswert von dir, dass du meiner Einladung gefolgt bist."

„Danke, Pete." Sie faltete die Serviette auseinander und legte sie auf den Schoß. „Etwas anderes als Bewunderung darf ich wohl auch nicht mehr von dir erwarten."

Pete machte ein zerknirschtes Gesicht. „Ich habe mich wie ein Schuft benommen und hoffe sehr, dass du mir eines Tages verzeihen kannst."

„Das hast du nett gesagt, Pete", entgegnete sie spöttisch. „Es stimmt, dass du dich wie ein Schuft verhalten hast. Doch soviel ich weiß, büßt du schon dafür. Jetzt hast du weder sie noch mich."

Pete nickte stumm. Kyla verloren zu haben, schmerzte noch immer sehr. Und jetzt rieb Lillian auch noch Salz in seine Wunden. „So sollte es auch sein. Du und ich, wir passen nicht zueinander."

„Und Kyla?"

Pete fand, dass er Lillian das Recht, auf seiner Beerdigung zu tanzen, zugestehen musste. „Anscheinend passte ich nicht zu ihr."

Lillian schaute ihn an, und ganz allmählich wich der harte Blick aus ihren Augen. „Weißt du, Pete, eigentlich bin ich nur gekommen, um dich zu verletzen. Du hast meinen Stolz schwer verletzt, und dafür wollte ich dir die Hölle heiß machen."

Er setzte von Neuem zu einer Entschuldigung an, aber sie brachte ihn mit einer Handbewegung zum Schweigen.

„Ich habe sehr viel nachgedacht seit jener schrecklichen Nacht, und so ungern ich es eingestehe, weiß ich heute, dass es keine Liebe war, was uns beide miteinander verband."

Pete war erleichtert, dass sie es ausgesprochen hatte und es ihm erspart blieb, es zu tun.

„Aber den Ring behalte ich trotzdem. Ich lasse ihn in eine Brosche umändern."

Pete lächelte. „Du hast ihn dir verdient, Lillian."

Sie nickte und nippte an ihrem Wein. „Ich werde dir noch etwas anderes gestehen. Ich bin erstaunt, dass es mit dir und Kyla nicht geklappt hat. Sie war in dich verliebt, das war ihr anzusehen, als ich in der Suite mit ihr sprach. Sie hätte alles getan, um dich zu schützen. Alles."

Pete griff nach seinem Weinglas und wünschte, etwas Stärkeres bestellt zu haben. „Sie hat sich von der romantischen Stimmung des Augenblicks mitreißen lassen. Als sie dann merkte, dass sie es mit einem langweiligen Steuerberater zu tun hatte, hat sie gekniffen."

Lillian schüttelte den Kopf. „Das sehe ich ganz anders, Pete."

„Mag sein, aber so ist es. Möchtest du jetzt bestellen?"

„Selbstverständlich."

Pete winkte dem Kellner, der ihnen die Karten brachte.

„Ich brauche keine Karte", sagte Lillian. „Bringen Sie mir einfach die teuerste Vorspeise, das teuerste Hauptgericht und das teuerste Dessert."

Der Kellner zog die Augenbrauen hoch und schaute Pete an.

„Sie haben gehört, was die Dame sagte", erklärte er grinsend, bevor er seine eigene Bestellung aufgab.

Als sie wieder allein waren, hob Lillian ihr Glas. „Trinken wir darauf, dass wir die richtigen Partner finden!"

Pete prostete ihr zu. Er hatte seine richtige Partnerin längst gefunden. Das Problem war nur, dass sie ihn nicht haben wollte.

Kylas Hände waren feucht vor Nervosität, als sie vor Petes Büro stand. Sie stellte das Köfferchen mit ihren Massageutensilien auf den Boden und wischte sich die Hände an ihren Jeans ab. Nach allem, was sie nach Dominics und Vinnies Verhaftung zu Pete gesagt hatte, durfte sie es ihm nicht übel nehmen, wenn er sie jetzt hinauswarf. Aber dann würde sie eben einen neuen Weg suchen, an ihn heranzukommen. Und sie würde einen finden, das stand fest.

Die Polizei hatte in Vinnies Wagen ihren Massagekoffer gefunden. Also war sie wieder einsatzbereit – und Pete würde ihr erster Kunde sein.

Entschlossen trat sie ein. Eine mütterlich wirkende Sekretärin schaute auf und lächelte Kyla an. „Was kann ich für Sie tun?"

Beifällig betrachtete sie die Frau. „Emma Yardley" stand auf einem Namensschild auf ihrem Tisch, zwischen Grünpflanzen und den Fotos von zwei jungen Familien – denen ihrer Kinder und Enkelkinder vermutlich. Eine Frau kann sehr beruhigt sein, wenn ihr Mann eine Sekretärin wie Emma Yardley hat! dachte Kyla schmunzelnd.

„Ich suche einen guten Steuerberater", sagte sie zu ihr und schaute mit klopfendem Herzen zu der Tür mit Petes Namensschild. Sie wusste, dass außer Pete noch ein zweiter Steuerberater in dieser Praxis arbeitete.

„Sowohl Mr Beckett wie Mr Stripley sind exzellent auf ihrem Gebiet", bemerkte Emma Yardley loyal.

Oh ja, das ist Pete zweifellos, stimmte Kyla ihr schweigend zu, ehe sie antwortete: „Ich glaube, ich richte mich nach dem Alphabet und fange mit Mr Beckett an."

Die Sekretärin lächelte. „Mr Beckett ist noch nicht im Haus. Sie werden bei Mr Stripley beginnen müssen."

Verwirrt schaute Kyla auf die Uhr. Wo konnte ein Steuerberater morgens um halb elf sein? Sie hatte alles so sorgfältig geplant, und nun war er nicht da! „Wann erwarten Sie ihn zurück?"

„Mr Beckett?" Auch Emma schaute auf die Uhr. „Bald. Sein Unterricht endet um halb elf. Um elf hat er einen Termin und ..."

„Unterricht?", unterbrach Kyla sie erstaunt.

Emma machte ein Gesicht, als hätte Kyla sie bei einer Indiskretion ertappt. „Er muss gleich kommen. Wenn Sie warten möchten, wird er Ihnen sicher einige Minuten widmen. Sonst kann Mr Stripley Ihnen bestimmt weiterhelfen."

„Gut, dann warte ich."

„Möchten Sie eine Tasse Kaffee?"

„Nein, danke." Petes Sekretärin war Kyla sehr sympathisch. Wir werden uns bestimmt gut verstehen, dachte sie. Vorausgesetzt natürlich, Pete gibt uns Gelegenheit dazu ...

Kyla hatte sich gerade hingesetzt, da ging die Bürotür auf, und als sie aufschaute, blickte sie in Petes braune Augen. Für einen Moment umklammerte sie die Sessellehne, um nicht auf ihn zuzustürzen und ihn freudig zu umarmen. Sein vertrauter Anblick weckte so viele zärtliche Erinnerungen in ihr.

Pete sah sie erstaunt an und trat hastig einen Schritt auf sie zu. Doch dann wandte er sich abrupt ab und schloss so behutsam die Tür hinter sich, als wäre es die wichtigste Aufgabe der Welt. Als er sich wieder zu Kyla umdrehte, war sein Gesichtsausdruck verschlossen. „Hallo, Kyla."

Ihr kamen die Tränen, doch sie sagte sich, dass sie sich sein abweisendes Verhalten selbst zuzuschreiben hatte. Was konnte sie denn schon von einem Mann erwarten, den sie dermaßen verletzt hatte? Er konnte ja nicht ahnen, dass sie nur aus purer Verzweiflung so gehandelt hatte. Sie stand auf und nahm ihren Koffer und ihre Jacke. „Hallo, Pete. Ich würde dich gern einen Moment sprechen, falls du Zeit hast."

Er schaute fragend Emma an.

Seine Sekretärin musterte ihn. „Die Tannings kommen um elf."

„Kyla, vielleicht sollten wir das lieber verschieben, bis ..."

„Ich wollte dir etwas Wichtiges über Sex erzählen."

Sein Gesicht rötete sich, und wieder richtete er den Blick auf Emma. „Sie hat eine Katze, die ‚Sex' heißt."

Emma stützte ihr Kinn auf eine Hand. „Ach so."

Pete wandte sich an Kyla. „Ich weiß nicht ... Ach, vielleicht bringen wir es lieber hinter uns. Wie ich dich kenne, gibst du ja doch keine Ruhe, bis du dir den Weg in mein Büro erkämpft hast."

Kyla nickte.

„Sind zwanzig Minuten genug?"

Ich hoffe nicht, dachte sie. Aber sie nickte zustimmend.

„Na schön", sagte er seufzend. „Dann komm." Er ging voraus.

Das war knapp, dachte Kyla. Pete sah fantastisch aus. Keine dunklen Ränder unter den Augen, nichts, was darauf schließen ließ, dass er sie vermisst hatte.

„Hübsches Büro." Pete hatte es mit viel Holz und Möbeln aus burgunderfarbenem Leder eingerichtet. An den Wänden hingen drei Landschaftsgemälde und ein Kunstdruck, dessen Rahmen ebenso wenig wie das dargestellte Motiv zu den übrigen Bildern passte: ein graues Kätzchen mit blauen Augen, das mit einem roten Wollknäuel spielte. Die Katze hatte zwar einen Schwanz, aber ansonsten hätte sie eine jüngere Ausgabe von Sex sein können.

Kyla schaute von dem Druck zu Pete. „Das Bild gefällt mir."

Er versteifte sich, und nun sah sie so etwas wie Schmerz über seine Züge huschen. „Warum bist du gekommen?"

Sie hob den Koffer. „Ich schulde dir eine Fußmassage. Ich habe meine Sachen zurückbekommen und bin jetzt bereit, meinen Teil unserer Abmachung einzuhalten."

„Du schuldest mir nichts. Du hast gesagt, was es zu sagen gab, Kyla. Es war ganz nett und lustig, aber jetzt ist es vorbei."

„So?" Sie warf einen vielsagenden Blick auf das Katzenbild.

„Durch die Zeit mit dir habe ich eine Vorliebe für Katzen entwickelt. Und da wir gerade davon sprechen – ist etwas mit Sex, oder hast du das nur gesagt, um Emma zu schockieren?"

„Nun ja, ihr fehlt ein Mann in ihrem Leben. Mein Bruder hat sie mir geschenkt, aber er meint, sie wäre glücklicher, wenn sie auch einen Mann um sich hätte. Sie liebt Männer."

„Aha."

Sein Ton gefiel ihr nicht. Er schien härter, kälter als zuvor.

„Wie geht es Peggy?"

„Gut."

Seine brüske Antwort ließ Kyla zusammenfahren. Sie beschloss, ihre nächsten Worte sorgfältiger zu wählen, denn sie musste ihm unbedingt begreiflich machen, warum sie sich in jener Nacht von ihm abgewendet hatte. „Du hast sicher gehört, dass Dominic und Vinnie für Carmellos Frau arbeiteten, und nicht für die Mafia."

„Ja, ich weiß."

„Als ich erfuhr, dass sie für lumpige zweitausend Dollar einen Mord begangen hatten, habe ich mich geschämt. Nicht auszudenken, dass wir vor zweitklassigen Ganoven davongelaufen sind!"

„Die dich jedoch umgebracht hätten, wenn sie etwas geschickter gewesen wären."

Kyla glaubte aus der Bemerkung herauszuhören, dass er doch noch etwas für sie empfand. Aber sicher war sie natürlich nicht. „Ich bin nur froh, dass nicht die Mafia hinter ihnen stand."

„Offensichtlich nicht. Ich habe mich bei der Polizei danach erkundigt, und sie glaubten nicht, dass du noch in Gefahr bist."

Er hatte sich um ihre Sicherheit gesorgt! Das gab Kyla neuen Mut. „Pete, ich muss dir etwas …"

Er wandte den Blick ab. „Du kannst dir deine Entschuldigungen sparen. Denn dazu bist du ja wohl hier." Er lachte freudlos. „Aber die kleine Ironie habe ich wohl verdient. Es ist dir anscheinend bewusst geworden, dass es keine nette Art war, sich zu verabschieden. Doch das war es doch, Kyla. Ein sauberer Schnitt. Viel schmerzlicher für mich ist, dich wiederzusehen. Ich weiß jetzt, dass es zwischen uns nie geklappt hätte, und doch fällt es mir schwer, im gleichen Raum mit dir zu sein, nachdem …"

Panik erfasste sie. „Du bist zu Lillian zurückgekehrt?"

Er wirkte überrascht. „Nein. Wie kommst du denn darauf?"

„Weil nur zwei Probleme zwischen uns standen, Pete. Eins war Lillian, und das andere …"

„Ich weiß, was das andere war, verdammt!" Er kam auf sie zu. „Ich war dir zu langweilig!"

Sie starrte ihn an. „Langweilig?", fragte sie verständnislos.

„Sieh mich doch an!" Er breitete die Arme aus. „Ich bin nichts als ein biederer Steuerberater, Kyla. Das Wochenende war eine Abweichung von meinem normalen Weg. Ich fahre normalerweise keine Fluchtautos für Katzenretterinnen, schaufele keine Erde aus Blumentöpfen und schlage mich auch nicht mit bewaffneten Ganoven herum. Zu diesem Schluss dürftest du gekommen sein, als ich in Minneapolis war. Ich bin sicher …"

Kyla lief zu ihm und schlang ihre Arme um seinen Nacken. „Und ich bin sicher, dass du keine Ahnung hast, was du da redest!"

Ohne Kyla zu berühren, ließ er die Hände sinken. „So?"

„Glaubst du etwa, ich wollte in ständiger Gefahr leben?"

„Nun ja, vielleicht nicht gerade das, aber du steckst so voller Energie, dass du bei Aufregungen geradezu aufzublühen scheinst, während ich froh bin, jeden Tag in mein langweiliges Büro zu gehen. Das Aufregendste, was mir hier passiert, ist das Aufspüren von Lücken in der Steuergesetzgebung."

Schamlos presste Kyla sich an ihn, und trotz seiner Weigerung, sie zu umarmen, spürte sie seine prompte körperliche Reaktion auf ihre Nähe. „Und abends gehst du jeden Tag etwa zur selben Zeit nach Hause?"

„Ja, und das ist erst mal aufregend! Ich nehme mir von unterwegs etwas zu essen mit, schaue mir einen Film im Fernsehen an oder lese ein Buch. Macht dich das nicht ganz kribbelig vor Erwartung?"

„Und dann?"

„Dann gehe ich ins Bett."

„Bingo. Jetzt werde ich kribbelig."

Pete stöhnte und schloss Kyla in die Arme. „Du machst einen Fehler, wenn du eine Beziehung auf Sex aufbauen willst."

„Lass meine Katze aus dem Spiel."

„Kyla … ach, verdammt." Wie ein Mann, der sich ins Unvermeidliche schickt, küsste er sie.

Sie erwiderte den Kuss mit der ganzen Leidenschaft, die sie für ihn empfand. Er schmeckte nach Pfefferminz und Kaffee. Am liebsten hätte sie ihn verschlungen.

Leider zog er sich viel zu rasch von ihr zurück. Beide atmeten schwer. „Das ist ja lachhaft! Mich vor den Kopf zu stoßen, war erheblich klüger, Kyla." Er schluckte. „Ich gebe zu, dass es eine schöne Zeit war, und vielleicht vermisst du den Spaß im Bett ... Aber tu mir das nicht an, Kyla. Es wäre nicht nett von dir."

„Du hast bisher nicht zugehört, was das zweite Problem war."

„Das weiß ich sehr gut. Ich war dir zu ..."

Sie legte die Hand auf seinen Mund. „Ich habe dich in jener Nacht vor den Kopf gestoßen, weil ich glaubte, für den Rest meines Lebens von der Mafia gejagt zu werden. Da ich dich dieser Gefahr nicht aussetzen wollte, musste ich unsere Beziehung beenden. Es verwunderte mich ein wenig, dass du keine Einwände erhobst, aber jetzt verstehe ich, warum. Doch was du dir da eingeredet hast, ist absoluter Blödsinn. Ich finde dich überhaupt nicht langweilig, weder im Bett noch außerhalb."

Pete versuchte, ihre Hand fortzuschieben, aber sie legte sie nur noch fester über seinen Mund.

„Lass mich ausreden. Es stimmt, dass wir nicht viel Zeit hatten, über uns zu sprechen, aber das werden wir jetzt tun. Ich brauche es, Pete. Klar, ich hatte eine sehr unruhige Kindheit und neige zu überstürztem Handeln. Aber ich möchte lernen, besonnener zu sein. Ich möchte mit einem Mann zusammensein, dem ich vertrauen kann, einem ruhigen, vernünftigen Mann, der mich nie enttäuschen wird. Ich möchte Kinder mit ihm haben, einen Garten anlegen und lernen, Streuselkuchen zu backen." Sie ließ die Hand sinken und setzte flüsternd hinzu: „Erinnerst du dich an den Streuselkuchen?"

Seine Augen verdunkelten sich. „Ich erinnere mich an alles, an die winzigsten Details. Nachts lasse ich jede Sekunde unseres Zusammenseins vor mir auferstehen – die schlimmen Momente, die witzigen und die leidenschaftlichen ..."

„Ich liebe dich."

Er schloss gequält die Augen. „Ist dir klar, was du da sagst?"

„Ja. Sag du es auch."

Mit einem Ausdruck der Verwunderung schaute er auf sie herab. „Ich glaube, du meinst es ernst." Sie nickte stumm.

„Oh, Kyla!" Er hob sie auf und schwenkte sie ausgelassen durch den Raum. „Ich liebe dich! Dich und deine verrückte Katze, deine Fußmassagen, deine New-Age-Musik, deinen braunen Gürtel in Karate und deine Vorliebe für Streuselkuchen. Eine Zeit lang hasste ich dich sogar, weil du mir gezeigt hattest, wie das Leben mit dir sein könnte, um mir dann alles zu nehmen. Mir wurde klar, dass ich nie mit einer Frau glücklich werden würde, die ich in meinem gegenwärtigen langweiligen Zustand zufriedenstellen könnte, und beschloss deshalb, mich zu ändern." Er blieb stehen und stellte Kyla wieder auf die Beine.

Erst als sie ihr Gleichgewicht wiederfand, begriff sie, was er gesagt hatte. „Pete, nein! Ich liebe dich so, wie du bist!"

„Das höre ich gern, aber es wird mich nicht davon abhalten, Karateunterricht zu nehmen oder Spanisch zu lernen, damit wir durch Mexico und Südamerika reisen können. Und auch das Drachenfliegen gebe ich nicht mehr auf."

„Aber Pete, das alles ist doch völlig unnötig! Für mich brauchst du es jedenfalls nicht zu tun."

Er ergriff ihre Hand und lachte. „Nicht für dich. Für mich. Du hast mich aus meinem Alltagstrott gerissen, Kyla, und so soll es bleiben. Ich habe mir das Bild von der Katze gekauft, weil es mich daran erinnern soll, dass das Leben auch Spaß bedeutet. Peggy hatte recht. Du bist gut für mich. Du hast mich wieder zum Leben erweckt. In jenen Tagen mit dir, als wir alle möglichen Risiken eingingen und unser Leben aufs Spiel setzten, habe ich mich durch und durch lebendig gefühlt."

„Was habe ich bloß angerichtet?", stöhnte Kyla. „Nun wirst du die verrücktesten Sachen ausprobieren wollen!"

„Vielleicht. Doch wenn ich danach zu dir nach Hause komme, werden wir uns lieben wie nie zuvor. Man darf nicht ängstlich sein, wenn man das Leben genießen will. Das hast du mich gelehrt."

„Aber Pete – denk doch an unsere Kinder!"

„Kinder?", fragte er verblüfft. „Bist du etwa ..."

„Nein. Unsere zukünftigen Babys, meine ich. Wie wäre es mit

Zwillingen? Sie liegen bei uns in der Familie. Du darfst keine Risiken eingehen, die ihnen den Vater nehmen könnten."

Er lächelte auf sie herab. „Ich werde auch unsere Kinder nicht in Watte packen, Kyla. Denn das haben meine Eltern mit mir getan, und erst nach all diesen Jahren ist mir endlich klar geworden, was sie falsch gemacht haben. Aber ganz abgesehen davon – sollten wir nicht heiraten, wenn du Kinder haben willst?"

Kylas Herz klopfte noch heftiger. „Falls du keine Angst hast, etwas zu überstürzen …"

„Nächste Woche?"

„Wunderbar." Sie gab ihm einen Kuss. „Die Leute werden uns als verrückt bezeichnen, weil wir uns nicht mehr Zeit nehmen, uns diesen Schritt zu überlegen."

Seine Lippen streiften ihre. „Ich bin lieber glücklich als weise."

„Ich auch", hauchte sie und versank mit ihm in einem leidenschaftlichen Kuss.

Mittendrin klingelte Petes Telefon. Ohne seine Lippen von Kylas zu lösen, griff er über ihre Schulter nach dem Hörer und hielt ihn an sein Ohr. „Die Tanningers sind da", sagte Emma. „Hm."

Als er nichts weiter sagte, hüstelte Emma. „Soll ich sie fünf Minuten warten lassen?"

„Ich brauche länger als fünf Minuten für das, was ich vorhabe. Schicken Sie die Tanningers zu Strip."

Kyla lächelte. Mit einer Katze namens „Sex" und einem Partner mit dem Spitznamen „Strip" standen ihnen in den kommenden Jahren einige interessante Unterhaltungen bevor.

„Ich frage ihn", erwiderte Emma. „Bleiben Sie dran."

„Und ob ich das tue!" Pete schaute Kyla lachend in die Augen.

„Sind es wichtige Klienten?", flüsterte sie.

Pete zuckte die Schultern. „Sie haben Berge von Geld, falls es das ist, was du meinst."

„Dann solltest du vielleicht …"

„Nein." Er knabberte an ihrem Ohrläppchen. „Heute nicht."

Emma meldete sich wieder. „Strip ist nur allzu gern bereit, die

Tannhingers zu übernehmen", berichtete sie mit leiser Stimme. „Er bat mich, Ihnen zu sagen, Sie müssten den Verstand verloren haben, einen solchen Klienten abzugeben."

„Dann richten Sie ihm auch etwas von mir aus. Bestellen Sie ihm, ich könnte ihm einen Termin bei meiner Masseurin besorgen, wenn er brav ist. Es ist erstaunlich, Emma. Sie massiert einem die Füße, und der ganze Körper singt! Ach, noch etwas: Den Rest des Tages nehme ich mir frei." Damit legte er auf und schaute Kyla lächelnd an. „Du hattest mir doch eine Fußmassage angeboten, oder?" Sie nickte lachend. „Richtig."

„Wir warten, bis die Tannhingers in Strips Büro sind, und dann fahren wir zu mir."

„Mitten an einem Arbeitstag?"

„Meine kleine Freundin dort auf dem Bild sagt mir, dass es genau das Richtige ist."

„Du willst wirklich, dass ich deine Füße massiere?"

Er schaute sie lange zärtlich an und legte seine ganze Liebe in seinen Blick. „Das ist doch ein großartiger Auftakt für das, was später kommt, findest du nicht?"

– ENDE –

Jill Shalvis

Nimm mich, wie ich bin

Roman

Aus dem Amerikanischen von
Eleni Nikolina

1. KAPITEL

„Sie sind entlassen."

„Was?" Ally hatte eigentlich die Absicht, böse zu klingen, aber sie erinnerte eher an ein quiekendes Mäuschen. „Das ... das können Sie nicht tun."

„Und ob ich kann." Professor Langley Weatherby III., der genauso ein Snob war, wie sein Name es vermuten ließ, blickte über den Rand seiner Brille. „Sie sind die längste Zeit Bibliothekarin an dieser Universität gewesen, Miss Wheeler. Betrachten Sie sich offiziell als entlassen."

„Aber ..." Ally liebte ihre Arbeit, sie liebte die herrlichen alten Bücher, den Geruch nach vergilbtem Papier, die Freude, den Studenten dabei zu helfen, sich all dieses wertvolle Wissen anzueignen. Und sie liebte die Stille.

„Wir geben Ihnen eine Abfindung für zwei Wochen", sagte der Professor. „Wenn man den Skandal bedenkt, ist das mehr als generös."

Ach ja, der Skandal. Nicht dass man ihr erlaubt hätte, ihn auch nur einen Moment zu vergessen. Es war nicht ihr Fehler gewesen. Sie kämpfte tapfer gegen die aufsteigenden Tränen an. Ihre Träume und Hoffnungen waren für immer verloren.

Der Professor stieß einen gereizten Seufzer aus und reichte ihr abrupt ein Taschentuch. „Versetzen Sie sich in unsere Lage", sagte er ein wenig weicher. „Wir können Sie nicht hierbehalten."

Es war kaum zu glauben, dass die kleine Miss Tugendhaft in solche Schwierigkeiten geraten konnte. Sie hatte sogar zur Polizeistation von San Francisco gehen müssen, wo man sie verhört hatte – eine Erfahrung, die ihr sicherlich für den Rest ihres Lebens Albträume bescheren würde. Und welche Ironie war das doch, da sie sich in den fast sechsundzwanzig Jahren ihres Lebens nicht das Geringste hatte zuschulden kommen lassen.

„Aber Thomas hat die Bücher doch gestohlen", sagte sie jetzt mindestens zum hundertsten Mal.

„Es waren Erstausgaben literarischer Klassiker von unschätzbarem Wert, die sich seit Jahrzehnten im Besitz unserer Universität befanden, Miss Wheeler. Ihr Freund hat Ihren Spezialausweis benutzt, um sie zu stehlen."

Aber was sollte sie ohne ihre Arbeit tun? Ihr Herz hing an diesen Wänden, denn hier war sie nicht die mäuschenhafte Ally, hier war sie wichtig.

„Unser Entschluss ist unwiderruflich."

Sie würde nicht betteln. Obwohl ihr Magen sich krampfhaft zusammenzog, hob sie stolz das Kinn und verließ zum letzten Mal ihre geliebte Bibliothek. Sie ging am Biologiegebäude vorbei, am Institut für Sozialwissenschaften und dem Studentenheim, bevor sie auf den Park zuhielt, ihrem zweitliebsten Ort. Hier stellte sie jeden Morgen ihr Auto ab, und abends entspannte sie sich, indem sie hier die Eichhörnchen fütterte.

Entlassen. Dieses Wort hallte unbarmherzig in ihrem Kopf wider. Na schön, man hatte sie gezwungen, den schönsten Job aufzugeben, den sie je gehabt hatte. Aber irgendwie würde sie es überleben. Das musste sie.

Wo war eigentlich ihr Wagen? Sie sah verwirrt nach rechts und links. Oh nein! Wenn sie geglaubt hatte, dass ihre Situation nicht schlimmer werden konnte, hatte sie sich geirrt.

Ihr fünfzehn Jahre alter tomatenroter Ford Escort, voller Temperament und Widerspenstigkeit zu seiner besten Zeit, war nicht mehr dort, wo sie ihn abgestellt hatte. Er war den kleinen Hügel hinuntergerollt und gegen einen schicken, brandneuen BMW gekracht.

Ihr Anrufbeantworter ging an, gerade als Ally erschöpft zu Hause ankam.

„Ally?", hörte sie eine quengelige, rauchige Stimme. „Ich weiß, dass Sie da sind, nehmen Sie sofort den Hörer ab!"

„Da kannst du lange warten, alte Hexe", murmelte Ally und war froh, Mrs Snipps, ihre Vermieterin, verpasst zu haben.

„Hören Sie, Mädchen, ich habe das Haus verkauft."

Ally ließ ihre Handtasche fallen und starrte das Telefon entgeistert an.

„Ich ziehe mich auf die Bahamas zurück."

Ally sank auf das Sofa.

„Und Sie haben bis zum Ende des nächsten Monats Zeit auszuziehen", fuhr die raue Stimme fort. „Das sind sechs Wochen. Machen Sie mir keinen Ärger, Mädchen."

Als sie auflegte, sagte Ally leise: „Ärger? Ein Synonym für mein Leben." Sie war arbeitslos und bald ohne Obdach, ganz zu schweigen von der Delle im funkelnagelneuen BMW.

Ihr Leben war nicht nur vorbei, es war mitleiderregend erbärmlich.

Es klingelte wieder.

Was kommt jetzt? dachte sie. Himmel, sie war es leid, bei jedem Anruf erschrocken zusammenzufahren und immer die unsichere, mäuschenhafte Ally zu sein. Plötzlich stieg heiße Wut in ihr auf, und sie setzte sich abrupt auf dem Sofa auf.

Nie wieder spiele ich den Fußabtreter für andere Leute, schwor sie sich und packte den Hörer. „Hallo!" Und weil es sich so gut anfühlte, Kraft und Entschlossenheit zu zeigen, fügte sie hinzu: „Wer sind Sie und was wollen Sie?"

„Ich bin's – Thomas."

Sobald sie die selbstsichere männliche Stimme hörte, sprudelte Ally los: „Du gemeiner Kerl!" Na, wunderbar. War „du gemeiner Kerl" wirklich die schlimmste Beschimpfung, die ihr einfiel? Wie lahm!

„Hör zu, Ally", sagte er hastig. Ein seltsames Klicken begleitete seine Worte. „Du musst unbedingt sofort einen Anwalt für mich beschaffen."

Was hatte sie nur in diesem Typen gesehen?

Aber sie wusste es natürlich, so weh es auch tat, es zuzugeben. Er war ein umwerfend gut aussehender, eleganter Mann, der ihr Aufmerksamkeit geschenkt hatte. Im Gegensatz zu vielen anderen Menschen in ihrem Leben hatte er nicht ihr Geld gewollt – so wenig sie davon auch hatte –, und er hatte sich auch nicht von ihr bemuttern lassen. Er hatte nichts anderes gewollt als sie selbst. Und vor allem hatte er ihr Aufmerksamkeit geschenkt.

Ally Wheeler mit ihrer Durchschnittsgröße und ihrem Durchschnittsaussehen bekam zum ersten Mal in ihrem Leben das Gefühl, schön zu sein. Es hatte eine Weile gedauert, bevor sie aus ihrem romantischen Traum erwachte. Erst da hatte sie erkannt, dass Thomas ein Betrüger und Schwindler war, doch leider war es zu spät gewesen, um ihren Job und die wertvollen Bücher zu retten.

„Nein, ich werde dir keinen Anwalt beschaffen", erklärte sie und holte tief Luft, um ihren aufgestauten Ärger loszuwerden. „Und noch etwas ..."

„Hier spricht Officer Daniel", hörte sie eine fremde Stimme sagen. „Die Zeit ist um."

Ally starrte den Hörer an, und zum ersten Mal seit Tagen lachte sie. Thomas hatte aus dem Gefängnis angerufen, und das metallische Klicken im Hintergrund stammte höchstwahrscheinlich von seinen Handschellen. War das Leben nicht aufregend?

Ally konnte keinen Job finden, sosehr sie sich auch bemühte. Dank der Gerüchte, die sich um ihre Mittäterschaft beim Verschwinden der wertvollen Bücher rankten, wollte keine Bibliothek in ganz Kalifornien etwas mit ihr zu tun haben. Und nichts konnte ihre missliche Lage mildern. Ally besaß keine Ersparnisse, aber drei Schwestern, die noch aufs College gingen. Ihre Eltern hatten kein großes Einkommen und konnten ihr also auch nicht helfen. Sie brauchte unbedingt Arbeit, wie sollte sie sonst eine Wohnung bezahlen? Ihre Schwestern waren zum Glück alle in Studentenwohnheimen untergekommen. Ihre Eltern, die ihre Kinder sehr spät im Leben in die Welt gesetzt hatten, lebten in einem Seniorenheim. Ally hatte niemanden, den sie um finanzielle Unterstützung hätte bitten können.

Und dann kam der Brief. Lucy war eine Cousine zweiten Grades von Allys Mutter, und obwohl sie sich nicht oft sahen, schrieben sie sich regelmäßig. Lucys wöchentliche Briefe aus Wyoming, wo sie ein Hotel leitete, waren der Höhepunkt in Allys gleichbleibender Routine. Vor knapp einem Monat hatte dort ein fürchterlicher Waldbrand gewütet, und Lucy war erschüttert gewesen von dem Verlust von über hundert Morgen wundervoller Natur. Seitdem schrieben sie sich noch häufiger, und Ally tat ihr Bestes, Lucy aufzumuntern.

Im Gegensatz zu den anderen Briefen jedoch sollte dieser Brief Allys Leben völlig auf den Kopf stellen.

Liebste Ally,
Du wirst es nicht glauben, aber ich habe mir Hüfte und Fußgelenk gebrochen und muss eine ganze Weile im Krankenhaus bleiben. Zum Teufel mit diesen neumodischen Mountainbikes!

Ally blinzelte verblüfft. Die über sechzig Jahre alte Lucy auf einem Mountainbike?

Wir sind fieberhaft damit beschäftigt, nach dem Feuer wieder alles in Ordnung zu bringen, bevor die Sommersaison beginnt, denn sonst werde ich viele Gäste verlieren.
Also bitte ich Dich um einen riesengroßen Gefallen, Ally. Komm nach Wyoming, solange ich im Krankenhaus liegen muss. Ich habe großartige Mitarbeiter, aber man kann sich wirklich nur auf Verwandte verlassen, wenn es um die eigenen Interessen geht. Du besitzt genügend Berufserfahrung und ein Diplom. Du wirst eine wunderbare Hoteldirektorin abgeben.
Du stehst bereits auf meiner Lohnliste, also nimm Dir Urlaub von Deinem langweiligen Job. Du wirst es bestimmt nicht bereuen. Ich brauche nur einen Monat von Deiner Zeit, mehr nicht. Tu es bitte mir zuliebe. Tu es, weil ich verzweifelt bin und Dich unbedingt brauche.
Tu es für Dich.
Alles Liebe, Lucy

Im Umschlag steckte außerdem ein Flugticket für übermorgen. Allys Blick heftete sich ungläubig auf das Datum.

War ihr tatsächlich gerade ein Wunder widerfahren? Sie konnte doch unmöglich hier sitzen und ein Ticket in Händen halten, das sie vor der Katastrophe retten würde, die ihr Leben in letzter Zeit geworden war. Zu sagen, dass sie Angst hatte, wäre die Untertreibung des Jahrhunderts gewesen. Sie hatte weniger als hundert Dollar auf ihrem Konto, kein Auto und keinen Job.

Aber ausgerechnet Wyoming?

Die sonst so ruhige und zurückhaltende Ally hätte niemals so etwas in Betracht gezogen, aber die gab es nicht mehr. Sie war ersetzt worden von einer Frau, die entschlossen war, zur Abwechslung mal nur an sich selbst zu denken. Und vielleicht würde sie ja sogar Spaß dabei haben.

Sicher konnte sie sagen, dass Lucy sie brauchte, genau wie ihre Familie, und dass sie nur wieder eine ihrer vielen Verpflichtungen erfüllte. Aber der Gedanke ärgerte sie. Ihr ganzes Leben war immer von den Bedürfnissen anderer Leute diktiert worden. Damit war jetzt Schluss.

Na gut, sie war also an einem Tiefpunkt angekommen. Das bedeutete, dass es nur noch aufwärtsgehen konnte. Und Ally wollte nicht bloß überleben, sie wollte erfolgreich sein. Einmal in ihrem Leben wollte sie etwas besser als durchschnittlich bewältigen. Sie würde nach Wyoming gehen und den Leuten dort zeigen, was in ihr steckte.

2. KAPITEL

Zwei Tage später verließ Ally das Flugzeug und starrte ehrfürchtig auf den weiten Himmel und die majestätischen Bergspitzen, die sich davor abzeichneten. Alles war so unglaublich groß.

Während sie die Rollbahn überquerte, blies ihr ein starker, eisiger Wind entgegen, sodass sie fast das Gleichgewicht verlor. „Du bist nicht mehr in Kansas, kleine Dorothy, du bist im Reich des Zauberers von Oz", zitierte sie im Stillen und betrachtete ängstlich die bedrohlichen Gewitterwolken am Horizont.

Kein Problem. Es wird alles ein großartiger Spaß werden. Sie wiederholte es mehrmals, um die lästige kleine Stimme in ihrem Hinterkopf zu übertönen, die sich beschwerte: Ich will zurück zu meinem ruhigen, gemütlichen Leben.

Ihr altes Leben war vorüber. Ally hob entschlossen den Kopf, obwohl sie sich ganz und gar nicht mutig fühlte, und setzte ihren Weg zu dem kleinen Terminal fort. Sie würde ihr Gepäck holen, ein Taxi nehmen und Lucy im Krankenhaus besuchen, um sich mit ihr zu unterhalten. Und dann würde sie zum Hotel fahren und die Leute kennenlernen, die für Lucy arbeiteten und die sie als eine fähige junge Mannschaft bezeichnet hatte.

Ally war bereit, ihr Bestes zu geben und beim Aufräumen des vom Feuer beschädigten Geländes zu helfen. Sie würde alles daransetzen, um erfolgreich zu sein. Jetzt würde sie einmal nicht ständig an ihre Familie und deren Wünsche denken.

Jetzt war Ally Wheeler an der Reihe.

Sie stemmte sich gegen den Wind. Die anderen Passagiere, die im Flugzeug so städtisch und gepflegt ausgesehen hatten, waren alle plötzlich in Pullover und Jacken gehüllt. Einige der Männer setzten Cowboyhüte auf, und zum ersten Mal fiel Ally auf, dass sie Stiefel trugen.

Ihr Handy begann zu klingeln.

„Ally!"

Das war die lästige kleine Schwester Nummer eins. „Du bist schon weg", jammerte Dani. „Ich konnte nicht mit dir sprechen, bevor du abgeflogen bist. Was mache ich, wenn ich dich mal brauche?"

Bei Dani kam man nur mit Ruhe und Gelassenheit vorwärts, und Ally bemühte sich darum, während sie gegen den Wind kämpfte, andere Passagiere sie anstießen und sie die vielen neuen Eindrücke verarbeitete. „Ich habe dir gesagt, wann ich abfliegen würde. Wenn du mich brauchen solltest, rufst du mich einfach an, so wie du es jetzt getan hast."

„Aber wenn ich Geld benötige?"

Zum ersten Mal in ihrem Leben brachte Ally keine Geduld für ihre kleine Schwester auf. „Du könntest ja zur Abwechslung versuchen, ein wenig zu arbeiten." Sie hatte das kleine Flughafengebäude fast erreicht und war in Gedanken weit entfernt von zu Hause. Ihr Herz klopfte aufgeregt, während sie unaufhaltsam auf ihr neues Abenteuer zuging. „Ich muss jetzt aufhören, okay? Ich rufe dich später an."

„Aber ..."

Ally drückte auf den Aus-Knopf und zwang sich, ihre Schuldgefühle abzuschütteln. Sie wollte nicht mehr die Welt retten, sie wollte endlich einmal egoistisch sein. Es war so aufregend. Und beängstigend. Der Wind zerzauste ihr das Haar. Ihre Bluse, passend für San Francisco im Mai, wurde gegen ihren Körper gepresst und bot nicht den geringsten Schutz gegen die Kälte. Aber Ally ging weiter.

Und dann begegnete sie dem Blick eines Fremden.

Mit seinen breiten Schultern lehnte er sich träge an die Wand des Terminals; eines seiner langen Beine hatte er hochgezogen und den Stiefel gegen die Wand hinter sich gestellt. Er trug eine verspiegelte Brille und lächelte.

Er nahm die Brille ab, und plötzlich schien seine Haltung nicht mehr träge zu sein, sondern angespannt. Er sah sie direkt an mit seinen dunklen, durchdringenden Augen.

Ally kam sich albern vor und viel zu nervös für eine Frau, die angeblich selbstbewusst war, und so zwang sie sich, Gelassenheit an den Tag zu legen. Ihr war kalt, und sie wusste, dass das nur allzu deutlich wurde durch ihre Bluse, die sich in diesem Moment wie eine zweite Haut an sie schmiegte, wodurch sich jede Rundung darunter deutlich abzeichnete.

Und der Fremde nutzte die günstige Gelegenheit ungeniert aus, um sie einer gründlichen Musterung zu unterziehen. Ally errötete heftig. Inzwischen war sie dichter an ihn herangekommen und konnte sehen, dass seine Augen dunkelblau waren wie das Meer. Sein braunes Haar hatte von der Sonne gebleichte Strähnen und war ein wenig zu lang. Seinem Bartschatten nach zu urteilen, hatte er sich seit mindestens zwei Tagen nicht rasiert. Seine ausgeblichene Jeans, die Lederjacke und seine lässige Haltung unterstrichen seine aufregende männliche Ausstrahlung.

„Verzeihen Sie", sagte er. Er war sehr groß und besaß den durchtrainierten Körper eines Menschen, der hart arbeitete. An einem Ohr bemerkte Ally einen Goldohrring. Sein sonnengebräuntes Gesicht hatte den freundlichen Ausdruck eines Engels, und sein Lächeln war das eines unwiderstehlich attraktiven Teufels. Aber am eindrucksvollsten war seine tiefe, heisere Stimme – eine Stimme, die so sexy klang, dass Ally ein prickelnder Schauer durchrieselte, als er sprach.

„Miss Wheeler, stimmt's?" Er hob eine Augenbraue und bewegte sich leicht. Ally fiel auf, wie perfekt seine Jeans seine Hüften umspannte. Aber im Augenblick konnte sie sich nicht darauf konzentrieren.

Er kannte ihren Namen. Das konnte nichts Gutes bedeuten. Sie wollte souverän wirken, aber die scheue kleine Maus kam wieder zum Vorschein. Und dieser Mann sah so aus, als ob er kleine Mäuschen zum Frühstück verspeiste. „Wer sind Sie?"

Er lächelte eigentlich recht freundlich, während er fortfuhr, sie eingehend zu betrachten. „Ich bin T. J. Chance. Lucy hat mich geschickt."

„Das wäre nicht nötig gewesen. Ich kann ein Taxi zum Krankenhaus nehmen."

Er lachte leise, und der tiefe Ton seiner Stimme ließ Ally schon wieder erschauern, obwohl sein Lachen offensichtlich auf ihre Kosten ging.

„Gibt es in Wyoming keine Taxis?", fragte sie ein wenig gereizt.

„Doch." Er hob leicht die Schultern. „Aber selbst wenn Sie eins fänden, würde es Sie etwa hundert Dollar kosten, um zum Krankenhaus zu kommen."

Einhundert Dollar. Das war mehr, als sie insgesamt besaß. Sie ließ den Kopf hängen. „Gibt es vielleicht einen Bus?"

„Leider nein. Aber machen Sie sich keine Sorgen. Ich bin nicht so gefährlich, wie man sagt." Seine Augen glitzerten schadenfroh. „Nicht ganz so sehr."

Wem machte er hier etwas vor? Er war sogar sehr gefährlich, und das war seltsamerweise gleichzeitig beunruhigend und aufregend. Wie sehr wünschte Ally sich, ihr wäre es auch so egal, was andere Leute von ihr dachten. „Hören Sie, Mr Chance ..."

„Nennen Sie mich nur Chance."

„Chance", verbesserte sie sich. „Es ist nichts Persönliches, wirklich, es ist nur ..." Dass sie den Männern abgeschworen hatte, besonders Männern wie ihm, die ihr Herz schneller schlagen ließen, indem sie einfach nur dastanden. „Ich steige nicht zu Fremden ins Auto."

„Aha. Die Ängste eines Stadtmädchens."

„Nun, ich komme ja auch aus der Stadt."

„Darauf wäre ich nie gekommen", erwiderte er trocken und ließ den Blick über ihre zierlichen Sandaletten, die dünne Kakihose und die noch dünnere Bluse gleiten. „Aber ich bin kein Fremder. Lucy steht mir näher als ..." Ein Schatten huschte über sein Gesicht. „Näher als meine eigene Familie." Er trat näher, sodass seine breiten Schultern Ally den Blick aufs Sonnenlicht nahmen.

Ally reichte ihm kaum bis ans Kinn, und sie wich unwillkürlich zurück. Sie wollte zwar etwas härter werden, aber das hieß nicht, dass sie tollkühn sein musste.

„He, entspannen Sie sich. Sie haben ja eine richtige Gänsehaut."

„Weil mir kalt ist."

„Sie hätten eine Jacke mitnehmen sollen." Er schien sehr zufrieden mit seiner Jacke zu sein. Das Leder sah wundervoll warm aus, und voller Neid beugte Ally sich instinktiv zu ihm.

Chance runzelte die Stirn.

„Keine Sorge. Ich bitte Sie schon nicht, mit mir zu teilen." Aber dann fröstelte Ally wieder, und mit einem ungeduldigen Blick zog er die Jacke aus, unter der er ein schwarzes T-Shirt trug.

„Hier, verdammt." Seine Arme waren muskulös und genauso stark gebräunt wie sein Gesicht. Als er ihr die Jacke hinhielt, bemerkte Ally eine kleine Tätowierung auf seinem Oberarm.

„Das kann ich nicht annehmen."

„Seien Sie nicht albern." Er legte ihr die Jacke um die Schultern, und Ally atmete den Geruch des Leders und Chances Duft ein. Einen Moment lang streifte Chance ihre Schultern, dann schob er die Hände in die Taschen seiner Jeans. Die Beine leicht gespreizt, stand er da und wirkte selbstbewusst auf eine Art, die Ally unwillkürlich bewunderte. Er war alles, was sie so gern gewesen wäre. „Eine dünne Bluse in den Bergen ist nicht das Klügste", bemerkte er. „Es kann sogar noch Schnee geben. Sie sollten besser auf alles vorbereitet sein."

Sie fragte sich, wie gut er in ihrer Welt auf alles vorbereitet wäre. Aber die Wahrheit war wohl, dass T. J. Chance sich überall zurechtfinden würde.

Und plötzlich verflüchtigte sich ihre mühsam mobilisierte Kraft. Einen entsetzlichen Augenblick war sie überwältigt von all den Herausforderungen, denen sie sich stellen musste. Der Verlust ihrer Arbeit, ihrer Wohnung und ihres ruhigen, glücklichen Lebens – und jetzt blickte dieser viel zu raue, viel zu männliche Kerl sie an, als wäre sie eine Idiotin.

Und das war sie ja auch. Aufgrund ihrer Vertrauensseligkeit hatte sie ihren Job verloren und stand demnächst ohne eigene Wohnung da. Aber was noch viel schlimmer war: Sie hatte ihre Würde verloren und ihr ganzes Selbstvertrauen.

„Zum Teufel", bemerkte er mit deutlichem Unbehagen, „Sie werden doch jetzt nicht weinen, oder?"

Ally kämpfte gegen ihre Tränen an und versuchte mit aller Kraft, die harte Frau zu spielen, die sie so gern gewesen wäre, aber er sah sie so finster und geringschätzig an, dass sie mit ihrem Versuch nur das Gegenteil erreichte.

„Wunderbar." Er klang so verärgert, dass ihr ein Kichern entfuhr, während ihr gleichzeitig eine Träne über die Wange lief.

„Hören Sie auf."

Natürlich konnte sie das nicht, und Chance griff in seine Hosentasche, murmelte etwas vor sich hin und hielt ihr ein Tuch unter die Nase.

„Hier, nehmen Sie schon", befahl er schroff. „Und drehen Sie den Wasserhahn zu. Auf mich wirkt das nicht." Bevor sie das Taschentuch nehmen konnte, packte er sie am Arm und führte sie zum Eingang des Flughafengebäudes. Drinnen blieb er stehen und hielt ihr das Taschentuch noch einmal hin. „Ihre Nase läuft."

Herrlich! Sie putzte sich die Nase und warf ihrem unfreundlichen Retter in der Not einen verstohlenen Seitenblick zu. Er schien die Fassung verloren zu haben, was Ally sehr amüsant fand. Er war gefühllos und reizbar, und sehr wahrscheinlich würde es die Hölle sein, mit ihm zusammenzuarbeiten. Und er hatte Angst vor Tränen. Aus irgendeinem Grund hätte sie fast gelacht. Sie schnüffelte, zutiefst erleichtert, dass sie ihren Sinn für Humor nicht ganz verloren hatte.

„Ich hole den Jeep", sagte er. „Sie warten hier." Er wich zurück, als ob sie eine ansteckende Krankheit hätte.

Seltsam, wie viel besser sie sich auf einmal fühlte. Sie hatte diesen so furchtlosen Mann verunsichert.

„Ich werde nur etwa eine Minute fort sein." Er sah sie streng an. „Tun Sie nichts Dummes."

„Keine Sorge." Sie putzte sich entschlossen noch einmal die Nase. „Ich habe mein Soll an Dummheiten erfüllt, wenigstens für die nächsten zehn Minuten."

Er betrachtete sie, als ob er glaubte, sie hätte den Verstand verloren. Und das hatte sie ja wohl auch, denn plötzlich konnte sie es kaum erwarten, sich in ihr neues Leben zu stürzen. Sie zog den Reißverschluss seiner weichen Jacke zu und kuschelte sich in das warme Leder. Ein leichter Zitrusduft hing im Futter und noch etwas, das typisch für den Mann selber sein musste, und weil der Geruch so angenehm war, sog Ally ihn tief ein.

Die Großstadtpflanze hatte sich schnell wieder im Griff, und für diese Tatsache war Chance unendlich dankbar. Himmel, er hasste es, wenn Frauen weinten. Er kam sich dann immer so hilflos vor, so dumm und schuldbewusst. Obwohl ihn nicht die geringste Schuld traf. Zumindest diesmal nicht.

Ally Wheeler war genau wie Tina. Allys schlanke, zarte Gestalt und ihre offensichtliche Naivität brachten ihm seine Vergangenheit äußerst schmerzlich in Erinnerung.

Was hatte Lucy sich nur dabei gedacht, diese Frau hierherzuholen? Ein klarer Fall von Vetternwirtschaft, dachte er und fragte sich, ob seine beiden älteren Brüder auch daran denken würden, ihm unter die Arme zu greifen, wenn er einmal Hilfe brauchen sollte.

Na schön, er musste zugeben, dass sie es wahrscheinlich tun würden. Dabei spielte es keine Rolle, dass sie sich nur selten in etwas einig waren.

„Könnten Sie bitte die Heizung anstellen?"

Er warf seinem neuen Boss einen Blick zu. Die Arme um sich geschlungen, saß Miss Wheeler neben ihm in seinem Jeep. Ihre Lippen hatten einen äußerst interessanten Blauton angenommen, und doch hatte sie trotzig das Kinn vorgeschoben. Vielleicht würde ihr ja so kalt werden, dass sie gleich wieder nach Hause fahren wollte. Der Gedanke hob seine Stimmung.

„Es ist warm genug hier drinnen", entgegnete er.

Ally beugte sich vor, stellte die Heizung an und seufzte erleichtert, als sie warme Luft an ihren Beinen spürte.

Chance schüttelte den Kopf und konzentrierte sich auf die Straße. „Sie werden den Winter hier nicht mögen."

„Keine Angst. So lange werde ich nicht bleiben." Ihre Zähne klapperten. „Nicht, dass Sie das etwas angeht."

Nur eine Frau konnte in einem Moment ängstlich sein und im nächsten plötzlich ärgerlich. „Alles, was Sie während Ihres Aufenthalts hier tun, geht mich etwas an." Und das gefiel ihm sicher nicht mehr als ihr. Das Letzte, was ihm gefehlt hatte, war die Verantwortung für ein zartbesaitetes kleines Persönchen zu tragen, das schon bei fünfzehn Grad über null zu frieren anfing.

Sie sah ihn mit ihren ausdrucksvollen Augen an, die die Farbe eines grauen Himmels bei stürmischem Wetter hatten, und ihm wurde klar, dass er ihr bis jetzt nur flüchtig Aufmerksamkeit geschenkt hatte. Ihr windzerzaustes honigblondes Haar umgab ihr Gesicht in unordentlichen Strähnen. Ihr hübscher Körper mit seinen tollen Kurven war sicher ein Pluspunkt, trotz ihrer seltsamen Angewohnheit, die Schultern hochzuziehen, als ob sie versuchte, sich unsichtbar zu machen.

Sie war nicht sein Typ. Er mochte es, wenn eine Frau keine Zurückhaltung an den Tag legte, erfahren war und so wild war wie die Landschaft von Wyoming. Oh, und natürlich auch unverhohlen sinnlich. Eine Frau, die ihm gefiel, musste sich in ihrem Körper wohlfühlen. Die nervöse kleine Ally besaß keine einzige dieser Eigenschaften.

„Und warum?", fragte sie.

Chance hatte den Faden verloren. Er löste den Blick von ihren Brüsten und sah ihr in die Augen. „Warum was?"

Sie verzog verärgert den Mund und verschränkte unwillkürlich die Arme, was Chance amüsierte, da dadurch ihre Brüste hochgeschoben wurden und sie ihm noch mehr Kurven zum Bewundern bot.

„Warum geht es Sie etwas an, was ich tue?", wiederholte sie.

Was hatte Lucy noch mal von ihm verlangt? „Pass gut auf Ally auf. Du bist für ihre Sicherheit und ihr Wohlbefinden verantwortlich." Zum Teufel! Er vergaß Allys Brüste und verspürte nur noch Ärger. „Alles, was sich am Sierra Peak tut, geht mich etwas an", erwiderte er knapp.

„Sie arbeiten auch dort?"

„Ich bin der Boss gleich nach Lucy."

Ally entfuhr ein kleines Ächzen, und sie räusperte sich. „Und was genau tun Sie?"

„Abgesehen davon, dass ich der Hoteldirektorin Bericht erstatte?" Er schaltete in einen niedrigeren Gang, um eine enge

Kurve zu nehmen, und zuckte die Achseln. „Alles Mögliche. Ich plane Klettertouren und andere sportliche Aktivitäten, sehe mich nach mehr Land fürs Hotel um und lege neue Pisten und Radwanderwege an, um Weltklasse-Athleten von überallher zu uns zu locken."

„Das ist wirklich eine ganze Menge."

„Ich organisiere außerdem alle Wettkämpfe."

„Oh."

„Und die Skipatrouille und die neue Radfahrpatrouille unterstehen meiner Aufsicht, genauso wie alle übrigen Mitarbeiter."

„Also machen Sie alles."

„Genau."

„Und was tue ich als Hoteldirektorin?"

Er grinste. „Sie geben mir Anweisungen."

Ally sah ihn so entsetzt an, dass er fast laut gelacht hätte. „Also können Sie wahrscheinlich auch sehr gut Ski laufen, Rad fahren und so weiter, stimmt's?", fragte sie kleinlaut.

„Jeder, der hier arbeitet, ist ein erfahrener Sportler. Das wird von allen Angestellten der Sierra Peak Lodge erwartet." Chance sah sie vielsagend an. „Es sei denn, es ist etwas von der Familie gedeichselt worden."

Ally errötete und kaute auf ihrer Unterlippe. „Lucy hat mich gebeten, zu kommen."

Das wusste er, hatte aber keine Ahnung, warum es ihn so störte. Und warum Ally ihn so irritierte. „Und jetzt muss ich den Babysitter spielen."

Ihre Augen blitzten vor Empörung. „Ich brauche keinen Babysitter."

„Schön, denn ich möchte keiner sein."

„Das wird nicht nötig sein." Sie machte ihrer jahrelang unterdrückten Wut Luft. „Dieses eine Mal werde ich tun, was ich will und wann ich es will, ohne mir Sorgen darüber zu machen, welcher von meinen Schwestern ich aus einer Patsche helfen muss." Sie machte lebhafte Gesten mit den Händen, während sie sprach, und er fragte sich, ob sie auch so temperamentvoll war, wenn sie mit einem Mann ins Bett ging.

„Ich werde zur Abwechslung einmal nur an mich denken." Sie nickte heftig, wie um ihren Entschluss zu bekräftigen, und ihre Augen funkelten vor Leidenschaft. „Ich möchte tun, was ich will. Wenn ich barfuß im Gras herumtanzen will, werde ich es tun. Wenn ich den Mond anheulen will, werde ich es tun. Ich werde egoistisch sein, wenn mir danach ist. Ich werde alles tun, was mir in den Sinn kommt." Wieder hob sie trotzig das Kinn. „Und zwar ohne Hilfe."

Die Heftigkeit ihrer Worte, verbunden mit ihrer so offensichtlichen Naivität, erschreckte ihn, und gleichzeitig erregte sie ihn. Und das wiederum irritierte ihn. „Schön."

„Schön", wiederholte sie und blieb dann für eine Weile stumm, was Chance sehr gefiel. Er liebte die Stille.

Offenbar war es Ally endlich warm, denn sie hatte aufgehört, die Arme um sich zu schlingen. Es hatte ihm zwar nichts ausgemacht, dass sie gefroren hatte, aber jetzt konnte er all ihre hübschen Rundungen viel ungestörter bewundern.

Wie kam eine prüde Bibliothekarin überhaupt zu einem so hinreißenden Körper?

„Lucy hat wahrscheinlich die meiste Zeit mit Papierkram zu kämpfen", sagte sie schließlich. „Sie wissen schon, Schreibtischarbeit, stimmt's?"

Lucy hinter dem Schreibtisch? dachte Chance. Nur wenn man sie an den Sessel fesselte. Lucy und er hatten sich bei ihrer gemeinsamen Arbeit perfekt ergänzt. „Hat sie zufällig erwähnt, warum sie im Krankenhaus liegt?"

„Oh ja." Ally schwieg wieder, aber diesmal leider nur für sehr kurze Zeit. „Sie machen also oft gefährliche Dinge?"

Er seufzte. „Werden Sie während der ganzen Fahrt quasseln?"

Sie sah ihn beleidigt an und schloss den Mund einen herrlichen Moment lang. „Ja, ich denke, genau das werde ich tun", verkündete sie bockig.

„Wunderbar", murmelte er.

„Ist Ihre Arbeit riskant?"

„Ja, wir hier draußen in der Wildnis lieben die Gefahr."

„Oh." Sie kaute nachdenklich auf der Unterlippe. „Na ja, ich habe schon davon gehört."

Wie schön. Sie hatte also davon gehört. Er lachte.

Ally lachte nicht. Sie sah entschlossen geradeaus. „Einige Dinge werden sich ändern", sagte sie leise. „Ich spüre es."

„Geht es um Ihren Entschluss, egoistisch zu sein?"

„Das ist nicht Ihre Angelegenheit."

Aha, jetzt ging es ihn also plötzlich nichts mehr an. „Sie bilden sich doch hoffentlich nicht ein, dass Sie ausgerechnet während Ihrer Zeit hier in Wyoming mehr Aufregung in Ihr Leben bringen können, oder?"

„Doch."

Chance stöhnte auf. „Das hat mir gerade noch gefehlt. Eine ständig plappernde, nervige wandelnde Zeitbombe."

Ally starrte ihn ungläubig an. „Wie bitte?"

„Solange ich für Sie verantwortlich bin", erklärte er in bestimmtem Ton, „werden Sie nichts Verrücktes anstellen und sich auf gar keinen Fall in Gefahr bringen."

„Sie sind nicht für mich verantwortlich, also regen Sie sich ab." Sie wandte sich von ihm ab und betrachtete wieder die schöne Landschaft.

Er sollte sich abregen? Leicht gesagt. Sie hatte ja keine Ahnung. Er hatte nicht genug Leute und war völlig erschöpft, weil er seit dem Feuer rund um die Uhr arbeitete. Das Feuer, das jetzt den Beginn der Sommersaison, weiß der Kuckuck wie lange, hinauszögern würde, kostete das Hotel einen Haufen Geld, den es sich nicht leisten konnte.

Und Miss Wheeler wollte, dass er sich abregte. Wie wäre das möglich? Er liebte sein Leben hier. Sein Job befriedigte sein drängendes Bedürfnis nach Aufregung und Gefahr, das ihn erfüllt hatte, seit sein Vater ihn im Alter von fünf Jahren zum ersten Mal nach Tibet mitgenommen hatte, wo sie einige Monate lang die Berge bestiegen hatten.

Auf seine eigene unorthodoxe Art hatte sein Vater versucht, in jedem seiner drei Söhne eine tiefe Liebe zum Abenteuer zu wecken. Chances beide älteren Brüder, Brandon und Kellan, hatten jedoch nie das Fernweh ihres Vaters geteilt und ihn nie richtig verstanden, ebenso wenig wie ihren jüngsten Bruder. Beide hatten gegen ihre ungewöhnliche Kindheit aufbegehrt und waren zum Militär gegangen.

Aber Chance schlug einen anderen Weg ein. Der Gedanke, sich der Autorität anderer Männer zu beugen, widerstrebte ihm zutiefst. Dafür genoss er seine Freiheit und Unabhängigkeit viel zu sehr. Wie auch sein Vater, sehnte Chance sich nach dem Abenteuer. Nicht viele konnten dieses Bedürfnis nachvollziehen. Und ganz bestimmt keine Frau. Tina war die Einzige gewesen, die ihn fast davon überzeugt hatte, dass sie ihn verstand.

Sie war Kindergärtnerin in Colorado gewesen, als er dort Urlaub machte. Sie waren beide neunzehn gewesen. Tagsüber fuhr Chance bis zur völligen Erschöpfung Ski, und in der Nacht liebte er Tina bis zur völligen Erschöpfung. Sie war so süß, so zerbrechlich und einfühlsam. So unglaublich es ihm zunächst auch vorkam, er hatte sich unwiderstehlich zu ihr hingezogen gefühlt, und obwohl er es versuchte, konnte er sich nicht von ihr losreißen.

Als es Zeit für ihn war, weiterzuziehen, hatte sie mit ihm kommen wollen, auch wenn das ungeregelte Leben, das er führte, ganz und gar nicht ihrer Natur entsprach. Tina hatte jedoch darauf bestanden, mit ihm zu gehen. Eine einmonatige Reise mit ihren Freundinnen in die kanadische Wildnis sollte seine Bedenken zerstreuen. Nach nur fünf Tagen, als sie den abgelegensten Teil von Kanadas wilder Natur erreicht hatten, wurde Tina krank. Als man sie endlich in ein Krankenhaus bringen konnte, hatte sich ihre Erkältung in eine Lungenentzündung verwandelt.

Bald darauf starb Tina.

Und obwohl Chance sich klarmachte, dass er sie nicht geliebt hatte, war er zutiefst getroffen und fühlte sich schuldig. Selbst jetzt, nach all den Jahren, quälte ihn die Erinnerung.

Nie wieder hatte er sich mit einem süßen kleinen Ding mit großen, ausdrucksvollen Augen eingelassen. Nie wieder hatte er sich von einer Frau überzeugen lassen, dass er sie für mehr brauchte als für ein schnelles sexuelles Abenteuer.

Dank seines verrückten Arbeitspensums war es jedoch schon eine ganze Weile her, seit er sich dieses Vergnügen gegönnt hatte. Und das musste auch der Grund dafür sein, warum er jetzt die ganze Zeit über daran denken musste, dass Allys Bluse sich wie eine zweite Haut an sie schmiegte.

Plötzlich heftig erregt, beugte er sich vor und stellte die Heizung aus, im selben Moment, als Ally sich vorbeugte, um sie höher zu drehen. Ihre Hände berührten sich, und ihre Gesichter waren nur wenige Zentimeter voneinander entfernt.

Ally wich nervös zurück, und er lächelte grimmig. Es sah nicht so aus, als wäre Miss Prüde zu einem kleinen Abstecher ins Heu bereit.

Jetzt drückte sie die Nase ans Fenster und betrachtete die atemberaubende Landschaft, die schnell an ihnen vorbeisauste. Chance schüttelte den Kopf. „Man kann sehen, dass Sie noch nie in der Wildnis gewesen sind."

„Nein. Es sei denn, Sie rechnen den Zentralbusbahnhof um fünf Uhr nachmittags dazu."

„Das ist ein Zoo, nicht die Wildnis", erwiderte er verächtlich und erkundigte sich mit boshafter Neugier: „Sie haben noch nicht einmal gecampt?"

„Ein Mal." Sie verzog den Mund in ihrer Erinnerung zu einem schiefen Lächeln. „Im Garten hinter meinem Haus. Ich aß Marshmallows, trank Limo und sang laut vor mich hin. Es war wundervoll. Dann wurde ich von einer Spinne gebissen, bekam eine Infektion und übergab mich, weil ich zu viele Marshmallows gegessen hatte. Auf dem Weg zum Haus stolperte ich über den Gartenschlauch und brach mir den Fuß. Seitdem habe ich nicht wieder gecampt." Sie seufzte. „Und keine Marshmallows gegessen." Sie warf ihm einen Seitenblick zu. „Und das letzte Mal, als ich auf einem Fahrrad gesessen habe, brach ich mir den Arm. Da war ich zwölf. Aber ich kann schwimmen, nur nicht besonders gut."

„Aber Sie sind doch sicher mal irgendwohin gereist."

„Nein."

Wie konnte jemand sich damit zufriedengeben, an einem Ort zu bleiben? Das konnte Chance einfach nicht begreifen. „Warum sind Sie dann überhaupt hergekommen?"

„Weil Lucy mich braucht."

„Sie kommen immer gleich angerannt, wenn man Sie ruft?"
Ally hob gereizt das Kinn. „Das nennt man Loyalität."
Chance schüttelte den Kopf. „Keine Verpflichtung würde mich jemals an einen Ort fesseln, wo ich nicht sein will."
„Sie klingen verbittert."
Nein, ihm lag nur nichts an zu engen Beziehungen.
„Und überhaupt", sagte sie, „wer sagt denn, dass ich nicht hier sein will?" Aber sie ließ unwillkürlich die Schultern hängen, und in ihren Augen lag ein sorgenvoller Ausdruck. „Ich hoffe, ich bin kein Dummkopf, zu glauben, dass ich das schaffe."
Genau das, was er hören wollte. Tut mir leid, Lucy, dachte er und wendete abrupt, ohne seine Erleichterung verbergen zu können.
Ally hielt sich verblüfft am Armaturenbrett fest und starrte Chance an. „Was machen Sie denn da?"
Mich so weit wie möglich von dir fernhalten. „Ich fahre Sie zum Flugplatz zurück."
„Nein! Das können Sie nicht tun."
„Sie sind ein Dummkopf, zu glauben, dass Sie es schaffen", wiederholte er, weder besonders geduldig noch freundlich. „Das haben Sie gesagt, nicht ich."
„Ich weiß, was ich gesagt habe", fuhr Ally ihn an und straffte die Schultern. Und plötzlich erinnerte sie ihn gar nicht mehr an Tina. „Ich habe nur laut gedacht", erklärte sie kühl. „Hören Sie einfach nicht auf mich."
„Ich soll nicht auf Sie hören? Ist das Ihre erste Anweisung an mich?"
Ally verschränkte die Arme vor der Brust und sah ihn mit funkelnden Augen an. Es steckte offensichtlich doch mehr Leidenschaft in ihr, als er gedacht hatte. Und er war sicher, dass sie nicht ahnte, wie niedlich sie war, wenn sie sich aufregte, sonst hätte sie sicher sofort damit aufgehört.
„Drehen Sie um", verlangte sie.
„Warum?"
„Weil ich es so will. Ich weiß, ich war ein bisschen zaghaft, aber das ist jetzt vorbei. Ich will Abenteuer erleben. Rad fahren,

Ski fahren, alles, was Wyoming zu bieten hat. Ich werde jede Scheu ablegen."

Der Gedanke, sie könnte jede Scheu ablegen, jagte ihm seit langer Zeit wieder einen echten Schreck ein. „Moment mal ..."

„Nein", unterbrach sie ihn. „Sagen Sie nichts mehr." Ihr Blick blieb an seinem Mund hängen, wanderte dann zu seiner Brust und noch tiefer, sodass Chances Körper schon hoffnungsvoll zu reagieren begann. Sie sah ihm wieder ins Gesicht. Ihre Wangen waren knallrot. „Sie ..." Sie suchte offensichtlich das passende Wort, um ihm gehörig den Kopf zu waschen, und Chance machte sich auf eine deftige Bemerkung gefasst. „Ach, fahren Sie einfach!", stieß sie schließlich hervor und lehnte sich zurück.

Mann, die war aber streng. Er lachte.

Sie verzog keine Miene, und als ihm erst einmal klar wurde, dass er sie nun tatsächlich am Hals hatte, machte es ihm auch keine Schwierigkeiten mehr, seine Belustigung zu unterdrücken.

Er betete inständig, dass sie sehr bald zur Vernunft kommen würde. Oder vielleicht stolperte sie ja noch einmal über einen Gartenschlauch.

3. KAPITEL

Ally betrat Lucys Krankenzimmer. Ihr war ganz flau im Magen. Chance war zu ihrer Erleichterung im Wartezimmer geblieben. Sie konnte sich nicht auf Lucy konzentrieren, wenn er im selben Raum war und sie ablenkte. Und ablenken würde er sie ganz bestimmt. Selbst wenn er nicht so hochgewachsen und attraktiv gewesen wäre, hätte seine selbstbewusste Persönlichkeit sie fasziniert. Ein Blick von ihm genügte, um sie nervös zu machen. Hatte sie denn gar nichts gelernt von ihrer letzten Beziehung? Hatte sie denn schon vergessen, dass große attraktive Männer unweigerlich Liebeskummer bedeuteten?

Lucy strahlte. „Lass dich anschauen, mein Kind."

„Das kann unmöglich das richtige Zimmer sein", sagte Ally erstaunt. „Ich erwartete eine leidende Person. Niemand kann so gut aussehen wie du und Schmerzen leiden."

„Oh, und ob ich leide!", versicherte Lucy ihr. „Ich kann nicht einmal gehen. Überzeug dich selbst."

Ally kam näher und sah, dass Lucys eine Hüfte tatsächlich in einem Streckverband steckte und ihr eines Bein eingegipst war. „Oje."

„Du siehst entsetzlich aus, weißt du das?", bemerkte Lucy, nachdem sie sich zur Begrüßung umarmt hatten.

„Vielen Dank", erwiderte Ally trocken.

Lucy lächelte nur. „Keine Sorge", sagte sie. „Wyoming wird dich schon wieder aufmöbeln. Ich bin so froh, dass du gekommen bist. Hast du Chance schon kennengelernt? Ist er nicht süß?"

Ally sah sie verwundert an. „Süß?"

Lucy lächelte. „Ich weiß. Er ist sehr viel mehr als das. Er ist wundervoll."

Wundervoll aussehend, vielleicht. Chance, der böse Wolf, war nun wirklich das Letzte, worüber Ally reden wollte. „Du hast mir immer noch nicht gesagt, wie es dir geht. Hast du Schmerzen?"

Lucy nickte weise. „Aha, man wechselt das Thema. Netter Versuch." Ihre Freude schien ein wenig nachzulassen. „Du kannst ihn also nicht ausstehen."

„Das habe ich nicht gesagt."

Lucy sank in die Kissen zurück und wich Allys Blick aus. „Weil es mir wirklich leidtun würde, wenn du mit jemandem zusammenarbeiten müsstest, den du nicht magst."

Mögen? Nein. Begehren? Oh ja. Aber sie würden sich schon irgendwie zusammenraufen. Und sie würde alles in Erfahrung bringen, was sie über ihn wissen musste, selbst wenn bereits ein Blick auf ihn in Jeans und T-Shirt genügte, um ihre Hormone in Aufruhr zu versetzen. „Ach, das wird schon gehen", versicherte Ally. „Wir werden gut miteinander auskommen."

„Wirklich? Ach, Liebes, ich bin so froh. Das macht es so viel einfacher für mich. Ich meine, wenn man meinen Zustand bedenkt."

Das klang irgendwie unheilvoll, fand Ally. „Stimmt etwas nicht?"

„Nichts, was mit der Zeit nicht wieder heilen wird. Ich mache mir nur Sorgen um das Hotel. Das Feuer hat alles zerstört. Es wird schwierig werden, alles für die Sommersaison in Ordnung zu bringen. Du wirst doch bleiben, oder?"

Ally drückte beruhigend Lucys kühle, schwielige Hand. „Natürlich." Sie hatte einen Monat Zeit, bevor sie nach San Francisco zurückkehren musste, um ihre Wohnung zu räumen. Einen Monat, in dem sie sich darüber klar werden musste, welche Richtung sie künftig einschlagen wollte. „Aber um ehrlich zu sein, Chance scheint mehr als fähig zu sein …"

„Oh, er ist wirklich ein fähiger Mann." Lucy lachte. „Und mit seinem Aussehen und seinem reizenden Lächeln kann er die Mitarbeiter so ziemlich zu allem überreden. Aber Blut ist dicker als Wasser."

Ally dachte an Chances Lächeln und wusste, dass Lucy recht hatte. Sein Lächeln schien sagen zu wollen: Ich weiß, dass du dir hier fehl am Platz vorkommst. Ich fordere dich heraus, es doch zu wagen. Und es sagte: Ein Kuss von mir, und du bist verloren.

Zu ihrem Ärger waren ihr die Knie weich geworden.

„Wenn du irgendetwas brauchst", sagte Lucy, „geh zu ihm."

Wenn Ally etwas brauchte, dann die Möglichkeit, endlich einmal wirklich zu leben. Und obwohl Chance sie nicht nur faszinierte, sondern ihr vor allem Angst einjagte, glaubte sie, dass er ihr vielleicht helfen könnte. Sie musste es nur schaffen, ihn zur Kooperation zu überreden.

„Es gibt nichts, das er nicht zuwege bringt, wenn er es sich einmal in den Kopf gesetzt hat", sagte Lucy.

Chance war sicher ein Mann, der zu allem bereit war. Also war er wirklich der ideale Mann, um ihr zu helfen. „Es wird schon alles klappen. Werd du nur wieder gesund."

„Okay." Lucy seufzte. „Du bist doch nicht böse, wenn ich jetzt ein kleines Nickerchen mache, oder?"

„Nein, natürlich nicht." Aber Allys Magen zog sich unwillkürlich zusammen, denn jetzt musste sie wieder zu Chance hinausgehen. Nicht, dass sie nicht bereit dazu war. Sie brauchte nur noch ein paar Augenblicke, um sich zu sammeln. „Ruh du dich nur aus. Ich warte hier ..."

„Oh nein!" Lucy richtete sich auf und öffnete ihre grünen Augen. „Du darfst nicht warten. Fahrt gleich zum Hotel weiter. Und ich möchte nicht, dass ihr mich oft besucht. Die Fahrt dauert viel zu lange. Kommt nur, wenn ihr Zeit habt."

Ally zögerte. „Bist du sicher?"

„Völlig." Lucy sank wieder zurück und schloss die Augen. „Ich habe absolutes Vertrauen in dich. Ach, Ally?"

„Ja?" Ally trat wieder an Lucys Bett. Vielleicht wurde ihr doch noch eine Gnadenfrist gewährt.

„Umarme Chance für mich, ja?"

Lucy war klug genug, zu warten, bis die Tür sich hinter Ally geschlossen hatte, bevor sie ihrer Heiterkeit Luft machte.

Als die Krankenschwester kurz darauf hereinkam, grinste Lucy von einem Ohr zum anderen.

„Was ist denn so komisch?", fragte die Schwester.

Lucy seufzte verträumt. „Alles ist vollkommen."

„Sie befinden sich für unabsehbare Zeit im Streckverband, und alles ist vollkommen?"

„Ich werde doch nicht sterben, oder?"

Die Schwester lachte erstaunt. „Nein, natürlich nicht."

Lucy blickte zur Tür, durch die Ally vorhin so widerwillig gegangen war, und ein wissendes Lächeln umspielte ihre Lippen. „Dann ist doch alles perfekt."

Chance fuhr auf die gleiche Weise, wie er alles zu tun schien – mit Begeisterung. Seine kräftigen Hände umfassten das Lenkrad ohne die geringste Anspannung, seine langen, muskulösen Beine bewegten sich geschmeidig, wenn er die Kupplung oder die Bremse betätigte. Und er blickte nicht nur auf die Straße, sondern genoss auch die herrliche Aussicht.

Ally konnte es kaum erwarten, ihm von ihrer Idee zu berichten, dass er ihr dabei helfen sollte, sie in eine ausgelassene Abenteurerin zu verwandeln. Aber obwohl sie merkte, dass er gelegentlich zu ihr herübersah, sagte er nichts.

Etwa nach einer halben Stunde klingelte sein Handy. Es lag vor ihr auf dem Armaturenbrett, und seine Hand berührte flüchtig ihren Schenkel, als er danach griff. Ally verkrampfte sich unwillkürlich, aber er sah sie nicht einmal an. Er blickte stirnrunzelnd auf das Display, das die Nummer des Anrufers zeigte.

„Was ist denn?", fragte Ally mit einer Stimme, die zu ihrem Ärger ein wenig atemlos klang. Reiß dich zusammen, ermahnte sie sich streng.

„Es ist Lucy." Er sah sie immer noch nicht an und hielt sich das Handy ans Ohr. „Du konntest nicht mal warten, bis wir angekommen sind, was?", sagte er in den Hörer. „Die Neugier bringt dich um, nehme ich an." Sein Stirnrunzeln vertiefte sich. „Ich habe doch gesagt, dass ich es tun werde, oder? ... Ja, das hast du schon erwähnt. Drei Mal. Ich verstehe. Sie ist unerfahren und braucht meine Hilfe." Diesmal warf er Ally doch einen finsteren Blick zu, und sie wünschte, sie könnte sich irgendwo verstecken. „Schon gut. Wird gemacht." Er fuhr sich mit der Hand durch das Haar, sodass es unordentlich in alle Richtungen abstand. Doch statt dass es ihn lächerlich aussehen ließ, machte er eher einen niedergeschlagenen Eindruck. „Ich habe schon gesagt, ich kümmere mich um sie."

Ally schluckte nervös, hörte aber weiter interessiert zu.

„Ja, ja, mir fehlst du auch", erklärte er. „Und jetzt leg endlich auf, okay? Und vergiss meine Telefonnummer."

Ally wollte sich schon beschweren, weil er in diesem Ton mit Lucy sprach, aber dann sah sie, dass ein liebevolles Lächeln seine Lippen umspielte. Das Lächeln verschwand jedoch, als sein Blick auf Ally fiel. „Wir sind fast da." Seine Stimme klang wieder rau vor Ärger, als ob ihr bloßer Anblick ihn störte. „Ich muss arbeiten. Sie können in Lucys Büro gehen. Oder ich zeige Ihnen, wo Sie wohnen werden."

Er wollte sie so schnell wie möglich loswerden. Nun, da hatte er Pech gehabt. „Und was werden Sie machen?", wollte sie wissen.

„Einiges."

Und zwar ohne sie, das war nur allzu deutlich. Jetzt, sagte sie sich. Sag ihm jetzt, dass du seine Hilfe brauchst.

Aber dann erreichten sie das Hotel, und einen Moment lang vergaß Ally tatsächlich den aufregenden Mann neben sich. Sie beugte sich vor und bewunderte das riesige dreistöckige Blockhaus, das den Mittelpunkt der Ferienanlage bildete. Ehrfürchtig betrachtete sie die hohen Berge, die dahinter lagen. Es war wirklich faszinierend und aufregend. „Oh, es ist wunderschön. Ich kann es kaum erwarten, mich umzusehen."

„Nein. Spazieren Sie nicht allein in der Gegend herum." Das sollte eindeutig ein Befehl sein. Er stieg aus dem schwarzen Jeep und knallte die Tür zu. „Sie ziehen nicht allein los. Denken Sie nicht einmal daran."

Ally stieg aus und lachte ungläubig. „Ich dachte, ich soll Ihnen Anweisungen erteilen und nicht umgekehrt."

Er lehnte sich an den Jeep, verschränkte die Arme vor der Brust und betrachtete Ally abschätzend. Plötzlich kam er ihr noch größer vor, als sie geglaubt hatte, und ganz und gar nicht freundlich. „Und?", fragte er.

Sie beschloss, ihm seine Frechheit zu verzeihen, weil sie ihn brauchte. Obwohl sie das ihm gegenüber natürlich nie zugeben würde. „Ich werde tun, was mir passt."

„Sie sind müde von der Reise."

„Nein, überhaupt nicht. Ich brauche mich nicht auszuruhen und möchte gleich anfangen."

„Aha. Und ist Ihnen schon in den Sinn gekommen, dass Sie gar nicht wissen, womit Sie anfangen können?"

„Sie könnten es mir ja zeigen."

Er sah sie sekundenlang fassungslos an und lachte dann. „Nein."

„Warum nicht?"

„Weil ich zu viel zu tun habe, um den Babysitter zu spielen, oder haben Sie das vergessen?"

„Schön. Dann tu ich's eben selber." Und damit ging sie auf das Hauptgebäude zu.

Chance sah ihr nach. Seine Stimmung verschlechterte sich von Sekunde zu Sekunde. Das konnte ja noch heiter werden. Miss Wheeler bebte regelrecht vor eingebildeter Begeisterung, das spürte er.

Warum war er also gleichzeitig wütend und erregt, wenn er sie ansah?

Sicher, er hatte sich schon immer zu Frauen hingezogen gefühlt, die gern mal über die Stränge schlugen, aber diese spezielle Frau wünschte er sich brav und zurückhaltend. Sie sollte verschwinden, bevor ihr etwas geschah, und er war sicher, dass etwas geschehen würde. Bei ihrer Ungeschicklichkeit und ihrem Mangel an Erfahrung war es nur eine Frage der Zeit. Und bestimmt würde es passieren, wenn er Dienst hatte, damit er sich dann mit Schuldgefühlen herumquälen durfte. Er hatte nicht die Absicht, das noch einmal durchzustehen. Nicht einmal für Lucy, der er so viel verdankte.

„Sagen Sie schon was", wandte Ally sich an ihn, als er sie einholte. Sie stand auf der untersten Stufe zum Hotel und sah geradezu rührend glücklich aus. „Erzählen Sie mir von diesem Ort."

„Ich muss mich mit unserer Crew auf dem Berg treffen, um die Brandschäden zu beseitigen."

„Bitte."

Er seufzte und hatte keine Ahnung, warum er ihr den Gefallen tat. Er wies auf die Skipisten, auf denen kaum noch Schnee lag. „Dieses Jahr kam der Frühling vorzeitig. Die Skisaison ist vorbei. Wenn wir mit der Arbeit am Berg fertig sind, werden wir nächste Woche den Skilift erweitern."

„Ich wäre so gern Ski gefahren", sagte Ally wehmütig.

Chance dankte dem Himmel, dass ihm das erspart geblieben war. „Wenn wir in den letzten vier Wochen kälteres Wetter gehabt hätten, würden wir immer noch Ski oder Snowboard fahren."

„Können Sie überhaupt Snowboard fahren?"

Beide wandten sich um, als sie die Stimme hörten. Obwohl der Junge, der gesprochen hatte, den Gesichtsausdruck eines Mannes von mindestens dreißig aufgesetzt hatte, konnte er nicht älter als vierzehn sein. Er lehnte lässig an der Wand und sah sie beide mit mürrischer Miene an. Der Junge war Lucys jüngste gute Tat und wild dazu entschlossen, Chance mit seiner Aufsässigkeit zur Weißglut zu bringen.

Chance konnte nicht verstehen, warum man ihn nicht einfach in Frieden ließ, aber aus irgendeinem Grund blieb Brian ihm immer auf den Fersen, und jetzt hatte Lucy ihm auch noch Ally aufgehalst.

„Das ist Brian Hall", sagte er zu Ally. „Er arbeitet hier. Ally ist mit Lucy verwandt", meinte er zu Brian. „Sie übernimmt ihren Platz hier. Das bedeutet, sie ist dein Boss."

„Und Ihrer", betonte Brian.

Chance schloss sekundenlang die Augen. „Ja."

„Und was tust du hier?", fragte Ally Brian mit einem warmen Lächeln, das Chance zum ersten Mal an ihr sah. Es verwandelte sie plötzlich von gewöhnlichem Mittelmaß zu einer solchen Schönheit, dass Chance sie fassungslos anstarrte.

Brian zuckte mit den Achseln. „So dies und das."

„Aha, ich verstehe." Ally sah amüsiert aus, und wieder war Chance beeindruckt von ihrer Veränderung und von der aufrichtigen Wärme und Zuneigung, die sie Brian schenkte. Er spürte plötzlich ein seltsames Ziehen in der Herzgegend, das er sofort seinem leeren Magen zuschrieb.

„Was denn genau?", fragte sie Brian.

Der Junge scharrte mit der Schuhspitze in der Erde. „Ich hab in einem blöden Laden geklaut, man hat mich erwischt und im Jugendknast verprügelt. Und als ich wieder gehen konnte, hieß es, ich hätte das Feuer hier gelegt. Und deswegen muss ich jetzt noch mehr beknackte Zwangsarbeit leisten, um den Berg sauber zu kriegen."

Ally lächelte nicht mehr. „Du bist verprügelt worden?"

Jetzt starrte Brian sie genauso an wie Chance. Offenbar hatte sie nur mitbekommen, dass man Brian verprügelt hatte. Was war mit dem Einbruch und dem Verdacht auf Brandstiftung? Und vor allem, was war mit der lässigen Frechheit, mit der Brian jedem zu verstehen gab, dass er sich nicht um die Meinung der anderen Leute scherte und weiterhin Schwierigkeiten machen würde, wenn es ihm in den Kram passte?

„Wurdest du verletzt?", fragte sie, und bekam nur Brians berühmtes Achselzucken zur Antwort. Er wusste nichts, alles war ihm egal, er erinnerte sich nicht. Sollte sie doch glauben, was sie wollte.

„Brian?" Ihre Stimme war sanft, aber bestimmt, und Ally senkte ein wenig den Kopf, um ihm ins Gesicht sehen zu können.

„Nicht so schlimm", gab er zu. Natürlich log er. Man hatte ihn fast totgeprügelt.

„Es muss fürchterlich gewesen sein." Das klang so aufrichtig, dass Brians maskenhafte Gleichgültigkeit bröckelte. „Ich hoffe, du musst nie wieder eine so schreckliche Erfahrung machen."

Brian tat so, als hätte er nichts gehört, aber Allys Lächeln blieb freundlich.

„Gefällt es dir hier?", fragte sie.

Er zuckte wieder die Achseln, aber diesmal nicht so lässig. Er ließ sich sogar dazu herab, eine weniger finstere Miene aufzusetzen.

Es war wirklich erstaunlich. Chance traute seinen Augen nicht und starrte den Jungen sekundenlang verblüfft an, bevor er sagte:

„Der Richter war der Meinung, er würde einsehen, welchen Schaden er angerichtet hat, wenn er hier arbeitet."

„Ich hab das verdammte Feuer nicht gelegt", sagte Brian und spannte sich wieder an. „Ich sag's jetzt zum hundertsten Mal."

„Und ich sag dir zum hundertsten Mal, dass du dir diese Erklärung für den Richter aufsparen sollst", warf Chance ein.

„Nun", warf Ally mit unveränderter Freundlichkeit ein, „ich freue mich darauf, mit dir zusammenzuarbeiten."

Chance sah amüsiert, wie Brian sich anschickte, wieder die Achseln zu zucken, es sich dann jedoch anders überlegte. Und er schnaubte nicht einmal oder fluchte, wie es sonst seine Angewohnheit war. Bis jetzt war es nur Lucy gelungen, sich so viel Respekt bei ihm zu verschaffen.

Dann schenkte Brian Chance das höhnische Lächeln, das er Lucy erspart hatte. „Können Sie wirklich Snowboard fahren?"

„Ja." Chance verriet ihm nicht, dass er Profi gewesen war. „Und du?"

„Machen Sie Witze?" Brian schob die Hände in die Taschen und wippte auf den Fußballen. „Ich könnte an richtigen Rennen teilnehmen, wenn ich wollte."

„Aha." Chance schüttelte den Kopf und machte keinen Hehl daraus, dass er wenig beeindruckt war. „Schwer zu machen, wenn man im Gefängnis sitzt."

„Ich werde nicht im Gefängnis sein."

Chance hoffte das von ganzem Herzen, aber er hatte seine Zweifel. Brian war sein ganzes Leben vernachlässigt und misshandelt worden. Bereits im Alter von sieben Jahren hatte er sich auf die Seite des Verbrechens geschlagen. Bis jetzt war er schon zwei Mal festgenommen worden. Er hatte keine positiven Leitbilder und war völlig orientierungslos. Chance konnte nur hoffen, dass die Arbeit hier in dieser grandiosen Landschaft einen positiven Einfluss auf ihn haben würde.

„Nun, ich brauche jedenfalls Hilfe", betonte Ally. „Ich komme aus der Stadt und weiß nichts über das Leben hier. Wirst du mir zur Verfügung stehen?"

Brian schien von dieser Vorstellung fasziniert zu sein. „Sie sind der Boss und wissen nicht, was Sie tun müssen?"

Sie lächelte, und wieder war Chance wie geblendet von ihrer Schönheit. Er wandte hastig den Blick ab, weil er sich den Verstand nicht von irgendeiner sentimentalen Gefühlsanwandlung benebeln lassen wollte. Er würde an seiner anfänglichen Abneigung für diese Frau festhalten, koste es, was es wolle.

„Und deswegen werde ich wirklich gute Mitarbeiter brauchen", sagte sie.

Brian warf Chance einen unergründlichen Blick zu und sah dann zu Boden. „Ich bin kein Mitarbeiter. Nicht wirklich."

„Das lässt sich vielleicht ändern."

Jetzt sah sie Chance an, und der stöhnte gereizt auf. „Haben Sie nicht mitbekommen, weswegen Brian hier ist?"

„Doch." Ihre Augen strahlten Wärme und Mitgefühl aus. Himmel, noch einer dieser herzensguten Menschen, die die Welt retten wollten! „Er ist zu jung", sagte Chance. „Und zu dickköpfig. Er hört auf niemanden."

Brians Augen blitzten wütend auf. „Doch, werde ich."

„Ohne Widerspruch?"

„Ohne", stieß Brian zwischen den Zähnen hervor.

„Dann beweis es. Aber tu das ein andermal. Ich muss die Wanderwege freimachen, wenn wir irgendwann einmal öffnen wollen. Und du wirst helfen, Brian."

„Ich auch", warf Ally ein.

„In den Dingern da?", fragte Chance.

Ally blickte auf ihre offenen Sandaletten. Sie trug einen silbernen Ring am zweiten Zeh ihres rechten Fußes, was Chance sehr sexy vorkam. „Ich habe Tennisschuhe in meinem Koffer", sagte sie.

Chance schnaubte verächtlich. „Gehen Sie zu Teds Laden. Sagen Sie ihm, er soll Ihnen richtige Stiefel geben, bevor Sie sich noch umbringen. Und du auch", fuhr er Brian an, der lächerliche schwarze Kunststoffstiefel trug. „Und beeil dich, okay?"

„Sie haben eine herzergreifende Art mit Kindern", bemerkte Ally trocken, nachdem Brian gegangen war.

„Er ist kein Kind. War wahrscheinlich nie eins."

„Seltsam, das Gleiche würde ich von Ihnen behaupten." Sie schirmte die Augen gegen die Sonne ab, blickte zum Berg hinauf und nagte an ihrer Unterlippe.

Plötzlich hatte Chance den Wunsch, sie zu küssen. Wortlos wandte er sich ab und ging davon.

„He!", rief sie ihm nach. „Wohin gehen Sie?"

„Auf den Berg."

„Warten Sie auf mich."

„Nein." Aber er machte den Fehler, stehen zu bleiben und sie anzuschauen. Sie sah aus wie ein Kind, dem man den Lolli weggenommen hat. So süß und unschuldig und so hoffnungsvoll. Chance stöhnte auf.

„Ich bin hart im Nehmen, auch wenn ich nicht so aussehe", erklärte sie.

„Das ist gut. Aber ich will Sie trotzdem nicht auf dem Berg haben, Ally. Ich habe schon genug am Hals mit unserem zähen Burschen hier."

Sie war überrascht, als er sie beim Vornamen nannte, denn bisher hatte er es sorgfältig vermieden. „Brian hat wahrscheinlich gute Gründe, um so zäh zu werden."

„Ja." Er hatte nicht erwartet, dass sie so scharfsinnig sein würde, und sie sah ihn aufmerksam an, als ob sie ihn ebenso leicht durchschaute wie Brian. Aber ihm konnte es ja egal sein, was sie von ihm hielt. Er wählte auf seinem Handy die Nummer eines Assistenten namens Jo und wies ihn an, Ally abzuholen.

Sollte doch jemand anders das Babysitten übernehmen. Er war fertig mit ihr.

„Ich wette, Sie sind sich sehr ähnlich", bemerkte Ally. „Sie und Brian, meine ich."

„Das ist lächerlich." Und eine Beleidigung. „Er ist nur ein Junge."

„Er vergöttert Sie und will tun, was Sie tun. Das bedeutet eine große Verantwortung für Sie. Und es ist gefährlich, nehme ich an, wenn man Ihren Lebensstil in Betracht zieht."

„Ich will nicht, dass er so zu sein versucht wie ich."

„Das sehe ich." Ally zog seine Jacke aus, reichte sie ihm und stand in ihrer dünnen Bluse da. Ihre Brustknospen drängten sich gegen den weichen Stoff, und Chance reagierte prompt darauf, was seine Stimmung nicht gerade verbesserte.

Obwohl Ally ihm gerade mal bis zu den Schultern reichte, hielt sie seinem wütenden Blick stolz Stand. „Nehmen Sie sie schon."

Er nahm die Jacke.

Er hätte am liebsten auch Ally genommen.

Chance hatte keine Ahnung, woher dieser alberne Gedanke gekommen war. Vor seinem inneren Auge sah er Ally vor sich, die verlangend die Lippen teilte, um seine Küsse zu erwidern, und genüsslich die Augen schloss, als er die Hände um ihre Hüften legte und ...

Er schüttelte langsam den Kopf und streifte sich die Jacke über. Schon hatte sie Allys Duft angenommen, einen leicht blumigen Hauch, der ihre natürliche Sinnlichkeit unterstrich. Und wieder zog sich ihm schmerzhaft das Herz zusammen wie beim ersten Mal, als er ihr in die Augen gesehen hatte.

Zum Teufel mit dir, Lucy! dachte er. Was versuchst du mir eigentlich anzutun?

4. KAPITEL

Ally hatte erwartet, dass Chances Assistent Jo genauso ein Macho sein würde wie Chance.

Aber wie sich herausstellte, war Jo die Abkürzung für Josephine, und sie war mindestens so hart und zäh wie ein Mann. Sie war knapp über eins fünfzig groß, und ihr lockiges rotes Haar wippte bei jedem Schritt, denn Jo bewegte sich so schnell wie der Blitz und sprach mit Lichtgeschwindigkeit.

„Wir werden Sie mit der nötigen Ausrüstung versehen, aber zuerst ein paar Erklärungen", sprudelte Jo sofort los, nachdem Chance sie kurz einander vorgestellt hatte und sich gleich danach aus dem Staub gemacht hatte.

Ally hatte das Gefühl, von ihm im Stich gelassen worden zu sein, aber sie war ehrlich genug zuzugeben, dass ihre schlechte Laune vielleicht daher kam, dass Jo ihn so begeistert umarmt hatte. Wie ein Saugnapf hatte sie sich an ihn gepresst. Und ihm schien es nicht das Geringste auszumachen.

Ally sagte sich, dass ihr das egal sein konnte, aber sie hatte nicht vor, im Hotel zu bleiben, während er auf den Berg stieg. Sie würde mitgehen. Basta!

Jo redete wie ein Wasserfall. „Ich habe Ihre Termine für diese Woche zusammengestellt und alle Anrufe notiert, die Sie erwidern müssen."

Sie ging die Treppe zum Hotel hinauf, ohne ihren Redefluss zu unterbrechen, sodass Ally keine andere Wahl blieb, als hinter ihr herzueilen, um alles mitzubekommen. „Ein Berg von Papieren muss unterschrieben werden." Sie wandte sich nach rechts und nahm noch einige Stufen, wobei sie einen Blick auf ein Klemmbrett warf. „Sie müssen mit fünf Leuten, die sich bei uns beworben haben, Einstellungsgespräche führen. Außerdem müssen die neuen Wanderwege abgesprochen werden, bevor wir sie auf der Karte einzeichnen. Danach können Sie mit dem Leiter der Feuerwehr ein Treffen vereinbaren und …"

Ally entgingen die nächsten Sätze, da sie die dritte Treppe in Angriff nahmen und sie kaum noch mit Jo mithalten konnte.

Sie blieb einen Moment stehen, die Hand an die Brust gepresst, und schnappte ächzend nach Luft, als Jo ihr vom Treppenabsatz über ihr etwas zurief.

„Wo sind Sie denn?"

„Hier", keuchte Ally und verdrehte die Augen, als sie die Ungeduld in Jos Stimme hörte. Offenbar besaßen die Leute hier in Wyoming alle eine unglaubliche Energie. „Ich komme schon!"

Als sie den dritten Stock erreichte, verschwand Jo gerade im zweiten Büro den Gang hinunter. Bis Ally endlich dort ankam, immer noch keuchend, als ob sie einen Marathonlauf hinter sich hätte, saß Jo in einem Sessel neben einem großen Schreibtisch und machte sich in Windeseile Notizen, während sie gleichzeitig ihre Sätze herunterrasselte, als ob Ally die ganze Zeit neben ihr gestanden hätte.

„Oh", sagte sie und sah erstaunt auf. „Was hat Sie aufgehalten?"

Ally ließ sich in einen Sessel fallen und versuchte, wieder zu Atem zu kommen. „Sie machen wohl Witze."

Jo lächelte nicht.

Na, wunderbar, dachte Ally. „Ich scheine körperlich nicht ganz so auf der Höhe zu sein wie Sie." Aber das würde sich ändern, dafür würde sie sorgen.

„Sie sind nicht in Form?" Jo betrachtete Allys Körper mit erfahrenem Blick, und Ally wand sich innerlich, da sie wusste, was sie sah – viel zu viele weiche Rundungen statt fester Muskeln. Was konnte sie denn dafür, dass ihr Cholesterin lieber war als Sport?

„Was machen Sie noch mal?", fragte Jo höflich.

„Ich bin Bibliothekarin."

„Ich meine, was tun Sie, um körperlich fit zu bleiben?"

„Oh. Äh …" Wie sollte sie erklären, dass Sport immer den letzten Platz auf ihrer Prioritätenliste eingenommen hatte, genau nach ihrer jährlichen Grippeimpfung?

„Sie machen nichts, stimmt's?" Jo schien empört zu sein. „Weder schwimmen noch Rad fahren. Ich glaube, mir schwante die

Wahrheit, als Sie Ihre Jacke an den Skihalter gehängt haben statt an den Kleiderständer."

„Oh, das hat mich verraten?" Ally verzog kläglich den Mund. „Na schön, Sie können ruhig gleich wissen, dass ich nicht viel über Freizeitsport weiß, aber ich lerne schnell." Sie versuchte, Unbekümmertheit vorzutäuschen, indem sie lächelte. „Ich schaffe es schon."

Jo war offensichtlich nicht überzeugt. „Chance hat im Augenblick alle Hände voll zu tun. Wir sind zu wenig Leute und haben zu viel Arbeit."

„Deswegen bin ich ja hier. Ich werde ihm gleich beim Räumen der Wanderwege helfen."

„Es wird ihm nicht gefallen, von einem Anfänger im Bergsteigen aufgehalten zu werden."

Bergsteigen? Nicht einfach nur einen netten Wanderweg hinaufgehen, sondern klettern? Abenteuer Nummer eins, ich komme! dachte Ally aufgeregt. „Lucy hat mich gebeten, zu helfen. Ich möchte keine Last sein. Ich möchte Ihnen Arbeit abnehmen und Ihnen nicht zusätzliche Mühe bereiten."

„Aha." Jos Ton deutete ihre Zweifel an, dass Ally ihre Absicht verwirklichen könnte. „Seit Lucy im Krankenhaus liegt, ist Chance pausenlos beschäftigt. Und glauben Sie mir, er zieht es vor, allein zu bleiben."

Ist mir gar nicht aufgefallen, dachte Ally gereizt. „Wie ich schon sagte, ich möchte helfen."

„Die Arbeit ist nicht nur zeitaufwendig, sondern vor allem gefährlich. Und er muss sich auch noch um Brian kümmern, der ihm auf Schritt und Tritt folgt."

„Vielleicht würde es Chance helfen, wenn noch jemand auf Brian aufpasst."

„Hm."

Ally wollte sich schon für ihre Einmischung entschuldigen, aber sie hielt sich gerade noch zurück. Sie würde nie wieder eine kleine furchtsame Maus sein. „Ich weiß vielleicht nicht, was ich tue, Jo, aber ich versichere Ihnen, ich bin entschlossen, es zu lernen."

Jos Miene wurde ein wenig sanfter. „Nun, wenigstens steht Ihnen der beste Bergführer, den es gibt, zur Verfügung. Chance wird auf Sie achtgeben, ob er nun will oder nicht. Er würde niemals zulassen, dass jemandem in seinem Revier etwas zustößt."

War er wirklich so gut in seinem Job, oder bedeutete Jos offensichtliche Bewunderung etwas anderes? Ally sagte sich, dass es sie nicht interessierte, aber sie konnte Jos herzliche Umarmung nicht vergessen. Wie mochte es sich anfühlen, sich an Chances Körper zu schmiegen? „Ist er schon lange hier?"

„Zehn Jahre. Er ist berühmt geworden durch seine Arbeit hier bei uns."

„Er muss sehr jung angefangen haben."

„Lucy sagte mir, er kam her, als er noch nicht ganz zwanzig war. Er war ein richtiges Greenhorn." Jo lächelte. „Kaum vorstellbar, dass Chance von irgendetwas keine Ahnung haben könnte."

„Aber selbst er musste mal anfangen." Ally beugte sich eindringlich vor, entschlossener denn je. „Ich werde es schaffen, Jo. Ich verstehe Ihre Einwände, aber ich werde es schon hinkriegen, das schwöre ich Ihnen."

Vielleicht hatte sie bei ihrer Arbeit als Bibliothekarin versagt. Vielleicht hatte sie als Frau versagt und im Grunde eigentlich in allem, was sie bisher angepackt hatte. Aber das hier würde ihr gelingen, ob man an sie glaubte oder nicht. „Zeigen Sie mir nur, wo ich die Ausrüstung bekomme, und ich bin bereit."

Es dauerte weniger als fünf Minuten im Laden des Hotels, bis Ally klar war, dass alle Angestellten T. J. Chance vergötterten. Sie respektierten ihn, eiferten ihm nach, ja, liebten ihn. Wenn sie auch nur einen Bruchteil davon in ihrer Zeit hier erreichen könnte, würde Ally überglücklich sein.

Als sie mit ihren neuen Stiefeln, der Skihose, einem T-Shirt und einer leichten Jacke aus dem Laden trat, war Chance schon fort.

„Er ist gerade aufgebrochen", teilte man ihr mit, als sie nach ihm fragte.

Das überraschte sie nicht. Rasch lief sie zu dem Weg, den man ihr wies, und hoffte, Chance noch einzuholen.

Und das tat sie einen Moment später auch, als der Pfad eine Biegung machte und sie direkt mit der eins fünfundachtzig großen Verkörperung schlechter Laune zusammenprallte.

„Tut mir leid", stieß Ally hervor, als er sich umdrehte und sie finster anstarrte. Aber es tat ihr nicht wirklich leid. Im Gegenteil, sie hatte schon wieder ganz weiche Knie bekommen. Und das alles nur, weil sie seinen warmen, muskulösen Rücken berührt hatte. „Sie haben nicht auf mich gewartet."

Er sah sie nur stumm an.

„Aber ich habe Sie trotzdem gefunden."

„Hurra." Er rollte kurz die Schultern, als ob schon Allys bloße Gegenwart ihm Verspannungen verursachte. „Jetzt können Sie wieder zurückkehren."

„Nein."

Er seufzte gequält. „Dann halten Sie sich abseits."

„Aber ich möchte helfen."

Er runzelte die Stirn, und sie sah ihn lächelnd, aber entschlossen an.

„Nehmen Sie sich eine Schaufel", sagte er unwirsch und zeigte auf eine kleine Lichtung, wo in Kisten diverse Geräte lagen. „Auf der anderen Seite befindet sich der erste Pfad, der nicht von Maschinen geräumt werden kann. Ein paar Männer arbeiten schon daran, einschließlich Brian."

„Okay", erwiderte sie, aber Chance ging schon weiter.

Also lenkte sie ihre Aufmerksamkeit sofort auf ihre Umgebung. Das Feuer hatte großen Schaden angerichtet. Statt grüner Bäume und Büsche bot sich ihrem Blick ein verkohltes Chaos, und das erfüllte sie mit tiefer Traurigkeit.

Sie holte sich eine Schaufel und fing wortlos an. Der Gedanke, wie viel Arbeit noch vor ihnen lag, ernüchterte sie. Kein Wunder, dass Lucy sich sorgte. Ihre Sorge wurde zu Allys Sorge, da sie ihr versprochen hatte, ihr zu helfen. Und sie würde dieses Versprechen auch halten.

Schon nach wenigen Minuten begannen Ally die Schultern

wehzutun. Sie lenkte sich ab, indem sie zu Chance hinübersah, der einige Meter entfernt arbeitete.

Das Spiel seiner Muskeln, seine sonnengebräunte Haut, auf der jetzt ein leichter Schweißfilm glänzte – all das war äußerst aufregend. Mit kraftvollen Bewegungen schwang er die Schaufel und säuberte den Pfad mit grimmiger Entschlossenheit. Sein Selbstvertrauen und sein Können verliehen ihm eine natürliche Autorität, die von allen respektiert wurde. Und es steigerte seine Attraktivität als Mann.

Nach einer Weile straffte er die breiten Schultern. Er hielt inne, stützte sich auf seine Schaufel und betrachtete das Land vor sich. Verbrannte Kiefern ragten hoch über ihm empor und warfen ihren Schatten auf ihn. Dann wandte er sich um und sah Ally an.

Sie wandte den Blick nicht ab, sie konnte es nicht. Sie standen beide einen langen Moment da und starrten sich angespannt an, miteinander verbunden auf eine seltsame Art, die Ally nicht verstand. Dann rief ihn jemand, und Chance legte seine Schaufel weg und ging fort. Sein T-Shirt klebte ihm am Körper, und er stopfte den Saum in das Bündchen seiner Jeans, die sich so wunderbar an seine festen Schenkel schmiegte.

„Wohin gehen Sie?", rief Ally ihm nach.

Er verlangsamte nicht einmal seinen Schritt.

Also ließ sie die Schaufel fallen und lief rasch hinterher. „Chance?"

Er ging weiter, sodass sie gezwungen war, schneller zu laufen. „Ich will weiter oben nach dem Rechten sehen."

Weiter oben – das klang interessant. Ihre Abenteuerlust erwachte und erfüllte sie mit schwindelerregender Freude. „Werden wir von irgendwelchen Klippen springen?", fragte sie hoffnungsvoll.

Chance blieb stehen, drehte sich um und schaute sie entnervt an.

„Ich habe mal einen Dokumentarfilm darüber gesehen", erklärte sie hastig. „Darin wurde gezeigt, wie ..."

„Wir werden heute niemanden von irgendwelchen Klippen springen lassen." Er ging weiter. „Ganz besonders Sie nicht."

„Aber ..."

Er blieb wieder abrupt stehen, und wieder rannte sie gegen seinen Rücken. Und weil es sich das erste Mal so herrlich angefühlt hatte, achtete sie diesmal darauf, dass sie seinen Rücken mit beiden Händen berührte.

Chance drehte sich gereizt um. „Hören Sie, in Ihrer Hütte gibt es zwar kein Kabelfernsehen, aber vielleicht können Sie sich ja ein Buch kaufen und stattdessen über Abenteuer lesen." Damit setzte er sich wieder in Bewegung.

Ally wischte sich den Schweiß von der Stirn, denn ihr war verflixt heiß. „Ich könnte ..." Sie brach abrupt ab, weil er sich das T-Shirt über den Kopf zog. Offenbar war ihm genauso warm wie ihr.

Sie konnte sekundenlang nicht atmen. Sie hatte gewusst, dass Chance fantastisch gebaut war, trotzdem war sie überwältigt, als sie ihn nun mit halb nacktem Oberkörper sah. Es reizte sie ungemein, ihn zu streicheln, und sie fragte sich, ob ihre Absicht wohl zu deutlich werden würde, wenn sie wieder gegen ihn stolperte. Es muss am Höhenunterschied liegen, dachte sie. Die dünne Luft hier oben war ihr offenbar zu Kopf gestiegen.

Zu ihrem Glück klingelte in diesem Augenblick ihr Handy und lenkte sie vom aufregendsten männlichen Rücken ab, den sie je das Vergnügen gehabt hatte, unter ihren Fingern zu spüren. Da sie wusste, dass die Anruferin eine ihrer Schwestern sein musste, seufzte sie. Es wurde allmählich Zeit, die Nabelschnur zu durchtrennen, aber gerade als sie das Handy nahm, um ihrer Schwester genau das zu sagen, brach die Verbindung ab.

Ally lächelte dankbar. Wenn sie Glück hatte, würde sie tagelang keinen guten Empfang mehr haben.

Sie gingen weiter. Oder vielmehr, Chance ging und Ally rannte, um mit ihm Schritt halten zu können. Schon nach wenigen Minuten hatte sie keine Kraft mehr. So demütigend es auch war, sie musste stehen bleiben.

„Ich hole Sie gleich ein", keuchte sie und ließ sich auf einen Felsen sinken.

Chance kam zurück und blieb vor ihr stehen, die Hände auf

die Hüften gestützt, die Stirn wieder einmal gerunzelt. „Schon? Wir haben erst eine Viertelmeile hinter uns."

Diese unerwartete Hürde auf ihrem neuen Lebensweg war zwar peinlich, aber nur vorübergehend. „Ich bin in einer Sekunde wieder okay", sagte sie, nach Luft ringend.

Er betrachtete sie von Kopf bis Fuß, und als seine Augen sich zu verdunkeln schienen, wurde es Ally noch heißer. Nervös rieb sie ihre Handflächen an ihren Schenkeln und zuckte zusammen, weil sich schon nach so kurzer Zeit Blasen zu bilden begannen.

Chance packte ihr Handgelenk und untersuchte ihre Handfläche. „Sie haben schon Blasen?" Seine Finger waren warm und schwielig, und er strich leicht mit dem Daumen über ihre empfindliche Haut.

Ein prickelnder Schauer überlief Ally. Hastig entriss sie ihm ihre Hand. „Ich bin okay."

„Sie sind in unglaublich schlechter Verfassung."

„Schonen Sie bloß nicht meine Gefühle."

Er drehte sich einfach um und ging weiter, bis ihm auffiel, dass sie ihm zur Abwechslung einmal nicht folgte. „Beeilen Sie sich!", rief er über die Schulter, aber Ally schüttelte den Kopf. Wenn sie jetzt auch nur einen Schritt machte, würde sie schluchzend zusammenbrechen.

Er blieb wieder stehen, legte den Kopf in den Nacken und sah zum Himmel empor, als ob er auf ein göttliches Eingreifen hoffte.

„Gehen Sie schon los", sagte sie. „Ich werde Sie einholen."

„Nein, das werden Sie nicht. Sie werden höchstens bei einem Bären eine Magenverstimmung verursachen."

„Nein, dazu bin ich zu zäh." Sie lächelte, wenn auch ein wenig zittrig, da die Sache mit dem Bären sie doch ein wenig beunruhigte. Sie sah sich unauffällig um, aber es gab keine Spur von einem großen, hungrigen Bären. „Ich komme schon zurecht."

Chance versuchte nicht einmal, seine Erleichterung zu verbergen. Nachdem er fort war, nahm Ally sich erst einmal Zeit, sich zu erholen. Dann folgte sie ihm. Es würde alles glattgehen, wenn sie ihr eigenes Tempo beibehalten konnte.

Und wirklich lief alles wie am Schnürchen. Bis sie etwas später feststellte, dass sie sich nicht mehr auf dem Pfad befand und keine Ahnung hatte, aus welcher Richtung sie gekommen war.

Okay, kein Problem, sagte sie sich. Aber sie war in jeder Richtung von riesigen Kiefern umgeben, die sich ähnelten wie ein Ei dem anderen. Mit zitternden Knien stellte sie sich neben eine und wünschte sich, sie wäre in ihrer ruhigen, gemütlichen, warmen Bibliothek.

Ein Kiefernzapfen fiel herunter und traf ihre Wange, und Ally hätte fast aufgeschrien. In der Stadt gab es keine beängstigenden Wälder. Sie hatte sich verirrt und würde als Mittagessen für einen Bären enden. Mit einem Seufzer lehnte sie die Stirn gegen den Baumstamm und ließ sich von Selbstmitleid überwältigen. Sie wäre fast in Tränen ausgebrochen, aber plötzlich gab ihre Uhr mit einem Piepsen die volle Stunde an, und ihr kam der Einfall, die Uhr so einzustellen, dass sie ganz laut weiterpiepste.

Piep, piep, piep.

Es war ein unangenehmer Laut, aber Ally hoffte, dass er durch den dichten Wald dringen würde.

Bienen summten. Irgendein Vögelchen zwitscherte. Und etwas anderes, beunruhigend Nahes raschelte.

Piep, piep, piep.

Wie lange hält man es eigentlich ohne Essen aus? fragte sie sich. Würde sie schon nach einer Nacht erfroren sein, oder dauerte das länger?

Piep, piep, piep.

„Sie wollen mich auf den Arm nehmen, stimmt's?"

Ally sank dankbar gegen den Baumstamm, während sie vorgab, dass sie nicht die geringste Sorge auf der Welt hatte und Chances tiefe, heisere Stimme nicht genau das war, was sie gehofft hatte zu hören. „Oh, da sind Sie ja", sagte sie leichthin, während ihr fast schwindlig wurde vor Erleichterung. „Ich wollte nur Ihre Qualitäten als Bergführer überprüfen."

Er lachte. „Ja, sicher. Geben Sie's zu, Sie haben sich verirrt."

„Ach, Unsinn." Ally sah auf die Uhr. „Und ich bin stolz, Ihnen sagen zu können, dass Sie mich in weniger als zwanzig Minuten gefunden haben. Wenn ich mich verirrt hätte, heißt das." Sie lächelte. „Was nicht der Fall ist."

„Stellen Sie das Piepsen ab. Es macht mich wahnsinnig und schreckt die Tiere auf. Und Sie hatten sich sehr wohl verirrt."

„Okay, ich gebe zu, dass ich es nicht bis zur Spitze des Berges geschafft habe. Aber wie wäre es, wenn Sie ..."

„Sprechen Sie es nicht einmal aus. Ich bringe Sie zurück."

„Ich habe Ihnen doch gesagt, dass ich mich nicht auszuruhen brauche."

„Schön. Dann gehen Sie eben ins Büro, wo Sie gefälligst bleiben werden, und wenn ich Ihnen höchstpersönlich Handschellen anlegen muss. Und ich komme wieder her. Allein."

Wo er wahrscheinlich ohne sie irgendetwas Aufregendes, Spannendes tun würde. Verflixt! Sie würde wohl doch etwas länger brauchen, um ihn zu zähmen. „Haben Sie wirklich Handschellen?"

Er lächelte. „Ja."

Oh Mann! Sie folgte ihm zurück zum Pfad und dachte über Chance und seine Handschellen nach, und ihr wurde allmählich wärmer, als die Hitze der Sonne rechtfertigte.

Chance ging stumm vor ihr her, offensichtlich zufrieden, dass er die Dinge – nämlich sie – endlich unter seiner Kontrolle hatte. Ally betrachtete seinen festen, muskulösen Po. Wenn sie das nächste Mal gegen ihn prallte, würde sie die Hände unten lassen.

Chance fuhr fort, sie vollkommen zu ignorieren.

„Ich bin sicher, morgen werde ich Ihnen eine viel größere Hilfe sein", erklärte Ally fröhlich.

Seine Schultern spannten sich sichtlich an, und vielleicht stieß er auch einen leisen Fluch aus, aber er ging unbeirrt weiter.

Es wurde schnell dunkel in den Bergen. In ihrem ganzen Leben hatte Ally noch keine so tiefe Dunkelheit gesehen. Hier gab es keine Dämmerung. Im einen Moment war es noch Tag, im nächsten wurde alles von tiefster Schwärze eingehüllt.

Schlafen kam noch nicht infrage für Ally. Sie nahm eine Taschenlampe mit und ging den Weg von ihrer kleinen Hütte zum

Hauptgebäude hinüber, das trotz der Außenbeleuchtung verlassen wirkte. Aber das machte nichts. Ally war nicht auf der Suche nach Gesellschaft. Von einer seltsamen Unruhe getrieben, ging sie am Hauptgebäude vorbei und auf das Geräusch rauschenden Wassers zu, das sich als recht wilder Fluss herausstellte. Ein Schild sagte den Gästen, wo sie ein Floß mieten konnten, ein anderes wies auf einen kleinen See mehrere Hundert Meter entfernt hin, in dem das Schwimmen erlaubt war.

Ally trat neugierig an den Fluss heran und betrachtete das im Mondlicht glitzernde Wasser. Zu ihrer Linken gab es eine kleine Scheune, die zum Lagern der Flöße, Kanus und Kajaks benutzt wurde, wie Ally aus dem Lageplan ersehen hatte, den Jo ihr gegeben hatte.

Ein freudiger Schauer überlief sie, obwohl ihr noch die Schultern vom Schaufeln wehtaten. Sie stellte sich vor, wie sie über das wild rauschende Wasser schoss, kreischend vor Aufregung und …

„Nur im Traum." Eine hochgewachsene dunkle Gestalt trat vor sie. Mit einem erschrockenen Keuchen wich Ally einen Schritt zurück und wäre fast ins Wasser gefallen, wenn zwei große, warme Hände sie nicht festgehalten hätten.

„Ganz ruhig", sagte Chance. „Ich würde Ihnen ungern beim Ertrinken zusehen."

Sie starrte ihn verwirrt an. Ihr Magen zog sich zusammen, als ihr Blick von seiner breiten Brust über seinen sinnlichen Mund zu seinen dunkelblauen Augen glitt. „Sie würden zusehen, statt hineinzuspringen und mich zu retten?"

Chance starrte in die eisigen reißenden Fluten. „Ja."

„Das wäre aber schlechte Werbung für Sie."

„Das hat Ihnen vorhin keine Sorgen gemacht, als Sie sich einfach verirrten, obwohl wir uns auf einem unserer einfachsten Pfade befanden."

„Ich habe Ihnen schon gesagt, ich hatte mich nicht verirrt."

„Sie bleiben also bei Ihrer Geschichte, was?"

Vielleicht war es seine tiefe, weiche Stimme oder die Art, wie die leichte Brise seinen Duft zu ihr herübertrug. Oder auch einfach nur die Tatsache, dass er sie immer noch fest umarmt hielt. Jedenfalls war Ally völlig aufgeregt. Sie spürte seine Wärme, die kaum gefesselte Stärke und die Energie, die von ihm ausgingen, und erschauerte.

Er rieb behutsam ihre Arme. „Sie haben sich immer noch nicht an die Höhe gewöhnt." Er schenkte ihr ein vielsagendes Lächeln. „Ich kenne mehrere Methoden, um Ihnen zu helfen."

Da war sie sicher. „Nicht nötig. Es geht mir gut." Feigling! tadelte Ally sich. Sie spürte Chances warmen Atem auf ihrer Wange und schloss die Augen. Sie fragte sich, was er tun könnte, um ihr plötzliches Schwindelgefühl zu bekämpfen, und ob sein unglaublich aufregender Mund dabei irgendeine Rolle spielen würde.

„Sagen Sie's mir, wenn Sie Ihre Meinung ändern", meinte er leise, und obwohl er die Hände herabsinken ließ, stand er immer noch viel dichter vor ihr, als bei einem normalen Gespräch erforderlich.

„Ich bin schon okay."

„Sind Sie sicher?"

Sie war jedenfalls vollkommen sicher, dass er sie nur noch mehr verwirren würde, was immer er auch mit ihr im Sinn hatte. „Ja, das bin ich." Aber dann hob sie den Kopf, um ihn anzusehen, und musste feststellen, dass seine Augen amüsiert glitzerten. Er machte sich über sie lustig! Heiße Wut erfüllte sie. „Finden Sie es so witzig, mich mit sexuellen Angeboten zu ärgern?", fuhr sie ihn an.

„Ich habe Ihnen nur Aspirin angeboten." Er legte den Kopf schief und hob eine Augenbraue. „Und ich muss schon sagen, ich bin schockiert darüber, dass Sie mir so etwas zutrauen."

Sie legte die Hände auf seine Brust, um ihn von sich wegzuschieben, aber er gab ebenso wenig nach wie eine Wand. Aber einen Moment später trat er freiwillig einen Schritt zurück. „Wissen Sie, meine kleine Spröde, ich glaube, ich habe mich geirrt." Er kratzte sich am Kinn und grinste. „Ich dachte, Ihre Augen seien schlicht grau, aber es steckt ein ziemliches Feuer in ihnen."

Als ob es ihn interessierte, welche Farbe ihre Augen hatten. Er hatte ja Jo, eine Frau, die sich bestimmt nirgendwo verirrte. „Wie ich sehe, sind Sie von Ihrem zweiten Ausflug zum Berg zurück", sagte sie zwischen zusammengepressten Zähnen. „Und Brian?"

Seine Heiterkeit verschwand. „Denken Sie, ich würde ihn da oben zurücklassen?"

„Nein", erwiderte sie, erstaunt über seine heftige Reaktion. „Das denke ich nicht."

„Was denken Sie dann?"

Dass seine Stimme selbst die frömmste Nonne verführen könnte. Dass sein Körper so verlockend war, dass sie am liebsten den Kopf an seine Brust lehnen und ihn bitten würde, ihre Sehnsüchte zu stillen.

„Brian geht es gut", sagte er. „Obwohl ich nicht für ihn verantwortlich bin."

Nein, sie auch nicht, aber das hielt sie trotzdem nicht davon ab, sich Sorgen um ihn zu machen. Es war eine schlechte Angewohnheit von ihr, der ganzen Welt helfen zu wollen. Eine Ex-Angewohnheit, sagte sie sich. Denn von jetzt an würde sie sich nicht mehr die Sorgen anderer Leute aufbürden. „Ich denke, ich sollte schlafen gehen."

Chance steckte die Hände in die Taschen. „Wie lange wollen Sie das noch tun?"

„Was?"

„Hierbleiben und den Boss spielen."

„Solange es nötig ist. Und ich spiele nicht. Ich möchte alles richtig machen."

„Das ist unmöglich. Sie haben sich heute Morgen auf einem Pfad verirrt, der noch nie jemandem Probleme bereitet hat."

„Sie sind nicht gerade sehr entgegenkommend. Warum wehren Sie sich so gegen mich?"

„Weil ich weiß, was ich tue. Und weil Sie ein wandelnder Albtraum sind."

„Ich werde es schaffen", erklärte sie grimmig. Wann würden die Leute endlich aufhören, an ihr zu zweifeln? „Ich bin gekommen, um zu arbeiten, und das werde ich auch tun." Sie seufzte. „Ich kann hier helfen, Chance. Wenn Sie es nur zulassen würden."

„Eine schwierige Aufgabe für eine Frau, die nicht weiß, wo's langgeht."

„Ich werde eben improvisieren, und meine Entschlossenheit wird ein Übriges tun.""

„Sie meinen Ihre Dickköpfigkeit."

„Ich werde eine prima Hoteldirektorin sein. Ich werde den Angestellten meinen guten Willen beweisen, und ich werde Brian zeigen, dass er mit dazugehören kann, wenn er will."

„Und was macht Sie zu einer Expertin für jugendliche Straftäter?"

„Gegenfrage: Was macht Sie zu einem Experten?"

„Nichts, und ich will auch keiner sein", erklärte Chance.

Ally wurde von Chances Blick in Bann gehalten. Sie konnte sich nicht von ihm losreißen und davongehen, selbst wenn sie es gewollt hätte. Ein seltsamer Ausdruck lag in seinen Augen – ein verborgener Schmerz. Einen ähnlichen Ausdruck hatten Brians Augen gehabt.

Gegen ihren Willen blieb ihr Blick an Chances Mund hängen. Und gegen ihren Willen gingen ihr gefährliche Gedanken durch den Kopf.

Er schüttelte den Kopf. „Hören Sie auf damit."

„Womit?"

„Sehen Sie mich nicht so an." Seine Stimme war fast ein Knurren.

„So? Wie?"

„So, als ob Sie geküsst werden wollten." Er trat einen Schritt auf sie zu, sodass nur wenige Zentimeter sie trennten und Ally den Kopf in den Nacken legen musste, um ihn anzusehen.

Sie hielt den Atem an. „Ich will aber nicht geküsst werden." Sie räusperte sich. „Und ich habe überhaupt nicht ans Küssen gedacht."

„Lügnerin." Er neigte den Kopf.

Ihre Lippen trennte nur noch ein Hauch.

In Ally kämpften die widerstreitendsten Gefühle.

„Sie haben sich nicht gefragt", sagte er leise, „wie es sein würde?"

„Nein."

„Oder ob Sie mich vielleicht doch küssen wollen, obwohl Sie mich nicht mögen?"

„Nein!"

„Und was ist mit der Umarmung?"

„Was für einer Umarmung?"

„Lucy hat Sie doch bestimmt gebeten, mich zu umarmen." Seine Augen blitzten spöttisch. „Ich habe darauf gewartet."

Ally erinnerte sich an Lucys Bitte im Krankenhaus. „Umarme Chance für mich." Wohl kaum! Obwohl sie sich wirklich danach sehnte, seine Arme um sich zu spüren. „Darauf können Sie aber lange warten! Und überhaupt, Sie sind mit Jo zusammen …" Sie brach ab, weil er in lautes Gelächter ausbrach. Offensichtlich lachte er sie schon wieder aus. „Was ist denn daran so komisch? Ich würde nie einen Mann begehren, der einer anderen Frau gehört." Zumindest würde sie es nie zugeben.

Das ließ ihn nur noch lauter lachen, aber schließlich beruhigte er sich wieder und grinste Ally an. „Ich bin nicht mit Jo zusammen. Und auch mit keiner anderen Frau." Sein Grinsen vertiefte sich. „Jetzt sind Sie ganz schön rot geworden. Das sollten Sie mal sehen."

Das spürte sie selbst. Wie ritterlich von ihm, sie darauf hinzuweisen!

„Weil Sie vorhin gelogen haben, als Sie behaupteten, dass Sie mich nicht küssen wollen?", fuhr er fort. „Oder weil Sie das Wort Begehren benutzen mussten?", fragte er, wobei er Allys Stimme perfekt imitierte.

„Hören Sie auf!"

„Wo bleibt Ihre Abenteuerlust, mit der Sie mir dauernd drohen?" Er hob spöttisch die Augenbrauen. „Geben Sie's zu. Sie wollten geküsst werden."

„Nein." Aber sie fragte sich doch, was Chance, der seine Ruhe und seine Freiheit über alles schätzte, getan hätte, wenn sie die Wahrheit eingestanden hätte – dass sie sich einen Moment lang tatsächlich gewünscht hatte, seine Lippen auf ihrem Mund zu spüren.

An ihrem zweiten Abend in Wyoming erhielt Ally einen Anruf von Lucy.
„Amüsierst du dich gut?"
Ally nahm den Hörer zwischen Kinn und Schulter, damit sie das kleine Feuer, das sie endlich in ihrem Kamin anbekommen hatte, weiter schüren konnte. Die Hütte war klein und gemütlich, aber eiskalt, und es hatte über eine Stunde gedauert, bevor das Holz zu brennen begonnen hatte.
„Ob ich mich amüsiere?" Sie hatte drei Mal duschen müssen, um den Rauchgestank vom Wald loszuwerden. Jede Stelle an ihrem Körper, die man sich nur vorstellen konnte, war mit Mückenstichen bedeckt, und ihre Armmuskeln taten so sehr von der heutigen Arbeit weh, dass sie bei fast jeder Bewegung aufstöhnte. Sie blies sich eine Haarsträhne aus dem Gesicht und grinste. „Ja."
„Wirklich? Oh, Liebes, ich bin so froh. Erzähl mir alles."
Ally benutzte den Schürhaken, zufrieden, dass die kleine Flamme nicht erlosch. „Nun, die Pfade sehen schon besser aus. Und ich habe mich heute auf ein Rad geschwungen und habe mir nichts gebrochen."
Lucy lachte. „Das ist ein prima Anfang."
Irgendwie hatte Ally einen der Angestellten dazu überredet, ihr das Mountainbikefahren beizubringen, und wenn man bedachte, dass sie bei ihrem ersten Versuch gegen einen Baum gefahren war, machte sie sich jetzt gar nicht so schlecht. Auch wenn sie heute Abend einen solchen Muskelkater hatte, dass sie kaum gehen konnte.
„Sei aber vorsichtig", warnte Lucy sie.
„Ich werd's versuchen." Ally glaubte kaum, dass sie noch eine Gelegenheit dazu bekommen würde, sich wieder auf ein Mountainbike zu setzen. Chance war an die Decke gegangen, als er es herausfand.
„Erzähl mir mehr. Behandeln dich alle nett? Ich mache mir Sorgen, denn obwohl ich alle liebe, können meine Leute manch-

mal ganz schön hochmütig sein, wenn es um ihr geliebtes Hotel geht. Aber ich bin sicher, Chance wird sich um dich kümmern."

Ach, ja. Der gute alte Chance. Er würde sich schon um sie kümmern. Oder vielmehr darum, sie vor allen lächerlich zu machen.

„Das tut er doch, oder? Er kümmert sich um dich?", hakte Lucy nach.

„Warum reden wir andauernd über mich?", fragte Ally und warf noch ein Scheit aufs Feuer. „Wie geht es dir?"

„Ach, ich bin so gut wie neu. Arbeite nicht zu hart, Kind. Wir eröffnen, wenn wir so weit sind."

„Das sagst du immer wieder, aber ich dachte, es geht gerade darum, dass ich hier mit anpacken soll."

„Gütiger Himmel, nein!" Lucy klang entsetzt. „Du sollst dich amüsieren wie noch nie in deinem Leben, hörst du?"

Ally musste lächeln. „Ich höre dich klar und deutlich."

„Vielleicht gefällt es dir so sehr, dass du für immer bleiben willst."

Allys Lächeln verschwand. Langsam stellte sie den Schürhaken zur Seite. „Für immer?"

„Wäre es denn so schlimm, Ally? Sieh mal, Liebes … ich bitte dich nur, darüber nachzudenken."

Als ob sie sonst irgendetwas tun könnte. Aber so viel Spaß es ihr auch machte, ihre Flügel hier auszubreiten, Wyoming war einfach nicht ihr Zuhause.

„Oh, und wenn du dich an Chance ranmachen willst, während du hier bist, habe ich nicht das Geringste dagegen."

„Lucy!", rief Ally schockiert.

Mit einem lauten Kichern legte Lucy auf, und in Allys Kopf hallten die Worte „an Chance ranmachen" wider.

Es war ihr peinlich zuzugeben, wie oft sie tatsächlich daran gedacht hatte, genau das zu tun.

5. KAPITEL

Der nächste Morgen war kalt und nieselig. Trotzdem beschloss Chance, die geplante Rettungsübung am Skilift durchzuführen.

Das Ganze war reine Routine und wurde mehrmals im Jahr wiederholt, und da Chance von jedem seiner Angestellten verlangte, direkte Erfahrung zu sammeln, musste jeder von ihnen an der Übung teilnehmen.

Um alle aufzumuntern, grinste er trotz des Regens, der ihm in den Kragen seiner Jacke rann, und rieb sich die Hände. „Wer ist für einen Zehn-Meilen-Lauf zum Aufwärmen?"

Alle stöhnten.

„Also alle."

Noch mehr Stöhnen.

Chance lachte. „Seht ihr? Im Vergleich dazu ist die Rettungsübung ein Kinderspiel."

„Wir werden noch vom Blitz getroffen werden", murrte Jo und stopfte ihr widerspenstiges rotes Haar unter eine Strickmütze.

„Ach Unsinn."

„Es gibt haufenweise Papierkram zu erledigen."

Chance zog sanft an der Pudelmütze. „Es nieselt doch nur ein bisschen und gewittert nicht. Außerdem hasst du Büroarbeit."

Sie versammelten sich alle unter dem Skilift und starrten nach oben.

„Im Augenblick hasse ich Büroarbeit nicht", erklärte Jo.

Chance schob sie vorwärts. „Rate mal, wer als Erster dran ist."

„Und ich habe Ally auch noch gesagt, was für ein netter Boss du bist", beschwerte Jo sich.

„Ich bin nett." Nicht dass Ally ihm da zustimmen würde, aber anders wollte er es ja auch nicht haben.

Er hatte von ihr geträumt, und das hatte ihn zutiefst schockiert. Er hatte geträumt, was gewesen wäre, wenn er der Versuchung nachgegeben und sie gestern Abend doch in die Arme gerissen und geküsst hätte, bis sie beide keine Luft mehr bekommen hätten.

„Lasst uns loslegen", rief er, wütend auf sich, weil er zuließ, dass Ally ihm dermaßen den Kopf verdrehte.

„Haben Sie mal daran gedacht, zur Armee zu gehen?", fragte Brian und stellte sich wie alle übrigen unter den Skilift. „Sie wären bestimmt ein guter Rekrutenschleifer."

„Ja, klar." Sein älterer Bruder hatte das Leben beim Militär gewählt. Chance wollte sein eigener Herr sein. „Und wieso bist du hier? Ich dachte, du hättest deine Stunden für diese Woche schon absolviert."

„Hab ich auch."

Die Baumwolljacke des Jungen war viel zu dünn für dieses Wetter, er war jetzt schon bis auf die Haut durchnässt.

„Wenn du also schon dein Pensum erfüllt hast", entgegnete Chance so geduldig, wie er nur konnte, „warum wirst du dann ohne Grund klatschnass?"

Brian murmelte etwas Undeutliches vor sich hin und zuckte mit den Achseln.

„Sprich lauter, wenn's geht."

„Er sagt, er möchte bei der Skipatrouille mithelfen", schaltete Ally sich ein.

Sie war von Kopf bis Fuß warm eingepackt, was Chance amüsant fand, und sah einfach umwerfend aus. Sie trug eine glatte schwarze Skihose und Stiefel. Ihr Parka betonte ihre Taille, die Kapuze verdeckte ihr Haar vollkommen und auch fast ihr ganzes Gesicht, sodass er nur ihre Augen sehen konnte, deren Farbe der des Himmels bei Sturm ähnelte.

„Wenigstens tragen Sie Ihre eigene Jacke", bemerkte er trocken.

„Ich versuche, meine Fehler nicht zu wiederholen." Ganz ruhig begegnete sie seinem Blick, und Chance hob überrascht die Augenbrauen. Auch die Herausforderung in ihren Augen erstaunte ihn. „Brian möchte mit zum Team gehören."

Chance schüttelte bereits den Kopf, noch bevor sie den Satz beendet hatte. „Er ist zu jung für die Skipatrouille."

„Ja, aber die Übung wäre eine nützliche Erfahrung."

„He, ich bin schon erfahren." Brians großspuriger Ton stand im Gegensatz zu der Unsicherheit in seinen Augen. Und der trotzige Zug um seinen Mund deutete darauf hin, dass er mit einer Zurückweisung rechnete.

Chance spürte, wie sein Widerstand schmolz. Kein Junge in Brians Alter sollte so einen Blick haben. „Später, wenn du alt genug dafür bist. Vorausgesetzt, du steckst nicht in Schwierigkeiten."

„Werd ich nicht."

„Wie du meinst. Aber du musst auch den Erste-Hilfe-Kurs absolvieren und dich auf den Skipisten sicher bewegen können."

„Das kann ich", erklärte Brian, plötzlich sehr ernst.

Chance war sicher, dass der Junge es schaffen würde. Und er war froh, dass es etwas gab, was Brian so sehr interessierte, dass er darüber sogar vergessen hatte, ein finsteres Gesicht zu ziehen. Jeder Mensch brauchte etwas, das seine Leidenschaft weckte, und vielleicht würde die Arbeit Brian ja vor einer Karriere als Krimineller bewahren. „Dann betrachte dies hier als eine Art Vortraining. Ziehst du dich eigentlich jemals richtig an?"

Brian sah an sich herab. „Das ist alles, was ich hab."

Chance unterdrückte ein Seufzen. „Lauf ins Büro hinauf, und nimm dir eine der Regenjacken."

Ally blickte ihn so dankbar an, dass Chance sich hastig mit einem Stirnrunzeln abwandte.

Sie verbrachten die folgende halbe Stunde mit der Vorbereitung der Übung. Alle bis auf zwei von ihnen würden in den laufenden Lift einsteigen, und die beiden, die unten geblieben waren, sollten die Evakuierung vornehmen. Sie würden sich in dieser Rolle abwechseln, bis jeder an die Reihe gekommen war.

Ally stand während der ganzen Zeit daneben und sah zu.

Chance ignorierte sie. Er ging mehrere vorstellbare Situationen mit den anderen durch und demonstrierte ihnen jedes Mal vorher, was sie in dem betreffenden Fall zu tun hatten.

Und trotz des Regens blieb Ally da.

Und Chance ignorierte sie immer noch.

Sie waren alle völlig durchnässt, als die meisten von ihnen für die erste „Rettung" in den Lift stiegen, einschließlich seiner neuen Chefin. Regentropfen liefen in feinen Rinnsalen an ihr herunter. Ihre Augen strahlten vor Aufregung, und sie lächelte ihn an. Und plötzlich wallten Gefühle in ihm auf, die er nicht haben wollte.

Das ärgerte Chance. Sie war einfach viel zu glücklich und doch so verletzlich. Und das gab ihm das Gefühl, auch verletzlich zu sein. Er hasste das. „Was machen Sie noch hier?", fragte er in seinem einschüchterndsten und abweisendsten Ton.

Sie lächelte freundlich. „Dasselbe wie Sie."

„Nein."

„Nein?" Sie sah ihn an, als ob sie das Wort nicht verstünde.

„Hören Sie ..." Er stützte die Hände auf die Hüften und sah sie finster an. „Können Sie überhaupt Ski fahren?"

„Na ja ... nein." Sie schenkte ihm wieder das kleine Lächeln.

Chance zwang sich, ihr nicht auf die Lippen zu sehen, um nicht in Versuchung zu geraten, das kleine Lächeln fortzuküssen. „Also besteht kaum die Möglichkeit, dass Sie jemals bei einer Rettungsaktion mithelfen könnten."

„Ich möchte es aber gern lernen."

Er seufzte und erinnerte sich an das Telefongespräch, das er gerade gestern Abend mit Lucy geführt hatte. „Lässt du sie ein wenig Spaß haben? Sie hat viel zu wenig Spaß in ihrem Leben gehabt, Chance." Offensichtlich wusste Lucy nicht, was für eine Plage Ally war.

„Bitte, ja?" Ally sah ihn hoffnungsvoll an, ihr Mund war so verlockend, dass Chance schlucken musste vor Erregung.

„Ach, klettern Sie schon rauf."

Sie strahlte ihn an. „Danke."

„Sie können mir danken, wenn Sie's überleben."

Tim, der den Skilift bediente, verlangsamte die Geschwindigkeit aufs Minimum. Ally ging darauf zu. Ihr Lächeln wirkte jetzt ein wenig unsicher, als sie den offenen Liftsessel näher kommen sah.

„Springen Sie rauf!"

„Okay." Aber sie rührte sich nicht, sondern fuhr sich nur mit der Zunge über die Lippen und ballte die Hände an ihren Seiten zu Fäusten.

„Was zum Teufel ist jetzt los?"

„Äh ... nichts."

Chance fluchte innerlich. Sie war starr vor Angst, das war unverkennbar. Er konnte ihr sagen, dass sie es nicht zu tun brauchte, aber sie hatte so sehr darauf bestanden, dass sie die Sache jetzt auch durchziehen wollte.

Schließlich trat Ally vor den Lift. Der Regen lief an ihrem neuen Parka herunter, der ihre Rundungen verbarg. Aber das änderte nichts daran, dass Chance sich trotzdem jede einzelne Kurve wunderbar vorstellen konnte.

Ally drehte dem Lift den Rücken zu und sah Chance über die Schulter entgegen. Sie nahm also genau die richtige Haltung ein, wenn man mal von der Furcht in ihren Augen absah.

„Oje", sagte Jo leise zu Chance und sprach ihm damit aus der Seele.

Als der Liftsessel Allys Kniekehlen traf, stieß sie einen erschrockenen Schrei aus.

„Sieht so aus, als ob dies eine echte Rettungsaktion wird", bemerkte Brian trocken, denn Ally griff verzweifelt nach den Metallhaltern des Sessels und verfehlte sie fast.

„Verdammt. Was machen Sie denn?", schrie Chance. „Rutschen Sie nach hinten!" Er formte seine Hände vor dem Mund zu einem Trichter, damit seine Stimme besser trug. „Rutschen Sie sofort nach hinten!"

Ally hielt sich mit beiden Händen fest, aber sie rutschte nicht nach hinten. Als der Sessel in die Luft schwang, hing Ally halb auf dem Sessel, halb neben ihm und stieß einen entsetzten Schrei aus.

Chance fluchte und stürzte vorwärts, dem Sessel hinterher. Noch war sie nicht sehr hoch, aber es lag kein weicher Schnee mehr, der ihren Sturz hätte abschwächen könnte, falls sie losließ. „Verdammt, Ally, hören Sie auf mich! Rutschen Sie nach hinten!"

Sie klammerte sich an die Kante und sah wie erstarrt zu ihm herunter. Als sie erkannte, dass der Boden unter ihr sich immer weiter entfernte, wurde sie leichenblass.

„Halt den Lift an!", schrie Chance zu Tim hinüber, der im selben Moment auf diesen Gedanken kam.

Der Lift stoppte sofort, und acht Meter über ihnen schnappte Ally keuchend nach Luft, weil ihr Sessel durch den abrupten Halt heftig hin- und herschwang. Endlich rutschte sie ganz nach hinten auf den Sessel, und einen Moment danach blickte sie zu Chance und Tim, wobei sie es wohlweislich vermied, herunterzuschauen. „Ich bin okay."

Chances Herz hatte mehrere Male fast ausgesetzt. „Sie hätten ruhig erwähnen können, dass Sie unter Höhenangst leiden."

„Ich habe keine Angst."

„So wie Sie sich neulich auch nicht verirrt hatten?"

Ally blickte stur geradeaus. „Ich habe jetzt alles unter Kontrolle."

„Vielleicht sollten wir mit Ihrer Rettung anfangen, was meinen Sie?"

„Oh nein, wegen mir brauchen Sie doch nicht extra die Reihenfolge zu ändern."

Jos Funkgerät knisterte in diesem Moment, und sie hörten die Stimme von Michelle, ihrer Rezeptionistin. „Ich habe ein wichtiges Gespräch für Ally. Ihre Schwester Maggie."

Jo hob den Kopf und sah zu Ally hinauf, die sich so fest an die linke Stange des Lifts klammerte, dass die Knöchel ihrer Hand weiß hervortraten. „Ally? Es ist Ihre Schwester."

„Kann sie eine Nachricht hinterlassen?"

Jo fragte Michelle, und die antwortete: „Es ist ein Notfall."

„Ist etwas mit meinen Eltern?" Allys Stimme klang rau vor Sorge. Ihre Angst war fast vergessen. Sie schaffte es sogar hinunterzublicken, obwohl sie immer noch kreidebleich war. „Oder mit meinen anderen Schwestern, Tami und Dani?"

Es vergingen mehrere Sekunden, in denen Jo sich bei Michelle erkundigte.

Chance beobachtete Ally, aber sie sah ihn nicht an. Sie saß nur sehr still da. Ihre Stiefel sahen plötzlich so klein aus, wie sie da über ihm hingen, und erinnerten ihn wieder daran, wie zierlich Ally war. Tina war auch zierlich gewesen ...

Endlich kam die Antwort von Michelle. „Der Notfall geht ihr Scheckbuch an. Offensichtlich braucht sie mehr Geld."

Jo stieß einen erleichterten Seufzer aus.

Tim stieß einen erleichterten Seufzer aus.

Brian schüttelte verächtlich den Kopf.

Ally stöhnte auf. „Ich rufe später zurück. Sehr viel später."

Jo gab die Nachricht an Michelle weiter.

Dann hörten alle, wie Michelle erwiderte: „Ally? Maggie sagt, sie weiß, dass Sie Dani und Tami vor Kurzem Geld geschickt haben, aber sie hat sich neue Sommerkleidung kaufen müssen, weil man nicht von ihr erwarten könnte, in ihren alten Sachen herumzulaufen. Jetzt hat sie nur so viel Geld übrig, um sich Spaghetti mit Käse als Fertiggericht aus der Tiefkühltruhe zu kaufen. Und sie hasst Tiefkühlkost."

Ally schloss die Augen. „Sagen Sie ihr, Ravioli aus der Dose sind billiger."

Alle lachten, sogar Ally brachte ein Lächeln zustande, obwohl Chance auffiel, dass sie wieder starr geradeaus blickte. „Entschuldigung. Offenbar hat meine Schwester keine Ahnung, was ein wirklicher Notfall ist."

Chance hatte dasselbe eigentlich von Ally angenommen, aber offensichtlich war doch sehr viel mehr an ihr dran, als er geglaubt hatte. Tatsächlich wusste er nur sehr wenig über sie. Nur dass sie offenbar ihre Schwestern unterstützte, und das bedeutete, dass sie außer über große, ausdrucksvolle Augen und eine Abenteuerlust, die noch sein Tod sein würde, auch über einen tief verwurzelten Sinn für Loyalität verfügte.

Ihm fiel auf, dass Jo ihn dabei erwischte, wie er Ally nachdenklich anstarrte. Sie hob neugierig eine Augenbraue.

Er wandte sich verlegen ab, aber Jo folgte ihm. „Ich kann nicht fassen, was du gerade denkst", flüsterte sie.

„Ich denke ans Essen."

Sie lachte. „Ja, und zwar an etwas sehr Leckeres."

Zwei Stunden später waren sie bei ihrem fünften und letzten Durchgang der Rettungsübung.

Allys Zähne klapperten, aber sie hatte glücklicherweise wieder festen Boden unter den Füßen. Immer wieder wanderte ihr Blick zu Chance, der souverän seine Mannschaft anwies. Alle sahen mittlerweile wie ertrunkene Ratten aus.

Alle bis auf Chance.

Zum Teufel mit ihm, aber er sah gut aus. Er trug die gleiche Regenkleidung wie die anderen, aber seine Mütze ließ ihn nicht lächerlich wirken, sondern betonte seine großen dunkelblauen Augen. Eine nasse Locke war ihm in die Stirn gefallen, und sein Ohrring glitzerte.

Ally stellte sich vor, wie er zu seiner Hütte ging und sich die nassen Sachen auszog. Er sieht bestimmt umwerfend aus ohne alles, dachte sie und seufzte.

Dann sah er über die Schulter und genau zu ihr herüber, als ob er ihre Gedanken gelesen hätte. Ein unangenehmes Zittern durchlief sie, und sie wandte als Erste den Blick ab. Aber zwei Sekunden später sah sie ihn wieder an. Sie konnte einfach nicht anders.

„Vielleicht sollten wir den Leuten eine Pause gönnen", schlug sie vor.

„Den Leuten oder Ihnen?"

Sie reckte beleidigt das Kinn. „Es wäre natürlich nötig, eine Verletzung zu riskieren, wenn wirklich eine Notsituation bestünde. Aber es besteht im Moment ja keine."

„Ach, ich weiß nicht ..." Er warf ihr einen unschuldigen Blick zu. „Ich musste mir eine neue Sommergarderobe zulegen, und ..."

Sie drehte ihm einfach den Rücken zu. „Sie wissen schon, was ich meine."

„Ich weiß", antwortete er, und sein Mund war so dicht an ihrem Ohr, dass Ally erschauerte. Seine Augen wurden dunkel, als er ihre unwillkürliche Reaktion bemerkte. „Aber wenn jemals der Moment kommen sollte und wir einen ganzen Lift voller ängstlicher Skifahrer evakuieren müssen, muss jeder Angestellte, der meinem Kommando untersteht, wissen, was er tut – mit geschlossenen Augen, egal, ob es in Strömen regnet oder schneit."

„Ihrem Kommando?", wiederholte sie. Aber als sie sich zu ihm umwandte, war er schon gegangen.

„Pause!", rief er.

Alle, auch Brian, waren froh über diesen Befehl. Ally wollte ihnen schon folgen, allein schon, um seiner überwältigenden Gegenwart zu entkommen.

„Wo gehen Sie denn hin?"

Sie sah ihn erstaunt an und wünschte, sie hätte es nicht getan. Er stand wieder dicht neben ihr. Obwohl das Wasser nur so an ihm herunterlief, war er vollkommen entspannt und offensichtlich in seinem Element. Ein Tropfen rann über seine Schläfe und bis zu seinem Kinn. Er hatte seine Mütze abgenommen, und als sich ihre Blicke trafen, leckte er sich einen Regentropfen von der Unterlippe.

Ally spürte, wie ihr heiß wurde. Es war verrückt und dumm, aber sie verspürte den Impuls, Chance mit dem Finger übers Kinn zu streichen, sich zu ihm zu beugen und selbst einen Tropfen von seiner Haut zu lecken. Sie wollte ihn berühren, ihn schmecken. „Sie haben gesagt, wir könnten eine Pause machen. Alle anderen sind schon gegangen."

„Ja, weil alle anderen wissen, wie man von einem Lift herunterklettert."

„Ich bin gerade vorhin von einem heruntergeklettert."

„Nein. Sie wurden heruntergeholt. Mit körperlicher Gewalt, sozusagen."

„Oh." Sie blickte zum Lift hinüber. Er sah so ungefährlich aus, jetzt wo er sich nicht bewegte. „Wie schwierig kann es schon sein?"

Chance lachte natürlich. Er lachte sie immer aus. Der Lift wurde in Gang gesetzt. Chance nahm sein Funkgerät vom Gürtel und sagte Jo, dass sie gleich zurück sein würden und dass Tim für alle Fälle am Funkgerät bleiben sollte.

„Steigen Sie ein", sagte er zu Ally. „Das ist eine Anfängerpiste. Wir können zu Fuß herunterkommen."

„Wir?"

„Ja." Ihre Körper berührten sich, als er an ihr vorbeiging. „Wir."

Ihr Magen zog sich zusammen. Aber diesmal nicht aus Angst.

Sie kletterten gemeinsam auf den Lift, wobei Ally sich Mühe gab, Chance nicht zu berühren. Chance wiederum tat genau das Gegenteil, sodass sie schließlich Hüfte an Hüfte, Schulter an Schulter und Schenkel an Schenkel dasaßen. Chance sehnte sich nach viel mehr als dieser harmlosen Berührung, und das machte ihn erst recht wütend.

„Müde?", fragte er und wünschte sich, Ally würde ihm sagen, dass sie es nicht länger aushielt und sofort wieder nach Hause wollte. Nett wie er war, würde er sich sogar bereit erklären, sie zum Flughafen zu bringen.

„Natürlich nicht." Ihre Knöchel waren wieder weiß, so krampfhaft hielt sie sich fest. Ihre Pupillen waren geweitet. Sie tat alles, was in ihrer Macht lag, um nicht daran zu denken, dass sie sich nicht auf festem Boden befand. „Ich dachte, Sie seien ein wilder, risikofreudiger Typ", sagte sie und sah entschlossen nach vorn. „Warum bitten Sie Tim, auf uns zu achten, wenn Sie allein mit allem fertig werden?"

„Weil es Dummheit wäre, den Lift zu benutzen, ohne dass es jemand weiß, besonders falls etwas schiefgehen sollte."

Sie schluckte nervös. „Schiefgehen?"

„Ja." Er betrachtete ihr Profil. Sie war so stolz, so hübsch. Und starr vor Angst. „Zum Beispiel könnten Sie ja die Nerven verlieren und in Panik geraten."

„Ich versuche, meine Panikausbrüche auf ein Minimum zu reduzieren, vielen Dank." Sie klammerte sich weiter an den Sessel, und zu seinem Ärger wünschte er sich, sie würde sich an ihn klammern.

„Ich habe heute Morgen mit Lucy gesprochen", sagte Ally mit schwacher Stimme. „Sie sagt, sie weiß, wie viel sie Ihnen zumutet und dass sie Ihnen sehr dankbar ist."

Na, wunderbar. Schuldgefühle hatten ihm gerade noch gefehlt. Als ob es nicht schon genügte, dass er auf dieses Stadtmädchen scharf war.

Ihre Sitze wackelten ein wenig, und Ally schloss schnell die Augen. „Sie sagt, Sie sind immer für sie da gewesen."

„Und umgekehrt."

Sie öffnete ein Auge, und als der Lift sich gemächlich weiterbewegte, machte sie auch das andere auf. „Wie kam es, dass Sie hier arbeiteten?"

„Ich hatte keine Lust mehr, von einem Ort zum andern zu ziehen. Lucy gab mir den Job, hier die Skipisten zu patrouillieren."

„Sie sind einfach so durch die ganze Welt gereist?"

„Ja."

„Haben Sie keine Familie?"

Verdammt, jetzt tat er ihr auch noch leid, das Letzte, was er sich von einer Frau wünschte. „Meine Eltern sind auch sehr viel gereist. Ich landete irgendwann zufällig in Wyoming." Tina war gerade gestorben, und er hatte einige Monate damit zugebracht, sich zu betrinken und bei waghalsigen Unternehmungen sein Leben zu riskieren. Lucy gab ihm etwas, von dem er nie gewusst hatte, dass es ihm fehlte und das er auch nie akzeptiert hätte, wenn er es gekannt hätte – Beständigkeit.

Nach zwei Jahren führte er die Aufsicht über die Skipisten, und nach weiteren zwei Jahren leitete er das gesamte Freizeitangebot und war nur noch Lucy unterstellt. Jetzt fand er, dass er den besten Job auf der ganzen Welt hatte. Jeden Herbst nahm er sich Zeit, in der Welt herumzureisen, um seine Sehnsucht nach der Ferne zu befriedigen. Afrika, Südamerika, Indien, es gab keine Grenzen für ihn.

Aber er kam immer wieder zurück.

Der Lift ruckte ein wenig, und Ally hielt erschrocken den Atem an. „Sie waren heute sehr nett zu Brian", sagte sie hastig. „Obwohl man Sie nicht gerade mitfühlend oder sensibel nennen kann."

„Ich bin nicht sein Aufpasser. Er arbeitet hier nur."

„Ja, sicher. Und bestimmt hat er für die neuen Stiefel gezahlt, was?"

Chance sah, dass sie sich auf die Unterlippe biss, als der Sessel wieder leicht schlingerte, und unwillkürlich die Schenkel zusammenpresste. Er blickte ihr in die Augen. „Na und? Er brauchte eben neue Stiefel."

„Sie empfinden also doch etwas, trotz …" Sie unterbrach sich, als er einen Arm über die Rücklehne des Sitzes legte und den anderen um die Metallstange neben Ally, sodass er sie zwischen seinen Armen gefangen hielt. „Was machen Sie denn?"

„Trotz was?", fragte er leise.

„Trotz der Tatsache …" Sie senkte den Blick und wurde wieder blass. „Ich glaube, ich sollte meine Gedanken lieber für mich behalten."

„Oh nein." Er drehte ihr Gesicht zu sich herum, was leider bedeutete, dass er sie berühren musste. Ein großer Fehler, dachte er, aber das hielt ihn trotzdem nicht davon ab. Ihre Haut fühlte sich so zart wie Seide an.

Sie fuhr sich mit der Zunge über die Lippen und verriet, was ihr durch den Kopf ging, als ihr Blick sekundenlang auf seinem Mund ruhte, bevor sie ihm wieder in die Augen sah. „Ich wollte nur sagen, dass es viele Gemeinsamkeiten zwischen Ihnen und Brian gibt. Sie haben beide so einen gewissen Ausdruck in den Augen."

„Wirklich?" Sein Blick fiel auf ihren Mund. Weiße Haut, roter Mund. Er stellte sich vor, dass sie weiße Schenkel und rosarote Brustknospen haben musste, und hätte fast aufgestöhnt. „Und was für Gemeinsamkeiten?"

„Na ja …" Sie lachte verlegen. „Es wird Ihnen wahrscheinlich nicht gefallen."

Es fiel Chance ziemlich schwer, sich auf ihre Worte zu konzentrieren, da er gerade damit beschäftigt war, sich Ally nackt vorzustellen. „Das werden wir ja sehen."

„Ich glaube, Sie und er sehnen sich beide schmerzlich nach etwas", flüsterte sie. „In Ihren Augen spiegelt sich eine fürchterliche Traurigkeit." Ihre Stimme nahm einen weicheren Klang an. „Sie brauchen jemanden, der sich um Sie kümmert, Chance. Jemanden, der auf Sie achtgibt. Aber ich habe mir geschworen, mich nicht mehr einzumischen."

Das verschlug ihm die Sprache. „Sie glauben, man muss auf mich aufpassen?"

„Ja."

Verblüffung verwandelte sich in ehrliche Erheiterung, und Chance lachte so heftig, dass er fast aus dem Sessel gefallen wäre. „Hören Sie mal, ich passe auf mich selbst auf, seit ich sprechen kann. Ich brauche niemanden." Er wurde ernst und dachte an Tina. „Und das wird sich auch nicht ändern. Aber vielen Dank, Sie haben mich zum Lachen gebracht, besonders wenn ich daran denke, dass Sie diejenige sind, die hier einen Aufpasser braucht."

Ally wollte protestieren, aber in dem Moment wackelte der Lift wieder. Es geschah noch zwei weitere Male, und Ally keuchte jedes Mal erschrocken auf. Als der Lift zum vierten Mal schlingerte, stieß sie einen Angstschrei aus und warf sich Chance an die Brust, so wie er es sich vor nur wenigen Minuten gewünscht hatte.

Er legte die Arme um sie, weil sie womöglich noch vom Sitz gefallen wäre, aber das war nicht sein Hauptmotiv. Sie fühlte sich an, als wäre sie eigens dafür geschaffen, dass er sie hielt. Ihre Beine schmiegten sich an seine, ihre Schultern fühlten sich zart und schmal unter seinen Händen an.

„Oh ja", flüsterte er. „Ich brauche doch etwas." Er hatte es eigentlich in spöttischem Ton sagen wollen, aber ihre Nähe verhinderte jeden klaren Gedanken, und seine Stimme klang zu seiner eigenen Überraschung rau und heiser. Er zog Ally dichter an sich. Ihre Lippen waren seinen sehr nah, und ihre Blicke trafen sich.

Ally flüsterte seinen Namen. Es war eine offene Einladung, die ihn ungeheuer reizte. Er liebte Frauen. Und obwohl gerade diese Frau hier ihn ständig aus der Haut fahren ließ und ihm überall im Weg stand, war doch etwas Besonderes an ihr. Ganz zu schweigen von der Tatsache, dass sie jetzt in seinen Armen lag, süß und hingebungsvoll. Aber er hatte den Kopf noch nicht so weit verloren, dass er die Probleme vergessen hätte, die sie mit sich brachte. Zuerst einmal würde sie ihn in den Wahnsinn treiben. Zweitens, auch wenn sie aus der Stadt kam, bezweifelte er stark, dass sie für die Art von heißer, leidenschaftlicher und vor allem kurzlebiger Beziehung geschaffen war, die er nun einmal vorzog. Obwohl sie selbst zu glauben schien, dass sie etwas Wildes erleben wollte, brauchte sie in Wirklichkeit einen Mann mit einem geregelten Bürojob, der ihr ein nettes Heim und mindestens zwei Kinder schenken würde.

Das hatte so wenig mit seinem eigenen Leben zu tun, dass ihm schauderte.

Aber wie wundervoll sie sich anfühlte. Er schloss die Augen und versuchte sich ins Gedächtnis zurückzurufen, weswegen er besser die Hände bei sich behalten sollte.

„Chance?"

Wenn er jedoch ehrlich sein wollte – und das war er immer, wenigstens sich selbst gegenüber –, könnte er sich leicht daran gewöhnen, wie sie seinen Namen aussprach. Besonders wenn sie dabei nackt ausgestreckt in seinem Bett lag und auf ihn wartete. Er stöhnte innerlich auf. Diese Vorstellung würde ihm wahrscheinlich für den Rest des Tages nicht aus dem Kopf gehen.

„Chance!"

Himmel, allein die Art, wie sie es sagte, erregte ihn. „Hm?"

„Wir sind angekommen." Und während er noch mit den sinnlichen Gefühlen kämpfte, die sie in ihm erweckt hatte, sprang sie schon mit erstaunlicher Anmut vom Lift und ging davon.

6. KAPITEL

Das Hotel war fast ausgebucht, obwohl noch keine Hochsaison war, und Ally hatte alle Hände voll zu tun. Sie konnte nicht fassen, wie viel Büroarbeit mit der Leitung eines Hotels verbunden war, ganz zu schweigen von den Telefonaten, dem ewigen Hin und Her mit den Angestellten und der Menge an Essen, die jeden Tag verzehrt wurde. Die Arbeit faszinierte sie immer mehr.

In der zweiten Woche von Allys Aufenthalt waren die Wege endlich wieder begehbar. Unzählige Stunden hatten sie neue Pflanzen und Bäume gepflanzt, um der Natur auf die Sprünge zu helfen. Endlich waren sie so weit, für die Sommersaison zu öffnen. Als Chance es ihnen verkündete, jubelten alle vor Begeisterung und feierten mit Pizza und Champagner. Ally fuhr mit einem der Hoteljeeps ins Krankenhaus, und Lucy war so aufgeregt, dass sie fast aus ihrem Bett gefallen wäre. Dann schickte sie Ally zurück, um mit den anderen zu feiern.

Ally musste sich auch mit der Versicherungsgesellschaft auseinandersetzen, die wegen des Feuers die Prämie verdreifachen wollte. Ally kannte sich in solchen Dingen nicht aus, aber selbst sie konnte erkennen, dass die Kosten unverschämt hoch waren.

Als sie Chance darauf ansprach, schüttelte er jedoch nur den Kopf. „Wir werden die Summe schon wieder hereinkriegen, machen Sie sich keine Sorgen."

„Ich soll mir keine Sorgen machen?", wiederholte sie fassungslos. „Es geht hier nicht um Kleingeld, Chance. Und es sind jährlich wiederkehrende Kosten. Wegen des Feuers wird Lucy gezwungen sein, jedes Jahr so viel zu zahlen."

„Sie haben nicht den Überblick, Ally." Er war gerade von draußen hereingekommen. Sein Haar war zerzaust, und seine letzte Rasur lag schon einige Tage zurück. Er trug ein schwarzes T-Shirt und Radlershorts, die seine muskulösen Beine sehr schön zur Geltung brachten. Die Sachen stammten weder von einem Designer, noch waren sie besonders neu, aber Ally konnte nicht den Blick von Chance nehmen.

Er war unvorstellbar sexy.

Chance ertappte sie dabei, wie sie ihn anstarrte. Offensichtlich amüsiert, lehnte er sich lässig an den Türrahmen. „Klebt Toilettenpapier an meinen Schuhen?"

„Äh ... nein."

„Habe ich meine Sachen falsch herum angezogen?" Er machte den Eindruck eines Mannes, dem es völlig egal war, wenn tatsächlich etwas an seinen Schuhen klebte.

„Nein", erwiderte sie.

„Sehen Sie? Ich habe Ihnen doch gesagt, dass ich bestens selbst auf mich aufpassen kann." Dann grinste er, und da er dieses eine Mal sich nicht über Ally lustig machte, war sein Lächeln entwaffnend liebenswürdig.

Sie kämpfte gegen den Wunsch an, sein Lächeln zu erwidern, und blickte hastig auf die Papiere auf ihrem Schreibtisch, obwohl sie nichts davon wirklich wahrnahm. Was hatte Chance nur an sich, dass sie ihn am liebsten gleichzeitig geschlagen und geküsst hätte? „Erklären Sie mir doch bitte, wie Sie das mit dem Überblick meinten", sagte sie leise.

„Diese Ferienanlage hat sich einen guten Namen erworben mit den Wanderwegen, die wir geschaffen haben. Außerdem erweitern wir das Gelände ständig und bauen zusätzliche Skilifts. Und deswegen kann ich Sportler von überall auf der Welt herlocken."

Seine Selbstsicherheit verblüffte sie. Ihr wurde allmählich klar, dass er alles, was er sagte, mit klugen Argumenten belegen konnte. Es schien tatsächlich *sein* Berg zu sein, und es war sein Ruf, dem die Anlage ihre Beliebtheit verdankte. Ally wünschte sich, sie besäße auch nur einen Bruchteil seines Selbstvertrauens.

„Und jetzt kann ich sogar noch mehr tun", fuhr er fort. „Wegen der neuen Wege, die wir geöffnet haben, sind wir auch in der Lage, gewisse Sportwettbewerbe anzubieten, die vom Fernsehen übertragen werden, und das wird uns Anerkennung bringen und größere Einkünfte."

Es war aufregend. Ally spürte ein Kribbeln am ganzen Körper. Sie stellte sich vor, wie sie mit Fernsehteams und berühmten Sportlern zu tun bekam. „Was kann ich tun?"

„Nicht das Geringste."
„Ich bin die Hoteldirektorin, haben Sie das vergessen?"
„Sie sind eine wandelnde Katastrophe."
„Mir wird schon nichts passieren."
„Darauf können Sie wetten, denn Sie werden schön hier im Büro bleiben."
„Und den ganzen Spaß Ihnen überlassen? Auf keinen Fall."
Chances Blick wanderte langsam von den Stiefeln, auf die sie so stolz war, weil sie ihr keine Blasen mehr verursachten, zu den Shorts und dann zu ihrer Bluse, wo er ein wenig verweilte, bis Allys Brustspitzen sich aufrichteten und sich verräterisch unter dem dünnen Stoff abzeichneten.

Es war verrückt, dass ein Blick von ihm genügte, um sie so aus der Fassung zu bringen.

Ein träges, wissendes Lächeln umspielte seine Mundwinkel. „Wollen Sie Spaß haben, Ally?"

Seine Stimme klang weich und verführerisch, seine Augen waren halb geschlossen. Die unwiderstehliche Anziehungskraft, die er auf sie ausübte, war fast unheimlich. „Auf dem Berg", entgegnete sie gereizt. „Ich suche Spaß auf dem Berg."

„Dem sind Sie nicht gewachsen."

„Ach, du meine Güte! Sie reden gerade so, als ob Sie noch nie etwas Verwegenes getan hätten. Ich habe Fotos von Ihnen gesehen, wie Sie Ski fahren."

Seine Augen blitzten auf, und er stieß sich vom Türrahmen ab. Ally schwankte zwischen dem Wunsch, zu fliehen, und dem Bedürfnis, ihm mutig die Stirn zu bieten. „Sie haben mich nie in Aktion gesehen", entgegnete er leise.

Nein, aber sie konnte sich gut vorstellen, wie er elegant über die Pisten sauste. „Es geht hier nicht um Sie", brachte sie atemlos hervor.

Er blieb so dicht vor ihr stehen, dass er sie hätte berühren können, aber er tat es nicht. Sie sah ihm in die Augen, was sich als großer Fehler herausstellte. Sie waren dunkel und funkelten vor Leidenschaft.

„Auf keinen Fall."

„Auf keinen Fall?", wiederholte sie und schürte so gut sie konnte ihre Wut, um nicht an solch gefährliche Dinge zu denken, wie zum Beispiel daran, wie sich sein Mund auf ihrem anfühlen mochte. „Warum sind Sie immer so schnell bereit, mich abzuweisen?"

Er legte einen Finger an ihre Lippen. „Es geht hier gar nicht um den Berg."

„Nein?"

„Es geht um Sie. Und mich. Lügen Sie nicht", sagte er, als sie den Mund öffnete, um genau das zu tun. Sein Blick wurde intensiver, und Ally fiel es plötzlich schwer zu atmen.

Auch er war etwas atemlos. „Keine Spielchen mehr", flüsterte er.

Die Stille zwischen ihnen wurde immer bedrückender. Keiner von beiden rührte sich. Chance war Ally so nah, dass sie die Wärme seines Körpers spürte. Die Spannung in ihr nahm zu.

„Ich habe Sie gewarnt, mich nicht so anzusehen", sagte er leise.

„Ich weiß." Aber sie hörte nicht auf damit.

„Ich werde nicht Ihr neuestes kleines Abenteuer sein, Ally."

„Warum nicht?"

Er lachte rau auf. „Wir sind zu verschieden."

„Das ist mir auch schon aufgefallen", konterte sie geistesgegenwärtig. Er fühlte sich also nicht zu ihr hingezogen. Diese Tatsache war sehr ernüchternd. Ally hatte nicht das Talent, die Leidenschaft in einem Mann zu wecken, wie sie leider wusste. „Ich verstehe schon." Sie hatte es nicht anders erwartet, höchstens irgendwo in einem Winkel ihres Herzens gehofft. Welche Frau hätte das nicht bei einem so aufregenden Mann wie Chance?

„Was verstehen Sie?"

„Nun, dass ich Sie kaltlasse."

„Ach ja?" Er packte ihre Hüften und zog Ally heftig an sich, sodass sie deutlich spürte, wie erregt er war.

„Oh", flüsterte sie.

Chance holte tief Luft und war genauso aufgewühlt wie Ally. Ermutigt hob sie die Hand und strich ihm über die Wange, weil sie sich schon den ganzen Tag danach gesehnt hatte, das zu tun.

Aber er packte ihr Handgelenk. „Tu das nicht", protestierte er halbherzig.

„Küss mich", flüsterte sie.

Er starrte sie wie hypnotisiert an. „Das ist keine gute Idee, aber ich kann mich einfach nicht mehr erinnern, weshalb nicht."

„Gut." Und weil er ihre Hand festhielt und ihre andere Hand auf seinem Nacken lag, schmiegte sie die Wange an seine. „Küss mich, Chance. Komm, nur ein Kuss."

Wieder entrang sich ihm ein raues Lachen, und er wob die Finger in ihr Haar. Einen Moment lang sah er sie stumm an, bevor er den Kopf senkte und zart ihren Mundwinkel küsste. „Sag mir, dass ich aufhören soll."

„Mach weiter."

„Ally ..."

Die Knie wurden ihr weich, und sie glaubte dahinzuschmelzen, als sie endlich seinen Mund auf ihren Lippen spürte.

Es hatte ein schlichter, harmloser Kuss werden sollen, aber er war alles andere als das. Ally wurde schwindelig, ihr Herz klopfte aufgeregt, und sie flüsterte seinen Namen, voller Sehnsucht nach mehr.

Chance kam ihrem Wunsch nach und ließ seine Hand zu ihrem Po gleiten, um sie noch fester an sich zu drücken. Mit der anderen Hand umfasste er ihren Nacken. Sanft streichelte er ihr Kinn mit dem Daumen, während seine Lippen ihren Mund liebkosten.

Als er den Kopf hob, packte Ally sein Hemd und klammerte sich an ihn, als fürchtete sie zu fallen, wenn er sie nicht festhielt.

„Du hast gesagt, ein Kuss", erinnerte Chance sie mit heiserer Stimme.

„Ich habe gelogen."

Er stöhnte leise auf und küsste sie wieder, diesmal bewusst langsam und gründlich. Als er schließlich ihre Lippen freigab, waren sie beide außer Atem, und er lehnte seine Stirn an Allys.

„Das habe ich nicht gewollt", erklärte er.

„Was hast du nicht gewollt?"

„Nicht dieses Gefühl, dass du wie ein Wirbelwind in mein Leben kommst und alles auf den Kopf stellst, verdammt noch mal." Seine Lippen waren immer noch feucht von ihrem Kuss, seine Brauen waren finster zusammengezogen.

Ally sah ihm ins Gesicht und erkannte die Wahrheit. Sie würde nur allzu bald von hier fortgehen, und sie hatte doch getan, was sie um jeden Preis hatte verhindern wollen: Sie hatte ihr Herz an ihn verloren.

Zwei Tage später war Chance auf Radpatrouille. Am Ende des Nachmittags, nachdem er mehrere Neulinge gewarnt hatte, nicht die ausgeschilderten Pfade zu verlassen, und einigen nicht ganz so unerfahrenen Radfahrern, die es eigentlich besser wissen sollten, den gleichen Rat gegeben hatte, sehnte er sich danach, den steilen Hang hinunterzurasen, die Erde aufzuwirbeln und den Wind im Gesicht zu spüren.

Als er das Gebiet erreichte, das für Gäste nicht zugänglich war, zog er die Jacke aus, die ihn als Angestellten des Hotels auswies. Dann nahm er sein Rad auf die Schulter und kletterte den Berg hinauf, damit er gleich darauf wieder herunterrasen konnte. Hier gab es keine Verantwortung, keinen Brian, der ihm an den Fersen klebte, keine Ally, die ihn mit ihren großen Augen in ihren Bann zog.

Hier gab es nur ihn und die Natur.

Auf einmal meldete sich sein Funkgerät. Verdammt, er hätte es ausschalten sollen.

„He, Boss", hörte er Jos Stimme. „Ich habe Lucy auf Leitung zwei. Sie lässt dir ausrichten, du sollst dir nicht die Beine brechen."

Chance lächelte und ging weiter, seine Muskeln spannten sich an, sein Atem kam mühsamer, und zum ersten Mal heute geriet er ins Schwitzen.

„Sie will außerdem wissen, ob du Ally geküsst hast."

Er blieb abrupt stehen und wäre fast über seine eigenen Beine gestolpert.

„Keine Angst", sagte Jo lachend, da er nicht antwortete. „Ich habe ihr verraten, dass unsere Großstadtpflanze nicht dein Typ ist."

Und das stimmte ja auch. Er wollte sie nicht, und er brauchte sie ganz bestimmt nicht, ganz egal, was Ally dachte. Schon die Vorstellung, er könnte irgendjemanden brauchen, machte ihn wütend.

Sie war diejenige, die Hilfe brauchte, verdammt noch mal!

Er marschierte weiter bergauf und weigerte sich, seine kostbare Zeit damit zu verschwenden, an Ally zu denken – oder an den Kuss, den er sogar jetzt noch zu spüren glaubte.

Aber hundert Meter weiter hielt er inne, weil er merkte, dass jemand ihm folgte. Gleich darauf erschien Brian, einen trotzigen Ausdruck auf dem Gesicht und ein Rad auf den Schultern, das schon mal bessere Tage gesehen hatte.

Chance fluchte. „Was tust du hier?"

Brian streckte das Kinn vor. „Das Gleiche wie Sie."

„Du überwachst das Gebiet und vergewisserst dich, dass alle Gäste den Berg verlassen haben?"

Brian schnaubte geringschätzig. „Das tun Sie doch auch nicht. Sie klettern hoch, um von oben herunterrasen zu können."

Chance starrte ihn wütend an und seufzte dann. „Okay. Du hast mich also erwischt. Und jetzt geh weg."

„Ich will mitkommen. Ich will alles von Ihnen lernen."

„Das klingt ja unheimlich eifrig."

„Ich bin nicht blöd."

„Und doch bist du ein jugendlicher Straftäter. Das soll einer kapieren."

Brian wurde knallrot. „Ich habe das Feuer nicht gelegt."

„Ja, ja."

„Das ist die Wahrheit!"

Chance wusste nicht, was er davon halten sollte. Brian schien ehrlich empört zu sein über die Anschuldigung.

„Kann ich jetzt mitkommen oder was?"

Chance fuhr sich mit den Fingern durch das Haar und fragte sich, warum er nicht einfach nein sagte. Er wurde allmählich weichherzig. „Ja. Gut. Ist auch egal."

Unter welchem Druck Brian stand, bemerkte Chance erst, als der Junge sich jetzt entspannte und sogar ein schiefes Lächeln zeigte. Er rannte den Weg zu Chance hinauf, das Rad halb tragend, halb hinter sich her zerrend.

Chance sah ihm zu, hin- und hergerissen zwischen Ärger und Belustigung, weil er Brians Begeisterung nur allzu gut von sich selbst kannte. Und doch wäre er lieber allein geblieben. Er war ein einfacher Mann mit einfachen Bedürfnissen. Seine Arbeit bedeutete keine Last für ihn, denn er liebte sie. Aber Brian war eindeutig eine Last. Ganz zu schweigen von Ally!

Offenbar hatte er das Schicksal herausgefordert, denn als er sah, wer ihn oben auf dem Berg erwartete, blieb er wie vom Blitz getroffen stehen.

Bildhübsch und ein hoffnungsvolles Lächeln auf dem Gesicht, blickte Ally auf ihn und Brian herab. Ein Mountainbike lehnte an ihrer Hüfte.

„Was zum Teufel tust du hier?"

Brian hob erstaunt die Augenbrauen, weil Chance Ally duzte.

Sie schüttelte langsam den Kopf. „So spricht man doch nicht mit einer Dame." Sie nahm den Helm, der am Lenker hing, und setzte ihn sich auf.

Verkehrt herum.

Chance fluchte wieder, ignorierte Brians Grinsen und ging mit langen Schritten auf sie zu und nahm ihr den Helm wieder ab. Seine Finger berührten ihr weiches Haar, und er drehte den Helm um. Der Duft, der von ihr ausging, ließ sein Herz schneller schlagen, und er runzelte verärgert die Stirn. „Wie bist du hier heraufgekommen, und warum bist du ausgerechnet hier, wo ich bin?"

„Ich bin den Weg hochgeklettert", antwortete sie ruhig. „Genau wie du. Ich hörte, wie du Jo am Funkgerät sagtest, wo du hinwolltest." Sie lächelte ihn an, und etwas in seiner Brust zog sich schmerzhaft zusammen. „Ich habe auf dich gewartet. Warum ich hier bin? Weil du hier bist."

Was sollte er darauf erwidern? Ein Blick in ihre Augen, und sein üblicher Sarkasmus ließ ihn im Stich. „Du kannst nicht radeln. Du wirst noch irgendwo gegenfahren und hinfallen."

„Ich habe jeden Nachmittag auf dem Parkplatz geübt."

„Der Parkplatz ist eben und nicht abschüssig."

„Ich werde aber trotzdem hier runterbrettern." Ally wandte sich an Brian. „Und ich möchte, dass du ganz besonders aufpasst, Brian."

Der Junge grinste immer noch. „Klar doch. Darf ich vorausfahren?"

„Wenn Chance einverstanden ist", erwiderte sie.

Ach, jetzt war sie auf einmal bescheiden? „Nur zu", sagte er gereizt und fragte sich, ob die beiden den Weg nach unten auch ohne ihn finden würden, wenn er sich heimlich aus dem Staub machte.

Leider war er sich da nicht so sicher.

Und so fuhren sie gemeinsam die neu angelegten Wege hinunter. Der Wind peitschte ihnen ins Gesicht, die Bäume sausten an ihnen vorbei, die Erde knirschte unter ihren Reifen, und obwohl Chance die größte Lust hatte, die Strecke in halsbrecherischem Tempo zurückzulegen, hielt er sich doch zurück, wenn auch nur mit Mühe.

Es half, dass Allys T-Shirt sich schön eng an sie schmiegte. Es half, dass der Wind ein wenig kühl war, sodass ihre Brustknospen sich deutlich unter dem Stoff abzeichneten. Es half, dass sie den hübschesten Po hatte, den er seit Langem …

„Lasst uns vom Weg abweichen", schrie Brian.

Das war es genau, was Chance wollte, und er kämpfte sekundenlang mit seinen widerstreitenden Gefühlen. Aber am Ende schüttelte er den Kopf.

„Warum nicht?", fragte Ally.

Ja, warum eigentlich nicht?

„Es ist gegen die Regeln", sagte er und zuckte zusammen beim strengen Ton seiner Stimme. Er setzte sich an die Spitze ihrer kleinen Gruppe und blieb weiterhin brav auf dem Weg. Was war nur geschehen, dass er jetzt plötzlich der Weichling zu sein schien und Ally die Wilde, Unkonventionelle? Er musste daran denken, wie sie sich in seinen Armen angefühlt hatte. So weich, so hingebungsvoll … so bereit. An diesem Punkt seiner

Überlegungen rutschte sein Fuß von der Pedale, und im nächsten Moment lag er mit dem Gesicht im Staub.

„Wow!" Brian sprang vom Rad und lief auf ihn zu. „Das war wahnsinnig. Sind Sie okay?" Der Junge beugte sich dicht über ihn. „Wollten Sie angeben?", flüsterte er. „Sie wissen schon, vor Ally?"

„Oh, Chance!" Hinter ihnen kam Ally näher, immer noch auf ihrem Rad, und radelte so schnell sie konnte. Sie bremste, aber es war schon zu spät. Sie würde fallen, und zwar nicht sehr sanft, und alles, was Chance tun konnte, war, voller Entsetzen zuzusehen, wie sie an ihm vorbeischlitterte und erschrocken aufschrie.

Ein kleiner Busch bremste ihren Fall.

Chance sprang auf, rannte zu ihr und fiel neben ihr auf die Knie. Die Vorstellung, sie könnte verletzt sein, machte ihm Angst. „Ally", brachte er hervor, und gleich darauf setzte sie sich auf und klopfte sich lachend den Staub ab.

„Ich bin okay", sagte sie. „Und du?"

Er sank nach hinten, als die Folgen seines Schocks ihn einholten. Und da er sogar zu schwach war zum Sitzen, legte er sich der Länge nach hin, betrachtete den Himmel und wartete darauf, dass sich sein Herzschlag wieder normalisierte – was er wahrscheinlich erst tun würde, wenn Ally Wyoming für immer verließ.

„Chance? Geht's dir gut?" Sie beugte sich über ihn und sah ihm neugierig ins Gesicht. „Wie geht es dir?"

Schlecht, dachte er. Brian entfuhr ein Lachen, und Chance sah ihn streng an. „Wirklich sehr witzig."

„Man darf an keine Tussi denken, wenn man was Gefährliches tut", verkündete Brian altklug.

„Vielen Dank für den weisen Rat." Er sah Ally an, die in diesem Moment Lippenbalsam auf den Mund auftrug.

„Können wir vom Weg abweichen?", fragte sie. Sie hatte einen Zweig im Haar und Schmutz auf der Wange.

„Nein."

„Aber du tust es doch ständig."

„Ich muss ja auch das Gebiet überprüfen."

Brian schnaubte verächtlich.

Ally sah Chance nur enttäuscht an, aber wieso ihm das etwas ausmachen sollte, war ihm nicht klar. Schließlich hatte sie ja selbst zugegeben, dass sie nichts für ihn empfinden wollte, weil sie schon genug um die Ohren hatte.

Das war bei ihm nicht anders.

Und so blieben sie also trotz Brians Murren brav auf der vorgeschriebenen Route. Chance fuhr hinter Ally und betrachtete gebannt ihren hübschen runden Po. Er war bisher noch nie Rad gefahren, während er sexuell aufs Höchste erregt war, und musste erkennen, dass es eindeutig nicht zu seinem Wohlbefinden beitrug.

7. KAPITEL

Wild entschlossen, dazuzugehören, trainierte Ally jeden Abend im Fitnesscenter der Anlage. Und auch tagsüber arbeitete sie hart, erledigte den Papierkram, der im Büro anfiel, und half auf dem Berg mit dem Pflanzen neuer Bäume. Und sie sorgte dafür, dass ihr trotz allem noch genug Zeit blieb, um Spaß zu haben. Die Mittagszeit verbrachte sie damit, etwas Neues zu lernen. Diese Woche war Kajakfahren an der Reihe.

Es war nicht leicht, aber schließlich konnte sie Tim doch dazu überreden, ihr die Grundlagen zu erklären.

Eines Morgens standen sie früh auf und waren eine Stunde vor Arbeitsbeginn auf dem Fluss. Gut gelaunt und immer noch die Jacke tragend, die Jo ihr geliehen hatte, machte Ally sich anschließend auf den Weg zu ihrer Hütte. Sie war nass und musste unbedingt unter die Dusche. Es war ein herrlicher Morgen. Die Vögel sangen, die Blätter der Bäume rauschten sanft, Zweige knackten unter ihren Füßen. Vor nur wenigen Wochen hätten all diese Geräusche sie nervös gemacht. Jetzt fand sie sie wundervoll.

In den vergangenen drei Wochen hatte sie sich lebendiger und glücklicher gefühlt als in ihrer geliebten Bibliothek. Sicher, ab und zu fehlte ihr ein Einkaufsbummel und ein Theater- oder Kinobesuch, aber inzwischen hatte sie sich so sehr daran gewöhnt, frische, saubere Luft zu atmen, dass sie sich die verkehrsreichen Straßen und die Umweltverschmutzung gar nicht mehr vorstellen mochte.

Eine kichernde Frauenstimme riss sie aus ihren Gedanken. „Ist da jemand?", rief Ally.

Eine unnatürliche Stille folgte.

Vielleicht hatte sich ein verliebtes Pärchen im Wald versteckt, von Leidenschaft überwältigt. Ally seufzte wehmütig. Wie schön wäre es, sich hier mit seinem Liebhaber zu treffen. Ein Liebhaber wie – warum sollte sie es nicht zugeben? – Chance. Der Gedanke an ihn genügte, um Schmetterlinge in ihrem Bauch flattern zu lassen.

Sie lächelte schief und ging weiter, aber sie hatte kaum ein paar Schritte gemacht, da hörte sie wieder eine Frau kichern und gleich darauf das Murmeln einer Männerstimme.

„Okay, das habe ich deutlich gehört", sagte Ally laut.

Wieder folgte unnatürliche Stille. Ally hätte schwören können, dass das Murmeln vorhin ein wenig wie Brian geklungen hatte. Aber es war ein Wochentag, und er machte sich im Moment sicher gerade für die Schule zurecht.

Zumindest sollte er das.

Brian zeichnete sich leider nicht durch Vorsicht und Klugheit aus. Er war intelligent, aber äußerst dickköpfig und hatte eine verhängnisvolle Vorliebe für gefährliche Situationen. Selbst bei der Wahl seiner Freundinnen war er nicht besonders klug. Jo hatte ihr gesagt, dass Brian mit einem Mädchen ging, dessen Vater der Direktor eines konkurrierenden Hotels war und sicher nicht besonders begeistert von Brian sein dürfte.

Ein Zweig knackte.

„Verdammt!" Ally blieb wieder stehen. „Wer ist da?"

Wieder nur Stille. Es gibt keinen Grund, sich so zu ärgern, sagte sie sich. Zwei Leute amüsierten sich wunderbar im Wald, und sie selbst würde am liebsten dasselbe tun. Na und? Das hieß nicht, dass sie wütend werden musste, nur weil der einzige Mann, den sie begehrte, nichts von ihr wissen wollte. Sie ging entschlossen weiter.

„Zum Teufel mit ihm!", schimpfte sie. Es tat gut, ihrem Frust Luft zu machen.

„Führst du schon wieder Selbstgespräche?"

Sie wäre fast gestolpert. Der Mann, an den sie gerade gedacht hatte, stand auf den Stufen zum Hotel, als sie aus dem Wald herauskam. Sein kräftiger Körper warf seinen Schatten auf sie und sah in diesem Moment so einschüchternd aus, dass sie einen Schritt zurücktrat, bis sie den Holzzaun, der das Hotelgrundstück umgab, im Rücken spürte.

Chance kam gelassen auf sie zu, bis sie zwischen ihm und dem Zaun gefangen war. Sie hielt unwillkürlich den Atem an. Ob es nun an der frühen Stunde oder an dem verlockenden Duft lag, der ihn umgab, wusste sie nicht, aber ihr Gehirn sandte ihr widersprüchliche Befehle.

Leg die Arme um ihn.

Lauf um dein Leben.

Er war offenbar gerade vom Berg heruntergekommen, wahrscheinlich von einer Fahrt mit dem Mountainbike, denn er trug eine schwarze Radlerhose mit passendem schwarzem T-Shirt, das sich wie eine zweite Haut an seine breite Brust schmiegte. Dieser umwerfende Körper war nicht künstlich in einem Fitnesscenter trainiert worden, sondern das Ergebnis eines aktiven Lebensstils. Aber in diesem Moment waren es vor allem seine dunklen, unergründlichen Augen, die sie in ihren Bann zogen.

Ally und Chance hatten zu ignorieren versucht, was mit ihnen geschah. Sie hatten beide so getan, als wäre ihnen der andere gleichgültig. Aber jetzt, da sie sich so nahe waren, schien der Augenblick der Wahrheit gekommen zu sein. Chances Blick wanderte über ihr zerzaustes Haar, die geliehene Jacke, die Shorts, ihre nackten Beine.

Trotz der Tatsache, dass sie doch eigentlich anständig angezogen war, hatte Ally plötzlich das Gefühl, nackt zu sein. „Guten Morgen", sagte sie und versuchte locker und selbstsicher zu klingen, als ob er nicht die geringste Wirkung auf sie hätte, aber ihre leise, leicht zittrige Stimme verriet sie.

„Morgen." Er klang auch nicht besonders sicher, was sehr interessant war.

Und beunruhigend.

Andererseits war das alles nichts Neues für sie. Sie spielten dieses Spielchen seit Wochen.

„Ein arbeitsreicher Tag", sagte Ally.

Er nickte nur, zog seine Handschuhe aus, warf sie auf den Boden und stützte die Hände auf die Zaunlatten hinter Allys Kopf. „Warst du auf dem Fluss?"

Er sprach so ruhig. Sie hätte nie gemerkt, wie wütend er in Wirklichkeit war, wenn ihn nicht seine blitzenden Augen verraten hätten. „Tim hat mir gezeigt, wie man Kajak fährt."

„Ich dachte, du bist keine besonders sichere Schwimmerin?"
„Tim war immer in der Nähe."
„Bleib weg vom Fluss, Ally."
„Es gefällt mir nicht, herumkommandiert zu werden."
„Zu schade. Aber halt dich vom Fluss fern. Und vielleicht könntest du mir erklären, warum du meine Jacke trägst."
„Deine Jacke?" Ally schüttelte den Kopf. „Das kann nicht sein. Jo hat sie mir geliehen."
„Ja, nachdem sie sie aus dem Schrank in meinem Büro genommen hat."
„Oh." Ally biss sich auf die Unterlippe. Sie würde Jo umbringen. Ganz langsam und genüsslich. „Das wusste ich nicht."
„Jetzt werden zwei meiner Jacken nach dir riechen."
„Ein bisschen Waschpulver kann das schnell bereinigen."
Ally duckte sich unter seine Arme hindurch und fing an, die Jacke auszuziehen. Es war eher ein Pullover mit breiten Bündchen aus Gummi am Hals, der Taille und den Handgelenken, um das Wasser abzuhalten. Jetzt machte das Gummi es ihr schwer, aus der Jacke herauszukommen. Obwohl Ally zog und zerrte, schaffte sie es nur, sich die Jacke halb über den Kopf zu ziehen – dann steckte sie fest.
„Chance?"
Er sagte nichts, und mit der Jacke über dem Gesicht konnte sie ihn nicht sehen. Na großartig! Mit so viel Würde, wie sie aufbringen konnte, versuchte sie wieder, sich zu befreien. Aber es half nichts.
Sie hasste es, ihn um etwas bitten zu müssen. Aber sie kam sich vor wie ein zusammengeschnürter Truthahn. „Chance?"
„Ja." Er klang, als ob er an etwas erstickte.
„Meinst du, du könntest mir aus diesem Ding heraushelfen?"
Eine Sekunde später spürte sie seine Hände auf sich. Zuerst an ihrer Taille, dann auf ihren Schultern. Unter der Jacke trug sie das Oberteil ihres Bikinis, was bedeutete, dass Chance ihre nackte Haut berührte. Als er sie endlich befreit hatte, hatte sie am ganzen Körper eine Gänsehaut, und die kam ganz bestimmt nicht von der kühlen Morgenluft.

Chance warf die Jacke auf seine Handschuhe. Sein Blick ruhte immer noch auf Ally.

„Danke." Sie trat einen Schritt zurück. „Tut mir leid wegen …" Sie brach ab, als er ihr folgte und sie wieder gegen den Zaun drängte. „Ich bin ziemlich beschäftigt", brachte sie atemlos hervor.

Ein kleines Lächeln umspielte seine Lippen, während er interessiert zusah, wie ihre Brüste sich heftig hoben und senkten. „Beschäftigt womit, meine kleine Spröde?"

Sie kam sich vor wie ein Schmetterling, der jeden Augenblick gefangen werden konnte, aber von einer geheimnisvollen Macht am Wegflattern gehindert wurde.

Sein Mund berührte sie nur ganz zart. „Womit bist du beschäftigt?", wiederholte er leise.

Sie hatte es vergessen. Die ganze Welt war vergessen, wenn Chance ihr so nahe war. Er brachte sie völlig aus dem Gleichgewicht, und die Tatsache, dass er das wusste und sich vielleicht sogar darüber amüsierte, gab ihr die Kraft, den Kopf zur Seite zu drehen. „Mit Arbeit."

Er legte seine warmen, schwieligen Finger unter ihr Kinn und zwang sie, ihn anzusehen. Sein Blick fiel auf ihren Mund, und sie dachte – hoffte es, wünschte es sich –, dass er sie vielleicht doch noch küssen würde.

„Dir ist kalt."

„Nein, ich …" Sie unterdrückte einen Seufzer tiefsten Wohlgefühls, als er ihr Gesicht mit den Händen umrahmte.

Seine Augen blitzten verschmitzt auf. „Sonst noch was, was ich dir wärmen könnte?"

Himmel. „Nein, nein."

Er blickte auf ihre Brüste, und Ally hätte ihn am liebsten geboxt, weil es ihm so leichtfiel, Begierde in ihr zu wecken. Stattdessen legte sie die Hände auf seine Brust, um ihn wegzustoßen. Aber dann spürte sie die Bewegung seiner Muskeln und das heftige Klopfen seines Herzens, und sie wusste, dass ihn das gleiche Verlangen quälte wie sie. Wenn sie sich ein wenig bewegte, würden ihre Körper sich berühren. Sie konnte der Versuchung nicht widerstehen und lehnte sich an ihn.

Er war vollständig erregt.

Ally hob den Kopf und begegnete seinem Blick. „Ich bin in diesem Zustand, seit du nach Wyoming gekommen bist", sagte er leise.

Sie hielt den Atem an. „Oh."

„Ja, oh." Einen Moment blieben sie so stehen, dann trat Chance widerwillig zurück. „Du hast eine Nachricht von zu Hause."

Es fiel ihr schwer, sich auf seine Worte zu konzentrieren. Ihr Herz raste, die Hitze in ihrem Körper verdrängte alles andere. „Wieder von meinen Schwestern?"

„Ja. Dani sagt, du sollst Maggies Party am nächsten Dienstag nicht vergessen. Und du sollst früh kommen und ihr helfen."

„Oh."

„Du benutzt dieses Wort recht häufig."

Sie hatte ihrer Familie bereits gesagt, dass sie so bald nicht zurückkommen würde, aber offenbar wollte Dani sie unter Druck setzen. Sie hatte noch nicht erkannt, dass Ally sich verändert hatte und endlich mehr an sich dachte.

„Wann wolltest du es Lucy sagen?", fragte er kühl. „Nach deiner Abreise?"

Ally wich zurück, weil sie nicht denken konnte, wenn er ihr so nah war. „Warum interessiert dich das?"

Er blickte sie einschüchternd an. „Es interessiert mich nicht. Ich begehre dich zufällig, aber es ist mir egal, ob du bleibst oder gehst."

„Du ... begehrst mich?"

„Lass dir das nicht zu Kopf steigen. Ich begehre eine Menge Frauen."

„Oh Mann, das muss ich mir echt nicht anhören."

Chance und Ally wandten beide gleichzeitig den Kopf in die Richtung, aus der Brians Stimme kam. Er stand in seinen zu weiten Jeans und einem T-Shirt, das ihm bis zu den Knien reichte, da und sah sie finster an. Sein altes Rad lehnte an seiner Hüfte.

Chance wirkte immer noch verärgert und gleichzeitig bestürzt. Ally hatte keine Ahnung, was das zu bedeuten hatte.

Sie bezweifelte nicht, dass es viele Frauen gab, die ihm gefielen. Ebenso wenig wie die Tatsache, dass er nur den Finger zu krümmen brauchte, um sie ins Bett zu bekommen.

Ally versuchte, das ebenso an sich abprallen zu lassen wie die Tatsache, dass es ihm gleich war, ob sie ging oder blieb. Doch es machte ihr sehr zu schaffen.

Brian sah Chance an. „Fahren wir heute?"

Chance hatte sich offenbar wieder gefasst, wie Ally zu ihrer Enttäuschung feststellte. „Das habe ich schon getan, Brian. Was ist mit der Schule?"

Er bekam Brians typische Antwort: ein Schulterzucken. „Schule ist doch blöd."

Ally wusste, dass Chance nicht zu den Menschen gehörte, die sich von den Regeln der Gesellschaft einengen ließen. Aber sie hoffte, dass er den Jungen zur Schule schicken würde. Brian musste unbedingt lernen, nach den gleichen Regeln zu leben wie alle Menschen, und sie war sicher, dass er das von Chance niemals lernen konnte.

Chance sah sie an. Es war fast so, als ob er ihre Gedanken gelesen hätte, denn seine Miene wurde noch düsterer.

„Vielleicht können wir noch mal runterfahren, aber diesmal nicht auf dem Weg", schlug Brian vor.

„Du bist noch nicht so weit." Chance sah Ally immer noch kühl an.

„Ich bin so weit", drängte Brian. „Beim letzten Mal haben Sie mir gezeigt, wie ich die Geschwindigkeit steigern kann, wissen Sie noch?"

„Ich habe dir auch gezeigt, wie du es tun kannst, ohne dich dabei umzubringen. Erinnerst du dich auch daran?"

„Ja. Aber ..."

„Kein Aber. Man muss trainieren, um besser als nur gut zu sein."

„Sie haben aber gesagt, dass ich gut bin."

„Im Vergleich zu anderen Vierzehnjährigen bist du's auch. Trotzdem musst du noch viel lernen. Und du musst zur Schule gehen. Nur Dummköpfe schwänzen."

„Ich brauch die Schule nicht, um ein Profi-Snowboarder oder ein Profi-Mountainbiker zu werden."

„Falsch", erwiderte Chance in bestimmtem Ton. „Glaub mir, du musst die Highschool abschließen, um ein Profi in irgendetwas werden zu können."

„Wer sagt das?"

„Ich."

Brian zuckte die Achseln und machte sich erstaunlicherweise auf, in Richtung des Parkplatzes zu gehen, statt zum Berg.

Chance warf Ally einen letzten unergründlichen Blick zu, bevor er sich abwandte.

„Gehst du nicht ins Büro?", fragte sie.

Er zuckte die Achseln und ging einfach weiter.

Sie folgte ihm, obwohl sie laufen musste, um mit ihm Schritt halten zu können. „Was ist denn los?"

„Was soll denn los sein?"

„Du weichst plötzlich meinem Blick aus."

Er blieb abrupt stehen. „Jetzt sehe ich dich an", gab er gereizt zurück.

Er war verletzt, stellte sie erschrocken fest, obwohl doch eher sie verletzt sein sollte. „Aber warum siehst du mich so an?"

„Vergiss es."

Vor gar nicht allzu langer Zeit hätte sie wahrscheinlich schüchtern aufgegeben, aber jetzt war sie kein stilles Mäuschen mehr. Sie war groß und stark und tat, was sie wollte. „Sag es mir."

Seine Augen blitzten ärgerlich auf. „Ich habe dich gesehen, Ally. Ich konnte deine Gedanken fast hören. Du hast tatsächlich geglaubt, ich würde Brian tun lassen, was er wollte. Unvorsichtig Rad fahren, die Schule schwänzen, alles. Du hast eine ganz bestimmte Meinung über mich, und die gefällt mir nicht."

„Du musst aber zugeben, dass deine Art zu leben mir recht gibt."

Er kam drohend näher. „Du tust gerade so, als ob du mich kennen würdest."

Ally weigerte sich, ihre Angst zu zeigen, und hielt seinem Blick stand. „Dann hilf mir, dich besser kennenzulernen, Chance."

Er fuhr sich mit der Hand durch das Haar. „Mein Lebensstil ist nichts für jeden. Er ist gefährlich."

„Versuchst du, mir Angst zu machen?" Ally lachte. „Ich bin nicht beeindruckt."

„Das solltest du aber. Dieses Leben kann dich viel kosten."

„Wie meinst du das? Was hat es dich gekostet, Chance?", fragte sie behutsam.

„Eine Freundin." Seine Stimme wurde leiser. „Eine sehr gute Freundin."

„Was ist geschehen?"

„Sie unterschätzte die Natur und verlor ihr Leben."

Eine Freundin. Eine Frau. Ally schluckte betroffen.

„Ich weiß, du hältst mich für wild und unkontrolliert, aber ich besitze sehr viel Selbstbeherrschung. Wenn ich die nicht hätte, wärst du schon längst in meinem Bett gelandet – und ich hätte auf die Umstände gepfiffen."

Ally musste sich räuspern. „Umstände?"

„Ja." Sein Blick wurde wieder kühl. „Du reist ab, oder?" Damit wandte er sich ab und ging davon, bevor sie ihm sagen konnte, dass sie nirgendwohin gehen würde.

Noch nicht.

Chance traf Ally das nächste Mal in der Ausleihe, wo sie sich einen Kajak für den Nachmittag geben ließ. „Was machst du da?"

Ohne ihm zu antworten, befestigte sie den Kinnriemen des Helms, den sie diesmal glücklicherweise richtig herum aufgesetzt hatte, und strich sich eine Haarsträhne aus dem Gesicht. Als sie den Kajak hochhievte und hinausging, folgte Chance ihr, erstaunt über ihre Kraft. Ihre nackten Arme waren sonnengebräunt und muskulös, ebenso wie ihre Beine. Die zerbrechliche, verletzliche Frau, die er anfangs in ihr gesehen hatte, war verschwunden. Wann war das denn passiert?

„Ally, ich habe dir eine Frage gestellt."

„Geh zurück in deine Höhle, Chance."

Er nahm ihr das Boot ab und stellte es auf den Boden. „Du kannst nicht Kajak fahren."

„Doch. Tim hat mich die ganze Woche über unterrichtet."

Er starrte sie fassungslos an. „Ich habe dir doch ausdrücklich gesagt, du sollst dich vom Fluss fernhalten."

„Und ich habe dir gesagt, dass ich mich nicht gern herumkommandieren lasse."

„Ich dachte, du fährst zur Party deiner Schwester."

„Dann hast du eben falsch gedacht." Ally holte tief Luft. „Sieh mal, ich möchte wirklich eine gute Hoteldirektorin sein. Ich versuche es wenigstens. Und obwohl wir uns nicht so gut verstehen, wie ich es mir gewünscht hätte, weiß ich doch, dass du der Beste bist, um mir dabei zu helfen."

Plötzlich war nicht nur seine Wut völlig verraucht, Ally hatte es auch geschafft, ihm ein schlechtes Gewissen zu machen. Er strich ihr das Haar aus dem Gesicht, und als er ihre weiche Haut spürte, durchströmte ihn eine Woge der Zärtlichkeit und des Verlangens. Er konnte einfach nicht die Finger von ihr lassen. Sanft umrahmte er ihr Gesicht mit den Händen und berührte ihren Mund mit seinen Lippen.

Ally erwiderte seinen Kuss hingebungsvoll, legte die Hand in seinen Nacken und zog ihn sehnsüchtig an sich. Und als sie einen Seufzer der Befriedigung ausstieß, war es um ihn geschehen. Er hätte Ally ewig küssen können, wenn nicht der Geruch von Rauch ihn jäh aus seiner sinnlichen Versunkenheit gerissen hätte.

Rauch!

Er sah auf, und ihm blieb fast das Herz stehen. Hoch über ihnen loderten Flammen.

8. KAPITEL

Innerhalb einer Stunde bekamen sie Hilfe vom Land und aus der Luft.

Chance sorgte schnell und methodisch dafür, dass alle Gäste und Angestellten in Sicherheit waren. Ally sah seine Sorge, seine Angst, und ihr Herz fühlte mit ihm.

„Alle Mitarbeiter sind am Funkgerät", sagte sie, als sie zu ihm in sein Büro ging. „Sie warten auf weitere Anweisungen."

„Die einzige Anweisung ist, sich nicht in Gefahr zu bringen und die Feuerwehr ihre Arbeit erledigen zu lassen." Er nahm seinen Rucksack und überprüfte sein Funkgerät.

Er will hinaufgehen, erkannte sie entsetzt und packte ihn am Arm. „Ich denke, keiner soll sich in Gefahr bringen?"

„Ich werde nachsehen, was los ist."

„Nein!"

Chance holte tief Luft. „Ally, ich halte es nicht aus, hier unten zu bleiben, über eine Meile entfernt, und nicht zu wissen, was da draußen los ist." Abrupt schüttelte er ihre Hand ab. „Ich melde mich, wenn es was Neues gibt."

„Nein! Warte hier, wo es …"

„Wo es sicher ist?" Er schüttelte mit wilder Entschlossenheit den Kopf. „Nicht, solange es etwas gibt, dass ich tun kann, um zu helfen." Dann küsste er sie, und impulsiv schlang sie die Arme um ihn.

Einen Moment lang erwiderte er ihre Umarmung.

„Sei vorsichtig", flüsterte sie.

Ohne ein weiteres Wort verließ er den Raum.

Gegen Mitternacht war das Feuer unter Kontrolle. Das war die gute Nachricht, aber es gab auch eine schlechte. Das Feuer schien kein erneutes Aufflammen des letzten Brands gewesen zu sein, und das bedeutete, dass entweder die ungewöhnliche Hitzewelle der Grund dafür war – oder Brandstiftung.

Ally war erst zur Ruhe gekommen, nachdem Chance unversehrt zurückgekommen war. Jetzt knipste sie ihre Schreibtischlampe aus, um zu ihrer Hütte zu gehen. Aber das Licht am Ende des Gangs zog sie magisch an.

Jeglicher Gedanke an Schlaf war vergessen. Sie wollte bei Chance sein und ihn trösten. Als sie vor seiner Bürotür stand, hörte sie ihn mit leiser Stimme sagen: „Ja, alle sind in Sicherheit."

„Und Ally?", kam Lucys Stimme aus dem Lautsprecher auf seinem Schreibtisch. „Wie geht es ihr?"

Chance lehnte an seinem Schreibtisch, die Arme vor der Brust verschränkt, und starrte aus dem Fenster in die tiefschwarze Nacht hinaus. Als ob er Allys Gegenwart gespürt hätte, drehte er sich zur Tür um, und ihre Blicke trafen sich. „Es geht ihr gut", sagte er.

„Und du?", fragte Lucy. „Ich kenne dich zu gut, Chance. Du warst bestimmt da draußen, wo es gefährlich war."

Chance ließ Ally nicht aus den Augen. „Mir geht's auch gut. Ich muss jetzt auflegen, aber ich rufe dich morgen früh wieder an, okay?"

„Okay. Chance?"

„Ja?"

„Ich liebe dich, als ob du mein Sohn wärst, das weißt du doch, ja?"

Chance wandte sich ab und nahm den Hörer auf. Er holte tief Luft und schluckte mühsam.

„Du brauchst mir nicht zu sagen, dass du mich liebst", hörte er Lucy erwidern. „Sag nur, dass du weißt, wie sehr ich dich liebe, mein Junge."

Seine Augen brannten, aber nicht vom beißenden Rauch, der ihn stundenlang umgeben hatte. „Lucy."

Ihre Stimme wurde weicher. „Chance, ich weiß, dass du deine eigene Familie nie an dich herangelassen hast. Aber in einer Nacht wie der heutigen braucht jeder Mensch das Gefühl, dass er geliebt wird. Und ich werde nie aufhören, dir meine Liebe zu geben. Hörst du mich?"

„Wie sollte ich das nicht?", brachte er mit rauer Stimme hervor. „So wie du brüllst."

Obwohl Ally Lucys Antwort nicht hören konnte, sah er sie lächeln. „Ich muss jetzt wirklich auflegen."

„Okay, ich verstehe schon, dass du nicht gefühlsduselig werden willst. Aber ich meinte es ernst. Gute Nacht, mein Junge."

„Gute Nacht. Lucy ...", er zögerte es bis zum letzten Moment hinaus, „... ich liebe dich auch."

Er legte auf und starrte den Hörer einen Augenblick an, bevor er den Kopf hob. Ally war immer noch da. Sie war schmutzig, roch nach Rauch und war weiß wie ein Laken, aber sie war ihm noch nie schöner vorgekommen. Er sehnte sich nach ihr, wahrscheinlich mehr, als er sich je nach jemandem gesehnt hatte. Die Heftigkeit seiner Gefühle war etwas völlig Neues für ihn und erschreckte ihn.

„Geht es dir gut?", fragte sie leise.

„Du solltest längst im Bett sein." Verflixt, warum hatte er das gesagt? Die Vorstellung, wie sie im Bett lag, ihr Haar über dem Kissen ausgebreitet, die Lippen weich und einladend, hatte ihm gerade noch gefehlt.

„Ich gehe gleich."

Er schluckte erregt. „Du hast die Nase voll von der großen, bösen Wildnis, was?"

„Mir fehlt die Stadt", gab sie zu. „Aber ich habe Wyoming nicht satt. Und um ehrlich zu sein ..."

Nein, sei nicht ehrlich, wollte er ihr sagen. Schütte mir nicht dein Herz aus. Lass mich nicht mehr für dich empfinden, als ich es sowieso schon tue.

„Einen Monat, bevor ich herkam ..." Sie senkte verlegen den Blick. „Ich habe vieles falsch gemacht. Ich verlor meinen Job, weil ich angeblich gestohlen hatte."

„Das würdest du nie tun."

„Nein, aber Thomas hatte nicht meine Skrupel, und ..."

„Wer ist Thomas."

„Mein Exfreund. Er stahl einige sehr wertvolle Erstausgaben und ließ mich den Ärger ausbaden. Zum Glück ist er derjenige, der im Gefängnis gelandet ist."

Chance war überrascht von der Heftigkeit seiner Wut. „Klingt mir nicht nach einer genügend harten Strafe für den Kerl."

Sie lachte. „Mir genügte es, nachdem ich Lucys Brief erhielt, in dem sie mich bat, nach Wyoming zu kommen."

Er gab zögernd seiner Neugier nach. „Jo sagt, deine Familie ruft sehr oft an. Hängen sie alle von dir ab?"

„Hält Jo dich immer über die Telefonate anderer Leute auf dem Laufenden?"

„Wenn sie sich Sorgen um einen Freund macht."

Ally verzog das Gesicht. „Sie sieht in mir keine Freundin."

Der traurige Ausdruck in ihrem Gesicht überraschte ihn. „Ich weiß, am Anfang waren die anderen nicht gerade herzlich zu dir, aber inzwischen hat sich das Blatt gewendet."

„Ja, schon."

„Du arbeitest hart, bist zu allen freundlich und interessierst dich ehrlich für das Hotel und dafür, was wir tun. Jeder von ihnen würde so ziemlich alles für dich tun, das musst du doch wissen."

Ally sah ihn fassungslos an, die Augen verdächtig feucht, und er stöhnte auf. Aber sie hob hastig die Hand. „Nein, schon gut. Wirklich." Sie schnüffelte ein wenig und lachte verlegen. „Du meinst, sie mögen mich?" Sie wischte eine Träne fort. „Ich mag sie auch sehr. Und obwohl ich es nicht will ..." Sie kam mit einem warmen Lächeln auf ihn zu, und er hielt unwillkürlich den Atem an. „... dich mag ich auch, Chance."

Das wollte er nicht hören, andererseits war er so verrückt, dass er es doch hören wollte. Schlaf, sagte er sich. Du brauchst dringend Schlaf. Mehr ist das alles nicht, nur ganz schlichte Erschöpfung.

Er stieß sich vom Schreibtisch ab, aber dadurch kam er ihr nur noch näher. Sie war so süß und gleichzeitig feurig. Schüchtern und sexy. So klug und doch so oft naiv. Eine Mischung, die ihn wahnsinnig machte.

„Du weißt alles über mich", flüsterte sie und berührte seine Wange. „Aber du sprichst nie über dich."

„Nicht alle Menschen sind ein offenes Buch", entgegnete er.

Sie ließ sich nicht so schnell abweisen. Die nervöse kleine Ally zeigte Mut, und das machte sie noch aufregender.

„Du hast doch keine Angst vor einem kleinen Gespräch, oder?", fragte sie leise. „Erzähl mir von dir und von deiner Familie."

„Ich habe eine."

„Wow, drei ganze Worte über dich."

„Sehr witzig." Er packte ihre Hand, damit sie ihn nicht länger streicheln konnte. „Du weißt schon alles, was es zu wissen gibt. Meine Eltern sind Weltenbummler. Sie leben jetzt in Las Vegas. Und ich habe zwei ältere Brüder."

„Du bist also das Nesthäkchen." Sie lächelte. „Schwer vorzustellen. Siehst du deine Eltern und deine Brüder oft?"

„Nein."

„Warum nicht?"

„Bist du nicht müde? Du siehst müde aus."

„Warum nicht?", wiederholte sie geduldig.

„Sie haben zu viel zu tun."

„Würdest du für sie da sein, wenn sie dich brauchen?"

„Meinst du, ob ich ihnen Geld für eine neue Sommergarderobe schicken würde?" Er lachte, als sie die Augen verdrehte. „Nein. Aber ich würde mich um sie kümmern, wenn sie Hilfe brauchen."

„Und was ist mit der Freundin, die gestorben ist? Wart ihr verheiratet?"

„Nein." Als sie ihn weiterhin fragend ansah, ohne Vorwurf oder Neugier, nur mit ehrlichem Interesse, seufzte er. „Tina und ich waren jung und dumm und glaubten, wir liebten uns."

„Sie liebte dich", sagte Ally leise. „Und du liebtest sie."

„Ja", antwortete er zögernd. „Jedenfalls glaubte ich das damals. Aber jetzt ..." Jetzt war er sich nicht mehr so sicher. Tina war süß gewesen, aber so verflixt hilflos und verletzlich, trotz ihrer Versuche, ihm das Gegenteil zu beweisen. Jetzt konnte er sich nicht mehr vorstellen, eine Frau zu lieben, die so war wie sie, und das machte ihn sehr traurig. „Ich weiß nicht."

Ally nickte. „Ich verstehe. Das Herz kann einen leicht täuschen."

„Thomas hat dir wehgetan."

„Du bist auch verletzt worden."

„Ja." Chance schüttelte dann den Kopf. „Ich weiß nicht, weshalb ich dir all diese Dinge erzähle."

„Es ist viel besser, wenn wir miteinander reden, statt wie Hund und Katze misstrauisch umeinander herumzuschleichen oder ..." Sie biss sich auf die Unterlippe.

„Oder?"

„... uns zu küssen", flüsterte sie.

„Dir gefällt das Küssen nicht?"

„Oh, doch." Ihr Blick blieb unwillkürlich an seinem Mund hängen. „Viel zu sehr."

„Aber?"

„Aber wir sind so verschieden."

Er konnte der Versuchung nicht länger widerstehen und blieb so dicht vor ihr stehen, dass ihre Schenkel sich berührten. „Das habe ich dir von Anfang an klarzumachen versucht."

„Ich bin langsam und vorsichtig ..."

„Vorsichtig ist wohl nicht das passende Wort", warf er ein.

„Und du bist schnell und verwegen."

„Ich nehme an, wir reden hier nicht über Sex." Chances Stimme klang plötzlich sinnlich rau. Er berührte Ally immer noch nicht, obwohl er sich danach sehnte. Ihre Körper waren nur einen Lufthauch voneinander entfernt. Er nahm ihren Duft wahr, ihren Atem, die Wärme ihrer Haut. „Denn glaub mir", flüsterte er ihr ins Ohr, „es gefällt mir langsam und schnell. Ruhig und verwegen. Mir gefällt es auf alle möglichen Arten."

Sie fuhr sich nervös mit der Zunge über die Lippen. „Ich ... das meinte ich nicht. Ich meinte, weil wir so verschieden sind, ist es schwierig, sich irgendetwas zwischen uns vorzustellen. Außer ..."

Er legte die Hände um ihre Taille und streichelte dann zärtlich ihren Rücken. „Sex?", ergänzte er.

„Ja." Ally errötete. „Ich bin sicher, im Bett würden wir gut zusammenpassen."

Es war ein großer Fehler, aber er schob die Finger in ihr Haar und hielt sie fest. Daran, wie sie ihn mit angehaltenem Atem ansah, die Lippen leicht geöffnet, sah er, dass sie geküsst werden wollte. „Lass es uns herausfinden", schlug er vor.

„Ich ..."

Er fuhr mit der Zungenspitze die Konturen ihres Mundes nach, und Ally stöhnte auf.

„Ich glaube, wir spielen mit dem Feuer." Sie legte abwehrend die Hände auf seine Brust. „Und dann sind da all die anderen Frauen, die du begehrst. Ich teile nicht gern, Chance."

Sie wartete darauf, dass er etwas sagte. Insgeheim hoffte sie, dass er sich vielleicht ihr zuliebe ändern könnte.

Aber er blieb stumm.

„Chance ..." Sie küsste ihn auf das Kinn.

„Nicht."

Sie küsste ihn auf den Mund.

„Wenn ich dich jetzt berühre", erklärte er mit belegter Stimme und schob sie sanft von sich, „werde ich nicht aufhören können. Ich werde dich ausziehen und jeden Zentimeter von dir liebkosen."

Sie atmete heftig.

„Ich werde weitermachen, bis wir beide völlig erschöpft sind. Verstehst du mich, Ally?"

Sie blinzelte nur und sah ihn wie hypnotisiert an.

Chance war so erregt von den Bildern, die er selbst heraufbeschwor, dass er fürchtete, schon ein Kuss würde ihn die Kontrolle über sich verlieren lassen. „Ich meine damit, dass du aufhören sollst, mich so anzusehen, sonst wird es passieren, aber ohne irgendwelche Zugeständnisse von mir, ohne jede Bindung. Also lauf lieber davon, als ob der Teufel hinter dir her wäre."

Ally schüttelte den Kopf. „Ich will nicht davonlaufen." Sie sah ihn herausfordernd an. „Warum sollte ich? Weil du zu groß und wild für mich bist? Ich bin viel mutiger, als du denkst, Chance."

„Nicht mutig genug", sagte er. Und weil er am Ende seiner Kräfte war, drehte er sich um und floh. Erst als er allein im Bett lag, erkannte er die Wahrheit.

Ally war mutig. Viel mehr als er.

9. KAPITEL

Die Untersuchungen brachten ganz in der Nähe der Stelle, wo das Feuer ausgebrochen war, leere Getränkedosen, Plastikbecher und ein Schulbuch zum Vorschein. Das Buch kam zufällig von der Schule, die Brian besuchte.

Und Brian war gestern auf dem Berg gewesen.

Er war außerdem den größten Teil des Nachmittags ohne Aufsicht gewesen, ganz zu schweigen von seiner mürrischen Haltung, als Chance versuchte, mit ihm über den Brand zu sprechen. Zu Allys Entsetzen weigerte er sich, sich zu verteidigen. Er versuchte gar nicht erst, sich so etwas wie ein Alibi zu verschaffen.

Sie hatten sich im Hotel getroffen – Ally, Chance, der Leiter der Feuerwehr, der Brandschutzexperte, Jo und ein sehr stiller Brian.

„Brian, bitte." Ally legte ihm eine Hand auf den Arm. „Sag ihnen nur, dass du das Feuer nicht gelegt hast."

Er verzog voller Verbitterung den Mund. „Und sie werden mir glauben, was?"

„Ich werde dir glauben."

Der Junge starrte finster auf den Boden und presste die Lippen zusammen.

„Wirklich. Wir alle werden dir glauben." Sie sah Chance Hilfe suchend an. „Nicht wahr?"

Ausnahmsweise war sein Ausdruck nicht gereizt oder leidenschaftlich, sondern beunruhigt. „Sag einfach die Wahrheit, Brian", sagte er leise. „Mehr wollen wir nicht."

„Aber Sie wissen doch schon, wo ich gestern war. Auf dem Berg. Erinnern Sie sich nicht? Sie waren wütend, als Sie mich sahen. Wie immer."

Chance schloss kurz die Augen. „Weißt du, warum du mich wütend machst?"

„Ja. Ich bin Ihnen ständig im Weg."

„Weil du mich an mich selbst erinnerst, als ich in deinem Alter war und mich einen Dreck um anderer Leute Regeln kümmerte."

Allys Herz machte einen Sprung. Sie verstand Chance jetzt, ob es ihm gefiel oder nicht. Sie konnte seine Sehnsucht nach Unabhängigkeit und Freiheit verstehen und seinen Schmerz, als Tina starb. Schließlich war er zu Lucy gekommen und hatte bei ihr ein Zuhause gefunden. Er hatte gelernt, dass man im Leben nicht unbedingt einsam sein musste. Aber wie sollte man das einem Teenager klarmachen, der nie etwas anderes als Einsamkeit kennengelernt hatte?

„Ich bin nicht wütend oder genervt, wenn ich dich sehe", sagte Chance zu Brian. „Es tut mir leid, dass ich dir diesen Eindruck vermittelt habe. In Wirklichkeit mache ich mir Sorgen."

Brian starrte ihn an. „Sie ... machen sich Sorgen um mich?"

„Mehr, als du dir vorstellen kannst."

Brian brauchte einen Moment, um das zu verarbeiten. „Aber gestern gab es eine Million anderer Typen auf dem Berg, und Sie nerven keinen von denen wegen des Feuers. Weil Sie glauben, dass ich das letzte Feuer gelegt habe, aber das ist nicht wahr." Seine Stimme war nur noch ein Flüstern. „Ich war es wirklich nicht."

Chance stand auf, ging um den Tisch herum zu Brian und setzte sich neben ihn. „Ich glaube dir, Brian. Wir alle haben mit dir gearbeitet und kennen dich jetzt. Wir wissen, wie glücklich du hier bist und dass du es nicht getan haben kannst." Er sah ihm ernst in die Augen. „Aber die Polizei kennt dich nicht. Sie kennt nur deinen Ruf, und der wird dich leider noch eine ganze Weile verfolgen."

Brian schien jedes Wort gierig aufzusaugen. „Ich habe mich geändert."

„Ich weiß, mein Junge. Also hilf uns, dir zu helfen."

Brians Angst war überdeutlich. Ally war kurz davor, in Tränen auszubrechen. Wie oft in seinem Leben hatte jemand sich für ihn eingesetzt und ihm versprochen, ihm zu helfen? Wahrscheinlich niemals.

„Bitte, Brian", drängte Chance sanft.

Brian schluckte mühsam und wich seinem Blick aus. „Ich habe nichts zu sagen."

Brian wurde nicht angeklagt. Es gab keine Beweise, und obwohl es vielleicht nie welche geben würde, beschloss Ally, dass sie das Risiko nicht eingehen konnte. Sie würde die Angelegenheit selbst in die Hand nehmen. Sie packte etwas Proviant in ihren Rucksack und war entschlossener denn je, Brians Unschuld zu beweisen.

Sie achtete nicht auf Jos Warnung, sich nicht allein auf den Weg zu machen. Es war die einzige Möglichkeit. Also nahm sie eine Karte mit, doch als sie am Beginn des Pfades stand und zum Gipfel hinaufsah, zögerte sie doch ein wenig.

Der Berg war so riesig.

Aber schließlich war sie nicht allein. Überall würde sie Wanderern und Radfahrern begegnen.

Sorgfältig immer in der Mitte des schmalen Weges bleibend, der sie zum Gipfel führen würde, wischte sie endgültig alle Einwände ihrer inneren Stimme beiseite. Aber nach zwanzig Minuten anstrengenden Wanderns hatte sie immer noch keine Menschenseele gesehen. Ihr Atem ging schwer, der Schweiß lief ihr zwischen den Schulterblättern herunter. Sie blieb einen Moment stehen, um wieder zu Atem zu kommen, da hörte sie hinter sich eine sehr vertraute, so unglaublich aufregende Stimme.

„Was zum Teufel machst du hier?"

Himmel, diese Stimme. Ihr Herz klopfte ihr bis zum Hals, einzig und allein, weil sie ihn vor sich stehen sah. „Wie hast du mich gefunden?"

„Jo hat mich über Funk informiert. Sie macht sich große Sorgen um dich."

Ally verschränkte die Arme über der Brust. „Das ist eine Beleidigung. Ich bin sehr gut in der Lage, auf dem Pfad zu bleiben und nicht in Schwierigkeiten zu geraten."

„Du wirst mir vergeben, wenn ich mir einen Kommentar dazu verbeiße." Er warf einen Blick auf die Karte, die sie in der Hand hielt, und runzelte die Stirn.

„Ich suche nach Hinweisen", sagte sie kleinlaut. „Ich musste etwas tun, Chance." Sie errötete, denn dummerweise hielt sie die Karte falsch herum.

Chance schüttelte den Kopf. „Warum habe ich immer das Bedürfnis, dich irgendwo einzusperren?"

Sie lächelte. „Vielleicht weil du mich gern hast?" Aber sie wurde ernst, als ihr einfiel, weswegen sie beide hier waren. „Zwing mich nicht zurückzugehen. Ich möchte Brian helfen."

Chance legte den Kopf in den Nacken und blickte in den klaren blauen Himmel, die Hände auf die Hüften gestützt. „Ehrlich, ich weiß nicht, was ich mit dem Jungen tun soll. Irgendwie verstehe ich ihn ja." Er sah Ally an. „Und warum endet ein Gespräch mit dir immer damit, dass ich dir mein Herz ausschütte?"

Ihr Herz machte einen Sprung. „Aus dem gleichen Grund, weswegen ich mit dir rede. Du musst inzwischen begriffen haben, wie viel du mir bedeutest."

Er sah müde aus. Sein ganzer Körper war angespannt, und um seine Augen hatten sich kleine Linien der Erschöpfung gebildet. Ally wünschte, sie könnte ihm helfen, aber sie wusste, dass er keinen Trost von ihr wollte. Er wollte nichts von ihr – außer vielleicht, dass sie endlich aus Wyoming verschwand.

„Du hattest noch einen Anruf", sagte er.

„Von Lucy?"

„Nein." Er warf ihr einen unergründlichen Blick zu. „Aus San Francisco."

„Oh."

„Es war Maggie." Er sah sie mit einer leidenschaftlichen Intensität an, die Allys Knie selbst nach all diesen Wochen in Wackelpudding verwandelte.

Was wollte er von ihr? Sie hatte nicht die geringste Ahnung. Sie holte eine Wasserflasche aus ihrem Rucksack und nahm einen Schluck. Sie schloss die Augen und genoss es, die warme Sonne auf ihrer Haut zu fühlen.

Als Chance sie plötzlich mit seinen großen, starken Händen an den Schultern packte und sie zu sich herumdrehte, schrie sie leise auf. Wieder biss er gereizt die Zähne zusammen, und sie sagte sich insgeheim, dass er sich doch etwas aus ihr machte, so wenig er es auch zugeben wollte.

Bevor sie ein Wort herausbringen konnte, presste er begierig den Mund auf ihre Lippen.

Mit einem dumpfen Geräusch fiel der Rucksack auf den Boden. Die Feldflasche folgte.

Jetzt küsste Chance Ally noch heftiger und entfachte eine Hitze in ihr, die sich in Sekundenschnelle in ihrem ganzen Körper ausbreitete. Ally glaubte zu schweben. Keiner außer Chance hatte je solche Empfindungen in ihr geweckt, bei keinem Mann hatte sie sich so lebendig gefühlt. Sie stieß einen Laut aus, der tiefe Freude ausdrückte, legte die Arme um seinen Nacken und begann seinen Kuss voller Begeisterung zu erwidern.

Als sie die Finger in sein Haar schob, stöhnte er auf, presste sich noch fester an sie und schob einen seiner Schenkel zwischen ihre Beine. Auch seine Hände blieben nicht untätig. Rastlos glitten seine Finger über ihren Rücken und ihre Hüften, und überall, wo er sie berührte, prickelte ihre Haut. Verzückt schloss sie die Augen und wünschte sich, er würde ewig weitermachen.

Doch plötzlich löste er sich von ihr. Verwirrt sah sie ihn an.

„Verdammt!", stieß er hervor und wich mit finsterer Miene vor ihr zurück, als hätte sie eine ansteckende Krankheit.

„Was ..." Ally musste sich räuspern, um sprechen zu können. „Was war das?"

„Nichts. Nur ein Kuss."

Sie sollte froh sein, dass sie das geklärt hatten, weil sie schon geglaubt hatte, dass es sehr viel mehr als nur ein Kuss gewesen war. Was sehr, sehr schlecht war, denn es war nicht nur ihr Körper, der sich jetzt nach mehr sehnte. Nein, auch ihr Herz tat weh. Und das machte ihr Angst.

„Ich muss mich von dir fernhalten", erklärte Chance grimmig. „Ich bin entschlossen, die Hände von dir zu lassen."

„Nun, du bist nicht sehr gut darin."

„Ich werde mir zukünftig größere Mühe geben."

„Gut, weil ..." Es schnürte ihr die Kehle zu, ihn auch nur anzusehen, denn sie begehrte ihn nun mal. Und er begehrte sie auch, das wusste sie. Aber er wollte sie nicht begehren, und das tat wirklich weh. Warum nur sträubte er sich so gegen seine eigenen Gefühle?

Plötzlich fehlte ihr ihr ruhiges früheres Leben. Na schön, so ruhig war es vielleicht gar nicht gewesen, und ihr war es nur nicht aufgefallen, weil sie so damit beschäftigt gewesen war, die Probleme anderer Menschen zu lösen. Aber wenigstens war sie nicht so unglücklich gewesen wie jetzt. „Ich möchte mein altes Leben zurückhaben", flüsterte sie.

Chance nickte knapp. „Dann hol es dir doch."

So einfach war das. Warum fiel es ihr dann so schwer?

10. KAPITEL

„Ich möchte mein altes Leben zurückhaben." Diese Worte gingen Chance im Kopf herum, während er Ally den Berg hinauffolgte. Wenigstens wusste sie, dass sie nicht hierhergehörte. Vom ersten Augenblick an, als sie das Flugzeug verlassen hatte und ihn mit ihren großen grauen Augen angesehen hatte, hatte sie seinen inneren Frieden bedroht.

Sie waren jetzt recht weit oben angekommen und am Rande der Fläche, wo das Feuer am meisten Schaden angerichtet hatte. Es knackten keine Zweige mehr unter ihren Füßen, stattdessen traten sie auf Asche und harte schwarze Erde. Es war unheimlich und traurig.

Chance sah sich mit einem tiefen Seufzer um, bevor er weiterging. „Ich habe keine Ahnung, was du zu finden hoffst."

Ally, ebenso ernüchtert und betroffen von dem Anblick wie Chance, ging einfach weiter und schaute sich suchend um, wobei sie ihn wohlweislich ignorierte. Was gar nicht so schlecht war, wenn er es recht bedachte. Solange sie nicht mit ihm redete und ihn nicht ansah, konnte sie ihn auch nicht an den Rand der Verzweiflung bringen.

Sie ging mit hoch erhobenem Kopf weiter, die Schultern gestrafft, den Blick auf ihre Umgebung gerichtet. Hatte er sie wirklich einmal für schwach und zerbrechlich gehalten?

„Oh Chance!", rief sie plötzlich. „Sieh dir den Baum hier an!"

Er war nicht verbrannt worden. Das Feuer hatte eine Fläche von etwa zehn Quadratmetern verschont. Ein kleines Wunder.

Allys Interesse galt einer riesigen alten Kiefer. In Schulterhöhe hatte jemand die Rinde entfernt und auf das glatte Holz darunter die Initialen B. H. + M. M. eingeritzt und mit einem Herz umgeben.

„Brian", flüsterte Ally. Sie wies auf einen blauen Schal, der über den Initialen am Baum angebracht worden war. „Brian Hall." Sie wirbelte glücklich im Kreis herum und lachte. Im nächsten Moment warf sie sich Chance in die Arme und drückte ihn fest an sich.

Sie war so weich und duftete so wundervoll, und sein Körper reagierte schnell und heftig.

„Ist das nicht toll, dass ich tatsächlich etwas gefunden habe?", flüsterte sie und gab Chance frei. Aber als sie seinen sehnsüchtigen, hungrigen Blick sah, verschwand ihr Lächeln. Schüchtern sagte sie: „Hier müssen Brian und seine Freundin sich getroffen haben."

„Das ist nur deine Vermutung."

„Nein, sieh doch. Es hat vor zwei Tagen geregnet, und doch ist Brians Schal vollkommen trocken und sauber. Und das bedeutet, dass er ihn erst kürzlich hergebracht haben muss, oder? Vielleicht sogar am Tag des Feuers. Dieses Mädchen, wer immer M. M. auch ist, kann Brian ein Alibi geben."

„Vielleicht."

„Wahrscheinlich", verbesserte sie ihn.

„Kein schlechtes Versteck", stellte Chance fest. Einige dichte Büsche, die vom Feuer verschont geblieben waren, gaben einen perfekten Schutz ab vor neugierigen Blicken. Chance konnte sich gut vorstellen, Ally gegen einen Baum zu pressen, sie ganz langsam auszuziehen und sich dann zwischen ihre glatten Schenkel zu drängen.

„Ganz offensichtlich ein Ort für Liebespaare." Ihre Stimme klang weich, ein leiser Seufzer entfuhr ihr.

Und das erinnerte ihn daran, dass seine prüde kleine Ally gar nicht so prüde war.

Sie warf ihm einen verstohlenen Blick zu, und die Glut in seinen Augen ließ sie innerlich erbeben. „Wie auch immer." Sie zog ihre Jacke aus und kniete sich auf den Boden, um sie in ihren Rucksack zu stopfen. Das Haar fiel ihr ins Gesicht, und obwohl sie sich halb von ihm abgewandt hatte, fiel es ihm nicht schwer, ihre Gefühle zu erraten.

Sie war verwirrt, und sie begehrte ihn – aber vor allem war sie gekränkt. Das gab den Ausschlag.

„Ally ..."

„Wir gehen besser zurück. Es ist ein langer Weg."

„Brian ist in der Schule, oder wenigstens hoffe ich das", hörte

Chance sich sagen. „Wir können ihn später nach dem Schal fragen." Vorsichtig löste er den Schal vom Stamm.

Ally sah misstrauisch auf. „Warum solltest du hierbleiben wollen, wenn du es nicht einmal über dich bringen kannst, mich anzusehen? Du willst ja nicht einmal mit mir reden oder dich mit mir anfreunden, wie du es mit jedem anderen im Team getan hast. Wenn du mich nicht anschreist ..."

„Ja?"

„... küsst du mich", flüsterte sie. „Du musst damit aufhören. Es macht mich ganz schwindlig."

Er ging neben ihr in die Hocke und berührte ihren Arm. „Mich auch."

„Dann hör auf damit."

„Irgendwie scheine ich das nicht zu schaffen." Er streichelte langsam ihren Oberarm. Ally zuckte nicht mit der Wimper. Was mochte sie denken? Zum ersten Mal hatte er keine Ahnung, was in ihr vorging. „Als du mich eben umarmt hast ...", sagte er leise.

„Das hätte ich nicht tun dürfen", unterbrach sie ihn. „Es war dumm. Ich habe mich nur so gefreut, das ist alles. Vergiss es."

Er wollte sie wieder lächeln sehen. Er verstand nicht, warum, aber er verstand ja die Hälfte der Gefühle nicht, die sie in ihm weckte. Und so hörte er auf zu denken und entschied sich stattdessen dafür, endlich zu handeln. Sie waren sich sehr nah. Chance nahm eine ihrer Hände; mit der anderen Hand, in der er den Schal hielt, strich er ihr zart über die Wange.

Ally schloss die Augen. Sie konnte nichts dagegen tun. Als Chance sie wieder berührte, unterdrückte sie ein Aufstöhnen. „Mach dir keine Sorgen. Lucy ist bald wieder da."

„Ja."

„Und ich werde weggehen."

„Ja."

Sie sah ihn an, und sein glutvoller Blick ließ sie erschauern. „Du wirst froh sein, wenn ich endlich fort bin. Du willst nichts mit mir zu tun haben, weißt du noch?"

„Ja, aber ich kann nicht anders", sagte er leise. Der kühle Schal glitt jetzt über ihren Hals. Seine Schenkel berührten ihre. Ally spürte seinen Oberkörper an ihren Brustspitzen, die sich sofort aufrichteten. Ihr Herz raste. „Chance ..."

„Wenn du mich berührst", sagte er mit seidenweicher Stimme, „werde ich sofort hart. Wusstest du das?"

„Nein ..."

Er presste sich an sie, und sie fühlte, dass er voll erregt war. Plötzlich spürte sie seine Hand auf einer Brust. Ally keuchte erregt auf und lehnte sich an den Baum hinter ihr. „Chance ..."

„Ich möchte dich wieder küssen." Er ließ den Schal fallen und schlang die Arme um sie.

„Keine Küsse", stieß sie hastig hervor. „Weißt du nicht mehr? Das haben wir gerade eben noch beschlossen."

Er küsste sie auf die Wange, glitt langsam mit den Lippen zu ihrem zarten Ohrläppchen und nahm es zwischen die Zähne.

Eine süße Schwäche durchströmte Ally. „Warum tust du mir das an?", hauchte sie.

„Weil du dich so gut anfühlst." Sein Mund berührte ihre Lippen. „Und du schmeckst auch gut." Und dann begann er mit der Zunge ihren Mund zu erkunden.

Ally fand es herrlich elektrisierend, ihn so wild und stürmisch zu erleben. Chance drückte sie noch fester an sich und strich ungeduldig über ihre Hüften, ihre Taille, ihren Rücken und zog ihr T-Shirt aus dem Hosenbund, um ihre nackte Haut zu berühren. Und als er es tat, stöhnte er laut auf.

Ally vergaß alles außer Chance. Er brachte sie zur Raserei vor Verlangen. Sie sehnte sich danach, Dinge zu tun, an die sie vorher nie gedacht hätte. Sie erwiderte seinen Kuss mit all der Leidenschaft, die in ihr steckte, und konnte nicht aufhören, ihn zu berühren. Wie wundervoll es doch war, seinen muskulösen Rücken zu spüren und seine breite Brust und die kräftigen Arme.

Mit einem leisen, tief empfundenen Stöhnen drängte er sie gegen den Baum. Und schon spürte sie seine Finger unter ihrem T-Shirt. Seine warmen Hände glitten über ihren Bauch, und sie seufzte.

„Wie weich deine Haut ist", flüsterte er. „Wie Seide." Wieder schlossen seine Lippen sich um eins ihrer Ohrläppchen, und Ally hörte ihn tief Luft holen, als er nun ihre Brüste durch den BH hindurch streichelte.

Mit den Daumen fuhr er über die aufgerichteten Knospen, was Ally kleine kehlige Laute der Lust entlockte. Dann legte er die Hand unter eines ihrer Knie und zog ihr Bein auf seine Hüfte, sodass er sich mit dem Beweis seines Verlangens an ihrem Venushügel reiben konnte.

Ally war außer sich vor Sehnsucht nach ihm. Ihre Beine schienen sie auf einmal nicht mehr tragen zu wollen.

„Ich wollte dich berühren, seit ich dich das erste Mal sah", raunte Chance ihr ins Ohr.

Sie packte ihn am Hemd. „Dann berühr mich. Jetzt."

„Hier?" Er küsste ihren Hals. Seine Stimme klang rau, als ob er gerade erst aus dem Bett gestiegen wäre.

„Ja, hier." Ihre Blicke trafen sich einen Herzschlag lang, und er verstand. Sofort zog er ihr das T-Shirt über den Kopf und warf es beiseite. Geschickt öffnete er den Vorderverschluss ihres BHs, und als er ihre festen wohlgeformten Brüste umfasste, die so perfekt in seine Hände passten, keuchten Ally und er fast gleichzeitig auf.

Sie zerrte an seinem T-Shirt. Sie brauchte ihn so sehr, dass es ihr völlig egal war, wo sie sich befanden. Bewundernd strich sie über seine heiße Haut und die harten Muskeln, bis sie schließlich den sensibelsten Teil seines Körpers berührte. Doch Chance hielt ihre Handgelenke fest, zog sie hoch über ihren Kopf und hielt sie dort in einer seiner Hände gefangen. In seinem Blick lag eine solche Begierde, dass Ally glaubte, gleich in Flammen aufzugehen.

„Ich möchte dich anfassen", flehte sie und seufzte auf, weil er ihren Hals mit Küssen übersäte.

Er stöhnte auf, weil sie sich ihm entgegenbog und sich provozierend bewegte. „Noch nicht."

Ihr Protest wurde im Keim erstickt, als sie gleich darauf seine Lippen und seine Zunge auf einer Brustspitze spürte. Ally wand sich keuchend in seinen Armen und versuchte vergeblich, ihre Hände aus seinem Griff zu befreien. Mit der freien Hand öffnete er den Knopf am Bund ihrer Shorts, dann kam der Reißverschluss an die Reihe. Langsam rutschte seine Hand tiefer, bis er unter dem Stoff ihren Po umfassen und Ally wieder ganz fest an sich pressen konnte.

„Chance …", flehte sie. Alles in ihr schrie nach Erfüllung.

„Ich weiß." Er ging in die Knie und schob ihre Shorts herunter. Jetzt trug sie nicht mehr als einen weißen Baumwollslip und ein unsicheres Lächeln. Sie hatte vergessen, dass eine wahre Abenteurerin sich aufregende Unterwäsche besorgt hätte.

Er schob die Daumen unter das Elastikbündchen des Slips.

Ally hielt seine Hände fest, plötzlich ganz verlegen. Was tat sie nur? Sie versuchte, ihn an den Schultern hochzuziehen, aber er rührte sich nicht. „Chance?"

Er zog sanft am einzigen Stück Stoff, das sie noch bedeckte.

„Ich denke, dass es vielleicht nicht … Oh, du meine Güte", keuchte sie, als seine Lippen ihren Bauch berührten. „Ich bin nicht sicher …" Mit einem leisen Stöhnen brach sie ab. Noch einmal versuchte sie, ihn aufzuhalten. „Es ist ein wenig kühl hier."

„Ich werde dich warm halten", versprach er.

Er befreite sie mit einem Ruck von ihrem Slip. Sanft spreizte er ihre Beine und begann ihren empfindsamsten Punkt mit der Zunge zu streicheln.

Ally schrie überrascht auf und suchte Halt, indem sie sich an seine breiten Schultern klammerte. Zu spüren, wie seine Zunge sie liebkoste, war die süßeste Qual, die sie je erlebt hatte, und in einer stummen Bitte nach mehr drängte sie sich ihm entgegen.

Er packte sie um die Hüften und vertiefte seine wunderbaren Zärtlichkeiten. Ally zitterte heftig, sie schrie leise auf und hatte das Gefühl, in einem Meer der Lust zu versinken.

„Komm für mich, Ally", sagte er mit weicher Stimme.

„Ich kann nicht", hauchte sie.

Jetzt war er es, der erstarrte. Er sah zu ihr auf. „Ally? Hast du noch nie einen Höhepunkt gehabt?"

Sie schloss die Augen und gab die peinliche Wahrheit zu. „Nur … allein."

Er starrte sie fassungslos an. „Willst du damit sagen, Thomas hat dich nie …"

Sie errötete noch heftiger. „Er war meist in Eile."
„Und vor ihm?"
„Keiner", flüsterte sie.
Chances Blick wanderte über ihren nackten Körper. „Da er ein Idiot war und du die leidenschaftlichste Frau bist, die ich kenne, lag es eindeutig an ihm."
„Ich weiß nicht, ich ..."
„Vertrau mir, Süße. Lass mich noch mal anfangen. Und zwar so ..."
Seine Berührung war kaum zu spüren.
„Und hier ..." Sein Finger berührte genau die Stelle, wo Ally jetzt am liebsten gestreichelt werden wollte.
„Oh Chance ..."
„Ja, so ist es gut. Lass dich gehen."
Seine sanften, langsamen Bewegungen ließen sie aufkeuchen. Seine Finger bewirkten wahre Wunder und drangen tiefer in ihre seidige Tiefe ein. Als Ally erstickt aufschrie, stöhnte auch Chance auf. „Ja, das gefällt dir. Komm, Ally, komm für mich ..."
Und dann wurde sie von einer Welle erschütternder Lustgefühle überrollt und wäre auf den Boden gesunken, wenn Chance sie nicht festgehalten hätte. Sie konnte kaum atmen.
„Mehr", flüsterte er. „Ich will mehr von dir."
„Ja", war alles, was sie herausbrachte, und er küsste sie auf den Mund. Gleichzeitig fuhren seine Hände über ihren Körper, streichelten, erforschten sie. Glühendes Verlangen durchströmte sie, und sie glaubte sterben zu müssen, wenn es nicht gestillt wurde.
Mit zitternden Händen zerrte sie an seiner Jeans, und er half ihr, den Reißverschluss zu öffnen. Sekunden später hatte er ein Kondom aus der Tasche geholt und streifte es sich über. Dann drang er tief in sie ein. Erschauernd rief Ally seinen Namen und schmiegte sich an ihn, um ihn noch intensiver zu spüren.
„Leg die Beine um mich", bat er mit rauer Stimme. „Ja, so, genau so."
Seine Hände zitterten genauso wie ihre, und es erfüllte sie mit einem herrlichen Gefühl weiblicher Macht, dass sie nur

von einem Blick auf sein Gesicht fast schon wieder den Gipfel erreichte.

Und dann fing er an, sich zu bewegen. Immer wieder füllte er sie ganz aus, zog sich zurück und glitt wieder in sie hinein, bis sie ein Schauer nach dem anderen überlief. Erst jetzt kam auch er endlich, und im selben Augenblick erreichte auch Ally erneut den Höhepunkt.

Danach flüsterte er leise ihren Namen, während sie schwer atmend am Baum lehnten. Chance hielt sie immer noch in seinen Armen, und als er darauf wartete, dass sein Herzschlag sich wieder normalisierte, küsste er ihren Hals.

Ally klammerte sich Halt suchend an Chance, zutiefst befriedigt und innerlich glühend von dieser unglaublichen Erfahrung. Schließlich gab er sie frei, und sie standen auf.

Chance fand ihren Slip, der auf einem Ast gelandet war, und half ihr dabei, sich anzuziehen.

Aber er sagte kein Wort, während sie zurückgingen, und auch nicht, als sie Brian den Schal zeigten und er zugab, dass er tatsächlich kurz vor dem Ausbruch des Feuers mit seiner Freundin dort gewesen war. Ihren Namen wollte er jedoch nicht nennen, aus Gründen, die nur er verstand.

Selbst jetzt sprach Chance nicht mit Ally. Er schwieg auch, als Brians Freundin sich bei ihnen meldete und bestätigte, dass Brian den ganzen Tag mit ihr zusammen gewesen war und dass er sie vor dem Zorn ihres Vaters schützen wollte und dass sie nichts mit dem Feuer zu tun hatten.

Chance sprach überhaupt nicht mehr mit Ally.

11. KAPITEL

Sie hatten sich wieder im Hotel versammelt. Chance stand hinter Brian, eine Hand auf seiner Schulter, das Gesicht ausdruckslos und beherrscht.

Als Brian nervös und ängstlich zu ihm aufsah, schenkte Chance ihm ein aufmunterndes Lächeln, und Ally atmete erleichtert auf. Siehst du, sagte sie sich. Chance mochte hart und schwer zugänglich sein, aber er war keineswegs herzlos. Und wenn er Brian akzeptieren konnte, dann konnte er vielleicht auch sie akzeptieren.

„Sag es uns", drängte er Brian.

Der Junge holte tief Luft. Er und Monica hatten sich oben auf dem Berg getroffen und sich unterhalten, und um halb vier waren sie gegangen, damit ihr Vater sie nicht erwischte. Also waren sie schon fort gewesen, als das Feuer etwa gegen vier Uhr ausbrach. Brian hatte nichts sagen wollen, um Monica nicht in Schwierigkeiten zu bringen. Er hatte das Mädchen beschützen wollen.

Allys Augen füllten sich mit Tränen. Der Junge hatte einen so guten Kern, dass es unendlich traurig wäre, wenn er wieder mit dem Gesetz in Konflikt geriet.

Später fand sie Brian im Umkleideraum des Personals. Er stand still und verloren vor seinem offenen Fach. Sein Angebergehabe war verschwunden, jetzt war er nur ein einsamer Junge, der nicht wusste, wie seine Zukunft aussah.

Ally ging mitleidig auf ihn zu, und in diesem Moment sah sie, dass er nicht allein war. Ebenso still und verschlossen wie Brian stand Chance vor seinem Schließfach. Er drehte sich um und sah sie an, sagte aber auch jetzt nichts.

Sie errötete heftig, aber nicht vor Verlegenheit, sondern weil die Erinnerung an das, was sie getan hatten, so wundervoll war. Sie sehnte sich von ganzem Herzen danach, wieder mit ihm eins zu sein. Aber da sie ihm das jetzt nicht sagen konnte, wandte sie sich an Brian: „Ich weiß nicht, wie es dir geht, aber ich bin froh, dass es vorüber ist. Und ich wollte dir sagen, wie stolz ich auf dich bin."

Der Junge zuckte die Achseln und starrte weiterhin auf den Helm in seiner Hand.

„Gehst du Rad fahren?"

„Ich muss arbeiten." Er knallte das Fach zu. „Sie haben mir immer geglaubt", sagte er leise. „Warum?"

Sie lächelte. „Weil ich dir vertraue."

„Das hat Chance auch gesagt." Brian warf Chance einen verstohlenen Blick zu. „Sie sind nicht mehr wütend auf mich wegen Monica?"

„Ich war nie wütend wegen ihr", betonte Chance.

„Aber sie ist die Tochter Ihres Konkurrenten."

„Du sollst mit dem Mädchen gehen, das dir gefällt."

Brian senkte den Blick. „Ich dachte, Sie würden mich wegschicken, wenn Sie's herausfinden."

„Da hast du dich eben geirrt."

„Ja. Echt cool."

„Sag mal ..." Der erfahrene Chance, der sich von nichts so leicht aus der Ruhe bringen ließ, schien verlegen zu sein. „Müssen wir uns jetzt über Vögel und Bienen unterhalten?"

„Herrje noch mal!" Brian schüttelte beleidigt den Kopf. „Nein."

„Das ist gut." Chance lächelte erleichtert. „Dann lass uns Rad fahren gehen."

„Ich muss den Müll einsammeln."

„Das kannst du danach machen."

Brian sah aus, als ob er im Lotto gewonnen hätte, und griff eifrig nach seinen Handschuhen.

„Pass auf dich auf!", rief Ally ihm noch nach.

Chance nahm seine Sachen heraus, und auf seinem Weg zur Tür kam er an Ally vorbei. Er sah sie an. „Alles okay?"

„Ja. Ich bin froh, dass Brian aus den Schwierigkeiten heraus ist ..."

„Nein. Ich meine wegen vorhin."

„Du meinst, als wir uns geliebt haben?"

Chance zuckte zusammen und fuhr sich mit einer Hand durchs Haar. „Ja. Ich habe mich noch nie so sehr wie ein alberner

Teenager gefühlt. Nicht einmal, als ich tatsächlich ein alberner Teenager war." Er fluchte leise, legte die Hände an ihre Hüften und zog sie an sich. „Habe ich dir wehgetan, Ally?"

Das hatte sie nicht erwartet. Sie war sprachlos über den sorgenvollen Ton in seiner Stimme.

„Sag schon", verlangte er.

„Nein." Sie lächelte schüchtern. „Ganz im Gegenteil."

Seine Anspannung ließ ein wenig nach, und er lächelte auch ein wenig. „Wirklich?"

Sie sah hoffnungsvoll zu ihm auf, aber in dem Moment wich er vor ihr zurück. „Es tut dir leid, was geschehen ist", erklärte sie rundheraus. „Ich dachte, es ist meist die Frau, die es bedauert. Nein, warte." Sie schloss die Augen, um nicht den gequälten Ausdruck in seinem Gesicht sehen zu müssen. „Ich habe nicht das Recht, dir Vorhaltungen zu …"

„Chance?" Brian steckte den Kopf herein, halb ungeduldig, halb ängstlich. „Haben Sie's sich anders überlegt?"

Chance räusperte sich. „Nein, Brian. Wir gehen gleich. Einen Moment noch."

Aber Ally wollte nicht hören, warum er die aufregendste Erfahrung in ihrem Leben bedauerte und warum es keine Wiederholung geben durfte. Sie wandte sich ab und lächelte Brian beruhigend zu. „Er kommt schon, Brian", sagte sie. „Er gehört dir."

Später, nach einer angenehmen Radtour mit Brian und nachdem er lange heiß geduscht hatte, stand Chance am Fenster seines Büros und starrte zu den Bergen hinauf. Aber vor seinem inneren Auge sah er nur Ally und das Strahlen in ihren Augen, wenn sie ihn ansah.

Wie in Trance ging er den Flur hinunter und stand gleich darauf in der offenen Tür zu ihrem Büro. Sie saß an ihrem Schreibtisch und telefonierte. Sie trug ein fließendes Sommerkleid mit winzigen Blümchen. Ihr Haar war ein wenig zerzaust, als ob sie den ganzen Tag über keinen Gedanken darauf verschwendet hätte, und Chance musste zugeben, dass ihm das an ihr gefiel. Ihre Lippen waren ungeschminkt.

Und das gefiel ihm auch. So viele Dinge an ihr gefielen ihm, ganz besonders die atemlosen kleinen Geräusche, die sie von sich gab, wenn er tief in ihr war.

Entschlossen trat er ein und schloss die Tür hinter sich ab. Ally sah erstaunt auf und hielt mitten im Satz inne. Ihr verblüffter Blick war unbeschreiblich erregend.

Unwillkürlich packte sie den Hörer fester.

Chance fühlte sich schon viel besser. Lächelnd zog er sich das T-Shirt über den Kopf. Ally sprach stotternd weiter, offensichtlich bereitete es ihr Schwierigkeiten, sich auf das Gespräch zu konzentrieren.

Er zwinkerte ihr zu und lehnte sich an den Schreibtisch. Ihr Anblick allein genügte, um sein Verlangen zu erwecken, und er fuhr sich mit der Zunge über die Unterlippe.

Wie gebannt starrte Ally seinen Mund an. Ihre Lippen öffneten sich, und sie ließ den Hörer fallen. Errötend hob sie ihn hastig wieder auf und entschuldigte sich bei ihrem Gesprächspartner.

Chance amüsierte sich großartig. Er spielte mit einer ihrer Haarsträhnen und streichelte ihr Ohrläppchen.

Ally stand abrupt auf und wandte ihm den Rücken zu.

Er stellte sich einfach hinter sie, schlang einen Arm um ihre Taille und zog sie an seinen muskulösen Körper. Seine Hände schlossen sich um ihre Brüste, und er berührte ihre Brustspitzen, die sich sofort aufrichteten.

Ally stieß einen erstickten Laut aus, stammelte hastig eine Entschuldigung und legte mit zitternder Hand auf. Ihre Wangen waren hochrot, und sie sah Chance nicht an.

„Du bist in einem Stück wieder zurück?"

„Wie du siehst. Ich könnte dich bei lebendigem Leib auffressen, Ally."

Plötzlich entwickelte sie hektische Betriebsamkeit. Sie fummelte mit den Akten auf ihrem Schreibtisch herum, dem Computer, den Briefen. Alles benötigte ihre Aufmerksamkeit, bis auf Chance.

Schließlich wurde es ihm zu bunt, und er packte Ally um die

Taille und zog sie entschlossen zwischen seine Schenkel. „Warum bist du so nervös?"

„Ich bin immer nervös, wenn man kurz davor ist, mich fallen zu lassen."

„Was?"

„Sieh mich nicht so entsetzt an", entgegnete sie ruhig. „Ich weiß, was du mit mir tun möchtest. Du möchtest mich am liebsten dorthin zurückschicken, wo ich herkomme, und weiterleben, als hätte es mich nie gegeben."

„Nein, ich möchte ganz andere Dinge mit dir tun."

Sie errötete. „Im Ernst?"

„Oh, ich bin sehr ernst."

„Mach keine Witze, Chance. Nicht über diese Sache. Sag mir einfach, ich soll dich in Ruhe lassen."

Aber er wollte nicht, dass sie ihn in Ruhe ließ. Ganz im Gegenteil. Er wollte dass sie ständig bei ihm war, und allmählich wurde ihm klar, dass er vielleicht nie genug von ihr bekommen würde.

Er strich ihr mit einem Finger über den Arm, über ihre Wange und über ihr seidiges Haar. „Ich weiß, es ist keine Überraschung für dich", sagte er sanft. „Aber mir ist nicht besonders wohl bei den Gefühlen, die du in mir weckst."

Ally sah ihn einen Moment nachdenklich an. „Mir ist bei allem, was mit dir zu tun hat, nicht besonders wohl zumute."

„Dann sind wir ja quitt."

Fasziniert starrte sie seinen Mund an, und Chance stöhnte fast auf, als sie sich mit der Zunge über die plötzlich trockenen Lippen fuhr. Das Blut pulsierte heiß in seinen Adern, und er berührte ihre Unterlippe, aber sie hielt seine Hand fest.

„Nicht", flüsterte sie. „Ich kann nicht denken, wenn du das tust."

„Das Denken wird allgemein überschätzt." Er zog sie noch fester an sich, sodass sie sich in ganzer Länge berührten. Ally stieß einen sehnsüchtigen Seufzer aus, der Chances Blut noch mehr erhitzte. „Willst du mich, Ally?"

Sie stöhnte auf.

Er streichelte ihren weichen, herrlich gerundeten Körper und küsste ihren Hals. Dann spürte sie seine Hände auf ihren Schenkeln, und als er merkte, dass sie keine Strumpfhose trug, holte er geräuschvoll Luft.

Sie schlang die Arme um ihn und biss ihn zart in den Hals. „Du machst mich wild vor Lust", flüsterte sie.

„Das ist gut." Er schob eine Hand zwischen ihre Schenkel und spürte ihre Bereitschaft. „Willst du mich?", fragte er wieder, obwohl er das noch keine Frau gefragt hatte. Es war ihm noch nie wichtig genug gewesen, aber jetzt bedeutete es ihm sehr viel. „Ally?"

„Jo ist draußen …"

„Ja oder nein?"

„Ja!"

Er fegte alle Papiere auf den Boden und hob sie auf den Schreibtisch. Hastig schob er ihr Kleid hoch, zerrte ihren Slip herunter und holte ein Kondom aus der Hosentasche. Ally öffnete seinen Reißverschluss.

„Lass mich das tun", sagte sie atemlos.

Da ihr die Erfahrung fehlte, war sie ziemlich ungeschickt dabei, was Chances Erregung jedoch nur noch steigerte. Schließlich konnte er es nicht länger ertragen und nahm ihr die Arbeit ab.

Ally sah ihn mit verhangenem Blick an. „Mache ich etwas falsch?"

Er lachte erstickt auf. „Nein, du machst es sogar zu gut." Er bog ihre Schenkel auseinander und drang ohne weiteres Zögern ein.

„Oh, Himmel", flüsterte sie.

Das kann man wohl sagen, dachte er. Es ist das Paradies. Als er sie ganz ausfüllte, lehnte er die Stirn an ihre und hielt sekundenlang inne. „Warte. Beweg dich noch nicht."

„Ich kann nicht." Ally hob sich ihm entgegen, den Kopf zurückgeworfen, die Augen geschlossen, die Brüste sinnlich gereckt. Es war der wundervollste Anblick, der sich Chance je geboten hatte. Es war zu viel für ihn. Er war verloren.

Sie öffnete die Augen, die vor Leidenschaft leuchteten. „Chance ..." Zärtlich zog sie seinen Kopf zu sich herunter und küsste ihn. Und dann schlang sie die Beine um ihn, sodass er noch tiefer in sie hineinglitt.

Und ganz plötzlich in diesem Moment, in dem sie eins waren, erkannte er die Wahrheit. Er war nicht verloren. Seit sie aus dem Flugzeug gestiegen war und in sein Leben getreten war, hatte er sich endlich gefunden.

Aber schon sehr bald würde sie nicht mehr hier sein.

12. KAPITEL

In diesem Sommer öffnete die Ferienanlage ziemlich spät, aber dafür geschah es dann mit größter Begeisterung. Sie vermieteten Bungalows und Hütten; unzählige Radfahrer tummelten sich auf den Wegen, und Bergsteiger erklommen den Gipfel. Auf dem Fluss wimmelte es von Kajakfahrern; die Souvenirläden konnten sich vor Kundschaft nicht retten.

Die anfallende Arbeit hielt alle in Atem. Lucy wurde schon sehr bald zurückerwartet, und der Gedanke daran erfüllte Chance mit gemischten Gefühlen. Also dachte er lieber gar nicht erst daran. Er war auf dem Weg zu seinem Jeep, als er Ally begegnete, die auf dem Weg vor dem Hotel stand und zum sich rasch bewölkenden Himmel hinaufsah.

Sie trug Shorts und eine ärmellose weiße Bluse, und um die schlanke Taille hatte sie sich einen Pullover gewickelt. Ihre Beine waren fest und sonnengebräunt, auch ihre Arme zeigten die Ergebnisse ihrer harten Arbeit hier und der vielen Stunden im Fitnesscenter des Hotels. Und hier stand er mit einem albernen Grinsen auf dem Gesicht und einer plötzlichen, nicht zu leugnenden körperlichen Reaktion auf Allys Anblick.

Er hatte völlig die Kontrolle über sich verloren.

Eigentlich hätte er seine Besessenheit von ihr überwunden haben müssen, denn schließlich hatten sie sich inzwischen viele Male geliebt und dabei viel Experimentierfreude gezeigt. Dennoch begehrte er sie immer noch genauso stark wie am Anfang – wenn nicht sogar noch mehr.

In diesem Moment drehte sie sich um und schenkte ihm das ganz besondere Lächeln, das nur er von ihr bekam. Ihre Augen leuchteten erfreut auf, und sein Verlangen wurde so überwältigend, dass es fast wehtat.

„Ich habe gerade an dich gedacht", sagte sie leise. „An gestern Nacht."

Er sah, dass ihre Brustspitzen sich unter ihrer Bluse deutlich abzeichneten, und sein Mund wurde auf einmal ganz trocken.

Unwillkürlich hielt er den Atem an, als sie sich an ihn presste und ihm ins Ohr flüsterte: „Ich dachte an alles, was du gestern Nacht mit mir gemacht hast."

Das tat er jetzt auch, und er konnte nur hoffen, dass niemand sie beide beobachtete.

„Ich dachte ...", sie drückte zarte Küsse auf seine Wange und Kinn, „... dass ich dich am liebsten von oben bis unten küssen würde." Neckend berührte sie seinen Mund mit der Zungenspitze und biss ihn sanft in die Unterlippe.

Chance stöhnte auf und war einen Moment lang versucht, sofort mit Ally irgendwohin zu verschwinden, wo sie mit ihm tun konnte, was sie wollte. Diese Frau hat dich regelrecht verhext, flüsterte eine leise Stimme in seinem Hinterkopf. Pass bloß auf!

„Ein Gewitter zieht auf", sagte er und löste sich widerwillig von Ally. „Und ich muss Lebensmittel einkaufen."

„Darf ich mitkommen?"

Bloß nicht, dachte er. Das ist viel zu gefährlich. „Ein anderes Mal, Ally." Er wandte sich von ihr ab und ging zu seinem Jeep.

Sie folgte ihm. „Warum fällt es dir so schwer zuzugeben, dass ich dir etwas bedeuten könnte?"

Chance öffnete die Fahrertür des Jeeps und fragte sich, warum Frauen immer alles zu Tode analysieren mussten. „Verdammt, du bedeutest mir etwas."

„Das ist mir klar. Ich weiß nur nicht, warum du es so ungern zugibst", erwiderte sie.

Er stieg ein, ohne weiter auf sie zu achten.

Ally glitt auf den Beifahrersitz. „Hast du vor irgendetwas Angst, Chance?"

Er seufzte und rieb sich die Schläfen, die auf einmal Unheil verkündend pochten. „Das ist keine gute Idee."

„Nein? Gestern Abend warst du anderer Meinung, als du mich auf mein Bett geworfen hast und mir die Kleider ..."

„Ich erinnere mich", unterbrach er sie mit gepresster Stimme.

„Warum können wir im Schlafzimmer so vertraut miteinander sein, aber wenn wir uns draußen begegnen, schließt du mich aus?"

„Ich habe mich nicht geändert."

Sie schüttelte traurig den Kopf. „Dann muss ich mich wohl verändert haben."

„Ally …"

„Die Wolken sehen wirklich ziemlich finster aus", bemerkte sie leichthin. „Es wird ein Gewitter geben. Ich liebe es, wenn es regnet." Und bevor er etwas sagen konnte: „Bitte, lass mich mitfahren, ja? Wir brauchen nicht zu reden." Sie lächelte schief. „Ehrenwort."

Dem Himmel sei Dank, dachte er.

Sie ließ ihm seine Ruhe, und er startete den Motor und fuhr die gewundene Bergstraße etwa eine Meile lang weiter, ehe sie meinte: „Aber es wäre natürlich sehr nett, wenn wir uns unterhalten könnten."

Chance umfasste krampfhaft das Lenkrad und verfluchte im Stillen seine Dummheit. Er hatte gewusst, dass Ally sich an ihn klammern würde. Aber er hatte ja nicht auf seinen Verstand hören wollen, sondern lieber auf einen anderen Teil seines Körpers.

Als ob auch die Elemente sich gegen ihn verschworen hätten, legte der Wind in diesem Moment erst richtig los. Gleichzeitig öffnete der Himmel seine Schleusen, und es begann in Strömen zu gießen. Der Nebel, der bis jetzt kein Problem dargestellt hatte, wurde so dicht, dass sie kaum zehn Meter weit sehen konnten.

Etwas Gutes hatte das Unwetter jedoch. Es lieferte Chance die perfekte Entschuldigung für sein Schweigen, da er sich aufs Fahren konzentrieren musste. Auf der einen Seite der Straße fiel der Berg abrupt über einhundert Meter ab, gesäumt von vielen knorrigen Kiefern. Auf der anderen Seite gab es einen ähnlichen Abgrund, aber ohne den geringsten Pflanzenwuchs.

„Jo sagt, ihr übt hier manchmal das Bergsteigen", bemerkte Ally. Sie drückte die Nase ans Fenster und seufzte. „Das möchte ich gern noch probieren, bevor ich weggehe."

Der Gedanke, dass ihr Aufenthalt in Wyoming bald vorbei war, löste zwiespältige Gefühle in ihm aus. Einerseits bedauerte er es, andererseits wünschte er sich, sie würde so bald wie möglich verschwinden und sein Leben nicht noch mehr durcheinanderbringen. „Hast du nicht schon genug Abenteuer erlebt hier?", entgegnete er.

„Nein."

Er holte tief Luft. „Du traust dir zu viel zu, Ally. Wann wirst du das endlich zugeben?"

Einen langen Moment lang sah sie ihn nur schweigend an, dann drehte sie den Kopf wieder zum Fenster.

Wunderbar. Chance hatte es endlich geschafft. Sie hasste ihn. Das ist das Beste, sagte er sich. Das erklärte allerdings nicht, wieso er das Gefühl hatte, etwas unendlich Wertvolles verloren zu haben.

Plötzlich sah er, dass er ein noch größeres Problem hatte, und fuhr an den Rand der schmalen Straße.

Vor ihnen lag ein schwerer Ast quer über der Straße. Chance holte sein Funkgerät heraus und rief im Hotel an. „Wir haben hier ein kleines Problem", sagte er zu Jo. „Wir werden länger brauchen als geplant." Dann wandte er sich an Ally. „Bleib hier." Er nahm die Regenjacke vom Rücksitz.

„Warum?"

„Weil ich es allein schaffe."

Sie runzelte verärgert die Stirn. „Warum soll ich dir die ganze Arbeit überlassen?"

„Damit du nicht nass wirst."

Sie stieß einen für sie uncharakteristisch derben Fluch aus, und Chance sah sie schockiert an. „Du wusstest nicht, dass ich das Wort kenne, was?", fuhr sie ihn an. „Ich bin stärker, als ich aussehe, Chance. Ich kann wandern, ohne müde zu werden. Ich kann Rad und Kajak fahren, ich habe gelernt, was es heißt, ein Hotel zu führen. Da werde ich ja wohl noch imstande sein, dir bei dem verflixten Ast zu helfen."

„Ich wollte nicht sagen ..."

„Und weißt du was? Ich kann dich auch lieben, wenn ich möchte, ob du nun was dagegen hast oder nicht." Sie löste den Pullover von ihrer Taille und schlüpfte mit wütenden Bewegungen hinein.

„Dieser Pullover wird dich nicht vor dem Regen schützen."

Sie drehte sich um und nahm eine zweite Regenjacke vom Rücksitz. „Aber das hier schon."

„Es ist nur ein läppischer Ast." Er war wütend, weil Ally so gut aussah in diesem Moment. Sie war einfach hinreißend, wenn ihr Temperament mit ihr durchging.

Aber natürlich ließ sie sich nicht abhalten, sondern folgte ihm. Gemeinsam hoben sie den Ast hoch, während ihnen der Regen ins Gesicht peitschte und sie in Sekundenschnelle durchnässt wurden.

Ein greller Blitz durchzuckte den Himmel, gefolgt von lautem Donnergrollen. Auf einmal wurde ihm klar, wie gefährlich es für sie beide hier draußen war.

„Geh zum Jeep!", schrie er ihr zu, während sie den Ast langsam an den Rand der Straße schleppten. „Ich schaffe es allein."

„Wir sind fast fertig!", schrie sie zurück.

Chance bewunderte sie. Er wusste, dass sie Angst hatte, aber sie gab ihr nicht nach, sondern hielt tapfer durch. „Du machst dich sehr gut", hörte er sich zu seiner Überraschung sagen.

Sie schenkte ihm ein Lächeln, das ihm den Atem nahm. „Danke."

Sie hatten fast genügend Platz für den Jeep gemacht, als ein Wagen die Straße heraufgebraust kam. Er fuhr viel zu schnell und viel zu rücksichtslos, und Chance wedelte mit den Armen und schrie, dass der Fahrer das Tempo drosseln sollte.

Aber nichts geschah.

Touristen! dachte Chance verärgert. Blöde Touristen, die so ein Unwetter aufregend finden, die Straßen für einen Abenteuerspielplatz halten und ihre eigenen Fahrkünste überschätzen.

„Chance." Ally warf ihm einen ängstlichen Blick zu. „Er fährt zu schnell!"

„Ally, beweg dich. Lauf!", schrie Chance.

Aber sie stand wie hypnotisiert da und rührte sich nicht.

Der Fahrer bemerkte endlich den Ast und Chance und Ally, die damit kämpften, aber es war zu spät, und Ally stand mitten auf der Straße und war in Gefahr. Mit aller Kraft wirbelte Chance herum und zerrte so den Ast und Ally mit zum Rand der Straße, wo er selbst stand.

Ally stolperte und landete nicht weit vom Abgrund entfernt auf Händen und Knien. Der Fahrer bremste ab, verlor aber die Kontrolle über seinen Wagen. Mit einem grässlichen Knirschen prallten die beiden Fahrzeuge gegeneinander. Der Wagen des Fremden kam zum Stillstand, aber der Jeep geriet durch die Wucht des Aufpralls in Bewegung und rutschte langsam auf den Abgrund zu, genau auf die Stelle zu, wo Ally immer noch lag.

Chance rannte sofort hin und stellte sich zwischen den Jeep und Ally, in einem verzweifelten Versuch, den Jeep irgendwie von seinem Kurs abzulenken. Zu seiner unendlichen Erleichterung entfernte Ally sich hastig aus dem Gefahrenbereich. Chance war sicher, dass er den Jeep immer noch vor dem Sturz in den Abgrund retten konnte, und so nahm er alle Kräfte zusammen und streckte die Hand aus.

Ein seltsamer Gedanke schoss ihm durch den Kopf. Er riskierte sein Leben für ein Auto. Nur wenige Wochen zuvor hätte er es ohne weiteres Zögern getan. Aber jetzt nicht mehr. Er hatte sich verändert.

Ally schrie seinen Namen. Er drehte sich zu ihr um, um ihr zu sagen, dass sie sich keine Sorgen zu machen brauche und dass er sich niemals unnötig in Gefahr bringen würde – jetzt, da er die Wahrheit wusste.

Sie war der Grund, weswegen er sich verändert hatte.

Doch während er noch dabei war, sich zu entfernen, bekam der Jeep mehr Tempo, weil das Gelände zum Abgrund hin schräg abfiel. Und als er dann mit nicht zu bremsender Wucht über den Rand kippte, wurde Chance mitgerissen.

Instinktiv suchte er nach einem Halt und fand ihn in Form eines nassen Astes. Mit aller Kraft klammerte er sich daran, während der Jeep an ihm vorbei in den Abgrund stürzte, Laub und Erde aufwirbelnd. Chance fühlte sich plötzlich unsäglich erschöpft und schloss die Augen.

13. KAPITEL

„Es geht ihm gut, es geht ihm gut, es geht ihm gut", murmelte Ally immer wieder vor sich hin, um sich Mut zu machen, als sie auf den Rand der Straße zukroch, wo der Jeep und Chance verschwunden waren. Als sie seinen nassen blonden Haarschopf sah, wäre sie fast zusammengebrochen vor Erleichterung.

Er klammerte sich etwa sechs Meter weiter unten mit beiden Armen an einen Ast, der nicht stabil genug aussah, um ihn zu tragen. Weitere fünfzehn Meter unter ihm stand der Jeep auf einem Felsvorsprung, als ob jemand ihn dort absichtlich geparkt hätte. „Chance!"

„Ich bin okay", antwortete er, rührte sich aber nicht.

Nicht in Panik geraten, sagte sie sich, holte tief Luft und dachte angestrengt nach.

An der Stelle, wo sie sich befand, konnte der Boden jeden Augenblick abbröckeln und in den Abgrund rutschen. Ally war die Einzige, die Chance helfen konnte. Und sie tat das am besten so schnell wie möglich.

„Halt durch!", rief sie ihm zu. „Ich helfe dir." Sie drehte sich um und blickte zum Wagen hinüber, der den Jeep in den Abgrund gestoßen hatte. Der Fahrer kam jetzt zu ihr gelaufen. „Haben Sie ein Handy dabei?", schrie sie.

Er nickte und lief sofort wieder zu seinem Wagen zurück. Im gleichen Moment hielt ein anderer Wagen hinter ihm, und Brian und Jo stiegen aus.

Ally war noch nie so froh gewesen, die beiden zu sehen, wie in diesem Moment. „Hol ein Seil", sagte sie zu Jo. „Nimm dir das Handy des Mannes und ruf die Feuerwehr an", rief sie Brian zu, und die beiden rannten los.

Plötzlich überkam sie eine seltsame Ruhe. Ohne zu zögern, kletterte sie langsam über den Rand des Abgrunds und bewegte sich Zentimeter für Zentimeter vorwärts, vorsichtig nach Halt für Füße und Hände suchend, bevor sie den nächsten Schritt wagte.

Chance sah hoch. Er hatte eine Schnittwunde an der Stirn und war voller Schmutz. Als er Ally am steilen Hang klettern sah, verlor sein Gesicht alle Farbe. „Ally, nein!"

Nur noch ein paar Meter. Sie würde jetzt nicht aufgeben. Jo und Brian sahen herunter. „Mein Gott!", schrie Jo. „Ally, nicht! Warte!"

Das ging jetzt nicht mehr, sie hatte ihn schon fast erreicht. Chance schüttelte wieder den Kopf. Er sah ein wenig mitgenommen aus, hatte seinen Schock aber überwunden und fing jetzt an, Ally langsam entgegenzuklettern.

Sie bewegte sich konzentriert weiter und versuchte, nicht darüber nachzudenken, was sie hier machte. Denn wenn sie das täte, würde sie die Nerven verlieren. So vertieft war sie in ihre anstrengende ungewohnte Aufgabe, dass sie zusammenzuckte, als plötzlich Chance an ihrer Seite erschien. Sie wäre fast in Tränen ausgebrochen und wollte ihn packen, ihn schütteln und ihn schwören lassen, dass er nie wieder etwas so Dummes machen würde, aber er sah sie mit genau demselben Blick an, und sie brachte kein einziges Wort heraus.

„Du bist nicht angeseilt", stieß Chance hervor und rutschte auf sie zu, um einen Arm um sie legen zu können. „Ally, mein Gott, wenn du loslässt …"

Sie lachte und weinte gleichzeitig. „Glaub mir, ich werde nicht loslassen. Aber versprich mir dasselbe."

Sein Blick war unglaublich intensiv. „Ich werde nicht fallen."

„Versprich es." Es war verrückt, aber sie musste es hören. „Versprich es", wiederholte sie drängend.

„Ich verspreche es." Er berührte sie kurz und blieb dicht hinter ihr. Ally blickte sich immer wieder nervös über die Schulter. Seine Hände waren aufgeschürft, er war erschöpft, und ihm war schwindlig, aber er lächelte ihr zu und machte ihr Mut. „Ich bin okay", versicherte er, doch sie konnte es nicht glauben.

Endlich erreichten sie den Rand des Abgrunds, und mit letzter Kraft kletterten sie hinüber. Chance ging in die Knie und schwankte leicht, und dann breitete er die Arme aus, und Ally warf sich ihm aufschluchzend an seine breite Brust. Jo umarmte beide, und alle gemeinsam umarmten Brian.

„Okay, vielleicht hast du doch Talent zum Kraxeln", scherzte Chance, aber sein Lächeln erreichte nicht seine Augen.

„Das war selbst für meinen Geschmack ein wenig zu abenteuerlich", gestand Ally.

„Für meinen auch." Er umarmte sie so fest, dass sie kaum atmen konnte, aber das war ihr im Augenblick völlig gleichgültig.

Er war der wundervollste Mann auf Erden, und sie war hoffnungslos in ihn verliebt. Aber er liebte sie nicht, und er würde es auch nie tun. Das durfte sie nicht vergessen, auch wenn er sie jetzt so liebevoll ansah, als wäre sie das Wichtigste auf der Welt für ihn.

„Ally …"

„Ich höre Sirenen", sagte sie und löste sich aus seiner Umarmung, damit er nicht weitersprach. Sie wusste, was sie von ihm hören wollte, aber nicht auf diese Weise. Nicht in diesem Augenblick, der vom Eindruck der bestandenen Gefahr geprägt war.

Der Krankenwagen und eine Polizeistreife erschienen und verwarnten den anderen Fahrer. Die Sanitäter versorgten Chances wenige Kratzer. Nachdem sie den Unfallhergang zu Protokoll gegeben hatten und die Straße geräumt worden war, konnten sie endlich nach Hause fahren.

„Ally." Chance hielt sie auf, als sie in Jos Wagen steigen wollte, und legte eine Hand an ihre Wange. „Geht es dir wirklich gut?"

Sie nickte und blinzelte die aufsteigenden Tränen fort. Gemeinsam stiegen sie ein, und Chance spürte, dass etwas nicht stimmte, aber Ally wich seinem Blick aus. Sie hatte sich so sehr danach gesehnt, diesen liebevollen, sehnsüchtigen Blick in seinen Augen zu sehen. Und jetzt in dieser Situation, in der bei allen die Nerven blank lagen, wurde ihr Traum endlich Wahrheit.

Doch schon bald würde er sie wieder ansehen, als ob sie ein Problem wäre, das er lösen musste – ein Problem, von dem er sich wünschte, dass es verschwinden möge.

„Du hast mich gerettet, Ally", flüsterte Chance.

„Nein." Jetzt war er ihr auch noch dankbar. Das würde sie nicht ertragen können. „Du hättest es auch ohne mich geschafft."

Er streichelte ihre Wange. „Du hast Hilfe gerufen, du hast wieder und wieder meinen Namen gerufen und mich aus meinem Schockzustand gerissen. Du hast mir das Leben gerettet, Ally." Er nahm ihre Hände und küsste zärtlich die Kratzer an ihren Knöcheln. Dann drückte er Ally an sich.

Er zitterte, und sie strich ihm beruhigend über den Rücken. „Es ist schon gut", sagte sie leise. „Du bist in Sicherheit."

Er lachte rau auf. „Glaubst du, ich denke an mich? Ich denke nur an dich, Ally."

„Mir geht es gut."

„Das freut mich. Aber ich bin ein absolutes Wrack, also halt mich ganz fest, und lass mich nicht los."

Für eine kleine Weile, dachte sie wehmütig. Er würde nicht mehr lange so denken, aber wenigstens konnte sie diese kurze Zeitspanne genießen.

Jo setzte Ally vor ihrer Hütte ab, und Chance folgte ihr wortlos, als ob es selbstverständlich war, dass er bei ihr blieb. Jo nickte ihnen beiden zu und fuhr davon. Ally sagte nichts und ließ ihn hereinkommen, da er entschlossen zu sein schien, mit ihr zu reden.

Ally benutzte als Erste das Bad und ging dann nervös in der Küche auf und ab, ohne von der heißen Schokolade zu probieren, die Chance für sie gekocht hatte. Im Bad hörte sie Wasser rauschen.

Chance duschte. Sie malte sich aus, wie das heiße Wasser über seinen wundervollen Körper strömte. Chance brauchte dringend Schlaf nach all diesen Anstrengungen und würde bei ihr bleiben wollen.

Wenn er wüsste, dass sie dumm genug gewesen war, sich in ihn zu verlieben, würde er wahrscheinlich so schnell davonlaufen, wie ihn seine Beine trugen. Er war ein Einzelgänger, und dass er Brian Zuneigung gezeigt hatte, bedeutete nicht, dass er in der Lage war, einer Frau sein Herz zu schenken. Er konnte nichts dafür, er war nun einmal so.

Und das hieß, dass sie so schnell davonlaufen musste, wie ihre Beine sie trugen. Am besten zurück nach San Francisco.

Sie ging ins Wohnzimmer, und bald darauf schon erschien Chance an der Tür. Seine ernste Miene verriet ihr, dass er in nachdenklicher Stimmung war. Er hatte sich nicht die Zeit genommen, sein Haar zu trocknen, und er duftete nach ihrem Shampoo. Als er sie sah, lächelte er, aber sie bemerkte die Verspannung in seinen Schultern und den sorgenvollen Ausdruck in seinen Augen. Sie war überrascht. Sie hatte ihn in guter und schlechter Laune erlebt, voller Leidenschaft, traurig und auch beunruhigt. Aber nie war er so gewesen wie jetzt.

„Ich brauchte dich heute und du warst bei mir", sagte er. „Du musstest dein Leben dafür riskieren, und du hast keinen Moment gezögert." Er schüttelte den Kopf. „Ich muss immer wieder daran denken, wie ich mich gefühlt habe, als ich glaubte, der Wagen würde dich überrollen."

„Aber mir ist nichts geschehen. Dafür hast du gesorgt."

„Vom ersten Augenblick, als du hier ankamst, hatte ich dieses lächerliche Bedürfnis, dich in Sicherheit zu wissen." Er lachte freudlos. „Ich konnte es nicht begreifen. Es machte mich wahnsinnig, dich riskante Dinge tun zu sehen. Dabei tue ich nichts anderes, und das jeden Tag, aber als ich dich Rad oder Kajak fahren sah, musste ich sehr an mich halten, um nichts zu sagen."

„Ich erinnere mich nicht, dass du besonders zurückhaltend gewesen wärst", meinte sie trocken.

„Was ich sagen will, ist, dass es die Hölle für mich war, zu sehen, welche Freude du an allem hattest. Aber ich konnte nichts tun." Er holte tief Luft. „Und heute hätte es dich fast das Leben gekostet."

„Mein Leben gehört mir", erwiderte sie leise. „Nicht dir."

„Ich weiß. Ich versuche ja, mich zurückzuhalten. Und ich weiß, dass du heute allein sein wolltest, und vielleicht hätte ich dich auch in Ruhe lassen sollen." Chance wandte ihr den Rücken zu, ging zum Kamin und sah ins Feuer. „Aber ich war einfach nicht in der Lage dazu."

Ally konnte seine Niedergeschlagenheit keinen Moment länger ertragen. Sie trat hinter ihn und umarmte ihn, die Wange an seinen Rücken gelehnt. Dann schlüpfte sie mit den Händen unter sein T-Shirt und streichelte die warme Haut seines flachen Bauchs.

Zunächst rührte Chance sich nicht, doch als sie seinen Namen flüsterte, seufzte er tief auf, drehte sich zu ihr um und küsste ihr Haar. „Ach, Ally, ich will dich so sehr. Bitte sag mir, dass du mich auch willst."

„Das weißt du doch."

„Sag es."

„Ich will dich, Chance."

Er presste den Mund auf ihren Hals, strich mit der Zungenspitze über die empfindliche Stelle hinter ihrem Ohr. „Ich möchte dich fühlen", wisperte er.

Ally war überglücklich, denn er brauchte sie wirklich. Hier und jetzt war dieser große, starke Mann völlig hilflos und sehnte sich nach ihrer Liebe. „Bitte berühr mich, Chance."

Sie knieten sich beide auf den Teppich vor dem Kamin, wobei sie sich langsam gegenseitig auszogen. Chance legte sich auf den Rücken, und Ally setzte sich rittlings auf ihn. Er sah zu ihr auf, als wäre sie die schönste, aufregendste Frau auf der Welt.

Und in diesem Moment fühlte sie sich tatsächlich so. „Berühr mich", flüsterte sie wieder.

„So?", fragte er und streichelte die Innenseiten ihrer Schenkel. Gleich darauf reizte er mit sanften kreisenden Bewegungen ihre empfindlichste Stelle.

Erregt packte Ally seine Arme und tat ihm wahrscheinlich weh, aber sie wollte nicht, dass er aufhörte. Er sollte niemals aufhören.

„Ally?"

„Ja, genau so." Sie neigte den Kopf und fuhr mit der Zunge über seine Unterlippe. Chance keuchte auf und drängte sich ungeduldig an sie. Sie umfasste seinen sensibelsten Körperteil, streichelte die pulsierende Härte und genoss es zu sehen, dass Chance sich vor Verlangen wand.

Als er es nicht länger aushielt, schob er ihre Hand fort und zog Ally dicht an sich, sodass er eine ihrer Brustknospen in den Mund nehmen konnte. Gierig wirbelte seine Zunge erst um die eine, dann um die andere Spitze. Die lustvolle Spannung in Ally wuchs und wuchs.

„Jetzt, Chance. Jetzt", hauchte sie.

Mit wildem Blick hob er sie auf sich, sodass sie rittlings auf ihm saß, und drang so langsam in sie ein, dass sie glaubte, vor Ungeduld zu vergehen. Ihre nackten, schweißnassen Körper klebten aneinander, und Ally konnte nicht genug von ihm bekommen. Sie konnte nicht sprechen, nicht denken. Sie hatte Angst, dass sie alles nur träumte und Chance im nächsten Moment verschwunden sein würde. Sie hatte Angst, sich Hoffnungen zu machen, die sich dann doch nicht erfüllen würden. Und so schloss sie die Augen, aber er legte die Hände um ihre Wangen und zwang sie, ihn anzusehen.

„Kein Versteckspiel mehr." Seine Augen blitzten vor Leidenschaft, seine Lippen waren feucht von ihren Küssen, er atmete flach und stoßweise. „Für keinen von uns."

Gut, denn die Liebe, die sie vor ihm verbarg, würde sie noch ersticken. „Chance …"

„Ja. Jetzt. Sieh mich an, Ally." Und er rollte sie auf den Rücken und bewegte sich immer zügelloser.

„Es ist nie so gewesen wie jetzt!", keuchte sie. „Nie."

Er hielt eine Sekunde inne und drang dann nur umso tiefer und härter ein, bis Ally am ganzen Körper erschauerte.

„Ich liebe dich", flüsterte sie, und er stieß ein fast tierisches Stöhnen aus, als er gleich nach ihr den Höhepunkt erreichte.

Ally fragte sich, ob er ihre Worte gehört hatte, aber sein Gesichtsausdruck sagte ihr, dass er sie gehört haben musste. Chance küsste sie mit einer verzweifelten Sehnsucht, die Ally die Tränen in die Augen trieb.

Und als sie wieder atmen konnten, nahm er sie wieder, als ob er sich auf diese Weise von seinem Verlangen nach ihr befreien könnte. Und dann, spät in der Nacht, liebten sie sich noch einmal. Schließlich fiel Chance erschöpft in tiefen Schlaf, und eine ganze Weile betrachtete Ally ihn liebevoll und wünschte sich, sie könnte für immer so in seinen Armen liegen.

Doch schon bald würde er aufwachen und wieder so distanziert sein wie vorher. Sie hatte sich ihm noch einmal hingegeben, weil sie ihm nicht hatte widerstehen können, denn er war ein wundervoller Liebhaber.

Aber sie wusste jetzt, was sie sich wünschte, und das war sehr viel mehr als nur Sex. Beim ersten Licht der Dämmerung beugte sie sich ein letztes Mal über ihn. „Du bist wunderschön", flüsterte sie. „Nicht nur äußerlich, sondern auch innerlich."

Chance rührte sich nicht.

„Ich werde dich niemals vergessen", sagte sie leise. „Niemals."
Und dann schlüpfte sie behutsam aus dem Bett.

14. KAPITEL

Jedes Mal, wenn Ally Lucy besucht hatte, hatte ihre Tante erstaunlich frisch und munter ausgesehen. Und jedes Mal hatte Ally das Krankenhaus mit dem seltsamen Gefühl verlassen, dass hier irgendetwas nicht stimmte.

Als Ally an diesem frühen nebligen Morgen das Krankenzimmer betrat, in dem Lucy lag, lachte Lucy gerade mit einer Schwester über einen Witz, den der Arzt erzählt hatte – der Arzt, der Lucy gerade entließ.

Ally blieb wie angewurzelt an der Tür stehen. „Du wirst entlassen?"

Lucy blieb einen Moment ganz still, dann lächelte sie. „Liebes, wie schön dich zu sehen. Was für eine Überraschung! Du brauchtest doch nicht den ganzen Weg zu fahren, um mich armes, altes, klappriges Mädchen zu besuchen."

„Warum habe ich plötzlich das Gefühl, dass du weder arm, noch alt und vor allem nicht klapprig bist?" Misstrauisch kam Ally näher. „Wieso hast du niemandem von uns gesagt, dass du heute nach Hause kommen würdest?"

„Nun ... ich ..."

„Lucy, hast du uns die ganze Zeit etwas vorgemacht?"

„Nein!" Lucy warf der Schwester einen flehentlichen Blick zu. „Sagen Sie's. Sagen Sie Ally, dass ich hilflos im Gips lag und tagelang die schlimmsten Schmerzen hatte."

„Schmerzen, ja", sagte die Schwester und lächelte Lucy voller Zuneigung an. „Hilflos? Niemals." Und damit ließ sie die beiden allein.

Ally wartete auf eine Erklärung, die nicht kommen wollte. „Lucy?"

„Ich überlege, meine Liebe."

„Was überlegst du?"

„Wie ich am besten vorgehen soll."

Ally stieß ein ungläubiges Lachen aus. „Wie wär's, wenn du einfach am Anfang anfängst?"

Lucy zog eine Grimasse. „Bist du mit deinen Schwestern auch

so streng?" Sie seufzte. „Ich fürchte, was ich dir zu sagen habe, wird dir nicht gefallen."

Ally bekam vor Aufregung Herzklopfen. „Das werden wir sehen."

„Schön. Ich habe mich wirklich verletzt." Lucy schob das Laken beiseite und zeigte ihre Beine, von denen das eine noch unterhalb des Knies eingegipst war. „Siehst du? Eindeutig gebrochen."

„Komm gleich zu dem Teil, der mir nicht gefallen wird."

„Du meinst meinen Versuch, die Ehestifterin zu spielen?" Lucy lächelte verlegen und sah plötzlich eher wie zwölf aus als wie über sechzig.

„Du hast was? Aber das ist ..." Ally ließ sich entsetzt auf das Bett sinken. „Aber wie? Du wusstest doch gar nicht, ob ich überhaupt kommen würde. Und du konntest unmöglich gewusst haben, dass ich mich in Chance verlieben würde."

Lucy schnappte nach Luft und schlug begeistert die Hände vor den Mund. „Oh, mein Liebes! Es hat geklappt? Wirklich? Du bist in ihn verliebt?"

„Ich ..." Ally weigerte sich, kampflos ihre Niederlage einzugestehen. „Ich weiß nicht, wovon du redest."

Lucy stieß einen Seufzer aus. „Zu spät. Ich sehe es dir an."

„Was du siehst, ist meine Wut auf dich!"

„Es ist Liebe."

„Ich fasse es nicht!", brauste Ally auf. „Wie gemein, mir so etwas anzutun!"

„Oh, so meinte ich es nicht", entgegnete Lucy beschwörend. „Ich dachte nur ..."

„Was denn? Dass es Spaß bringen müsste, mein Leben durcheinanderzuwirbeln?"

„Nein, natürlich nicht. Ich ..."

Aber Ally wollte nichts mehr hören. Mit steifen Schritten ging sie zur Tür, wo sie sich noch einmal wütend umdrehte. „Das Ganze war also nur ein Trick? Der Brief und der Job? Alles? In Wirklichkeit hast du mich nicht gebraucht."

„Doch! Ich ..."

„Du hast dich gelangweilt, was? Du wolltest etwas, um dich zu amüsieren, und hast dir etwas ausgedacht, was mein ganzes Leben vermasselt hat. Ist es das?"

„Ach, Liebling ..." Lucy rang verzweifelt die Hände. „So hatte ich es nicht geplant."

Wie dumm sie doch gewesen war! Und wie demütigend alles war! „Du hast mit meiner Hilfsbereitschaft gerechnet, um mich hierherzulocken. Und ich bin dir ahnungslos in die Falle getappt. Ich arme Irre! Und die ganze Zeit über dachte ich, ich helfe dir."

Lucy hob Einhalt gebietend die Hand. „Nun hör aber mal auf, Ally Wheeler! Es stimmt, dass deine Familie nichts anderes tut, als dich auszunutzen. Ich weiß es, und ich finde es falsch. Ich dachte nur, es wäre höchste Zeit, dass du endlich einmal auch etwas bekommst und nicht immer nur gibst. Und sag mir nicht, dass dir die Zeit in der Sierra Peak Lodge nichts gebracht hat, denn das nehme ich dir nicht ab. Du hast gelernt, dir etwas zuzutrauen, und hast erkannt, wie stark und unabhängig du in Wahrheit bist."

Ally ließ sich auf einen Stuhl sinken und lachte leise.

„Und noch etwas", fügte Lucy hinzu. „Ich glaube, du hast sehr viel mehr gelernt als nur das. Du wirst es zwar noch nicht zugeben, aber ich glaube, du hast endlich gelernt, die Liebe eines anderen Menschen anzunehmen, statt immer nur Liebe zu geben."

Ally sah sie stumm an. Was würde Lucy sagen, wenn sie ihr verriet, wie recht sie hatte? Sie hatte sehr viel Liebe bekommen. Auf ihrem Schreibtisch. An einem Baum. In der Küche. Unter der Dusche. Ihr Herz zog sich schmerzhaft zusammen. „Chance war in den Plan eingeweiht, nicht wahr? Es war seine Aufgabe, dem Stadtmädchen ein wenig Aufregung zu verschaffen, hm?" Ein Mann wie er hätte ihr sonst nie einen zweiten Blick geschenkt. Warum hatte sie das nicht erkannt? Weil sie es nicht gewollt hatte und sich viel zu sehr von ihren Gefühlen hatte leiten lassen.

„Ich schwöre, Liebes, Chance hat nicht das Geringste damit zu tun."

„Ich brauche Luft." Hastig eilte Ally auf die Tür zu.

„Verdammt …" Lucy kämpfte mit ihren Laken in ihrem Versuch, aus dem Bett zu klettern. Sie hob resigniert die Hände. „Wenn du gehen willst, dann hilf mir wenigstens auf, damit ich dir folgen kann. Wir sind noch nicht miteinander fertig!"

Ally zögerte. Sie sollte wirklich gehen, aber sie konnte nicht. Unglücklich starrte sie auf die weiß gekalkte Wand, aber vor ihrem inneren Auge sah sie Chance, glücklich und erschöpft nach dem Liebesspiel. Die Erinnerung schnürte ihr die Kehle zu. Ihre Augen füllten sich mit Tränen.

„Ach, Ally, es tut mir so leid."

„Ja. Mir auch", flüsterte Ally.

Wieder hörte sie ein leises Rascheln und einen saftigen Fluch. „Dann komm her, damit ich mit dir schimpfen kann!"

Ally lachte ein wenig, wischte sich die albernen Tränen fort und drehte sich langsam zu Lucy um. „Tu dir nicht weh. Bleib liegen."

„Erst wenn du verstehst …"

„Das tu ich doch. Ich verstehe …"

„Ich liebe dich, Ally. Und ich liebe Chance. Wenn es je zwei Menschen gegeben hat, die es verdient haben, miteinander glücklich zu werden, seid ihr es. Ich dachte nur …"

„Du hast dich geirrt." Mit einem Seufzer trat Ally ans Bett. Sie würde Lucy nicht für ihr Unglück verantwortlich machen. „Du hast dich leider ganz umsonst eingemischt. Ich bin gekommen, um dir zu sagen, dass ich gehe. Und da du entlassen wirst, ist das Timing perfekt."

„Sag mir nicht, er hat eine andere gefunden. Ich kenne den Jungen zu gut."

„Nein, das ist es nicht."

„Gut. Und jetzt sag mir noch mal, dass du ihn liebst."

„Lucy …"

„Sag's schon!"

Ally schluckte mühsam. „Na schön, du hast gewonnen. Ich habe mich in ihn verliebt. Aber …"

„Kein Aber." Lucys Augen blitzten triumphierend auf.

„Aber Chance erwidert meine Liebe nicht, und deswegen muss ich gehen. Bitte versteh mich. Wenn ich bleibe, werde ich wieder schwach werden und mich mit jedem Krümel Liebe zufrieden geben, den er mir zuwirft, weil ich ihm einfach nicht widerstehen kann."

Lucys Augen wurden feucht. „Oh, Liebes."

„Es ist vorbei, Lucy", flüsterte Ally. „Ich muss gehen. Tut mir leid."

Lucy umarmte sie liebevoll, und Ally wehrte sich nicht.

„Ich möchte nicht, dass du gehst", sagte Lucy. „Du wirst es vielleicht nicht glauben, aber ich möchte nicht mehr sieben Tage in der Woche arbeiten." Sie sah Ally in die Augen. „Ich möchte mir endlich etwas mehr Ruhe gönnen."

Ally schüttelte den Kopf. „Versuch nicht, mir aus Mitleid einen Job anzubieten."

„Glaub mir, das würde ich nie im Leben tun. Ich möchte einfach nur weniger arbeiten. Und ich war wirklich davon überzeugt, dass du für Wyoming geschaffen bist. Du hast Ausdauer, Willenskraft und ein Herz aus Gold." Sie drückte Ally noch einmal an sich. „Also denk darüber nach, ja? Überleg dir, ob du nicht trotz allem bleiben solltest."

Ally kämpfte wieder mit den Tränen. „Was für eine Ironie des Schicksals. Du ahnst ja nicht, wie gern ich bleiben möchte und wie sehr ich die Landschaft lieben gelernt habe. Die Bäume, die Stille, der inneren Frieden, den man hier finden kann – das alles möchte ich nicht verlieren."

„Dann bleib doch, Kind."

Ally schloss die Augen. „Ich kann nicht. Außerdem muss ich meine Wohnung räumen. Das Gebäude ist verkauft worden, noch bevor ich nach Wyoming kam."

„Ich weiß", erwiderte Lucy. „Wer, glaubst du, hat es gekauft?"

Ally lachte ungläubig. „Nein!"

„Doch."

„Aber hattest du denn so viel Geld?"

„Ach, Geld habe ich genug. Und bevor du fragst, ich habe seit Jahren versucht, deinen Eltern zu helfen, aber sie sind zu stolz, um etwas von mir anzunehmen. Sie sind wundervolle Menschen."

Ally lächelte liebevoll. „Ich weiß."

„Und du bist auch wundervoll. Ich wollte dich so gern für alles, was du für deine Familie getan hast, entschädigen."

„Das hast du schon."

„Nein, das könnte ich nie, weil du so viel gegeben hast. Geh jetzt, mein Liebes. Ich weiß, du glaubst, jede Hoffnung ist verloren. Aber ich möchte eine kleine Wette mit dir eingehen. Du wirst bald wieder hier sein."

„Rechne nicht damit."

„Doch, das werde ich. Aber geh ruhig zurück, damit du einsiehst, wie wenig dir das Leben in der Stadt bedeutet. Dann wirst du hierherkommen, wo du hingehörst."

„Nein." Ally könnte es nicht ertragen, Chance jeden Tag sehen zu müssen. „Es tut mir leid, Lucy."

Lucy weigerte sich, auf sie zu hören. „Mach aber schnell. Ich denke daran, Drachenfliegen zu lernen."

Als Ally sie fassungslos anstarrte, drückte Lucy sie noch einmal an sich und lachte. „Ich mache nur Spaß."

Da war Ally sich nicht so sicher.

Zwei unerträglich lange Tage später war Ally fast fertig mit dem Zusammenpacken ihrer Sachen, und es blieben ihr noch einige Tage, bevor sie die Wohnung verlassen musste.

Jetzt war das zwar nicht mehr wichtig, da Lucy sie sicher nicht vor die Tür setzen würde, und sie konnte mit größerer Ruhe nach einer neuen Wohnung suchen. Sie schüttelte den Kopf, wenn sie überlegte, wie weit Lucy gegangen war, um sie nach Wyoming zu holen.

Erschöpft, aber zufrieden mit ihren Fortschritten, saß sie auf dem Boden, umgeben von einer Unmenge Kartons – und sehnte sich mit jeder Faser ihres Körpers nach Chance.

Außen vor ihrem kleinen Fenster hupten Autos, ein Flugzeug flog vorbei, Sirenen heulten – die typischen Geräusche einer Stadt. Sie hatte nicht gut geschlafen wegen des Lärms, so sehr hatte sie sich an die Ruhe und den Frieden in den Bergen von Wyoming gewöhnt.

Wie sehr wünschte sie sich, sie wäre noch immer dort! Doch auch wenn sie sich sehr viel mehr als das wünschte, sie musste endlich aufhören, daran zu denken. Chance gehörte nun einmal nicht zu den Männern, die für immer mit einer Frau zusammenbleiben konnten.

Sie hatte kaum geschlafen, seit sie ihn verlassen hatte, und das nicht nur wegen des Lärms, sondern weil sie ihn vermisste. Sein Lachen fehlte ihr und seine Art, sie zum Lachen zu bringen. Und vor allem fehlten ihr seine Liebkosungen. Nur in seinen Armen fühlte sie sich wie eine Frau, die ihren Mann mit einem Kuss in die Knie zwingen konnte. Diese Macht hatte sie genossen.

Das Klopfen an ihrer Tür ließ sie zusammenfahren, aber als sie die vertraute männliche Stimme hörte, wurde sie blass.

„Ally."

Es waren Tage vergangen, seit sie seine Stimme das letzte Mal gehört hatte. Ally zitterte am ganzen Körper.

Er klingelte noch einmal, diesmal weniger höflich. „Ally, mach auf."

Bevor sie aufstehen konnte, ließ er sich selbst ein, denn die Tür war nur angelehnt. So kam er herein und stand im nächsten Moment vor ihr. Sein Haar war windzerzaust wie immer, seine nackten Arme und sein Gesicht sonnengebräunt. Er trug Jeans und ein T-Shirt, seine übliche Kleidung, und sein Anblick machte Ally nur noch klarer, wie einsam sie sich fühlte.

Als er sie auf dem Boden sitzen sah, ließ er seine kleine Reisetasche fallen und ging auf Ally zu. Jeder Schritt, den er tat, ließ sie innerlich erbeben.

Die Kartons, die ihm im Weg waren, schob er achtlos beiseite, und keinen Moment nahm er den Blick von ihrem Gesicht. „Ich habe ein paar Fragen an dich", sagte er.

Es war schwer, gleichmütig zu erscheinen, wenn sie kaum atmen konnte. „Ich dachte, Lucy hätte dir alles erklärt."

Er sah sie erschrocken an, oder war er verletzt? „Du denkst, ich rede vom Hotel?" Aber bevor sie antworten konnte, hatte er sie an den Schultern gepackt. „Du glaubst, ich bin den ganzen Weg hierhergekommen, um dich etwas wegen deines Jobs zu fragen?"

„Na ja, ich ..."

„Du bist verschwunden, ohne ein Wort zu hinterlassen", stieß er hervor. Er schien fassungslos zu sein. „Du lagst in meinen Armen, so glücklich und zufrieden nach der wundervollsten Nacht meines Lebens. Jedenfalls glaubte ich das."

„Das war es auch für mich", sagte Ally, und seine Wut verschwand, als sie zärtlich die Hände an seine Wangen legte. „Die wundervollste Nacht meines Lebens."

Chance widerstand dem Wunsch, sie an sich zu drücken und sie anzuflehen, zu ihm zurückzukommen, weil er wusste, was er falsch gemacht hatte. Und er musste es wiedergutmachen, obwohl es sich wahrscheinlich als das größte und gefährlichste Abenteuer seines Lebens herausstellen würde. „Du bist einfach verschwunden", flüsterte er. „Du hast einfach deine Sachen genommen und bist gegangen. Lucy war mir keine Hilfe. Sie meinte nur, ich sei ein Idiot und müsse schon selbst darauf kommen, was los sei. Verdammt, warum hast du mir nicht gesagt, dass du gehst?" Aber er konnte es nicht ertragen, Vorwürfe von ihr zu hören, und so küsste er sie mit all der Leidenschaft und Sehnsucht, die ihn zu ersticken drohte, weil er sah, dass sie ihre Sachen zusammengepackt hatte und er sie fast verpasst hätte.

Fast hätte er sie nie wiedergesehen.

„Wenn ich gewusst hätte, dass du die Stadt verlässt", sagte er heiser und verteilte kleine Küsse auf ihrem Hals, „hätte ich ..."

Ally erstarrte und schob ihn leicht von sich, um ihn ansehen zu können. „Was, Chance? Was hättest du getan?"

Er fand keine Worte. Wenn er mit Ally zusammen war, war es meistens so. Stattdessen schlang er die Arme um sie und trug sie zum Sofa, wo er sie fallen ließ. Ungeduldig rollte er sich auf sie und begann die Knöpfe ihrer Bluse zu öffnen.

„Chance!", hauchte sie.

„Bist du weggegangen, weil du nichts für mich empfindest?"

Sie sah ihn entsetzt an. „Du weißt, was ich für dich empfinde."

„Ich habe mich immer für ziemlich hart im Nehmen gehalten." Er öffnete den nächsten Knopf und enthüllte ihre nur von einem dünnen BH verhüllten Brüste, deren Anblick sein Blut noch mehr in Wallung brachte. „Ich habe mir eingeredet, dass ich niemanden brauche." Er sah sie ernst an. „Und ich war sicher, dass sich das nie ändern würde." Er hatte den letzten Knopf geöffnet. „Aber dann kamst du, Ally, so süß und großzügig und warmherzig ... einfach unwiderstehlich." Langsam schob er die Bluse auseinander.

„Chance, das ist verrückt."

„Das ist mir klar. Ich weiß, dass deine Familie sich zu sehr auf dich stützt, und ich verspreche, Ally, dass ich dir nie so etwas antun werde. Du wirst nie etwas für mich aufgeben müssen."

Sie öffnete den Mund, aber er legte ihr einen Finger an die Lippen. „Du hast mich verändert", flüsterte er und fuhr mit dem Finger an ihrem Hals herab, über ihre Brüste und den flachen Bauch hinunter, bis er den Verschluss ihrer Shorts berührte. Dann neigte er den Kopf und legte die Wange an ihre. „Als du fort warst, habe ich endlich begriffen, was mit mir los ist. Du warst die Mutige von uns beiden, weißt du das? Immer wieder hast du dein Herz riskiert, während ich mich feige in meinem Schneckenhaus verkrochen habe."

„Oh Chance."

„Ich bin wirklich ein großartiger Abenteurer, nicht? Ich empfinde so viel für dich." Seine Stimme klang unsicher. Er strich über den Spitzenbesatz ihres BHs, ihre Brustknospen reagierten sofort, und er schluckte mühsam. Zärtlich streichelte er mit dem Daumen eine der rosigen Spitzen durch den dünnen Stoff hindurch und genoss das leise Stöhnen, das Ally ausstieß. „Du machst mich glücklich", sagte er. „So glücklich, wie ich es in meinem ganzen Leben nicht gewesen bin."

Sie hielt sich an seinen Armen fest, als ob sie Angst hätte, sonst in einen tiefen Abgrund zu fallen. „Ich mache dich glücklich?"

„Oh ja." Er öffnete ihren BH und schob ihn gemeinsam mit dem T-Shirt über ihren Kopf. „Mir wird ganz schwindlig, wenn ich nur an dich denke. Am Anfang hatte ich unglaubliche Angst.

„Chance …" Sie legte die Hände auf seine, als er sich am Verschluss ihrer Shorts zu schaffen machte. „Was tust du? Was tun wir?"

Er richtete sich auf, zog sein T-Shirt aus und warf es quer durch das Zimmer. Als er ihren sehnsüchtigen Blick wahrnahm, wurde ihm heiß. „Wir ziehen uns aus." Er befreite sie geschickt von ihren restlichen Sachen, bis sie beide nackt waren. „Du hast mich verlassen, und ich weiß, warum. Weil du dich, wie durch ein Wunder, in mich verliebt hast."

Sie wandte den Blick ab, aber er drehte ihren Kopf behutsam so, dass sie ihn ansehen musste. „Ich weigerte mich, meine Gefühle für dich zuzugeben, und damit tat ich dir weh. Das werde ich mir nie verzeihen, aber ich kann dir versprechen, dass ich es nie wieder tun werde. Ich brauche dich." Er holte tief Luft. „Ich liebe dich, Ally." Er lächelte unsicher. „Ich habe diese Worte noch zu keiner Frau außer Lucy gesagt."

Allys Lächeln war nicht weniger unsicher. „Und warum tust du es jetzt?"

„Weil ich ohne dich nicht leben kann. Ich kann ohne das Hotel leben, sogar ohne Wyoming, aber ohne dich kann ich nicht sein."

„Ich glaube, ich träume."

„Du träumst nicht." Sie hatte ihm nicht gesagt, dass sie ihn liebte, und er hielt die Spannung nicht mehr aus. „Ally, bitte heirate mich."

„Aber du möchtest deine Freiheit nicht aufgeben."

„Ich würde mein Leben für dich aufgeben."

Ihre Augen füllten sich mit Tränen des Glücks, aber sie blieb stumm."

„Du weißt, was du mir antust, oder? Ally, so sag doch endlich etwas. Sag ja."

Sie griff in sein dichtes Haar und zog seinen Kopf zu sich, sodass sie ihn auf den Mund küssen konnte. „Ja."

Er konnte kaum atmen und brachte die Worte nur mühsam heraus. „Ja was?"

„Ja, alles." Sie lachte und weinte gleichzeitig. „Ja, ich liebe dich, und ja, ich werde dich heiraten."

„Hier?"

Sie lächelte, und es war das wunderschönste Lächeln, das er je gesehen hatte. „Ich möchte in Wyoming heiraten."

Endlich konnte er wieder atmen und sah sie hoffnungsvoll an. „Du kommst zurück?"

„In Wirklichkeit bin ich nie fort gewesen. Wyoming hat einen festen Platz in meinem Herzen. Es ist mein Zuhause geworden. Ich habe Lucy gesagt, wo ich hingehen würde, und dachte, sie hätte es dir vielleicht gesagt."

Chance schüttelte den Kopf. „Die Frau ist unglaublich. Wenn ich nicht mit eigenen Augen gesehen hätte, wie sie mit dem Rad gestürzt ist, würde ich an eine Falle denken."

„Na ja ..." Ally lachte. „Gebrochen hat sie sich das Bein wirklich, aber eine Falle war es trotzdem. Sie hat uns beide hereingelegt."

Er sah sie ungläubig an. „Du machst Witze."

„Hinterhältig von ihr, ich weiß, aber wirkungsvoll." Ally streichelte seine breite Brust und lächelte, als er unregelmäßig zu atmen begann. „Es hat dich zu mir gebracht. Sag es mir noch einmal, Chance."

„Ich liebe dich. Ich werde dich immer lieben."

„Und jetzt zeig es mir", flüsterte sie.

Er war gerade dabei, es zu tun, als sie lächelte. „Ich hoffe, wir kriegen ein Baby."

Es war gut, dass er nicht stand. Seine Knie wurden weich, und sein Herz klopfte ihm bis zum Hals. „Ein Mädchen", brachte er hervor. „Mit deinen schönen Augen und deinem mutigen Herzen."

„Und der Abenteuerlust ihres Daddys."

„Klingt nicht schlecht", flüsterte er heiser und gab ihr einen langen, heißen Kuss. „Wo waren wir stehen geblieben?"

„Ach, herrje, das hab ich vergessen." Allys Augen funkelten. „Am besten fangen wir noch mal von vorn an."

„Wunderbar. Ich liebe neue Anfänge."

– ENDE –

Deutsche Erstveröffentlichung

RaeAnne Thayne
Hope's Crossing: Nur die Liebe heilt

Hope's Crossing scheint Evie der perfekte Ort für einen Neubeginn. In der Abgeschiedenheit der Berge hofft sie, das schmerzliche Ereignis zu vergessen, welches ihre Karriere als Physiotherapeutin in L.A. beendete …

Band-Nr. 25734
7,99 € (D)
ISBN: 978-3-86278-874-3
eBook: 978-3-86278-951-1
304 Seiten

Susan Wiggs
Für dich mein Glück

Sanft tanzen Wellen auf dem See - doch Sonnet hat keinen Blick für diese Idylle. Ihre Gedanken kreisen um den erschütternden Anruf ihrer Mutter, der sie zurück an den Willow Lake gebracht hat …

Band-Nr. 25725
8,99 € (D)
ISBN: 978-3-86278-862-0
eBook: 978-3-86278-906-1
320 Seiten

Deutsche Erstveröffentlichung

Shannon Stacey
Ganz oder Kowalski

Sean Kowalskis Beziehung zu Emma fängt geschäftlich an und wird minütlich persönlicher. Emmas Grandma soll nämlich glauben, daß sie verlobt sind. Aber falsch verlobt wird am Ende doch nicht richtig sein?!?

Band-Nr. 25713
8,99 € (D)
ISBN: 978-3-86278-844-6
eBook: 978-3-86278-902-3
304 Seiten

Robyn Carr
Hand in Hand in Virgin River

Als Sous-Chefin bleibt Kelly keine Zeit für ein Privatleben. Erst nach einem schweren Zusammenbruch hält sie inne. Will sie wirklich so weitermachen? Um diese Frage zu beantworten, zieht Kelly zu ihrer Schwester Jill nach Virgin River …

Band-Nr. 25726
7,99 € (D)
ISBN: 978-3-86278-863-7
eBook: 978-3-86278-935-1
336 Seiten

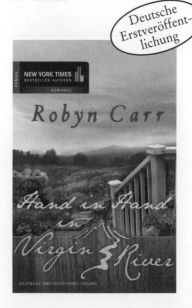

„Ein bisschen Magie, sehr viel Romantik und wunderbar gezeichnete Charaktere machen dieses Buch für Romantic-Lover zu einem Muss."
Kirkus Review

Deutsche Erstveröffentlichung

Lisa Kleypas
Der gute Stern von Friday Harbor

Ich lasse mir meine Träume nicht nehmen, hat Zoë Hoffmann an jenem Tag beschlossen, als ihre Liebe zerbrach. Und zumindest beruflich läuft jetzt alles perfekt. Aber privat bringt der Bauunternehmer Alex Nolan sie an die Grenzen ihrer Geduld. Dass seine Ehe gescheitert ist, ist kein Grund, Frauen grundlos anzuschnauzen! Viel lieber würde Zoë mit ihm in dem Cottage, das er für sie umbaut, häufiger einen der seltenen magischen Momente teilen. Dann ist es, als ob ein guter Geist über sie wacht. Als ob am Dream Lake alles möglich wäre …

Band-Nr. 25711
7,99 € (D)
ISBN: 978-3-86278-842-2
336 Seiten